御剑桃花

昆山晚

黍宁 著

上册

长江出版社
CHANGJIANGPRESS

目录

上册

目录

下册

第一部分

上得昆山

第一章　谁叫她和裴春争谈恋爱的

活这么大，乔晚头一次意识到自己是个傻子。

“我真傻，真的！”乔晚深沉地想。

恢复记忆的那会儿，她正准备去问世堂交任务，结果就在跨过门槛的一刹那，脑子里猛地涌入了无数画面。

乔晚一个趔趄，差点儿没扑倒在问世堂的门口。

她全都想起来了。

乔晚默默地坐在门槛上，整理了一会儿思绪，最终得出了个结论。

她是个傻子！

这一切还要从很久以前说起。

很久以前，乔晚还是东尚国永泽府武天县大宁村里一个无父无母的村姑。

听说在她刚出生那会儿，正好有两个仙人在大宁村打架，打得那叫一个“天昏地暗，天崩地裂”。她爹那天正好在山上砍柴，突然从天而降一块巨石把她爹砸死了，没多久，她娘就改嫁了，顺便带走了她哥。

她哥其实也企图偷偷带着她走，奈何她娘态度坚决，就是不肯带她这个赔钱货，于是乔晚就愁眉苦脸地看着她哥泪洒黄土。

“晚儿！你等大哥！大哥一定会回来找你的！”

独留她一个小可怜，凄凄惨惨地好不容易混到了十二岁，也没看见她哥的影子。

男人的嘴，骗人的鬼。乔晚对男人的本性有了深刻的认识。

没多久，村里闹饥荒，乔晚跟着逃荒的人流一路逃到了南边的陇源府。也就是在这一年，她十四岁的时候，突然走了狗屎运，碰上了一个叫玉清真人的仙人。

那玉清真人一看见她，顿时有点儿愣神，二话没说直接问她想不想成仙。

乔晚眼都没眨一下，干脆利落地回答了一个字："想。"于是，她就收拾了个小包袱，颠颠地跟在玉清真人身后上了山，拜他为师。

在山上这么多年，有苦也有乐，她就这么过去了。

但就在今天，她突然恢复了全部记忆。

乔晚惊悚地发现：原来我是个……

怪不得她一直疑惑，她为什么对她那所谓的爹娘没什么感情，就算她爹娘死得这么早，她也不至于这么冷漠无情啊。

现在，事实终于证明了，她是对的。

这一切都是因为她熬夜看了本叫《登仙路》的小说，结果一觉醒来她就进来了，并顺利失忆降生在武天县大宁村，一直到她今天终于灵台清明，"咣当"一声恢复了记忆。

不过她这记忆恢复得也不太全，她以前住哪儿、家人是谁、家里有多少人、同学朋友是谁，她通通没了印象。但她的人生经历是完整的，完整到她甚至能记得《登仙路》这本小说的大致剧情。

《登仙路》这本小说，是一篇作者写起来很爽、读者看起来也很爽的爽文。

全文围绕主角穆笑笑而展开。和大多数修仙文女主角的苦大仇深、高贵冷艳不同，穆笑笑又软又乖，就是传说中的天命之女，绝世开挂的人，年纪轻轻就被昆山派的玉清真人收为了关门弟子。

昆山派乃是修真界四大派之首，而玉清真人更是昆山十二峰峰主之一，修为已至化神期第三重，在修真界的地位是无与伦比的。

女主穆笑笑一路气运加身，光走路就能捡到天材地宝，容貌更是逆天，凡是看见她的男人，没有不爱上她的。

到现在，乔晚都忘记不了被文案支配的恐惧。

"直到有一天，别人看见裴春争把穆笑笑按在墙上亲。"

裴春争就是这本书的男主角，是一个有着凄惨童年的人。

"他阴郁冷漠，但一看到又软又甜的她，却恨不得把命也给她。"

这都不是重点，重点是，她乔晚在书中也算是个有头有脸的人物，一个"炮灰"，一个生命不息、折腾不止、在作死道路上一去不复返的"炮灰"。

这本小说剧情发展到四分之一的时候，女主穆笑笑在一次讨伐魔域的行动中，不慎掉入了魔域中的碎骨深渊。

碎骨深渊是众魔的坟场，其中的瘴气就算是魔物也扛不住，掉下去的人骨肉都能让那瘴气腐蚀了。

穆笑笑掉下去后，没人认为她还能活着回来，就连一向疼爱她的玉清真人也没抱任何希望，更何况她塔中的本命灵焰，在她掉下碎骨深渊后就灭了。

就在穆笑笑陨落后没两年里，玉清真人下山又带回了一个容貌和穆笑笑酷似的姑娘，宣布要收她为徒，那就是乔晚。

接下来，就是比较狗血和纠结的剧情了。

谁能想到穆笑笑掉下碎骨深渊后不但没死，还机缘巧合下救了个男配角，男配角是本该已经覆灭的丹穴山凤凰族最后一根独苗——凤妄言。

穆笑笑从碎骨深渊回来后才发现乔晚的存在。

自己在碎骨深渊中挣扎求生，而被她视作家人的昆山派竟然又找了个和她一模一样的替身，享受着师门的宠爱，夺走了她本来就拥有的一切。

于是，看不下去自己喜欢的姑娘受委屈的凤妄言，就带着穆笑笑气势汹汹地杀回了昆山派，开启了王者归来的打脸之路。

作者秉持着让读者不痛快就是跟钱过不去的信念，从来没让读者委屈过。乔晚这个恶毒女配角，在尽职尽责地搞完事、发挥了自己最后一点余热后，就干脆利落地被害死了。

始作俑者，就是裴春争这个男主，也是乔晚一心爱慕的对象。

乔晚坐在门槛上，捂住了自己的脑袋。

她是个傻子。

从过去到今天她恢复记忆为止，她的人生轨迹是和书中内容完全重合的。

对，她和乔晚一样，也喜欢上了裴春争。

然后今天，天道终于告诉她，她会被裴春争害死。

她……她……真是……乔晚悲愤地想，她真是傻到家了。

她这次下山，是奉了问世堂的命令，追捕一只妖兽。那妖兽诡计多端，行踪难以捉摸，她一路从南部十三洲追到了北境，差点儿没跑断气，终于在北境的地盘上发现了它，又和它硬生生战了十二个昼夜，才终于将那妖兽杀了。她刚完成任务，就马不停蹄地赶回门派复命了。

她连衣服都没来得及换，脸上、衣服上全是那妖兽暗褐色的血迹。

这一身打扮，完美地贴合了她现在的心理状态——一脸血。

生活虽然苦了点儿，但好歹任务是完成了，她总不能不交。

她还不知道女主角穆笑笑什么时候王者归来呢。

这个时候，就要感谢她的师尊玉清真人了，他老人家就是个冰山男神，受他的影响，在昆山派这么多年，乔晚也修炼了一张面瘫脸，至少从表面来看，是绝对看不出她内心的吐槽欲是如何汹涌的。

那问世堂弟子将她的任务卷轴归档，转身小心翼翼地打量了她一眼，试探性地问道："乔师姐？"

乔晚不明所以："怎么了？"

"你知不知道穆师姐回来了？"

乔晚："不知道。"

但她现在知道了。

穆笑笑既然回来了，那就代表剧情已经开始了，该轮到她这个女配角上场了，也代表着她会光荣地晋升为男女主角感情的催化剂，在某一天被裴春争亲手搞死。

想到这一点，乔晚就忍不住左右开弓地打自己一嘴巴。

谁叫她喜欢裴春争的？

谁叫她和裴春争谈恋爱的？

没错，她和裴春争——《登仙路》的男主角曾经谈过一次短暂的恋爱。

她和谁谈恋爱不好，和男主角谈恋爱，她和裴春争的过往，无疑是一段孽缘。

乔晚第一次见到裴春争的时候，刚上山没多久，正是青葱水嫩的年纪。

那个时候她还不知道穆笑笑的存在，只知道昆山派的人待她真好，师父他老人家也好，大师兄陆辟寒也好。当时的她对未来充满希望，一心想要好好努力，修成上天入地、无所不能的剑仙，不至于坏了她师父玉清真人的名头。

师父为人高冷，将她带上山后，其实不怎么管她，丢了秘籍丹药让她自己学，不会就过来问，这大事小事，其实都是大师兄陆辟寒在一手操办，她的剑术也都是大师兄一手教的。

学成之后，她就开始去问世堂接任务，帮着昆山派跑腿做事除妖，也好借此锻炼自己。

她喜欢裴春争，是因为裴春争曾经救过她的命。

在她快被妖兽打死时，少年冒着风雪赶来支援，踩在剑上，居高临下地看着她。

那是乔晚第一次见到裴春争，少年冷冷的一双眼，就这么被垂死中的她牢牢地记住了。

那踩在剑上的少年，看到她时也明显愣了愣，但旋即又回过神来，运起剑光加入了战局。

那一次她和裴春争配合得很好，一路掩杀，漂亮地完成了任务。

在那之后，她和裴春争又合作了几次。

正是春心萌动的年纪，这么一来二去，乔晚不免起了点其他的心思。

在她鼓起勇气向裴春争表白的时候，都已经做好了被裴春争拒绝的准备。

结果裴春争竟然没拒绝她。

少年伫立在蒙蒙细雨中，眉眼润泽，嗓音清冷地回答道："好。"

那个时候，完全是恋爱脑的她，根本没意识到裴春争开口前的恍神和犹豫，这也为她日后悲催的结局埋下了伏笔。

和裴春争确定关系后不久，乔晚就得知了穆笑笑的存在，也知道裴春争和穆笑笑有段旧情，但当时乔晚没想那么多，毕竟谁没点过往？既然两人在一起了，这就代表着要一起共度这日后漫长的岁月，每一场战斗，两人都要并肩同行，自然要给予对方信任。

那些相处中值得怀疑的古怪细节，也都被她有意无意地忽略了。

裴春争对她很好。

她怕疼，每次受伤，裴春争就想方设法地为她找来伤药，减轻她的痛苦，安慰她多笑一笑。

他喜欢沉默地跟在她背后，低下眼帮她揩去指尖的鲜血。

每每结束战斗之后，少年就从怀里拿出个小梳篦，坐在一地狼藉中，帮她梳理飞溅上尘土和鲜血的发丝。

她当时看着夕阳下少年明艳的轮廓，兴高采烈地想着，自己怎么那么喜欢他啊？

看着面前的问世堂人来人往，乔晚的思绪忍不住飘到了当初她和裴春争彻底闹掰的那一天。

那一天，他俩刚刚处理完小镇上作恶的妖兽，正好赶上上元节的花灯会。

谁抗拒得了和心上人一起在灯下漫步约会的诱惑力？就连乔晚也不能免俗。

裴春争也好像颇有兴致，于是当天她特地认认真真地打扮了一番。

裴春争一直有个随身携带的兔子绢灯，绢面都已经泛黄了，他也爱护得和眼珠子一样，从不轻易让人碰，平常就时不时拿出来，对着兔子绢灯怔怔出神。

而就在那一天，少年竟然破天荒地主动将兔子绢灯拿出来放在她的手上。

“你想不想吃糖葫芦？”少年犹豫了一会儿，问。

在灯光映照下，裴春争白得像雪一样的脸上也蒙上了一层暖光。

他的眼神，是她从没见过的温柔，像是在透过她看向未知的存在，嗓音也轻轻的，像是怕惊动什么。

乔晚愣了愣。她现在其实不太想吃糖葫芦，但对上裴春争温和的双眼，又说不出拒绝的话来，当下便点了点头，违心地说了一句：“想，我挺喜欢吃糖葫芦的。”

没想到那妖兽根本没死，还潜藏在人群中，就在裴春争走开替她买糖葫芦的时候，妖兽再度发难。

她资质浅薄，修为也低，单单她一人打不过这妖兽，只能将兔子灯护在怀里，一边疏散惊声尖叫的人群，一边纵高跳远地应付来自妖兽的攻击，将它往镇子外面引，心里默默祈求着裴春争赶快回来。

当时，她心里只有一个信念：那兔子绢灯绝对不能被妖兽弄坏，那是裴春争最珍视的东西。

那妖兽也狡猾，看出了她对兔子绢灯的在意，招招往绢灯上打，想借此牵制她。她确实受到了掣肘，被打得毫无还手之力。

等到少年终于御剑而来的时候，她也被那妖兽打得半死不活了。

这一幕，又和她第一次见到裴春争的那一幕重合了。

他踩在剑上看着她。

她趴在地上，气喘吁吁，鼻子一直在冒血，也不敢去拭，只小心翼翼地将兔子绢灯捧起来。

那兔子绢灯无可避免地沾上了些血迹，但这已经是她拼尽性命所保护的结果了。

长剑“当啷”入鞘，少年冷冷的目光掠过她手上的兔子绢灯，在看清绢面上飞溅的血迹后，面色遽然变得极其难看。

他夺过绢灯，一双眼死死地盯着它看，眼睛也红得像只兔子。

“脏。”

“什么？”她从血污中艰难地爬起来。

“脏了。”

少年抬起头，血红的双眼吓了她一跳。

“笑笑。”裴春争面色苍白，失魂落魄地喃喃自语道。

“裴春争？”乔晚犹豫地问。

全身上下无一处不疼，但想到裴春争喜欢她多笑一笑，乔晚扯动嘴角，扬起一抹僵硬的笑，说话间鼻血不断地往下流，一直滴落在衣襟前。

裴春争的状态太奇怪了，他咬着牙，颤抖着唇瓣，似癫似狂。

她上前一步想要问个清楚，少年却运起一道剑光，将她逼退了半步。

如果她再慢一步，那剑光将会毫不留情地削去她的手。

裴春争偏头看她的眼神，冷得彻骨。

紧接着，他又转过头，脸上露出了极其痛苦的神色，捧着那盏兔子绢灯御剑破空而去。

独留她呆愣在原地，一直等到血都凝结在肌肤上，也没等到裴春争再回来。

笑笑。

笑笑。

少年痛苦的声音犹在耳畔回响。

她身上的血液被夜风一吹，也好像冷了下来。

她终于明白了。

那一瞬间乔晚想笑又想哭。

在眼泪冒出来的那一瞬间，经年形成的习惯，却让她反射性地先扯动嘴角笑了。

怪不得裴春争喜欢她多笑一笑。

因为穆笑笑喜欢笑，颊侧有个酒窝，所以裴春争喜欢她多笑一笑。她疼得直皱眉的时候，就不像穆笑笑了。

她的背影和手生得和穆笑笑最像了，所以他才喜欢走在她身后，喜欢低头耐心地帮她揩去指尖的鲜血。

穆笑笑的头发很长，他常常帮她梳头，而那把小梳篦也是穆笑笑送给他的。

那盏兔子灯也是。

就连糖葫芦也是穆笑笑喜欢吃的。

穆笑笑，那是这么多年来一直无处不在的名字，也是乔晚不论怎么努力，也永远追不上的存在。

活人怎么能和死人相提并论？

修士目力极好，从她的方向，能看见镇上各色的灯光，绵延为一条温暖的长河。

她与穆笑笑，就是共生的光与影，她依附穆笑笑而生，也能获得些别人的爱护，但影子永远是越不过光的。

最后，还是大师兄找到了气尽力竭的她，咳嗽着将她拎回了玉清峰上。

“丢人……”乔晚把整张脸都埋在了被子里，嗓音沙哑地说，“我就是觉得太丢人了。”

大师兄就这么冷眼看着她。

她还是没敢问大师兄，是不是他也将她当成了穆笑笑的替身。

其实不用问，她也知道答案。

不论是裴春争还是大师兄，或是师父他老人家，抑或其他师叔师伯、师兄师姐，他们都在透过她遥望另一个少女的身影，拼凑出他们心目中那个昆山派小师妹——穆笑笑。

从那一天起，她再也没主动找过裴春争。

两人同处昆山派，除了偶尔会见上几面，再没有多余的往来。

但在这不可避免的几次接触中，她和裴春争的关系也越来越差，到现在几乎已经形同陌路。

过了这么多年，乔晚也早就从当初的心理阴影中走出来了。

这下又告诉她，她会被裴春争害死，这不是坑人吗？！

乔晚出神的时候，问世堂弟子也在偷偷观察她。

看着看着，他目光中不由得多了两分同情。

太像了。

男弟子在心中感慨。

乔晚和穆笑笑生得实在太像了。

眼前的少女，梳着修真界时下正流行的发髻，背上负着一把三尺长的细剑，面容清丽，肌肤丰莹，容貌如玉树堆雪，双眼如晓月生寒，唯一美中不足的地方在于，品位惨不忍睹。

她发髻上别了五六个粉玉蝴蝶，发尾上绑了一个，还别出心裁地往自己的剑柄上又系了一个，看起来尤其花里胡哨。

整个昆山派谁不知道乔晚是穆笑笑的替身？

如今正主回来了，眼下又有一场大戏可看了。

想到裴春争，又想到自己接下来的剧情，乔晚的心情十分悲愤，但就算这样，她也没有表露出多大的情绪起伏。这么多年下来，她早就学会了喜怒不形于色。

乔晚礼貌地向面前这男弟子道了谢，转身走出了问世堂。

可能是因为心里惦念着这段剧情，刚走出问世堂，她就迎面撞了个男弟子。

乔晚站稳后，看了对方一眼。

撞上她的男弟子她是认识的，姓萧，叫萧博扬，出身三大世家萧家的旁支，脾气不怎么好，和她一直不太对付。

究其原因还在于萧博扬曾经是穆笑笑的追求者，在她上山之后一直看不上她这个替身。

更何况，两人还属于竞争关系。

昆山派一直都鼓励弟子们互相切磋，为此特地在碧空岛上修建了一处高数百丈的白塔，昆山派的弟子能一层层往上打，每爬上一层，就会有相应的奖励。

再过两天在碧空岛的白塔上，她与萧博扬为了争一株赤云仙草，还要打上一架。

乔晚的心态很稳，她又不是灵石，没必要强求每个人都喜欢她。

萧博扬看见她，眯起眼："乔晚？"

乔晚面无表情地一边点头问好"萧师兄"，一边抬腿就跑。

萧博扬见状大怒："乔晚，你给我站住！"

乔晚很有耐性地停下脚步："萧师兄还有事吗？"

萧博扬打量了她一眼，从她脑袋上的发丝一路打量到了脚跟，嘲讽地笑了："不过一个低阶的灵兽，你竟然还能把自己搞成这副模样。乔晚啊乔晚，你有玉清真人的丹药法宝喂着，到现在不过堪堪筑基，我要是你，早就没脸在玉清峰上待着了。"

乔晚顶着蝴蝶结，木着一张脸歪头道："玉清峰挺好的，在玉清峰就像回家，师尊他老人家是个人才，说话又好听，我超喜欢在玉清峰的。"

一看她这样子，萧博扬差点儿被气得七窍生烟，低吼道：“滚！在玉清峰待着舒服吧？我看过几天等穆师妹醒了，你还有没有那个脸继续待着。”

乔晚认真地想了一下：“我觉得有。”

说完，不顾萧博扬在原地气得跳脚，她头也不回地直接离开了问世堂。

萧博扬啊，乔晚停下脚步，礼貌地在剧情里翻找了一下。

那是个没名没姓的“炮灰”，论咖位是比不过她的，好歹她还是个给女主角添乱不少的恶毒女配角。

乔晚回到自己居住的洞府后，说实在的，心情算不上多么轻松。

她的洞府冷清得很，这也是当初师尊他老人家拨给她住的。

放下佩剑，乔晚小心翼翼地从袖中捧出一条通体洁白的抹额。看见这抹额依然干净，未染纤尘，乔晚才松了口气。

她和那龙卷雪虎在北境鏖战了十二个昼夜，就是为了这条抹额。

这抹额用龙卷雪虎的皮毛制成，当中点缀了一颗碧莹莹的温玉，指尖摸上去，微凉中含着抹温和之意。

数百年前，魔域曾经和修真界有一场大战，那场大战，修真界人马死伤参半，这才将魔域的始元帝君打回了老巢，顺便给盖上了盖子封印了起来。

玉清真人有头痛的毛病，就是在当年这场大战中落下的病根。

她这一条抹额，也是特地为师父他老人家做的，最是温养不过。

自从谈了场凄惨的恋爱之后，她的心思也成功地从裴春争身上转移到了这些长辈身上。

她孝敬孝敬长辈还能换点红包，讨好裴春争毫无用处。

将抹额重新纳入衣袖中，乔晚环顾了一眼。

她这洞府虽然冷清，但四壁摸上去是温暖的。

洞府里只有一张石床、一张石桌、若干石凳，还有一些乱七八糟的生活杂物和一些亮晶晶、粉粉嫩嫩的小首饰，比如什么粉玉的海棠发簪啦、六瓣梅的金步摇啦、点缀着晶石和珍珠的手镯啦之类的。

乔晚将手镯往手腕上一套，看着手镯上点缀着的莹润的珍珠和五颜六色的晶石，心情顿时又好了起来。

没办法，重活一世，就算她现在是个面瘫脸，还是超喜欢粉色和闪闪发光的小首饰的！

抛开这些小首饰不提，她的洞府之所以这么简单冷清，也都是乔晚自己安排的。

为了修炼。

萧博扬说得其实没错，以她的天资，她确实是没资格待在玉清峰上的。

昆山派弟子大概分为三等，外门弟子处于最末，内门弟子为第二等，至于这一等的弟子，就是昆山十二峰峰主座下的弟子了。

她师父年仅六百多岁，在修真界正是风华正茂一枝花的年纪。

他年纪轻轻，修为已至化神第三境界，更是当世的剑道巅峰。

大抵高人们都有些怪癖，玉清真人也确实有清高的资格，他门下仅仅收了三个弟子，大师兄陆辟寒、小师妹穆笑笑，还有个走了狗屎运的乔晚。

大师兄和穆笑笑的资质，拎出去在整个修真界看也都是拔尖的。

唯独乔晚画风不对，资质实在不够看，顶多是处于外门弟子和内门弟子之间那一档。

她爹被天降正义，她娘又是个大字不识几个的村姑。乔晚心想，她还能修仙就不错了，至于这资质，都是遗传的，她总不能回娘胎里重造。

不过这修真界里，确实也有设法兵解，回娘胎重造的。

她从前世到现在都是个普通人，也没指望一穿越就能打通任督二脉。

资质不够，修炼来凑。

对修炼这件事，乔晚不可谓不刻苦。

这也没办法，修真界打打杀杀的，一不小心就要送命。

乔晚还是很惜命的，在这大背景之下，更是不要命地修炼，好歹也不能丢她师父的脸。

师父他老人家玉清真人也实在造孽，大弟子是个残废，二弟子掉进了碎骨深渊里，三弟子，也就是她，是个小菜鸟。

从她被玉清真人领着踏上昆山派的那一天起，她基本上就没睡过觉了，洞府里这张石床的摆设作用更大于实际作用。

不过除了要修炼之外，她不睡觉还有另外一个重要的原因。

一想到《登仙路》这篇文，乔晚就有些焦躁，往石床上一躺，睁着双死鱼眼看着洞壁。

穆笑笑已经回来了，听说正在玉清峰峰顶上住着，由她师父亲自照料，他老人家到现在也没给她传信。

乔晚虽然也想去看看穆笑笑，但为保险起见，还是在洞府中静心等待着他老人家的消息吧。

她一会儿想到穆笑笑，一会儿又想到了裴春争。

恢复记忆之后，她对裴春争的感情出乎意料地淡化了不少，但一想到裴春争吩咐众魔撕碎她这一结局，饶是乔晚也忍不住打了一个哆嗦。

她好歹也是和他谈过一次恋爱的，怎么看都是她被他欺骗了感情，难道裴春争真能做得这么绝情？

不，她信。

赌上她作为女配角的尊严，她完全有理由相信裴春争真的会毫不留情地害死她。

这么多年的相处，她对裴春争这杀伐果断的性格早就有所了解。

在石床上躺了一会儿，乔晚越想越不安，干脆一骨碌坐了起来，闭目开始打坐。

她资质太差，修为太浅，任凭她如何拼命，她的资质就摆在那儿了，走出去谁都能把她摁死，为此她更加不敢懈怠。

她才刚过筑基一重没多久，也不怪萧博扬看不起她。有她这资源，别人早就能冲金丹了，唯独她卡在筑基一重，迟迟突破不了这第二重。

她的体质就像个漏了气的气球，不论她怎么修炼，灵力能为她所用的不过三成，其余七成通通如泥牛入海一样，在修炼过程中，消失得干干净净，无处可寻。

筑基就像是在搭房子打地基，她要将砖块垒实，这砖块也就是周身的灵气。

她这灵气根本存不住，相当于搭房子连块砖都没有，她筑哪门子的基?

之所以勉强能突破筑基，也是乔晚费了九牛二虎之力才办到的成果。

本来资质就差，修炼的效率又不好，她要再不努力些，那就是等死。

不过就算如此，乔晚也没后悔修仙。

这个世界，没修为傍身的凡人，更像是蝼蚁。

修炼已经融入她日常生活的方方面面，乔晚闭目坐下，耐心地吐纳运转，但这灵气刚入体内，还没转过一个周天，又消失了七八成。

和这灵气搏斗了这么多年，乔晚早就习惯了，只将那剩下的一两成慢慢炼化夯实。

泥瓦工乔晚，今天也是在努力砌墙的一天！

如今她离筑基二重也只差那么一丁点儿的距离了。这一丁点儿距离，她只能借外物来弥补，也就是她一直心心念念的赤云草。

赤云草有固本培元之效，但生长条件极为挑剔，不可多得。

无论如何，想要突破现状，她一定要在几日之后的碧空岛白塔论剑上胜过萧博扬，拿到赤云草。

也因为如此，在这段时间里，她绝对不能出什么差错。她才和龙卷雪虎打了一架，必须好好调养元气。

与此同时，玉清宫内。

一位云髻雾鬟的宫装美人，正面带忧色地坐在床前。

“笑笑还未醒吗？”在她不远处站着个玉冠白发的青年男人，男人眉目冷冽，轻蹙着眉头看着床上昏迷不醒的少女，低声询问。

这便是玉清峰的剑仙——玉清真人周衍。

那宫装美人也就是十二峰主之一的栖霞仙子，高兰芝。

高兰芝摇了摇头："笑笑在碎骨深渊里中了热毒，此毒难解，若无解药，笑笑这一时半会儿怕是醒不来了。"

而在玉清真人身侧，站了个一身红衣的青年男人，他乌墨似的发一路长到了脚踝，层层红衣在殿中铺展开来，容貌美得惊心动魄，那是一种极其张扬的美，但比这美貌更令人心惊胆战的是，这青年男人如海一般深不可测的修为。

听闻这话，凤妄言神色沉沉，不客气地道："若不是笑笑中了热毒，我也不会带着她找上你们昆山派。若你们昆山派无能救不了她，我自会带着她到别处寻医。"

高兰芝见状忙道："且慢。这热毒并非不能解。"

她看向玉清真人："我记得真人似乎炼有一味太虚清心丹？这太虚清心丹性属寒凉，正好能冲这热毒。"

玉清真人神情略微一松，但在转瞬之间，又好像想到了什么，眉头蹙得更紧："没有了。"

"什么？"凤妄言愣住。

玉清真人面露疲色："太虚清心丹没有了。"

"半个月前，"玉清真人周衍沉声道，"晚儿下山除妖，受了重伤，我便将那太虚清心丹给她服下了。"

这太虚清心丹极难炼化，他开炉也不过只得了三粒，都让乔晚服了下去，一粒也没剩，否则如何会落得现在这般窘境？如今他就算想要重新炼化，时间也不等人。

望着床上沉睡不醒的少女，周衍心如刀绞。

穆笑笑面色潮红，紧闭着双眼，唇瓣干裂，显然正在受那热毒侵袭。

这是他一手抚养长大的弟子，他如何不愧疚怜惜？

凤妄言怒极反笑："没有了？！好一个没有了！

"你那小弟子的命是命，笑笑的命就不是命了？！当初笑笑坠入碎骨深渊，你们好一个昆山派，找都没下去找，就断定她已经陨落，如今不过一味丹药也拿不出来？"

周衍知他久未出世，性烈如火，行事随心所欲惯了。

他不过是个开了灵智的凤凰，周衍倒也不至于和他计较，只皱了皱眉，不去看他，而是转向高兰芝："除了太虚清心丹，笑笑这毒可有他法可解？"

高兰芝略一思忖，说道："也不是没有办法，但是，端看晚儿这孩子愿不愿意了。"

周衍道："但说无妨。"

"晚儿服下太虚清心丹不过半月有余。"高兰芝斟酌着说，"若是晚儿愿意舍血相救，笑笑这毒并非不能解。”

赐血？

周衍眉头皱得更深。

他是乔晚的师尊，自然也知道她修行之刻苦艰难，此番舍血定会有损她的元气与修为。

再看向穆笑笑时，周衍袖中指尖轻轻一颤，闭上双眸轻轻地叹了口气。

最终他对穆笑笑的怜惜之情胜过了这犹豫。

笑笑受了如此苦楚，他无法见她继续受此折磨。

罢了，晚儿心性向来坚韧，如今也只能暂时委屈她了。

若是晚儿不愿，他再劝劝她，舍血之后，再以灵丹养护，想来也无妨。

打定主意后，周衍抬眸道：“既然如此，那我这便传信叫晚儿过来。”

乔晚一入定，就忘记了周遭的时间变化。

等到再睁开眼睛时，时候已经不早了，乔晚吐出一口气，从石床上一跃而下。

她刚跳下石床，腰上的传信玉简就传来消息，师尊他老人家请她上峰顶见一面。

不用猜她也知道是为了穆笑笑的事。

刚结束入定，她现在耳聪目明，神清气爽。

看到这玉简，乔晚不敢有丝毫懈怠，匆匆忙忙地捏了个净尘诀，出了洞府，足下一顿，破空而去。

她已经想好了。

她虽然傻了点儿，但好在天道可怜她，让她恢复了记忆，回头还不晚。只要好好做人，一心修炼，至于穆笑笑和裴春争，她能避则避，保命应该还是不难的。

还有这条抹额，乔晚摸上袖中的抹额，有些忐忑，但愿她师父能喜欢吧。

虽然她一朝恢复了记忆，但这数十年来的感情不是这么简单就能被抹去的。这么多年的相处中，她师父早就化身为她父亲一样的存在。

等到了峰顶，乔晚才发现玉清峰上已经熙熙熙攘攘地挤满了不少好奇的弟子。

玉清峰峰顶亭台楼阁层层叠叠，高百尺有余，依照山势而建，冷峭肃杀。

来“吃瓜”的弟子都被困在阵法的外围，进不得殿内，但饶是如此，还是抵挡不了昆山派弟子们看热闹的心情。

古往今来，人们都无法抵抗八卦的神秘力量，就算是修士也不能免俗。

毕竟人的寿数一长，难免就闲得有些发慌，“吃瓜”的热情也随之空前高涨。

毕竟那可是魔域的碎骨深渊啊！从来没人能活着回来，就连当初云烟仙府的闲云真人掉下去，都再没能上来，穆笑笑竟然活着从碎骨深渊里回来了？！

这不是最让昆山派弟子惊讶的地方，更让整个昆山派惊讶的是——

“哎，你们知不知道，据说穆师姐是被一个男人抱回来的！”

“呀！”一个女修惊讶地说，“男人？什么男人？这……这是怎么回事？穆师姐不是已经和萧家的萧焕有婚约了吗？”

弟子甲嘻嘻地笑道：“我还听说那男人长得可好看了。”

弟子乙不服：“有多好看？再好看能有玉清真人好看？”

“那不一样，玉清真人是冷，而那男人啊，就像火一样。”回想起那男人的模样，其中一个女修也不禁跟着面飞红霞，啧啧称奇。

穆笑笑回来的那天，她是远远地在人群中看过一眼的。

那男人生得极为俊美，抱着昏睡中的穆笑笑，登上了昆山九万九千九百九十九级台阶。

他一袭红色的曳地长袍，头发长及脚踝，一双凤眼眼波流转，修为更是深不可测，听说那是凤凰！

“凤凰？！”有人惊呼，“凤凰不是在上古就覆灭了吗？这世间还有凤凰？！”

凤凰一族可是早在上古就覆灭了！

穆笑笑是怎么活着从碎骨深渊回来，还能带回一只化形了的凤凰的？！

不知道是谁眼尖，看到了从剑上一跃而下的少女，“吃瓜”的热情更是涨到了一个前所未有的高度。

“乔晚啊！那是乔晚！”

“乔晚？！”

“乔晚怎么来了？！”

弟子丙不屑地说：“还能为了什么？笑笑回来了，乔晚当然是要去看她的。”

其中，那入门时间晚、没见过穆笑笑的弟子，正好奇地看着乔晚。

“听说那乔师姐生得和穆师姐极像？”

他身旁年长一些的师兄看了少女一眼，摸着下巴点评：“像倒是像，但这乔晚和笑笑师姐生得还是有些不一样的。”

“哪里不一样了？”年轻的弟子疑惑地问。

他是亲眼见过穆笑笑的。

穆笑笑冰为肌玉为骨，两颊的酒窝又甜又美，笑起来时如霞光荡漾，纤腰不盈一握，像只能托于掌中的雀儿，灵动逼人。

“穆师姐生得极美，派中挑不出第二个人来，相比之下，这乔晚容貌虽和她酷似，就显得逊色许多了。她这个呆板拘礼的性子，就是有七八分美，也能让她糟蹋成五六分。”

乔晚这性格想来也是和玉清真人学的，少年老成，沉默寡言，就好像别人欠她钱一样。

弟子丁努了努嘴：“你看见没？她身上穿的那件云魄绡，和腰上那把秋水含光剑，本来都是穆笑笑的呢，只不过后来玉清真人将这都给了她。”

“不论她怎么打扮成穆笑笑的模样，依我看，都比不上笑笑师姐。”

“乔晚这平庸的天资，也能被玉清真人收入门下，真是沾了笑笑师姐的光。”

“就乔晚这天资，再修炼个五百年，也不一定能结丹。”

在修真界，资源就意味着一切，世家宗门占据着绝大多数资源，而这下面零零散散的小门小派和家族，只能为一些蝇头小利杀个头破血流。

乔晚以这等拙劣的天资拜入玉清真人门下，享有旁人求之不得的资源，却还是这么一副德行，怎么不叫人眼红？

更何况，她这吃的、用的、穿的、住的，都是穆笑笑的。

这世上最让人意难平的，无非是我也可以、我本可以。

要是换作他们拜入玉清真人门下，定能做得比乔晚更好。

这么多年来，乔晚也练就了一副刀枪不入的厚脸皮，在众人的注目中，淡定地走向玉清宫的殿门。

她快走到殿门前的时候，一抹剑光突然飞至。

这抹剑光乔晚再熟悉不过了。

就在剑光刺破喉咙的前一秒，乔晚迅速往后跃了半步，发尾的粉色蝴蝶结轻轻一扬，及时地避免了血溅三尺的惨剧。

她再抬眼往前看时，那抹剑光已经乖巧地落在了来人手上。

眼前是一个模样约莫十六岁的少年，身着蓝白二色衣衫，乌发中点缀着些雪样的白丝，仔细一看，才发现那是个束发的发饰，特地取了雪狼尾巴尖儿上那一撮白毛。

他皮肤也是极白的，像冰雪一样剔透，一瞧见他，便使人忍不住想起那大雪满弓刀，少年负剑而行的意气与风流。偏偏他容貌生得极为明艳，额间一点朱砂，足踏黑靴，腰间别着个暗红色的锦囊，背上负着把长剑。

这就是裴春争，《登仙路》的男主角裴春争，也是她的前任。

看到裴春争的那一瞬间，乔晚微微一愣，心口随即漫上了一阵复杂的情绪。

仔细算算，她好像有将近一年的时间没见过他了。

再见到裴春争，说心如止水那是假的，毕竟她的的确确喜欢过他。

不过任凭乔晚内心如何惊涛拍岸，这一张面瘫脸，就算是面对裴春争的时候也泛不出一丝波澜。

乔晚发髻上顶着个粉色的玉蝴蝶，抬眼对上少年的视线，淡定而礼貌地说：“裴师弟，烦请让一步。”

而裴春争在看见她后，眉头却不知为何蹙了起来。

“你怎么在这儿？”少年嗓音清冷。

乔晚：“我来找师尊。”

"来找玉清真人？"少年乌黑的眼静静地看着她，没管她这客套的语气，目光中微露讥讽，"还是特地来看笑笑的？"

乔晚愣了愣，没想明白他的敌意究竟从何而来。

这些年来她自认倒霉，及时止损，也没找他算账，只当一腔真心全都喂了狗。

裴春争这扑面而来的敌意，使得乔晚不禁轻轻蹙了蹙眉头，很快又将心头的不满压了下去。

看样子，裴春争更像是怕她和穆笑笑碰面。

在穆笑笑坠入碎骨深渊后，他找到她玩起了替身的戏码，担心和害怕也是人之常情。

毕竟在穆笑笑面前，他完完全全处于被动的地位，卑微而没有安全感，畏惧着穆笑笑的离开。

乔晚想，这多像以前的她。

《登仙路》中女主角穆笑笑与男主角裴春争的感情，也一向是读者们津津乐道的话题。

裴春争这个人，集合了"病娇"常规特质，童年悲惨，性格阴郁，没什么三观可言，占有欲强又护短。

而女主角穆笑笑身娇体软，笑起来时脸侧有个酒窝，是妥妥的治愈系少女。

两人的感情，也是常见的救赎梗。

穆笑笑是裴春争的救赎，是他黑暗世界中唯一的光。

他放下自尊，卸下盔甲，将自己的卑微、慌乱和柔软尽数展现在了她面前。

他对穆笑笑不可谓不体贴，但对其他配角炮灰，就没什么耐性和好脸色了。

乔晚正是这炮灰中的一个，还是个鸠占鹊巢的替身。

将自己的身份和地位摆平了，她也就没有那么意难平了。

裴春争横剑相向，乔晚没有生气，反倒彬彬有礼地表明自己的态度："是玉清真人传信叫我入内。"

不是她主动去找穆笑笑，她也不会主动去蹚这浑水。

"请裴师弟让步。"

在昆山派多年，她早就修炼出了泰山崩于前而面不改色的本领。

乔晚在心中认命地叹了口气。

毕竟在这个修真界，不骄不躁、礼貌待人才是最保险的，这也一向是她的处事法则。

不过这也不代表她将礼节做到位了，别人就会放过她，但她这么做，总比萧博扬这类人存活的概率更大一些。

她的耐性，倒是使得裴春争多看了她一眼。

乔晚面色未变，虽然脑袋上顶了个可笑的玉蝴蝶，神情却极为疏离有礼。

裴春争看着她这副彬彬有礼的模样。

再一次见面，她还是没有变化，这么多年来没有任何变化。

她没有不甘，没有怨恨，甚至连一声责问都没有。

为什么？

为什么她还能用这副神情看着他？

一瞬间，他感觉心头好像有什么东西在狠狠地翻搅。

少年纤长乌黑的眼睫垂落，却不知道心上为何有这种古怪的感觉，只能选择握紧手中的剑，来缓解这莫名其妙的情绪。

因为用力，白皙的手背上青筋突起。

良久，他才淡淡地挤出了两个字：“是吗？”

第二章　尊　者

但就算这样，他也没有让开半步的意思。

就在两人僵持间，玉清宫里的人终于发话了。

“晚儿？进来。”

乔晚：“裴师弟？”

裴春争闻言终于让开了半步。

高兰芝嗓音柔和地道：“裴师侄也一同入内吧。”

乔晚循着声音源头，一路穿过重重亭台楼阁，走到了一处偏殿前。

不过她没着急进去，而是先站在殿前毕恭毕敬地行了一个礼，等玉清真人叫她进去后，才踏入殿内。

一踏入殿内，她便发现她的师父玉清真人正坐在床上，沉默不语地看着床上昏迷不醒的少女。

他身旁或坐或站，分布着一个红衣青年和一个宫装美人。

乔晚一眼就认出来，那宫装美人正是栖霞仙子，执掌岐黄之术的高兰芝，至于那红衣青年，应该就是书中提到的凤妄言了。

而穆笑笑正躺在床上，隔得远了，乔晚也看不清对方的容貌。

说不好奇穆笑笑长什么样是假的，但这么多年养成的习惯，还是让乔晚一进殿就沉默地垂手侍立在一侧。她师父不开口，乔晚就眼观鼻鼻观心，绝不主动说话。

周衍神情疲惫，看见站在不远处的乔晚，略微一松，沉声道：“晚儿，你上前来。”

乔晚依言上前。

“过来。”

她一直走到床前，也终于看清了床上的少女长什么样。

那就是穆笑笑。

和大多数正在流行的女主角一样，穆笑笑也是人美腰细身娇体软那一类型的。床上的少女，肌似羊脂，花容月貌。

她眼睫黑而长，垂落在眼皮上，显得恬静乖巧，使人忍不住去想，倘若这少女能抬起眼帘，这长睫下的眸子定是水光潋滟，动人心魄。

饶是乔晚，看到穆笑笑那一瞬，也不由得愣了愣。

穆笑笑长得和她确实很像，但比她多一分娇，如今昏睡着，更是姣美堪怜。

就在这时候，凤妄言也转过身来，凤眸一眯，打量了她一眼。

这一眼他特地放出了点儿威压，但也就这点儿威压，差点儿没把乔晚压趴下去。

乔晚收回了目光，冷汗都跟着落了下来。

乔晚知道，她不应该表现出来，但在这跨境界的碾压之下，她的手指指节僵硬得不可屈伸，就算再不甘，再咬紧牙关硬撑着，恐惧还是不受控制地吞噬了四肢百骸，冷汗一滴接一滴地往下落，牙关不停地在跟着打战。

突然之间，那威压又如同潮水一般退了个干干净净。

凤妄言收回目光，丹色的唇瓣间倨傲地吐出两个字：“废物。”

这废物竟然就是顶替笑笑的存在？

凤妄言冷笑。

他到现在还记得少女那双眼，像星星一点一点地暗了下去。

她没想到，在她坠入碎骨深渊后，什么都变了，她被人鸠占鹊巢，师尊已经成为别人的师尊，就连她的佩剑也给了那人。

而她虽然侥幸捡回了一条命，却饱受瘴气和热毒的困扰。

要不是听说她师父玉清真人手上有一颗精心炼化的太虚清心丹能解其热毒，凤妄言是绝不会带她回到昆山派的。

他的笑笑，只要有他护着，就没人敢伤害她。

威压退去后，乔晚站在床前还是没动。

刚刚这么一下，她的汗水就已经浸湿了背上的衣衫。

要问她现在是什么感受，乔晚只能说是不甘心。

她不甘心。

倒不是因为凤妄言这不加掩饰的敌意，早在来之前，她就已经做好了准备，具备了一个被迫上岗的炮灰女配角的自我修养。

乔晚就是对这境界的差距感到不甘心。

就算在心里告诉自己，凤妄言是书里冷酷轻狂的男配，修为肯定比她这个小炮灰高深，乔晚还是不甘心。

修炼这么多年，一朝被人轻而易举地碾压，乔晚悄悄地握紧了汗涔涔的手心，对这弱肉强食的修真界有了更深刻的认识。

少女狠狠地磨了磨后槽牙，脑袋上的粉色蝴蝶结也跟着晃了晃。

不行，她还是要努力。

天道酬勤，早晚有一天，她也能做到像这样，轻而易举地释放出威压。

整理好情绪后，乔晚这才又看向师父周衍。

她师父一向比较高冷，醉心剑道，平常没什么事一般是不会叫她过来伺候的，这回叫她上来，恐怕也不是为了让她和穆笑笑见个面这么简单。

“想必你来之前也已经听说过了，”果不其然，周衍道，“这是你师姐，穆笑笑。”

乔晚没吭声。

穆笑笑还昏迷着呢，那“见过师姐”一类的虚礼自然就没了意义，她总不可能夸一声师姐长得真好看。

周衍看了她一眼，想到接下来的话，又皱起了眉，难得有些为难，斟酌着说：“我此番叫你前来，也是为了你这师姐。”

“笑笑中了热毒，此毒唯有太虚清心丹可解。但半个月前，那太虚清心丹我已经给你用了，眼下一粒也未曾剩下，倘若你肯舍血相救，你师姐的毒便无大碍。”

高兰芝在一旁听着，也帮着劝慰。

乔晚这下总算明白周衍叫她过来是为了什么事。

“你可愿意？”周衍问。

乔晚沉默了一瞬，没立即回答。

要放血救人，她肯定要损耗元气。

如果是以往，她就权当义务献血了。但她冲关在即，又和萧博扬约战在前。她跟萧博扬积怨已深，如果在擂台上输给了他，到时候萧博扬必定不会轻易放过她。

说实话，对《登仙路》的剧情乔晚也记不太清了，来的时候根本没想到还要她英勇献血救人。

周衍的目光落在她身上。

凤妄言、裴春争和高兰芝也都看着她。

虽说给了她选择的机会，但乔晚心里清楚，今天她这血不献也得献，死撑着除了闹得难堪之外，没什么意义。

更何况她和穆笑笑之间的关系仔细盘算起来，确实是她沾了穆笑笑的光，如果不是因为穆笑笑，到现在她恐怕还是山下那个村姑。

要放血救穆笑笑，乔晚没什么不情愿的。自己被当成了她的替身确实悲惨了点儿，但这毕竟不关穆笑笑的事，也不应该牵扯到她头上来。

在心里权衡一番之后，乔晚还是决定在献血之前为自己争取一下，就将她与萧博扬之间有关赤云草之争的事告诉了周衍。

说完，乔晚装作没看见凤妄言讥讽的目光，平静地等待着周衍发话。

她和书里这些要风得风要雨得雨的人不同。赤云草在凤妄言眼里肯定算不上什么，但对现在的她而言，是再重要不过了。

她必须拿到。

凤妄言瞥了她一眼，瞧见她镇定的神色，不禁嗤笑了一声。

就她这模样竟然还能代替笑笑?

眼皮子浅，又唯利是图，这人庸俗得令人生厌。

虽然看不起她这挟恩图报的举动，凤妄言还是轻蔑地答了一句："你尽管放心，好处少不了你的，这赤云草等我回转之后，便为你寻来，你无须同他相争。"

那赤云草虽然算不上什么极其珍贵之物，但也不是随随便便就能得到的。赤云草生长在女阳山峭壁之上，女阳山酷热，一般人上不去，但对出身丹穴山凤凰一族的凤妄言而言是分外轻松的事情。

这就行了。

乔晚直接忽略了凤妄言话里不加掩饰的嘲讽之意，转向他礼貌地说："多谢前辈体谅，既然如此，我也就放心了。"

她这彬彬有礼的态度，倒让凤妄言一噎，想说点儿什么又说不上来，只能闭上嘴。

"那开始吧。"乔晚道。

见她答应了，高兰芝点了点头："裴师侄，烦请你到那边帮我拿个玉碗来。"

裴春争没啰唆，走到桌前拿了个玉碗。

一抬眼，他又对上了乔晚的视线。

裴春争移开视线不去看她。

"将碗放在她的手臂下。"高兰芝示意。

少年垂眸照做，端着碗伸出手。

秉持着同门之间的情意，乔晚抬了点儿胳膊。

少年将碗探入了她的胳膊底下。

"好孩子，这可能有些疼，委屈你了。"高兰芝抬头看了乔晚一眼，却见她心神镇定、双目平静，倒是有些意外。

高兰芝又捋起她的袖摆，露出一截小臂，只见那小臂白莹莹的，手臂上分散着大大小小的各色疤痕，新伤叠着旧伤。

高兰芝微微一愣，才知道自己刚刚好心的劝慰实际上对她来说并没有多大的意义。

高兰芝不由得又多看了乔晚一眼。

她倒是个心性坚韧的孩子。

看来她这短短数十年，接了问世堂马怀真的命令，确实为门派做了不少实事。

虽然决心不去看她，但袖子被捋起时，裴春争眉心一跳，还是忍不住看了一眼。

待看清乔晚这凄凄惨惨的模样之后，裴春争也愣了愣，旋即又蹙起了眉。

你这手臂上是怎么回事？

差一点儿，他就皱眉问了出来，就像之前几次那样，拉过她的胳膊帮她上药。

但对上乔晚那双平静的眼时，他这句话又哽在了嗓子眼里，不上不下。

人都是有私心的。

不同的人，在心里的分量也不同。

笑笑。

想到床上沉睡不醒的少女，裴春争定了定心神。

笑笑还等着。

解毒要紧，高兰芝也不再多想，合拢双指，以指代剑，轻轻地在她的臂上一划，血珠霎时滚了出来，滴进了手臂下的玉碗中。

红艳艳的血滴入碧色的玉碗中，荡出水光。

等接了满满一碗血，高兰芝才道够了，从怀里取出伤药，替她抹在伤口处。

“你师姐积毒甚重，”高兰芝道，“这几日恐怕都要你舍血相救。”

周衍问：“约莫还有多长时日？”

高兰芝摇了摇头：“这还得看笑笑的情况，短则三五日，长则十多天。”

乔晚拉上衣袖，听到这话也没什么反应。

裴春争已端了玉碗，走到床前去看穆笑笑。

床上的少女昏昏沉沉的，全然没了往日的灵动。

看到穆笑笑，他纷乱的心神微微一定。

这才是他的光，靠得太近了会烫得他发疼的光，也是他下决心要好好守护的对象。

而他如今眼看着她遭受着如此磨难。

笑笑。

御剑桃花
昆山晚

裴春争心中一痛，垂下眼眸，当下不再拖延，空出一只手，轻轻地掐住了少女白嫩的下颌，将血喂入她口中。

少女肌肤如玉，如今身中热毒，泛着些不正常的潮红，他指尖触上，感觉温热细腻。

这一碗血喂入穆笑笑口中后，她一缕青丝黏在颊侧，裴春争指尖一动，碍于在场众人，勉强压抑住了帮她梳理发丝的冲动，转而将床上的帐幔放下。

做完这一切，他才回到桌前，途中目不斜视，没看在场任何一人。

凤妄言行事一向随心所欲，肆无忌惮，眼见穆笑笑危机已除，懒得再和这些人多费口舌，走到床前去察看她的情况。

敷了伤药后，乔晚手臂上的血渐渐地止住了。

周衍看向乔晚道："你莫要回去了，这几日就搬来这儿住吧。"

乔晚应声："是。"

高兰芝闻言有点儿诧异，周衍的弟子竟不在玉清峰上居住吗？

要知道，穆笑笑此前一直是在玉清峰上歇着的，由周衍抚养长大，师徒二人情比父女。

自从穆笑笑"陨落"之后，周衍的消沉，整个昆山派的人也是看在眼里的。如果他是怕见到乔晚的模样，思及故人因而伤情，不让乔晚住在玉清峰上，这也不是没有可能的。

这毕竟是他们师徒之间的事，外人并无置喙的资格。

眼见这里已经没她的事了，高兰芝便准备告辞。

周衍为剑仙，这些人情往来的杂事，平常都是交给大弟子陆辟寒处理的，如今陆辟寒不在山上，乔晚知趣地走到高兰芝面前行了一礼："我送前辈下山。"

高兰芝看乔晚面色苍白，道："你刚刚才舍血救过你师姐，还是好生休息调养为妙，这些虚礼就免了吧。"

乔晚道："那请让我送前辈到宫门前。"

高兰芝见她坚持，也不勉强她。

然而就在乔晚迈步要走之际，一道火红的旋风遽然从床前席卷而来！

乔晚还来不及有所反应，只觉得胸口一阵剧痛，双耳嗡嗡地响，整个人已经飞了出去。

"砰——"

脊背撞上了屋中的圆柱，她从柱子上跌落，呕出一口鲜血来。

紧跟着，凤妄言艳丽却凶狠的面容凑到了她眼前。

他掐着她的脖子，将她高高提起，咬牙切齿地说："说！你对笑笑做了什么？！"

乔晚剧痛之中愣了愣，睁开眼，吃力地想，穆笑笑？

“笑笑？！”

裴春争和周衍一见此景，顿觉不妙，先后闪身至床前。

周衍掀起被褥一看，只见床上的少女双眉紧蹙，面上血色全无，牙关正咯咯地打着战。

裴春争忙俯身去探查她的呼吸。

穆笑笑气若游丝，面色惨白，显然已是命悬一线了！

“仙友冷静！”高兰芝大吃一惊，忙飞身上前阻拦，“你快将她掐死了！”

这时候，凤妄言似乎终于意识到了什么，松开了手。

乔晚像条死鱼一样摔落在地，高兰芝赶忙伸出衣袖去揩她鼻下、耳中和唇间流出的鲜血，扶她起来：“可还能站起来？”

凤妄言盛怒之下，并未收敛自己的修为。乔晚趴在地上喘了口气，口腔中一阵血腥之气弥漫开来，不断地呕出鲜血。

乔晚疼得冷汗直流，因为这剧痛之下，口鼻不断流出鲜血，唇瓣发麻，口不能言，说不出一句话来。

也没人知道她这个时候是何等心情。

高兰芝忙又取了一粒丹药喂入她口中。

一粒丹药入肚，乔晚这才缓过神来，咳出一口血沫，费力地摇了摇头对高兰芝道：“我不要紧。”

她刚喘定气息，下一秒剑光又至。

乔晚一抬头，就看见裴春争的剑尖直指她的咽喉。

少年明艳的脸冷若冰霜：“这是怎么回事？”

剑尖往前又递了一寸，裴春争眼中只有陌生得令人心惊的怒意和冷意。

乔晚抬眼看着裴春争。

这是她喜欢过的人。

就算过了这么多年，她还是喜欢他……个头。

乔晚眼神微冷。

她喜欢他个头！

她又不是那种有苦不能言，被虐千百遍依然痴心不改地守在原地，等待对方回头的傻子。

乔晚强压下怒火，理智告诉自己要忍。

修为差距太大，她在这儿动手不是明智之举。

想是这么想的，她做就不是这么做的了。

她忍不了。

就算全身上下疼得已经使不出多少力气，她还是拼尽全力，放出剑光，将他手上的惊雪剑打飞出去二丈远。

避开想要扶她的高兰芝，乔晚摇摇晃晃地站起来，抹了把唇角的血，终于将一直憋在自己心里的话骂了出来。

“闭嘴，”乔晚恶狠狠地吐出一口血沫，冷笑道，“小崽子。”

她怎么知道穆笑笑出了什么事？！

没料到她会猝然发难，裴春争手中的剑一脱手，斜刺里飞了出去，“当啷”落在地上。

乔晚一开口，就喷血。

眼看着乔晚口吐血沫，咧着嘴凶神恶煞的模样，猝不及防地被喷了一脸血，少年面如白玉的脸上露出一种愣愣的、极为可笑的神情，被这声“小崽子”彻彻底底地骂蒙了。

他从来没见过这样的乔晚。

至少在和他相处的这段时间里，少女好像总是一副温和有礼的模样，遑论现在这一脸凶相。

他从没见过这样的她。

裴春争愣愣地看着乔晚，就连脸上的血也忘了擦，也忘了张口去反驳她那声“小崽子”。

这个时候高兰芝终于反应过来了，来不及去管这二人之间的争执，赶紧快步去察看穆笑笑的情况，见情况不容乐观，顿时心头一沉。

乔晚揩了把嘴角的血，直接越过裴春争走到高兰芝身旁。

她现在浑身上下都疼，骂完了，也没那个心思和力气再去看他是什么反应。

高兰芝扭头看她：“你这几日有没有服用过什么旁的丹药，或是误食了什么？”

乔晚看了一眼躺在床上的少女，也知道事情有点儿难办，皱着眉，一项一项事无巨细地汇报，力图不漏掉任何细节。

“龙卷雪虎？”高兰芝打断了她的话，“你下山的时候，被龙卷雪虎咬伤了？”

乔晚见高兰芝这般反应，不用想也明白过来：“前辈，是不是那龙卷雪虎有毒？”

高兰芝点头：“你猜得没错，这龙卷雪虎的牙上确实有寒邪之气，你伤在了哪里？”

乔晚：“肩上。”

当时它将她扑倒在地，一口咬在她的肩膀上，她几乎使出了吃奶的力气，才忍住剧痛一脚将它踹开，运动剑光。

没想到这牙竟然是带毒的。

乔晚想都未想，直接扯开了衣服，露出肩膀，之前还没见异样，现在一看，两个血洞周围已经隐隐发黑。

她这举动，在众人看来难免有点儿豪放，不过其他人忧心穆笑笑的情况，也没那个心思去管她。

唯独裴春争多往这儿看了一眼，乌黑的眼像一汪墨，眼中神色不明。

高兰芝上前察看她的伤势，在众人的注目中，轻轻吐出一口气："幸好幸好。你无须担心，这妖兽牙上的毒不烈。"

说罢，她又转向周衍，温言安慰道："真人放心，笑笑没事。"

周衍沉声道："那她脸色怎会如此苍白？"

"这妖兽性邪寒，与那热毒一冲，这才显现出厉害来，但这毒伤不了人的性命，也损不了人的根基。真人只要将那碧藕仙丹给两人服下再运功驱散，就能破除这邪气。"

高兰芝口中的碧藕仙丹，是以昆山莲花池中结出的碧色仙藕所炼化，最是寻常易得不过。

听高兰芝这么说，凤妄言的面色才总算缓和了两分。

这个时候，裴春争才捡起剑，也走到床前看了乔晚一眼，唇瓣动了动，想说些什么，却没能开口，又低下头去看穆笑笑的情况。

高兰芝又道："不过如此一来，晚儿这血也就没什么用处了。"

裴春争心系穆笑笑，听闻此言，皱眉问："那除此之外，可有旁的解法？"

高兰芝道："倒还有一个法子，只不过此前我觉得太过麻烦，并未说出来，如今却不得不说了。

"在南霍洲栖泽山春沽洞中，有我昔年一位至交好友青崖道人。他医术高明，等笑笑醒来之后，不妨带她去青崖道人处，稍后我修书一封予他，你们见到他，他自然会为她治病，有他在，笑笑这热毒想来也就没什么大碍了。"

裴春争握紧了剑："笑笑何时才能醒来？"

高兰芝宽慰道："短则两三日，多则五六日，这几日中，有真人和我照料，你们倒不用担心，只是……"

高兰芝看向凤妄言："这位仙友，你性属火，这几日还是少与她接触为妙，免得再加深这热毒。"

凤妄言虽有不忿，但到底担心穆笑笑，冷哼了一声，没再说什么了。

周衍道："稍后我会吩咐人为你安排一处洞府，这几日你就暂且在那儿歇下吧。"

凤妄言没表露出任何异议来。

如此，这事才算揭过。

凤妄言仍旧想去看穆笑笑，但碍于自己这凰火没敢靠近。周衍看出来，叫了个小道童，先行带他去洞府了。

临走前，凤妄言看了周衍一眼，面色沉沉地说："照顾好笑笑，倘若她有什么闪失，我绝不会轻饶。”

周衍眉头皱得更紧了。

高兰芝忙着修书给青崖道人，也先行告辞了。

裴春争垂眸看着穆笑笑，攥紧了手指，到底也没多留。

如此一来，殿中只剩下周衍与乔晚师徒二人。

乔晚正准备告辞，突然想到了她袖子里的抹额。

周衍如今身心疲惫，哪里有空去看这抹额：“这抹额我用不上，你不若给你师姐吧。她眼下正受热毒折磨，这抹额对她兴许有些用处。”

乔晚攥紧了抹额，没答话，过了一会儿才应了一声，走到床前将抹额放在了枕边。

她刚刚受了重伤，鼻下正不断有血流出来，眼见着就要落下。

周衍指尖一点，让那险些落在穆笑笑脸上的鼻血顿在了半空中，再一扬袖摆，让它落在地上，这才转向乔晚说道：“你也退下吧，这伤势记得回去好好看一看。”

乔晚行了一礼，这才退了下去。

没想到她刚从偏殿退下，自暗处突然闪出一个人影来。

乔晚一看，正是裴春争。

少年明显是在等她，见她出来，蹙眉从衣襟前摸出一瓶丹药砸到她怀中。

“方才是我误会了你。”

裴春争顿了顿，目光不由自主地落在了她的脸颊、脖颈和手臂上。

虽然是在道歉，但少年面上表情依然算不上多么和善。

“这药你拿着。”

说罢他又加快脚步转身离去，像是后面有妖兽在追。

“裴师弟。”乔晚看了眼手中的药瓶，叫住了他。

嵊兰洞的百年玉乳，裴春争倒也舍得。

裴春争微微一僵，转过身来，只露出小半张侧脸：“你还有什么事？”

乔晚拎着药瓶重新丢入他怀里：“你这药我不要。”

裴春争下意识地接过药瓶，顿时皱起了眉：“你这是什么意思？”

乔晚摇摇头，神色很诚恳：“没什么意思，只是比起这药，我更希望听到裴师弟亲口对我赔罪。”

裴春争怔了怔，脸色白了又青，青了又白。

他一向高傲，除了穆笑笑，从来没向什么人低过头。

乔晚平静地看着他：“裴师弟，我要一个道歉应该不过分。”

少年有些恼羞成怒，目光微冷，但瞧见少女嘴角和鼻下没来得及拭去的血迹，喉咙又好像被什么东西堵住了。

最终，他还是寒着脸，冷冷地抛出了几个字："方才的事，是我莽撞了，抱歉。"

乔晚点了点头："这就行了。"

她也没多和他啰唆，转身就走。

唯独裴春争留在原地，看了乔晚一眼，又看了一眼手中的药瓶，闭上眼轻轻喘了口气。他再一睁眼，药瓶已经"嘎嘣"一声四分五裂，这百年玉乳混着血渍滴滴答答地从指缝中漏了出来。

乔晚刚高贵冷艳地转过身，胸前突然一痛，这一下差点儿没让她破功。

稳住，不能崩，裴春争还看着她，乔晚皱紧了眉，为了维持自己高冷的气质，挺直了脊背，等到走出裴春争的视线范围，才硬生生地刹住脚步。

胸前如遭重击，乔晚眉心一跳，不敢耽搁，赶紧就地运功为自己疗伤。

她再睁开眼时，眼前却出现一个小道童，正担忧地看着她。

"乔师姐，你没事吧？"

乔晚认得他，那是平常伺候周衍的道童小鹤。

他五岁的时候碰上妖兽，被周衍救下带回洞府，自此天天唯玉清真人马首是瞻。

他不知道刚刚殿中发生了什么事，一看到乔晚这受伤不轻的模样，顿时吓了一大跳，看她运功，也不敢上前，直到见乔晚面上终于恢复了点儿血色，才忍不住小心翼翼地问。

小鹤是带她去洞府歇下的。

依照周衍的吩咐，她这几天就住在玉清峰上，不用再下山了。

小鹤带着她来到一处洞府后，看她模样确实有点儿凄惨，秉持着同门情谊，忍不住道："乔师姐，你还是好好睡一觉吧，别折腾了。"

他还是挺了解这个师姐的，整个玉清峰上都找不出第二个像她这么拼命的。要不是有大师兄陆辟寒时不时冷着张脸帮忙照看，这师姐早晚能把自己折腾死。

小鹤的好意，乔晚心领了："也不是我不想睡觉，我这状况你也不是不知道。"

小鹤一想，也是。

这就要提到她体质上的另一个毛病了。

除了存不住灵气外，她一睡觉，神识就忍不住乱跑，常常蹿到别人的梦里去。

这也是她不睡觉的另一个重要原因——入梦。

入梦，顾名思义，就是指她进入别人的梦境里。

这也不是什么稀有技能。在修真界，那些主攻幻术等一系列精神力的修士都能入梦。

只要神识够强的人，就能入侵对方的梦境，将对方的底裤都掀个一干二净。

不过乔晚这情况有点儿特殊。

和其他人有意识地入梦不一样，她入梦的时候，完全是不受自己控制的。

梦这种东西，都是特别私人的，比如什么心魔啦、某些不可描述的事情啦，她一不小心撞破，场面都十分尴尬，那是要被打的。

神识受伤和肉体受伤根本不是一个概念，久而久之，乔晚干脆就有意识地减少了自己睡觉的频率。

以前乔晚还不知道这是为什么，现在恢复记忆之后再想想，可能是因为她是个穿越者，魂魄估计和这个世界结合得还不够好，一到晚上就会出来溜达。

不过这毕竟都是她自己的猜测，也没有什么依据。

乔晚这个时候身心俱疲，没心思再去搞好人际关系，小鹤一走，她就顺手抄起一面镜子，看自己的伤势。

凤妄言刚刚也是怒极，掌中不自觉地就附上了一层凰火，她脖子上留下了凰火烫出的五个漆黑的手指印。

乔晚对着镜子看了看，心想这个文身还挺新潮。

指尖轻轻一触这漆黑的焦肉，疼得乔晚咧了咧嘴，忍住了骂凤妄言的冲动。

凰火烫出的伤疤，即便用药，一时半会儿也是退不下去的。

乔晚面无表情地想，看来这段时间她都要带着这个文身出门了，君子报仇，十年不晚。

看着镜子里的自己，乔晚忍不住又想到了刚刚小鹤说的话。

她这些年来入梦，其实也不全都是糟糕的体验。

至少……

乔晚有点儿出神。

因为入梦，她还认识了一个人，一个佛修。

这还得从她和裴春争闹掰的那天讲起。

当时大师兄给她留了点儿面子，也给她留了点儿一个人独处的时间。

大师兄走后，乔晚就这么把自己裹在了被子里。

太难受了，她伤口未愈，一躺下鼻血就汩汩地往下流。乔晚赶紧又抹了把血，努力吸了吸鼻子，眼泪鼻血混作了一团。

最后是怎么睡着的，她也不记得了。

乔晚迷迷糊糊地就睡了过去，一睁眼，发现自己一脚踩进了别人的梦里。

这些梦千奇百怪，各不相同。

她看到了修真界著名的高富帅同元真人，他正蹲在地上，背对着她，不知道在想些什么。

乔晚走过去一看，才发现同元真人正蹲在一个小水池边。

同元真人是个和她师父差不多的剑仙，平常总是戴着一条白色的抹额，一样的高岭之花，冷峻而不可直视。

而现在，同元真人摘了抹额，神情看上去有点儿哀伤。

水池中清晰地倒映出了他后移的发际线。

乔晚：“……”

她是不是撞破了什么不得了的秘密？

就在这个时候，同元真人好像察觉到身后有人，猛地转过头去，疾言厉色地大喝了一声：“谁？！”

乔晚脚下一空，整个人跌落了下去。

像没有终点一样，她一直往下落。

在坠落途中乔晚看到了修真界那个烈日教的邹阳舒其实是个哭包，每次打架输了，都会躲在梦里哇哇大哭。

那个打架超级厉害的甘战上人，少年时曾经被一个凡人小萝卜头暴打了一顿，纵使他现在斩妖除魔像砍瓜切菜，依然忘不掉被小学生暴打了一顿的心理阴影。

乔晚突然就看开了。

看来大家都活得挺不容易的。

怀着这样的想法，她落地了。

这一次，她站的地方是一处平原，平原宽阔无尽，一直延伸到远处的大海。

平原与海上的天空，呈现出泾渭分明般的两种不同色彩。

平原上的天空，铺展着大片绮丽的火烧云，而海面上的天空中翻腾着一片诡谲古怪的乌云。

在红与黑的分界线上，悬挂着一轮正在徐徐落下的夕阳。

在平原正中央，是一棵巨大的菩提树。

她身前漫着一阵白雾，将眼前的一切都笼罩在了一片朦胧之中。

乔晚试探性地往前走，一直走到菩提树前，透过雾气，隐隐约约地看到树下坐着一个男人。

她刚走近，男人就发现了她的存在。

“嗯？”对方尾音轻轻一扬，厉喝道，“是谁在此处？！”

这人的嗓音如古刹钟声，清正威严，还自带回音效果。这声音当头一下把乔晚震得有点儿发蒙，鼻血跟着又淌了下来。

乔晚一抬眼，好像隔着浓雾，对上了一道凌厉的目光。

隔着浓雾，她也不太清楚男人究竟有没有看见她的脸，但能感觉到这道目光落在了她身上，从头到脚地将她打量了一遍，连修为也都让人掀了个底朝天。

这一次，对方没丢出什么刀光、剑光擦着她的头皮飞过去。

她看不清对方长什么样，但能感觉到一点儿清正之气，雾气里散发着点儿淡淡的金光。

这个梦应该属于尊门哪一位的前辈。

察觉到这位前辈落在自己身上的目光，乔晚行了一礼，刚准备开口，结果刚刚哭太久，她胸前一阵抽抽，没缓过气来，还在不停地打哭嗝。

“在……嗝……在下……是……”乔晚一边说，一边呼哧呼哧地直抽抽，“昆……嗝……昆山派的弟子……不……嗝……不慎误入此地……”

尊者：“……”

太糟糕了，她越想冷静下来，这哭嗝反倒越响亮。

乔晚难过地想，她还没这么丢脸过。

想到少年发红的双眼、冷冷的目光，又想到那盏兔子绢灯，乔晚觉得委屈，眼泪又掉了下来。

反正隔着浓雾，对方也看不清自己长什么样，乔晚干脆自暴自弃地坐了下来，哇哇大哭。

尊者皱了皱眉：“你为何而哭？”

乔晚：“呜呜呜呜……嗝……”

尊者眉头皱得更紧，耐下性子继续问：“发生何事？”

乔晚飙出两道海带泪，哭得更大声了，一边哭，一边响亮地回答：“呜呜呜呜……我……嗝……我失恋了……”

尊者：“……”

乔晚：“呜呜呜……我好惨，我爹被天降正义，我娘不要我，我哥男人的嘴，骗人的鬼。”

这都是什么颠三倒四的胡言乱语？

尊者再度皱眉。

乔晚：“我还被人欺骗了感情呜呜呜，他们都把我当替身……我的命好苦呜呜呜……”

虽然不明白她在说些什么，尊者还是耐着性子等她哭完了。

浓雾中的少女哭得一把鼻涕一把泪，好像当真有什么伤心事。

尊者敛眉沉思。

乔晚哭了足足有一盏茶的时间，全发泄出来了，才终于感觉好多了。

想到面前的尊者还看着呢，她赶紧擦了把眼泪，恢复了平常谦逊守礼的模样。

“抱……抱歉，”乔晚抽了抽鼻子，恭恭敬敬地又躬身行礼，“方才是晚辈失态了。”

尊者不甚在意地答：“无妨。”

梦境都是极其隐私的。

回过神来后，对闯入他的梦里这件事，乔晚有点儿歉疚，对方似乎也看出了她的歉疚，却没怪她。

尊者非但没怪她，看她一副蔫蔫的状态，还干脆为她说起了佛理。

“我虽不知晓是何事使你如此伤情，”尊者沉声道，“但你须明白，人生皆苦。而这一切烦恼业障，本来空寂，莫要作茧自缚，折磨了自己。”

这个前辈是个温柔的好人呢，虽然说话的语气严厉了点儿，让人不太敢冒犯。但被她这么闯入梦境，他非但没生气地赶她走，反倒接纳了她，还等她哭完了。

虽然现在乔晚的心思根本不在这，但她还是很认真地听他说了下去。

这位前辈，嗓音威严尊贵，还……还挺提神醒脑的？

至少，她现在灵台清明，心情平复了不少。

她看不清这位前辈的模样，只能看见他藏蓝色的长发，那时隐时现的眉眼，宝相庄严，美艳到带了点儿锋锐，像薄红色的刀锋上漾出的光，绽开了旖旎的花色。

乔晚想再看清楚一点儿的时候，那雾又慢慢地聚成了一团。

乔晚猜，这雾气或许是面前这位前辈的意思。

毕竟高人嘛，一般都不太乐意以真面目示人的。

对方不愿自己的真面目暴露在人前，乔晚也乖乖收起了自己的好奇心，不多看，也不多问。

突然，眼前的白雾、菩提树和平原都在急速退去，她醒了。

呼啦一声轻响，寒鸦拍打着翅膀，从洞府外飞过。

乔晚猛地从这初见面的回忆中挣脱出来，再次抬眼看向了镜子里的自己。

镜子里的少女顶着个大蝴蝶结，睁着一双黑黝黝的眼睛，面无表情地回望。

虽然修真界的女修士们有灵药养护，大多肤白貌美，但像她这么能折腾的毕竟还在少数，就算有灵药护着，脸上还是新伤叠旧伤。

女孩子嘛，大多是爱美的。

乔晚也不例外，面瘫着脸，认认真真地扶正了自己脑袋上的蝴蝶结，又凑近看了看脸上的划痕，上次战斗遗留下的伤疤已经淡得快看不见了。

给自己上了药，拉了拉衣领，挡住了脖子上的伤疤之后，乔晚也没耽搁，坐在石床上再次入定，检查自己体内的伤势。

凤妄言是天生的凰族，一生下来就是金丹修为，修炼也是顺风顺水、信手拈来的事。

投胎是一门技术活儿，乔晚承认自己羡慕嫉妒恨也勉强不来。

她才积攒没多久的灵气，经过今天这么一场无妄之灾，又被他打散了，乔晚一边按捺下性子，以灵力缓缓修补伤势，一边重新夯实地基。

可能是因为舍血在前，又被凤妄言掐着脖子拎起来在后，这么一通忙活下来，她竟然真的靠着石壁睡着了。

乔晚其实没想过能再见到那前辈。

毕竟她和那前辈快有半年没见过面了。

她每天用入定代替睡眠，而那前辈显然也没闲情逸致天天睡觉，能不能见到那前辈，纯粹是看脸。

脸好，她能见一面，听前辈说说佛理，脸黑的话，小半年都不一定能碰上一次。

一入梦，眼前熟悉的平原像是在提醒她，她今天运气还不错。

乔晚轻车熟路地迈起步子，一直往前走着。

这片平原实在太大，她走了半天，才走到平原中央的菩提树下，菩提树高百尺，枝叶茂密苍翠。

看见这棵菩提树，乔晚愣了愣。

按理说，那位前辈应该是趺坐在菩提树下的，但如今菩提树下空空荡荡的，没半个人影。

远处似乎传来一阵隐隐约约的海浪声。

心中陡然生出一阵不祥的预感，乔晚心中惊呼了一声！

不是她想的那样吧？

回过神来之后，乔晚赶紧拔腿狂奔，这一路随风奔跑，总算及时赶到了平原的尽头。

平常这片海面总是平静无波的，今天这片海却掀起了滔天巨浪。

等赶到海边，看到海边的景象以后，乔晚睁大了眼。

海上掀起了足以遮天蔽日的滔天巨浪，斜阳落在海面上，起伏的海浪中漂浮着些断肢残骸，与夕阳一起将海面染成了红艳艳的血色。

腥臭的波涛扑面而来，她刚赶过来，瞬间就被从头到脚浇了个透心凉。

而在狂怒咆哮的波涛与雾气中，一只章鱼一样硕大的海怪正挥舞着触手。说是章鱼，也不准确，这海怪脸上什么都没有，只竖立着一只巨大的、黑漆漆的眼，像是个鼓鼓胀胀的脓包。

海怪有一人的腰那么粗的触手拍打在海面上，每击一下，海面就掀起一个接一个的浪头。

而就在这触手间，穿梭着一个蓝色的小光点，与海怪缠斗不休。

看到乔晚，那个蓝色的小光点停了下来，虽然也被雾气包围着，但乔晚一眼就认出来了，这就是梦里那前辈。

乔晚被这章鱼怪震惊到失语：“克……克苏鲁？”

“嗯？”

虽然被雾气包围着，看不清尊者的面容，但对方明显是抽空往她这儿看了一眼。

这一眼，让独眼海怪逮到了空隙，一触手抽了过来。

尊者见状，皱紧了眉头，怒喝一声，翻手就是一掌！

“轰——”

张扬的触手顿时被金色的掌印轰成了两截，“扑通”沉入了海中。

目睹这一幕的乔晚眼角一阵抽搐。

这一根触手虽然被轰断了，但海怪的无数根触手紧跟着又上，几乎交织成一张黏糊糊的咸湿的网。

海面上霎时风起云涌，波涛大作！

尊者眉目严厉，穿梭在一条条触手中，身形翻转腾飞，一掌接一掌地发出！

独眼海怪似乎能预料到尊者每一步的动作，饶是尊者修为高深，也还是双拳难敌四手，不，N爪。

海怪可能是想占用尊者的一点儿时间，谈一谈他们的大父和救王克苏鲁，其中一根触手缠住了尊者的脚踝，其他几根触手也随之而上，卷起尊者的手腕，缠上脖颈，禁锢腰身，牢牢地将尊者捆在了半空中。

尊者显然没这个兴致，皱眉怒喝道：“孽障！”

他欲再发出掌气，手腕却被触手缠得紧紧的，动弹不得。

不只如此，那触手上的吸盘还死死地吸附在了尊者的肌肤上，叫他一时无法轻易挣脱。血色的海水顺着触角尖儿往下滴，洇湿了尊者的袈裟，隔着浓雾好像也能看到隐约的肌肉线条。

触手渐渐收紧，尊者蹙眉，逸出一声圣明而庄严的喘息。

那触角尖儿似乎还轻轻地弯了弯，摇晃了两下。

乔晚眼皮一跳，再也不敢多耽搁，拔剑就冲了上去，大喊了一声：“尊者我来助你！”

这海怪见又冒出个不速之客，伸出其余的触手想要阻拦。

乔晚修为虽然低了点儿，但别的不说，在炼体这方面还是可以的。

没办法，修为点不上去，她只能尽量多堆点儿闪避和力道。

扭身躲过这四面八方的触手，乔晚一路往海怪那只水汪汪的大眼奔去，而后高高地举起剑，毫不留情地“扑哧”一声捅了进去！

眼球破裂中爆出的液体瞬间喷了乔晚一脸。

不可避免地尝到了点儿奇奇怪怪的咸腥味道，乔晚：“呸呸呸！”

章鱼海怪吃痛地狂乱挥舞起触手。

乔晚一鼓作气，使劲拔出剑，深吸一口气，大喝一声：“去！”

长剑如有灵性般脱手而去，剑刃急速翻飞间，数根触手齐刷刷地被斩落在眼前。

乔晚愣了愣，没想到竟然这么轻松。

不对吧？

尊者修为明明比自己高深，连他都打不过这海怪，怎么她对付这海怪跟砍瓜切菜一样？这是苍天怜见，突然给她开了什么金手指吗？

触手刚一松，尊者趁势挣脱了桎梏，眼睛眨也没眨，毫不犹豫地穿过眼前纷落的断肢，迅速捏了个法印。

“光聚顶印”！

金色掌印拍在海怪身上，完美地诠释了什么叫趁你病要你命。

海怪刚接触到掌印，还没来得及有所反应，霎时间便四分五裂，爆体而亡。

碎肉混着断肢纷纷落入起伏不定的海波中，尊者垂袖转过身，穿过漫天血雨，踏浪行波，步履从容地朝她走来。

“走吧。”

目睹这一幕的乔晚：“……”

真男人从不回头看爆炸，影视剧诚不我欺。

尊者在她面前停下脚步，一看乔晚没动静，蹙眉反问：“嗯？”

他嗓音浑厚沉稳，极其威严。

乔晚顿时又被震清醒了，忙摇了摇头，正想开口问他这是怎么回事，尊者面色却遽然一变，猛地发出一道气劲，像抽陀螺一样把她抽到了自己身后。

乔晚抬眼，只见那海面上再度掀起了半丈高的浪头，有什么东西正顶着海浪，从深海中慢慢地爬了上来。

尊者看着海面：“眼前并非谈话的时机。”

乔晚一脸疑惑。

他一拂袖，又一道气劲凶残地将她打飞了出去。

“砰——”

她醒了。

醒来时，洞府中的灯火时亮时灭。

乔晚默默回想，梦里究竟是怎么回事？

这前辈的梦什么时候变得这么凶残了？

乔晚知道这海面是什么意思，代表着尊者的心魔。

在她入梦的大部分时间里，这片海都很平静，但有时海面上也会掀起丈高大浪头，狂怒呼啸，这个时候就会有无数奇形怪状、披坚执锐的魔物夜叉站在浪头上，看着菩提树下的尊者跃跃欲试。

尊者就守在菩提树下。

他禅心坚定，海面上的群魔恨得牙痒痒，也不敢轻举妄动。

但今天这梦……

乔晚赶紧想跳回床上闭眼睡觉，看看情况。

但她刚挨到床边，差点儿没一头磕在床上，磕掉自己的两颗大门牙。

她腿软。

乔晚及时地刹住了脚步。

这感觉不像是神识消耗太过，更像是中毒，从脚底板到头顶都冒着点儿寒意。

她一把扯开肩头上的衣服一看，那两个血洞周围的黑印好像更浓厚了，渐渐有往身下蔓延的趋势。

完了，她忘吃碧藕仙丹了，师父他老人家肯定是忘了叫小鹤把碧藕仙丹给她送过来。

乔晚合拢衣服，抄起佩剑，去了周衍的洞府。

先救自己的命要紧，至于梦里那位前辈，乔晚十分相信对方的能力。

至少，前辈的修为总比风妄言要高。

既然前辈能一掌把她打飞，对付那些魔物应该没多大问题。再说了，人家不愿意她在那儿待着。

她师父为人高冷，住的地方也是又高又冷，尤其是一入夜，山上寒风瑟瑟。

外有寒风，内有龙卷雪虎的邪寒之气，乔晚冻得直打哆嗦，好不容易才走到周衍的住处。

守在他门前的小鹤一看到她，一扬拂尘，马上迎了上来。

“师姐的伤好些了吗？”

乔晚保守地回答：“好多了。”

小鹤观察着她的神色：“师姐你这脸色已经出卖了你。”

乔晚哈了口气，不太在意地随口答了一句：“冻的。”

“师父歇下了吗？”

小鹤摇了摇头：“还没呢，真人放心不下穆师姐，照顾穆师姐去了。”

小鹤稚嫩的脸上有羡慕之色：“真人对穆师姐真好啊，我还从来没看见过真人对旁人这么好呢。”

乔晚道：“你进门晚，没见过也正常。”

小鹤看着乔晚，心里暗暗道，他进门也不晚了，就没看到过真人这么对待过大师兄和乔晚，不过这话他也只在心里想想。

小鹤又道：“师姐要不要进去坐坐，喝杯茶暖暖身子？”

乔晚摇头：“不用了，我这就去找师尊。”

她师父其实很好相处，除了高冷了点儿，没什么大毛病，对弟子也大方，就是他有洁癖，一向不喜欢别人不请自来，就算是他嫡传的弟子也不行。

她年少轻狂不懂事的时候，为了追一只仙鹤，不小心闯入了他老人家的洞府，打碎了一个玉瓶，最后还是大师兄陆辟寒把她从禁闭里捞出来的。

想到大师兄陆辟寒，乔晚又问：“小鹤，你知不知道大师兄什么时候回来？”

她下山的时候，大师兄刚被周衍派出去跑腿。穆笑笑回来了，大师兄要是得了消息肯定是要赶回来的。

《登仙路》里没花多少笔墨刻画陆辟寒，究其原因可能在于陆辟寒样貌平平，长得不帅，被作者干净利落地踢出了男主角候选队伍，最后为了救穆笑笑死了。

而大师兄陆辟寒之死，也成了穆笑笑和裴春争感情的催化剂，裴春争因为嫉妒陆辟寒在穆笑笑心中的地位，后来还发生了裴春争将她关起来等一系列没眼看的事。

小鹤摇摇头，表示自己也不清楚大师兄什么时候回来，乔晚便不再问。

小鹤入门时间短，修为低，守在洞府外，小脸冻得煞白。

乔晚出门的时候，特地给自己套了件披风，临走前解下披风，将手一扬，惊声叫道："你是何人？！怎会出现在此地？！"

一件披风从天而降。

"师姐？！"

小鹤还以为有敌袭，手忙脚乱地从道冠上把披风扒下来的时候，乔晚早就驾起剑光，溜了个无影无踪。

将披风丢给小鹤的后果就是，乔晚一路御剑破空而行的时候，冻得手脚僵硬，脚下不稳，差点儿一个趔趄从剑上摔下来。

等到了穆笑笑住的偏殿前，乔晚赶紧收了剑，跺了跺脚。

但是进殿前，她反倒又犹豫了。

就在她犹豫的间隙中，殿内隐隐传来了些人声。

是女人的声音。

这声音是穆笑笑？

乔晚微讶。

穆笑笑醒了吗？

女声嗓音软软糯糯的，好像怕惊动什么人似的，尾音微微发颤，给人一种温软的感觉。

"师……师尊……"

这温软的嗓音，此刻竟透露出惊慌失措来，过了一会儿，又低了下去，化为急促的呼吸和呜咽声。

乔晚愣了愣，下意识地收敛呼吸，退到了暗处，整个人都有点儿崩溃。

这种抑扬顿挫的语调，由不得她不去多想啊！

想到书里穆笑笑被人按在墙上，"眼眸湿润，执拗地咬着下唇，看上去又软又娇"的描写，乔晚整个人都僵住了。

不会是她想的那样吧？！

她是现在就跑呢，还是谨慎点儿，找个合适的机会再溜？

一时间，乔晚陷入了人生的大抉择中。

室内，在烛火的映衬下，穆笑笑就像是乖软的兔子，眼角微红，泪光闪烁。

想到她唇上微甜的气息，周衍喉结滚动了两下，面色难得有些窘迫，呼吸也有点儿凌乱。知道任其发展下去，定会做出错事来，周衍闭上双眸定了定心神。

少女委屈得像只小仓鼠，似乎没有想到师尊竟会做出这种事来。

穆笑笑别开目光，到现在心口似乎还在怦怦直跳。

“笑笑……”周衍睁开眼，嗓音低沉，素日里冷冷清清的眼中也暗沉沉的。

藏在暗处、跑也不敢跑、被迫听了墙脚的乔晚，内心波涛汹涌！

她绝对不能再听下去了，必须走！

乔晚当机立断地下了决定。

连剑光也不敢运行，乔晚按着佩剑慢慢往外退。

她修为毕竟太低，才踏出一步，殿内刚刚冷静下来的周衍顿时察觉不对，双眉一蹙，一个闪身的工夫，已截住了她的剑光，厉喝道：“谁？！”

等看清面前的人后，周衍不由得面露错愕之色。

“晚儿……是你？”

乔晚看着师父俊美无俦的脸，心中叫苦不迭。

完蛋。

玉清峰上风雪交加，只余一天星斗映照万物。

周衍皱眉厉声道：“你怎么会在这儿？”

溜是溜不掉了，乔晚赶紧收敛神情，力图不流露出任何古怪之处，毕恭毕敬地按剑行了一礼：“弟子有事想要禀报师尊。”

“禀报？这么晚了，你来此要禀报什么？”

看着面前恭敬有礼的少女，周衍面色微寒，心下又惊又怒。

方才笑笑醒来后，他情难自拔，一时忘了留心四周，现在看见乔晚未免担心，不知道她究竟看去了多少。

乔晚：“弟子是来向师尊求碧藕仙丹的。”

周衍这才猛地想起，他今日忙着为穆笑笑疗伤，一时没能想起乔晚这件事。

思及此，周衍眉头皱得更深：“这药我自会托小鹤给你送去。但你既然求药，大大方方地来便是，躲在暗处做什么？平日里我就是这么教你的吗？！”

本来乔晚还不太确定，但一看周衍色厉内荏的样子，心里马上就确定了七八分。

不是吧……

乔晚心里目瞪口呆。

《登仙路》中，根本没提到还有这段感情，不过剧情中周衍与穆笑笑之间的感情确实有些不清不楚、欲说还休的暧昧。

如今撞见了她师父和师姐的隐秘之事，乔晚赶紧低头，不多加辩解：“弟子知错。”

周衍也不答话，就这么看着她。
乔晚将头埋得更低，手心已经不自觉地开始冒汗。
这玉清峰上寒风呼啸，她却像置身火炉中被烤一样，汗水涔涔，几乎喘不上气来。
周衍的目光从她脸上掠过。
乔晚低垂着头，紧握着剑，额角也不由自主地渗出了冷汗。
毕竟也是自己的弟子，今日的确委屈了她，这事到底还是自己理亏在前，算不得她的错。
在这令人窒息的沉默之中，周衍终于开了口："你的剑。"
听周衍这么一说，乔晚微不可察地松了口气，二话没说，解下佩剑交给他，同时手心向上伸到他面前。
男人手执剑鞘，重重地打了下来。
剑鞘接触皮肉，发出一声闷响。
周衍为人高冷，一丝不苟，平常她要是犯了什么错，一般也都是被打板子或者关禁闭了事。乔晚震惊得无以复加，顺从地伸手也不反抗，只求周衍快点儿结束，暂且将这事揭过。
撞破别人秘密的人一般活得都不太长久。知道的秘密越多的人，死得也就越早。在这一点上，她一向有清晰的认知。
更何况，周衍此举代表着什么，乔晚很清楚，这已经是师尊有意不追究，只略施小惩来揭过这件事。
玉清峰上本来就冷，乔晚被冻得手指僵硬不可屈伸，剑鞘落下，掌心没多时就高高地肿了起来。
她师尊为人一丝不苟到打手心也就只打十五下左右，但这十五下里哪一下都不好受。
手掌心很快就失去了知觉，流了点儿血出来，被风一吹，马上就凝固了。
乔晚一边看着剑鞘抬起又落下，一边在心里默数。
十、十一、十二……
她数到第十三下的时候，四周风雪突然一紧。
还没等乔晚有什么反应，眼前一花，身前已然多出了一抹高且瘦的身影。
来人冒着一肩的风雪，挡在她面前。
那一剑鞘没来得及收回，落在了来人干瘦的手臂上。
"啪。"
青年眉心一敛，又不动声色地松开了，脚下却没移开半步。
夜里寒气逼人，肺里倒灌入冷风和苦雪，陆辟寒有气无力地咳嗽了两声，抬起眼皮："弟子拜见师尊。"
乔晚错愕。

大师兄？！

与此同时，一直等不到周衍归来的穆笑笑也缓缓走出了偏殿，看到这殿前的阵仗不由得愣了愣。

等那骤紧的风雪散去，她一眼就看到了那凄风苦雪中的男人，颊上不由得浮现一个酒窝，像只雀儿一样，欢喜地轻声唤道："大师兄！你回来啦！"

乔晚和陆辟寒眼睛一斜，一齐循声看了过去。

大师兄陆辟寒，玉清真人门下最为得意的爱徒，同时也是个重病缠身的病秧子。

眼前的男人相貌平庸，一脸病容，瘦骨嶙峋。

"笑笑。"陆辟寒的嗓音很轻，因为罹患重疾，他的声音也有点儿有气无力的，却尤为坚定。

看到穆笑笑，陆辟寒没露出任何惊讶之色。

他早就得到了师妹回来的消息，否则也不至于这么快就赶回山上，只是没想到刚赶到玉清峰，却看见了周衍和乔晚。

瞧见自己的爱徒回来，周衍也有点儿愣，但随即紧绷的面皮微微一松。

"你回来了？"

陆辟寒行过礼，那双幽深的眼睨了乔晚一眼。

接收到来自大师兄的视线，乔晚眼观鼻鼻观心，没出声。

穆笑笑走到三人身前，轻轻地问："大师兄，你回来啦？"

陆辟寒看向穆笑笑。

前两个月，他才被派下山，一是为了联络各大派有关昆山同修会的事，二是为了查清这段时间山下蠢蠢欲动的魔氛。

得到师妹平安无事回来的消息后，他一路紧赶慢赶才赶回来。

穆笑笑面上带着些红晕，眼中水波流转，软糯乖巧。

陆辟寒目光从她脸上掠过，见她唇瓣丰润，脸上透着些古怪的红，眼睫不由得轻轻一动。

在穆笑笑掉入碎骨深渊后，就连陆辟寒也不认为她会活着回来。

见她的确无恙，陆辟寒放下心来，素日冷漠的眼中染上了点儿暖意。

"我回来看你。"陆辟寒颔首，"你没事就好。"

"我没事，只是叫师父和师兄担心了。"穆笑笑弯起眼笑了，在这个时候，才看见了站在一边的乔晚，有些好奇，"你是……晚儿师妹？"

乔晚："见过穆师姐。"

穆笑笑："不用叫我师姐，叫我笑笑就好。"

陆辟寒多看了乔晚一眼，这才转头又面向周衍。

"弟子方才过来时，看到师尊与师妹站在殿外，是不是师妹又做了什么错事？"

陆辟寒一来，被他这么一打岔，周衍此刻心绪正乱，对上大弟子的眼，更有些不安，收敛神色，沉声道：“没什么大事。”

做师父的不肯说，做弟子的也不好再追问下去。

陆辟寒顿了一顿，才道：“她做错事，总归是我这个做师兄的没教好，等回去后，弟子会好好说她一说。”

周衍这个时候也没心思再去管乔晚，只让乔晚跟着穆笑笑先进偏殿，让两个人彼此熟悉熟悉，自己则和陆辟寒站在殿外，听他禀报这几日下山的情况。

进殿前，乔晚抬起眼皮瞥了一眼陆辟寒。

陆辟寒察觉她的视线，微微侧目。

乔晚：“……”

可能是被陆辟寒带的原因，她看着陆辟寒那张平平无奇的脸，感觉都比周衍更像她爹。

在乔晚与穆笑笑离开后，陆辟寒才又看向周衍。

“师尊。”

男人银发如瀑，风神朗逸，肩头却落了一根格格不入的乌黑长发。

虽然隐秘，但对目力极好的修士而言，能看个一清二楚。

想到穆笑笑微红的脸、丰润的唇瓣，陆辟寒轻轻低下眼，移开了视线。

或许是因为被乔晚撞破了隐秘的关系，面对眼前这个大弟子，玉清真人难得有几分不安，这不安之情无法表露，只能按下。

周衍蹙眉问：“你这几日下山，可有什么收获。”

陆辟寒道：“几个月后的同修会一事，大悲崖的无量尊者已经同意会来赴约，青阳书院也已应允。至于云烟仙府，到目前为止，尚未给出准确答复。”

周衍平日里对昆山派的事务并不上心，之所以听陆辟寒汇报，也不过是此刻正心神不宁，急需旁的事来转移注意力而已。

昆山派、大悲崖、青阳书院和云烟仙府，并列为修真界四大派，其中又隐隐以昆山派为尊，几个月后的昆山同修会，作为当世著名的武学盛会，其他三派自然是要参加的。

“那这段时日以来山下的魔氛……？”

陆辟寒：“看起来并非为魔域所为，魔域如今元气大伤，梅康平此人谨慎，魔君被封印之后，他一直在保养精神，积蓄元气，这数年来未见他有任何动作。”

陆辟寒口中的梅康平，正是魔域始元帝君的左膀右臂之一，是始元被封印后，魔域真正的主事人。

“那这魔氛从何而来？”

山上风雪交加，陆辟寒咳嗽了数声，缓缓地说：“是妖皇，他这几日去了趟魔域的血雾山，逼得血雾山上众魔纷纷出逃。”

如果是妖皇伽婴，那倒不令人意外了，他虽是当今的妖皇，但好战，平日里也不甚管妖族的事，每天不是在和人打架，就是奔波在和人打架的路上。

魔域元气大伤，一时半会儿再难恢复元气，妖界妖皇又整天忙着打架不管事，妖界现在是一盘散沙。

如今的修真界，正处于一段难得的和平时期。

听到这消息，周衍面色和缓，颔首道："我已知晓，这几日辛苦你了。没什么要事，你先下去歇息吧。"

乔晚今天见到穆笑笑的时候，穆笑笑还在床上躺着，现在总算见到了活生生的穆笑笑。饶是她，也难免多看了一眼。

穆笑笑额上正戴着那条抹额。

她个子很小，腰肢细细的，皮肤极其白皙细腻，像朵不堪人采摘的小蔷薇，眼睛明亮，眼睫又卷又翘，说起话来慢条斯理的。

她和裴春争，也被作者称为"软糯治愈小屄包 × 阴郁病娇大魔王"。

在评论区，穆笑笑拥有亲妈粉无数，"笑笑真可爱，快让妈妈亲一亲""呜呜呜——笑笑是什么神仙大宝贝儿啊"；而在书内，穆笑笑也是女配角们纷纷嫉妒到狰狞，整个昆山派疼爱不及的唯一的小师妹。

在乔晚恢复记忆之前，身边总少不了被比较的声音。

如今一看到穆笑笑本人，乔晚按着佩剑，也不得不承认，她确实不如女主角穆笑笑。虽然样貌相像，但和身姿柔软的穆笑笑站在一起时，连乔晚自己都觉得自己像个棒槌。

也无怪乎书中女配角们嫉妒到面目全非，乔晚自己都有点儿嫉妒。

毕竟作者为了贯彻爽文和甜宠文的宗旨，整本书从开头到结尾，穆笑笑一直是个 bug（漏洞）一般的存在，身娇体软，肤白貌美，不管碰到什么危险，最后都会有人保驾护航，一切艰难险阻，迎刃而解。

她走路就能捡到天材地宝，平日里不用动手，吃吃喝喝，躺着就能修炼，除了要被男主角和男配角抢来抢去、关禁闭、处理修罗场问题外，就没什么大的困扰了。

乔晚内心默默咬手绢。

她嫉妒。

对比她自己这资质和人品，她简直嫉妒到默默泪流满面。

与此同时，穆笑笑也在悄悄地打量着她。

身侧的少女低垂着眉眼，默然不语。

那是她掉入碎骨深渊后，师尊重新收入门下的弟子，样貌确实和她很相像。

毕竟是少女心性，穆笑笑也忍不住在心中悄悄比较。

对这个师妹，她其实是并无好感的。毕竟又有谁能大方到对一个占据自己原本的身份和地位的人有好感？

对方皮肤不如她白皙，腰肢也不如她纤细，虽然个子比她更高，但那么高的个子，难免失了几分女儿的柔美。

再想到适才所见的那一幕，穆笑笑悄悄地舒了口气。不过转瞬她又不由得忧心忡忡起来，不知道这位师妹刚刚究竟听去了多少话，又看去了多少画面？

想问，她又不好意思开口。

想到方才周衍的所作所为，穆笑笑小脸微红。

“师妹的事，我都听师尊说了，”少女嗓音绵软地说，“多谢师妹你舍血救我。”

穆笑笑主动起了话头，乔晚也接下了话茬：“这本来就是举手之劳，更何况，因为我疏忽大意，连累师姐你旧毒未消，又添新毒，该是我道歉才对。”

“师妹不要这么说，师妹愿意救我，我感激还来不及，又怎么会怪你？”少女浅浅地笑道，在那雪白抹额的映衬下，显得巴掌大小的脸越发小巧玲珑。

乔晚的目光落在她的抹额上，又移开了。

穆笑笑见她看着自己这抹额，有些不明所以。

两个人踏入了殿中，穆笑笑引她坐下。

她居住的偏殿内，鲛纱的帐幔如薄雾轻云，拳头大的南海明珠缀连为帘，桌上各色的糕点仙露一应俱全。

穆笑笑红着脸说道：“让师妹见笑了，我虽拜入仙门，却总是放不下这点儿口腹之欲，为此不知被师父和大师兄训斥了多少次。”

“师妹可要尝尝看？放心，这些糕点用的都是本派的灵植，不会妨碍修行。”

乔晚坐了下来，陪着她吃了一块糕点，喝了一杯仙露。

其间，穆笑笑也在有意无意地试探她。

乔晚当然也能看出穆笑笑对自己的试探。

废话，如果是她爸妈在以为她“死”后带回了个姑娘，她心里肯定也不痛快。

在原著中，“乔晚”和穆笑笑撕得十分激烈。自从穆笑笑回来后，就开始花式针对对方，在周衍跟前卖卖惨，努力扮演一朵迎风摇曳的“小白莲”。但不论“乔晚”怎么折腾，在周衍等人眼中，她的地位自始至终都是比不上穆笑笑的。

一个是周衍一手带大的，一个是后来才拜入门下，亲疏本来有别。更何况一个在碎骨深渊中受尽委屈，一个在昆山派无病无灾。两个人发生争执，于情于理，周衍都要更偏向穆笑笑两分，至少在穆笑笑回来的这段时间是这样的。

可惜“乔晚”看不清，因为看不清就更加愤懑，因为愤懑就愈加折腾，折腾到后来周衍等人对这个“心狠手辣”的弟子越发失望，最后落得个被裴春争弄死的结局。

但现实中，乔晚无意和气运之女穆笑笑结仇。书中的剧情和这一世的经历，使得乔晚把自己的心态摆得很正。

和女主角作对没什么好下场，这是无数恶毒女配角总结下来的血淋淋的教训。

不过抱女主角大腿这种事，乔晚平心而论，觉得自己做不出来。

她做不出来抱人大腿这种事。

面对穆笑笑，乔晚只能争取把她当个同学或室友来对待。

穆笑笑问什么，她都尽量回答，好打消对方的疑虑和忌惮。

她和穆笑笑初次见面，一起坐着吃吃喝喝，画风倒也算和谐。

“师妹是何时入门的？”

乔晚想了想，回答：“三十年前？”

她好像也记不太清了，修真界的人一个个都是老妖怪，年龄都没了多大意义。

想到自己脑袋上的小蝴蝶结，乔晚沉默了一瞬。

可是，她就是喜欢粉粉嫩嫩的小蝴蝶嘛。

说着说着，乔晚横放在膝上的佩剑忽然发出了一阵嗡鸣之声，剑身不堪寂寞地震了震，似乎想要挣脱乔晚的束缚。

“这是什么声音？”穆笑笑惊讶地睁大了好看的眼睛。

乔晚愣了一下，将秋水含光剑取了下来。

细剑顿时从她手中飞了出去，“当啷”落在了穆笑笑面前。

“这是……”穆笑笑诧异地抬起头，“秋水含光剑？”

少女伸出指尖，轻轻触碰剑身，细剑好像感知到了旧主的存在，震动得更加厉害，像是在亲昵地回应。

穆笑笑：“它……还记得我……”

对上穆笑笑又惊又喜的目光，乔晚忽然觉得有点儿尴尬，沉默地抿紧了唇。

自己看到穆笑笑戴着那条抹额又怎么样？毕竟自己现在用的这把剑也是她的。

这把剑，还是周衍给她的。

当时她欢天喜地地接受了，后来才发现这把剑的旧主是穆笑笑。

其实这把秋水含光剑，乔晚用着不是很顺手，她和这把剑更像是在搭伙凑合过日子。如今穆笑笑回来了，这把剑也理应物归原主了。

“这把剑本来就是师姐的佩剑，”乔晚道，“如今师姐回来了，这把剑也理当归还。”

穆笑笑抬眼问：“那师妹你呢？”她关切地问，“将秋水还给我之后，师妹你不就无剑可用了吗？”

乔晚：“无妨，我另找一把剑就行了。”

穆笑笑摇了摇头：“秋水毕竟陪了师妹你这么长时间，师妹你如今再找一把剑，用着也不一定称手。我如今也用不上这剑，师妹还是暂且拿着秋水吧。”

乔晚也摇头："这毕竟是师姐的剑，师姐还是拿回去吧。"

就在两个人胶着间，陆辟寒突然走入了殿内。

"大师兄！"穆笑笑惊喜地站了起来。

这么久没见，再见到形同亲兄长的大师兄，穆笑笑难掩欣喜之色。

陆辟寒却没上前："嘴。"

穆笑笑反应过来陆辟寒是指她嘴角的糕点屑，顿时涨红了脸。

陆辟寒难得微微一笑："听师父说你身上余毒未清，若没什么要事，就先躺下歇息吧。"

穆笑笑点点头，又问："师兄，师父呢？师父去哪儿了？"

陆辟寒道："师父有要事尚待处理，已经先回去了，特地吩咐我过来同你们二人说一声。"

听闻陆辟寒这么说，穆笑笑脸上浮现显而易见的失落之色。

陆辟寒却没再看她了。

见到穆笑笑他心中固然也极为高兴，但眼下还有另一件事要做。

"晚儿，"陆辟寒眼皮一垂，说道，"你随我出来。"

乔晚心中顿生一种不祥的预感。

无奈大师兄积威太深，恢复记忆前这数十年相处，导致陆辟寒实在太像她爹了，乔晚虽然不安，却还是顺从地跟着他走了出去。

穆笑笑愣怔在原地，微露迟疑之色，又见两个人一同离去，忙拿起桌上的秋水含光剑追了上去。

"师妹，"她将剑递到乔晚面前，轻轻地说，"你的剑。"

乔晚没想到穆笑笑这么固执，看着她手上这把细剑，一时有点儿犯难。

陆辟寒见状，问了一句。

穆笑笑弯起眉眼，软软地回答："师妹想将这把剑还给我，但我如今也用不上，想着还是让师妹先用着，等师妹寻到自己的剑之后，再还给我也不迟呀。"

陆辟寒："这剑你先拿着。"

乔晚没办法，只能先接过了剑，心里却在想得马上找一把剑了，不论好坏，至少先将秋水含光剑还给穆笑笑才是。

谢过穆笑笑之后，乔晚跟着陆辟寒一起走到了殿外。

陆辟寒像是看穿了她的心思，突然道："过两日我再帮你找一把新剑，到时候你再将这剑还给师妹。"

剑贵在合适，剑修不能没有剑傍身，这剑还给穆笑笑之后，她一时半会儿确实找不到合适的剑代替。乔晚知道大师兄这也是为了她好。

这剑她都用了这么多年，整个昆山都知道这把剑是穆笑笑的，现在她再急着还回去也没多大意义。

因为罹患重疾，陆辟寒走得不快，乔晚跟在他身后，脚一深一浅地踩在雪地中。一直走到高崖的一棵古梅旁，男人才停下脚步，转过身问：“这几日你修行可有懈怠？”

见大师兄检查作业，乔晚摇了摇头，但想到大师兄这挑剔的性格，又有点儿犹豫，临开口前改了口：“我前些日子接了问世堂的命令，去了北境除妖，这几日少了许多修炼的机会。”

“马怀真又派你下山了？”

“是。”

陆辟寒淡淡地说：“实战也是一种修炼，你出招吧，让我看看我不在山上的这几日，你修为可有长进。”

听到这话，乔晚心知今天是免不了要被揍了。

挨揍也是一种修炼，乔晚不再啰唆，利落地拔出了背后的秋水含光剑。

剑才出鞘，顿时一道掌风袭来。

乔晚忙举剑相迎，掌风刚触及剑身，剑身就被震得嗡鸣不止。这一剑重若千钧，乔晚差点儿被压得吐血，只能赶紧将力一卸，丢了剑往后蹦。

没想到陆辟寒压根没打算顾念同门亲情，又是一道劲气裹挟着风雪直冲面门。

乔晚仰身继续向后斜纵，一直退到了古梅下，脚下一蹬树干，以身化剑，借力直冲向陆辟寒。

男人照旧是一副病恹恹的样子。

乔晚快冲到他面前时，趁着风急雪大，忙变化身形，眨眼之间，犹如一瓣融入了风雪之中的落梅，飘飘悠悠，旋转腾飞。

这正是昆山隐匿气息、变化身形的招数，“妙微步法”。

头顶一阵微风掠过，陆辟寒眼睫一动：“嗯？”

趁着这机会，乔晚悄悄地闪身到了他的头顶，没想到，马上就被陆辟寒抓了个正着。

见状，乔晚一不做二不休，扬起掌心，运转灵力，往他的头顶拍去。

男人不慌不忙，内息一提，袍袖微扬，举掌相迎。

两掌相接，引动脚下落梅飞雪四下纷飞，枯梅簌簌震动。

一只枯瘦的手顺势而上，牢牢地攥住了乔晚的手腕。

乔晚躲闪不及，睁大了眼，只能眼看着自己硬生生地被他一拽，偷袭不成反被陆辟寒从半空中拽了下来，一屁股摔在了雪地中，吃了一嘴的泥和雪。

“你的妙微步法就是这么用的？”陆辟寒极为不满地蹙眉。

这妙微步法算不上多么高深，但在对战中用来迷惑敌人倒很实用，不过很显然，刚刚这招对陆辟寒没什么用。

大师兄掌心蕴气，看来还没打算放过她。

乔晚就地一滚，下一秒，她窝着的地方就被陆辟寒的掌气给轰了个四分五裂。

一滴冷汗顺着乔晚的面门落了下来。

一段时间不见，大师兄病弱依旧，凶残依旧。

眼见大师兄凶残成这副模样，乔晚再也不敢懈怠，也没心思回答陆辟寒的问题，忙顺势一滑，又从男人胯下蹿了出去。

估计陆辟寒也没想到乔晚能这么厚脸皮，一个曼妙的少女从自己胯下蹿出来，陆辟寒微微一愣，脸色顿时一青。

也就是他一愣的间隙，终于被乔晚逮到了机会，她脚尖撑地，流星一般打出一掌。这一掌将陆辟寒逼退数步，而乔晚也见好就收，飞快地收住了掌势，优雅矜持又乖巧地垂手站在了原地。

陆辟寒："……"

"不打了，不打了。"乔晚摇摇头，喘了口气。她今天被风妄言跨境界碾压，伤势未愈，刚刚这么一番动作，又勾动伤势，引得体内真气乱窜，气血翻腾，脖颈上的指印也在隐隐发烫。

地上的剑锵然入鞘，乔晚有点儿无奈地看向陆辟寒："再打下去师兄你的金蝉印定要发作了。"

大师兄这位大佬，幼年曾经被仇人下了禁制，脊背上被钉入了一串穿骨钉，胸前又被打了一掌，这一掌名叫"金蝉印"，受这一掌的人肌肤上会留下一只金色的蝉纹，不死也半残。

大师兄很坚强，没死，但残了。

但"金蝉印"入体，每每催动功法之时，受印者都会痛不欲生。

"金蝉印"的威势，是随着受印者运转功法的深浅程度来变化的，轻则气血暴涨，重则体内筋脉被寸寸拉扯，印记下的肌肤也会随之腐烂化脓。

倘若受印者一直弃之不顾，就会筋脉断裂，爆体而亡。

故而陆辟寒平常不怎么出手，一出手也只是点到为止，要是认认真真地打架，就得吐上一盆的血，还要及时收招止住，免得落个惨死的下场。

这也是乔晚一直以来看不懂的，陆辟寒都成这副德行了，每每见到她，还是要考校她的修为是否有所长进。

就算他和她对招不用认真，但这气血暴涨的痛苦也是实打实地疼。

对比书中他面对穆笑笑的温柔和包容，这简直就是一个天一个地，差别对待。

一阵夜风吹来，陆辟寒面色微青，剧烈地咳嗽起来。

乔晚走到他面前，伸出手想扶他。

男人伸出手，眼神幽深，意思很明确，用不着她扶。

乔晚只得乖乖放下手。

"这是何人教你的？"陆辟寒突然问，"马怀真？"

“什么？”

见她一脸蒙，陆辟寒面色一沉。

乔晚福至心灵，顿时反应过来：“不是他，没人教我，这是我自己琢磨的。”

以命搏命地打架嘛，她在乎那么多干什么？只要好用就行。

可能她本身的问题，所以倒没什么所谓的“武德”，也理解不了这所谓的高手的自尊。毕竟下山除妖的时候，她什么阴招儿、损招儿都用过。

陆辟寒其实也是个不折不扣的实用主义者，不过实用是一回事，看到自己亲手带大的姑娘往男人的裆下钻而面不改色，又是另外一回事了。

陆辟寒难得沉默了一瞬，半晌才道：“下次，若不是紧要关头，莫要随随便便……”

乔晚嘻嘻地笑道：“莫要随随便便往男人胯下钻吗？”

陆辟寒对天翻了个白眼。

这也不能怪乔晚，谁叫大师兄太像她爹，如今这作业总算检查完了，乔晚一对上陆辟寒这张死人脸，难免就又有点儿皮痒。

看着陆辟寒这张平庸寡淡的脸，再想到他在原著中的结局是为穆笑笑而死，乔晚又有些发愁。

“看我做什么？”陆辟寒冷冷地问。

乔晚摇摇头，心里默默感叹，这真是个看脸的社会。

因为大师兄相貌平平，就算死了，也没得到自己该有的待遇，评论区基本上都是在关心裴春争什么时候一气之下玩囚禁戏码的。

乔晚不说，陆辟寒也懒得再问，直接选择性地无视了她。

“你的修为，与我下山前相比长进了一些，”陆辟寒道，“日后也莫要懈怠。”

“一些是多少？”

陆辟寒：“很多。”

乔晚没忍住笑了起来。

不过她也没真把陆辟寒的话往心里去，自己修为怎么样自己心里清楚。

资质已经摆在那儿，她也唯有努力了。

听说陆辟寒这次下山是为了昆仑同修会的事，乔晚有点儿好奇：“大师兄，你这次下山有没有见到谢行止？

“我听说这次同修会谢行止也会赴会，是不是真的？”

她口中的谢行止，是朝天岭赤肚老人的弟子，少年时以凡人之身，拜入了赤肚老人门下，短短数十年时间就一路跃升为修真界年轻一辈中的翘楚。

在修真界有孤剑之称，和有鬼剑之称的大师兄齐名，也被修真界好事者称为孤魂野鬼。

开玩笑的。

这个好事者，是乔晚自己。

如果说穆笑笑是天道亲闺女，那这位谢行止就是天道亲儿子了。

虽然书中没提到过谢行止的存在，但在修真界小辈耳中，这谢行止活脱脱就是个别人家的孩子，一个宛如拿了男主角剧本的人。

不过这位别人家的孩子在情路上却十分坎坷，据闻，这位孤剑谢行止已经有过六段情缘了，可惜最后都以失败告终。

说实话，乔晚对这个和大师兄齐名的孤剑谢行止还挺好奇的。

这位谢行止还算是她的老乡，据说他没拜入赤肚老人门下前，曾经也是东尚国永泽府人氏。

这次同修会，来的都是各派中的精英人物，比斗要持续一个多月，乔晚估计自己只能混过前两天，后面这一个多月的时间，主要是当个围观的群众。

不过能围观这些天之骄子打架，对她而言也是受益匪浅。

乔晚提到谢行止，陆辟寒嗯了一声，眼前旋即浮现一个男人的模样。

他这次下山，确实见到了谢行止。

谢行止一直待在朝天岭上，并不常下山，在此之前，两个人虽然齐名，彼此却是没见过面的。

比起孤剑这个名头，陆辟寒听得更多的是关于这位孤剑的风流韵事。但和外界所传闻的风流多情的模样不同，他见到的是个极为沉稳冷傲、爱憎分明的男人，的确有一剑浩然、涤荡八荒之能为。

那人独坐在竹斋中，恰如长松冷月。

而这竹斋内，满是纵横交错的红线。

这红线是用谢行止的鲜血日夜浇灌而成，缠绕排布成了个独特的阵法，只为了找一个人。

“找谁？”陆辟寒咳嗽了一声，缓缓地问，“说不定也有我帮得上忙的地方。”

陆辟寒对那些八卦不感兴趣，比起谢行止那六段情缘，他更欣赏谢行止这个人，也愿意和谢行止结交。

谢行止看了他一眼，给出了让陆辟寒有点儿意外的回答：“我的小妹。”

陆辟寒：“……”

说实话，陆辟寒虽然对他那六段情缘不感兴趣，但还是下意识地以为谢行止是找哪朵桃花。

“此人与我想象中的模样大不相同，”陆辟寒沉声说，“倒是个能与之结交的。”

乔晚知道，别看自己这位大师兄病恹恹的模样，好歹也是昆山派的大师兄，性子其实比谁都要傲上几分，能得他青眼，这谢行止应该不是个一般人。

问过了，乔晚就将其抛在了一边，又和陆辟寒说了点儿山下的事。

陆辟寒目光不经意间一瞥，嗓音忽地又冷了下来，眼神也冷了下来：“你这儿是怎么回事？”

乔晚顺着他的视线一看，她的脖子上正是凤妄言今天留下的伤疤，刚刚打架的时候，衣领一乱，自然而然就暴露在了人眼前。

“这个是……”

“凰火。”陆辟寒蹙眉，“你得罪了凤妄言？”

乔晚：“大师兄消息当真灵通。”

陆辟寒：“少说废话。”

乔晚坦白：“这是他掐的。”

她还没那么好心，打算替凤妄言遮遮掩掩，眼睛眨也不眨，干净利落地将今天发生的事交代了个一清二楚。

“大师兄你要去替我报仇吗？”

陆辟寒看了她一眼，面前的少女神色十分恭谨，十分认真，十分肃穆。

他收回视线，转身就走。

乔晚：“师兄你去哪儿？我们的同门情谊呢？”

陆辟寒白眼都快翻到了天上：“替你报仇，等着。”

乔晚后知后觉地眨了眨眼。她没听错吧？大师兄真的要去替她报仇？

不过，仔细想想，她好像也不是很意外。

大师兄之所以被称为大师兄，不仅仅在于他入门最早、修为最高，还在于这么多年来，玉清峰上的大事小事都是他一手操办的。

明明是个性格高傲沉稳的人，实际上却有操不完的心。

乔晚倒不是很担心大师兄。

她了解大师兄，他是个惜命的人，早就过了逞意气的毛头小子阶段，倘若不是心里有数，绝不会轻而易举地就允诺下来。

大师兄过去找凤妄言，恐怕也不仅仅是为了她这么简单，换成任何一个昆山弟子，大师兄都会这么做。

凤妄言行事张扬，这事周衍不好出面，也只能交由心狠手黑的大师兄来处理。

说起来，比起让大师兄帮她报仇，乔晚更想自己来。

乔晚慢慢地想：报仇都要靠别人，这样的人生和咸鱼有什么区别？

她要努力。

乔晚看着大师兄离去的清瘦背影，突然就被激发出了熊熊斗志。

乔晚睁大了眼，心道：以后也要像大师兄一样，说要找谁的碴儿，就能找谁的碴儿！

对！谢行止能做到这地步，她怎么就不能了？她好歹是和谢行止一个地方出来的！

她要努力！

等小鹤得到大师兄回山的消息赶过来的时候，只看到了傻站在原地的乔晚。

小鹤：“师姐？”

乔晚突然一手握住小鹤的手，另一只手握拳放在胸前：“我要努力！”

小鹤疑惑：“师姐？”

“我要努力！”

小鹤：“师姐你脑子坏掉了吗？”

乔晚没管小鹤说的话，只觉得背后有一团火焰在熊熊燃烧，心中斗志昂扬！

她一定要努力，像大师兄和谢行止那样，以后爱打谁就打谁！

乔晚握拳，她总有一天要让风妄言尝尝她拳头的滋味。

如同喝了学长学姐亲手熬制的一大碗励志“鸡汤”后，觉得自己也能上清北的高三学渣一样，乔晚现在情绪高涨、斗志昂扬。

她回到洞府后，做的第一件事就是摸出了腰间的传讯玉简。

修真界传讯玉简除了能用来传递信息之外，还被捣鼓出了一种新玩法，这有点儿类似于修真界的匿名论坛。

此时，玉简上的墨色字正刷新得飞快。

“五味园新推出的爆炒暗羽蛛，实在过于难吃，我方才差点儿失态在饭堂里吐出来，各位仙友就不要轻易尝试了，慎行，慎行。”

“有哪位道友行行好，能告诉在下，耿玄长老今天布置的课业是什么吗？说来惭愧，方才耿玄长老在清静堂授课时，在下不小心睡过去了……”

“转让二手天狗一匹，高约五尺三寸，能日行千里，性子乖巧温驯，御凶护主，售价两百颗中品灵石，望有缘的道友能将它带回……”

乔晚捧着玉简，想了想，觉得自己也应该发条信息表明一下自己的决心。

“从今天起，我一定要好好修炼！做到拳打病剑陆辟寒，脚踢孤剑谢行止！特此立誓！”

这条信息刚发出去没多久，乔晚手中的玉牌就叮叮叮地一连响了好几下。

壹：“这位仙友，你受什么刺激了？”

贰：“这位仙友，你是认真的？时候不早了，若是修炼完了，还是去洗漱洗漱尽早歇息吧，梦里什么都有。”

乔晚粗略地扫了一眼，没看到什么有建设性的回答，随手将玉简往旁边一丢，自己也跟着蹦上了床。

等着吧！谁说她不行的？！

不过，她刚坐下来，检查了一下自己的灵气和修为之后，又有点儿蔫了。

不过没关系！

人生嘛，总是在一次又一次被打倒中站起的。

乔晚握拳。

我可以，我能行！

乔晚再次闭上眼，这一次忽然又想到了梦里那位前辈，也不知道那前辈现在怎么样了。

想到海面上的血色夕阳，乔晚有点儿放心不下，犹豫了一会儿，干脆将自己的神识沉入了梦里。

这一次，再来到平原上，乔晚毫不犹豫地直奔海边。

海边好像又经历了一场大战，战事方歇，不断有尸骸被海浪冲上沙滩，血海已经呈现一种暗沉的黑褐色。

而尊者止趺坐（盘腿端坐）在沙滩上休息。

“是你？”听见乔晚的动静，尊者睁开眼，将好看的眉头一拧，“你怎么回来了？”

乔晚如实相告：“我放心不下前辈，就回来看看。”

“你不该回来。”

“它们还会再来，”尊者再度皱眉，“此处不是你该待的地方。”

“它们？”乔晚下意识地反问。

这话一问出口，乔晚就知道自己越界了。

尊者好像看了她一眼，又好像没有，过了半晌，尊者才又开了口，不遮不掩，嗓音铿锵有力：“我的心魔。”

乔晚有点儿尴尬。

看这位前辈的气势和修为，应该是哪个门派尊者，尊者怀有心魔，说出去难免有点儿不光彩。乔晚没想到这位前辈这么干脆，直接就承认了自己有心魔这件事。

对方半低着头，藏蓝色的发丝垂落，好像在思索着些什么，半晌，又开了口，斩钉截铁地说：“罢了，你过来。”

说着，尊者站起身，径直走到了一处沙滩前，乔晚依言跟了过去。

“我如今需要你帮我一个忙。”

乔晚：“前辈但说无妨。”

“之前你也看见了，那孽障在你剑下不成气候。”

乔晚愣了愣。

他是指不久之前，她戳爆那海怪的眼球跟砍瓜切菜一样那件事？

这真的不是她的错觉？

尊者似乎看出了她的疑虑，顿了顿，继续说道：“你所见的，是我的心魔，与我神魂相通，能预知我的后招，我想要斩杀它们需耗费不少力气。

“你与它们并无任何干系，它们也料不到你如何出招。”

“更何况，”尊者略一沉吟，继续说道，“你神识颇为强劲，我教你一招，你帮我斩杀这些孽障。”说话间，尊者秀眉紧蹙，言语中隐隐透出了几分果断的杀意。

“等……等等……”

这进展太快，乔晚有点儿蒙。

“嗯？”尊者蹙起眉，责问道，“你不愿意？”

这一声震得乔晚又是一个激灵。

这太提神醒脑了。

对方自带回音效果的声音太具有威慑力，振聋发聩，余音悠长。

“我不是不愿意。”乔晚眨了眨眼，觉得自己的耳朵好像出了点儿问题，“我……神识？颇为强劲？”

是她想的那个意思吗？

“前辈，你能说清楚一点儿吗？”

尊者反问：“何事？”

“神识……强劲这件事……”

“你不知晓此事？”尊者似乎略感愕然。

乔晚摇头。

她对自己的资质一直挺有自知之明的，也没人说过她神识怎么样。

“你过来。”

“现下，”尊者沉声道，“探出你的神识。”

乔晚听了尊者的话，闭上眼，试着探出了自己的神识。

一条白色光脉慢慢凝聚成形，翘起了一个头。

乔晚遵照尊者的吩咐，指挥着它往前伸。

光脉小心翼翼地探出个小触角，一直往前。

神识越往前伸，乔晚越觉得有点儿吃力。

但尊者还在让她继续。

光脉左扭右扭，好像有点儿不受她控制。

“轰——”一声巨响传来，乔晚脑袋一空，好像有什么东西像流水一样哗啦啦地倾倒而出！

刹那间，神识暴涨！

而光脉也在瞬间光芒大炽，足足增大了五倍不止！

乔晚赶紧睁开眼，看到眼前这一人腰这么粗的光脉，震惊了，激动得有点儿结巴：“这……这……这是我的神识？”

她的神识这么厉害吗？

乔晚有点儿受宠若惊。

尊者脸色很不好，她的神识暴增时，他正站在乔晚跟前。

虽然他躲得够快，但胸前的衣襟还是猝不及防地被光脉抽出了一条裂口，露出了光洁紧实的胸膛。

“这的确是你的神识。”

“你师长难道不曾教导你这些吗？”尊者凝声询问，眉头皱得更紧。

“倒也不是。”乔晚想了想，还是决定将自己这身体状况如实相告。

“前辈有所不知，我的体质和常人有些不同，不知为何，灵气入我体内，能炼化的不过三成，其余七成，通通如泥牛入海，寻常人花一倍时间炼化灵气，到了我这儿，要花上三倍时间还不止，”乔晚道，“我的资质和修为，想来前辈也看在眼里。”

“嗯？”尊者微露诧异之色，“你伸出手来。”

乔晚依言伸出手。

尊者伸出两指，搭在她的腕上，一寸一寸地往上摸了过去。

尊者微蹙着眉，神情很严肃。

乔晚也皱着眉头，神情如出一辙地认真。

虽然早就清楚了自己是什么样的资质，但尊者凝神细看的时候，乔晚难免还是有点儿紧张。

刚刚这位前辈说她神识强劲，这感觉就好像她突然多出了个金手指。

万一呢？

说不定自己其实也是天赋异禀，只不过这么多年被埋没了而已？现在有老爷爷，不，尊者的指点，一朝发掘出了自己的潜能，从此她真的走上了拳打大师兄、脚踢谢行止的逆袭之路？

就在乔晚思绪不受自己控制，越跑越偏，已经幻想出在同修会上一举夺魁的画面时，尊者终于又开口了。

“我须得查看你的识海，你可愿意？”

这一声，再一次将她这想法给尽数震了回去，乔晚回过神来，点了点头：“前辈你尽管看就是了。”

这庄严的嗓音，根本由不得她生出什么忌惮或者怀疑的心思来。

尊者的神识，也和他本人一样是金色的，看上去雄浑威严至极，但探入她的识海时，像水一样一点点化开，威严深处，包裹着极为含蓄、令人难以觉察的悲悯、温柔和耐性，像春风流水，度化世人。

这是无关年龄、性别与地位的，真正怜爱众生。

从惊鸿一瞥的眉眼中，她依稀能看出这位前辈是个大美人。但相处得多了，乔晚也知道这位前辈脾气不是很好，严厉得像她高中班主任。

但这么严厉的人，竟然会有这么温柔的神识。

乔晚不知道为什么，鼻子突然一酸，胸口不可避免地生出一股委屈之感。

这神识太温柔了，好像慢慢抚慰过人心中所有苦痛，普照了人心中每一寸黑暗与阴私，温柔得竟然让乔晚有点儿想哭。

想想尊者还在眼前，乔晚又硬生生地将自己的眼泪给憋回去了。

尊者这时候又伸出指尖，指腹在她的脑门上轻轻一旋、一按。

这一按，像有什么东西在脑中炸开，乔晚一瞬间就清醒了，特别清醒。

确定她所说的确无误之后，尊者这才收回手，沉声道：“你方才所说，你资质与旁人不同，灵气能为你所用的不过三成，其余七成全都消散了个无影无踪，但依我刚刚所见，你那七成灵气并未消散。”

乔晚愣了愣，过了好一会儿，才咽了口唾沫，眼睛却忍不住瞪大了点儿。

“前辈？你……你的意思是？”

尊者道：“我方才看过了，虽不知是何种原因所致，但你这历年来的灵气，确实是被导入了你的识海中，用以滋养你的神识。故而，这些年来，你的修为不得寸进。”

少女的识海，宽阔得令他也感到有几分惊愕。

他刚刚放出了点儿自己的神识进去查探，也只能在外围转一圈儿，往里是漫无边际的一片黑海，饶是他，也不得入内。

这黑暗中透出了点儿淡淡的魔气，但这魔气转瞬即逝，连他也拿不准是什么原因。

但他看眼前的少女，她周身气质极为清正，隐隐散发出一阵沛然正气，按理说，是不该与魔气有任何联系的。

这其中蹊跷，须得他日后探明。

往她的识海中戳了个印，尊者收回了手。

至于眼前……

尊者不由得多看了一眼乔晚。

她修为虽然才堪堪筑基，但神识已经快要突破元婴了。

她的神识本来就比寻常人更为强劲一些，这么多年来，在灵气的滋养之下，更是在飞速成长。

乔晚愣在了原地，整个人都有点儿发蒙。

这感觉就像从天上啪一下落下了一块馅饼，把她整个人给砸蒙了。

她简直不敢相信。

乔晚只觉得脚下有点儿发飘，忍不住掐了自己一把，激动得顶着张面瘫脸，结结巴巴地问：“前……前……前辈……你说的是真的吗？你该不会是在骗……不，安慰我吧？”

“骗？我骗你做什么？”

乔晚又猛地回过神。

对方是佛修，根本没那个必要骗她。

可这实在是……太难以置信了。

乔晚蹲下身，默默地抓起一把沙子，握在手心里搓了搓，企图让自己冷静一下。

之前知道自己的情况之后，就算乔晚也不能免俗，总忍不住暗暗幻想自己是独一无二的，说不定也能有条主角命。

她前脚刚准备下定决心好好努力，后脚就告诉她，她那七成灵气其实根本没漏出去，她自己的修为还挂在筑基阶段不上不下，她的神识都快突破元婴期了。

幸福来得太快，她一时还不敢相信。

她入梦这事，太古怪，大师兄和师父他老人家一开始也帮她看过，但当时也没听说她的神识有多么与众不同。

而她又是个剑修，自然也没将时间和精力多花在这方面。

听前辈的意思，那她是不是也能展望一下，自己其实也是个有金手指的人？

乔晚激动得手都有点儿抖。

她这神识之所以那么强劲，一来是因为她两世为人，元神本来就比旁人更强悍一点儿，二来，也和她那么多年以来拼了命地修炼脱不了干系。

这都是后天滋养淬炼出来的。

她能利用的灵气只有三成，修炼效率比别人低，逼迫她不得不在修行上花去比旁人多数倍的时间。

有付出就会有回报，实际上那余下的七成灵气，在她这不要命的修行之下，全都被加倍导入了她的识海中，神识日积月累地受滋养和淬炼，当然也会变得越发强悍。

如果不是今天尊者帮她看了看，她还不知道什么时候能发现这件事。

这其实也不能怪乔晚，元婴期以前的修士，铆足了劲儿修行，却很少想到要滋养淬炼神识的，遑论筑基练气阶段的。

而修士到了元婴期，这才显现出元神的重要性。

她的神识，就相当于一举迈过了中学阶段，直奔大学，后遗症就是躯体跟不上元神，修为几乎没什么长进。

搓了一会儿沙子，乔晚总算冷静了下来，站起身，毕恭毕敬地向面前的尊者行了一礼，情真意切地道了声谢：“前辈大恩大德，晚辈没齿难忘，倘若以后有用得上晚辈的地方，晚辈一定赴汤蹈火在所不辞。”

尊者没搭理她这番吹捧，瞥了她一眼，沉声道：“这本是各取所需，不必等到日后，今日就需要你帮忙。”

虽然她神识强劲，但这么多年来根本没意识到这一点，也从未在这条路上下过功夫，现在就想要为她所用，让她大杀四方，一举逆袭，为时过早。

乔晚明白这一点之后，完全没感到失望。

能有今天的发现，她已经非常满足了！

满足过后，乔晚想到这位前辈还有忙需要自己帮，赶紧诚恳地发问：“那前辈我们何时开始？”

尊者看了她一眼，收回目光：“在此之前，你还需要先学习如何掌控你的神识。”

她听这话里的意思，似乎对方是要亲手教她了。

乔晚赶紧乖乖站直：“请前辈赐教。”

凡事都不是一蹴而就的，技能熟练度也是要慢慢练上去的。

她想要掌握一项技能，还得慢慢尝试，先有第一次的失败，才会有第二次的成果。

就比如，现在。

神识是个很微妙也很玄乎的东西，随心而动，也能随心幻化出千百种姿态。

轰——

数条光脉瞬间席卷而出。

光脉末梢翘起了个小小的触角，弯成了个十分眼熟的模样，霎时间卷上了男人的手腕。

尊者瞥了一眼手腕上的触角，心中顿生一股不祥的预感，眉头急急一跳：“……”

神识受伤，不同于寻常躯体受伤。

强忍住一掌轰出去的冲动，尊者站在原地没动。

而那数条光脉，似乎察觉了尊者的忍让，收紧了触角，耀武扬威，不知死活地继续往上。

手腕、脚踝、脖颈、腰腹……触手将尊者以一个十分眼熟的姿态，再度绑在了半空中。

而这一切，不过发生在瞬息之间罢了。

回过神，看清这一幕之后的乔晚：是不是有哪里不太对?

薄雾中，尊者美艳庄严的脸，以肉眼可见的速度黑了下来。

一滴冷汗默默地从乔晚的额头上滑落。

尊者：“……”

乔晚：她真不是故意的，主要是这光脉看上去太像那海怪的触手了！

谁知道她脑子里刚闪过这个念头，就成这样了！

尊者黑着脸：“在学会控制自己的神识之前，我看你还得先学会如何控制自己的脑子！！”

第三章　她现在没有怕的

乔晚羞耻地默默捂脸。她咳嗽一声，心虚地低下了眼，在心里反反复复默念了好几遍“阿弥陀佛”，这么三四遍下来，光脉就一松，将尊者放了下来。

“你过来。”尊者瞅了她一眼，他来亲自教她如何掌握神识。

沙滩上，尊者虽然皱着眉，一副不太好招惹的暴躁模样，但凡乔晚有什么问题，还是尽职尽责地解答了，顺便帮她从头到尾检查了一遍身体。

“你锻过体？”尊者指尖按上她的臂膀时，有点儿诧异地问。

没想到她看着单薄，他一寸寸按过去的时候，她的胳膊上还紧紧的，颇为矫健有力。

“晚辈的确和体修一道修行过一段时间。”

如今修真界多看不起体修的，不过大悲崖的弟子们对待体修的态度完全不同，他们本来就有修习金刚不坏法身的传统，修真界大多数体修也来自大悲崖。

对她锻体这件事，尊者倒是难得表露出了点儿赞许的意思。

她的体质不错。

这么多年下来，乔晚心知自己灵气太少，耗蓝太快，在法术上讨不了什么好处，所以一直学着体修，往力量和敏捷上堆技能点。

也是因为耗蓝太快，甩个法术出去的时候，乔晚根本不敢浪费灵力。

她可节约了。

每一分灵力，她都是抠抠搜搜着用的，确保每一分都花在了刀刃上，久而久之锻炼下来，她对灵力有着不错的掌控力。

乔晚认真想了想，这么一看，她好像也没那么菜？

她师父本来就是十指不沾阳春水、谪仙一样的人物，大师兄拖着个病体，操着老母亲的心，光是操劳玉清峰和昆山派内外大大小小的事，就已经足够耗费精力，乔晚也没敢多麻烦陆辟寒。

大师兄不犯病的时候还好，一犯病就面色惨白、形销骨立，黑漆漆的眼就像两团鬼火，说话都带气音，看着就够凄惨了，更别说还要再给他添麻烦。

对自己的资质和悟力有着鲜明认知的乔晚，真的害怕大师兄教了她，会被她气到吐血身亡。

好不容易有个前辈愿意指导自己，乔晚神色认真，乖巧地坐在沙滩上，聚精会神地听着。

她大学都没这么认真听过课。

尊者闭上眼眸，再睁开眼时，沙滩上突然凭空出现了几棵椰树。

“你去将它摘下来。”尊者补充了一句，“记住，用神识。”

这其实算不上多难，不过乔晚现在还掌握不好神识，一个用力过猛，椰子树轰然倒塌。

在一连轰断了四五棵椰子树后，乔晚终于将椰子给摘了下来。

“前辈，我有个问题。”好学生乔晚举手发问。

“说。”

“这椰子能喝吗？”

尊者道：“你如今身处梦中，这东西喝了对你并无意义。”

“没关系，”乔晚淡定一笑，“只要能喝就行。”

既然尊者能幻化出椰子，那自己肯定也能幻化出什么东西。

乔晚闭上眼，在识海中努力勾勒了半天，终于幻化出了根吸管。

这椰子有她的头那么大，乔晚抱着椰子，伸出两根手指，面无表情地一戳，椰子壳瞬间被戳出了个窟窿眼。

当年连跑八百米都要跑断气的纯情女大学生，现在已经是两根手指破椰子壳的金刚芭比了。

岁月不饶人，真是一个让人忧伤的事实。

对着椰子，乔晚黯然神伤了一秒，把吸管插入了椰子里，也没着急喝，而是捧着椰子递到了尊者面前，奉承给了尊者。

“前辈喝点儿解解渴吧。”

人在梦中吃喝，根本毫无意义。

尊者看了她一眼。

少女神色诚恳，双手递着椰子，眼睛眨巴眨巴的，他从那面瘫脸中依稀能读出点儿奉承和卖萌的意思。

这让他一时半会儿竟然也说不出什么拒绝的话，尊者皱着眉鬼使神差地接过了椰子。

乔晚看尊者接过了椰子，继续探出神识，摘下另一只椰子，照着刚才做的那样，又给自己弄了一个，抱着椰子吸了一大口。

椰汁清甜，沁人心脾。

她又活过来了。

摘椰子只是第一步。

尊者一挥袖子，一道金光闪过。

接下来，尊者让她用神识从沙子里分拣出红豆、黄豆、绿豆和黑豆。

豆子和椰子不一样，乔晚发现控制起来的难度根本不是一个等级的。

乔晚看了一眼沙子里埋藏着的豆子，沉默了。

这位前辈是不是也是个穿越的老乡，对灰姑娘颇有研究的那种？

但在这位前辈清严的目光之下，乔晚只能默默地将自己的疑问咽进了肚子里，乖乖探出神识，一颗一颗地拣豆子。

在尊者的注视下，乔晚用神识颤巍巍地拣起一颗豆子。

对方的眼神太具有威慑力了，这感觉就像监考老师走到你身边，用严厉的目光盯着你写卷子，看你写错了，也不说，就这么一直盯着你，盯到你自己发现错了为止。

在这极具感染力的目光之下，乔晚心脏怦怦直跳，一不小心，豆子又掉回了沙堆里。

就这样，分拣了大半天，乔晚额头冒汗，累得像一条虚脱了的狗。

等她终于能掌握自己的神识之后，尊者这才开始教她怎么砍心魔。

“看好了。”尊者看向海面，明艳而锋锐的眉角一扬，如同刀丛中开出的花，冷冷地道，“这一招叫‘光照无间’。”

话音未落，雄浑的金色气劲顿时在海面上掀起滔天巨浪！

这是能劈开江海的掌法，乔晚眼睛“噌”地就亮了！

她要学这个！

尊者课堂开课啦，手把手教她如何把魔物送去超度。

这一晚上，乔晚就在拣豆子、砍海怪、砍打扰她捡豆子的海怪、砍完海怪继续拣豆子、捡完豆子继续砍海怪中度过的。

尊者帮她，是要她帮忙斩杀心魔，为了表达自己的感激之情，在砍海怪的时候，乔晚更是毫不手软。

从梦里醒来之后，乔晚睁着眼睛看了一会儿洞壁。

这一场梦，恍若隔世。

对着洞壁琢磨了片刻，乔晚跳下石床，从抽屉里摸出了一个小本子和一支笔，趴在桌子上，咬着笔头，一笔一画地开始记录自己目前的状况，争取做个计划表出来。

她对灵力的掌控程度不错，可以把灵力压缩炼化到极点时再出招。

这就有点儿像是把密度压缩到最大，堆出来的伤害就越高。

尊者教她的那招“光照无间”就能这么用。

乔晚拿着笔，在这一行上画了个圈，将内容圈了起来。

目前她的优点是，实战经验很丰富，长年累月地锻体下来，皮糙肉厚，勉强算个坦克，对灵力的掌控程度很好，资源和背景都不错，神识强劲。

缺点嘛……

乔晚咬了咬笔头，缺点就多了去了，她这优点其实在修真界都不够看的。论体能，她比不上真正的体修；论神识，她也比不上元婴期往上的大佬；灵力的掌控程度也不算有多精妙。

不过这已经比她之前两眼黑的时候要好多了。

要加油，我可以，我能行！

乔晚反手将笔拍在桌上，鼓起脸大声告诉自己：我可以！

总有一天，她一定要打败凤妄言！

合上笔记，乔晚看了一眼洞府外的天，现在时间其实还早。

这个世界的时间流转要比她前世记忆中的稍微慢一点儿。

反正也睡不着了，她倒不如再实验一下这神识是怎么操控的。

这么想着，乔晚再一次蹦上床，放空思绪，闭上了眼。

这一次，她有意识地将神识放在了昆山这一片山头上。

神识强悍的修士，大多已经将自己的梦境固定了下来，在识海中也能修炼，梦境映照着现实，相当于自我心性的反映。

而其他境界低点儿的修士，没掌握这项技能，还是会像凡人一样做梦。

乔晚刚将神识放出去，就看到了不少昆山弟子的梦。

对神识的操控能力到了一定地步，就能侵入对方的识海，改变别人的梦境，这也是修行幻术的修士们常用的一种攻击方式。

第一个梦，是个师姐的，师姐正在梦里和心上人花前月下。

第二个梦，是个小师弟的，他似乎是梦到自己在大庭广众之下忘穿裤子了，吓得小脸煞白，像朵风中摇曳的小白花。

乔晚看不过去，用神识幻化出了一条裤子，丢给了那小师弟。

乔晚的神识一直往前探，终于在一个梦境前停了下来。

那是……萧博扬？

看见梦境中熟悉的人影后，乔晚惊讶地睁大了眼。

这梦境，是一处古色古香的大宅，院落中空无一人。

月洞门前铺着一条小路，青年提着盏灯笼走在碎石小路上。

天空中挂着一弯银色的弦月，院落中薄雾弥漫。

青年的神情看上去有些紧张，看起来，这好像是个噩梦。

乔晚鬼使神差地跟着他走了两步。

青年哆哆嗦嗦地提着灯笼，走在路上。

他脸生得嫩，时不时左看看右看看，看起来好像吓得快尿裤子了。

忽然，青年整个人都僵住了，动也不敢动，余光拼命往一处瞟。

乔晚顺着他的目光看了一眼。

那是一堵围墙，围墙上趴着个美艳的女人，女人长发披散，生得妖娆明艳，但脖子足足有两米多长，这么长的脖子上托着个美人头颅，看着就让人毛骨悚然。

女人正以一种十分不自然的奇诡姿势在墙上爬。

一看这画面，乔晚恍然大悟。

原来萧博扬怕鬼。

那美女从墙头慢慢地爬了下来，一路往青年的方向爬去。

青年吓得四肢僵硬，闭着眼，嘴里念个不停。

秉承着同门情谊，为了表达点儿同门关怀，乔晚又往前走了两步，拽了拽青年的衣袖。

袖子被什么东西给拽了一下，青年一抬眼，顿时就对上一张惨白的、面无表情的女人脸。

青年吓得一个哆嗦，手中灯笼猝然落地："啊啊啊啊！"

乔晚："萧师兄？"

萧博扬定睛一看，勃然大怒："乔晚！我今天一定要杀了你！"

她白天不放过他就算了，晚上还要装神弄鬼地吓他！

"梦里还要砍我，师兄你执念挺深的啊。"乔晚面无表情地伸出手，指了指他身后，"师兄，在砍我之前，你要不要看看你背后？"

背后？

他背后？

这个时候，萧博扬好像总算反应了过来，一回头正好和女人的脸对了个正着。

女人长长的脖子弯了下来，她低着头看着他，黑漆漆的眼珠子"咔咔"地转了一圈。

萧博扬喉咙里嗬嗬地响，差点儿没吓得背过气去。

这一声长长的喘气声，好像终于打破了什么僵局。

女人微微一笑，咧开了嘴，樱桃小口蛇颚一样高高地掀了起来，两片嘴唇就像裂开了一样。

乔晚拽了拽萧博扬的衣袖，才发现青年已经吓得彻底走不动了。

没办法，乔晚只能推了他一把。

被她这么一推，萧博扬好像总算回过神来，第一反应是拔腿就跑！

他刚迈出几步，又发觉身边好像少了个人，乔晚没跟上来。

萧博扬咬了咬牙，又停了下来，一把拽起乔晚一起往前跑。

少女却轻轻巧巧地挣开了他手，脚尖点地，凌空一跃，一个翻身就骑到了女人身上。

现在的她，已经不是以前的她了！

乔晚骄傲地想，现在的她，在梦里根本不怕的！

萧博扬：“……”

“嗖”的一声，青年就这么眼睁睁地看着少女双腿一分，跨坐在女人的脖子上，拽起女人的头发，风驰电掣一般飙了出去。

萧博扬：“……”

萧博扬醒了，被乔晚给吓醒的。

这一吓，他的睡意和醉意顿时消失了大半。

他醒来的时候明月在天，山风呼呼地吹着滚烫的面颊，地上横七竖八地倒着几个空酒坛。

青年伸手按上了脑袋。

他为什么会梦到乔晚？！

萧博扬惊恐地想。

他还梦到她……她竟然骑着那条……那条蛇！

“萧博扬？”

身旁一个共饮的男弟子看他面色不好，奇怪地问：“你这是什么表情，梦到鬼了吗？”

萧博扬面色难看：“梦到了比鬼还可怕的东西。”

“比鬼还可怕的东西？你梦到什么了？”

“说来听听？马怀真？”

萧博扬咬着牙，捶了捶脑袋：“我梦到了乔晚。”

“噗——”

一大口酒顿时从男弟子口中喷了出来。

“你梦到了乔晚？！”

“我就说！”男弟子好像终于验证了什么猜测一样，豪气冲天地把酒坛往地上一拍，喊道，“我就说你对乔晚不一般嘛！你看这不就暴露了？”

“我对她怎么不一般了？”萧博扬怒道。

“你天天追着人家姑娘跑，这不就是不一般吗？你要是对她没点儿那个意思，怎么会做梦还梦见她？！”

“你说说，你梦到她的时候，是不是特别激动？”

萧博扬眼前顿时浮现少女惨白的、面无表情的一张脸，是挺吓人的。

“是不是心还不受控制地怦怦直跳？”

心跳得是挺快的。

“是不是还梦到对她做了什么？”

他拉着她逃跑算吗？

“日有所思，夜有所梦，那你还不承认自己对她有意思？！”

他对乔晚有意思？

想到少女那张死人脸，用着毫无起伏的音调喊着萧师兄，萧博扬忍不住打了个寒战。

他会对乔晚有意思那就真的见鬼了！

萧博扬咬牙切齿地想，他宁愿对那条蛇有意思，也不要喜欢上乔晚！

他明明已经有了心上人！

他的心上人……

想到少女扬起唇时温柔的笑意，萧博扬不禁面色一红，抢过酒坛仰头喝了一口酒。

两个人明明生着一张相差无几的脸，给人的感觉却是一个天一个地……

见鬼了，他怎么又想到乔晚了？

萧博扬惊恐地又灌了一口酒，赶紧冷静冷静。

乔晚怎么老是阴魂不散？！

那几个男弟子知道他喜欢穆笑笑，看他一副吞了苍蝇的表情，也不闹他了。

“穆师妹回来都有两三天了吧？”其中一人伸出一只胳膊捣了他一下，“你要不要上玉清峰去看看？”

去玉清峰看看？

萧博扬愣了愣，抱着酒坛没说话，倒真的考虑起这个建议的可行性来。

就在萧博扬被吓醒的同一时间，乔晚眼前的古宅、美女蛇和青年都消失了个干干净净。

乔晚愣了一下，才反应过来萧博扬这是醒了。

这人真不经吓。

乔晚失望地心想，她还没骑过瘾呢。

走出萧博扬的梦境之后，乔晚又试着往前走了两步。

这一次映入眼帘的是一间宫殿。

地板上铺着雪白的地毯，根根殿柱雕梁画栋，殿内镏金的兽形香炉内烧着熏香，香气袅袅，在半空中徐徐飘散。

最引人注目的还是殿内的一张大床。

一阵夜风吹来，吹开层层轻纱帷帐，露出床上交缠着的身影。

红衣青年横卧在床上，墨发披散，衣裳半解。

而在他身下，少女香汗涔涔，伸着手软软地抵着男人的胸膛，“呜呜”地哭。

看清这一幕之后，乔晚瞬间呆滞。

这是凤妄言和穆笑笑没错吧？

这……这是凤妄言的梦？

乔晚目瞪口呆。

《登仙路》中，其实有些情节秉承着爽文修罗场的宗旨，女主角穆笑笑经常会被各路男配角明争暗夺。

但画面带来的冲击力和文字相比根本不是一回事。

饶是乔晚也不由得瞬间脸色爆红，心中结结巴巴地惊叹：这……这太劲爆了……她……她不太好意思看。

…………

乔晚眼神呆滞，大脑飞速运转。

凤妄言是凤凰，凤凰也算鸟……

鸟不是只有泄殖腔？

她心念一转，神识随即就扭转了梦境的变化。

青年垂眸看着身下的少女，轻轻抚摸着少女柔软的鬓发，眸中染上了欲望的暗色。

“笑笑……”

突然间，凤妄言浑身一僵，似乎察觉什么，没有，身下空空荡荡的。

而在他身下，少女眨着濡湿的眼睫，星眸潋滟，鼻音软糯地问：“凤妄言？”

她好像……又吓醒了一个。

看着眼前空荡荡的一片场景，乔晚挠了挠头，退出了凤妄言的梦境。

“打扰了。”

她才不会承认，吓醒了这只秃毛鸡，她其实还挺高兴的。

还有比这更恐怖的梦吗？

箭在弦上的时候，他发现自己的箭没了。

凤妄言脸色遽然一变，吓醒了。

回过神来后他赶紧下意识地伸手一摸，随后微不可察地松了口气。

梦中少女温软的嗓音似乎还在耳边回响，他的鼻尖还能嗅到少女颈侧的甜香。

他怎么会做这个梦？！

他虽是凤凰，但早已修出人形，怎么……怎么还会做这个梦？

下床给自己倒了杯茶，喝了两三口，他才冷静下来。

自从他听了高兰芝的吩咐后，被个小道童带到洞府歇下，到现在已过了两个多时辰。

想到穆笑笑那张俏丽的脸，凤妄言心中愈加焦躁不安，艳丽的面容中露出些许显而易见的不耐烦之色。但碍于自己这火属性，他却不好亲自去探望穆笑笑。

穆笑笑这热毒之所以如此严重，说到底也有日夜和他共处的缘故在其中。

当初，他被梅康平关在碎骨深渊下，正是那娇娇软软的少女，将他从碎骨深渊中救出。

他嗤笑：“你不怕我？”

她只抬起眼，抚过他羽翼上的伤疤，小心翼翼地问：“这一定很疼吧？”

从那一刻起，就算是把命都给她，他都认了。

这昆山派本为她的师门，总不会亏待她。

凤妄言闭上双眼，勉强定了定心神。

倘若他们亏待了她，他带笑笑离开便是。他从未将这世上任何人放在眼里，唯独穆笑笑是例外。

谁敢伤了她，他就杀了谁。

思及那和穆笑笑容貌酷似的少女，凤妄言唇上扯出一丝讥诮之意。

不过蓬草倚珊瑚罢了。

腐草萤光岂能同日月争辉？

她从笑笑那儿偷走的东西，他会一样一样地让她还回来。

他回想着在碎骨深渊下生死相依的场景，少女眨着眼睛，轻轻地问他疼不疼的画面还历历在目，一晃眼，画面又变成了她不盈一握的纤细腰肢。

结果……

他怎么会做这种梦？！

一想到这梦，凤妄言就忍不住打了一个哆嗦，捏碎了手中的茶杯。

但他回想梦中那亲密交缠之时的感受，刚平静下来的心里，又好像添上了一把柴，熊熊地燃烧起来。

越想越难挨，凤妄言烦躁地睁开眼，肩侧青丝如水滑落，赤着脚走出了洞府。

洞府前本守着一个小道童小松，原是周衍支给他，伺候他的起居的。凤妄言进了洞府之后，便不再理他了，小松正一边心想这人好生狂妄，一边却又无可奈何，只能候在外面。

此时，小松乍一见凤妄言面色不悦地走出洞府，心中“咯噔”一声，忙跟了上去：“凤前辈……”

凤妄言却看都没看他一眼。

昆山派极大，他这一路足踏月光，并无目的可言。小松修为浅，又怕凤妄言弄出个好歹来，只好叫苦不迭地跟在他身后。

不知不觉间，凤妄言已走到了另一处山峰之上，再往前走时，却好像有什么东西挡在了身前，阻止来人再往前迈进一步。

待看清眼前的景色之后，凤妄言微微一愣。

这是……结界？

眼前昏鸦密集，寒山寂寂，月光泼洒峰顶，看上去并无什么奇异之处，但是他伸出指尖才发现，这是一面笼罩峰顶的结界。

凤妄言这才提起了点儿兴致，指尖拈起一团火。

这火舌刚从指尖燃起，远处蓦地传来一个暗哑的男声："滚。"

这男声不知从何处传来，狂妄的语气使得凤妄言面色突变，他本来就憋着气，这个时候听了这话更是怒不可遏。

指尖的火苗霎时间化为一团熊熊烈火，"轰"的一声将这屏障硬生生击出一个大小可供人通行的圆洞。

凤妄言甩袖提步，冷笑道："你叫谁滚？"

那男声像是飘浮在夜风中一般忽远忽近，哑着声音道："我叫你滚。"

"滚。"他重复道。

玉清峰上，少女睡不着，一手撑着下巴，一手把玩着一只已经空了的宝杯，怅然若失地看着眼前华烛。

烛火将殿内映照得如同白昼，烛光艳映空荡荡的瑶席，在这旖旎暧昧的光影中，越发显得人孤寂。

想到方才陆辟寒与乔晚离开的那一幕，穆笑笑垂下眼睫。

如果放在以前，大师兄定会仔细地过问她的伤势，就算不多说什么，也会陪她坐上一会儿。而如今，多了一个乔晚占据了大师兄的心神。

想到这儿，少女委屈地红了眼眶。

那是一个在她坠入碎骨深渊后，被师尊带回来顶替她的存在。

乔晚既没有她生得好看，也没有她入门时间长，凭什么多出来分走本属于她的疼爱？

凭什么？

再一想到师尊玉清真人那如冰似霜的面容，想到刚刚在殿内，素来禁欲冷漠的师尊急促的喘息、幽深的双眼，穆笑笑心中一动，又不自觉地红了脸。

在这股委屈与依赖的情绪交织之下，少女站起身，踏出了偏殿。

一踏出殿外，便觉一阵寒意袭来，穆笑笑裹紧了身上的衣衫，冻得小脸煞白。

瞧见洞府外冻得瑟瑟发抖的少女时，周衍愣了愣。

“笑笑，你怎么在这儿？”

寒月朦胧，少女像只离巢的雀儿，小小一团，使人见之心中陡然生出一阵怜爱之情。

少女乌黑的发上落了些雪，黑润的双眸泛起了一层水光，轻轻牵了牵男人的衣袖，粉嫩的唇瓣嗫嚅着：“师……师尊……笑笑睡不着。”

周衍见状皱了皱眉，到底没说什么，抱起洞府前的少女走进了内室。

周衍将少女放在床上，说道：“睡吧。”

少女乌黑的发映着雪白的被褥，越发显得有种惊心动魄之美。

这是他的弟子，刚刚在殿内他已经情难自禁地做出了糊涂事，这个时候怎么还能继续下去?

周衍闭上眼眸，压下心底的冲动，轻轻叹了口气。

将穆笑笑放到床上后，周衍径自走到了桌前坐下，去翻阅新得来一本剑谱。不过，翻了几页他却始终静不下心来，又见床上没任何动静传来，心神有些不安，不禁偏头看了一眼穆笑笑的情况。

少女乖乖巧巧地躺在床上，不说话也不乱动，鼻尖红红的，直掉眼泪。

周衍错愕地搁下书，犹豫了一瞬，走到床前坐下：“笑笑？”

在殿内对自己弟子做出了那等行径，他自知禽兽不如，又先后碰上陆辟寒与乔晚两个弟子，周衍心神正乱，哪里还敢和穆笑笑有过多接触?

但此刻瞧见少女可怜的模样，他不由得又软化了心神。

或许自己是太过冷淡了，吓着了她。

周衍嗓音中含了一丝微不可察的温柔，他低声道：“发生了何事？”

“笑笑没事。”少女摇了摇头，眼泪却不争气地直往下落。

“这还叫没事？”周衍蹙眉。

泪眼蒙眬中，对上师尊清俊如月的脸，穆笑笑终于忍不住小声啜泣起来：“师……师父，笑笑害怕。”

她是当真害怕，害怕师父与大师兄会被乔晚抢走。

“你怕什么？”周衍不明所以。

少女仰起小脸，又垂下湿漉漉的眼睫：“怕师父和大师兄……不要我了。”

“你怎会生出这般想法来？”

穆笑笑轻轻摇头：“我……我……只是今日看到了晚儿……晚儿师妹她……”

小姑娘面皮薄，到底没好意思继续说下去。

她垂着头，脸上露出显而易见的惶惶不安和失落之色。

周衍见状，立时明白过来。

原来她是为这个担心。

想明白后，周衍不禁觉得好笑。

穆笑笑到底还是孩子心性，如今见到乔晚，心中难免会吃味并感到不平。

也是昔日这昆山派的人都将她宠坏了。

周衍冷峻的面容上难得展露出些许笑意：“你这是吃醋了？不愿我收她入门？”

“笑笑不敢。”被周衍直接点明了心思，穆笑笑红着脸小声说道，“师父愿收几个弟子，便收几个弟子，这都是师父的自由，做弟子的怎么敢多加置喙？”

少女生得尤为貌美，此时怀了点儿小心思，非但不会让人感到厌烦，反倒更让人觉得她娇憨可爱。

周衍微微一笑：“你放心便是，你们师兄妹三人，我都一视同仁，又怎会轻忽了你？”

穆笑笑：“但大师兄……”

“他自然也不会偏心你们二人中的任何一人。”

这个答案不能使穆笑笑感到满意。

一直以来，她都是昆山派集万千宠爱于一身的小师妹，如今又多了个比她入门时间还晚的乔晚，她就再也不是当初那个备受宠爱的人了。

她不想做师姐，穆笑笑想，她只想永永远远做那个受众人呵护喜爱的小师妹。

“更何况，我当初为何收晚儿入门，这其中的心思，你还不懂吗？”

想到乔晚那和她有七八分相像的面容，穆笑笑轻轻眨了眨眼睫。

“莫要多想，你如今身上余毒未清，还是好好歇息吧。”

周衍犹疑了片刻，伸手轻轻抚了抚少女的发顶。

刚刚哭过一场，少女鼻音糯糯的：“那在师父眼中，我与晚儿师妹究竟谁更重要？”

周衍道：“你是我亲手栽培的。”

他虽然没直接说明，但究竟谁更重要，已经不言而喻了。

穆笑笑终于放下心来，又好像想到了什么，忙又扯了扯周衍的袖摆，脸上飞起两朵红晕：“我只是害怕，没有不喜欢晚儿师妹的意思。”

周衍越发觉得好笑：“我知晓你并无此意。”

“那笑笑就放心啦。”穆笑笑轻轻地说道。

少女擦干了眼泪，又躺了回去，周衍帮她掖上了被角。

他正准备转身离开前，袖口又被人拽住了。

穆笑笑睁着杏眼，小声问：“师尊，明日我能随晚儿师妹一起去上课吗？我已经有许久不曾见到其他师兄师姐啦，我想见见他们。”

周衍并不赞同：“但如今你身上……”

穆笑笑忙道：“已经不要紧了，有栖霞师叔帮忙和晚儿师妹舍血，我感觉好多了，我只是许久未曾见到其他师兄师姐，心中想念。”

见穆笑笑痴缠得厉害，对上少女可怜巴巴的目光，周衍也不忍拂了她的这点儿期盼。

“也罢，我依了你就是。明日我便叫晚儿与你一道，也好随时照料你。”

穆笑笑听了这话，有点儿犹豫：“这会不会太过麻烦晚儿师妹了？”

周衍沉声道：“无妨。你只需记住，明日你若感到任何不适，莫要耽搁，快快赶回玉清峰来寻我。”

少女晃着他的袖口，弯着眉眼轻轻笑开：“我知晓师尊对我最好啦。”

周衍的目光从穆笑笑的脸上掠过，少女美面胜芙蓉，眼波含春娇，一派天真之态，周衍呼吸一窒，别开眼道：“时间不早了，歇息吧。”

说罢他便不再看她，等穆笑笑睡着之后，周衍想了想，干脆出了洞府，另寻别处打坐静心去了。

而在青环峰上，凤妄言面色已难看到极点。

“我若是偏不走呢？”青年催动掌心的凰火，愈烧愈烈。

那男声听闻这话，却没了动静。

高峰之上，青年袍袖凌空，青丝翻飞，姣好的面容上飞快地掠过一抹狠厉之色，嗤笑道：“我便是烧了你这山头，你又能奈我何？”

这人从方才起就一直在装神弄鬼，未曾显露真身。且不说是不是在故弄玄虚，就算他真有几分实力，凤妄言也不怕。

这几百年中，他还未曾怕过什么人，也无须去害怕什么人。

寒风摧折枯枝，簌簌作响。

就在这时，忽然传来一阵车轮碾过地面的“吱呀”声响。

不远处的寂寂寒夜中，缓缓驶出了一辆精铁所制的轮椅。

轮椅上坐了一个外表三十多岁的男人。

月光泼洒，一半落在峰顶，一半被暗沉沉的密林所吞噬。

男人一半脸隐藏在黑夜中，一半脸暴露在月光下。暴露在月光下的那半张脸并无什么奇特之处，但随着他缓缓驶出寒林，终于露出了另外半边脸。

那半边脸，根本不能称之为脸，像是被妖兽给咬烂了。

不只脸，男人的左臂缺了半截，右脚也像被什么东西给整整齐齐地削去了一只。

他面上没什么表情，但眼神极冷，透出股肃杀之气，被这月色一照，如同从林中走出的修罗恶鬼，就连凤妄言看清男人的模样后，也不由得愣在了原地。

待反应过来后，凤妄言立时又讥诮地笑道：“我道为何装神弄鬼，原来是因为不敢见人。”

凤妄言出生在丹穴山凰族，凰族中的人，但凡修炼为人形都是一个赛一个地俊美，凤妄言对自己的外貌也一向很有信心，如今看男人身负残疾，样貌丑陋，当下便逮着对方的痛处，毫不留情地出言讥讽。

按理说，残疾之人或多或少会对自己的身体有些自卑，但男人出乎意料地平静，脸上并未露出任何羞愤之色，一开口，又是低沉暗哑的一个字：“滚。”

凤妄言面色遽然一变。

男人冷笑：“我道是谁在青环峰上大呼小叫，原来不过是只开了灵智的公鸡。”

凤妄言何时受过这等屈辱？！

他听闻这话，顿时怒火中烧，凤眸中霎时迸射出一丝冷光与杀意。

这连日来的烦躁郁积心底，终于被男人的话语引动，转瞬便烧成冲天的火光！

等小道童小松气喘吁吁地赶到青环峰上，一看这峰顶火光、剑光飞射，山石滚动，顿时被吓去了半条命。

他壮着胆子往前走了两步，在看清青环峰上的两个人的面容后，眼白一翻，险些昏死过去。

这……这是马怀真啊……

马怀真是谁？

那是整个山门无人不知无人不晓的人物，问世堂的堂主，地位宛如教务处主任，在门派里是一个响当当的存在，脾气暴躁，嘴巴毒又不好惹。

谁若招惹上这位，都不知道“死”字是怎么写的！

一口气还没喘匀，小松也不敢再休息了，一边在心中暗骂了一声“你个死秃毛鸡”，一边急忙往山下奔去。

与此同时，陆辟寒眉头高耸，正看着浮在半空中的一颗玉球。

玉球上映出了一个清晰的人影。

影像中的男人眉眼冷峻，乌发高束，神姿威严。

“你要来昆山？”陆辟寒咳嗽着问。

男人的嗓音隔着传讯玉球传来：“昨日阵法指示我，舍妹的下落或许正与贵派有关，不论此行结果如何，我总要来这一趟查探清楚。”

对谢行止的说法，陆辟寒虽然不太苟同，但倒也乐意看到谢行止来这么一趟。

陆辟寒眉眼中难得沾染了一丝笑意：“倘若你要来昆山，我定会好好招待。”

谢行止颔首：“麻烦你了。”

陆辟寒神色淡淡：“朋友之间，无须言谢。”

两个人都不是多话的，玉球上的影像如水波一样漾开，眨眼间又消失了，那浮在半空中的玉球缩成了拇指大小，重新落回了陆辟寒的掌心里。

他将玉球抄入袖中，正要下山，打山下突然急急忙忙地蹿出一抹人影。

陆辟寒站定。

这个时候，撞见陆辟寒对他而言无异于救星，小松一见陆辟寒，顿时眼睛一亮，喘着气大叫道：“大……大师兄！青……青环峰上出事了！凤前辈、马前辈两个，打起来了！”

瞧见小松狼狈的模样，陆辟寒双眉一蹙，冷下脸来。

眼前一抹白光闪过，等小松再定睛一看时，面前已经没了陆辟寒的踪迹。

小道童瞠目结舌，他……他还什么都没说呢。

这个时候，玉清真人应该还在洞府里。真人平日里最不喜别人来打扰。

小松犹豫地想，到时候若是扰了真人，真人定要责怪他没照顾好那只秃毛鸡。

大师兄过去了，想来那两个人再怎么闹也闹不出什么大事来。

但那位可真是难对付。小松龇牙咧嘴，也不知这凤妄言如何招惹到这尊煞神的。

整个昆山派，似乎也就乔晚师姐与这尊煞神走得近一些。

想到这儿，小道童不再犹豫，换了个方向，马不停蹄地往乔晚的住处赶去。

凤妄言醒来的同时，乔晚也醒了。

醒来后，她下意识地摸了把被她乱丢到床上的传讯玉简。

她那个“帖子”早就不知道沉到哪里去了。

传讯玉简的功能烂得要命，乔晚没指望还能找回自己的那个“帖子”。

她举起玉简，看了一会儿，其中一条信息吸引了她的注意力。

“出售白龙鳞一袋，有意愿的仙友，请联系在下。”

乔晚的心跳漏了一拍。

白龙鳞。

她正好需要白龙鳞。

白龙鳞灵力丰富，是大补的材料。她灵气稀薄，只能靠点儿别的东西补一补。

怕被人捷足先登，乔晚反应很快，指尖飞快地在那“甘南”的名字上戳了一下。

小乔：“白龙鳞怎么卖？”

对方的回复速度也很快：“两百颗下品灵石。”

才两百颗下品灵石，这么便宜？这人该不会是骗子吧？

小乔：“保真吗？”

甘南：“在下绝对不敢有任何欺瞒。请问道友现在就要买吗？”

小乔：“你这么着急一看就很可疑啊。”

甘南：“在下绝不会有任何欺瞒！仙友若是不信，不妨现在就到真武楼中寻我。”

小乔：“万一我过去后被你打了一棍子套了麻袋呢？”

甘南：“请仙友务必相信在下！在下绝不是会做出此等卑劣行径之人！”

小乔："我拿头相信你啊？"

甘南："仙子为何要拿头相信我？"

似乎是察觉乔晚一直没有回复，对方又发了一条信息。

甘南："这位仙友你还过来吗？"

小乔："过去，怎么不过去？"

虽然对面的人看起来很可疑，但两百颗下品灵石一袋的白龙鳞，乔晚实在无法拒绝！毕竟她向来勤俭节约，无法拒绝这种堪比大甩卖的超低价！

过了一会儿，玉简上又缓缓冒出一行字。

甘南："说来冒昧，在下还有一问，敢问仙友是男是女？"

这人好端端地问性别，看上去更可疑了！

小乔："我是男的，腿毛二丈八那种。"

甘南好像松了口气："那便好。"

乔晚更疑惑了：更奇怪了啊！这位仁兄想干吗？

乔晚倒不是很担心对方能做出什么来，毕竟是在山门里，她虽然菜了点儿，但见势不妙逃跑这项技能还是掌握的，于是很快就和这个叫甘南的人约定了碰头时间和碰头地点。

对方将地点定在了昆山派真武楼前。

真武楼高百尺，是昆山弟子们常去的演武场。

乔晚走到真武楼下后，拿出玉简。

小乔："你在哪儿？"

甘南："在……在下，如今正在二楼……"

乔晚照着这位甘南说的，进了真武楼后走上二楼，二楼空空荡荡的，没一个人。

"甘南？"乔晚试探着喊了一声，"你在哪儿"

话音刚落，似乎响起了什么东西被撞翻的"噼里啪啦"的动静，半晌，桌子后面弱弱地伸出一只胳膊："在下在这儿……"

好端端地这人为什么要躲在桌子后面？

一时间，乔晚脑子里飞速闪过无数个念头，最终她还是选择了最保险的方式。

也就是——"砰！"

乔晚猛地抬起腿，直接踢翻了面前的桌子。

"出来！"

"啊啊啊啊！"

一道惊慌失措的男声顿时响起，紧跟着从桌下钻出了个没穿裤子的青年。

乔晚："……"

她是不是真的碰上什么变态了？！

没穿裤子的青年抬头一看到她，猛地抬手捂住了自己的眼睛。

“啊啊啊！抱歉！是在下失礼了！”

乔晚：该捂住眼睛的是她吧。

她都能看到对方小腿上迎风飘扬的白色腿毛了！

“啊啊啊——怎么办怎么办？”青年捂着眼睛，像被煮熟了的虾子一样，白皙的肌肤迅速涨红，慌乱地扭身想躲，“该如何是好？实在太过失礼了。”

“这位仙子，你不要看啊，”青年听上去好像快要哭出来了，“实在太过失礼了。”

因为捂住眼睛看不见前路，青年跌跌撞撞，像无头苍蝇一样急得团团转。

乔晚沉默地看着青年左脚绊住了右脚，在自己面前表演了个平地摔。

面前的青年看上去好像有点儿眼熟。

她想起来了！

乔晚恍然大悟！

那是她刚刚在梦里看见的那个没穿裤子的小师弟！

“你躲什么？”乔晚伸出剑鞘，挡住了青年的前路。

青年疼得眼泪汪汪：“因为在下没穿裤子，这么和仙子说话实……实在太失礼了。”

乔晚走过去，将桌子扶起来，指了指：“那你还是先钻回去吧。”

于是青年赶紧又缩回了桌子里，透过桌洞依稀还能看见一截白皙的小腿，和小腿上迎风招展的腿毛。

缩回桌洞里之后，青年的情绪好像终于稳定了一点儿，他也能简单交代这究竟是怎么一回事了。

青年战战兢兢地看了一眼乔晚手上的剑鞘：“实不相瞒，在下是一条白龙，因为还没掌握好要如何化形……所以……”

乔晚毫不客气地说：“所以一不小心把裤子撑破了？”

甘南：“……”

乔晚干脆也靠着桌子坐了下来：“你大半夜跑到真武楼来干什么？还有那白龙鳞是怎么回事？你骗我？”

青年小心翼翼地往旁边挪了挪，给她挪出了点儿空地。

青年颓废地捂脸，嗓音沙哑地说：“在下没有骗人的意思，在下确实是要出售白龙鳞。

“在下到真武楼上是因为在下修为太弱了，这才想着半夜溜出来偷偷练习，没想到练习化形时，只化了一半就把裤子撑破了。

“裤子破了之后，在下本来是在玉简上求助的，结果没有人搭理在下。”

乔晚：“你的储物袋里没裤子？”

青年垂头："储物袋也丢了，灵石也没有了。"

乔晚：所以他才自己卖自己是吗？

"在下只好又另发了一条出售白龙鳞的信息，希望买家来的时候能顺便帮在下带条裤子，还能换点儿灵石。"

乔晚纳闷："我没看到啊。"

青年弱弱地拿出玉简摊开，指着最后一行小得不能再小的字："在这儿，我发了，就在仙子你说自己腿毛二丈八之后。"

乔晚："……"

乔晚深沉地又看了这二货一眼。

留意到对方绿色的束发发带后，乔晚愣了愣："你不是昆山弟子？"

青年的发带上绣了一簇竹叶暗纹，这是青阳书院的标志。

昆山、青阳书院、云烟仙府和大悲崖，这修真界四大派之间联系非常紧密，不仅平常会互派交换生，每隔几年还要聚集各派弟子切磋一次。

在昆山看到其他门派的交换生，并不算奇怪的事。

"你是青阳书院的？"

"是……在下确实是青阳书院的弟子。"

据青年交代，他叫甘南，是青阳书院弟子，出身阳虚山玄扈水龙族。

乔晚："你们那边的山头名字挺别致的。"

"是吗？"甘南愣了一下，看上去有点儿受宠若惊，"多谢仙子赞许。"

青年没什么心眼，三两句话就把自己的老底掀了个一干二净。

青年说，他是龙王最小的儿子，上面有两位庶兄，他的两个哥哥如今正在争夺王位，他则在青阳书院念书。

乔晚马上就抓住了漏洞："等等，你不是嫡子吗？你那两个哥哥才是庶子吧？你不去争夺王位？"

她虽然懂得不多，但好歹也知道嫡长子继承制的。

"扑哧——"

甘南心口默默地被扎了一箭。

"实不相瞒，因为在下实在……实在……"

"实在"了半天，甘南也没说下去。

想到对方化形撑破了裤子这件事，乔晚敏锐地抓住了重点："废物？"

"扑哧——"

甘南心口默默地插上了第二箭。

"是……的确如此，因为在下实力太弱，无法肩负起统御我玄扈水龙族的重任，所以……"

"所以你父王根本没有考虑过立你为储君？"

“扑哧扑哧扑哧——”

青年心口已经插满了箭，被打击得体无完肤。

甘南：“……”

龙王唯一的嫡幼子是个废物，连化形都化不好的废物。

像他这么废物的龙实在是不多见了。但凡他稍微有一点儿出息，也不至于沦落到今天这个地步。

王储之争，和他半点儿关系都没有。

不过也正因为他太过废物，所以两个哥哥掐得你死我活，也根本没考虑到他坐收渔翁之利的可能性。

他这才得以避开风波，安安心心地在青阳书院念书。

青年生得白白嫩嫩，容貌清俊秀丽，额上生了对晶莹的小龙角，拇指大小。

他眉发皆白，甚至连腿毛都是白的，不过发梢带了点儿墨绿色，像是海藻的颜色，在眼睛周围，还生着一片淡得看不见的洁白龙鳞。

青年伸手指了指自己的眼睛，垂头丧气地说：“我连化形都化不好，才会被父王丢到青阳书院。”

每次他化为人形，连眼角的龙鳞和头上的龙角都收不起来。

看到青年失魂落魄的蚊香眼，乔晚叹了口气。

她其实也怪感同身受的。

乔晚抬起头，看了一眼头顶的横梁，幽幽地叹了口气。

“其实我和你差不多。”

“仙子你……？”

“我本来是个凡人，家父是个庄稼汉，结果有一天上山砍柴的时候，他被天上飞来的一块石头砸死了。我十四岁的时候，碰上了现在的师尊，被师尊带上了昆山，因为资质太差，一直被人拿来同师姐相比。”

甘南愣了愣：“没想到仙子你……”

目光相接的刹那，两个废物之间有了感同身受的默契。

“唉。”

青年和少女一齐移开了目光，一齐垮下肩膀，默默捂脸。

乔晚：“我也是今天才打算一定要努力，一定要变强的，不然也不会跟你买那袋白龙鳞片。”

“是……是吗？”

两个废物，一齐仰望头顶的横梁，长长地叹了口气。

乔晚本来是打算买白龙鳞的，没想到现在却变成了两个废物之间抱团取暖。

过了一会儿，乔晚又发觉一点儿不对劲：“我记得你们这些外派的弟子另有住处吧，还自带演武场的，你半夜无视夜禁跑到真武楼，这不是多此一举吗？”

“夜……夜……夜禁？”甘南结结巴巴地问。

“你不知道夜禁？”乔晚蹙眉。

她还以为他知道呢。

昆山有夜禁的，从子时到丑时，范围是从栖霞峰到太玄峰这一大片山头，而真武楼正好就在这一大片范围内。

昆山之所以实施夜禁制度，也是因为昆山弟子种族各异，既有那每逢月圆之夜要变身的狼妖，也有从西边漂洋过海来的蝙蝠精。

这些乱七八糟的种族，每到子时就开始蠢蠢欲动，为了确保其他弟子的生命安全，门派干脆就实行了夜禁。

每天晚上都有问世堂暗部的“巡夜人”四处转悠，专抓那些到了夜禁时间不好好睡觉打坐，跑出来干点儿见不得人的事的弟子。

她来之前，还以为他和她一样，早就是老油条了，没想到是棵青葱的小白菜。

看着面前的青葱小白菜，老油条乔晚默然无语。

好像是为了印证乔晚的说法，楼下的门忽然开了，有人提着灯走入了真武楼中，听脚步声似乎还不止一个人。

这是……问世堂暗部的巡夜弟子？！

巡夜弟子一进门，顿时就察觉楼上的动静，一边快步往楼梯前赶，一边厉声呵斥道：“是谁在那里？！”

乔晚脸色一变。

“仙……仙……仙子！现在怎么办？”甘南惨白着俏脸问。

因为过于软弱和废物，所以青年从来没犯过什么错，也不敢挑战什么规则，一听到楼下的动静顿时慌了神。

乔晚站起身：“还能做什么？当然是跑啊！”

说罢，乔晚拽起桌下的青年拔腿就跑！

青年慌乱无措地大喊：“等等！在下还没穿裤子！”

这个时候他还穿个鬼的裤子啊！不跑等着被巡夜人逮吗？！

提着甘南，乔晚提起一口气，翻过二楼栏杆纵身一跃！

巡夜弟子刚快步赶到楼梯前。

“等等，”其中一个巡夜弟子抬起手，“你们看。”

众人错愕地抬起头，只见少女眉眼凌厉，手上拽着个青年，从栏杆前纵身跃下。

而被少女拽着的青年没穿裤子，两条毛腿上的汗毛时不时在风中摇曳，一阵夜风吹来，吹动青年堪堪遮住大腿的衣摆。

巡夜弟子顿时就被眼前这画面震撼到了：“……”

众人面面相觑了一秒后，才反应过来。

这是……有人跑真武楼偷情来了？！

“站住！别跑！！”

下落的间隙，乔晚看了一眼真武楼前的大门，巡夜弟子也扭头看了一眼。

四目相对的刹那，双方都从对方眼里看到了同一个明确的信息。

那就是门!

“砰——”

落地的刹那，乔晚拖着甘南闷头往大门冲去!

第四章　化龙弥鳞，振跃天汉

巡夜弟子离门更近，也更快一步，手疾眼快地先一步挡在门前，冲着这俩疑似偷情的弟子厉声高喝：“站住！”

站住就有鬼了！乔晚咬牙。

“唰！”

巡夜弟子们腰侧的刀剑齐齐出鞘！

剑刃反射出令人心惊胆战的凛凛寒光！

乔晚脚步一顿。

“还跑？”

为首一个手持大刀的中年男人斜眼冷笑。

他每次巡夜总能碰上像面前这样的狗男女，大半夜的，这些人不好好睡觉修炼，专跑到外面干这些见不得人的勾当。

袁六恨得牙痒痒。

这些内门弟子，整天净给他们添乱。

巡夜弟子们大感悲愤，这叫什么事啊。

门口一排刀阵，看着就让人牙酸，乔晚他们冲上去恐怕就只有一个下场。

虽然看着可怕了点儿，但袁六明白这也就是用来唬人的，他还真不敢往人身上扎。

不过唬人归唬人，袁六看到少女脚底像踩着风火轮一样冲过来，还是被少女这大无畏的气势给震撼到了。

乔晚拽着甘南直冲过来时，远远看上去有点儿像两团白嫩嫩的羊肉，勇敢地拔腿上扦儿，一路往这儿滚过来。

袁六眼皮一跳，嘴角一抽，见面前少女速度不减，终于有点儿慌了。

“停停停！”袁六眉头急跳，气急败坏地大喊，“你俩不要命了？！”

他们只负责逮人，哪里敢闹出人命？

平常被他们逮着的那些弟子，一看这架势早就㞞了，哪里有像现在这么英勇上扦儿的羊肉？

袁六还是头一次见胆儿这么肥的人，真怕这俩货被刀戳死。

乔晚没吭声，继续往前冲。

“我不想死啊啊啊仙子！”

乔晚根本没管他，冲到刀阵前，猛提一口气，四肢百骸中的灵力直冲向脚底板。

灵力迅速在脚底汇聚，将人之血肉瞬间锻化了数倍不止！

要搁在以前，乔晚还做不到在这么短的时间内就把灵力控制得这么好。

不过她受过了尊者的补习，那就不一样了。

现在的她，已经不是以前的她了！

袁六没发话，其他巡夜弟子也不敢有所动作，就这么眼睁睁地看着少女脚尖一点，借力蹿上了半空。

“砰砰砰！”

她一路踩着刀刃直冲了出去。

巡夜弟子们一仰头，就看见少女拽着青年腾空而起。

巡夜弟子们：“……”

袁六下意识地屏住了呼吸，一颗心高高提起，紧跟着又“咕咚”一声落回了肚子里。

这是个皮糙肉厚的体修！

眼看少女脚踩刀刃毫发无伤，袁六气得鼻子都歪了。

他还真以为这两个人会被戳死！

你个体修，带什么剑！

两腿之间斜擦过刀刃，冰凉的触感直冲头皮，青年猛地夹紧了双腿，头皮一阵发麻，也不敢低头往下看

“在……在下的……”

“哭什么？”

乔晚回头，斜眼看到青年的一双荷包蛋泪眼，再看了一眼他被吹起的衣摆，一脸淡定地说：“不可能剐到的。”

刚刚她都计算好了，确保他没事。

甘南："可……可是……"

青年差点儿飙出眼泪来，他刚刚明明感觉到了……

天上悬挂着一轮圆月，月下，乔晚拽着青年腾空而起。

"仙……仙子，在……在下快喘不过气来了。"

乔晚低头一看，青年的一张小白脸涨成了猪肝色。

发觉自己好像正拽着青年的衣领，乔晚若无其事地换了一只手，改为拽他的衣袖。

"你们是哪个峰上的？！"袁六一边在后面追，一边大喊，"说话！"

乔晚紧抿着唇，兔起鹘落般拽着青年几个飞跃，埋头往前狂奔！

甘南被乔晚拽着，一路跌跌撞撞，一颗心几乎跳出了嗓子眼，忍不住回头看了一眼。

身后，一队穿着黑衣的巡夜人还在紧追不舍。

"仙……仙子……"甘南吓得快哭了，"这样是不是不太好？我们还是别跑了吧？"

乔晚："行啊。"

他的手臂被少女捏了捏。

甘南："仙子？"

乔晚："我在估算把你丢出去能砸倒几个人。"

甘南立马改换口风："抱歉，是在下莽撞了。"

"别怕。"乔晚沉声道，"这些人都是外门弟子。"

问世堂暗部是外门弟子和内门弟子混编，主要以外门弟子为主，每队编入一两个内门弟子。

那些修为高的内门精锐弟子，是门派的中坚力量，门派也舍不得轻易拉出来当驴用。

刚刚她扫了一眼，这些巡夜弟子人不多，穿的衣服上袖口处绣了个小小的"外"字。

虽然能加入暗部的人也都是外门精锐，但实力和她相比其实没多大区别，而且，外门弟子大多穷，还不一定有法器傍身。

甘南有点儿愣："仙子你怎么知道这么多事？"

"我认识他们的老大。"乔晚道。

甘南弱弱地说："那仙子你为何不停下来……请他们通融一二？"

乔晚斜眼吐槽："没想到你浓眉大眼的还知道找关系走后门。"

青年羞愧地低下头：嘤……

还通融，乔晚还真不好意思请马怀真通融。再说就他那性格，他估计也懒得搭理她。

在众巡夜人看来，眼前这两个人就等同于移动战令，逮到了就能回问世堂换灵石、换资源。

巡夜弟子们铆足了劲追，乔晚拽着甘南拼命地跑。

他们咬太紧，她连御剑的机会都找不着。

另一方面，袁六气得直磨牙。

要不是听说青环峰那儿出了事，其他人都往那边去了，还带走了门派配给他们的灵兽和法器，他们也不至于追得这么费劲。

眼看前面的一对狗男女越跑越远，袁六当机立断，拍了一下腰上的玉简。

没多久，从前面又蹿出几个赶来支援的巡夜弟子。

乔晚硬生生地刹住脚，想都没多想，掉头往回跑。

袁六立即带着人赶了上来。

两个人前后被堵，被包了个圆。

袁六："跑？还跑？"

乔晚丝毫不慌，抬头看了一眼巍峨耸立的真武楼。

袁六的脸色有点儿难看："你别告诉我……"

话音未落，少女像窜天猴儿一样，猛地蹿了上去。

袁六大吼："追！"

"哗啦——"数十个巡夜弟子紧随其后。

朦胧月色下，真武楼楼顶藏在一片隐约的夜雾之中。

乔晚一脚蹬在栏杆上，一手攀上飞檐，一个翻身滚上了二楼屋顶。

三楼、四楼、五楼……她一边往上蹿，一边问："你不是白龙吗？现在能化形吗？"

甘南面色惨白地说道："在下也不清楚。"

"待会儿我冲上顶楼，往下跳的时候，你就化形，我到时候用个障眼法，他们绝对看不出来有龙。"

突然被托付了重任，废物龙甘南："在……在下恐怕不行的。"

"一,二,三！化！"

被赶鸭子上架，青年手足无措地一闭眼。

"轰隆！"一阵白雾闪现。

"仙……仙子？"青年战战兢兢地睁开眼，"在……在下成功了吗？"

他好像察觉出了身体有些变化。

乔晚看了一眼手上拽着的一条"白蛇"，陷入了沉默之中。

白蛇腰围只有人的胳膊那么粗，头上顶着一对米粒大小的晶莹龙角，乌黑清澈的大眼乌溜溜地转。

乔晚：废物。

胖蛇泪目。

两个人才耽误了不到一秒，就有两个巡夜弟子蹿了上来。

“我说你们跑什么啊？”眼看终于逮住了这对狗男女，其中一个巡夜人咧嘴一笑，一口白牙在黑夜里闪闪发光，“被抓住了不就是被削一顿吗？”

乔晚手里的白蛇僵了。

面前的两个巡夜人，一个用蛟龙夺心枪，另一个手上拿着个百炼赤虹大铁环。

那用枪的巡夜人率先抢攻，直冲乔晚的心口刺去，乔晚侧身避过了。

那使铁环的巡夜人大喝一声：“去！”

只见那铁环半空中越转越快，越转越快，朝着乔晚和甘南兜头罩下。

乔晚拽着甘南，刚闪过铁环的攻势，长枪又朝着头削来。

铁环一击不中，重新入手，巡夜弟子又朝着乔晚的背心将铁环甩了出去。

乔晚身体平仰，急退出去，琉璃瓦被踩得“哗啦啦”地响。

枪和环“叮叮当当”地撞在了一起。

乔晚踏出妙微步法，身姿忽上忽下，几个腾挪，那铁环非但没套着人，反倒落在枪尖上一扭，化为枪尖那般大小，将枪牢牢地给套住了，一时半会儿挣脱不开。

“甘兄，只能委屈你了。”乔晚拍了拍大白胖蛇，深吸一口气，抡起白蛇往身前扫去！

胖蛇：啊啊啊啊啊！

那用枪的弟子气得正破口大骂：“张文德，你长没长眼……”

话还没说完，他就被拦腰扫了下去。

“啪！啪！”

解决了。

乔晚迅速收回蛇鞭：“走！”

脚尖不停地踩在琉璃瓦片上，乔晚不死心地继续往上蹿，一路终于蹿到了塔顶。

“这回行不行？”

胖蛇哆嗦：“在下……在下尽力而为……”

“一二三！化！跳！”

月如玉盘，白雾缥缈，流云蔽月。

忽而，雾薄云散，一声龙吟响彻天地之间！

“老大！快看！”

袁六刚踩上塔顶，猛地抬起头。

云雾间好似冲入了一道缥缈的白色身影，那身影霎时间一个摆尾，又被云气给吞噬了。

明月泼洒清辉，而塔顶空空荡荡的，哪里还有半个人影？

乔晚艰难地从龙背上爬起来，紧紧揪着龙鳞才没被吹出去。

他们终于逃出来了。

乔晚趴在龙背上，一抬头看见天际的一轮圆月，好像近在眼前，触手可及，激动得有点儿结巴："甘……甘……甘兄你看！"

白龙结结巴巴地回应："仙子……我……我……我们逃出来了吗？"

乔晚激动得爬起来直蹦："我们逃出来了！"

大白龙也激动地用力甩了甩尾巴："太好了！"

他俩竟然从这么多人的包围之下逃出去了！

那一刻，两个废物发自内心地喜悦呼喊。

头顶清辉泼洒，身下是绵延不绝的昆山群山、渊崖深壑。

仰观天，俯看地，山河苍茫。

乔晚被风吹得快睁不开眼睛了，但看到这一幕，还是忍不住惊奇地瞪大了眼，兴奋地大笑起来。

风吹得乔晚脑袋上的蝴蝶结一直抖，她说话都不利索，磕磕巴巴地大喊："好……好……好美啊！"

甘南难以置信地瞪大眼，望着云雾缭绕间的高山大河，也磕磕巴巴地回应："真……真……真美！"

他这是真正的化龙弥鳞，振跃天汉！

半晌……

甘南："仙……仙子，在下的衣服，好像全被撑破了……"

乔晚："……"

他彻底变成衣衫不整的废物变态龙了。

又过了一会儿……

甘南："仙……仙子，在下好像撑不住化形了……"

乔晚："……"

乔晚："甘兄撑住！"

青年荷包蛋泪眼，歪七扭八地继续向前飞："在……在下尽力为之……"

看了眼白龙身上挂着的破布条，乔晚一咬牙，干脆利落地解下了裙带。

她今天这一身是上衫下裙，裙子里面穿了中裤，脱了裙子倒没什么，总不能让这条龙到时候真的当众衣衫不整。

她刚解下裙带，白龙惊声叫道："仙子，在下……在下真的撑不住了。"

语罢，白龙猛地一震，身子一歪栽了下去。

乔晚和甘南："啊啊啊啊！！"

而在山峰之上，抱着酒坛、看着月亮，还在纠结着要不要去玉清峰的萧博扬，目光触及天边一抹白光后，神情顿时一僵，眼睛睁大了些，整个人跳了起来。

刚刚天上歪歪扭扭地飞过去的那是什么？怎么有点儿像乔晚？！

"萧师兄？"

青年神情难看地转过脸来，一字一顿斟酌着说："我刚刚好像看到乔晚在天上飞。"

男弟子："……"

萧博扬皱眉："你没看见？"

远处圆月当空朗照，清辉如水。

男弟子看了一眼天，摇了摇头："天上没人啊，"他又看了一眼萧博扬，面色格外复杂，"你该不会真的看上乔晚了吧？"

这人得喜欢乔晚喜欢到什么地步，才能看到人家姑娘在天上飞？

萧博扬皱眉再看去，天上空荡荡的，确实没任何人影。

可他刚刚明明看见了乔晚。

萧博扬想到男弟子方才说的话，脸再次扭曲了。

他？看上乔晚？！

呸呸呸！

一想起梦中少女凌空一跃，跨坐上蛇妖，风驰电掣一般飙出去的画面，萧博扬哆嗦着闭上了眼。

他怎么可能看上她这个坑货？

一定是幻觉，一定是幻觉，一定是他出现了幻觉，再不然就是乔晚这货给他下了什么幻术。

对，一定是乔晚背地里玩阴的，偷偷给他下了什么幻术，就是为了干扰他，好在日后的白塔论剑上赢过他。

果然最毒妇人心。

白龙本来想稳住身形，奈何自己实在过于废物，力不从心，一路歪歪扭扭地往下栽，在天际滑过了一道漂亮的白色线条。

本来在入静、在修炼、在卿卿我我、在孤独赏月的众昆山弟子听到动静，抬头看去。

"你们有没有听到什么惨叫声？"

"好像有……"

"天上！天上那是什么？！"

"蛇？那里还有个人！"

“你眼瞎了吧？蛇怎么会在天上飞？！”

太玄峰上，裴春争正独坐在崖下入静。

他没办法静心，本该毫无波澜的心，如今四下翻搅，不得安宁。

笑笑……

裴春争垂下眼睫，双眉紧蹙。

他一闭上眼，脑海中浮现的却是乔晚的脸。

少女从血污中爬起来，喘着粗气，黑漆漆的眼睛里映出了点儿城内的暖光，小心翼翼地将她竭力相护的兔子灯捧到他面前。

裴春争用力地抿紧了唇。

或许是愧疚，他的确该愧疚。

这么多年里，他在她身上追逐着笑笑的影子，确实对不起她。

但隐隐之中好像还缺了点儿什么，他不只是愧疚。

裴春争捏紧了指节，烦躁地抬眼看向天边的月。

只这一眼，他不由得愣住。

朗月之下，好像有什么东西正在飞快坠落。

他听见了乔晚的声音？

这是乔晚？

没多加思索，裴春争双眉一皱，忙运起剑光，追着这抹白光而去。

而在半空中——

“啊啊啊啊！”

白光一闪，白龙瞬间化为一个没穿衣服的清秀青年。

青年也瞬间飙出眼泪：“仙……仙子，我们是不是要死了？”

饶是如此，甘南还是没忘记默默夹紧双腿。

他可是要脸的。

就算死……他也不能让人……让人看到他这副模样！

乔晚将手上的裙子往他身上一罩，一手拽着他，大脑飞速运转着。

现在这样她根本没办法带着甘南御剑。

心念一转，乔晚大喝一声，猛地拍出尊者教过她的那一掌！

“光照无间！”

掌印从天而降，在地上拍出个深坑，掀起巨大的气流冲击波，气劲轻轻一托，减缓了两个人下坠的速度。

这招能行。

乔晚深吸一口气，接连发出三四掌，掌气如山洪喷涌，裂石穿云！

勉强打出四掌之后，乔晚也有点儿撑不住了。

“不行，”乔晚咬牙，“我没灵力了。”

话音刚落，手背被人反手一覆，一阵热流透过手背猛地涌入了四肢百骸。

丹田霎时被这灵力填满，如汪洋大海一样浩浩荡荡。

青年一边给她渡灵力，一边哆哆嗦嗦地说道：“仙……仙子撑住啊。”

乔晚：“……”

明明说好了大家都是废物，你竟然也是个开挂的。

有了这灵力满格的大型“充电宝”，乔晚深吸一口气，心中泪流满面。

她实在没法抗拒，这灵力满格的感觉实在太爽了。

第一次灵力这么充沛，乔晚还有点儿不习惯这美好感觉，正准备再发出一掌，不知道是不是因为刚刚力竭，乔晚的手不自觉地一抖，手下歪了一下。

“光照无间！”

“轰！”

一道掌气飞出，瞬间炸飞了面前的一座小山头。

乔晚：“……”

有了超大型“充电宝”，乔晚一口气连发数掌。

圆月当空，青环峰上一片狼藉，显然刚刚经历过一番不小的战斗。

山石四下滚落，树木也被烧焦了大半，横七竖八地歪着。

青环峰上这么大的阵仗，早就惊醒了无数昆山派弟子，不过冲到青环峰下，一看这山上的几尊煞神，昆山派弟子顿时又硬生生地憋了回去。

这不是马怀真和陆辟寒吗？

碍于马怀真这威名，众弟子就默默地蹲在一边围观。

山峰之上，通身火红的青年男人又惊又怒。

在他对面，马怀真面色平静地坐在轮椅上。

两个人中，正伫立着一道清瘦的身影，分割了战局。

夜风中断断续续地送来了凤妄言的声音。

“这便是你们昆山派的待客之道吗？”

“这自然不是我们昆山派的待客之道。”陆辟寒面色未变，淡淡地道，“昆山派素来以诚待人。人若以礼相待，便以礼待人；人若不逊，也休想指望我能有什么好脸色。仙友失礼在前，不与仙友计较，已是我的诚意。”

“诚意？”凤妄言冷笑，“贵派的诚意，便是像现在这般以多欺少？传出去不怕被天下人耻笑吗？”

陆辟寒没有回答他，反问道：“我听说是仙友将我师妹送回了昆山，既然仙友是为了我师妹而来，那仙友此举可真正为她打算过？”

“你这是在用笑笑要挟我！”见陆辟寒提到穆笑笑，凤妄言惊怒交加。

“好好好。”凤妄言像是想到了什么，突然又冷笑起来，“我道是为了什么？想来是为了乔晚她这个废……”

话音未落，“轰”，一道金色气柱从天而降，如流星坠地，掀起滔天气劲。

凤妄言神色一凛，急急往后退开半步。

他刚刚站的地方，硬生生被什么东西砸出了一个深坑。

凤妄言：“……”

尘烟渐渐散去。

“咯咯咯……”

一阵咳嗽声响起，深坑中趴着两个摔叠在一起、眼冒金星的青年男女。

抬手挥了挥面前的尘埃，乔晚咳嗽了一声，抬眼看去，顿时一僵。

“仙……仙子……”青年战战兢兢地握紧了乔晚给她的裙了，“我……我们这是在哪儿？”

他顺着乔晚的目光看去，也僵住了。

废物乔晚：完蛋……

废物甘南：完蛋……

他们好像……好像误入了什么不得了的场合。

那坐在轮椅上的男人是马怀真吧？

还有面前这个，是大师兄？

一抬眼，乔晚就对上了男人幽深的双眼。

大……大师兄。

乔晚头皮发麻。

她往左看，马怀真正坐在轮椅上，面色略显讶然。

她往前看，陆辟寒目光意味不明。

而在她身后，凤妄言脸色异常难看。

甘南默默地捂紧了乔晚丢给他的裙子：救……救命。

要……要死了，为什么会有这么多人啊？

青年面色飞红，内心崩溃。

青环峰上一时间陷入了谜一样的沉默之中。

在这谜之沉默中，乔晚硬着头皮爬了起来，拍了拍身上的灰尘，毕恭毕敬地行了一礼。

“大……大师兄……马前辈……”

陆辟寒并未答话，目光一转，鬼火一样幽深的目光落在了她雪白的中裤上。

像是被刚刚激起的尘土所刺激，他抵着唇咳嗽了两声，又看向了她身后被她挡着的青年。

目光触及青年的身躯和身上淡粉色的轻罗裙，男人目光转利，眼中的火于静默中烧了起来。

甘南默默地往后缩了缩，战战兢兢地将自己缩成了一团。

这……这位仙友看他的目光……怎么这么奇怪?

好……好可怕啊……

乔晚嘴角一抽，完了。

一个衣衫不整、下身只穿一件雪白的中裤，另一个坐在深坑中，面似红霞。

乔晚强作镇静，脸上看上去还是没什么多余的表情，实则悄悄伸出手，拢了拢刚刚下落时被风吹乱的衣襟。

甘南羞愧得面色涨红，龙角一抖，缩进了雪白的发丝中，下意识地搂紧了手上唯一一件布料——那件粉色轻罗裙。

目睹乔晚和甘南从天而降，又看清了青年手上的裙子之后，青环峰下围观的昆山弟子们，八卦之心疯狂躁动了。

这不是乔晚吗？！这个男弟子是谁？！

这……这实在是很难让人不想歪啊。

看着眼前这一幕场景，众弟子思绪一不小心齐齐跑偏。

其中一个年纪轻的小师弟结结巴巴地道破了众人发自灵魂深处的疑问："这……这得多激烈，才能从天上掉下来啊？"

陆辟寒："……"

其中一个昆山师姐面色飞红，赶紧低声训斥自家小师弟："怎么说话呢你？"

那小师弟自知失言，忙闭上嘴，目光不经意间在人群中一转，整个人忽然哆嗦了一下。

昆山师姐："怎么了？"

她抬头一看，也有点儿呆。

小师弟身侧，不知道什么时候多出来一个少年，正静静地看着峰顶。

他脚蹬黑靴，腰间别着暗红色锦囊，眉间蘸了点朱砂，虽然五官极其明艳，但给人的感觉冷若冰霜。

他的目光落在那没穿裙子的师姐身上，眉间的朱砂好像更浓艳了点儿。

这……这人身上怎么有股魔气?

昆山小师弟愣愣地想。

但这魔气转瞬即逝，很快又消散了个一干二净，好像这只是他的错觉。他再定睛一看，那少年已经不见了。

在众人的注目中，陆辟寒终于动了，伸手解下身上的外袍丢到了甘南的头上，冷冷地说："披上。"

甘南有点儿呆滞，过了一会儿才意识到这是让他披上之后，手忙脚乱地裹紧了衣服，小声舒了口气，面色通红地从坑里爬出来。

这位师兄看起来虽然可怕了点儿，但好像是个好人。

"仙……仙子……"甘南悄悄挪到乔晚身边，将手里的淡粉色轻罗裙还给她，

“你的裙子。”

乔晚接过裙子没出声，心里特别清楚，她完了。

风评被害事小，大师兄冷脸事大。

乔晚心情沉重。

她现在这心情，说实话，和等着她爹开完家长会的心情是一样的。

乔晚算是被陆辟寒养大的。

大师兄年纪没比她大多少，也就大了三十多岁。

但放在凡人界，他已经足够当她的爹了。

这么多年相处，乔晚能看出来，大师兄其实是极力想把她培养成一个文能弹琴作画、武能提剑砍怪的淑女的。

听说陆辟寒在上山之前，出生在一个小有名气的世家里，自小审美就是喜欢那种窈窕淑女，周衍把乔晚丢给他以后，自然而然地，他也就把乔晚往端庄大方的方向培养。

在陆辟寒手把手的教导之下，乔晚琴棋书画也都学了点儿，毕竟多两样技能总归是好的，拎出去也勉强能看。

琴棋书画她学是学了点儿，但这么多年锻体下来，一捋袖子，胳膊紧绷又结实的乔晚，好像还是在陆辟寒希望的道路上越走越远……

现在看起来，她更是彻底没救了。

凤妄言在他俩身上扫了一圈，冷笑出声：“令师妹倒是让人长见识了。”

陆辟寒一个眼神示意，乔晚马上乖巧地拉着甘南退到了一边，往马怀真身后的阴影里一站，力图降低他俩的存在感。

轮椅上的男人看了他俩一眼，眼神在他俩身上一转，牵着嘴角微微一笑，凉意沁人：“长进了啊。”

那半张被毁容的脸笑起来，杀伤力可谓实打实的。

乔晚心虚：“前辈……”

她刚把青环峰砸出一个坑，马怀真这是明摆着待会儿要跟她算账。

甘南默默地往乔晚身后挪了一小步。

这位前辈看上去也好可怕。

看着乔晚和甘南退下去，陆辟寒这才抬眼看向凤妄言，语气听上去没什么波澜：“师妹之事，不劳仙友费心。”

凤妄言：“深更半夜，和男人暧昧不明，还闹得尽人皆知，这就是你不惜用笑笑来要挟我，也要护着的废物？”

陆辟寒面色丝毫未变：“笑笑是昆山派弟子，也是我的师妹。

“一个是养育多年的师门弟子，一个是在魔域中结识的萍水相逢之人，孰远孰亲，究竟是不是要挟，笑笑心中自有她的判断，这也不劳烦仙友替她决定。

“倒是仙友行事有几分古怪。一来，听说丹穴山凤族早已覆灭，而仙友偏偏出现在魔域碎骨深渊，仙友与魔域的关系，实在由不得人不去多想。

“二来，仙友深夜不在洞府歇息，却趁着这个时候四下乱闯，不知是何用意？

“单从这两点看来，我焉能知晓仙友的善恶，是非与魔域有染？可是想借着笑笑的名头，做些别的事？

“我方才那番话并非要挟，而是对笑笑的保护。

“倘若仙友当真与魔域有染，那更不是以多欺少，而是除魔卫道。”

乔晚看在眼里，嘴角抽搐。

今天的大师兄好像格外凶残——

丹穴山的凤凰族早八百年前就没了，你现在没有背景和靠山，独木难支，我完全能做掉你。我不仅能做掉你，还能打着除魔卫道的旗号做掉你。

大师兄不愧为心狠手黑的凶残大师兄。

乔晚打了一个激灵，心里“当当当”敲响了警钟。

恋爱脑不能要，她好好修炼、天天向上才是硬道理。

马怀真老神在在地往轮椅上一靠，不给面子地嗤笑出声。

明显跑错了片场的甘南，看了看眼前这两位仙友，又扭头看了一眼乔晚，龙角一抖，内心特别煎熬。

虽然不明白这两位仙友在说什么，但这位师兄看起来真的很可怕，这不是他该来的地方，他能不能走啊？

陆辟寒这一通话下来，凤妄言面色红了白、白了红，可谓变化莫测、精彩纷呈。

陆辟寒这简直是掐着脖子逮鸡，又快又准又狠，话里话外一点儿面子都没给，也足够不客气。

他虽然久未出世，但也不是连这点儿利弊都没法权衡的。

只不过他好歹也是丹穴山的凰族，怎么可能说低头就低头的？

凤妄言脸色有点儿僵。

陆辟寒却好像没看出来，眼睫一颤，还是那一副病恹恹的模样，也完全没有给对面的人台阶下的意思。

凤妄言的脸色更僵了。

其他昆山弟子见状也没敢吱声。

就在气氛陷入僵局时，一道剑光突至，伴随着剑光落地的是个赤足披发的少女。

“大师兄！”

“小凤凰！”

少女收起剑光，神情急切地走了两步。

穆笑笑！

看清少女的脸后，山下围观的昆山弟子们顿时精神一振！

他们都没看错吧，那是穆笑笑？！穆笑笑醒了？

那些入门晚没见过穆笑笑的人，这个时候一脸茫然，幸好还有好心的师兄师姐小声帮忙介绍。

刚刚她听人说青环峰那儿出了事，没敢惊动周衍，急急忙忙地就赶过来了。看见眼前这一幕场景，穆笑笑轻轻舒了一口气，幸好他们还没打起来，局面还没发展到无可挽回的地步。

“笑笑，”凤妄言微愣，面色也随之缓和了两分，“你怎么来了？”

少女来得急，连鞋袜都没来得及穿，赤裸着一双莹白色的小脚，乌黑的发丝垂落在腰后，映衬得脸颊越发小巧，在夜色中身影单薄纤细得好像要羽化而去。

“我……我担心你们。”

少女胸口起伏，勉强笑了笑。

甘南碧绿的眼困惑地瞪大了点儿：“仙子，这位女仙子为何与你生得这般相像？

乔晚皱眉看着峰顶这架势，更愁了。

她伸出手，将面前白白的脑袋给压了下去，冲他眨了眨眼睛，小声地“嘘”了一声。

这个时候，他俩还是别说话最好。

本来是将后脑勺对着他俩的马怀真，突然转过脸来看了她一眼，扯着嘴角笑了笑：“不上去和你师姐打个招呼？”

眼看面前的阵仗，穆笑笑也心知有点儿难收场，没再看凤妄言，赤着脚一路走到了马怀真面前。

看到站在轮椅附近的乔晚之后，穆笑笑轻轻颔首，算是和乔晚打过招呼，这才转向马怀真，小心翼翼地行了一礼，试探着喊了一声：“马前辈。”

轮椅中的男人没动静，甚至没抬头看她一眼。

穆笑笑也没因为马怀真的不给面子而生气，态度反而更加乖顺和谦逊。

她之前和马怀真没什么接触。穆笑笑咬着下唇，担忧地想，也不知道这位前辈是什么脾性。

“笑笑见过前辈。”少女的嗓音本就绵软，此时她为了求情，声音慢慢地低了下来，乖乖巧巧的模样，使人几乎不忍心继续板着一张脸。

站立在寒风中的少女，裙角中露出花瓣一样粉嫩嫩的脚趾。

穆笑笑无所适从地蜷起脚趾，左脚踩着右脚尖磨了两下，更像是一朵寒风中的蔷薇，又娇又坚韧，惹人心疼。

在这种情况下，马怀真还是不为所动未免有些不近人情了。

抬头围观的其他弟子不禁小声议论起来。

穆笑笑真不愧是美人啊。

“要换成我，哪里还忍心继续板着脸？”有人咂了咂嘴，“马堂主未免也太冷酷无情了。”

“这件事确实是小凤凰做得不对，不该打扰前辈，”看马怀真一直没什么反应，穆笑笑有点儿无措，“但他刚来昆山，不认得路，闯入青环峰也是无意为之。”

“笑笑！”凤妄言气结，但目光一转，看见少女苍白的小脸，纵然有泼天的怒气，这个时候也不由得消散了两分，不好再发作。

穆笑笑没有看他，低着头轻声说：“前辈宽宏大量，不与他计较，就饶小凤凰一次吧。”

“好不好呀？”小姑娘拖长了腔，小心翼翼地问。

她余光瞥见了乔晚，赶忙道：“晚儿师妹，我知晓你素日里与前辈关系好，”少女眨了眨眼，“求求你帮忙劝劝马前辈。”

乔晚这个时候正伫立在这儿装傻充愣，穆笑笑猝不及防地将话头引到她身上，她也不好继续沉默下去。

乔晚动了动眼睫，没立即反应。

马怀真这才动了。

他仔细看了一眼穆笑笑。

少女肤白如玉，眉眼像初春的桃花一样，面上微露忐忑之色，更像只可怜巴巴的小松鼠。

在众人的注目之下，马怀真收回了视线，终于慢吞吞地开了口：“别和我来这套。”

男人扬唇露出了点儿古怪的笑意，那半面被妖兽咬烂的脸，在黑夜中显得阴恻恻的。

对马怀真有点儿了解的昆山弟子们，突然感到了一阵熟悉的寒意，齐齐打了个寒战。

果然，下一秒他们就听见男人凉凉地说：“周衍兴许吃你这一套，但你这套对我没用。”

男人扯动颊边的肌肉，冷笑森森：“向男人撒娇卖痴，周衍就教会了你这个？”

众所周知，问世堂的马怀真是全昆山最不解风情的男人。

问世堂管的事情又多又杂，马怀真虽然不是昆山十二峰的峰主，但地位基本上和这十二峰峰主是没多大区别的。由于他管的事情比较多，经常和弟子们打交道，也一向是众多弟子巴结讨好的对象。

可惜，巴结讨好在这儿通通没用，这人就是个油盐不进的煞神。不管你是以利相诱，还是想凭借美色惑人，在马怀真这儿，只有“没门儿”三个字。

据说那些犯了事企图靠撒娇卖痴来求情的师兄师姐，坟头草已经有五丈高了。

穆笑笑愣了愣，面色顿时就白了：“前辈……你这话是什么意思？”

马怀真面色倒是未变，懒懒地瞥了她一眼。

和这些弟子打交道打多了，这些后辈在想什么，他一眼就能看明白。

“你既然是昆山弟子，就应该好好修炼，”男人抬起眼皮，微微一笑，“像现在这样，倒可惜了你这般好资质。”

穆笑笑的资质，那也是足够他多看一眼的，可惜资质虽然好，眼前这姑娘明显没把心思放在正道上。

马怀真看着穆笑笑，那眼神和看菜摊上三文钱一斤的大白菜没什么区别，毕竟在马怀真眼里，三文钱一斤的大白菜已经不错了，乔晚在他眼里，那就是一文钱几大捆的东西，不值钱。

男人一边眯着眼看着穆笑笑，一边想，这要是拎出去，可能都不够那四阶的妖兽塞牙缝的。

他倒是听说过周衍对他这小女弟子是怎么怎么疼爱，就连上次讨伐魔域也带上了她，没想到宠成了现在这样，可惜了。

男人有点儿惋惜地心想。

少女脸色煞白，如遭雷击，呆愣在原地，裙角在夜风中扬起，身形摇摇欲坠。

“我……我并无此意。”穆笑笑手足无措地解释着，急得眼泪花霎时就涌了上来，那晶亮的泪光在眼睫下忽闪，瞧着分外可怜。

但这在马怀真眼里就有点儿不够看了。

目光触及男人似笑非笑的眼神时，穆笑笑的心跳蓦地漏了一拍，剩下来的半截话堵在了嗓子眼里，她无论如何都说不出口了，只是紧咬着下唇，扑闪着眼睫掉眼泪。

虽然听说过马怀真的不解风情，但亲眼见到这么一幅画面，其他昆山弟子心里还是有点儿发怵。

穆笑笑是玉清真人教养长大的，资质又好，旁人有她这背景，尾巴指不定早就翘上天去了。但她年纪小，性格又好，从没在人前表露出半分骄纵来。

这被宠着的小姑娘，撒点儿娇也是人之常情，马怀真这话说得未免也太重了。

看着少女急得直哭的模样，其他男弟子纷纷扼腕叹息。

当然也有女弟子撇撇嘴，心里喊痛快的。

这人撒娇卖痴给谁看呢？偏偏还那么多男人就吃这一套。

一看穆笑笑这样，凤妄言立时又变了脸色，正欲发作，没想到身旁的陆辟寒伸手一拦。

虽然陆辟寒形销骨立，病体枯槁，但这冷冷的一眼，其中气势倒使得凤妄言脚步下意识地顿了顿。

“让开。”凤妄言怒极反笑，“你不是做师兄的吗？敢为那废物出头，这个时候倒是没话了？”

忍心吗？

陆辟寒平静地往穆笑笑的方向看了一眼，垂着眼睫没说话。

不经历一番寒彻骨，怎么养出那气节高坚的梅花来？

师尊平日里宠笑笑太过。自己的师妹是什么样，陆辟寒自己心里清楚。

他一直不太赞同周衍养人的方式。既然决心踏上这么一条成仙的大道，那就是一条路走到黑的，穆笑笑没那坚韧不拔的毅力，还不如一开始就别掺和进来。就算他和周衍能护着她，又护得了几时？总有一天，她会碰上孤立无援的时候。

这世上的事从来没有撒个娇就能解决的，更何况还是像穆笑笑这样，没心没肺朝男人撒娇的。她这要是碰上那不怀好意的男人，不亚于羊入虎口。

瓶子里的插花虽然好看，一搬到屋外，却极易受摧折。

今日让马怀真磨磨她的性子也好。

倒是乔晚那儿……

想到那条白得打眼的中裤，陆辟寒蹙眉。

两个师妹，没一个让他省心。

似乎是嫌这边的局面还不够乱，偏偏就在这个时候，峰顶忽然又闪过了一道剑光。

穆笑笑眼睫上还挂着颗晶莹的泪珠，一看这剑光，顿时愣住了。

“裴……裴春争？”

剑光散去，少年脚蹬黑靴，一袭蓝白色的劲装，眉目冷冽地挡在了穆笑笑面前。

乔晚抬眼一看，也有点儿愣怔。

裴春争是什么时候来的？

少年和乔晚目光一接，又冷淡地避开。

他转头看了一眼穆笑笑，确定穆笑笑没什么事之后，目光却没多停留，看向了马怀真，冷冷地道：“前辈这话是不是失之偏颇了？”

饶是马怀真也没想到会突然冒出个人来。

男人慢条斯理地眯起眼，睨了裴春争一眼，一看这架势，提起嘴角冷笑了一声：“这是英雄救美来了？

“该修炼的年纪不好好修炼，整天搞这些风花雪月、虚头巴脑的东西，到时候死都不知道怎么死的。”

裴春争的眉头皱得更深了，眉间朱砂像血滴一样，握剑的手指轻轻一敲剑柄，他硬生生压抑住了出剑的冲动。

穆笑笑也没想到裴春争会突然出现，她愣愣地看着挡在自己面前的少年。从她的方向，她只能看到少年的侧脸，眉眼艳丽。

她已经很久很久没有见过他了。

马怀真也就这么一说，他懒得和这些小辈多啰唆，有些话点到即止也就算了，更何况他也不是个多话的人，说多了话嗓子疼。

马怀真一抬眼，又看了看乔晚。

对上马怀真的视线，乔晚就明白了他想做什么，上前一步将手搁在轮椅椅背上。

“推我回去。”马怀真道。

马怀真一开口，就连裴春争和穆笑笑的目光也都落到了乔晚身上。

少年的目光落在她身上，显然他也看见了乔晚的这身中裤，眼神一闪，看向了缩在她背后的青年。

缩在阴影里围观的甘南又往后退了一步，心里战战兢兢的，别看他别看他。

裴春争收回了目光。

甘南悄悄地松了口气。

见到马怀真对乔晚还算亲近，却对自己冷脸，穆笑笑更觉委屈，像只小猫一样细细地呜咽出声。

她不知道马怀真为什么对她误解这么深。

听到身后少女的呜咽声，裴春争握剑的手紧了紧。

谁也没想到裴春争会突然出现，但这个时候见到裴春争，山下弟子们个个都好奇地瞪大了眼。

听说……裴春争和乔晚有段旧情啊。

就在众人翘首以盼地等着乔晚有什么反应的时候，乔晚却低下眼应了一声，也没看裴春争和穆笑笑，推着马怀真就要离开。

围观众人有点儿呆：这……这就完了？！

“晚儿师妹。”穆笑笑突然往前迈了一步，轻声喊道。

乔晚步子一顿：“师姐还有什么事？”

目光从她脸上掠过，穆笑笑又看了看马怀真，想说什么，却又不知如何开口，只能勉强按捺下心底的委屈和不甘，眼眶红红，颤抖着唇瓣说：“没……没什么事了。”

两个人相距不过一丈远，少女只穿了件单薄的裙裳，鼻尖与眼眶微红，却还是扬起一丝怯怯的笑容。反观对面的人，面色冷淡，眉毛都没动一下，怎么看怎么像是一个恶毒女配角的形象。

山下有些弟子也都看不下去了，这鸠占鹊巢的人还能这么嚣张？

不知不觉间，已经掌握了恶毒女配角精髓的乔晚，这个时候正在发愁。

她和穆笑笑没什么话可说，乔晚心里愁眉苦脸地想了一下，只能点了点下颌表示礼貌。

想到大师兄还站在那儿，她又心虚地打了个招呼。

陆辟寒倒没什么特别的反应。他方才多说了点儿话，寒气入肺，正抵着唇一边咳嗽一边看着眼前这一出戏，没有多话的意思，就是看着乔晚的眼神格外幽沉。

马怀真这个时候已经有点儿不耐烦了，乔晚推着马怀真离开的时候，能感觉到那无数汇聚到脊背上的视线。

不过事已至此，她只能装作什么都没看见。

一边的甘南还有点儿发愣，见乔晚要走，忙跌跌撞撞地跟了上去。

而从刚才起就一直缩在阴影里、争取将自己的存在感降到最低的甘南，日睹了这么一场大戏，心中十分羞愧和为难。

这毕竟是昆山他们自己的家事，撞见了这友派的家事，这个时候他除了装傻当作什么都没看见，也没什么能做的。

比起这个，倒是另外一件事更让甘南头痛。

青年两眼呆滞，面容纠结，心里更加纠结。

甘南心想，原来这位仙子名叫乔晚。

今日，他和乔仙子从天上落下来，让别人都看见了。

他在青阳书院念书，儒修一向都看重礼法，虽然这被其他修士嗤之以鼻，嘲讽迂腐，但在儒修看来，礼字绝不可废。

乔仙子被他连累，清誉算是毁在了他手上。

想着想着，甘南愁眉苦脸，心里更加纠结了。

仙子的清誉既被他连累，他是不是要对乔仙子负起责任来，向她提亲?

可是，他不喜欢这位仙子啊。他一直都想找个自己真心实意爱慕的王妃，乔仙子虽然也很好，但那不是他喜欢的类型。

甘南又歉疚又为难。他喜欢的是像水上洛神那样的，虽然父王说那都是人族写出来骗人的，但他从小就想娶洛神为妻，就算现今都五百岁了，这个想法也还是没动摇。

甘南悄悄地想，乔仙子没提这件事，他是不是能当作无事发生?

不行不行!

这个念头刚冒出来，甘南顿时就闹了个大红脸，使劲儿又摁了下去。

他怎么能如此想？！这实在不是君子所为!

一方面是道德感和责任心的谴责，另一方面又是自己的那点儿私心，甘南羞愧得无地自容，龙角都耷拉了下来，忙伸出手敲了敲自己的脑袋。

君子，立得正，行得端。

今天发生了这种事，他必定要对仙子负起责任来。他怎么能为自己的私心，而置仙子于不顾？

对！

他……他……他必须负起这个责任！

虽然他现在对乔仙子并无男女之情，但感情总能培养的。

而且乔仙子这么能打，要是做了他的王妃，父王也一定会满意的。

青年严肃地心道，这么想着想着，胸中陡然生出一阵凛然正气。

这才是君子所为！

他要娶仙子为王妃！

“乔……乔仙子！”青年忽然站定了，深吸一口气，以一副壮士断腕的姿态，红着脸大喊了一声。

“在……在下有话想要和仙子说！”

这中气十足的一声，不禁把乔晚喊得有点儿摸不着头脑，这下连马怀真也侧着脸看了过来。

一对上马怀真的目光，甘南心里一颤，突然又觉得有点儿心虚，刚鼓起勇气，又像漏了气的球一样蔫了下去。

“在下……在下有话想和仙子私下里说。”

马怀真看着青年红扑扑的脸，眼神闪烁。

这人一看就有鬼。

“有什么话不能在这儿说的，”马怀真笑道，“还非得私下里说？”

甘南的脸更红了，但他仔细一想，好像确实是这么一个道理。

既然他决定提亲，那必定是要大大方方地提，不该藏着掖着。

这么想着，青年又深吸了一口气，朝着马怀真行了一礼。

看他这么严肃，马怀真也给面子地坐直了一点儿，等着他接下来的话。

“实不相瞒，在下想求娶乔仙子为妻。”

他这话一出口，乔晚和马怀真一齐喷了。

乔晚蒙了：“你说什么？

青年扭捏了一会儿，抬起眼，嗓音坚定地说：“在下想求娶仙子，想让仙子做在下的王妃。”

马怀真和乔晚呆了。

“今日，是在下连累了仙子，使仙子清誉受损，男子汉大丈夫，立得正行得端，定是要负起责任来的。”

乔晚问：“所以你要娶我？”

甘南：“是，在下此言绝非儿戏，在下是真心实意想娶仙子的。”

甘南闭着眼一股脑儿地就将自己的情况交代了个一干二净：“在下是阳虚山玄鼍水龙王嫡子，仙子你若是肯嫁过来，就是龙族的王妃。

“在下名下有五十六座灵山、二十条长河、三十六条灵脉，其中上等灵脉二十条、中等灵脉十条、下等灵脉六条。在下现在虽然身无分文，但还有三千万颗上品灵石寄存在藏宝阁内。”

完全没想到自己的身家会给别人带来多大震撼，青年还在努力回想自己有没有什么遗漏。

无形炫富，最为致命。

刚被甘南提亲的事震撼到，听到他细数自己的身家，乔晚再一次被震撼到了，穷人被刷新了世界观。

乔晚在心里默默盘算了一会儿，睁大了眼，“咕咚”咽了一口口水，心头一跳。

糟糕，她有点儿心动。

不，她不是有点儿心动，是十分心动。

其实别说是乔晚，就连马怀真都有点儿心动了。

别看修士风光，但修真界用钱的地方那是多了去了，什么法器、法宝、灵丹妙药，都是要钱的。

修士总要打架吧，打架总会受伤吧，要是一不小心法器什么的碎了，那又要买丹药疗伤，又要买新法器。

灵石就跟流水一样“哗哗”地流了出去。

故而，修士也大多穷。

马怀真：“嫁吧。”

这谁能拒绝？！

她根本无法拒绝啊！

她看了青年一眼，长得斯文清秀，容貌没问题。

身家，没问题。

武力值……

虽然他废了点儿，但她好像也没那个资格嫌弃人家。

感情，感情总是能慢慢培养的。

她好像更心动了。

听说女人大多含蓄，容易害羞，见乔晚没回答，甘南想了想，觉得这位乔仙子可能是害羞了。

乔仙子虽然能打了点儿，但也是个姑娘。

姑娘家，不好意思是正常的。

“如果仙子现在不能决定那也没关系。”甘南想了想，伸出手，摸了摸自己的脖颈，那截白皙的脖子前突然浮现一片淡淡的龙鳞纹路。

甘南一使劲儿，拽了一片龙鳞下来，握在手心里，往乔晚的眼角一贴。

“这个给仙子。”

洁白的龙鳞一触及乔晚的肌肤，马上浮现一丝白光，和皮肤融合到了一起，化为一片龙鳞状的文身。

乔晚伸手一摸，有点儿愣："这是什么？"

"这是在下的逆鳞。"甘南有点儿扭捏，"这个……也是我们这一族的信物。"

龙之逆鳞，触之必怒。

"我族的龙鳞之契，仙子与我结契之后，就能得我龙气护体。"

"仙子可以先考虑考虑，"甘南有点儿磕巴，"若是考虑好了，不妨再来找我。"

这还是他第一次与人结契，青年脸色一红，一扭身，没等乔晚开口，慌慌张张地又跑了。

乔晚愣在原地，摸了摸自己的眼角。

马怀真："订婚了？"

乔晚：……

眼看着甘南离去的背影，马怀真窝在轮椅里感叹了一声："嫁了也挺好的，过了这个村，可就没这个店了。

"要不要我帮你做个媒，去你师父和大师兄那儿说一说？至于说媒的费用，也不用给很多，意思意思就行。"

说罢，马怀真唯恐天下不乱地从袖中摸出个传信玉球往空中一抛，联系上陆辟寒："过来，你师妹刚嫁人了。"

青环峰上，气氛就没那么和谐了。

"骨碌碌"的轮椅声被黑夜吞没，峰顶的气氛几乎冻结。

眼看着乔晚推了马怀真离开，穆笑笑终于没忍住落下眼泪来，一想到这周围弟子正看着，更觉得脸上火辣辣地在烧。

她想不明白，事情为什么会发展成这样？

"笑笑？"裴春争低声询问。

少年看着她的目光有些复杂。

刚刚上来得太过仓促，没来得及细看，如今眼看少女活生生地站在自己眼前，裴春争闭眸稳定了一下思绪，黑漆漆的眼一眨不眨地看着她。

她还是没什么变化，面若夹桃，目似灿星，笑起来时无忧无虑的，好像什么都不放在心上。

这是他的笑笑，也是将他从黑暗中拉出来的唯一的光。

他曾经差一点儿以为他要失去她了。

裴春争指尖一动，解下身上的衣衫披在了她的肩头。

少女抬起红红的眼眶："裴春争？"

裴春争："你身体可有大碍？"

穆笑笑面色苍白地摇了摇头，笑道：“我没事，抱歉，叫你们担心了。”

她这副模样哪里叫没事了？

不只裴春争蹙起了眉，凤妄言也皱紧了眉头。

少女说完这句话，面色倏忽又是一变，突然揪紧了衣衫，仰面倒了下去。

“笑笑？！”

“她没事。”陆辟寒一只手环抱着少女，另一只手搭上她的脉搏，看向一起赶来的两个人，“她只是太累了。”

对上陆辟寒暗沉沉的视线，在这视线之下，裴春争猛地一怔，眼前似乎浮现了乔晚的面容。

但那似乎只是他的错觉，他一皱眉，画面又消失得一干二净。

裴春争还是不由自主地脚步一顿，收回了手，沉默地抿紧了唇。

“我先带她回玉清峰上。”陆辟寒不再看他，沉声道。

陆辟寒久病成医，更何况又是穆笑笑的师兄，由他抱着穆笑笑回去，两个人都没有什么异议。凤妄言属火，自然是不能抱穆笑笑的，而裴春争与她之间总要避嫌。

“倘若笑笑当真出了什么事，”凤妄言忽道，“那我豁出这条性命，也要拉你们为她陪葬。”

陆辟寒睨了他一眼，什么也没说，正准备抱着穆笑笑离开之际，袖中忽然传来一阵嗡鸣，传信玉球从袖口飞了出来，在半空中转了转，映出马怀真的脸。

“过来，你师妹刚嫁人了。”

陆辟寒：“……”

马怀真的声音不大不小，峰顶上的人堪堪都能听清。

嫁人？

谁要嫁人了？

陆辟寒只有两个师妹，一个是穆笑笑，一个是乔晚。

穆笑笑正在玉清峰上，那嫁人的意思是指，乔晚要嫁人了？

她嫁什么人？怎么突然就要嫁人了？

陆辟寒愣了愣：“前辈此话何意？”

马怀真笑道：“她都和人结婚契了，可不是要嫁人了？”

陆辟寒何等聪明，稍微一想也就明白过来了，脸色一黑，运动剑光，抱紧了穆笑笑破空而去。峰顶上只剩下了裴春争与凤妄言两个人。

裴春争站在原地，垂下眼睫，脑中忽然浮现那攥着淡粉色轻罗裙、唯唯诺诺的青阳弟子的脸。

看见裴春争脸色不对劲，凤妄言问：“那姓乔的和你有什么干系？”

裴春争冷着脸说道：“与你无关。”

凤妄言笑了："这的的确确与我无关，但未必和笑笑无关。"

裴春争神情一凛。

凤妄言眼尾一挑，勾出一丝飞扬的冷意和嘲讽。

在碎骨深渊的那段时间里，他从少女口中听到最多的便是裴春争这个名字，就算不想留意都难。

他刚刚就看出这两个人之间似乎有些古怪，眼下才总算确定了几分。

看着少年神情明摆着不对劲，凤妄言嗤笑。

要是他与乔晚那废物真有什么旧情，自己自然是乐见其成的。

裴春争闭了闭眼，眼前掠过乔晚从血污中小心翼翼地捧出一盏兔子灯的模样，忽而又是穆笑笑眉眼弯弯地咬着糖葫芦，拖着软绵绵的嗓音，轻轻拽他的袖口的场景。

"她与我……"少年顿了顿，喉口一紧，终于下定了决心，"并无任何干系。"

少年提步往前，没再看凤妄言一眼。

虽然裴春争不知道马怀真口中的嫁人究竟是怎么回事，但她要嫁人，嫁给今天那青阳男弟子也好，嫁给别人也罢，都和他没任何干系。

只有笑笑……裴春争摊开手，看了一眼掌心。

只有笑笑才是他唯一该在乎的人。

但他一闭上眼，又想到了乔晚。

裴春争皱眉。

那婚契……

他本来以为他已经不在乎了，没想到还是迟迟没办法定心。

或许是因为这让他想到了之前的一件事。

其实乔晚曾经是想和他结为道侣的。

在一次除妖之后，她曾无意中提了一句，被他一笔带过。

裴春争抿紧了唇，脑中像有什么在"嗡嗡"地响，吵得他不得安宁，眼中闪过一丝红光。

眉间这点朱砂本来就是压抑他的魔气用的。

他本来就是魔，为了笑笑才入昆山，没想到今日却被乔晚给引动了魔气。

少年捏紧了指节，硬生生忍了下来。

想到穆笑笑，裴春争心神定了定。

他只是愧疚罢了。

他对乔晚并无爱意，只是那点儿愧疚和经年累月之下的一点儿执念。

陆辟寒抱着穆笑笑回到玉清峰上，见过周衍，少不得又要解释几句。

"笑笑？"瞧见陆辟寒怀中纤弱的少女，周衍顿觉一惊。

“师妹没事，只是太累，昏了过去，”将穆笑笑放到床上，陆辟寒道，“其间发生的事，容弟子为师尊解释。”

刚结束入静回到洞府，没想到却看到这么一副光景，周衍脸色冰冷如霜：“你说。”

听到又是那凤妄言在此间惹是生非，周衍心中颇为不悦，却又不好对陆辟寒说些什么，只能半闭着眼眸，叹了口气，让陆辟寒先出去，穆笑笑这儿有他来照顾。

陆辟寒也真没和周衍客气，转身就迈出了洞府。

想到周衍脸上那着急的神情，和看着穆笑笑时那不该存在于师徒之间的目光，陆辟寒心中微沉。

但愿这些不过是他多想了。

还有就是这玉球，陆辟寒一手笼入袖中，眉头一蹙，眼中的火烧得更旺。

马怀真口中的婚契又是怎么回事？

与此同时，乔晚在帮马怀真收拾洞府。

她一掌轰了他家山头，甘南是溜了，乔晚被马怀真给扣了下来。

虽然法术能打扫洞府，但总归打扫得没那么干净，马怀真又不太乐意不相熟的人翻他的东西，拨给他的小道童碍于马怀真的淫威，也不敢乱碰。

至于乔晚和马怀真是怎么认识的，她又怎么获得了这个殊荣，那还是因为她资质浅，能逮着机会下山就尽量下山锻炼锻炼自己，而马怀真是问世堂的堂主，一向负责除妖打架这些事，她这才有幸认识了这位昆山教务处主任。

马怀真为人凶残无比，加上他这长相能止小儿夜啼，整个昆山上下，基本上没人敢招惹这位煞神。

乔晚本来也没打算招惹马怀真，不过是她跑腿的次数多了，在马怀真面前混了个脸熟。

毕竟是对自己多有提点的前辈，又身有残疾，生活方面大大小小有诸多不便，这么多年下来，乔晚干脆就当成去敬老院做志愿者了，能帮一把是一把。

将洞府扫了扫，桌椅什么的都擦了擦，乔晚将扫帚往墙上一靠，摸着眼角的鳞片，还是有点儿蒙。

虽然足够心动，但她其实真没打算和甘南结为道侣，这感觉，怪像占了对方的便宜。

乔晚还真不在乎那些礼法，整个修真界，也就只有儒修最讲究这个。

她在昆山的名声本来就不太好听，也不介意多添上一笔。

“白捡一门亲事，你不乐意？”马怀真瞥了她一眼。

乔晚沉思。她明显能看出甘南对她没意思。

不行，她得去找他说清楚。

乔晚正准备离开，马怀真忽然又叫住了她，往她怀里丢了个什么东西。

乔晚低头一看，是一本书，封皮上没字，看上去很平庸，摸上去也没什么特殊的，不像是什么稀罕的东西。她试着翻了一页，竟然打不开。

“这是我前些日子无意中得的。”马怀真道，“这于我也没什么用处，你不妨拿回去研究一番。”

没想到今天还能混到一本书，乔晚肃然站立，认认真真地道了声谢。

马怀真一见她这虚伪的样子就头痛，不耐烦地道：“客套的话就免了，我累了，快滚。”

乔晚把道书往怀里一揣，麻溜地滚了。

马怀真知道她修为上有困难，有事没事就会丢几本书和剑谱给她，都算不上多稀罕的宝贝，但也有几本适合她的。

用他的话来说，真有那些秘籍和天材地宝，他早自己用了，哪里还会给她？他时不时丢给她几本书，也不过是因为以后还要她多多跑腿。

乔晚翻了翻怀中的道书，还是翻不开。

不管怎么说，她还是很感激马怀真的。

将道书往怀里一揣，乔晚马不停蹄地往青阳书院弟子们歇息的宿舍赶去。

青阳弟子们被安排在了昆山长空崖下，崖下风景清幽，一挂瀑布倒悬，飞珠溅玉，奇花异草甚多，宿舍就建在了瀑布附近。

修士们很少睡觉，劳累了一天下来，青阳书院的儒修正三三两两地聚在一起下下棋、喝喝茶。

乔晚冲进来的时候，下棋的男修指间白棋一抖，惊讶地抬起眼问：“仙友你找谁？”

乔晚鞠了一躬：“劳烦各位仙友，我想找甘南。”

几个儒修你看看我，我看看你，彼此交换了个眼神，看着乔晚的眼里多了几分探究之意。

她来找甘师弟的？

刚刚甘师弟回来的时候，他们正纳闷呢。

甘师弟衣衫不整，红着脸，眼神闪烁，火烧屁股似的一头冲进了屋里，谁叫都不出来。

眼下又跑过来一个姑娘，说是找他，这由不得他们不多想。

想到甘南那衣衫不整的模样，儒修们眼神游移。

他们这小师弟该不会是做了什么失礼的事，被人家姑娘找上门来了吧？

毕竟是自家小师弟，他们还得护着。

“咯……”那儒修将棋丢进棋篓，咳嗽了一声，拱了拱手，自我介绍叫段成化。

段成化道："小师弟刚歇下，不知仙友找小师弟所为何事？"

乔晚诚恳地说："也不是什么大事，这位仙友能帮忙传个话吗？"

段成化若有所思地说道："仙友稍等一会儿，我这就去喊甘师弟出来。"

没多时，甘南出来了，瞧见乔晚，又闹了个大红脸。

"乔……乔仙子。"

一看甘南这说话都说不利索的模样，其他儒修纷纷竖起了耳朵。

乔晚："方便借一步说话吗？"

甘南忙不迭地应声。

乔晚和他一路走到瀑布之下，才停了下来。

"仙子你想好了？"甘南红着脸，忸怩地问。

他没想到乔仙子竟然这么快就想好了。他……他虽然还没做好准备，也一定会肩负起这个责任的！

乔晚指着自己眼角的龙鳞："这个能弄下来吗？"

甘南愣了愣，没想到会是这个答案："仙子不愿意嫁给在下吗？"

乔晚摇摇头，忍痛回答："我不能嫁给你。"

那五十六座灵山、二十条长河、三十六条灵脉、三千万颗上品灵石，在她开口的一瞬间好像离她远去了。

没钱，但她有骨气。

虽说甘南不喜欢乔晚，但好歹也是个男人，一条单身了五百年的龙，自认样貌、家世各项条件都不错，被姑娘这么直白地拒绝，自尊心有点儿受挫。

这个时候，就连甘南也不知道自己究竟是什么心态了。

他松了一口气的同时，又感觉有点儿悲催。

从他成年到现在，水族的蚌姑娘、虾姑娘、蟹姑娘都没一个看上他的……

乔晚严肃地说："这事不能怪你，你不要有心理压力，像成亲这种人生大事，还是要慎重一点儿好。"

甘南犹豫："可……可在下的确毁了仙子的清誉。"

这说到底，他还是委屈了乔晚。

突然，乔晚福至心灵，右手握拳拍了一下左掌。

"那这样，你我二人结拜好了。"

甘南一脸茫然："结拜？"

"结拜为姐……你年纪多大？"

甘南呆呆地回答："在下刚满五百岁。"

乔晚话锋硬生生一转："那结拜为爷孙。"

甘南：……

“你要是在意礼法，那我们就结拜，”乔晚伸手拍了一下甘南的肩膀，“结拜为爷孙。爷孙之间，就不用拘礼了。”

乔晚一想，给自己认个爷爷虽然好像有点儿吃亏，但并不是不能接受。

按年龄来算，甘南做她的曾曾祖父那是完全够格的。

甘南提议：“那……那不如结拜为兄妹？”

乔晚摇了摇头：“情哥哥、情妹妹，怪暧昧的。”

说做就做，乔晚主动跑回屋，问屋里的儒修们要了一坛酒。

青阳书院的弟子们虽说都在屋里各干各的事，但八卦之心人皆有之，目光总忍不住往屋外瞟，没想到乔晚主动跑过来要了一坛酒。

她要酒干什么？

花前月下，两个人喝酒助兴吗？

青阳书院的几个弟子好奇地摸到屋外，问题是看他俩之间气氛格外纯洁，倒也不像是有什么奸情。

接下来的发展，则完全出乎他们的预料。

他们眼睁睁地看着乔晚要了一坛酒，将封泥打开。

结拜都是结拜为兄弟姐妹的，没有结拜为爷孙的，虽然他们嘴上说的是爷孙，到头来也只能凑合凑合结拜为兄妹。

对着月亮，乔晚和甘南“哐哐哐”磕了好几个响头，禀告上天，共饮了一坛酒，算是定下了她和甘南的兄妹，不，祖孙之情。

乔晚考虑到自己身上的寒邪之毒还未解，歃血为盟也只能遗憾作罢。

见过孤男寡女大半夜出去约会的，没见过孤男寡女大半夜过来拜把子的，众青阳儒修：“……”

他们更没想到的是，乔晚抬起头，一脸淡定地喊了声：“爷爷。”

青阳儒修们：他们是不是漏看了什么情节？

青年颓然地捂脸，认命了。

父王平日里总催他尽早娶一位王妃，好让他父王早日抱上乖孙。

现在……他虽然没娶到王妃，那……父王应该也勉强抱上重孙女了吧。

结拜之后，乔晚没忘自己眼角的龙鳞：“这能弄掉吗？”

“弄下来？”甘南道，“弄下来恐怕有些麻烦。”

“很麻烦？”

青年不好意思地捂脸：“那是我玄扈水龙族的婚契，颇……颇费力气，需要回阳虚山寻几味草药才能抹去。”

他往乔晚眼角上戳逆鳞的时候，根本没想到乔晚会这么快拒绝他。

现在被乔晚一问，甘南内心煎熬，自尊心再度被摧毁。

乔晚沉默了片刻说道：“那我们结拜有什么意义？”

甘南："在下……在下会尽快回到阳虚山，将草药寻来。"

眼下好像也只有这么一个办法了。

乔晚倒没想太多，既然一时半会儿这逆鳞弄不下来，那就只能先这么放着。

一回屋，青年就被诸位师兄师姐给拽住了。

"怎么回事？"师兄恨铁不成钢地说道，"这好不容易有个姑娘来找你，你怎么和人家姑娘拜了把子？"

甘南：不，不是拜把子，是结拜为爷孙了。

等乔晚从长空崖下回到自己的住处的时候，已经快黎明时分了。

刚踏入自己的洞府，乔晚一抬眼，就见石桌旁正坐着一个病体枯槁的男人，面对着一盏灯。

男人抬眼，眼中静静映着烛火的光晕："回来了？"

乔晚哆嗦了一下：对不起，打扰了。

她竟然忘了还有大师兄这回事。

乔晚刚踏出洞府没一步，男人咳嗽一声，袍袖一扬，像鬼一样牢牢地将她摁住了。

乔晚身形一扭，脚下暗暗踏出妙微步法。

陆辟寒虽然病弱，但眼睛一瞥，就明白了她想干什么。

"跑？"男人冰冷的指尖落在了她的衣领上，手上一提，冷冷地说，"还跑？"

乔晚被陆辟寒提着摁回了桌前。

"你自己看。"

乔晚抬眼。

男人皱紧了眉，腾出一只手猛地撩开自己的衣摆，开始解自己的腰……

乔晚被陆辟寒单手摁在桌上，赶紧闭眼："大师兄，我们不可以！这样不行的！"

男人翻了个白眼，解下腰间的玉简，"啪"一下丢到了她面前。

"自己看。"

乔晚伸出头一看，玉简上的墨字刷新得那叫一个快。

"惊！乔晚和一赤身裸体的青阳弟子深夜相会！"

玉简上还特地贴上了两个人的"留影像"。

乔晚往下一看，标题内容基本上没多大差别，围绕着她和甘南衣衫不整地从天而降展开了激烈的讨论："听说乔晚和裴春争之间有段旧情，穆师妹回来之后，乔晚难道是另寻新欢了？虽然大家都是修士，不太计较那些俗世礼法了，但这未免也太生猛了。"

她的风评被害。

陆辟寒问："看完了？"

"看……看完了。"

陆辟寒像她爹一样，冷声问："你就没什么想法？"

乔晚脱口而出道："没想到我在山门内竟然这么有影响力。"

她这魔法少女要是现在出道说不定还来得及。

陆辟寒瞥过去，目光定定地落在了她眼角那块龙鳞上，沉声问："婚契？"

"大师兄，"乔晚挣扎了一下，"我能解释，你先听我解释。"

陆辟寒松开了她。

在男人森然的目光之下，乔晚没敢有任何隐瞒，老老实实地将事情和盘托出。

"你也给我认了个爷爷？"陆辟寒淡淡地问。

陆辟寒的眼就像是鬼眼一样，沉沉地看着她。

乔晚愁眉苦脸地说："算不上，我和他是以兄妹之礼结拜的。"

爷孙实际上就是她口头说一下。

陆辟寒没搭理她，摸出玉球往半空中一抛。

马怀真的辈分虽比他大上不少，但两个人之间一直以来倒是以平辈相交。

这次陆辟寒也格外不客气，上来就问他怎么回事。

人被他叫走去推轮椅，回来又是结了婚契，又是认了爷爷。

一听陆辟寒的话，玉球里的男人笑得直抖，半面被妖兽咬烂的脸显得更加扭曲。

"那不错啊，"马怀真喘了口气，装模作样地正色道，"她给自己认了个爷爷。"

"虽然没嫁成，"马怀真摸着下巴，扯着嘴角笑，"爷爷也不错，那按辈分，我是不是也能分到点儿灵石？"

陆辟寒眼皮一跳，将玉球收回了袖子里，伸出手扶着她的脑袋，在她的眼角使劲儿搓了搓，皱起眉头。

"这个婚契，要去阳虚山找几味草药才能抹去。"乔晚垂头。

"那你就打算顶着这个？"

陆辟寒喘了口气，眼神锐利如刀。

乔晚摸了摸眼角的龙鳞："好像眼下也没有……"

话还没说完，她忽然看见陆辟寒站了起来。

"大师兄？！"乔晚跟着站了起来，"你……你这就要走了？"

乔晚迟疑地问："去……去哪儿？"

男人怪眼一翻，说道："屠龙。"

只要其中一方身死道消，这龙鳞之契自然也就解了。

虽然知道大师兄八成只是说说，但对陆辟寒这心狠手黑的凶残属性有所了解，乔晚也不敢掉以轻心，眼角抽搐，忙一把拽住了男人的衣袖："这事我自己会解决的。”

陆辟寒冷眼看着她。

乔晚被这目光看得头皮发麻，神情变得严肃，一本正经地保证：“真的。”

“大师兄你给我的《停云曲谱》我会好好练，那些道书和儒书我也会好好看，还有大师兄你传授的太虚剑法，我已经练到第三式了，剩下的会尽快练完。”

在乔晚像小学生一样勤勤恳恳地保证自己一定会多写几本练习题、多练几段钢琴之下，陆辟寒才没继续和她计较。她和甘南的事已经闹得昆山派尽人皆知，他再去追究实则也没多大意义。

陆辟寒离开之后，乔晚对着镜子戳了戳眼角的龙鳞。

这龙鳞，事到如今她也只能先顶着了。

乔晚倒不觉得龙鳞有什么，其实……还挺好看的。

要是搭配上她那个水蓝色蝴蝶结肯定更好看，就像前世美妆博主化的人鱼妆一样。

对着镜子摆弄了一会儿，想到马怀真给她的道书，乔晚又摸出来看了一眼。

她昨天对着道书研究了大半夜，都没研究出个所以然。

一开始她是怀疑这本书中被下了什么禁制，但翻来覆去都没找到封印，后来又怀疑是用什么特殊材质的东西制作的，但摸上去又不像。

这感觉太难受了，就像是驴眼前吊了根胡萝卜，看得见吃不着。

乔晚忍不住叹了口气，也知道这不能急于一时。

如果有机会，她不如去问问梦中的尊者。

将道书往储物袋中一塞，乔晚站起身，走出洞府看了一眼。

她一走出洞府，入目的是远处天际朝阳破开云雾，射出一线金光。

乔晚记得今天长虹崖下会有讲课。

昆山派内门弟子每隔五日都会聚在一起上一次小课，课程内容按照修为的高低来划分，大概也就是小班、中班和大班的区别，小课一般由修为更高的师兄、师姐来教授。

乔晚这个级别的弟子，刚过筑基期，是在长虹崖下，由翁回师兄授课。

这就好比在家有博士后亲自授课，自己还跑到初中，和初中生排排坐是一个概念。十二峰峰主的弟子中，只有她垃圾得清新脱俗不做作，成了长虹崖下最亮丽的风景线。

不过乔晚早就习惯了，资质差没办法。

其他人也早就习惯了。

玉清真人周衍当初把她带上山看的可不是她的资质，看的是她的脸。

乔晚正准备出门前，忽然腰间的传讯玉简又响了。

她展开玉简，是师尊他老人家叫她上玉清峰。

乔晚心中"咯噔"了一声。

难道是为了昨天的事？

乔晚到玉清峰上的时候，小鹤直接将她引到了周衍面前。

男人正坐在桌前，对着桌上的棋盘一个人下棋。

窗外探进来一枝桃花。

周衍坐姿随意，白发披散，全身上下透着股清冷的仙人气质，眉眼看上去比窗外的桃花都漂亮几分。

不得不说，师父他老人家的脸真的非常耐看。

昨天晚上不小心撞破了周衍和穆笑笑的私情，乔晚觉得有点儿尴尬，但师父没计较，她当然也不会多嘴再提，只能当作什么事都没发生过一样，走上前恭敬地行了一礼。

"师尊找弟子前来，是有什么事吩咐？"

修真界的美少年和美少女就像街边大白菜一样不值钱。

在她还没恢复记忆、还没上山之前，对"仙人"的想象其实很模糊，但周衍是第一个给乔晚"仙人"印象的人，似乎天上的仙人就该这么美。

周衍抬眼看见她，蹙着的眉头略微一松，看向他对面的椅子，示意她坐下。

乔晚坐了下来，还是没弄明白周衍叫她来做什么，心里有些忐忑。

"陪我下一局。"周衍道。

乔晚从棋篓中拿起一粒白子，看了一眼棋盘上的残局，落了一子。

她以前只会下五子棋，之所以会下围棋还得多谢大师兄之前辛勤的教导。

想到大师兄，乔晚又有点儿发愁。

原著里面，陆辟寒是为了护着穆笑笑和其他昆山弟子，不要命地催动功法，最终是被身上的禁制和顽疾活生生压死的。

从她上山到现在，陆辟寒的身体情况非但没有好转，好像越来越差了。

她当然不可能看着大师兄死，但现在一时半会儿又找不到头绪。

乔晚出神的时候，周衍的心思也没怎么放在棋盘上。

昨天陆辟寒将穆笑笑抱回来之后，周衍护着穆笑笑一直到天明，其间一直未曾分神。

等穆笑笑醒过来，确保她无碍后，周衍又哄了她继续睡下，天光乍破的时候，才来到偏殿，一个人独坐下棋。

他只有三个弟子，陆辟寒从来没叫他费心，只是穆笑笑和乔晚……

周衍敏锐地察觉到两个人之间性格天差地别，有些龃龉。

她们两个人之间有龃龉也是人之常情，这一切本来也都是因他而起，不过事情已经发展到了这个地步，做师父的还是希望看到门下弟子能和睦相处。

笑笑此番回来，晚儿心中恐怕有些不平。

想到这儿，周衍有些为难。

虽然是他将乔晚带回来的，但他和她的接触其实算不上多频繁。

他带她上山，是因为她和穆笑笑生得相像。

他这个弟子，总是恭恭敬敬，面上也没什么多余的神情，和笑笑相比，难免就显得木讷了点儿。

他不是多话的人，而乔晚和他在一起的时候，也不像和陆辟寒在一起那么自在，只能老实地收敛自己的吐槽欲。

师父和弟子没什么话，闷着头下棋。

其实，在乔晚刚拜入周衍门下的时候，和周衍也有过一段师徒之间和谐亲密的时光。

乔晚没恢复记忆之前，就是个平凡得不能再平凡的村姑。

她哥和她娘一去不复返，乔晚从小到大每天就是想着怎么才能不饿肚子，脑子里挂念着的也是自己地里的菜长得怎么样。

她早上扛着锄头出去，晚上扛着锄头回来，夜里织布做点儿针黹活。

为了省下灯油钱，一吃完晚饭，乔晚就会跑到同村的妇人家里，大家伙坐在一起纺织，还能唠唠嗑，排遣排遣寂寞。

好在同村人怜惜她年纪小，对她也颇为照顾。

在众多村妇之中，听着东家长西家短、各种八卦和荤段子长大的乔晚，知识水平和眼界可想而知。

虽然她才十几岁，但那个时候就已经想着快点儿长大嫁人了，男方容貌不重要，只要家境好一点儿就够了。

周衍是那个带她叩开了长生门，踏上了登仙路的人。

她不用再担心地里的收成、织品能卖多少钱、官府要抽多少赋税，眼前是剑意昭昭、山河浩荡的长生大道。

乔晚一直很感激周衍。

如果不是他将自己带回了昆山，那她现在十有八九已经嫁人了，一辈子一眼就能看到头：嫁给一个村夫，生上一二三四五六个孩子。

在周衍带她离开小村，牵着她的手带她去昆山之前，路途上的那段岁月就是她和周衍最亲密的时候。

周衍不轻易收徒，和大多数仙侠文中的师父一样，维持着主角师尊的格调，绝不轻易收徒。

周衍一收徒，全昆山上下都好奇他新收的这个弟子究竟是什么样，才能继穆笑笑之后入周衍的眼。

结果，大家没想到是这样，新收的弟子资质差，脸嘛，和穆笑笑有几分相像，但就是有点儿丑。

长年累月在田里打滚，乔晚那时候营养不良，瘦骨嶙峋，手指上全是老茧，顶着一头像枯草一样黄黄的杂毛，晒得黑不溜秋。

在美人云集的修真界，她丑得确实有点儿清新脱俗了。

乔晚现在也疑惑，当初周衍是怎么看出她长得像穆笑笑的。

除了长得丑、资质差，上了山之后，随着相处的时日越多，她身上大大小小的毛病也暴露出来了。

比如说，她不识字，脏话脱口而出，一肚子的荤段子，抠门又爱慕虚荣，眼皮子浅，简单来说，就是一无是处。

现在想想，乔晚都有点儿欲哭无泪。

穿越前她好歹还是个在校女大学生，穿越之后，就成了大字不识的文盲，连道书和剑谱都看不懂。

这简直不能忍！

她识字还是大师兄手把手教的，大师兄能把她努力掰正，还教养成现在这个模样，实在是太不容易了。

周衍是昆山十二峰的峰主之一，化神期的修士，当世剑仙。明白了自己和别人的差距之后，乔晚难免也有点儿自卑。

她真是走了狗屎运才能拜入周衍门下。

周衍对她很好，虽然回到昆山就将她丢给了大师兄带着，但法器、丹药都随便她用，每隔一段时间还会考校她的修为有没有长进。

那个时候，乔晚是铆足了劲儿，希望能得到周衍的认同，周衍无意中的一个蹙眉，都能让她担心很久。

那个时候，她还不知道她是穆笑笑的替身。

直到师父他老人家有一天喝醉了，梦里将她当成了穆笑笑，喃喃地喊了声穆笑笑的名字，乔晚才明白自己的身份就是师姐的替身。

属于她自己的价值被抹去，没有关系，只要她不辜负师门对她的期待就好了。

不过很久以后，乔晚才发现，周衍清楚她的资质和根骨怎么样，打一开始就对她没抱什么期待。

这真是个闻者伤心，见者落泪的故事。

“你师姐刚从碎骨深渊回来，”周衍拈了颗棋子终于开口了，“你……不要多想。”

“你和你师兄师姐都是我的弟子。”周衍低下头，颊边的发丝滑落了下来。

昨天的事，错不在她，说到底都是他糊涂。

想到昨天，周衍不自觉身子一僵，过了一会儿才慢慢放松下来。

三十多年的相处，他对乔晚怎么可能没感情？

两个人闷头下了会儿棋，忽然殿外传来脚步声，穆笑笑赤着脚走了进来。

“师父。”少女揉着惺忪的睡眼，困倦地打了个哈欠，目光一瞥，瞥见了坐在周衍对面的乔晚，惊讶地睁大了眼，“晚儿师妹？”

可能是想到了昨天在青环峰上的事，穆笑笑神情有些尴尬，看着乔晚的目光也有点儿说不清道不明的复杂意味。

“你怎么起来了？”周衍丢下棋子，看了一眼她赤着的一双脚，“你的鞋袜呢？”

“因为醒来没看见师父，”少女不好意思地垂下眼，“就急急忙忙赶来了，忘记了穿。没想到师父躲在这儿和晚儿师妹一起下棋。”

穆笑笑红着脸道：“我这就回去梳洗，师父和师妹你们等我片刻。”

她说完，脚踩在地上“啪嗒啪嗒”地又跑出去了。

没片刻，穆笑笑换了件水蓝色的裙裳，重新回到了殿里。

少女梳着乌黑的发髻，神色全然没有了昨日的狼狈，眼神灵动，唇瓣粉嫩如桃，笑起来时就像个漂亮洁白的瓷娃娃。

乔晚在看穆笑笑的同时，穆笑笑也在悄悄地看着乔晚。

一想到昨天青环峰上那一幕场景，穆笑笑便觉得眼眶又有些泛酸，就算有大师兄和小凤凰、裴春争替她解围，她还是羞得想哭。

为什么？

为什么会这样？

她究竟哪里不如乔晚了？凭什么马怀真对乔晚另眼相待，对自己却这么不客气？

穆笑笑绞着衣角，心里闷闷地想。

但她今日还是要同乔晚一起去上课的。

她害怕……害怕被乔晚取代。

她必须看清楚乔晚在其他同门眼中的地位如何，才能安心。

穆笑笑去梳洗的时候，乔晚和周衍的棋也不下了，等穆笑笑梳洗回来之后，周衍才将为什么喊乔晚过来的事简单地交代了一下。

乔晚一时没反应过来，穆笑笑要和她一起上课？

说实话，穆笑笑这资质没必要和她一起去长虹崖下上课，更何况她身上的毒还没解。

看出乔晚的脸色变化，周衍问：“你不愿意？”

“如果师妹不愿，那便算了吧。”穆笑笑小心翼翼地说。

乔晚抬起眼，只能看见她师父光洁白皙线条优美的下颌。

乔晚摇头：“弟子并非不愿。”

周衍皱着眉叹了口气：“我知晓你在想什么，今天也只能麻烦你多多照看着你师姐。”

“去吧。”周衍转过头看向穆笑笑，冲穆笑笑点了点头。

穆笑笑见乔晚答应，顿时笑开了，像只雀儿一样扑了下来，裙裳在半空中划出一条弧线。

少女俏生生地站在乔晚面前，冲她温暖地笑：“师妹，我们今日先去哪里呀？”

瞧见两个人鲜明的对比，周衍心中一叹，摆了摆手叫她俩都退了出去，自己撑着额头闭眸沉思。

日后这师姐妹二人免不了还要继续相处，到时候他恐怕还要提点乔晚一二。

一路上，穆笑笑脸上已经不见了昨日的慌乱和狼狈，脸颊上带着小酒窝。

“师妹……与马堂主关系一定很亲近吧？”穆笑笑有意无意地问，言语中又透出一点儿失落之意。

乔晚：“我与马堂主之间并非旁人想的那样，只是我平常去问世堂的次数多了，这才在堂主面前混了个脸熟罢了。”

“去问世堂的弟子不知凡几，”穆笑笑显然不相信她说的话，摇了摇头，“但我从未见到马堂主对任何一个弟子这般。

“师妹与前辈之间的关系，实在令人羡慕，不像我。

“也不知我在堂主眼中究竟是什么印象，前辈才会这么想我。”

少女失落地垂下眼睫：“想来也不是什么好印象吧。”

这话乔晚没有继续接下去。

她倒不像马怀真那样可惜穆笑笑的资质。

说实话，乔晚真的很羡慕穆笑笑。这有点儿像每天朝九晚五的上班族的悲伤。

她也羡慕坐在家里吃房租的“拆二代”啊。

她没什么大志向，如果有这个条件，也想做一条混吃等死的咸鱼。

可惜，女主角命这种东西不是人人都能有的。

虽然她身边也有诸如师父、大师兄、马怀真这样的大佬，但乔晚仔细一想，也不好意思去抱人家的大腿，想是一回事，做又是另一回事了。

一来这样做不稳定，二来那耻度也太高了。

不论是前世还是今生，靠自己始终是最保险的，就算她能抱到什么大腿，也真不能把自己变成个挂件。

穆笑笑抬起头，微红着脸道：“抱歉，一不小心就在师妹面前说了这么多。我这个人平日里就存不住话，心里想了什么，往往嘴上就直接说出来了，还望师妹不要介意呀。”

乔晚摇头：“师姐心直口快，我又怎么会介意？”

穆笑笑轻轻摇了摇她的手臂，弯了弯眉眼又笑了。

这一路上，话题大多是围绕着马怀真展开。

乔晚一开始也没太弄明白穆笑笑究竟打算做什么，但当穆笑笑问到马怀真喜欢什么、讨厌什么的时候，乔晚脑子一转，心底浮现一个大胆的猜想。

穆笑笑……该不会是想攻略马怀真吧？

这好像……不是没有可能。

想明白之后，乔晚呆了呆。

为什么乔晚能猜到穆笑笑要攻略马怀真？那是因为《登仙路》这篇文，完全可以称得上是女主角穆笑笑的一部攻略史。

女主角穆笑笑靠着自己的娇憨和治愈性情，一路从昆山攻略到妖族，再到魔域，基本上修真界但凡有点儿名气的大佬，都对穆笑笑有那么点儿意思。

这是修罗场爽文的基本配置。

乔晚看文的时候没觉得有什么不对劲，现在自己碰上了，女主角攻略的还是自己周围的人，想想挺奇怪的。

乔晚挠了挠头发，不知道是该恭喜马怀真，还是该同情马怀真。

乔晚对马怀真的了解其实并不算多，她对马怀真而言，就是一把勉强还能用的剑，虽然钝了点儿，但好歹还算顺手。穆笑笑要是问她马怀真喜欢什么、讨厌什么，乔晚自己也搞不清楚。

就算她知道，将马怀真那些私事告诉了别人，那好像也挺失礼的。

乔晚有点儿纠结。

但她无意和穆笑笑过不去，只好尽量回想了点儿无伤大雅的小事，把自己知道的、昆山随便一打听就能打听出来的事说了。

“就只有这些？”穆笑笑嘟着嘴，看样子好像不太相信。

“只有这么多，”乔晚道，“我对马堂主也实在知之甚少。”

她是真的只知道这么多。

两个人就这么说着说着，不一会儿就到了长虹崖下，此时长虹崖下已经聚集不少弟子了。

一看到穆笑笑与乔晚，众人纷纷默契地安静了一两秒，视线在两个人的脸上掠过，最终停在了乔晚身上。

昨天“惊！乔晚和一赤身裸体的青阳弟子深夜相会”的“帖子”，在昆山玉简上已经火了。上至昆山各大长老，下至外门洒扫弟子，几乎都知道了有个乔姓的女弟子，大半夜和青阳男弟子做了点儿见不得人的事。

那青阳男弟子还是光着屁股从天上掉下来的！

对上众人深沉的视线，乔晚有些无语。

穆笑笑昨天昏得早，根本不知道发生了什么，这个时候见众人的目光都落在了乔晚身上，微微一愣。

明明她与乔晚站在一侧，但众人的目光几乎全落在了乔晚身上。

一阵或失落或不平或委屈的情绪，交织着猛地冲上了她的心头。

她最害怕的事，似乎成真了。

乔晚真的取代了她。

穆笑笑俏脸煞白，舌根好像又苦又麻。

旋即，少女深吸了一口气，又缓缓地绽开一丝笑意，主动走了上去。

没想到穆笑笑会主动走上前，长虹崖下的几个弟子有点儿不知所措。

但穆笑笑看上去乖乖巧巧的，歪着小脑袋，脸上含着笑意，嗓音慢慢悠悠，像是慢吞吞的小蜗牛。

没过一会儿，几个女弟子就放松了下来。

她们本来就对穆笑笑有点儿好奇，看穆笑笑好接近，也就大着胆子和她一块儿说起了话。

至于乔晚，整天闷头修炼，也没几个说得上话的朋友。

师父他老人家只要她帮忙照顾一下穆笑笑，穆笑笑和人说说话总不能出什么事。

乔晚挠挠头，自己找了清静的地方坐下来，闭上眼继续入静练气，检查了一遍自己的灵力。

乔晚：失策！她把那袋白龙鳞给忘了！

昨天那丹田中灵力浩浩荡荡入海的感觉好像还没远去，乔晚回忆着昨天那滋味，心中泪流满面。

她在入静的时候，穆笑笑正在和几个女弟子说话。

“我刚刚一过来就瞧见诸位师妹盯着晚儿师妹看。”穆笑笑小脸红扑扑的，小声问，“是出什么事了吗？”

那些女弟子顾忌着她是乔晚的师姐，你看看我，我看看你，都没好意思说。

但说了一会儿话之后，大家又都放松了下来，看乔晚和穆笑笑分坐，这么想想，这两个人之间关系恐怕也就那样。

一个女修压低了嗓音小声道：“穆师姐你有所不知，那都是因为昨天那事。”

“昨天？昨天出什么事了？”

“师姐你一定没看玉简吧？我找给你，你看。”

少女疑惑地打开玉简一看，斗大的墨字瞬间就吸引了她全部的目光。

“惊！乔晚和一赤身裸体的青阳弟子深夜相会！”

看到里面的“留影像”，穆笑笑惊讶地低呼了一声，脸色瞬间就涨红了，手上的玉简也“哐当”一声落在了地上。

她……她没想到乔晚大半夜会闹出这种事，难怪她赶去玉清峰上的时候，还在乔晚身旁看见了一个陌生的男弟子。

原来就是他……

穆笑笑怔怔地想着。

一旁的女弟子们看着少女娇俏的侧脸，想到了那玉简上有关“穆笑笑、裴春争和乔晚”的传言，如今当事人就坐在她们面前，她们个个心里跟猫抓一样，更加好奇了。

也不知道穆笑笑知不知道裴春争和乔晚的那件事。

听说穆笑笑之前本来就与裴春争情投意合，乔晚沾了穆笑笑的光才能拜入周衍门下，结果又和裴春争牵扯不清。

乔晚和裴春争的事，玉简上说得已经清楚得不能再清楚了。

“乔晚和裴春争，倘若我没记错的话，应当是乔晚主动引诱的裴春争。”

“那裴春争是怎么回事？他和穆笑笑不是情投意合吗？”

“还能为什么？八成是为了乔晚那张脸呗，乔晚和穆笑笑长得有多像，你们又不是不知道。可惜乔晚长得再像，空有那一张脸也没用，这不没多久裴春争和乔晚不就闹掰了吗？”

“裴春争对乔晚有情有意？这真是天大的笑话。你们这些入门晚的弟子，那是没看到乔晚是怎么追着裴春争跑的，裴春争对她都没什么好脸色。我要是乔晚，早就没脸做人了。”

男女之情，大家最痛恨的就是那些什么小妾侧室、小三等，古往今来就是最招人恨的。

怎么说穆笑笑也算是她的恩人，乔晚这么做根本就是忘恩负义。

其中一个女弟子越想越觉得过分，再一看穆笑笑歪着头，眼里一派懵懂无知的模样，更加痛心疾首！

这事穆笑笑恐怕还不知道呢，好歹是和她自己有关，于情于理都不该瞒着她。

“穆师姐，你知不知道裴师兄与乔师姐的事？”女弟子试探性地问。

裴春争？

想到少年清清冷冷的模样，穆笑笑愣了愣，心顿时漏跳了一拍。

他与乔晚之间怎么了？

那女弟子就将玉简递给穆笑笑看，留意着少女的神情。

字数不多，很快穆笑笑就看完了。

看着少女望着手中玉简呆愣愣的模样，几个女弟子更加同情了。

“裴春争和晚儿师妹？”穆笑笑握紧了玉简，嗓音有点儿发颤。

少女微红着眼眶、眼中泛着水汽的模样，像是和母亲失散了的小奶猫，恨不得让人将所有的宝物都捧过来堆在她面前，哄得她破涕为笑。

没想到穆笑笑竟然要哭，这下其他人又赶紧过来安慰。

"师姐你不要多想，那些人素来听风就是雨的，这传言一向不可信。"

修士都耳聪目明，这些闲话隐隐约约地都落到了其他弟子耳朵里，虽然大家都装作没听见的样子，各干各的，但心里活动那就不一样了。

其中一个蓝衣小师弟看上去一本正经，捧着玉简，实际上正玩得飞起。

"乔晚和穆笑笑今日在长虹崖下！她二人一起到长虹崖下上课了！"

很快，一行接一行的墨字飞快地跟进。

"搬板凳。"

"搬飞剑。"

"搬葫芦。"

这世上，唯有八卦不可辜负！

而八卦的中心，乔晚还在入静。

今天的授课师兄翁回来得有点儿晚。

灵力运转了两个周天，乔晚睁开眼没看到翁回，倒是看到了另一道出乎意料的身影来到了长虹崖下——萧博扬。

萧博扬修为比她高，加上又是出身萧家旁支，是个名副其实的"修二代"。

像这种由师兄师姐辅导的小班，按理说他应该是看不上的啊。

乔晚默默地打量了萧博扬一眼，才发现今天他好像特地打扮了一番，束了个玉冠，穿着件白色的长袍，袍角和袖口绣了一簇簇竹叶暗纹，看上去倒有点儿人模狗样、玉树临风的感觉。

不过他脸蛋偏嫩，看上去有点儿压不住这身行头。

他的神情有点儿古怪，虽然他安安静静地坐在崖下，一副高贵冷艳的世家子模样，但眼睛总忍不住乱瞟，眼睛一转，正好和乔晚撞了个正着。

萧博扬一看到她，眉头倒是先皱了起来。

玉简上那些传言他也都看见了。

乔晚这是怎么回事？

虽然萧博扬不待见乔晚，但也不信她能做出这种事来。

更何况，他昨天明明看见她是和一条白色的蛇影在天上飞，哪儿来的什么青阳男弟子？

乔晚看了穆笑笑一眼，又看了看萧博扬，很给面子地露出个恍然大悟的表情。

萧博扬："……"

他说他今天不是为了穆笑笑来的，乔晚会信吗？

萧博扬嘴角抽搐，下意识地抬头看了眼长虹崖。

崖真高啊，天真蓝啊。

乔晚真讨厌啊，讨厌死了。

他就不该为了自己这点儿好奇心特地跑到长虹崖下来！

乔晚看着萧博扬嘴角一抽，转过脸去，不看她了，心里有点儿遗憾，不过还是修炼最要紧，坚决不放过一丝一毫的修炼机会！

不对啊。

看了一会儿崖壁，萧博扬这才察觉一点儿不对，他怕乔晚干吗？

自己又叫这人看了笑话！

萧博扬恼羞成怒地想，猛地转过头去，凶恶地瞪了乔晚一眼，企图找回场子。

这一眼，他瞪了个空。

少女已经转过头，闭着眼继续打坐练气了。

一拳打在了棉花上，萧博扬咬牙：他能打人吗？

这个时候穆笑笑好像察觉点儿异样，往这儿看了一眼。

萧博扬不自觉地脸一红，赶紧闭上眼，一副“没事别来打扰我修炼”的高冷模样。

可能是察觉了乔晚、萧博扬和穆笑笑三人之间的那点儿互动，一个女弟子眉头一皱，心中十分不屑。

昨天乔晚和那青阳弟子的事才弄得尽人皆知，今早又和萧博扬眉来眼去，这人怎么这么不知羞耻。

其中一个女弟子突然站起来，走到乔晚面前，笑了一下：“穆师姐还在，乔师姐怎么一个人独坐？不如过来和我们一起坐坐？”

乔晚摇头：“我嘴笨，不会说话。”

女弟子一边心道信你就有鬼了，一边硬把乔晚给拽了过去。

“来来来，穆师姐在这儿，乔师姐岂有不过去的道理？”

乔晚被拽过去，一抬头对上了诸多同门各异的目光。

乔晚：“……”

穆笑笑眼角不知为什么有些发红，看着她的目光也有点儿复杂，少女揉了揉眼角，露出一丝颤巍巍的笑容：“晚儿师妹，你来啦。”

乔晚点点头，坐了下来。

这冷淡的模样对比少女脸上怯怯的笑容，众人纷纷皱眉。

女修甲：“乔师姐，你有没有看到昨天玉简？”

女修乙看上去有点儿不好意思：“师姐，那玉简上所说的都是真的吗？”

乔晚：“……”

然而还没等乔晚答话，偏偏就在这个时候，授课的翁回师兄终于姗姗来迟，几个女修只能遗憾作罢。

“抱歉，抱歉，”温文尔雅的青年急急忙忙赶来，额头上带了点儿汗，不好意思地笑道，“今日是我来迟了，叫大家久等了。”

翁回师兄容貌端正，平易近人，加上修为又高，虽然比不上昆山高岭之花玉清真人，但也是妥妥的潜力股，实在是居家旅行必备的好男人。

几个女弟子忙红着脸说了声没关系。

“师兄来得不晚，我们也没等多久。”

“是呀，师兄平日里这么忙，能赶过来授课，我们就已经很感激啦。”

翁回露齿一笑：“承蒙诸位师弟师妹不介意。”

这个时候众人才发现他身后还跟了几个人。

“师兄，这是……？”

翁回转头看了一眼，又露出了一丝歉疚的笑容：“都怪我，差点儿忘了。”

“这几位是青阳书院和大悲崖的道友，过来旁听我们今日长虹崖下授课的。”

他身后站着三个做儒生打扮的青年，还有一个脑门光秃秃的高大佛修。

那个大悲崖来的，合掌念了句，笑道：“号济慈。”

乔晚往济慈身后看了一眼，愣住了。

甘南？

那三个青阳弟子，一个是甘南，一个正好是乔晚昨天见过的段成化。

甘南乖巧地跟在翁回身后，穿得整整齐齐，白发被绿色发带束在了脑后，唇下意识地抿起，脸上带点儿笑，看起来俊秀又羞涩，活脱脱一个小白脸形象。

青年抬起头，无意中一瞥，目光落到了乔晚身上。

乔晚眨眨眼，成功地在青年眼中看到了震惊、喜悦、僵硬等诸多复杂的情绪。

想到昨天那祖孙之情，甘南肩膀一抖，一副生无可恋的表情。

昨天回去后，他想了大半宿，还是觉得乔晚是故意调戏他的。

他俩结的是兄妹之礼，甘南轻轻喊了一声：“小……小妹。”

周围陌生人太多，说实话甘南还有点儿不自在，但一看到乔晚，不由得轻轻松了口气。

那厢，济慈刚介绍完。

据说对方是妙法尊者新收的弟子。

妙法尊者，那是修真界出了名的美人儿，美到极致之后，就连美也成了一种锋芒。

可惜他的性格也和他的容貌一样凶残无比。

听说曾经有不怕死的女妖，偷偷溜入了妙法尊者的洞府里，想要与之共赴极乐世界，结果被妙法尊者给办了，真正意义上就地正法，往生极乐。

没想到妙法尊者新收的弟子竟然长得这么莽。长虹崖下的众弟子纷纷大失所望。

济慈之后，轮到了甘南三人。

见他们四个人都介绍完了，翁回师兄就让他们散开，同长虹崖下的昆山弟子熟悉熟悉。

能见到乔晚，甘南还是很高兴的，没多想就傻傻地朝着乔晚的方向走了过来：“乔……小妹。”

乔晚使眼色：你别过来

虽然结拜了，但两个人之间毫无默契可言。

青年眼睛晶亮，脚步不停。

完蛋，乔晚面无表情地想。

他直接走过来，其他长虹崖下的弟子都看了过来。

“那青阳弟子怎么过来了？”女弟子小声道，“他刚刚是不是看了穆师姐一眼？”

“他是为了穆师姐过来的？”

穆笑笑抬头，正好对上青年的目光。

他是朝着她来的吗?

但她并不认识他呀。

不过此前，也的确有未曾见过面的男道友前来与她结交。

等到青年走近之后，少女下意识地退了一步，有些怯怯的。

没想到青年却在乔晚面前停了。

甘南喜笑颜开：“没想到今日在此地还能看见你！”

乔晚悲愤地使了个眼色：不是说让你不要过来吗?

甘南不明所以，眨了眨眼：“怎么了？”

乔晚叹了口气。

她在昆山的名声本来就很差了，再差点儿她也不在乎，就是甘南恐怕要被她连累。

但能见到甘南，说实话乔晚也挺开心的，干脆抛开那些乱七八糟的事，挠挠头也笑了。

乔晚身后的女弟子们面面相觑。

这人不是来找穆笑笑的，是来找乔晚的？！

穆笑笑怔了怔，裙角下脚尖一动，又往前站了一步。

蓝衣小师弟低下头，飞快地摆弄手上的玉简：“那青阳弟子也来了！”

萧博扬往这儿多看了几眼，想到玉简上的传言，也皱起了眉。

“这该不会就是玉简上那个青阳弟子吧？！”

“看样子和‘留影像’上那个好像确实有点儿像啊！”

围观两个人眉眼传情全过程的长虹崖下弟子纷纷表示唾弃：这绝对就是了。

这两个人明目张胆地调情，简直不知羞耻!

因为是晚上，留影像上的人脸模糊不清，大家只能看出是个光着屁股的男人。如今一看清青年的脸，其他女弟子都有点儿震惊，并且脸有点儿疼。

本来大家还以为做出这种事的人，相由心生，肯定样貌猥琐，没想到脸还长得挺好看的，看上去倒是挺俊秀文雅的，没想到是这种人。

就算他脸长得好看又怎么样？能大晚上做这种事的人，估计也只剩下一副皮囊好看了。

“这一批青阳书院的弟子好像才来我派没多久吧？短短这几天的工夫，就能和他们混在一起，我看那青阳书院的弟子也不是什么正经人。不过就是个满口儒家礼法的伪君子罢了，这要是真君子，还能做出这种事来？”

听了甘南刚才的自我介绍，其中一个女弟子探究地问了一句：“道友姓甘？可是那个风滦洲的甘氏？”

甘南忙摇摇头：“在下并非风滦人氏。”

女弟子微感讶异：“那就是青璋的甘家？”

甘南窘迫：“在下……也并非出身青璋的甘家。”

女弟子眼中略有不屑之色：“那就是金鼎甘家了？”

玉简上：

“果然，能看上乔晚的人，想来也不是出身什么世家。”

“眼前这青阳书院的弟子，八成也就是哪个小家族的纨绔，若是萧家那三大家，怎么会养出这种子弟？”

“不……”甘南红着脸道，“在下，其实不姓甘。在下……姓敖。”

女弟子迟疑：“敖？不知是哪个敖？”

甘南：“正是阳虚山玄鼍水龙族那个敖氏。”

敖氏？！是他们想的那个敖氏吗？！

瞬间，不只长虹崖下的弟子们呆住了，玉简上实时围观的“吃瓜”群众也都惊呆了。

“那个龙族敖氏？！”

“那青阳弟子是龙族的王族？！”

“福生无量天尊，骗鬼的吧？！”

面前这个看起来文文静静的青年，竟然是龙族的王族？

女弟子呆了呆，脸好像又有点儿疼，但心头随即涌起一阵狐疑。

眼前这人当真是龙族的？是不是他有意夸大自己的身份也未可知。

几个弟子小声议论：“好像确实是龙族中人，你看他眼角的龙鳞和头上那龙角……”

穆笑笑抬起眼，惊讶地看了甘南一眼，见青年英俊秀美，眼睫不禁轻轻一颤，抿紧了唇。

这……这青阳弟子，竟是龙族中人吗？

那乔晚……乔师妹她……

“如果真是敖氏，他怎么会看上乔晚？”

“是不是还另说呢，他要真是敖氏王族，恐怕也就是拈花惹草，随便玩玩，然后任意丢弃罢了。”

“倘若他真看重乔晚，昨天怎么可能做出这种事？他摆明了没为乔晚考虑，连媚宗的弟子都不如。”

“我看恐怕还是乔晚缠着他，就和之前缠着裴春争一样。”

“说起龙鳞，怎么乔晚的脸上也有龙鳞？”

众人抬眼一看，果然在乔晚的眼角看到了一块洁白的龙鳞纹路。

有那见多识广的弟子顿时瞪大了眼：“这……这是不是传说中的龙鳞之契？”

龙之逆鳞，触之必怒。

如果他没记错的话，这是龙族王族的婚契啊。

这……好像不是随便玩玩的吧……

长虹崖下的弟子们，连同萧博扬在内，神情一起扭曲了。

这是婚契？！

乔晚和这龙族的甘南结了婚契？！

“在下……在下与乔……与晚儿只是兄妹！”对上众人震惊的目光，青年红着脸辩解道。

围观弟子：骗鬼啊！都喊上晚儿了！

乔晚颓然地捂脸。

她和甘南结拜的意义，可能就在于让他俩心里好受一点儿吧。

“乔师姐，你与甘道友之间当真结了婚契吗？”

甘南正想要辩解，乔晚点点头，赶紧抢先一步拦在了他面前：“是，我与他之间确实结了婚契。”

甘南：昨天你明明不是这样讲的啊。

乔晚：这个时候再说什么兄妹不兄妹的，已经毫无意义！欲盖弥彰，会显得我俩更厚颜无耻了！

甘南：原来如此，在下明白了。

乔晚一步将甘南挡在了自己身后。

大家这么看过去，青年、少女，一个清秀文雅，一个容貌清丽，看上去似乎还有那么一点儿相配？

穆笑笑迟疑地问：“师尊和师兄可知晓此事？”

乔晚一脸镇静地说道：“大师兄已经知道了。”

虽然众人心里不相信，但看到她脸上那块龙鳞，又通通没了话说，毕竟龙鳞都给了，这还能有假？

乔晚这是什么运道？她非但能拜入玉清真人门下，还和龙族结了婚契？

穆笑笑似乎对甘南很感兴趣，朝他扬起笑容，嗓音温和地请他坐下来一同说话。

“既然与晚儿师妹结了婚契，那甘道友也算得上是半个昆山之人，不如坐下来慢慢说吧。”

乔晚心里一顿，突然觉得不太舒服。

师尊和大师兄也就算了，但甘南是她结交的第一个朋友，这让她莫名其妙地有了一种朋友被抢的感觉。

乔晚挠挠头，为自己这莫名其妙又幼稚的占有欲老脸一红。

甘南也真的一撩衣摆，乖乖地坐了下来。

穆笑笑睁着杏样的大眼睛，嘴角漾出一丝笑意：“这么看来，甘道友与晚儿师妹当真是郎才女貌的一对仙侣。”少女嗓音温软，“甘道友来自阳虚山玄扈水，听闻阳虚山风景秀丽，有朝一日我也想去亲眼看一看。”

“不，”甘南摇摇头，面色诚恳地说，“其实没什么可看的，都是石头。”

“甘道……”少女蹙了蹙眉，脸色微红，“既然已与晚儿师妹结了婚契，再叫甘道友未免太过生疏。”

乔晚接了话茬：“那叫甘大哥？”

甘南羞愧：“在下……如今五百岁……”

“倘若按人间的叫法……”甘南看了乔晚一眼，想到昨天对月结拜的场景，条件反射地脱口而出，“应当喊爷……”

后半句话在场众人听了个一清二楚。

穆笑笑：“……”

围观众人：“……”

“俗话说只羡鸳鸯不羡仙，”穆笑笑嗓音柔软，想到裴春争，眼神不禁有些黯淡，“师妹修行路上能有甘道友相伴，实在令人艳羡，不像我等，只能孤身一人。”

甘南愣了愣。他昨日在山峰上明明看见了，这位仙子身前有两位道友寸步不离，紧紧守护。

甘南：“但是昨日那两位男道友都对仙子分外爱护，在下还以为那是仙子的道侣。”

穆笑笑愣了愣，随即说道：“甘道友误会了，他们二人只是我的好友，并非我的道侣。”

甘南：“那就是在下误会了，在下……在下还以为这两位都是仙子的道侣。”

穆笑笑：“……”

一女弟子皱眉：“这世上哪里有两个道侣的道理？”

青年一本正经地摇了摇头：“我们妖族不似你们人族，妖族的道侣有时不止一人。”

他们龙族其实也属妖族，妖族不像人族，在这道侣上一向没什么拘束。

乔晚一本正经地补充："是啊，据说在海外还有鬣狗精一族，这一族就以女鬣狗道友为尊。"

众弟子："……"

穆笑笑摇头："他们并非我的道侣，师尊一向不允我在这些事上花心思。"

甘南挠了挠头："或许是仙子你修为不够，你师父不甚放心吧。"

穆笑笑僵了僵："我确实愚钝，平日里累得师尊与师兄费心了。"

甘南鼓励道："在下资质也浅，但勤能补拙，只要仙子平日里多花点儿心思在修炼上，早晚会有所突破的！"

穆笑笑勉强地笑了笑："说起来，不知道友是如何与师妹相识，又是如何与师妹互通心意的？"

"因为乔……晚儿曾经救过在下一命。"甘南磕磕巴巴地说，"而且，晚儿长得好看，也很能打……"

乔晚睁大了眼，脸上忍不住开始冒热气，这还是第一次有人当着这么多人的面夸她呢。

礼尚往来，乔晚也结结巴巴地回应："甘……小白龙长得也很好看，也很能打！"

四目相对之间，两个人似乎都从对方的眼神中看到了一句话：这个朋友，交得值了！

围观弟子：当众秀恩爱！好过分！

"怎么样？"一旁，翁回看着长虹崖下的弟子，扭头问济慈。

济慈看着眼前这一帮弟子，摇了摇头。

翁回叹了口气，笑了一下："那也只能麻烦你了。"

眼前这一帮内门弟子会投胎，家境大多不错，一出生资质就比那些凡人弟子要好上不少，从小家里就有各种资源供着，等长大了，拜入昆山门下，又能得昆山庇佑。

从当初的魔域乱世到现在已经过了好几百年时间，现在天下太平。

他们在这种环境下长大，没吃过多少苦，也根本不知道山下险恶，偏偏又眼高于顶，心比天高，怠于修炼。

翁回对此很是头痛。

济慈："某尽力为之吧。"

翁回招了招手，这才将围观的一众弟子又给叫了过来，开始上课。

今天翁回教的是两个小法诀，一个火系的法术，一个水系的法术。

这算不上什么多珍贵的法诀，上手快，也不值得藏着掖着。

穆笑笑就如同马怀真所说的那样，天资极好，多练习几遍就学会了，指尖轻轻一点，信手捏出了一个火球。

翁回瞧见了，笑着夸赞道："穆师妹一点就通，当真是天资聪颖。"

听到别人赞扬的声音，少女红着脸轻轻摇头："这只是凑巧罢了，我其实也没弄明白这究竟是怎么回事。"

有人道："穆师姐你就别谦虚啦，我们当中也就只有你学得最快。"

不过穆笑笑学得这么快，那……乔晚呢？

这么说着，众人不约而同、整齐划一地看向了乔晚。

而乔晚此刻正在努力和这法诀搏斗。

少女睁大了眼，眼睛一眨不眨地盯着自己的指尖，看上去面瘫着脸实际上心里在无声地呐喊。

她前世是个普通人，这辈子也不可能进化成像谢行止那样的开挂者好吗？！

周围都是有金手指的人，就自己是个普通玩家，这感觉太糟糕了。

被这气氛感染，一旁围观的其他弟子也聚精会神，伸长了脖子等待着。

连萧博扬也不由得抬起了点儿眼帘，悄悄地往乔晚的方向看了一眼。

在众人紧张又期待的目光中，"扑哧"一声，少女的指尖冒出了一小簇火苗，小火苗可怜兮兮地在风中摇曳了两下，就不甘心地咽了气。

围观群众："……"

萧博扬：就不该指望乔晚能有什么出息。

乔晚默默地收起指尖。

太丢人了。

这真的不能怪她啊！她真的很努力地在修炼了，但这资质天花板实在太令人悲伤了。

穆笑笑有点儿吃惊，看着她，面上又掠过一丝犹豫之色。

乔晚没管那些碎碎念，继续专心致志地和这法诀死磕到底。

她努力了一会儿，还是没见成效。

穆笑笑下定了决心，走到她身边轻声唤道："晚儿师妹？"

乔晚一边运转灵力，一边偏头看她，礼貌地问："师姐有什么事吗？"

穆笑笑有些不好意思地抿唇笑了："师妹这样也不是办法，我来教师妹吧。"

穆笑笑话音刚落，伸出手正准备指导她时——

"噗！"

乔晚的指尖猛地蹿出了一个巨大的火球！

乔晚："……"

这团火球冒得太不是时候，火舌差一点儿就舔上少女白嫩的脸颊。就在此时，甘南手疾眼快地猛丢出一个水球，及时浇灭了乔晚手中的火焰。

只不过水球虽然来得及时，少女的额发还是被这火苗烧去了一点儿。

乔晚：这火球难道还有延迟的吗？

还有，刚刚她的灵力是怎么回事？一瞬间充沛得好像只是她的错觉。

乔晚赶紧收了火球，去看穆笑笑："师姐，你怎么样？"

差点儿近距离和火球来了个亲密接触，饶是穆笑笑也不由得面色发白，心有余悸，看向乔晚，轻声道："我没事。"

乔晚看向穆笑笑额头上那被烧焦卷曲的额发。

周围人一见这模样，都围了过来。

翁回见状也快步走了过来，神色凝重地细细将穆笑笑打量了一遍。

穆笑笑不自在地别了别头，小声道："师兄……我没事。"

她脸颊莹白如玉，此刻因为他这举动泛着点儿难为情的浅粉，翁回松了口气，再一看面前少女俏脸微红的模样，有些吃惊，忙干净利落地松开了手："没事，不过是烧到了头发而已，总会再长出来的。"

玉清真人交代了，只要人没事就行。

头发秃了不算，总能再长回来的。

翁回说完，又赶其他弟子回去练习。

穆笑笑有些犹豫，走到了甘南面前，轻声道："多谢甘道友方才及时解围。"

甘南忙摆了摆手。

穆笑笑："道友不愧为龙族中人，水系法诀用得出神入化。"少女有些难为情地问，"正好我在水系法术上有些不懂，不知道甘道友能不能指教一二？"

甘南："在下不会。"

他刚刚只是情急之下胡乱丢出去的，没想到真成了。

穆笑笑面色一怔。

甘南："在下是真的不会。"

在场弟子：刚刚谁都看见他指尖捏出了一个水系法诀，快准狠地浇灭了乔晚手上的火，这个时候他说不会，骗鬼呢？！

饶是穆笑笑，神色也不免有点儿僵硬了，勉强扯出微笑："道友若是不愿意，那算了吧。"

少女垂下头，脖颈白皙柔软，嗓音中略含失落之意，像只离巢的鸟儿，看着就让人心生一股怜惜之意。

等穆笑笑离开后，乔晚悄悄地问甘南："我怎么觉得你好像有点儿怕穆笑笑？"

甘南也悄悄地回答："你的这位师姐，好像在下的庶母啊……"

他父王那几位蚌贵妃、虾贵妃、蟹贵妃，每每见到父王时，声音听起来都和平常有些不一样，又软又娇，但父王好像很喜欢这一套。

她们像柔软的水草一样依附在父王身上，深知父王喜欢什么样的女人，一举一动都在按照父王的喜好活着。当父王离去之后，她们又好像失去了生命力，如同在水波中上下漂浮，等待着父王下一次的临幸，看着虽然光鲜，但也分外……可悲。

甘南弱弱地说："我庶母每次见到父王的时候，差不多就是这样的。"

这法诀简单，不过半刻钟的工夫，其余弟子该上手的差不多也都上手了。

翁回又招来众人，微笑道："济慈方才同我说，想要和你们切磋一二，不知你们愿不愿意？"

这下在场弟子也不去看乔晚和甘南了，纷纷将目光投向了济慈的方向。

他生得极其高大，膀大腰圆，一看就不慈祥。

一个男弟子迟疑地问："你们？这位道友是想和我们在场所有人过招吗？"

翁回道："济慈确有此意。"

对上众人的视线，济慈咧嘴露出个友善的笑容。

可惜他满脸横肉，这友善的笑容怎么看都有点儿像在嘲讽。

在场的弟子都是昆山派年轻一辈，大多年轻气盛，一看济慈这么猖狂，面色都有点儿难看。

"济慈也忒看轻我等了。"

"我看不必这么麻烦，"人群中传来一个男声，一个身材魁梧的年轻男人走上前来，冷笑道，"由我一个人来就够了。"

翁回看向青阳书院的弟子："那诸位仙友……？"

为首的段成化谦逊地摆了摆手，笑了笑："我们师兄弟就不参与了。"

翁回："事先说好了，这次切磋，你们不能动用任何法器。"

不能用法器？

此言一出，在场弟子都有点儿犹豫。

他们每个人身上或多或少有那么一两件法器，平常对战也多靠这些东西。

现在不让他们动用法器，未免有点儿苛刻了。

"不用法器就不用法器。"

那开口的男弟子也不啰唆，拱了拱手，行了一礼。

济慈也合掌回了一礼。

那男弟子生得本来就高大，济慈竟比他还高出一截，低下头微笑时，怎么看都有点儿瘆得慌。

片刻之后，男弟子惨叫一声，飞出去了丈二远。

在场众人：……

英勇上前打头阵的人已经做了“炮灰”，反倒激出了昆山弟子的血性来。

第一个男弟子的惨叫声还没散去，第二个小“炮灰”就勇敢地站了出来，礼貌地躬身行礼道：“敢请一战！”

有了第一个炮灰的前车之鉴，第二个男弟子也不客气，暴喝一声砸出了第一拳。

只见那济慈伸出粗大的手掌轻轻一抵，这一拳就像是砸在了铁板上，竟然不能撼动他半分。

男弟子震惊地抬起头。

几招之后，济慈笑眯眯地伸手一攫，像拎只鸡崽一样，趁势拽住男弟子的胳膊，抡圆了甩了出去。

第二声惨叫响彻长虹崖。

这第三个出战的，是个样貌清秀的女修，擅法术。

只见济慈周身浮现一圈淡金色的光壁，那正是大悲崖的达摩金钟罩，将女弟子的法术挡了个严严实实。

这风雷水火，没一样能近他的身的。

这时候，在场的弟子才终于察觉一点儿不对劲。

这济慈说的原来都是真的啊！

他真的能一打十啊！

翁回师兄你是认真的吗？这济慈是开挂了吧？！

眼见自己的师弟师妹们一个个被丢了出去，翁回面带微笑，脸上没露出任何不悦之色来。

这也是他今日请济慈过来的原因了。

这修真界里，大家一向不太看得起炼体的修士。

毕竟大家都修仙了，打架也是你丢个火球我劈道雷下来的，一路火花带闪电，多炫酷。

相比之下，这拳脚上的功夫就显得有点儿不够看了，人的肉体再怎么淬炼，怎么可能比得上那法术变化之妙？

他这些师弟师妹，平日里仗着有法器护身，自身战技一塌糊涂，一旦碰上了那灵力耗尽、法器破裂的局面，唯有一个死字。

看着一个个炮灰前赴后继地上赶着找虐，萧博扬扯着嘴角冷哼了一声。

他们看不出来这其中的门道，他是看得出来的。这济慈修为比在场所有人都高，他们打得过他那就有鬼了。

就在这时候，有一个人走上前去。

看吧，又来一个不知好歹的人。

等等……看清济慈身前的人影后，萧博扬睁大了眼睛。

穆笑笑？！

只见穆笑笑站在济慈身前。

济慈身形高大，被他这么一衬，就显得穆笑笑越发娇小可人。

小姑娘脸上没有任何畏惧之色，乖巧地行了一礼，嗓音轻轻柔柔地说：“请道友赐教。”

在场众人都被不小地震撼了一下。

穆笑笑怎么上来了？

济慈垂下眼，看了一眼面前的小姑娘，笑了一下。

比起刚才那些弟子，这小姑娘修为更高，倒还能让他期待期待。

翁回见状，忙皱眉道：“穆师妹，你身上的伤……”

过来之前，他是得了周衍的嘱托的。玉清真人平日里不喜和人接触，这位的嘱咐，翁回哪里敢不听？

穆笑笑摇头笑道：“师兄都说是点到即止啦，放心，我心里有数，不会叫师兄为难的。”

从刚才起到现在，一直沉默观战的乔晚木着脸叹了一口气。

有师父他老人家发话，穆笑笑上场前，乔晚真的尽力去拉了，但穆笑笑铁了心要上前，她总不能将人打晕了扛回来。

说实话，刚刚乔晚确实琢磨着，想偷偷伸出手打晕穆笑笑。

她认真看了，这位大悲崖的来人，过招的时候明显心里有数，都留了情面。

穆笑笑要上，她拦不住。

乔晚皱眉想，那就只能注意穆笑笑的身体状况，在出事前及时拉一把。

眼看穆笑笑态度坚决，翁回没办法，也只能让她上场。

“师妹若是有什么不舒服的地方，千万别撑着。”

穆笑笑绽开笑容：“我不会让师兄担心的。”

在众人或担心或好奇的目光中，少女站到了场中央。

毕竟是玉清真人周衍一手带出来的弟子，又是《登仙路》的女主角，穆笑笑在修为上比前面几个弟子要高出不少，对付起济慈来，也没显得太过吃力。

少女身形灵巧，如同崖下一尾乳燕，乍起乍落，忽前忽后。

济慈伸手想抓她，少女脚尖一点，借势轻轻松松跃上了他的头顶。

济慈忙转过身去，少女已落在了他的身后，捏了个火系的法术丢出去。

济慈忙偏了偏身，躲过了这条火龙。

没想到这条火龙只是虚招，剑光紧随其后，劈开火焰直直地冲他飞了过来。

济慈眯起了眼。

眼看着穆笑笑使出巧劲，借力打力，人群中不免有人轻轻叫了声好。

紧跟着，又冒出许多叫好声来。

不愧是玉清真人的弟子，大家觉得看佳人打架也是一种享受。

少女挽出一朵剑花，纤腰细细，袖摆轻扬，如凌波仙子，一个旋身、一个飞跃，风姿俏丽。

和这些忙着叫好的弟子相比，萧博扬的神情就没那么轻松了。

萧博扬紧紧皱着眉头，越看心下越沉。

穆笑笑这些动作看起来虽然漂亮，但都不能真正伤到济慈，说白了，就是没多大实际用处，看上去游刃有余，实则还是济慈留情了。

而在场中，穆笑笑也确实有些吃力，面颊薄红，香汗涔涔。

这也不能怪穆笑笑，她不是炼体的修士，不祭出法器，光以法术和体力相搏，还是太难了。

这济慈简直就像一道铁锁，牢牢地锁住了她的身形，守得滴水不漏。

少女咬了咬下唇，乌黑的眼中掠过一丝不甘之色。

想到在场众人还看着，她更觉得丢人极了。还是她看轻了这济慈，以为他行动定然没她灵敏。

擦身而过的间隙，济慈笑眯眯地说了一句："这位仙友还要硬撑吗？"

穆笑笑扭头看了他一眼。

济慈扣住她的手腕轻轻一带，直接将她丢到了场外。

穆笑笑脚尖一晃，勉强站稳了，低下头，脸蛋红得能滴血："是……是我输了。抱……抱歉，让大家失望了。"

见到她这副模样，其他弟子哪里还有怪她的意思？其中几个揣了点儿别的心思的男弟子，更是赶紧过去安慰她。

"这哪里能怪你？"

"师姐，你刚从碎骨深渊回来，伤还没养好，能打成这样已经不错了。"

"对对对，更何况翁回师兄还不准我们用法器。这济慈本来就是个炼体的修士，不能用法器，这不是欺负人吗？"

萧博扬收回视线，看向站在场中央的济慈。

对方五大三粗的身材，笑眯眯的，满脸的横肉都堆到了一起。

萧博扬仰起下巴："这位仙友，我们来比画比画试试？"

济慈笑眯眯地道："仙友，请。"

抱着不能在心上人面前丢脸的信念，萧博扬一上场，脚下踏出一招踏星步法，手上丢出了一个火系的法术"金龙破"，算是先来了个下马威。

看得出萧博扬和前面的弟子们都不太一样，济慈饶有兴趣地哈哈笑了笑，提起精神来应战。

萧博扬没啥特别的，唯一比较特别的地方在于灵力多，像不要钱一样，和乔晚这种灵力抠抠搜搜地用的，几乎是走了两个极端。

这济慈周身的达摩金钟罩有点儿麻烦。

萧博扬一边打，一边找机会。要是能破了这达摩金钟罩，这人也就不足为惧了。

这几个法术不要钱地丢出去，真被他轰出了一道破绽出来。

找到了！

眼看着济慈胸前的金罩漾出了一丝水样的波纹，萧博扬一边侧身“啪啪啪”地丢出几个“金龙破”，一边“噔噔噔”地飞上前，右手一扬。

“砰”！

感受到这坚实的触感，萧博扬脸都绿了。

济慈笑容可掬地看着面前天真的小年轻：“兵不厌诈，兵不厌诈。”

萧博扬：说好的出家人不打诳语呢？

济慈说罢一伸手，将萧博扬也直接抡了起来。

他这手活脱脱像一双铁掌，萧博扬努力挣扎了一下，没挣开，绿着一张脸，化为了天际第 N 颗璀璨的流星。

乔晚：“……”

眼看着萧博扬也被丢了出去，剩下的弟子们你看看我我看看你，都有点儿迟疑，一时间不太敢上前了。

济慈一双牛眼转了转，目光从崖下掠过，正好落在了乔晚身上。

乔晚有点儿犹豫。

说实话，她挺想上前试试的。

她之前好像还没怎么跟大悲崖的佛修打过架，这也算一次难得的机会。

抱着不放过任何一次修炼机会的信念，乔晚也就不再犹豫，向前踏出了一步。

一看她走出来，众人都有点儿蒙。

她是疯了吗？

连穆笑笑和萧博扬都打不过济慈，乔晚上前不是上赶着找打吗？

乔晚确实是上去找打的。

人生嘛，就是在一次次挨打中崛起的，擦干鼻血，努力奋斗，被打多了也就习惯了。

这么想着，乔晚行了一礼：“请仙友赐教。”

济慈看了她一眼。

刚刚见识过那小姑娘的能力，他还有点儿好奇，面前这姑娘又能打出什么花来。

“你？”萧博扬皱眉，“你能行吗？”

虽然他讨厌乔晚，但讨厌归讨厌，也不愿看到她凑过去找打。

别看这济慈是佛修，但打起架来招式凌厉，招招不留情。

萧博扬扯了扯嘴角，他的脸到现在都疼。

乔晚谦虚地回答："应该不会像师兄你那样吧。"

萧博扬气结："乔晚！你就等着被打死吧！"

他刚刚是被打糊涂了，才替她操这份闲心！

穆笑笑愣了愣，嘴角又漾开一丝温柔的笑："我相信师妹定然是有把握的。"

萧博扬看了一眼穆笑笑，顿时就没声音了。

穆笑笑站到萧博扬身侧，看了他一眼："萧师兄？"

萧博扬脸一红，"嗯嗯啊啊"地应着，言语不详，扭扭捏捏。

穆笑笑看他这模样，又弯着眉眼轻轻地笑了。

这一笑，笑得萧博扬心里"扑通扑通"直跳，他赶紧别过头，去看乔晚转移注意力。

甘南看向场中的人，也有些发愣，眼里随即浮现一丝担忧之色。

场中的两个人已经打起来了。

就算众人觉得乔晚肯定是疯了，个个还是围了上来，打算看看她到底能打出个什么名堂来，结果一看场上这战况顿时傻眼了。

只见少女撸起袖子，露出紧实的小臂冲了上去，开场没有用剑，也没有用法术。

这……她这是肉搏！

萧博扬瞪圆了眼。

乔晚你个傻子！敢和大悲崖的佛修肉搏！

众人目瞪口呆，她这是疯了吧？

就连翁回也不由得愣了愣，没想到这姑娘这么莽。

大悲崖的人个个都是龙精虎猛、威武雄壮的汉子，炼体这条道虽然在其他门派不是很受欢迎，但他们特别看重这个。

翁回正色。

其实这帮师弟师妹中，他最好奇的是乔晚。

她刻苦修炼，无奈受困于资质，修为一直不得寸进，战技方面倒是胜出旁人不少。

济慈吃了一惊，没想到这个脑袋上别着粉玉蝴蝶结的姑娘，一上来竟然就凶神恶煞地撸起袖子要跟自己肉搏。

济慈单单是站在那儿就高大得像口需要仰视的大钟，倒衬得乔晚身形瘦弱，脑袋上的蝴蝶结摇摇欲坠。

一开场，乔晚就凶猛地冲了上去，目光凌厉，没露出一点儿惧意来。

济慈也不相让，瞬间发出一掌！

那一掌正冲向乔晚的胸口而来，就在此时，乔晚周身忽然泛起一阵耀眼白光！

龙吟乍起！

少女周身猛地蹿出一条五爪白龙，怒目圆睁，以守卫之姿盘踞在身前。

这……这是龙鳞之契！

在场众人齐齐抬头看去，一瞬间都失去了言语。

乔晚真和这敖氏结了婚契……

五爪白龙怒吼一声，猝然跃起！

济慈的掌风也随即袭来！

“砰”！

在众人呆愣的目光中，那护体龙气碎了……

长虹崖弟子：这薄得像一层纸的护体龙气是认真的吗？

甘南面色通红，默默捂脸。

都……都是因为他修为太弱。

段成化体贴地拍了拍自家小师弟的肩膀。

乔晚惊了，护体龙气一碎，乔晚及时往后纵出丈二远，对方和前几次一样，伸出手想去抓乔晚的手腕，没想到乔晚跟条泥鳅一样，钻来钻去，只要有空隙，都能刨个洞钻过去。

萧博扬：“……”

众人纷纷不忍直视。

不过就算不愿意承认，其他长虹崖弟子也不得不承认，在战技这方面，乔晚确实有点儿本领。

不过看了一会儿，就有人察觉出不对劲来，少女跟个猴儿一样纵高跳远，时不时这儿捣一拳、那儿戳一下，捏出个风雷火电之类的法诀丢出去，光在躲，也没打出实质性的伤害。

“乔晚这有什么用？她打算耗死这人？”

“既然打不过还不如直接认输，她这样耗着有什么意义？”

乔晚在绕着济慈找破绽。

观战了这么长时间，她心里要不是已经有了点儿数，也不会就这么贸然上前。

挨揍和被虐完全不一样。

乔晚隐隐感觉济慈身前的金钟罩有点儿问题，一边扭身钻来钻去，一边抽空骚扰一下，捏个小法术砸上去，或者干脆自己抡起拳头砸上一拳。

几次三番下来，她终于摸出了点儿门道。

这金钟罩确实有点儿问题，也不知道用的是什么功法，法术丢上去，就被奇异地吞噬，为对方所用。

看来，这倒像是专克法修的。

像萧博扬刚刚那样一通乱砸，简直就是个移动的经验条，专门给济慈送经验。她要像萧博扬刚刚那么打下去，灵力早晚会被耗空。

锻体的修士，先天能力毕竟比不上法修，有那种专门克法修的功法倒也不奇怪。

济慈也没想到，面前的姑娘竟然是个锻体的修士。

他听翁回所言，这两个姑娘都是玉清真人的弟子，玉清真人济慈还是知道的，是当世剑道巅峰上的人物。

之前那个娇娇软软的穆姓小弟子，天资和修为虽然高，但好像没学到什么剑术之类的战技。

他一抓她的手腕，就摸清楚了，那位女人平日里应该是靠法器和法诀取胜的。

而面前这位女人，竟然是连剑都不用了？！

济慈有点儿怀疑人生，这真的是剑修吗？

济慈毕竟没乔晚灵巧，倒也不慌乱，干脆“轰隆”一跺脚，扎在原地，以静制动，就伸着两只大手到处抓。

面前的男人足足有两米多高，但身形不露任何笨重之感，两只脚像扎根在地上，整个人犹如一尊铁鼎一样稳如泰山。

但这个时候，他再想以静制动已经晚了。

就这么一瞬间的工夫，乔晚就跟头牛一样冲到他身前，对着金钟罩高高地抡起了拳头！

既然对方是克法修的，那她就不用法诀，光用拳头砸砸看！

济慈眼皮一抬。

不好。

少女头皮擦着他的铁掌，一路猛冲到金钟罩面前，“哐哐哐”砸出了数拳，胳膊在半空中挥舞成了一道道残影。

济慈伸手一抓，乔晚又从他的胳膊底下钻了出去，沉了一口气，大喝一声：“流星拳！”

紧跟着，她继续埋头“哐哐哐”砸拳头！

少女瞪着黑黝黝的大眼。

在她这一通猛砸之下，“咔嚓”一声，极为轻微的声响响起，金钟罩裂出了一条缝。

金钟罩和护体龙气一样裂了。

长虹崖下的弟子有点儿怀疑人生……

萧博扬的脸有点儿黑。

回想刚刚穆笑笑那轻云蔽月、流风回雪的身姿，再一看乔晚“哐哐”捶大墙的凶残模样，众人不禁打了一个哆嗦。

金钟罩虽然破了，乔晚还是不敢疏忽。

接下来，才是真正硬碰硬的时候。

好啊，济慈也忍不住赞了一声，眼睛一眯，脸上终于浮现一点儿认真的神情。

众人这个时候才惊恐地发现原来刚才他根本没认真。

几招之下，济慈总算逮住了破绽，一双铁手攫住了少女的腰。

他一抬头，却又对上了乔晚的一张面瘫脸。

乔晚："……"

少女探出头，伸着脖子，"砰"地和济慈的额头来了个对撞！

这一下用足了力气，乔晚感觉头有点儿发昏，但趁着济慈还没反应过来时迅速蹬起腿，狠狠地踹上了他的胸膛。

被乔晚这么来一下，济慈也有点儿眼冒金星，手上不自觉地一松，少女已经挣脱出去。

济慈晃了晃脑袋，猛地又就势扯住了少女的脚踝，故技重施，抡起乔晚的脚踝往半空中甩去。

"砰——"

乔晚像一尾鱼被掼在案板上一样，被重重地掼在了地上。

大悲崖的佛修向来是没什么怜香惜玉的意思的，曾经获得"妖族女妖们最讨厌的男人"评定中第一名的骄人成绩。

而眼前的男人也十分不客气，抡起乔晚就往地上砸。

"砰砰砰！"

长虹崖下的地板硬生生被砸出一个坑。

乔晚被砸得眼冒金星，鼻血直流，嘴巴里弥漫着一股腥甜的味道。

不行。

虽然她把他的金钟罩给打破了，但是还不够。她锻体也是因为资质太差，只能另辟蹊径，点点闪避之类的技能，真和那些练就金刚不坏之身的大悲崖的人比拼炼体，根本没有优势。

"哐哐哐！"

乔晚的头一次次重重砸在地上，她还不忘眼冒金星地盘算着。

"哐哐哐！"

她肺里跟拉风箱一样，血沫呛进气管，嗬嗬地响。

"哐哐哐！"

眼看着乔晚被砸在地上的模样，在场弟子忽然觉得喉口有点儿堵，什么话都说不上来了。

没了眼花缭乱的法术和法器，乔晚这是靠着战技纯粹以血肉之躯硬生生相搏。

明明……明明就是场比斗……她根本没必要这么认真的……

翁回看了一眼，没多说话。

这批弟子年纪轻，历练少，甚至连往届同修大会上的比斗都还没见过，还是一茬茬嫩嫩的小白菜，连看到眼前这场景都说不上话来了。

翁回见多了比这更凶残的画面，倒没什么多余的想法，但看到这一幕，还是有些惊讶于乔晚的坚韧。

像现在这种局面，眼前这姑娘恐怕已经不是第一回经历。

乔晚费力地喘了口气，一喘气，血沫混着沙砾呛得她直咳嗽。

她感觉头晕，想吐，眼前好像浮现那前辈的模样。

乔晚头昏眼花地想，要是用大悲崖的招式对付大悲崖的人，不知道有没有用？

乔晚一向不是个瞻前顾后喜欢犹豫的人。

打定主意之后，乔晚艰难地动了动手指，暗暗调动起全身那点儿灵力。

在场的弟子看到眼前这一幕，也都有点儿于心不忍。

甘南往前踏了一步，结果被段成化抬手拦住了。

“师兄？”

段成化看向场上一脸血的姑娘，摇了摇头：“这是乔仙子和济慈的比斗，旁人不该插手。”

甘南抿紧了唇，正要再说什么，一抬眼忽然看见一道粉色身影从地上摇摇晃晃地爬了起来。

在场众人都没有想到乔晚竟然还能反抗。

少女逮住空隙，像是拼尽了最后一口力气，一扭身猛地从地上一跃而起。

饶是再讨厌乔晚的人，这个时候连冷嘲热讽的话也说不出口了。

本来他们就没深仇大恨，谁能想到乔晚会做到这地步？

大家本来以为她之前和裴春争下山除妖，靠的全是裴春争的本领，如今一看，倒不是这样。

一场比斗她都能拼到这地步，傍着裴春争？傍鬼呢？

穆笑笑和其他人一起抬头看去。

少女凌空跃起，发丝狂舞，血洒如雨，目光坚定，全身上下如同热血浇筑而出的钢筋铁骨，死死咬着牙，又冲了上去。

“乔……乔晚还没晕过去？”其中一个男弟子眼神复杂。

“不过困兽之斗罢了。”另一个男弟子低声道，“她想要翻盘恐怕难。”

乔晚这样死撑着，根本毫无意义。

跃上半空，乔晚抹了把嘴角的血。

她一定还有办法。

她还特地留了一点儿灵力，更何况她还有神识。

对，乔晚费力地想，尊者说她的神识已经快突破元婴期了。

这场比斗只说了不能用法器，却没说不能用神识。

她只试过在梦中入侵对方的识海，还没试过在人清醒的时候这么干。

心念一转，乔晚睁大了眼，黑漆漆的眼中精光暴涨，瞬间将神识凝聚成一箭，猛地扎入了济慈的神识中！

对方神情一呆，一双牛眼霎时变得一片茫然！

成了！！

转瞬之间，她的神识又被硬生生地弹了出去！

但这么一瞬间就够了！乔晚猛提一口气，怒喝一声！

“光照无间！”

她调动全身灵力，将灵气压缩到了极致，一掌轰然击出，竟硬生生地把铁鼎一样的济慈打飞了出去，身体撞在了石壁上。

乔晚迅速飞身而上。

济慈震惊地抬起头。

面前的姑娘歪着脑袋，咧开嘴，冷笑了两声，怒喝一声，再次抡起了巴掌。

俗话说输出全靠吼，虽然没啥实质性作用，但给人的感觉伤害都能打高一点儿。

“啪！啪！”

乔晚左右开弓，两巴掌裹挟着石壁上滚落的碎石，结结实实地打在了济慈的脸上。

这两巴掌打下来，重若千钧，饶是济慈也扛不下来。

他……他怎么好像听见了师尊的声音？

耳边似乎传来一声清正而威压的“孽障”！

济慈呕出一口血，被乔晚硬生生闯入的神识随之一荡，竟然直挺挺地倒了下去。

她头破了，脸也破了，正滴滴答答地往下流着血。乔晚喘着气，伸手擦了把血，结果喘气喘得太猛，鼻血又飙了出来，鲜血顺着指缝往下落。

乔晚使劲晃了晃脑袋，抬头看了一眼长虹崖下的天。

天际正好掠过一片飞鹤身影，云淡天青。

乔晚“呼”地舒出一口气，咧嘴又笑了一下。

真爽。

而长虹崖下的弟子神情一呆，半晌之后，都沸腾了起来。

他们没看错吧？乔晚把济慈打晕了？！

长虹崖下的弟子目瞪口呆。

少女的面瘫脸上缓缓扯出了一个不到眼底的笑容，脑袋上的血顺着乌黑的发丝流了下来，看着……怪瘆得慌的。

众人打了一个哆嗦，一时间情绪又有点儿复杂。

扪心自问，他们自己是做不到这个地步的。

看了一眼坑里的蝴蝶结，乔晚将其拿起来，拍了拍上面的血污和灰尘，重新别在脑袋上。

眼看着乔晚转身朝这边走来，众人心中莫名地生出一股恐惧心理，默契地往后退了小半步。

长虹崖的弟子们脑袋中纷纷冒出一个念头：绝对不能招惹乔晚。

主要是乔晚太凶残了，对自己够狠。

甘南呆呆地看着乔晚，肩头忽然被人一撞，直接被撞出了人群，一个踉跄，扑倒在了乔晚面前。

甘南："……"

他稳住了步子，张了张嘴，本来面皮就薄，这个时候不知道为什么耳根又有点儿发烫。

他……很喜欢这样的乔晚。

这无关乎男女情爱。

这好像让他看到了那个想象中的自己，那个不用在乎父王和庶兄的目光也能勇往直前的自己。

甘南看着乔晚脸上的伤，又担心又不忍心细看，从袖中摸出了块小手帕，小心翼翼地将手帕递了过去："擦擦吧。"

乔晚接过手帕，道了声谢擦了把脸，朝翁回的方向走去："翁师兄，你看现在怎么办？"

人是她打晕的。

看着济慈昏倒在地上，乔晚有点儿发愁了。

这好歹是大悲崖的弟子，她这样是不是太过分了？

这么想着，乔晚看着济慈的目光中又含了一丝歉意。

长虹崖下的弟子内心吐槽：你歉疚什么啊！刚刚暴打这人的时候，怎么没看到你歉疚了？

翁回走过去，眼神有点儿复杂地看着济慈，内心默默道了个歉。

他和济慈关系不错，请济慈过来，本来是想好好操练操练这些不知天高地厚的师弟师妹，没想到人直接被乔晚打晕了。

翁回叹了一口气，看着乔晚血淋淋的模样，心情更加复杂。

师出同门，玉清真人是怎么教出穆笑笑和乔晚这两个极端弟子的？

翁回蹲下身，在济慈身上四处按了按。

还好，济慈就是昏死过去了，没受多重的伤，回头调养调养就能养回来。

这大悲崖的人个个皮糙肉厚的，没什么可担心的。

“没事，稍后我带他去栖霞峰那儿。”

比试嘛，受伤是免不了的事。

四大派之间的同修会上，那真是四处飙血、死伤惨重，也没见四大派之间生出什么嫌隙来。

修士在凡人面前还能装个仙人，但实际上也没啥大不了的。

倒是乔晚有点儿出乎他的意料了。

没想到她竟然还有这等毅力，都被打成这模样了，还能在最后翻盘，反败为胜。

“打得不错。”翁回看着乔晚，笑着鼓励了一下。

乔晚扯一下嘴角都疼，只能含糊地回答：“多谢师兄。”

这一战虽然打得足够酣畅淋漓，但回去之后，乔晚还是在床上整整躺了两天，到现在脑袋里好像都还在“嗡嗡嗡”地响。

大悲崖的人皮糙肉厚，回血速度竟然比她还快，乔晚裹得像个木乃伊一样躺在床上的时候，听说济慈已经醒了。

她躺着的这两天里，照顾她的人是小鹤。

前脚才让乔晚带着穆笑笑去长虹崖，后脚乔晚就被打残了，这消息没多久也传到了周衍的耳朵里，他就吩咐小鹤带了些上好的丹药送到乔晚的洞府，倒也没因为穆笑笑责怪她。

独坐桌前，周衍对着窗外的桃枝怔怔出神。

他的三个弟子，都是截然不同的性子。

陆辟寒冷淡高傲，笑笑天真娇憨。

倒是乔晚，或许是因为出身凡人界，成熟得早，磨砺出了点儿强悍狠辣的气质。

当年她刚上昆山的时候，年纪还小，不知不觉间已经长成了这么一副模样。

他知道乔晚努力，却未承想她能做到这地步。

回想起当年乔晚初入昆山时的模样，周衍心口微微一滞，心中五味杂陈。

小鹤将丹药放在床边，问她：“师姐，你有没有看玉简？”

乔晚：“玉简？”

小道童解下玉简，丢到她面前：“你自己看。”

乔晚冷静地伸出手，扒拉扒拉自己眼睛前散乱的绷带，拿过玉简一看，在满目的消息中，找到了一条和她有关的。

那长虹崖下的一战，不知道被谁放到了玉简上。

她在长虹崖下那一战根本算不上什么，只不过因为她是周衍的弟子，又和穆笑笑关系微妙，这才引起别人关注。

她一看“留影像”里的内容，果然有人嗤之以鼻。

修士们之间死磕，比这凶残的场面多了去了，那真是残肢乱飞。这算什么？不过是一场低阶修士间的比斗。

当然也有人惊讶的。

修士中多硬汉，像这样锻体的女修不多，而锻体的女修中，像乔晚这么莽的女修更是少见。

最主要的原因是，乔晚一直以来给人的印象就是资质太差，走了狗屎运拜入周衍门下。

说白了，她不是个独立的人。

乔晚可以说是穆笑笑的影子，是周衍的弟子，是陆辟寒的师妹，是马怀真的手下，就不是“乔晚”。

但“留影像”中，少女鲜血狂流，摇摇晃晃地站起来的时候，众人不由得都有点儿惊讶。

这是乔晚？

大家就好像第一次认识她，第一次知道昆山还有这么一个人。

“其实乔晚能被收入玉清真人门下，也不单单是靠长得和穆笑笑像吧？”

“像马怀真这种人，你看到过他和几个人走得近了？乔晚能和马怀真走这么近，能是个花架子？”

修士毕竟也是人，就算是锻体的体修也会疼。

好端端地谁乐意这么受虐？又不是受虐狂。

至少从“留影像”中的画面来看，被打成这样还能暴起捶晕了济慈的人，不太像只靠脸，就能以平庸之姿拜入周衍门下。

大道三千，但不论哪一条，唯心性坚韧、百折不挠者，才能越走越远。

而在青环峰上，陆辟寒和马怀真正在喝茶。

桌上也摊着卷玉简，玉简上的“留影像”微漾，映出济慈抡起少女“哐哐哐”往地上猛砸的画面。

马怀真微微一笑，面上难得露出点儿赞许的神情来。

“没想到啊，乔晚还有这能耐。”

陆辟寒淡淡地看了他一眼。

乔晚有没有这能耐，他心里不是最清楚吗？

将男女都当骡子支使，毫无怜惜之情的问世堂煞神——马怀真。

马怀真：“心疼了？”

陆辟寒看着玉简，垂下眼睫，目光不变，幽深如海。

虽然都没表现出来，但在这一点上，陆辟寒和马怀真的想法几乎不谋而合，不可不谓冷漠。

他没什么可心疼的。

想要求道者，连这点儿苦痛都挨不过去，那求什么道？

这三十多年相处下来，他俩知道乔晚是什么性格。

马怀真拿过玉简，翻来覆去地看了看。

“留影像”中的乔晚看着惨是惨了点儿，但较真起来，这点儿伤痛还不够看的，根本入不了一级伤残人士马怀真的法眼。

但不得不说，看到玉简上的画面，马怀真还是挺满意的。

毕竟乔晚是自己一手调教出来的。

他和乔晚走得近，也是因为乔晚话少能干事，还算称手，好用。

过了两天，乔晚伤好了，又能活蹦乱跳的时候，去了趟青环峰。

马怀真要她把账结了。

上次她轰了他山头的账。

乔晚忍痛翻出自己的储物袋，马怀真毫不客气地拎起她的储物袋，嫌弃地翻了翻，倒了个底朝天。

可能是因为她这么一副尊容在屋里晃来晃去，实在有碍观瞻，就连马怀真也看不下去了，从袖子里摸出个药瓶砸到她怀里：“拿出去涂，疗伤去疤的。”

乔晚看了一眼马怀真脸上横七竖八的伤痕，决定对他说的话持保留意见。

“你这是什么眼神？”马怀真大为不满，“不信我？”

“前辈你不是不在乎这个吗？”

马怀真瞥了一眼她脑袋上的蝴蝶结，斩钉截铁地抛下了一句：“太丑。”他轻蔑地冷哼，“我虽然看不上你那师姐整天撒娇卖痴的，但这不代表我不是个男人。”

马怀真阴恻恻地嗤笑了一声：“只要是男人，没有哪个不爱看美人的，就算你大师兄陆辟寒，肯定也是爱看美人的。”

乔晚的长相嘛，说实话在马怀真心里勉勉强强称得上一句不错，可惜没有如儿好看。

于是，乔晚抱着马怀真给她的祛疤药利落地滚了。

在她养伤期间，大师兄来看了她一次，只让她好好养伤。

穆笑笑也来了一次。

甘南来得比较勤。

现在全昆山都知道他俩结了婚契，避嫌好像也没那个必要了。

青年眨着眼看着乔晚，眼里流露出了点儿羡慕之意：“若有机会，在下也希望能像小妹一样。”

他想像她这般无畏。
想到这一点，青年的目光有点儿黯淡。
虽然看不出来甘南是怎么了，但乔晚勉勉强强还能看出青年的情绪变化，顿时拍了拍他的肩膀以示安慰，一本正经地说：“那一起努力。”
好朋友，就要一起努力嘛。
不过，济慈竟然也特地来探望了她一次。
那个人踏着稳健的脚步，单从外表看，没看出像是受了伤的样子。
看见乔晚，他面上还露出了不忍之色：“是济慈下手有点儿不知轻重了。”
乔晚摆了摆手：“仙友客气了，这切磋喂招，受点儿伤也是不可避免的。”
“仙友不介意我坐这儿吧？”济慈指了指床边的小石凳问。
“仙友请坐。”
“其实，自从上次输给仙友之后，有一事一直困扰自己。”济慈面露沉思之色。
昏迷之前，那声清正严厉的“孽障”好像还在他的耳畔回响。
他师父姿容艳冶，但其凶残的个性，饶是济慈每每想起也忍不住哆嗦一下。
但师尊他老人家地位崇高，且还在闭关，不该与面前这姑娘有什么交集才对。
乔晚使出的最后一招，隐隐约约有点儿像他们大悲崖的武学。
“恕我冒昧，仙友那日所发最后一招，看上去不像昆山武学……”
济慈说得很含蓄，乔晚一听就明白了。
尊者不愿暴露自己的身份。
乔晚想了想，神情顿时严肃了几分：“实不相瞒，我这招确实不是昆山武学，这一招名叫动感光波，是我机缘巧合下从一本书中学得的。”
济慈：“动……感光波？”
济慈迟疑地想，难道……当真是他想岔了？
这名字怎么听都不像他师尊妙法尊者所用的招数。
结果等济慈走出洞府的时候，还是没问到自己想问的事情。
接下来这几天济慈又来了几趟，每次来手里还提了点儿东西。
虽然该问的他没问到，不过这几天乔晚倒是和济慈建立了点儿不打不相识的情谊。
济慈想着，这姑娘虽然资质差了点儿，但是心性坚韧，这点极为难得，倒能够结交。
以后大家都要在修真界行走，多个朋友多份交情嘛。
这大悲崖的弟子，一个比一个能打，乔晚小小的洞府，一下子就多了两颗人头。
她、济慈和甘南三个人整天聚在一块儿，切磋喂招，互相交流经验，宛如一起去自习室自习的大学室友。

金钟罩毕竟是大悲崖的招式，不好外传，济慈教了他俩一招简易版的金钟罩，能聚气于体。

乔晚改良了一下，聚气于掌，叫它铁砂掌。

乔晚也教了几个自己会的招式表示回报。

甘南废是废了点儿，乔晚悲伤地发现，他资质好，灵力充沛，能呼风唤雨，还能引雷。

至于为什么他这么废，这还是个未解之谜。

青年也磕磕巴巴，不太自信地教了他们两个雷系的法诀和水系的法诀。

看着这雷系法诀，倒提醒了乔晚，她能不能真的弄出个动感光波球砸出去？

不过这雷电之力极难压缩成球，在经过几次失败的尝试之后，乔晚总算摸到了点儿门道。

虽然电球粗劣了点儿，但总算能成招了。

济慈："仙友可想好了叫它什么？"

乔晚大脑一空，不太确定地道："动感光波球？"

一般来说，将招式喊出来都很"中二"，但她要是气势十足地喊出"动感光波球"，那就完全没关系了，一点儿也不用担心"中二"的问题，反倒特别有气势了。

她唯一需要担心的一点可能是，会在瞬间就把仇恨拉满吧。

青年懵懂无知地睁着琉璃一样干净的双眼："小妹，你这招式名虽然直白了些，倒也浅显易懂。"

乔晚礼貌地回答："多谢。"

送走济慈和甘南之后，乔晚再次翻出了自己那本小册子。

咬着笔头，乔晚惆怅地叹了口气。

她好歹也是穿书女配角，怎么就没个系统商店？要是有个系统商店，她靠做任务积攒点数兑换秘籍和技能，那就好了。

想归想，乔晚埋着头在小册子上"唰唰唰"又记上了一笔。

招式：昆山招式若干，妙微步法，光照无间，铁砂掌，动感光波球。

可能是老天爷看出来了她作为穿书女配角却无所作为的悲伤，很快乔晚就迎来了自己恢复记忆以来的第一轮剧情。

第二部分

泥岩秘境

第五章　去合籍成亲

穆笑笑失踪了。

从昨天到现在，小鹤没看到她回来，也没敢禀报周衍，直接去了问世堂找到马怀真。

而昨天，穆笑笑失踪前去见的最后一个人就是乔晚。

乔晚腰间的玉简一阵“嗡嗡”地响，她展开一看，只有言简意赅的八个字：“过来，你师姐失踪了。”

等乔晚赶到问世堂的时候，才看到窝在轮椅里的马怀真黑着张脸，神情不耐烦。

“这事我还没跟周衍说，你和你师姐那儿是怎么回事？”

乔晚有点儿蒙。她昨天确实看到了穆笑笑。穆笑笑来找了她一次，不过话题基本上还是围绕马怀真展开的。

乔晚瞥了一眼轮椅中的煞神，欲言又止。

马怀真阴郁地问：“看我干吗？”

乔晚：“我觉得我师姐失踪可能跟你有关。”

马怀真：“你说……”

乔晚老实交代。

马怀真震惊了，震惊完，看问她问不出个所以然来，又黑着脸摆摆手赶她出去了。

乔晚有点儿困惑。

穆笑笑好端端地怎么会失踪?

她一边走一边想，忽然福至心灵，心里“咯噔”一声，想起来了。

原著《登仙路》里，确实有一段穆笑笑失踪的剧情，而且这段剧情还和“乔晚”脱不了干系。

穆笑笑失踪，是她“重回昆山”这一卷里最重要的一段剧情。

女配角乔晚在穆笑笑归来之后，对女主角穆笑笑嫉恨在心，但碍于周衍和凤妄言，始终找不到机会对穆笑笑下狠手，只能时不时做点儿小动作。

俗话说，不在沉默中爆发，就在沉默中变态。

眼看着穆笑笑王者归来，受尽万千宠爱，“乔晚”一不做二不休，想了个办法，将穆笑笑骗去了昆山中一处“泥岩秘境”。

泥岩秘境是昆山前几年才发现的一处小秘境。昆山某一处小山头塌陷之后，地底竟露出个小洞天。这泥岩秘境灵力虽然充沛，但魔气也浓郁，秘境中不生什么草木，各种凶兽精怪却很多。

由于魔气浓郁，不便作为弟子们的试炼之地，昆山干脆封了这处秘境，不让弟子们轻易前往。这秘境里也产不了什么好东西，投入和回报不成正比，就算昆山不封，也没什么弟子愿意花时间和精力进去。

“乔晚”想的是，单凭穆笑笑一人，进了这泥岩秘境十有八九会交待在里面。

但女主角毕竟是女主角，秘境这种地方就是用来给主角捡天材地宝、灵丹妙药、灵兽秘籍用的。

穆笑笑进去后非但没死，还捡到了一只稀有的灵兽雪岩狐，同雪岩狐签订了血契。

那占有欲强的美貌雪岩狐，也成了修罗场爽文中的一员。

这本来没什么，但问题坏就坏在，穆笑笑在泥岩秘境中受了重伤，失忆了。

对，这是“乔晚”干的。

在穆笑笑失踪后，问世堂派出了一队人进入泥岩秘境找人，“乔晚”也在这寻人队伍中，找到穆笑笑后下了黑手。

这也是女配角“乔晚”在后期剧情中被逐出山门，又被裴春争驭使众魔吞噬而死的导火索。

而昨天穆笑笑来找她的时候，向她打听了泥岩秘境的消息。

这世上的秘境这么多，她哪里还记得书中那个小小的泥岩秘境?泥岩秘境的地点就是她告诉穆笑笑的。

乔晚蹲下身，默默抱住了自己的脑袋。

这几天她光顾着和甘南、济慈埋头修炼，完全忘记了这是个书中世界，她有种不好的预感。

乔晚蹲在问世堂门口冷静了有半炷香的时间，有弟子喊她进去，说马怀真找她。

穆笑笑失踪这事，马怀真觉得周衍那儿还得先瞒下来，至于凤妄言那儿也不能说，否则肯定会搅得他天翻地覆不得安宁。

陆辟寒也不能去找人，他这身体状况，受不了泥岩秘境中的魔气。马怀真可舍不得为了一个穆笑笑耽误了陆辟寒，过段时间就是同修大会，到时候陆辟寒肯定得上场为昆山争光。

但穆笑笑毕竟是周衍的弟子、昆山的弟子，真不见了也不能不找。

到头来还得问世堂负责出人出力。

想到这儿马怀真气得默默抡起左手砸轮椅。

但很快马怀真又想到自己的左手早没了，更气了。

乔晚赶到问世堂的时候，问世堂已经聚集了不少人。

乔晚看了一眼，不只是她，就连裴春争、萧博扬也在，还有其他几个弟子，都是经常在问世堂跑任务的熟面孔。

乔晚一踏进问世堂，就对上了裴春争的视线。

少年将目光落在了她眼角的龙鳞上，很快又淡淡地移开了。

马怀真："人来齐了没？"

"袁六他们还没来。"其中一个叫程立的弟子回答。

没一会儿，问世堂门口来了一队大汉，脚"咚咚咚"地踩在地上，步伐沉稳，像是刚从战场上回来的，身上带着股血腥的杀伐之气，看着很不好惹。

那是问世堂的"暗部"。

乔晚看了一眼领头的大汉，是个扛着大刀的刀修，国字脸，面上带疤，嘴唇豁了一半，整个人看上去也像一把血迹斑斑的刀一样。

感觉有点儿面熟，乔晚想了一会儿，也没想出来在哪里见过对方。

马怀真见他们过来，没多啰唆，简单地交代了一下情况，由袁六领队，带着他们进入泥岩秘境。

穆笑笑是昨天进去的，今天刚被小鹤发现人不见了。

她伤重未愈，余毒未清，孤身一人进了泥岩秘境，只怕有危险。

袁六目光在问世堂内扫视了一圈，问马怀真："堂主，在进去前，我检测一下他们的修为没问题吧？"

马怀真："去。"

得了马怀真的吩咐，袁六一声令下，手下暗部弟子便散开去检测其他人的修为。

袁六扛着大刀走了一圈，经过乔晚身边，忽然又折了回来，细细地瞅了她一眼。

乔晚面无表情地回望他。

少女身姿单薄，脸蛋白净，连道疤都没有，一看就是养尊处优地长大的。

袁六皱眉。

这人看起来怪眼熟的，给他的感觉非常不好。

怎么他好像在哪里见过这人呢？

不知道为啥，他一看这人就有点儿心烦。

“你，”袁六道，“过来，和我过过招，要是能在我手下撑够十招，那就跟我们一起去。”

乔晚果断出列：“好，请师兄赐教。”

她态度不卑不亢，睁着黑漆漆的眼，没露出任何胆怯和畏惧。

袁六倒是愣了愣。

他肯定在哪里见过这人！

左右想不出来，袁六干净利落地拔出背后的大刀，刀风带出一丝血气。

打一架再说，打一架说不定他就想起来了。

袁六架起大刀：“看在同门情谊的分儿上，我先让你一招。”

乔晚：“真的吗？”

袁六嗤笑：“我还骗你不成？”

乔晚先出招，没和袁六客气，上手就开始抢攻。

她将袖子一撸，露出一截紧实的小臂。

袁六眉毛一扬，愣了一下。

嚯，他没想到这人看着单薄纤细了点儿，袖子一撸，竟然还有点儿肉。

她和袁六一摆开架势，问世堂没想到他俩怎么打起来的人都看了过来。

乔晚才和济慈学了铁砂掌没多久，但到现在为止还没用到实战里，这一次想先用用看。

和大多数人第一招只为刺探对方虚实不一样，乔晚上手就没跟袁六客气，脚踏妙微步法，一上去就是冲着男人的腰子去的。

萧博扬眼角一抽，总感觉在长虹崖下和济慈打的那一架，好像打开了乔晚体内什么不得了的机关。

袁六也没想到她这么凶残不客气，往后一仰，抡起大刀去挡。

“砰——”

刀面和掌面相接，发出一声闷响。

这一击不中，乔晚往后一跃，立即改换方向，才一招，场上节奏就已经密集得让人几乎喘不上气来。

袁六将一把大刀舞得虎虎生威，锐利的刀风夹杂着淡淡的血气，织成了一道密不透风的刀网，让人近不得身。

裴春争不自觉地蹙起眉头。

乔晚的修为长进了不少。

场中的少女翻身腾挪间，脑后的马尾甩来甩去，面色沉静。

他还记得乔晚是什么样的资质。

虽然袁六也不够看，但他这刀网难缠得很，十招之内，想要找到疏漏化解他这刀网，并非易事。

不过，他关心她做什么？

裴春争眉心一蹙，心上这古怪的感觉再度袭来，他忙用力地按紧佩剑，抿紧了唇，移开视线不再看她。

在场中，乔晚比围观群众更能感受到刀网的难缠。

第六招了。

袁六大喝一声，抡起大刀，双臂使劲一抛一转，那刀锋所过之处像颗茧一样，将他安安稳稳地缠了起来。

袁六瞅了她一眼，好心提醒："这都第六招了，你得快点儿了。"

乔晚也看了他一眼，将心一横，既然找不出疏漏，那就不找了。

下一秒，乔晚做出了个让在场所有人都大吃一惊的动作。

她直接冲了上去，一头扎进了刀网里！

马怀真眉毛一扬。

萧博扬顿觉不妙。

裴春争被这一声吸引注意力，往场中看了一眼，眉心猛地一跳。

乔晚这是上赶着找砍吗？

袁六冷不防地也被她吓了一跳，手上刀势下意识地一缓。

这一缓，顿时被乔晚抓住了间隙。

往前扎的同时，乔晚深吸一口气，调动全身的灵力往筋脉和肌骨上汇聚，给自己套了个简易的金钟罩。

等冲破刀网，近了袁六的身，乔晚将浑身上下的灵力一收，原本依附在四肢上的灵力顿时浩浩荡荡地往她手上奔去，聚集了起来，她使出了"铁砂掌"。

她耗蓝太快，撑不住整个身体长时间罩上护甲，只能将灵力罩集中在手上。

灵力在手上汇聚得越多，一双肉掌也就越坚硬。

"咔。"

刀锋砍在她的肌肤上的时候震了一下，竟然发出了金属相撞的声响。

袁六愣了："体修？"

乔晚："算不上。"

还没等说完，乔晚伸手猛地一攫，双手牢牢地抓住刀锋猛地一拽！

他！他想起来了！这一往无前、勇于跳上案板找砍的气势，怪不得这么眼熟！

袁六愣了愣!

这是那天晚上那偷情的家伙!

“你是上回偷情的那个？”袁六脱口而出道。

偷情？!

偷什么情?

乔晚偷情?

问世堂弟子目瞪口呆。

他们是不是听到了什么劲爆的消息?

乔晚和谁偷情？那个青阳书院的弟子?

袁六愣怔的间隙，突然被乔晚一拽，身子往前一个踉跄，刀柄差点儿脱手而去。

他赶紧反手握紧了刀柄，往后拉了点儿，才没落得个刀被人抢走的窘境。

于是，场中那刀光交织的惊险场面顿时变成了健康活泼的拔河比赛。

袁六：“……”

男人忍不住龇牙咧嘴，这姑娘力气真大。

乔晚涨红了一张脸，使劲儿往回拽。

袁六也涨红了一张脸，使劲儿往回拉。

两个人你来我往，拔得难分难解。

萧博扬：“……”

裴春争：“……”

在场其他人：“……”

马怀真一看，顿时就乐了，颇有闲情逸致地往轮椅上一靠，闲闲地看戏。

乔晚龇牙咧嘴，小臂上青筋条条暴起。

袁六使劲儿一拽，死活没将刀拽回来，有点儿怀疑人生。

暗部众大汉也有点儿呆愣。

说好的剑修呢?

说好的单薄纤细、弱不禁风、靠着家世背景才拜入内门的小白花呢?

面前这个小臂肌肉紧实的体修是谁?

内门弟子不都是那种高贵冷艳地拿着法器，整天搞那些花里胡哨的招式，一举一动也要仙气飘飘的傻子吗?

眼前这个比他们这些外门弟子还莽的姑娘，走错地儿了吧?

“老大你加油啊，别拼力气，连个姑娘也拼不过！”

袁六面色涨得通红，咬牙啐了一口：“我知道！要你们管！”

“喀啦——”

一声细微的轻响蓦地传来。

乔晚面色一变。

不行了，再僵持下去，她要撑不住了。

她的灵力还是太少了，手上这层护甲也越来越薄弱，再拖下去早晚会破。

两个人一个拽着刀柄，一个拽着刀刃，腿脚打得那叫一个激烈。

她还能再拼一把。

乔晚一边想着，一边打定了主意，将全身的灵力猛地汇聚到了脚面上。

灵力往脚上一冲，她手上的灵力顿时泻掉，那刀锋立刻深深地斫入了掌中。

与此同时，乔晚伸出腿使劲一蹬，一脚踹在了男人的腰上！

袁六大部分精力放在手上，忙着应付乔晚，没想到乔晚猝然变招，登时没反应过来，被她一脚踹飞了出去。

乔晚看准时机，握住刀锋使劲一拽，伴随着刀锋斫入掌中割破血肉的声响，硬生生将大刀从袁六手里给拽了出来！

袁六往后一跃，站稳了，想再去抢刀的时候，已经来不及了。

少女一双手鲜血淋漓，紧握着刀锋。

袁六看得怔住了。

乔晚将刀往地上一扔，学着马怀真咧嘴，阴恻恻地笑了笑："还来吗？"

和济慈那一架总算让她明白了，那些剧情她不管，拳头才是硬道理。

她还要吃烧烤鸡翅呢，不对自己狠一点儿，到时候怎么打得过这些开挂的人，从剧情里杀出一条血路？

她不要做女配角，只想做乔晚，做她自己。

袁六走上前，弯腰将那刀捡了起来，跟着咧嘴笑了："行了，那你就跟着吧。"

如此，人就算定了下来。

"都没意见了？"马怀真挑眉，"没意见，那接下来就听我说。"

"你们几个进去后分头去找，不论是死是活，一定要把人给带回来。一旦找到人了，别耽搁，马上出来，听懂了没？"

马怀真又交代了两句，叫乔晚他们先散开去做准备，过半个时辰在泥岩秘境前会合。

乔晚经常帮马怀真跑腿，做这种事贼熟练，也不用多准备，回了趟洞府，给自己手上抹了点儿药，抄起早就打包好的储物袋就准备出门。

没想到她刚出门，正好撞上了小鹤。

穆笑笑失踪的事是小鹤发现的，如今他们要去泥岩秘境里找穆笑笑，自然也瞒不过小鹤。

小道童眉清目秀，道冠里的乌发束得整整齐齐的，看着她欲言又止。

"师姐，你真要去泥岩秘境？"

乔晚："对。"

小道童想了想，从怀里摸出个小铜铃塞到了她的手里。

“那我将这个天罡铃借给你，到时候碰上什么东西了，你摇一摇就能乱对方心神，往天上一抛，还能将你们罩住。”

乔晚愣了愣，没想到小鹤竟然舍得将这东西给自己。

看得出来他是认真的，乔晚收敛了神情，一本正经地收下了这天罡铃，对他说了声谢。

小鹤刚将东西借出去，看样子就有点儿后悔了，咂摸着嘴，也不好意思再收回来，只能千叮咛万嘱咐，让乔晚好好对待他的铜铃。

看着乔晚远去的背影，小鹤叹了口气，低下了头。

这时候已近日暮，斜阳洒落，一线红光映在小道童的眼里，慢慢地又暗了下去，被远处山峰前的云雾吞没了。

乔晚赶去问世堂的时候，裴春争他们已经到了。

少年伫立在暮色斜阳之下，白皙如玉的脸上泛着淡淡的霞光，为他本就明艳的五官增添了一分艳色。

袁六是领头，将他们分成了两队。

袁六带着暗部弟兄一队。乔晚那队分别是裴春争、萧博扬和一个叫程立的弟子，还有王五、董十二等暗部弟子若干。

泥岩秘境入口就是个山洞，洞里地形错综复杂，大洞套着小洞，他们要不分开找，时间上根本就来不及。

他们身上带了昆山的传讯玉简和传音符，进去之后专门靠这个联系。

袁六一声令下，秘境一开，两队人迅速蹿了进去。

一行人一进去，没走两步就出现了个岔路口。

袁六：“我们负责右边这条，你们走左边。”

泥岩秘境中阴暗潮湿，洞口尚有一线昏沉的光，但他们越往里去，这点儿光线也慢慢地被黑暗吞噬了。

萧博扬从怀里摸出块灵石拿来照明。

一旁的王五等外门穷鬼看着这场景不由得咋舌。

不愧是萧家的小少爷啊，就算出身旁支也够有钱的。

一行人一路往前，倒也没碰上什么凶险的情况，大多是些小精怪和魔物。

就是秘境地形太复杂了，瘴气、魔氛横生，不能多待。

不过单看洞内的风景，也有可取之处，洞壁上覆着一层白色的晶石，像一层霜花，角落中开着一簇簇幽蓝色、碧绿色的矿花，洞中不生草木，有人的巴掌那么大的蜘蛛，“吱吱”地叫着，在洞里四处乱窜。

进洞前，乔晚特地撒了点儿细粉，那是昆山特产的玉晶粉，遇水不溶，遇火不化，遇风不散，往洞壁上一拍，能维持两到三天，常用来做记号。

他们一行十多个人，都是大老爷们儿，就乔晚一个姑娘，按理说肯定是要护着这队伍里唯一一个异性的。

程立显然也是这么想的：“乔师妹，你过来，走在我身后。”

乔晚看了他一眼，提着剑走到了他身旁。

“师妹你别害怕，有师兄在，一定会保护你的。”程立拍着胸脯说。

萧博扬嗤笑了一声。

裴春争没什么表情，穆笑笑失踪，他没有闲心去管他们之间的事。

乔晚拿了剧本，倒不是特别担心穆笑笑的安危。说实话，真正能影响到穆笑笑生死的，就是她。

只要她这个女配角不对穆笑笑下手，穆笑笑应该就不会有生命危险。

于是，乔晚心安理得地将这个地方当成了副本。

她就是来刷怪的。

程立扭头看了一眼身边的少女，特别往前面挪了一步，帮她探路。

但很快，程立就发现自己错了，错得离谱。

“师妹小心！”

洞顶掉下一只蜘蛛，程立手疾眼快地伸手一抓，转头去看乔晚的安危。

只见一道粉色身影“嗖”地从他身旁蹿了出去，抡起剑，一路凶残地“哐哐哐”砍了过去。

程立：“……”

虽然打架她不一定打得过他们，但在降妖除魔这方面，乔晚能拍着胸脯保证，自己的经验比他们都多。

她这么多年跑腿下来，被她杀的妖魔没有几万也有几千只了。

更别提她现在斗志高昂，泥岩秘境对她来说就是个副本。

乔晚看着那些蜘蛛，眼睛锃亮。

对他们来说，这是恶心的虫子，但对乔晚来说，这些虫子的脑袋上都顶了个经验条，旁边好像还有技能等级数字。

这些蜘蛛体格小，她正好拿来练习对灵力的掌握程度。

程立眼角直抽搐，看着乔晚指尖射出一条灵丝，劈开一只蜘蛛，将灵丝一扭，摘了蜘蛛的一条腿，再是两条腿、三条腿……

要不她就是用灵丝缠起蜘蛛往墙上一抡，拍扁一只。

程立觉得自己的脸隐隐有点儿疼，并且有些同情这些蜘蛛。

他错了。

他真没想到这位师妹头顶小蝴蝶，下手这么狠。

乔晚一路往前，一路射出灵力戳戳戳，那些在墙壁、洞顶上趴着的蜘蛛，无一例外地落了下来。

蜘蛛正好落在萧博扬的肩膀上，萧博扬气得脸都歪了。

“乔晚，你给我消停点儿行不行？！”

乔晚正沉浸在打怪的爽快中无法自拔，这个时候耳边好像传来了“叮叮叮”的技能音效。

光顾着乔晚，萧博扬脚下一个没留意，正好踩到一只蜘蛛，暗绿色的浆水瞬间溅了出来，萧博扬的脸色也跟着绿了。

那浆水又臭又黏，溅上人的鞋面，就化为了暗绿色的蛛丝，牢牢地缠住了人的脚踝，他拔了半天都没拔出来。

乔晚收了剑，走了过来：“拔不出来了？”

就连裴春争也往他们这儿看了一眼。

萧博扬没答话，使劲儿拽了拽脚，左脚还是牢牢地陷在蛛丝中纹丝不动。

萧博扬黑着一张脸，又使劲儿拽了拽脚，奈何这蛛丝根本不给萧家小少爷面子。

“要你管。”萧博扬磨着牙，恼羞成怒地道。

“你做什么？”瞧见面前的少女弯下腰，伸手去解自己脚踝上的蛛丝，萧博扬悚然一惊。

乔晚看都没看他，低下头帮他去解脚上的蛛丝。

萧博扬看着蹲在自己脚边的少女，面色变了又变，心上好像被什么东西猛地撞了一下。

这感觉怎么回事？

萧家小少爷心尖儿莫名地颤了颤，惊悚地想：乔晚什么时候对他这么好了？

他……

萧博扬脸上风云变幻，心头一时五味杂陈，脑洞再度一路跑偏，从怀疑自己是不是喜欢乔晚，到乔晚是不是喜欢他，再到反思自己以前对她是不是太过分了。

“这蛛丝你别看它恶心，”乔晚仔仔细细地将萧博扬脚踝上的蛛丝扯了下来，团了团塞进了袖子里，“这个回头能拿来织网，韧劲儿很强，上阵杀敌特别好用。”

乔晚面瘫着脸，倾情推荐。

萧博扬：就不该对她抱有什么期待。

“对了，还有这个。”少女好像想到了什么，又弯下腰，“你抬一抬脚。”

萧博扬下意识地往旁边挪了一步。

乔晚捡起地上那只被他踩爆的蜘蛛，拎到他面前：“还有这个，我记得叫毒岩蛛，是炼药的好材料呢。”

少女白皙的指尖拎着一只被踩瘪了、浸透了白白绿绿的浆水的蜘蛛。

出身萧家旁支、自幼以来养尊处优、怕“鬼”和虫子的萧家小少爷面色由青转绿，扶着墙到一边吐去了。

“哕——”

萧博扬刚吐完，手上好像落了什么软绵绵的东西，他指尖一颤，下意识地抬头看去，黑暗中正好对上了一双泛着绿光的眼。

那是一只足足有人那么大的蜘蛛，正趴在洞顶上。

萧博扬面色一变，霎时间一个激灵，鸡皮疙瘩从指尖蔓延到了天灵盖儿。

他不怕妖也不怕魔，生平就怕“鬼”和虫子。

那蜘蛛张开嘴，“嗖”的一声吐出一口蛛丝，缠上了青年的腰，将萧博扬往上提。

乔晚一看萧博扬整个人都僵住了，马上就意识到有点儿不对劲。

顺着他僵硬的目光，她往上一看，顿时明白过来，猛提一口气，往前跑了两三步，脚尖猛地在墙壁上一蹬，整个人像个炮弹一样蹿了出去，运动剑光一口气戳进了蛛肚中。

蜘蛛，卒。

乔晚纵身一跃，正好接住了掉下来的萧博扬，来了个公主抱。

落地间，两个人深情对视了一秒。

萧博扬面色涨红：“乔晚……你……你放我下来。”

乔晚点了点头，礼貌地双手一松：“师兄请。”

“啪——”

青年顿时摔了个屁股蹲儿，那一下正好磕在了突出的一块儿尖石上。

萧博扬瞪大了眼，倒吸了一口气，脸上表情难以描述。

但常年接受的教育告诉他，不可以当着别人的面揉屁股。

乔晚松开萧博扬，往前走去，冷不防对上了裴春争冷冷的目光。裴春争将她和萧博扬刚刚那个公主抱尽收眼底。

少年黑色的眼眸就像朔冬的寒夜，落下洁白柔软的细雪。

他眼睫一扬，视线又落在了她眼角的龙鳞上。

乔晚愣了愣，心中一突，裴春争已经淡淡地移开了视线。

不知道怎么回事，对上那双眼，乔晚忽然想到了她和裴春争去北境的场景。

当初她和裴春争去北境除妖，不小心迷了路，北境的冰雪就算是修士也扛不住，他俩差点儿在北境被冻死。

裴春争解下身上的外衫，抱着她，将两个人都罩在了衣服里。两个人缩在一起，像两个球一样瑟瑟发抖，哈出来的气好像都冻在了一起。

她一抬眼，看见他长长的眼睫上落的雪也凝结成了冰。

少年下颌紧绷，薄唇抿作一线，低下头来时，几乎快擦上她的嘴唇。

当时她喜欢他的心意是真的，他当时对她的回护也是真的。

她很感谢他那么多次的维护之恩情，但后来他捧着兔子绢灯，双目赤红、似癫似狂的模样也是真的。

乔晚摸了摸自个儿头顶的蝴蝶结。

她不想再被牵扯到那些黏黏糊糊、纠缠不清的情情爱爱中了，也不想再计较她和裴春争在那份感情中的对与错。

乔晚一把拽起萧博扬，众人继续前行。

裴春争脚步缓了缓，跟了上去。

忽然，程立手中的罗盘指针轻轻动了动。

“哎哎哎！动了动了！”

这罗盘是专门用来检测修士灵力波动的，既然动了，就代表前面有人。

越往前，这罗盘动得也就越激烈，几个人纷纷加快了脚步，往洞穴深处跑去。

这罗盘上的指针动得越来越急，越来越急，最后停了。

乔晚把目光从罗盘上移开，抬起眼，果然看见了穆笑笑。

少女穿着件蓝色的纱裙，紧闭着眼靠在洞壁上，怀里抱着一只毛茸茸的小狐狸。

萧博扬立刻激动地冲了上去：“穆师妹？！”

乔晚、王五和程立随即跟上。

少女闭着眼，弯弯的眼睫柔顺地搭在眼皮上。

见穆笑笑没反应，萧博扬更急了：“穆师妹？！”

乔晚拉了他一把，反倒被萧博扬瞪了一眼。

“她睡着了。”乔晚指了指穆笑笑。

萧博扬定睛一看，少女面色红润，呼吸平稳，神色恬静，似乎睡得正香，一小缕额发顺着脸颊滑落在了肩头上。

而她怀中雪白的小狐狸瞪着一双黑漆漆的眼，正警惕地看着眼前的四个人，大有他们敢冲过去，它就咬上来的架势。

饶是萧博扬，这个时候也有点儿蒙。

说实话，在他的想象中，少女形容狼狈、可怜巴巴、泪水涟涟，就等着他从天而降，拯救她于水火之中。

这……和他想象中的情形根本不一样。

萧博扬不知道，乔晚看过剧本，心里特别清楚。

《登仙路》本来就是本甜宠爽文，秉承着不给读者添堵的信念，女主角穆笑笑基本上就没受过什么委屈，就算现在受了委屈，很快也能打回去，更不可能受什么重伤。

至于穆笑笑怀里的小狐狸，乔晚看了一眼。

如果她没记错的话，这就是那雪岩狐了。

似乎被这动静吵醒，少女困倦地睁开眼，揉了揉眼睛，目光一瞥，看见乔晚和裴春争他们几个。

穆笑笑杏眼睁大了些，顿时清醒了大半：“裴春争、晚儿师妹，你们怎么在这儿？”

一看穆笑笑这不在状态的表情，几个人面面相觑。

还是程立上前一步，说明了情况：“我们是来找你的，穆师姐。”

“找我？”

程立简单地将情况交代了一下。

“呀，”穆笑笑惊呼了一声，俏脸霎时就红了，“我……我没想到。”

少女一看面前这架势，也知道自己闯了祸，顿时羞愧地低下了头。

她一着急，就忍不住冒眼泪，一双翦水秋瞳，眼巴巴地盯着几个人：“我……我……”

程立看得心神一荡，心尖一软，半边身子都麻了，忍不住咳嗽了一声：“也不是什么大事，穆师姐你没事就好。”

“我……”少女羞愧地道，“抱歉……我是不是给你们添麻烦了？”

“笑笑。”裴春争走上前，看了一眼穆笑笑，像是松了口气，又蹙起了眉头。

穆笑笑抬头，泪眼蒙眬中对上了少年冷冷的脸。

瞧见了依赖的人，穆笑笑鼻尖一酸，不安地绞着衣摆，嗓音哑哑地说：“我是不是给你们添麻烦了呀？”

佳人对着裴春争垂泪。

萧博扬在一旁恨得牙痒痒。

乔晚瞥了他一眼，默默替萧博扬点了支蜡，拍了拍他的肩膀表示安慰。

作为原著里连姓名都没有的炮灰，男女主角之间的事，你就别瞎掺和了。

萧博扬扭头看了乔晚一眼，只能看到她一张平静无波的侧脸。

她就不难受？

萧博扬有点儿诧异。

俗话说，知己知彼，百战不殆，他对乔晚那点儿破事清楚得简直不能再清楚了。

乔晚当时有多喜欢裴春争他都看在眼里。

就这么短的时间，他不信乔晚真能走出来。

眼看穆笑笑又羞又急，程立从袖子里摸了块手帕递了过去。

接过程立的手帕，少女擦了擦眼泪，抽了抽鼻子，眼角红红的，扬起笑容：“抱歉，又让你们见笑了。”

另一边，暗部的王五和董十二抱着剑，已经有点儿不耐烦了。

擦干了眼泪，穆笑笑这才交代了一下她这儿的情况。

穆笑笑看着乔晚，脸颊微红，眼神也有些躲闪："听说这儿有一味凝晶花长得极好，上回晚儿师妹和济慈过招时受了伤，我就想着过来采一些，到时候再有个万一，师父、大师兄和晚儿师妹将来也用得上。"

乔晚愣了愣。

泥岩秘境中确实长了不少凝晶花，这花花香能助眠安神，磨成粉也能止痛。

马怀真的胳膊和腿被削去了半截儿，到现在还时不时地疼，晚上也经常翻来覆去地睡不好觉。

穆笑笑这次进泥岩秘境，恐怕就是为了马怀真来的。

穆笑笑轻声说："我一路寻着凝晶花的踪迹，一直往前，不知不觉就走到了这儿。"

这一路上她迷迷糊糊的，倒也没碰到过什么危险。

"穆师姐，你这狐狸是怎么回事？"

"它呀，"见程立问起怀中的小狐狸，穆笑笑顿时又笑了，举起小狐狸，"这是我采凝晶花时碰上的，不知道怎么回事，它就一直跟着我了。"

小狐狸耳朵尖颤了颤，看着面前众人的目光有点儿警惕，又转过脸来，伸出舌尖轻轻舔了舔少女的脸颊，看上去很是信赖她。

话音刚落，就听见裴春争面色有点儿难看，冷冷地道："既然能化形，就别在这儿装神弄鬼。"

穆笑笑愣了愣："裴春争？"

她赶紧将小狐狸往怀里抱。

裴春争抿了抿唇，不依不饶地说道："出来。"

"裴春争？"

"出来。"

就在这时候，那小狐狸好像动了。

穆笑笑惊叫，双手不禁一松，那雪岩狐落在地上，一道白光闪过，化作了一个小男孩的模样。

"你……你……"穆笑笑看着面前的小男孩，愣了愣，过了好一会儿才回过神来，脸色登时就红了。

小男孩小脸洁白如玉，双眼乌黑，粉雕玉琢，头发里藏着一对洁白的狐狸耳朵。

小男孩一化形，立即扑到了穆笑笑怀中，依恋般喊了一声："穆姐姐。"

穆笑笑脸色红若云霞，一双手也不知道该往哪儿摆，睁着水光潋滟的眸子："你……你不是……？"

小男孩愧疚地说："姐姐，我骗了你，雪岩狐是我的本体，这是我的化形。"

穆笑笑这才轻轻松了口气，伸出手摸了摸小男孩的发顶，倒也不跟他计较：

“原来是这样呀。”

乔晚：“……”

她看着裴春争、萧博扬和雪岩狐三个人。

那一刻，她、王五、程立和其他暗部弟子，仿佛都是提着马桶搋子，从穆笑笑的后宫跟前路过的人。

大家既然找到了穆笑笑，这儿也没了多待的必要。

没想到这一路上竟然能这么顺风顺水，王五吹了声口哨，从怀里摸出一张传音符：“老大，我们找着穆笑笑了。”

袁六回复得也很快：“怎么样？是死是活？要是伤了，伤得重不重？要是死了，尸体记得带回来啊。”

穆笑笑要是死了，他们将尸体带回去也是能换灵石的。

王五撇撇嘴，心里有点儿酸：“好着呢，好像还碰上了个什么灵兽，签订了什么血契，我怎么就没这么好的运气呢？”

和袁六约定了一个碰头地点，一行人重新往回走。

萧博扬、裴春争和程立在前开路，穆笑笑抱着雪岩狐走在中间，乔晚和王五殿后。

“我说，”王五咂了咂嘴，眼馋地看着穆笑笑怀里的雪岩狐，悄悄地凑近乔晚，小声问，“这狐狸能不能烤来吃啊？”

这些人里面，这姓萧的一看就是飞扬跋扈的纨绔子弟，这姓裴的冷着一张脸，跟别人欠了他的钱似的，那程立又像个傻子，这穆笑笑娇得让他头痛，也就只有乔晚能说上几句话。

说实话，看了她和袁老大打的那一架，王五还挺欣赏这姑娘的。

他俩莫名其妙地还挺合得来。

乔晚还没开口，那雪岩狐像是察觉了什么，也可能是感觉到了她身上恶毒女配角的气息，回头看了他俩一眼，目光微冷，闪烁着鄙夷与不加掩饰的敌意。

“你要是敢捉，”乔晚想了想，面无表情地回答，“我就敢烤。”

这小兔崽子。

这洞穴中的路弯弯绕绕的，转过几个弯，王五怀疑地问：“是这条路吗？别走错了。”

乔晚伸手在墙上抹了一把，指尖上沾了点儿微蓝色的玉晶粉：“是这条路。”

虽然泥岩秘境里面地形复杂了点儿，但按照玉晶粉的指示往前走应该没错。

前提是他们不出什么意外的话。

王五：“幸好这洞都是死的，我之前也进过和这个差不多的山洞，那里面的洞都是活的，你往前走没两步，后面的路就变了，那一次，困死了我三五个弟兄。”

他话音刚落，前面突然“砰”地发出一声闷响。

众人一秒进入战备状态，马上停住了脚步，团团将穆笑笑给围了起来。

“前面是什么动静？”萧博扬皱眉问。

这听上去既不像石头往下滚的声音，也不像什么妖兽发出的声音。

这声音……听着更像是人落在地上的闷响。

乔晚皱起了眉。

裴春争沉声道：“我去看看。”

“我也去。”

少年扭头看了她一眼。

乔晚没什么多余的表情，神色平静如常。比起听别人说情况，她更习惯自己亲眼去看，这和裴春争没什么关系。

其他人没察觉什么不对，穆笑笑却微微一怔，目光从裴春争的脸上掠过，又落在了乔晚身上，咬紧了下唇。

就这样，乔晚和裴春争去前面看看，其他人留在原地等着。

这一路上，乔晚和裴春争之间都没什么话，一直沉默地往前走着，拐过一个弯，总算看清了刚刚那动静是怎么回事。

不远处的地上躺着一个血肉模糊的人。

乔晚的心“扑通”一跳，她快步走了上去，凑近看过去。

他们这一队的人都在后面了，这个应该是袁六那一队的人。

这根本不可能是人干的，排除这一点，也就剩下了妖兽这一答案。

这不可能。

乔晚惊讶地瞪大了眼。

他们这一路上都没碰到过什么厉害的妖兽，原著里也没提过。

难道这洞里还藏着什么不明妖兽？

乔晚一手按上了剑。

如果真有妖兽，这人能被抛在这儿，就表明那妖兽肯定离他们不远。

乔晚蹲下身，默默地避开了脚下的血肉，打算再看仔细一点儿，说不定还能从这尸体身上找到什么线索。

别看乔晚这样生猛了点儿，没办法，修真界太凶残，她也是被逼的。

这么多年她待在修真界，替昆山跑了这么多趟腿，见过比这还凶残的妖兽多了去了，更见过各种千奇百怪的死法。

这位兄弟，冒犯了。

男人目眦欲裂，眉目扭曲，死前像是承受了不小的痛苦。

乔晚打算转头去问裴春争有没有看出什么，结果一回头，愣住了。

她身后空荡荡的，没一个人。

裴春争不见了。

乔晚忙站起身，没敢太大声喊：“裴春争？”

她试探性地往前走了两步，还是没看到少年的身影。

乔晚面色难看，赶紧往回走。

人不见了，山洞里空荡荡的。

所有人都不见了。

这是障眼法还是幻术?

想到王五说过的话，乔晚快步走到岩壁拐角处，伸手到处敲了敲，没看出有任何异常。

看上去一切都很正常，就是人突然凭空消失了。

乔晚皱紧了眉，冥思苦想。

不应该啊。

没办法，现在她只能往回赶，那儿有唯一的线索。

那弟子的尸身还静静地躺在那儿，怒目圆睁，死状凄惨。

之前下山除妖的时候，碰到过比这惊险得多的场景，也有比这诡异得多的事，乔晚倒不是很紧张。左右找不到裴春争他们，她先蹲下身，伸手探入男人的衣袖中，摸出个昆山玉牌。

玉牌上刻着“田茂通”三个字。

她继续摸，又摸出个储物袋。

“我会帮你把玉牌和储物袋带回去的。”抬手合上对方的眼睛，乔晚将玉牌放进了袖子里。

把尸体丢在这儿，早晚会被那些妖兽和蜘蛛啃食干净，乔晚又从自己的储物袋里摸出一瓶化尸水，拔开瓶塞浇了上去，没多时，尸体就被化了个干干净净。

做完这一切，乔晚才收起玉瓶和玉牌，继续往前走去，一边走一边撒上玉晶粉留作记号。

终于，快走到洞口边缘的时候，她隐约看到了一道身影。

少年乌发高束，脚蹬黑靴，腰紧实纤细，站在那儿好像在发愣。

看到裴春争，乔晚愣了愣，没敢贸然上前，停下脚步，在距离他两丈多的地方站定，喊了他一声，同时全身上下的肌肉绷得紧紧的，确保万一发生了意外，马上就能暴起给他一剑。

少年听到了她的动静，转过脸来，露出一张白皙的面容，眉间朱砂艳红。

他看见她，好像有点儿困惑。

“乔晚？”少年嗓音清澈，“你怎么在这儿？”

她怎么在这儿?

对啊……

乔晚愣了愣，脑子一时没转过弯来，也有点儿疑惑。

她怎么在这儿？

她……

裴春争已快步走到她面前，神情自然地拉起她的手："走吧。"

"去……去哪儿？"乔晚结结巴巴地问。

裴春争冷淡的脸上难得露出了点儿笑意。

他笑起来时像是枝头新绽的嫩芽，脑后的大马尾轻轻一扬，整个人如同行走在春光中的富贵俊秀少年郎。

裴春争伸出微凉的手指，握紧了她的手："去合籍成亲。"

第六章　只是想要干脆利落地斩断旧情

合籍？

乔晚眨了眨眼，脑海中灵光一现，终于想明白了。

她好像想起来了。

前几天裴春争向她提亲了。

少年乌黑的眼静静地看着她，他说道：“乔晚，我们合籍吧。”

合籍，也就意味着修士之间成亲结为道侣。

她和裴春争总算走到了这一步。

看着面前少年的脸，乔晚忍不住想，她怎么那么喜欢他啊？

她喜欢他，就因为当初她趴在血污中，抬头看过去的那一眼。

少年踩在剑上，披着一肩风雪而来。

乔晚抬起头，直视着少年的双眼，给出了个坚定的回答：“好。”

裴春争的呼吸清浅而绵长，吐息间似乎含着些冰雪般冷冽的气息，眼睫长长的，鼻梁挺而直，唇色艳丽，极其明艳的五官与极其清冷的气质，恰到好处地融合在了一起。

他的呼吸喷洒在她的肌肤上。

裴春争没亲过她。

乔晚心跳如擂鼓，忐忑地想：现在……总……总算能亲一下了吧？

她从小到大还没主动亲过哪个男人。

乔晚咽了口唾沫，竟然觉得有点儿紧张，刚仰起脸凑过去，脸已经红了个透。

青年垂下眼睫，抬手捂住了她的眼睛，在她的唇上落下了一个蜻蜓点水般的吻。

“乔晚。”少年冷漠的嗓音有些喑哑。

修真界的合籍，没凡间那么复杂，但人生大事总归要重视一下的。

在成婚前，她给了裴春争一个护身符，以心血画符。只要他佩戴上这护身符，以后碰上了什么危急情况，即使相隔千里，她也能替他承受一半伤势。

一条命，两个人担。

婚宴那天，来赴宴的人很多，师父他老人家、大师兄、马怀真，还有几个平常相熟的弟子都到场了。

乔晚特地打扮了一番，将自己那些首饰全都翻了出来。

从发簪、手镯、耳珰，“当当啷啷”挂了一身，发尾绑了个小蝴蝶，穿了件大红的衫裙，广袖翩翩。

裴春争也换上了一件大红色的喜服，腰间玉带一掐，少年腰线纤细，肩宽腿长，乌墨一样的发丝衬着红艳艳的喜袍，越发显得肌肤如雪、五官明艳。

昆山有一处合欢宫，宫前种了一棵合欢树，昆山的道侣们都喜欢在那儿缔结婚约，将写有两个人姓名的名签挂在合欢树上。

一切都在按着她想象中的环节那样走，完美得甚至让乔晚觉得有点儿不真实。

就在她和裴春争将名签挂上合欢树后没多久，身后突然传来一阵骚动声。

“裴春争。”一个温软的女声打破了这喜气洋洋的气氛。

乔晚回头一看，在他俩身后站着一个少女，少女身侧站了个通身火红衣衫的青年男人。

少女站在原地，目光落在了她身上，或者说是裴春争身上。

乔晚扭头，裴春争一看到这少女，面色顿时大变。

“笑笑。”

乔晚听见少年呆愣愣地吐出两个字：“笑笑。”

他一双眼眨也不眨，紧紧地盯着不远处的少女，情不自禁地往前走了两步。

乔晚也愣住了。

但这个时候就算她再傻，也反应过来了。眼前这个和她的容貌有七八成相像的少女，应该就是整个山门中人心心念念的小师妹——穆笑笑。

但穆笑笑不是死了吗？

穆笑笑的目光落在了裴春争和乔晚身上。

“刚刚我回到山门，他们都说你在合欢宫，我就急急忙忙地赶了过来，但我没想到你……”少女眼眶泛红，急得直冒眼泪，每说一句话，眼泪就扑簌簌地落下来。

乔晚看了裴春争一眼。

那是她第一次看到他这么失态，少年愣愣地看着眼前的少女，莹白如玉的脸上头一次露出不知所措的神情。

他整个人都在发抖，唇瓣也在抖：“笑笑。”

穆笑笑哭得更加厉害，垂下眼睫，泪水濡湿了眼睫，眼睛都睁不开。

乔晚打扮得像个妆奁一样站在一边，身体有点儿僵硬。

穆笑笑又看向了乔晚，一边抖，一边扯出狼狈的笑容。少女的容貌和她有七八成像，杏眼弯眉，娇小玲珑，此刻泪眼婆娑，狼狈不堪。

乔晚看着穆笑笑，突然之间觉得一阵尴尬和窘迫，连手也不知道该往哪里放。

这是穆笑笑。

穆笑笑回来了。

乔晚的脑子里一片空白。

但她一点儿都不惊讶，就像早有预料，自己好像在哪里也经历过这件事一样。

少女或许是心神大乱，忽然就昏了过去，裴春争脸色遽变，飞身上前接住了她，忙伸出手去摸她的心脉：“笑笑？！”

怀中的少女面色绯红，呼吸微弱，身上温度烫得吓人。

裴春争在一身红衣下显得唇红齿白，殊色秾丽。

乔晚问：“裴春争，今天我们还合籍吗？”

裴春争好像这才察觉她的存在。

他神色有点儿茫然，又好像对她有点儿陌生，就好像不认识她一样。

他扶着穆笑笑的手，有点儿发抖。

看到他眼里的陌生神色，乔晚顿时什么都明白了。她曾经有多期待这场合籍，现在就有多狼狈。

乔晚深吸了一口气，一屁股坐在了台阶上，感觉全身上下的气血都在往脑门上涌，没想到自己竟然还会碰上像抢亲这么狗血的事。

她捋了手镯，开始动手拆自己头上的发簪。

她打扮得越精心，就显得她越难堪。

裴春争根本不喜欢她。

乔晚觉得心里有点儿酸，眼睛也有点儿酸。

裴春争抱紧了穆笑笑，低头哑着声音对乔晚说了一句什么。

乔晚仔细一听，才发现他说的是抱歉。他哑着声音对她说抱歉，抱着穆笑笑的胳膊一点儿都没松。

乔晚深吸了一口气，想说：你别和我说抱歉。

但忽然之间，眼前的景象又是一变。

天上阴霾密布，像快要倾倒出来的浓墨，眼前巨大的合欢树突然迅速拔高，树枝扭曲翻滚，化为一根根黑漆漆的鬼手，树上的合欢花也化为了一个个渗血的头颅。

无数渗血的鬼脸，簇拥着一张名签。

乔晚想去扯树上写了她和裴春争两个名字的名签。

但名签好像长在了树上，她怎么扯都扯不下来。树枝“噼里啪啦”地打在她身上，她抬眼一看，树上的鬼脸几乎凑到了她的脸上。

鬼脸看着她“咯咯”地笑，笑得乔晚心烦意乱。

她伸出手戳进那两个眼窟窿里一捞，将面前的鬼脸丢了出去，继续去扯树上的名签。

红线勒入了掌心，深入肌肤，乔晚喘了口气，终于将名签给扯了下来。

她拿着名签刚转过身，就对上了裴春争的目光。

他僵立在原地，目光里有震惊、迟疑、困惑和茫然。

他就这么死死地看着她，他的皮肤本来就白，这个时候好像比死人还僵硬。

乔晚握着名签愣了愣。

忽然之间，狂风大起，合欢树的枝叶“哗啦啦”地响，伴随着尖锐的鬼啸声，树上那一个个头颅好像活了过来，脱离树枝呼啦啦往外飞，直接把乔晚撞飞了出去。

其中一颗头颅趁机一口咬在了乔晚的肩膀上，这一口差点儿扯下她的一块肉。乔晚倒吸了一口冷气，抡起拳头敲碎了头颅。

下一秒，又有鬼脸啃上了她的胳膊、大腿、脚踝。

乔晚忍着剧痛，轰出一掌，在这堆鬼脸中轰出了一道缝隙，忙麻溜地从这堆鬼脸中滚了出去。

她刚滚出去，那堆鬼脸又聚拢了。

她再抬眼一看，她、裴春争和穆笑笑已经被鬼脸包围了。

穆笑笑不省人事，裴春争抱着她，只剩下一只手对付这些鬼脸。少年左支右绌，咬着牙运动飞剑，急得眼睛发红。

他身上被鬼脸啃得血迹斑斑，饶是如此，他还是没撒手，反而将穆笑笑搂得更紧，护在了怀里。

乔晚看在眼里，心上好像被利剑用力地划了一下。

鬼脸太多，就算裴春争死命护着，还是没办法做到万无一失。

少年的右臂紧紧地搂着穆笑笑，左手从腰间暗红色的锦囊中摸出数张符箓，往前拍去。

数张“赤阳符”连成一线，“轰”的一声炸开，火光冲天。火焰中鬼脸扭曲，鬼啸凄厉，尖啸声像一根根针扎人一样，扎得人脑子突突直跳、头晕眼花。

他的锦囊里的符箓毕竟有限，鬼脸又多，才被烧去一半，瞬间就有无数鬼脸从右边蜂拥而至。但这个时候，锦囊里的符箓已经见底了。

裴春争睁大了眼，一侧身，将胳膊一拐，硬生生地扛下了鬼脸的进攻，右臂瞬间就被啃得没一块好肉。

合欢花化作的鬼脸还是源源不断地往这儿飞过来，不管被打死了多少，总有无数张鬼脸替上来。

无数张鬼脸嬉笑着，硬生生地将穆笑笑从裴春争怀中拖了出来。

“笑笑！！”少年咬着牙，怒吼一声，眼眶发红，飞身过去想捞人。

乔晚被裴春争那儿的动静所吸引，愣了一秒。

其余的鬼脸逮到空隙，卷走了她手上的名签。

名签！

乔晚来不及多想，冲了上去，紧跟着也被鬼脸咬住了四肢。

鬼脸将她和穆笑笑一路往合欢树前拖，合欢树的鬼手伸了出来，裹住了她俩的四肢，牢牢地将她们绑在了树干上。

乔晚不死心地还想挣扎，但这鬼手绑得太紧，她本来灵力就不够，四肢被束缚，更是连那点儿体力优势也丧失得一干二净。

她越挣扎，身上的鬼手就勒得越紧，鬼手死死地勒入了血肉之中，挤压着她的五脏六腑。

乔晚的脸因为缺氧涨得通红，整个人止不住地咳嗽，她快被勒死了，但手心里还紧紧地攥着她抢回来的名签。

裴春争不要钱一样甩出各种符箓，一路拼杀到了树前。

他一冲到树前，乔晚就对上了他的目光。

裴春争看着她，眼中闪过一丝动摇、愧疚和逃避。

他低下头不再去看她，拔剑砍去穆笑笑身前的鬼手。

可能是因为乔晚挣扎得太厉害，这边裴春争又动作不停，鬼手看和裴春争缠斗不过，似乎改变了主意，打算先吸了乔晚再说，缚着穆笑笑的鬼手一松，全都缠到了乔晚身上。

“咯吱——”

那是鬼手勒入血肉之中，生生地挤碎了骨骼的声响。

乔晚疼得眼泪和冷汗一齐流了下来。

少年抿紧了唇，面色惨白，汗珠不断地从脸上滚下来，他还是没抬头看她一眼。

等他终于将穆笑笑身前那些鬼手砍去，少女无力地滑落了下来，裴春争手疾眼快地伸出手接住了她，这才抬头去看乔晚。

而周围的鬼脸这个时候也全都飞了过去，将乔晚整个包裹了起来。

裴春争指尖不停发抖。

他心里清楚，如果不趁着这个时候走就走不掉了，他们三个全都要死在这儿。

那乔晚……

在他去救穆笑笑的时候，就已经很清楚，乔晚救不回来了。

裴春争深吸了一口气，再次伸手摸向暗红色的锦囊，从中摸出了仅剩下的三张符箓往前一抛，炸出一条路，抱着穆笑笑跳了出去。

刚跳出包围圈，裴春争一个踉跄，身形不稳，抱着穆笑笑跪了下来。

他脸上挂着血，来不及管穆笑笑，转头看向了身后。

一开始他还能看见乔晚那抹粉色的衣角，渐渐地，那些鬼脸越堆越高，粉色的衣角也被吞噬得一干二净。

一开始乔晚还在挣扎，到后来彻底没了挣扎的力气。

鬼脸越来越多，更可怕也更痛苦的是，乔晚这个时候还有意识。

她整个人好像被抽离出来了，灵魂和肉体一分为二，看着鬼脸贪婪地奋勇而上，和鬼手一块儿吞噬了她。

“咯吱咯吱——”

面前这一幕她看着特别眼熟，好像在哪里见过一样。

“裴春争漠然地看着眼前这一幕。乔晚面目扭曲，不甘心地凝望着天空，众魔簇拥而上，霎时间将她吞噬得一干二净。”

那是《登仙路》原著的内容。

乔晚闭上眼，心里隐隐有了点儿领悟。

从刚才起，这一切就不正常。

这是个幻境。

幻境一向能引动深埋人心底的那点儿心思和欲望。

那现在这个幻境，意味着什么？

这意味着，她害怕自己对裴春争尚存旧情，害怕和穆笑笑比较，更害怕书里那个万魔噬身的结局。

乔晚心念一转，脑海中似乎响起一阵圣洁梵音。

声音尊贵庄严，如醍醐灌顶！

那枚尊者留在她的识海里的印，猛地焕发出夺目金光，超级提神醒脑！

乔晚打了一个激灵，顿时清醒过来。

群魔还在啃食着她的四肢百骸。

乔晚睁开眼，掌心翻转，抬手轰出一掌光照无间！

她怎么可能还让这些东西继续啃下去？她的神识好歹都快突破元婴期了！

灵气沛然的一掌携滔天金光席卷而来，金光之下，群魔尽数化为飞灰。

那棵合欢树也在发生改变，眨眼之间化为了一棵参天菩提！

漫天金光如雨，淅淅沥沥地从枝叶间倾泻而下，垂下千万条金色的细线。

一朵金色莲花渐渐从菩提树上升腾而起。

裴春争抱着穆笑笑跪在地上，脸上血污还没擦，一看眼前这变化，愣在了原地，脑中受佛音影响，“嗡”一声，灵台霎时清明。

这……

少年眼睫上滚落一滴血水。

他怔怔地想，这是幻境？

幻境中的人是穆笑笑和……乔晚……

眼前点点金光四散，金色莲花缓缓怒放，将乔晚牢牢地罩在了金光之下。

佛气……

这是佛气……

乔晚身上为什么有佛气？

还有这莲花印，裴春争昂首看去。

仅仅是一枚印，他就能感受到雄浑磅礴的修为，这印非修为大成者不能留下。

乔晚身上为什么会有印护体？是谁在她的识海中摁下了一枚印？

菩提枝叶青翠，随风而动，浩然金光洒落。

乔晚松开手，看到手心里紧攥着的名签，舒了一口气。

如果说之前她还害怕自己对裴春争尚存旧情，现在是彻底想开了。

裴春争显然也看到了名签，目光落在了她的手心上。

这名签上，写了乔晚和裴春争两个名字。

乔晚却没看他。

她抬起手，当着裴春争的面，将这名签撕了个稀巴烂。

名签一被毁，眼前的鬼脸、合欢树、裴春争、穆笑笑通通消失了。

幻境消失了。

隐约间，她好像听到有人在喊她。

“乔晚？”

“乔晚？”

乔晚霍地睁开眼，正对上一双乌黑的瞳仁。

裴春争正怔怔地看着她。

她还是在泥岩秘境里，洞壁正滴滴答答地渗着水。

她对上裴春争的视线，两个人都从彼此的目光中看穿了一个信息。

刚刚那个幻境，恐怕是共通的。

乔晚想到这一点，脸顿时变得扭曲。

那裴春争该不会以为她心底的执念就是想和他成亲吧？！以为她的心魔就是穆笑笑和那个狗血的抢亲？

乔晚看不清裴春争眼底的情绪，也看不出来他在想什么。

裴春争看着乔晚，心却好像被什么东西给揪了起来。

一眨眼，他没看见乔晚，便蹙眉去找，结果看到她倒在地上不省人事。

他上前一步，没想到也被拖进了幻境。

若非他心底杂念横生，也不会在幻境中看见乔晚，还……和她结为了道侣……

幻境的虚假反映的就是人心的“真实”。

他……竟然想要和乔晚成亲。

裴春争握紧了指节。

不仅如此，他还目睹了她宁愿死也要撕碎那名签。

裴春争眼睫低垂，目光落在她眼角的龙鳞上，好像怎么也挪不开。

刚入幻境时，他以为她是放不开他，才想要和他合籍结为道侣。

身处幻境，人的意识或多或少会受其影响。

他当时……心底浮现的不是不耐烦的情绪，而是无来由的欣喜和侥幸。

但在幻境中，见乔晚宁愿受万魔噬身之苦也要撕下那名签，他才明白过来，她心中的那点儿执念根本不是他。她只是……只是想要干脆利落地斩断旧情。

回想着幻境中的一幕幕场景，裴春争下颌紧绷，额角青筋暴起，整个人如坠冰窖，从头顶到指尖每一寸肌肤都冷了下来。

乔晚曾经想和他结为道侣。

当时，他双眉微不可察地一皱，回答得足够果决：“暂无合籍之念。”

看着她眼角的龙鳞，裴春争指尖一动，心底竟然莫名地冒出一股冲动。

他想问她，她是不是真的和那青阳书院的弟子缔结了婚契。

但就在这时，身后忽然传来了穆笑笑的声音，打破了两个人之间这沉默的气氛。

“裴春争？晚儿师妹？”

乔晚扭头一看，穆笑笑正抱着只雪白的小狐狸，站在不远处吃惊地看着他们两个。

而穆笑笑怀里的那只狐狸，看着乔晚一脸警惕，好像恨不得冲上来咬她一口。

看到她和裴春争，穆笑笑好像松了一口气，露出了一丝柔软的笑意：“太好啦，总算找着你们了。”

乔晚没再管裴春争，从地上爬起来，拍了拍身上的灰。

裴春争伫立在原地，身形僵了僵。

据穆笑笑所说，她那儿的情况和乔晚差不多，一眨眼人全没了。

穆笑笑道：“萧师兄和程师兄他们不见了之后，我只好一个人往前走，没想到会在这儿看见师妹和裴春争。”

穆笑笑抱着雪岩狐，轻轻地走到了裴春争身边。

这地方给人的感觉太古怪，不能多待，想到那惨死的弟子，乔晚心里冒出了点儿不祥的预感，暂时将那个幻境抛在了脑后。

当务之急，必须得赶快将萧博扬、程立和王五他们找回来，再想办法和袁六那队人联系上。

自从他们进入这秘境之后，昆山玉简就已经不能用了。

乔晚从怀里摸出两三张传音符，拍出去也没回应，看来也失效了。

没办法，三个人只能一路摸索着前行，途中又原地打转了几次。

泥岩秘境中地形太复杂，走着走着，乔晚总有种再继续往前，就能一路走到妖兽老巢的不祥预感。

千里送人头，礼轻情意重。

三个人往前走了一截路之后，洞里忽然蔓延起了一阵黑雾，再转头一看，浓雾已经将来时的后路给封死了。

裴春争的脸色不大好看。

身后起了浓雾，谁都不敢往回退，万一后面有什么东西呢？

这种情况之下，他们只能兵来将挡水来土掩，一路往前走。

黑色的浓雾从洞壁缝隙中蔓延了出来，不一会儿，就笼罩了整片山洞。

不知道为什么，幻境里面的画面一直在乔晚的脑子里打转，她现在满脑子都是自己被鬼脸嚼了吞了的场景。

就在这时候，浓雾里传来一阵细微的动静。

乔晚脚步一顿，整个人都毛了。

三人停住了脚步，都没敢再动。

敌在明，我在暗。

这雾气里好像藏着无数只眼睛，正目光灼灼地盯着三个人看。

穆笑笑搂紧了怀里的雪岩狐，屏住呼吸，小拇指钩紧了裴春争的衣袖。

没想到的是，雾里没出现什么妖魔鬼怪，倒是隐约传出来一个男声。

“是谁？”男声警惕地问，“有人吗？

“有没有人？”

男声里透着几分恐惧：“出来。”

听到这男声，穆笑笑往前踏了一步，被乔晚和裴春争给拽了回来。

穆笑笑睁大了清澈的眼，小声道：“那儿有人。”

乔晚摇头。

裴春争将穆笑笑拉到自己身后，抿紧了唇没说话。

那恐怕不是人。

因为人都是有脚步声的。

浓雾中那个男声只有嗓音，他们听不见任何脚步声。

随着那男声越来越近，乔晚按紧了剑，屏住了呼吸，眼睛瞪得大大的，眨也不敢眨。

很快，那男声就来到了他们面前。

“谁?

“有人吗？”

浓雾中渐渐浮现来者的真容。

乔晚看了一眼，差点儿吐了。

那根本不是人，是一只蜘蛛，拖着一条蝎尾，匍匐在地上缓慢地往前爬着。

蜘蛛鼓鼓囊囊的腹部，却是一张扭曲的人脸，人脸中那个属于“嘴”的部位开开合合，不断吐露出人声。

这张人脸乔晚有印象，她进洞前看见过。

这估计代表着那个弟子恐怕已经葬身这蛛肚中。

见没人回应，蜘蛛站了起来。

或者说，蝎尾在地上一撑，蜘蛛像蛇一样立起了上半身。

那张腹部的人脸，缓慢地抬起了眼皮，一双眼球暴凸、死不瞑目的眼死死地盯着在场的三个人!

这一切就发生在瞬息之间，人脸一张嘴，嘴中猛地喷出一口蛛丝。

乔晚使劲一蹬，跳到了洞壁上，拍出一掌。

裴春争反应也极快，将穆笑笑往自己身后一拉，一道剑光朝着腹部的人脸激射而去。

那人面蝎尾蛛将蝎尾使劲儿一甩，尾部发力，猛地向乔晚冲来。

乔晚又一蹦，蹿到了对面，下一秒蝎尾就砸穿了她刚刚蹲着的洞壁。

看了一眼裂了个大洞的石壁，乔晚心中悲愤。

三个大活人，这蜘蛛就冲她一个人来，这是几个意思?

看她人单力薄好欺负是不是?

人面蝎尾蛛将蝎尾狂摆，腹部人脸“噗噗噗”地接连射出一束束蛛丝。

不清楚这蛛丝究竟有什么用，乔晚不敢硬扛，只能提起一口气运气于掌心中，用“铁砂掌”护手，拽着蛛丝在洞中上下翻飞，荡来荡去。

有她这个皮糙肉厚的“肉盾”在前方扛怪，“法师”裴春争和穆笑笑在后方输出。

久攻不下，这蝎尾蛛腹部的人脸忽然闭上了眼，猛地发出一声接一声的尖啸。

乔晚瞳孔猛地一缩。

这声音是人死前极为凄厉的哀号，听得乔晚头皮发麻，心头也无端地涌出一股难以名状的恐惧，手劲儿一松，抬头一看，裴春争和穆笑笑那边的情况果然不太妙。

裴春争显然也受这尖啸声影响不轻，却还是勉力护着身后的少女。

穆笑笑一手抱紧了怀中的雪岩狐，一手紧紧地攥住了手里的法器，紧咬下唇，眼里透出显而易见的恐惧和坚定。

乔晚大汗淋漓地喘了一口气。

就在这时，那人面蝎尾蛛找准时机，将尾一甩，借力猛地发动了攻击，人脸再次睁眼，口中再吐蛛丝。

受刚刚这尖啸声影响，乔晚全身发软，那蛛丝猛地打在她的手腕上，如有生命般一卷，乔晚整个人都被拽了过去。

“砰！”

她和那人脸暴睁的双眼来了个深情对视。

“砰！”

又一个倒霉蛋落到了她面前。

砸过来的人身形纤弱单薄，是穆笑笑。

那人面蝎尾蛛伸出蝎尾将乔晚和穆笑笑两人一卷，像包粽子一样包了个圆，转身就走！

下一秒，一抹剑光飞至，剑光如疾电深深地砍入了蝎尾中，拦住了人面蝎尾蛛的去路。

蝎尾吃痛一松，穆笑笑和乔晚骨碌碌地滚了出去。

一抹蓝白色身影腾空而起，伸手去拉乔晚和穆笑笑：“跑！”

穆笑笑紧紧揪住少年的衣衫。

裴春争低下头去看乔晚，指尖将将擦过，却晚了一步。

和幻境里的情景几乎一模一样，那人面蝎尾蛛喷出一口蛛丝逼退了裴春争，猛地将乔晚一抄。

少年睁大了眼睛。

乔晚清晰地看出，裴春争眼中映出一个被倒挂金钩的她。

几乎是在眨眼之间，那人面蝎尾蛛就卷着乔晚，从石壁大洞中猛地蹿了出去。

乔晚整个人头朝下，被蝎尾倒卷着，几乎和那腹部的人面来了个脸贴脸，好几次差点儿亲了上去。

在这一阵飞一般颠簸和心理承受能力极限挑战之下，乔晚面无表情地吐了出来。

失去意识前，乔晚最后的想法是她以后再也不要当“肉盾”了！

不知道过了多久，乔晚醒了，睁开眼，整个世界都是倒着的。

她还被捆着，被蛛丝紧紧包裹，像个粽子一样倒吊在洞顶，只露出一个脑袋，嘴巴也被蛛丝封得死死的。

她感觉有点儿脑充血，肚子好像还有点儿“突突突”地疼。

乔晚咳了几声，想甩甩脑袋清醒一下，结果被蛛丝捆得太结实，她连甩个脑袋动个手指都做不到，更没办法伸手去摸肚子。

没办法，乔晚只能遗憾地暂时放弃了这个打算，转动眼珠子，打量着自己现在身处何处。

本来她以为自己死定了，肯定也要变成那人面蝎尾蛛的一部分，没想到这蝎尾蛛竟然没当场吞了她。

它这是把她带回了老巢当储备粮？

乔晚四下看了一眼。

这个洞明显比其他的洞宽敞了许多，洞壁和洞顶吊着的全是一个个茧一样的东西，被蛛丝紧紧捆着。

而那一个个“茧”也都露出一个个脑袋，正昏迷不醒。

乔晚细心辨认了一下，那是萧博扬、程立、王五……

至于那边的那些“茧”，好像是袁六那队的人。

穆笑笑、裴春争、袁六，还有其他一部分暗部弟子都不在这儿。

一见此情此景，乔晚默默祈祷袁六他们都是跑了，不是被吃了，还能赶紧带兵来支援。

那现在她该怎么办？

纵观整个洞穴，似乎就她一个人清醒着。

乔晚扫了一圈，离她最近的是萧博扬，大概不过两米的距离。

出身萧家旁支的尊贵萧小少爷，这个时候全没了往日的英俊潇洒，像条咸鱼一样被倒挂在洞顶。

乔晚眼睛一转。

人做梦的时候，是识海最为脆弱，也是最容易被入侵的时候。

打定主意，乔晚闭上眼，试着探出神识，没想到几乎不费吹灰之力就一头栽进了萧博扬的识海里。

这么简单？

乔晚还有点儿没反应过来，赶紧爬起来往前走了两步，总算在茫茫的识海中找到了自己要找的人。

识海中，青年目光呆滞。

乔晚：“醒醒！”

任凭乔晚如何喊、如何推，青年就是像具行尸走肉一样没任何动静。

想了想，乔晚干脆伸出手，左右开弓。

“啪！啪！”

青年终于有了点儿反应，猛地打了一个哆嗦，睁大了双眼，那迷茫的目光正好落在了乔晚再次举起还没落下的手上。

萧博扬："……"

乔晚："……"

"乔晚，你打我！"

青年的眼神猛然之间就有了焦距，回过神来后，他一看这架势，瞪着眼跳起来就要和乔晚拼命。

不过这是在识海里，拼神识，萧博扬是打不过她的。

于是乔晚反手把青年摁在地上"啪啪啪"打了一顿，坐在青年身上，神清气爽地舒了口气，只觉得方才的郁闷之情顿消。

萧博扬一脸屈辱地被埋在地里，咬牙切齿地挤出一句话："乔晚，你给我下来！你听到没有？！"

乔晚默默地换了个姿势。

萧博扬耳根发红，悲愤大喊："你听到没有？！"

第七章　乔晚没了

乔晚将神识猛地弹了出去，先让萧博扬清醒清醒，看个清楚。

洞穴里那颗茧睁开眼，往四周看了一圈，一看自己这咸鱼一样的姿势，呆了，马上吃力地扭动起来。

乔晚叹了口气，神识又猛地弹了进去，一头将萧博扬撞出去二丈远。

“看清楚了吗？”

萧博扬脸色有点儿难看：“这是怎么回事？”

乔晚想了一下说道：“我觉得那人面蝎尾蛛可能把我们当成了储备粮。”

人面蝎尾蛛？

乔晚自己想的名字？萧博扬心道，倒还挺贴切的。

萧博扬：“那现在怎么办？”

乔晚拍了拍手：“一个个叫吧。”

“叫？”萧博扬瞥了她一眼，目含质疑，“怎么叫？现在你我二人都动不了。”

乔晚豪气冲天地一屁股坐了下来：“那是你，不是我。”

她的神识好歹比他强多了。

喊人要紧，乔晚也不再和萧博扬啰唆，努力催动神识，把那一颗一颗“茧”挨个叫醒。

好在大家修为差距都不算太大，也没有意识地锻炼过神识，乔晚挨个蹦进去，都没费什么力气。

很快，识海里就响起了此起彼伏的茫然声音。

“这是怎么回事？”

“这是在哪儿？”

“这是什么东西？”

萧博扬愣了愣，眼睛睁大了一些。

乔晚什么时候学了这玩意儿？

十多个“茧”瞪大眼，彼此深情凝视了一会儿，都发现了一个残酷的事实。

他们醒是醒了，但根本动不了，只能大眼瞪小眼，含情脉脉地用眼神交流示意。

王五：现在怎么办？

程立：你问我，我问谁？

神识回归识海，乔晚喘了口气，肚皮下好像更疼了，那种“突突突”的感觉更强烈，就像有什么东西在里面蠕动一样。

乔晚脸一绿。

这感觉有点儿诡异，也有点儿瘆得慌，让乔晚有种不祥的预感。她必须被放下来才能摸清楚她肚子里究竟是个什么玩意儿。

但现在她该怎么办？

醒是醒了，但大家还是动不了啊。

有人问：“乔晚，是你把我们叫醒的，现在就只有你还能动弹吧？你快想个办法。”

乔晚给了个爱莫能助的眼神：“能动弹那也是我的神识能动弹。”

肚子更疼了，像是有什么狠狠地撞了一下，疼得乔晚冷汗“唰”地流了下来。

就在众人大眼瞪小眼的时候，洞口忽然响起了窸窸窣窣的声音。

乔晚、萧博扬、王五、程立和其他人吃力地转动眼珠，看向洞口。

这……这是……？

看清洞口是怎么回事之后，众人头皮一麻，鸡皮疙瘩迅速起了一身。

洞口不知何时慢慢地汇集了众多人面蝎尾蛛，密密麻麻地铺了一层，像是涌动着的黑色虫海。

萧博扬面色几个变化，想吐，嘴却被缠得死死的，吐都没地方吐。

这密密麻麻的蝎尾蛛，从四面八方涌来，还不断有其他继续补充。

黑色虫海沿着洞壁，渐渐地开始向上爬，一点点地接近那一个个倒挂着的“茧”。

眼看这铺天盖地的蝎尾蛛越来越近，王五眼睛快瞪出眶了：你们倒是快想想办法啊！！

再不想办法，他们几个全都要死在这儿！

乔晚！

那蝎尾蛛大军已经整装待发，开始往“茧”上爬，任乔晚和王五他们怎么挣扎，“茧”就是裹得死死的，纹丝不动。

一转眼的工夫，那蝎尾蛛已经爬上了“茧”脚，蝎尾一摆，口部螯刺入了肌肉中，开始往里吐毒液。

嘴被蛛丝封得严严实实的，众人冷汗如雨，疼得眼眶发红，只能扛下这痛苦。

王五怒睁着眼，牙都快咬碎了！

再想不到办法，这样下去，不消一刻钟的工夫，这一颗颗“茧”马上就会被吸成一副副空荡荡的皮囊。

这痛苦和梦中那被鬼脸撕咬的痛苦，微妙地重合了，乔晚疼得冷汗如雨。

越疼，她感觉头脑却好像越清晰。

她现在能动的只有神识。

神识……神识能做什么？

乔晚一咬牙，闭上眼催动神识，一个踉跄，一头栽进了一只人面蝎尾蛛的识海。

刚栽进去，乔晚眼前一黑，随即冲入脑海的是一片扭曲晦暗和魔气。

无意义的贪婪、嫉妒、嗜杀暴虐的欲望几乎在霎时间就被勾起，翻涌而出，瞬间蹿上心头。

暴虐嗜杀等欲望翻涌着的同时，她心头又好像一片茫然。

乔晚呆了呆，眼神霎时也转为一片茫然。

这……

被倒吊着的萧博扬和王五、程立不约而同地愣了愣，甚至连身上那被啃噬的痛楚也忘记了。

乔晚那颗“茧”看上去很不对劲，露出的脑袋上，神色冷厉，眼中红光大现！

这是……入魔之兆！

乔晚！

萧博扬急得扭身大吼，奈何嘴巴被缠得紧紧的，一个字都蹦不出来。

乔晚眼中红光愈盛，转眼就攫取了眼中的清明。

完了完了，王五一看这光景，备感绝望。

忽然之间，那颗“茧”动了，伸出了一只胳膊。

胳膊？

众人愣了愣，只见少女颤巍巍地举起手，吃力地撕掉了口上紧缠着的蛛丝。

少女再一抬眼，眼中已转为一片清明。

萧博扬愣了愣，眼中的惊慌和着急霎时转化为一阵狂喜！

萧博扬真情实感地觉得，自己从来没这么喜欢过乔晚！

指挥着这些蝎尾蛛咬开了“茧”，将自己放下来之后，乔晚扫了一眼四周。

她一个人对付不了这么多人面蝎尾蛛，但要将其他人放下来，来不及。

其他人面蝎尾蛛一看这边还有个活生生的人，已经围了过来。

除非……还有一个办法……

乔晚当机立断，毫不犹豫地闭上眼，摁下识海里翻涌着的负面情绪，继续将神识一点点地往前铺。

一个接着一个，她硬是闯入了在场数以万计的蝎尾蛛的识海中，和这些魔物建立了联系！

无数神识在尖啸抵抗，这感觉就像是被兜头狠狠来了一锤子，一铁锤接一铁锤地砸下来，乔晚疼得面目扭曲，太阳穴“突突”地跳。

修士侵入魔物识海，最易受魔气入侵。

越低阶的魔物，灵智未开，识海中只是空荡荡的纯粹的魔气，反倒极易对修士造成反噬。

这就相当于一个魔修，脑子里有正常逻辑，修士入侵他的识海，那倒没什么。

但一个没正常逻辑、没灵智的魔物，识海中就是一片诡异的混乱魔气，只想着生存和杀戮，修士入侵它的识海，便有可能被这纯粹的魔气给反噬带偏。

乔晚的神识虽然比其他人强上不少，但一直以来没经过系统训练，也就梦里的尊者给她补过一节课，就算神识粗壮强韧，她不会用也没办法，否则刚刚也不会冷不防地就被那尖啸声乱了心神。

但眼下只剩下这么一个办法。

强行和这么多人面蝎尾蛛建立联系，乔晚感觉脑子一下子被两块铁板拍到了一块儿，使劲儿挤压，一下子又被什么东西硬生生地扯开碾压，就这样反反复复被折腾了无数遍。

在失去意识前的最后一秒，乔晚强忍住脑子快要炸开的疼痛，咬着牙拉回了自己的神识，学着上回尊者教她的，把神识铺展到最大程度，再紧紧裹住了其他人面蝎尾蛛的神识，使劲儿一扭！

一个一个，一寸一寸，尽数绞杀！

“砰砰砰砰！”

以乔晚为中心，无形的神识向外尽数蔓延！

无数蝎尾蛛一只接一只，一圈接一圈，纷纷爆头而亡！

临死前凄厉的尖啸声如狂风骇浪，席卷了整个洞穴！

数以万计的蝎尾蛛齐齐爆头的画面实在太震撼。

众人瞪大了眼，眼睁睁地看着蝎尾蛛脑壳齐飞，绿油油的古怪汁水全都喷在了在场众人的脸上。

萧博扬面色绿得更加清新环保，胃里几番翻滚，张口就要吐出来，观其脸色，崩溃得下一秒就能昏过去。

人面蝎尾蛛，从洞穴内到洞口，尽数暴毙！

乔晚浑身力气一泻，整个人倒在了虫堆里，脸上但凡有个洞的部位，都在“哗啦啦”地往下流血。

她强撑起力气，指挥着剩下来的蝎尾蛛去咬开那一个个茧。

萧博扬从“茧”里蹦了出来，脸都没来得及擦，一看乔晚这模样，心中“咯噔”了一声：“乔晚？！”

被萧博扬扶着坐起来，乔晚吃力地摇了摇头：“我没事。”

比起这个，她现在还是联系到袁六和裴春争他们要紧。

乔晚将目光放向了身下这些虫尸，一不做二不休，干脆再闭上眼，继续铺展神识，连接洞内散落的其余魔物，就像织网一样，一个连着一个，神识顺着蝎尾蛛的行进路线一路向前铺展。

只有用这个方法，她才能叫袁六和裴春争他们赶过来支援。

这感觉，就像把自己硬生生地抻开，乔晚疼得完全有理由怀疑，下一秒她就要现场表演一个“手撕自己”。

喘了一口气，乔晚怒目圆睁，暴喝：“去！”

话音刚落，洞中众魔物听命行事，纷纷飞奔而去！

这些蝎尾蛛依附泥岩秘境而生，对这四通八达的岔道儿几乎再熟悉不过。

得了乔晚的命令，蝎尾蛛一路狂奔，如履平地。

少女瘫坐在地上，眼睛里还泛着点儿红光，虽然形容狼狈，但愣让人看出了点儿魔道大哥的气势。

一个暗部弟子刚被放下来，踉踉跄跄地站稳了，看见乔晚这模样，瞠目结舌，发自内心地惊叹：“太厉害了。”

另一厢，袁六和其他暗部弟子还被困在原地直打转。

一想到之前那人脸爆发出的尖啸，袁六面色阴沉。

这都是什么鬼东西？

“老……老大。”其中一个暗部弟子忽然张大了嘴，“你……你看那儿……”

袁六：“看什么看？！没长嘴？说不清楚？”

“不……不……不是。”暗部弟子颤巍巍地伸出手往身后一指，“老大你看……”

袁六不耐烦地一瞥，但目光触及洞口的东西时，眼睛猛地瞪圆了。

洞顶、洞壁上汇聚了无数只人面蝎尾蛛，一只挤着一只，如山岳倾覆，轰隆隆地压了过来。

看着声势浩荡、狂奔而来的人面蝎尾蛛大军，袁六眼睛瞪得溜圆儿。

这是什么玩意儿？！

“老大！现在怎么办？！”

"还能怎么办？"袁六扯着嗓子怒吼，"跑啊！！"

为首的那一只人面蝎尾蛛猛地睁开眼，唇瓣动了两下，张嘴就是一口娇俏的少女音。

"袁六！站住！"

这是什么鬼东西？！

袁六浑身哆嗦，头皮发麻，脚踩风火轮一样跑得更快了，撕心裂肺地哀号："乔晚没了！乔晚没了！快跑！！"

字字泣血！

人脸："我没死！"

袁六吼得更悲愤了："这东西会骗人！"

"给我跑！别停！听见没有？！谁都不准停！"

乔晚："真是我！我没死！"

袁六怒喷："我信你个头！"

这东西现在竟然还会说人话玩心计！

袁六一脚蹬飞了一只人面蝎尾蛛，另一只又睁开了眼："老六！"

袁六抡起刀，"噗"一声捅进了那人脸的喉咙里："滚！"

乔晚及时将神识往回一退，又挑了另一只人面蝎尾蛛跟上，睁开了大眼："老六！"

"滚滚滚！给我滚！"

袁六崩溃了，领着一干暗部弟子在前面撒丫子狂奔，后面人面蝎尾蛛大军狂追不舍！

眼睁睁看着袁六跑得比兔子还快，乔晚没办法，只能指挥着蝎尾蛛吐出一口蛛丝，直奔袁六附近的一名暗部弟子，在袁六挥刀来救人的时候，缠住他的刀往外一拉，大刀"哐啷"一声落在地上。

袁六大惊失色："这乔晚蛛还会声东击西！玩阴的！"

人脸："你才是蛛！"

袁六："你看看你自己是不是蛛？！"

嘴贱是要付出代价的，一束蛛丝封住了袁六的前路，另一束蛛丝缠住了他的腰，把他给拽了过来

被蛛丝一拽，腾在半空中的袁六悲愤地怒吼："跑！继续跑！别管我！"

那几个暗部弟兄都是并肩战斗、同生共死的兄弟，急红了眼，纷纷咬牙拔剑："老六！要死一起死！"

袁六绝望地闭上了眼，没想到自己今天就要折在这儿了。

这一条登仙道上，有苦也有乐，至少他不后悔选了这么一条路。

就算死，临死前他也要拼上一把，拉这乔晚蛛一起去死！

“老六！”

眼看着那蛛腿儿就要扎进袁六的心窝，就在袁六准备豁出这一条命，众暗部好儿郎也要与这乔晚蛛决一死战的时候，那人面蝎尾蛛忽然竖直了上半身，高高地伸出其中一条纤细的蛛腿儿，蛛腿儿优雅地落在了男人的脸上。

袁六呆了。

其他人也呆了，眼睁睁地看着那纤纤蛛腿儿“啪！啪！”地给了袁六两巴掌！

袁六：“士可杀不可辱！临死前还要羞辱我！”

那人面蝎尾蛛果断地伸出了N条蛛腿儿，“啪啪啪啪——”风火轮似的连扇出了几巴掌。

乔晚蛛：“清醒了？”

袁六愣愣地点了点头：“乔晚？”

乔晚蛛高贵冷艳地收回了自己的纤纤蛛腿儿：“是我。”

那蛛丝一松，袁六骨碌碌滚到了地上。

袁六惊魂未定地爬起来，赶紧捡回了自己的刀，捂着脑袋愣了一会儿后，果断挥刀冲着乔晚砍来。

在这鸡飞狗跳、一通乱砍之下，袁六终于冷静了：“你没死？”

“没。”

袁六猛地跃起，眼里飞快闪过一丝希冀之色：“你被吞了没死？”

乔晚顿了顿，回道：“我没被吞。”

她知道袁六在想什么，但那些被人面蝎尾蛛吞了的暗部弟子都已经死了，救不回来了。

袁六眼中光彩退去：“那你现在这是怎么回事？”

“我连接了那些魔物的神识。”

袁六皱眉：“你和魔物对上了识海，你不要命了？”

“所以我得快点儿跟你说清楚。”乔晚道，“你跟着这只人面蝎尾蛛一直走，就能找到我们。”

“你那儿还有谁？”

“萧博扬、程立、王五他们都在。”

分出一半神识领着袁六，乔晚再切出一半神识找裴春争和穆笑笑。

裴春争看见她的第一眼，反应也不亚于袁六，面色苍白，瞳孔紧缩，下一秒，剑鸣如龙吟，剑光脱鞘而出，直朝着这乔晚蛛劈了过去。

剑势如飞雪，映在少年乌黑的瞳仁中，反射出一片冷光。

乔晚蛛：“我没死！”

好在裴春争不像袁六那么缺心眼，经乔晚一解释，马上就明白过来，身形一晃，竟然仓皇地差点儿跪了下来，闭着眼深深地吐出一口气。

“乔晚，”裴春争嗓音干涩地问，“你这是怎么回事？”

“怎么样？”程立问。

“都找到了。”乔晚收回神识，靠着洞壁喘了口气，这一通操作，鼻血又从鼻子里流了出来。

一口气和这么多人面蝎尾蛛建立联系还是太勉强了，乔晚昂着头擦了把鼻血：“先出去，这儿是老巢，不能多待。”

几个人互相搀扶着走了一截路，找到和袁六他们约定的那个小山洞坐了下来。

“等着吧。估计他们快到了。”

几个人就这么等了一会儿，终于等到了袁六他们和裴春争、穆笑笑的身影。

一番折腾下来，众人身心俱疲，虽然碰上了头，也没那个心思再啰唆别的。

袁六看了穆笑笑一眼。

少女发髻散乱，形容狼狈，知道这一切都是因自己而起，一双润泽的杏眼中泛着点点波光，哆哆嗦嗦地道：“抱……抱歉。”

看见众人这么一副模样，少女急得鼻头微红，眼泪都快掉下来了，忙伸着袖子去揩，但怎么揩都揩不完，整个人像只受了惊的小狐狸一样，茫然无措地道歉。

袁六移开视线，不大愿意搭理她，目光沉沉，肃着脸清点人数。这地方不能待，既然穆笑笑没事，他们得赶快离开。

除了在场众人，他统共折了五个弟兄。

袁六磨了磨后槽牙，将刀往肩膀上一扛：“走，这儿不能多待。”

“乔晚，”袁六犹豫了一下，“你还能侵入这些东西的识海吗？”

乔晚正想回话，肚皮底下冷不防地又开始疼。

乔晚捂紧了肚子，手下那仿佛鲜活的触感不由得使乔晚打了一个哆嗦，嘴唇一白，整个人冷汗涔涔。

袁六一惊：“怎么回事？”

“我感觉……”乔晚哆哆嗦嗦地说，“我肚子里好像有东西。”

王五当机立断，直接掀开她的上衫，嗓音中透出一股恐惧之意：“这……这是什么东西？”

程立怔怔地看去，全身血液冻结，面色煞白。

只见少女小腹高高地凸起，有什么东西在她的肚子里撞来撞去，好像下一秒就能刺穿这薄薄的肚皮，破腹而出。

乔晚跪了下来，袁六几个顿时被她吓了一跳。

“这是怎么回事？！”袁六急得怒吼出声！

“老大你听！”

就在这个时候，洞外好像又传来了什么动静，像是什么东西拖曳过石壁。

“轰”——一只足足有一丈多高的巨型人面蝎尾蛛一甩蝎尾，飙风般猛地撞入了洞内！

离洞口比较近的弟子一时不察，瞬间被这蝎尾捅了个对穿。

被穿在尾巴上的两个人被甩了出去，带出一串血雨，重重地砸到了洞壁上，不知死活。

“老八！”袁六怒目圆睁，无可奈何地悲愤大吼，“老十！”

男人将肩上大刀一转，提着刀冲上去就要和这只人面蝎尾蛛拼命，但刀刃砍在这巨型蝎尾蛛身上，蝎尾蛛毫发无伤。

那人面蝎尾蛛看也不看他，尾巴又往前一抽，袁六连人带刀就被抽飞了出去。

袁六拄着刀，呕出一口血，血红的眼死死地盯着眼前这只人面蝎尾蛛。

这只人面蝎尾蛛比他们之前见过的更高、更大，腹部堆挤着数十张人脸。

在场众人看一眼差点儿都吐了，不难猜想到，这应该就是这些魔物的“母皇”。

母皇闯入洞中后，身上数只黑漆漆的眼转了一圈。

众人横剑的横剑，握刀的握刀，纷纷祭出法宝。

单看它一上来就要了人的性命，就知道眼前这只人面蝎尾蛛绝对是他们招惹不起的对象。

这母皇不动，其他人也不敢动。

出乎意料的是，这人面蝎尾蛛竟没一上来就大开杀戒，只甩了甩尾巴尖儿上的血。

腹部的数张人脸转了转，定定地朝着一个方向睁开了眼。

糟了！

一时间袁六、裴春争、萧博扬等人面色齐齐一变。

乔晚捂住小腹，大汗淋漓地抬头看了一眼。

这个时候，她再猜不出来这是怎么回事，那就是真傻了。

这人面蝎尾蛛恐怕在她的肚子里放了个卵。

乔晚痛得神志不清，还没忘记在心里吐槽。

随着那母皇向她走来，她的小腹里的那东西似乎感知了母皇的召唤，尖啸着撞得更加剧烈。

五脏六腑好像都被撞得移了位，乔晚趴在地上不断地咳嗽，从嘴里吐出一串血沫。

肚皮被高高顶起，肚子里的东西迫不及待地要穿腹而出，畸形得令人胆战心惊。

乔晚虽然疼得想骂人，但好歹还没丧失神志，哆哆嗦嗦地摸上了腰间的佩剑，结果才握上佩剑，一阵剧痛猛地撞过来，她手上一哆嗦，剑又落在了地上。

袁六几个人反应过来，和裴春争挡在了她面前，帮她先拖住面前这只人面蝎尾蛛。

乔晚怒喝：“你们谁过来帮我？！”

程立离她最近，乔晚使尽力气，将剑往程立旁边一推：“帮我剖开。”

程立傻眼：“剖开什么？”

乔晚疼得面目扭曲：“剖开我的肚子。”

萧博扬愣住了：“乔晚！你想干什么？！”

程立：“这……这……这……”

乔晚气得怒吼：“快！”

“我做不到！”程立吼了一声，将剑丢给了王五。

王五左手颤巍巍地扶住了乔晚的小腹，“咕咚”咽了口口水，抖得像筛糠，硬着头皮高高地举起剑，朝向了乔晚的肚皮

“我……我也做不到啊！”王五暗骂道。

不行了，来不及了，乔晚隐隐有感觉，肚子里的那东西已经成形了。

她……她一定还有办法。

既然她拿不出这东西来——

乔晚猛地睁大了眼，眼神冷若寒冰。

那她就吞了它！！

打定主意后，乔晚咬紧牙关，汇聚全身上下的灵力冲向小腹，试图吞了它。

灵力死死地裹紧了她小腹里的东西，那玩意儿似乎察觉了她想干什么，疯狂地挣扎起来，拼了命地要往她的肚皮外面钻。

乔晚眼前被汗糊得模糊，费力地看向了那暂时被裴春争和袁六缠住的母皇。

既然它敢往她的肚子里放东西，她就敢当着它的面吃了那东西！

肚子里的东西挣扎得越凶，她的灵力就绞得越紧，化疼痛和悲愤为力量，乔晚绞紧了那玩意儿，一点点克化，死都不放开！

母皇似乎察觉什么，凄厉狂啸，但被其他人缠得死死的，一时脱不开身。

那母皇快气疯了，等终于找到机会，奋力蹿到乔晚面前时已经晚了。

它晚了半步。

那肚子里的东西只要没出生，就算再牛，那就只是个蜘蛛卵，没什么用，在乔晚拼命绞杀之下，慢慢地停止了挣扎。

灵力如海，乔晚狼吞虎咽地将那玩意儿生生吞噬殆尽，随即一阵充沛的魔气化开，瞬间灌入她的四肢百骸！

这股魔气浩浩荡荡地直奔丹田而去，非但没与丹田中的灵气相冲，反倒与之紧密相融，最后汇聚成一股磅礴的力量，贯穿乔晚的全身！

这……

乔晚惊骇地瞪大了眼，难以置信地低头看了一眼。

就在这时，头上一阵沛然杀意袭来！

乔晚跳了出去。

那人面蝎尾蛛气势汹汹地再次杀到。

乔晚双手伸到胸前，憋足了一口气，运动灵力，十指间有淡蓝色的雷电之力浮现，“刺刺”地响。

在场的人都看愣了，没想到乔晚经历过刚刚这么一通折腾下来，竟然还能打。

那母皇见状，气得腹部人脸都歪了。

奈何它体形太大，和它相比，乔晚体形又比较小，在袁六、裴春争他们的掩护之下，它甩尾吐丝，愣是没挨上乔晚的边。

刚刚吞了那只小玩意儿，乔晚觉得肚子里胀胀的、暖暖的，非但没任何不适，反倒灵力充沛得简直不像她自己。

这蜘蛛卵难道还有大补丸的效果？

现在乔晚精力充沛，腿脚利索，几个飞跃纵身之间，山洞中的石块扑簌簌地往下掉，全都往袁六、萧博扬他们几个人的脑袋上砸。

袁六侧着脑袋躲过了一块碎石，怒吼：“乔晚，你给我注意点儿！”

骂归骂，他也不啰唆，一挥手吩咐其他人跟上，时不时骚扰一下人面蝎尾蛛，帮乔晚掠阵。

乔晚一边纵高跳远地躲，一边使劲儿搓球，终于搓出了一个头大的电球。

这蓝色的电球“嗡嗡”作响，周围隐隐泛着一圈儿魔气。

袁六看得心惊胆战，生怕乔晚一个不注意，就把自己电死在当场。

电球既成，乔晚一路朝前狂奔，人面蝎尾蛛在乔晚身后紧追不舍。

“乔晚！”

一看少女蹿了出去，萧博扬赶紧跟着追了上去。

袁六：“走！”

“轰隆轰隆”，山洞中碾过滚滚沙尘。

忽然，尘沙尽散，裴春争、袁六、穆笑笑等人终于赶上了乔晚，只见乔晚一个急刹车站稳，转过身，手上爆发出耀目电光！

电流涌动，少女发丝翻飞，眼中似乎也翻滚着幽蓝的雷云。

众人：驱雷驭电！她这是要开大了吧？这招看上去很厉害啊。

在众人期待的目光之下，乔晚饱提一口气，大吼一声：“动感光波球！”将手上的电球反手砸了出去！

袁六：“……”

雷光激荡！四周山壁狂摇，乱石纷落如雨，而在雷光之中，人面蝎尾蛛扭身挣扎，凄声尖叫不止。

尖啸犹如魔音穿脑，袁六几个人捂住了耳朵，还没站稳，那电流爆开，冲击波伴随阵阵狂风“呼啦”一声从甬道里刮过，直接将袁六和萧博扬他们吹飞了出去。

狂风吹得萧博扬面目狰狞，慌乱之中，一把抠住了洞壁上的岩石突起，这才勉勉强强地稳住了身形。

就在这时，一道粉色身影从天而降。

萧博扬瞪大了眼，撕心裂肺地大喊：“乔晚你别过来！听到没有？！”

被气流掀上半空的乔晚：“我——不——行——！”

萧博扬只能眼睁睁地看着那粉色身影一头撞上了他的肚子。

这一下，差点儿没把他的五脏六腑撞出来。

两个人身姿柔软地在空中打了个滚，一块儿飞了出去。

瞬间，洞壁上“砰砰砰”响，贴上了数个“人形大饼”。

“喀喀喀喀……”

从洞壁上滑落下来，乔晚抬手挥去了眼前的灰尘，费力地睁开眼。

等电流渐渐散去，众人从地上艰难地爬起，走过去一看，空气中弥漫着一股烧烤的香气。

袁六吸了吸鼻子，踹了一脚：“真香啊，这能吃吗？补不补？”

乔晚蹲下身，翻来覆去地看了一番：“应该没问题。”

看着那蝎尾蛛的腹部，袁六恶心地转过头，马上放弃了这个想法。

人面蝎尾蛛一死，大患已除，眼下众人总算松了口气，靠着洞壁休整。

袁六撕下一块袖子，擦了擦刀尖上的血，扭头就看见乔晚蹲在蜘蛛尸体面前，不知道在想什么。

袁六狐疑地皱眉：“你刚刚那是怎么回事？”

刚刚他们可都看得一清二楚。

也不是他看不起乔晚，但是就以乔晚的资质和修为，她竟然能一掌把这人面蝎尾蛛轰死，这也太玄乎了。

乔晚这是开挂了？

乔晚摸了摸肚子，回想刚刚自己的爆发，也有点儿震惊：“难道是因为我把那玩意儿吞了？”

但这也不对啊，她的肚子里的魔气未散。

乔晚皱了皱眉。

一般来说，像他们这种正道修士，魔气一入体，灵气肯定和魔气打个难解难分，但她肚子里的魔气特别乖顺，温和地在身体里游走了一圈，沉入了丹田中，毫无不良反应。

这也太诡异了。

冥思苦想也想不出个所以然来，乔晚拍了拍身上的灰，站了起来，目光无意中一瞥，瞥见了裴春争和穆笑笑。

少女抱着双膝，小脸搭在膝盖上，雪岩狐卧在她的脚边。穆笑笑看着乔晚和围在她身边的暗部弟子，有些出神。

触及乔晚的目光，穆笑笑又勉强扯出了一点儿笑意。

裴春争坐在她身边，垂着眼睫陪着他。

乔晚收回目光，又想到了那个幻境，突然有点儿烦躁。

她看不惯穆笑笑，甚至一看见对方就心烦。

袁六看她面色不对劲，好心关怀："乔晚？"

乔晚赶紧眨了眨眼，定了定心神："我没事。"

"不对。"袁六歪着头看了她一眼，伸出手掰正了她的脑袋，将一张脸凑得老近，"你的脸色看上去怎么不太对劲？是因为你刚刚吃了那东西，还是说你和那些魔物对上了神识？"

乔晚她……身上有魔气。

袁六不舒服地直皱眉。

她身上何止是有魔气，这魔气几乎快溢出来了。

"乔师妹怎么了？"程立走了过来。

裴春争也往她这方向看了一眼。

袁六看了他一眼："没事，估计是刚刚砸雷砸得太凶，要歇一会儿。"

这感觉非但没减弱，反倒更加强烈。

乔晚抬起头，对上了裴春争的目光，目光又越过他落到了穆笑笑身上。

少女娇娇小小的一只，蜷缩着坐在裴春争身边，好像只要她稍微一用力，穆笑笑就能死在她手上。

这个念头一起，乔晚面色大变，顿时清醒了过来。她在想什么？

但好像有个人一直在她耳畔喊：杀了她，杀了穆笑笑。

那是一道低沉的男声。

他说：去，杀了她。

这声音吵得乔晚脑门青筋暴起。

乔晚靠着洞壁喘了一口气。

恍惚间，她好像听到了一连串铃音轻响，一个矜贵的身影端坐在案几前，垂落的袍角上绣了一枝白梅。

她想走近那个身影看个清楚，结果一闭上眼就醒不过来了。

"这是怎么回事？！"

袁六急得抓狂，伸出手使劲儿摇乔晚的肩膀。

她脑袋上的蝴蝶结都快被他摇下来了，少女还是闭着眼，根本没醒来的迹象。

袁六踹了一脚墙，气疯了。

从刚进洞到现在，他折了这么多弟兄，好不容易终于稳定了没事了，结果乔晚现在又昏过去了。

这还没完没了了？！

王五：“她是不是太累了？”

“累？”袁六指着乔晚身上那魔气，“就这魔气，都跟烧水壶一样了，你说她这是累的？”

第八章　剑仙御剑而来

乔晚就这么昏睡着也不是办法，其他人上来就要察看乔晚的情况。

“等等！”袁六抬手拦住了其他人的动作，两眼紧紧地盯着乔晚，突然吼道，“心魔！乔晚魇着了！被心魔困住了！”

心魔？！

众人皆愣住。

好端端地她怎么被心魔困住了？！

要是乔晚一直睡着，大不了他们扛起她就跑，等出了秘境上昆仑找人，但现在她被心魔困住了！

修士一入心魔，轻则关乎修为的进退，重则关乎生死，他们拽不得也搬不得。

乔晚现在也才筑基一层，筑基一层的心魔估计危及不了性命，要是他们上前贸然打扰她，说不定她又得掉回筑基。

修士，无疑都是把境界看得和命一样重要的。

袁六转了一圈，没办法了，一屁股坐在了地上，还能怎么办？

他们只能等，看乔晚能不能冲破心魔出来。

梦里，乔晚看见了自己的心魔。

六岁。

她看到了永泽府武天县大宁村的村落，自从男主人死后，简陋的两三间平房越发破败不堪，屋前的歪脖老柿子树也半死不活。

家里早就穷得揭不开锅了，妇人收拾了包袱，牵着小男孩迈出了门槛。

小女孩扑了上去，哭得喘不上气来，扒着小男孩的手不肯放。

妇人硬生生地掰开了小女孩的手，气急败坏，带着小男孩匆忙就走，跳上了牛车，再也没回来过。

浓雾渐起，大宁村慢慢地消失在了浓雾中。

十四岁。

剑仙御剑而来，垂眸问她愿不愿意做他的弟子，他紧握着她的手，带着她一步步踏上了昆山山门前的石阶。

小女孩跪在他面前，满心欢欣地朝他毕恭毕敬地磕了三个响头。

周衍缓缓走下，神色清冷。

他从来就没对这个弟子寄予什么厚望。

十八岁。

她第一次知道了穆笑笑的存在。

上元节，少年痛苦不堪，看都没多看她一眼，捧着兔子绢灯御剑破空而去。

她只要做好穆笑笑的影子，乖顺地低伏在她的影子里就好了。

但为什么？

为什么每次都是她？

似乎有个声音在她的脑海中质问。

为什么她娘不肯带上她？为什么大哥没来看过她一眼？为什么她只能做穆笑笑的替身，给别人的人生做配角？

她好歹是个有名有姓、活生生的人。

似乎有个低沉的男声在指引着她，说："这一切都是穆笑笑的错，杀了她就好了。

"你在这儿杀了她，从此之后，昆山就只有一个乔晚，他们的眼里就会有你的存在。

"她既让你受了这等委屈，那就去杀了她。

"这么多年来，你活得难道就不累？哼，假仁假义，你怎么对他们，他们又是怎么对你的？

"你当真以为他们在乎你吗？他们看中的不过是你这副容貌。如今正主已经回到了昆山，昆山还能有你待的地方？

"你在害怕什么？你不敢？是不敢报复，还是不敢承受报复的后果？

"这么多年以来，你之痛苦，全都因为她一人而起，既然如此，为什么不杀了她？

"在这秘境中，你杀了她，杀了在场所有人，出去之后，将这些都推给妖兽，那你如今所受的痛苦都将消失。"

泥岩秘境里，少女歪靠在墙上，但身上这股魔气非但没有散去的苗头，反倒越来越浓。

非但如此，洞中的魔气还纷纷如有实质般朝着乔晚奔去。

少女指尖一动，睁开眼，黑漆漆的眼珠里平静无波，隐约间似乎闪过一丝红光。

亲眼看见这一幕，袁六眼睛越瞪越大，差点儿瞪出了眶。

一声哀号响彻秘境之内：“乔晚入魔了！”

入魔……

裴春争自己就是个魔，对此简直熟悉得不能再熟悉了。

眼前乔晚这样，明显是入魔之兆！

见势不妙，裴春争眉头紧蹙，正要出手，没想到乔晚反应极快，一个纵身从他身旁跳了出去。

“这究竟是怎么回事？！”袁六怒吼，“好端端地她怎么入魔了？！”

这不就是个心魔吗？勘不破就勘不破，乔晚怎么还跑偏了？！入魔了？！

乔晚刚蹿出去，就直奔向穆笑笑！

“晚儿师妹？”

穆笑笑愣在原地，还没来得及有所反应，就被萧博扬猛地扑倒在地。

青年厉声道：“快跑！”

眨眼之间，裴春争、袁六和萧博扬已经飞身上前去拦乔晚。

穆笑笑不傻，一看就明白了，乔晚是冲着她来的。

入了魔的乔晚，简直就像变了个人。

少女神色冷厉，眼中杀意凛然。

不知道为什么，看见这样的乔晚，穆笑笑竟然感到一阵恐惧。

少女咬紧了下唇，清澈的眼里漾起显而易见的惧意，抱紧了雪岩狐，跌跌撞撞地往前跑去。

她只是天资好，更何况身上热毒还没解，而怀里的雪岩狐还没成年，眼下乔晚境界一路暴涨，真要杀她，她毫无还手之力！

乔晚就是奔着杀穆笑笑去的，也不恋战，穆笑笑一跑，乔晚迅速冲出战圈，追了上去。

袁六急得直蹦：“这到底是怎么回事？！乔晚怎么好端端地要杀人啊？！”

萧博扬和裴春争都没说话。

程立听说过一点儿穆笑笑和乔晚的那些旧事，心情也有点儿复杂：“旧怨。乔师妹和穆师妹这点儿旧怨实在不太好说。”

袁六气得鼻子都歪了。

乔晚入魔，非要杀穆笑笑，只能由两个暗部弟子护着穆笑笑先跑，他们在后面拦，但这样根本不是办法。

袁六被乔晚一掌打飞了出去，他捂着心口，一边咳血，一边气得想骂人。

这人入魔还自带境界提升的功效的？

现在的乔晚，哪里还像以前那样？此时她境界一路暴涨，从筑基一层一路狂飙，隐隐有了冲破金丹的趋势！

他们这几个人加起来，竟然还打不过乔晚一个！

更重要的是，这要真是个魔物就算了，问题就在于这是乔晚！他们也不敢真的用什么杀招。

他们不敢下杀手，束手束脚，乔晚却没和他们客气，出手狠辣凌厉，干净利落，招招要置人于死地。

袁六："裴春争！你不是魔吗？你倒是想想办法啊！"

裴春争抿紧了唇，抬手就要摁上自己眉间那点朱砂。

"不行！"萧博扬厉喝，"裴春争你不行！"

裴春争是魔，这是昆山尽人皆知的事实。

他是穆笑笑带回来的魔，为了穆笑笑情愿封印了自己的魔身，跟着穆笑笑回到了昆山。

他们这些人里，也就裴春争实力最强。

但就算是裴春争，也不过是筑基后期的修为。

他本来就是个魔，天生的那种，绝对不是后天跑偏的。

他的纯种魔身已修到金丹，硬是为了穆笑笑封了自己的魔气，拜入了昆山。

魔身入正道修炼，本来就有诸多不便，他封了魔身之后，在短短数年能重新修到筑基后期的境界，已经算是非常不容易了。

要是他解了他额间那朱砂封印，那指不定还能拦住乔晚，但解了封印后，万一出了什么岔子，那到时候他们要对付的可不只是乔晚了。

这代价，没人承担得起。

现在这样也没办法了。

袁六一咬牙道："上吧，别顾忌了！受了伤还能养回来，先抓住乔晚再说！"

现在乔晚这模样根本是入魔已深，再犹豫下去，他们都得死在她手上。

袁六一发号令，暗部的人不再犹豫。

一时间，各种法器和法诀不要命地"哐哐哐"往乔晚身上砸。

但乔晚的目标根本不是他们，就算被砸得鲜血淋漓，她也要冲破包围网，冲穆笑笑攻去。

袁六看得心惊肉跳。

乔晚这究竟是什么心魔？这得有多大仇？！

这两个人之间看着明明好好的啊。

萧博扬也没想到乔晚的心魔竟然是穆笑笑，乔晚竟然要杀了穆笑笑？！

萧博扬心里五味杂陈，没想到乔晚竟然对穆笑笑已经恨到了这种地步。

这也不行那也不行，袁六一边应付着乔晚，一边伸着脖子指挥：“我先缠住她！你们往前，随便找个地方埋伏起来，待会儿我把乔晚往外引，你们见机行事。”

“我数一二三，你们就上！甭管是人还是法器！都给我上！”

袁六且战且退，引着乔晚一路退到了包围圈里，一声令下：“上！”

乔晚耳畔擦过了剑刃，她踩着枪尖，硬是杀出了重围！

“乔晚你疯了？！”萧博扬气急败坏地怒吼，伸手想制住她的行动，但乔晚抬起眼，眉梢轻轻一扬。

“咯噔”一下，萧博扬的心跳漏了一拍。

“咔”——这是他的胳膊被扭断的声响。

乔晚这么多年锻体下来，身体素质不知道比其他人强悍了多少，轻轻松松就扭断了一个成年男人的胳膊。

“乔……”萧博扬捂着自己的胳膊，对上少女的目光，彻彻底底愣住了，心里陡然生出一股恐惧之意。

眼前的乔晚是真下了死手，是真想杀人的！

人面蝎尾蛛的魔气已经彻底侵入了她的识海，尊者在她的识海中留下的那枚印，能帮她抵挡一次心魔幻象，却没法抵挡第二次，金光转淡，杀戮、嫉妒、愤怒那些扭曲的欲望牢牢地占据了她的心神。

但在识海的一角，乔晚还残存着一点儿意识。

她站在识海里那金色莲花之下，咬着牙抵抗着。

她不想入魔。

魔气不受她的控制，铺天盖地地朝她压了下来。渐渐地，她那点儿意识也越来越微弱，就像是黑暗中苟延残喘的一盏灯，稍有不慎就灭了。

“乔晚？！”躲过一招攻击，袁六吼道，“乔晚你给我醒醒！你还有意识没？”

少女听了他的话，似乎顿了一下，董十二那杆金焰长枪，枪势没来得及收，“噗”一声扎入了乔晚的左胁。

“跑。”乔晚动了动嘴唇，隐约吐出一个字。

袁六：“什么？”

“快跑。”

就在此时，程立丢出一串赤阳符！

“老六！快跑！”

几个赤阳符一丢上去，少女直接伸手一把抓住！那一串赤阳符直接在她的手心里烧开，烧得乔晚手心皮开肉绽，洞中一阵焦味四溢，乔晚却恍若未觉，直接将赤阳符搓成了灰，符箓燃烧后的灰烬从她的手中像细线一样漏了出来。

虽然趁机脱了身，但袁六瞪大了眼，心中倍感绝望。

没想到乔晚入魔之后这么能抗揍，王五怒吼：“这根本打不死！”

裴春争忽然收了剑：“我来布阵，你们帮我拖住乔晚。”

“阵？”袁六抽空扭头大吼，“你布什么阵？！”

九天伏魔阵，顾名思义，就是专为伏魔而生。

裴春争就地取材，用洞里的碎石，按九宫八卦方位布着阵。

他精通的本来就不是剑术，而是阵法和符箓。

“这人本来就是魔。”袁六伸手一指，“他摆的伏魔阵你们能信？”

萧博扬咬牙道：“不然呢？现在除了信他你还有其他办法吗？！”

阵形一成，袁六一声令下，众人拖着乔晚往阵中引去。

“一！二！三！”袁六高呼，“跑！”

众人一起撒丫子跳出了法阵。

裴春争没动，坐镇阵眼，拖住了乔晚。

四周狂风渐起，地雷轰隆作响，灵力顺着阵法游走，阵法运转！

九天伏魔阵，殄灭群凶，扫荡妖魔。

凡是魔修入阵，无不痛不欲生。

裴春争抱住了乔晚，不让她挣脱，唇瓣紧抿得泛白。

阵法既成，一道地雷轰然滚过！

少年皱眉冷哼了一声，死死抱住了乔晚没动。

这还是他们上元节分手之后，第一次这么紧密地相抱着。

裴春争来不及多想。

紧接着，第二道地雷滚过！

第三道，第四道……

袁六站在阵外，胆战心惊地看着这“噼里啪啦”作响的地雷：“这能行吗？”

不远处，雷霆万钧，电光交织，阵法四周地火熊熊蔓延开来。

王五眉毛急跳：“我怎么感觉闻到了焦味儿呢？”

阵法中，地雷加身，裴春争唇间逸出一声闷哼，双手紧紧地扣住了乔晚的腰。

但他没想到的是，地雷加身的痛苦之下，乔晚还能动！

怀里的少女吃力地抬起手，拔出了左肋中那半截金焰枪枪尖，手腕一转，将枪尖深深地插进了裴春争的胸口！

她眼中清晰地映出了裴春争震惊、难以置信、如遭雷击一般的神情。

那张艳丽的脸上血色急速退去，变得一片死白。

雷光突然急退！

袁六走近一看，面色大变！

裴春争跪在阵眼中，乌墨的鬓发散乱，胸前插着那半截枪，鲜血都已经浸透了衣襟。

少年狠狠地握紧了指节，一颗心好像被高高吊起，揪得他几乎喘不过气来。裴春争眼睫颤了颤，身形晃了晃，终于没支撑住，一头栽了下去，不省人事。

乔晚真的下了狠手！

“乔晚呢？！”袁六四下看了一圈，也没看到乔晚的影子。

“糟了！”袁六道，“穆笑笑！”

穆笑笑也在跑，跑得跌跌撞撞、气喘吁吁，但根本不敢停下来。

裴春争重伤，萧博扬断臂，其他人身上或多或少都添了伤。

在场的，已经没一个人拦得了乔晚了。

穆笑笑怀里的雪岩狐突然蹿了出来，一口咬在乔晚的胳膊上，几乎扯下来一块肉。

乔晚连眉毛都没动一下，掐住了那雪岩狐的脖子，连着胳膊上的肉一块儿甩了出去。

穆笑笑又急又怕，滚下两行眼泪：“小狐！”

扭头看了一眼不知死活的雪岩狐，穆笑笑咬着唇，飞身上去和乔晚拼命，才过了两招，整个人“砰”地被打飞出去，摔上了石壁，昏死过去。

“乔晚！”

好不容易追了上来，袁六眼睁睁地看着乔晚一步一步走到了穆笑笑面前。

在袁六、萧博扬等人的目光中，乔晚突然停住了。

袁六见状，赶紧大喊：“对对对！乔晚你想想！不行！给我住手！”

她不能杀穆笑笑。

乔晚头痛欲裂地想，但她快控制不了自己了。

数以万计的人面蝎尾蛛的神识一同反噬，她脑子里像是同时被上万只人面蝎尾蛛撕咬。不论乔晚怎么挣扎，神志才冒了点儿头，又迷失在魔气四溢的识海中。

她不想入魔。

乔晚咬紧了牙根。

她才不想入魔。

她从来没想过破碎虚空，渡劫成仙。成仙这种事对她来说，实在有点儿虚无缥缈和不靠谱。

就连她前世看过的那些小说，主角飞升之后，也只不过是换了个地图继续升级。

她从来就不是为了成仙而修炼，修仙初衷本为自保，后来是为了证明自己的价值，可归根到底，还是因为她想要变强，渴慕实力。

十四岁，周衍御剑而来，握着她的手带她拜入了昆山。

那是乔晚第一次接触到“仙人”。

但她不想成为那些看着白衣飘飘、仙气渺渺，实则背地里杀人夺宝、争抢气机，只为追求一个虚无缥缈的愿望的“仙人”。

她不想做一个高高在上的“仙人”，和普通人划清界限。她本来就是个普通人，生来是普通人，死了也是普通人。

她和山下人唯一的区别只在于更能打。

胸中小不平，可以酒消之；世间大不平，非剑不能消也。

她想变得更强，想继续下山除妖，惩恶扬善，做点儿自己力所能及的事，帮一帮和她一样平凡却没能力的人。

她才不想入魔。

尽心利济，使海内少我不得，则天亦自然少我不得。

世间会需要她，上天也会需要她。

这才是她作为乔晚的价值，这才是她立命的道心。

想到这一点，乔晚委屈地瞪大了眼，眼泪霎时滚了出来。

她脑子里只剩下一个信念：不能入魔。

她不能杀穆笑笑。

那她……还能有什么办法？

手……她控制不了自己的手。

完了，袁六绝望地心道。

要是乔晚真的要杀穆笑笑，他只能对不起乔晚了。

这一下手，乔晚就是真正入魔了。

乔晚要杀了穆笑笑，那就真的回不来了。

袁六等人心惊胆战地看着乔晚一步步往前走着。

就算他再欣赏乔晚，这都是原则和底线。

乔晚这个时候的注意力全放在穆笑笑身上。

袁六几个人围住了她，只要乔晚一动手，他们就出招。

乔晚走到穆笑笑面前，抬起了手。

袁六的刀龙欲出！

众人的法宝尽数亮出！

杀意滔天！

眼见乔晚顿了一下，袁六一脚踹飞了乔晚，王五手疾眼快地抛出了天罗网，正好将乔晚兜头罩住。

如果不到万不得已的地步，他也不愿意对乔晚下手！但现在他们要是不重伤她，带她回昆山，穆笑笑绝对会死在她手上！

搁在以前，袁六才懒得去管穆笑笑的死活！

但乔晚不一样！她真的杀了穆笑笑，那整个人就毁了！

天罗网暂时困住了乔晚的身形，袁六高举大刀，不忍心地闭上眼劈了下去！

他没想到就这一瞬的犹豫，就被少女逮住了空隙，冲出了天罗网，以迅雷之势劈手将刀夺去。

再见这空手夺白刃的熟悉画面，袁六忍无可忍地爆了粗口。

洞里安静了下来。

袁六像条死狗一样趴在地上，胸中“呼呼”地喘着气，额角青筋暴起：“乔晚！你给我住手！”

然而下一秒，乔晚的动作让整个洞里的人都呆住了。

少女丢了刀，抬起手，却不是向穆笑笑下手。

她抬起两只手，一左一右同时用力，“咔咔”两声，扭断了自己的两只胳膊。

山洞里顿时陷入了死一般的寂静中，只剩下众人粗重的喘息声。

在场还能喘气睁眼的暗部弟子都睁大了眼，愣住了。谁都没想到眼前这个脑袋上顶着个粉蝴蝶结的姑娘，穿着一身粉衣，肤白清丽，看起来还有些女儿家的小心思的姑娘，竟然干脆利落地扭断了自己的胳膊。

乔晚的两条胳膊软绵绵地垂落在身侧。

“乔晚？”萧博扬捂着自己那一只胳膊，愣愣地问，“你……你没事了？”

他还没说完，地面忽然又剧烈地震动起来。

“这是怎么回事？！”

“人面蝎尾蛛！”一人伸手指向洞口，大叫道，“那人面蝎尾蛛没死！”

乔晚这边还没解决，那边母皇未死，袁六整个人都崩溃了。

这厢，乔晚抬眼，眼中红光未消再度入魔；那厢，母皇势要报复回来。

他们这几个伤患被夹在中间，只有死路一条！

袁六一咬牙，狠狠心道：“走！”

“趁这个时候走。”男人的眼神冷了下来，终于露出了点儿暗部弟子杀伐果断的冷酷。

“那……那乔师妹怎么办？”

“怎么办？”袁六道，“你看乔晚入魔这么深，还有救吗？”

程立哑口无言。

谁都看得出来，乔晚入魔到这个地步已经再难恢复意识了。

但乔晚……毕竟是为了他们入魔。

如果不是和那数万的人面蝎尾蛛对上识海，她也不可能入魔！这个时候他们要丢下她跑了，这还是人能干出来的事吗？！

袁六握紧了手里的刀，咬紧了牙。

这当然不是人干的事！他也不想丢下乔晚。

但除了乔晚，他身后还有其他弟兄，除了这些还能站着的人，地上横七竖八地躺着的人全是他的弟兄，那都是和他同生共死的弟兄。

他舍不下乔晚，更舍不得为了乔晚，葬送其他弟兄的命！

袁六深吸了一口气。

这人面蝎尾蛛是冲着乔晚去的，留下她俩自相残杀，他们还有活命的机会。

袁六定了定心神，一挥手，冷酷地道："走。"

谁不惜命？

碎石"噼里啪啦"地滚落，这山洞就要塌了，他们再不走就来不及了。

几个暗部弟子看了一眼神志不明的乔晚，虽有不忍，却还是扶起了穆笑笑和裴春争以及地上伤重不醒的几个弟兄。

"走！"

眼见萧博扬还愣愣的，袁六青筋暴起，一手抄起萧博扬飞身掠出。

想到乔晚，到底还是没狠下心，袁六扭头看了一眼正在崩塌的洞口，丢开萧博扬，一咬牙又冲了过去。

他才踏出一步，一块巨石从天而降，轰然一声落在了袁六面前，彻底封死了洞口。

亲眼看见这一幕，袁六磨了磨后槽牙，吐出了一口血水，全身力气一泄，靠着洞口瘫倒了下来。

萧博扬没了往日那股飞扬跋扈的贵气，俊俏的脸上伤痕累累，血迹斑斑，一手捂着断臂，愣愣地看向洞口。

洞口被巨石封得严严实实的。

乔晚……乔晚还在里面。

萧博扬愣愣地想。

乔晚和那人面蝎尾蛛还被关在里面没出来。

他……他虽然讨厌乔晚，觉得她哪儿哪儿都碍眼，那头上的蝴蝶结更看得他心烦，但他从来没想过让她死。

萧博扬怔怔地垂下眼睫。

虽然修士本来就是在生死间游走，但他从来没想过乔晚会死。

萧博扬眼神复杂地看向洞口。

他可能……也没那么讨厌她。

袁六靠着墙，手上大刀一松，身心俱疲。

他们是跑出来了，但乔晚被封在了洞里。

在场众人没人说话。

劫后余生，也没一个人感到高兴。

他们这条命是乔晚给的，要不是乔晚那时候和这些人面蝎尾蛛强行建立了联系，他们也活不到现在。

结果现在他们为了活命却把乔晚和那母皇关在了一起。

有人低骂了一声。

他们真不是东西。

可是谁不想活？

他们都想活。

程立靠着墙，垂下了眼。

乔晚是他们这一队人里面唯一的姑娘，在进洞前，他自觉要护着这队里唯一一个师妹。

结果，他们都做出了什么事？

程立握紧了拳头，一颗心像被油煎似的难熬。

“走吧。”最后还是袁六率先开了口，捡起刀站起身。

“去哪儿？”王五问。

“出去。”袁六将刀往肩膀上一扛，沉声道，“出去求援，要是救援的人来得及时，说不定乔晚还有命可活。”

在场的人，没一个是专攻神识的。他们只有出了秘境，找到昆山专攻神识的素霓长老，说不定还能将乔晚从魔气中拽回来。

还有穆笑笑这情况，袁六斜睨了她一眼，心里一沉。

穆笑笑脉象微弱，拖不了太久。

程立眼里终于重燃了点儿希望。

对，出去，他们出去了，乔晚说不定还有救。

虽然这么想着，但每个人心里其实都很清楚，乔晚双臂被废，又能撑到什么时候？

洞里，乔晚还在和神识里的魔气做斗争。

她的神志断断续续地恢复清明，像信号不好的电视剧，“嗞嗞”地响，隐约间，她看到巨石封死了洞口，袁六拽着其他人退了出去。

看到这儿，乔晚松了口气，转过身，抬头看向眼前这人面蝎尾蛛。

没了袁六和萧博扬他们在这儿，乔晚终于少了点儿顾忌。袁六和萧博扬他们待在这儿的时候，她一直担心会害死他们，现在终于只剩下她和这人面蝎尾蛛。

乔晚神识一松，也不再抵抗，放任浩浩荡荡的魔气一瞬间淹过来。

没了胳膊，她还能用腿，还能用嘴。

母皇不同于其他人面蝎尾蛛，已经开了点儿灵智。

面前的少女浑身是血，衣服破破烂烂，两条手臂软绵绵地搭在身前，但眼神冷如寒冰，眼里毫无畏惧之意，只有铺天盖地的杀意。

这是魔气。

这是个魔。

眼前这个凡人修士是个天生的魔……

母皇愣了愣，心上不自觉地涌起了一阵惧意。

但转瞬之间，乔晚已经咬起地上的一截短剑冲了上来。

乔晚冲上去的时候，两条胳膊在身侧打晃。

母皇受伤在前，身上还散发着一股焦味，实际情况也没比乔晚好到哪里去。

躲过漫天蛛丝，几招之后，乔晚逮住机会，咬着短剑蹿了上去，剑刃捅入最脆弱的蛛腹，沿着蛛腹一路往下使劲儿一划。

小小的洞穴之中，转眼之间，魔气滔天。

母皇又惊又怒，剧痛之下，翻身摆尾，蛛丝乱吐，想把乔晚抽出去！

但就算乔晚被抽得吐血，马上又咬着短剑冲了上来。

母皇绝望了。

在乔晚锲而不舍地左划一下、右戳一下之下，母皇终于力不从心地哀号一声，血流如注，倒在了地上。

乔晚脚后跟一蹬，甩着两条胳膊蹦了起来，大汗淋漓地又冲了上去。

母皇已经是强弩之末，数百人脸齐齐睁眼，眼球暴凸，奈何嘴全都被乔晚划烂了，只能死死地盯着她看，像是在诉说心中的不满和怨恨。

乔晚蹲下身，眼神冷冽。

“噗——”那一截短剑深深地刺入了母皇的脑袋中。

被溅了一脸鲜血和脑浆，乔晚眨了眨眼，眼前映出一片薄薄的红色景象。

但她这个时候没手擦，只能任由它流。

母皇一死，乔晚松了口气，咬着短剑瘫倒在了地上。

可能是开了杀戒的缘故，她的识海里那魔气反倒慢慢地安定下来。

乔晚看了一眼洞顶。

洞里安静了下来，角落里那一片片矿花散发着荧荧的蓝光。

还没等乔晚彻底放松，眼前又闪过一道白光。

乔晚抬起眼。

她面前正站着一身白衣的小男孩，粉雕玉琢，俏生生的，但看着她的眼神带着不加掩饰的恨意和轻蔑。

是穆笑笑那只雪岩狐？

乔晚气喘吁吁地想着。

看来袁六他们逃出去的时候没来得及带上雪岩狐，她和母皇缠斗的时候，雪岩狐就一直藏在旁边，等母皇一死，这才现身。

乔晚："你要杀我？"

雪岩狐稚嫩的小脸上露出了点儿阴狠的气势："是。"

乔晚："乘人之危，你好意思？"

"你比我厉害，我也只能这么做，"小男孩说道，"你别怪我，要怪就怪你自己对穆姐姐做出来的那些事。"

乔晚扯着唇笑了一下。

少女眼神锋锐，眼中魔气四溢。

雪岩狐看得内心竟然生出一阵恐惧来，不自觉地往后退了一步。

这是妖兽对大妖大魔本能的恐惧。

但……但眼前这明明就是个修为才过筑基期的凡人修士，它怎么可能会怕她？

雪岩狐赶紧收敛了神情，目光转狠。

她伤了穆姐姐，死不足惜。

想杀她，还早了点儿。乔晚扯着唇冷笑，至于雪岩狐和穆笑笑订了血契，那不关她的事。既然雪岩狐要对她下手，那就别怪她不客气。

还没等雪岩狐先动手，乔晚脚一蹬，一个暴起，先发制人，猛地将雪岩狐扑倒在地，双腿一扭，死死地摁住了雪岩狐。

小男孩瞪大了眼。他是看着乔晚倒下来才现身的，根本没想到乔晚这个时候竟然还有挣扎的余地，两条腿缠在他身上压得他动弹不得。

她身上的魔气也如有实质般跟着压了过来。

看着乔晚，小男孩眼里终于露出了不加掩饰的恐惧之色。

"你……"

这后半句话他没说完，永远卡在了嗓子眼里。

因为乔晚张开嘴，直接咬断了他的气管。

小男孩脸上的神情停留在最后一秒的样子，喉咙里发出声响，脖子不断冒出一串串血沫。终于，雪岩狐瞪着眼，慢慢地变回了原形，化为一只雪白的狐狸。狐狸抽搐了两下，不甘地断了气。

这狐狸肉递到乔晚嘴边，她都懒得吃。

乔晚"呸呸呸"地吐出一嘴毛，一点点地往洞壁前挪，靠着洞壁啐了一口血沫，又深深地吐出一口气。

她休息不了多长时间，要一直待下去，肯定会被困死在这儿。

她还要回去。

就是如今她自废了双臂。

看了一眼洞口的巨石，乔晚想着，她这个情况，到底要怎么出去还是个问题。

休息了一会儿，乔晚蹲在地上，鼓起脸，使劲儿朝洞壁的一个方向吐法诀。

几个法诀下来，洞壁硬是被她砸出了一个小小的洞口。

乔晚往回退了两步，抬起脚一踹。

“砰！”

因为惯性，乔晚一个趔趄，没刹住脚，一头撞上了对面洞壁，撞得头昏眼花。

得救了。

不过，她虽然出来了，但这还远远不值得高兴。

因为眼前还有个更棘手的问题。

看着黑暗中那密集的红光，乔晚心里简直无力吐槽。

母皇临死前，明显是召集了不少子孙，死也要拖她一块儿死。

这些人面蝎尾蛛已经不再听她的号令，更何况，她还要分出一半神识对付魔气，也没力气再去操纵这些人面蝎尾蛛。

看着眼前渐渐围过来的人面蝎尾蛛，乔晚低头再次咬住了地上的短剑，又一头冲进了怪物堆里。

与此同时，一行人凄凄惨惨，互相搀扶着往前行进。

袁六抱着穆笑笑一路狂奔。

快一点儿，再快一点儿，只要他们出了秘境，乔晚说不定还有活命的机会。

他没想到，怀中的穆笑笑忽然动了一下。袁六的心跳猛地漏了一拍，他赶紧低下头去看她的情况。

穆笑笑胸口一阵起伏，忽然抬起头“哇”地喷了他一脸血，又昏了过去，呼吸看起来比之前更加微弱。

鲜血顺着睫毛一滴滴往下流，本来精神就高度紧绷，这下袁六崩溃地怒骂起来。

也不知道就这样跑了多久，一行人终于在洞口看到了点儿亮光。

袁六活这么大，还从来没这么渴望过阳光。他加快了脚步，一个踉跄跌了出去，扑倒在洞口前。

那守在洞口接引的弟子见状赶紧围了过来。

“这是怎么回事？！”

“去……”将穆笑笑往接引弟子怀里一放，袁六精神一松，整个人一软，瘫倒在地，勉强挤出一句话，“去……去救乔晚，去问世堂找人……”

“袁六！”

平常无人问津的泥岩秘境前难得聚集了不少人，问世堂暗部弟子个个面色冷峻。

不只问世堂堂主马怀真到了，就连那素霓仙子也到了。

马怀真残留的那一只完好的眼冷冷地看向了洞口："开。"

泥岩秘境再开！

问世堂暗部整装待发，准备冲进去救人！

"等等！"为首一个弟子抬手，大喊道，"先停！"

幽深的甬道中，似乎转出来一道人影。

先进秘境的几个弟子慢慢向后退了出来。

随着那道人影越来越近，众人目瞪口呆，难以置信地看着眼前这一幕。

"乔……乔晚出来了……"

什么？！

马怀真眉毛一拧，半截身子一晃，飞身上前。

那摇摇晃晃地走到洞口的人影，确实是乔晚。

少女神色冷厉，身上的粉色罗裙破破烂烂的，两条胳膊软绵绵地垂落，全身上下没一处好肉，脸上、身上全是凝结了的暗色血迹，嘴上咬着一把短剑。

这……这除了是乔晚还能是谁？！

洞口的众人纷纷骚动了！

大伙儿愣愣地看着乔晚慢慢走近，忽然，她嘴里的短剑"哐啷"一声掉在了地上，整个人晃了两下，昏了过去。

马怀真愣了愣，一抬手，乔晚就落入了他的怀里，身上的血一下子也把马怀真的袖子浸湿了一半。

他只剩一只胳膊，抱着乔晚的画面看上去十分滑稽。

袖口被血浸透，男人连眉毛也没皱一下。

但在场的问世堂弟子没一个敢吱声，也笑不出来。

从马怀真那铁青的面色，他们能看出来，马堂主是真的生气了。

虽说马怀真为人是凶残了点儿，但他护短啊，谁能想到一个大活人进去，出来的时候伤成了这样？

落回自己的轮椅上，男人抬起右手，厉声道："你们还愣着干什么？！还不快去栖霞峰找高兰芝？！"

几个问世堂弟子打了一个哆嗦，双腿一软，赶紧化光直奔栖霞峰。

而乔晚神识受重创，入魔，双臂被废，独自一人，嘴里咬着一把短剑，硬是拖着两条断臂杀出了一条血路的消息，几乎在第二天就传遍了整个昆山！

第三部分 入游仙镇

第九章　肋骨在月色下犹如一双蝶翅

马怀真是一路扛着乔晚回昆山的。

马怀真是谁？问世堂煞神，就没什么人敢接近他一米以内的。他竟然没嫌弃乔晚压着他的断胳膊断腿了，纡尊降贵地抱着乔晚，在轮椅上给她腾了点儿地方，一路带着她回到了昆山。

他将乔晚往床上一搁，高兰芝得了消息匆忙赶了过来。

那厢，素霓仙子正在探查乔晚的神识。

一探入乔晚的识海，素霓仙子也有点儿心惊。

乔晚这识海里，魔气多得让人咋舌，但更令人震惊的是乔晚这破破烂烂的神识。

“怎么样？”马怀真铁青着一张脸，沉声问，“还有救没？”

“有救倒是有救，”素霓道，“只是这神识有点儿难办。”

“救好乔晚。”马怀真斩钉截铁地道，“好端端一个人，总不能让她傻了。”

乔晚若是傻了，他到哪里再找这么一把称手的剑？

没想到马怀真态度竟然这么坚决，素霓诧异地看了他一眼：“堂主既然发话了，那我尽力为之。”

乔晚还在床上躺着的时候，昆山，尤其是外门弟子都沸腾了。

活着从秘境里走出来那算不了什么，问题就在于乔晚才刚到筑基期，这是以筑基一层的修为，一个人从泥岩秘境中杀出来了。

这次进洞二十多人，折损了七人，就连金丹期的修士也不能保证在双臂被废、神识受创的情况下，还能活着从泥岩秘境里走出来，更何况区区一个筑基期的修士。

在此之前，别人一提起乔晚就是什么资质平庸，靠脸拜入了玉清真人周衍的门下，这回乔晚可算是真的出名了。

乔晚拖着断臂杀出秘境的消息，尤其在外门弟子中掀起了轩然大波。

外门弟子都是资质低劣，没资格进入内门的。

资质生来本由天定，因为资质低劣的人，就算再努力，修个百儿八十年也没法长进，各种辛酸和绝望能向谁说？

大道渺茫，有的人死在了修炼路上，成了天才们垫脚的小炮灰；有的人收拾收拾包袱，沉默地离开昆山回到了凡人界。

但更多的人怀揣着一颗成仙的心，前仆后继地磕死在了昆山玉阶前，咬牙坚持。

乔晚以这平平无奇的天资、筑基一层的修为，彻底在昆山打响了名声，无疑极大程度地振奋了外门弟子们的心，在这日复一日枯燥无望的修炼之中，他们终于又找回了点儿前进的动力。

乔晚既然可以，他们怎么不可以了？

而已经成为外门弟子前进榜样的乔晚，这个时候还躺在床上昏迷未醒。

这回入洞的事，最惹人注目的无疑是玉清峰上那位玉清真人周衍。

他的两个弟子都进了泥岩秘境，结果一个弟子到现在还没醒，而醒来的那个不认人了。

对，穆笑笑不记得人了。

醒来之后，她竟然把自己叫什么，把昆山、玉清峰、周衍、凤妄言他们忘了个一干二净。

收起剑光，高兰芝一扬袍袖，罗带翩翩，轻巧落地。她刚落地，就马不停蹄地往玉清宫赶。

玉清宫内的玉床上，锦帐重重，穆笑笑正数着帐子上垂下来的丝绦，眼神有些茫然和无措。

高兰芝快步走近，面上露出一丝浅笑："今日你感觉如何？可好些了？"

本来高兰芝都已经给青崖道人修书一封，算算时间，这个时候都能带穆笑笑过去解毒了，没想到又出了这事。

伤上加伤，毒上加毒，凤妄言得知情况之后，差点儿没烧了玉清峰，还是陆辟寒心狠手黑，果断地给压了下来，并且打着要让穆笑笑好好养伤的旗号，严格限制了凤妄言上玉清峰的次数。

穆笑笑一转头看见她，捂着脑袋，神色懵懂地说："头，姐姐，我头疼。"

穆笑笑扁了扁嘴，又摸上了自己的胸口："胸口，难受。"

高兰芝扶着她靠着床坐起来，探出灵力帮她察看。

和乔晚、袁六他们相比，穆笑笑一路有人护着，伤得还不算太重，用灵丹妙药喂了几天，已好了大半。

就在这个时候，殿内又走进一道身影。

周衍缓缓地走了进来。

“笑笑怎么样了？”

高兰芝回头看了一眼，低声道：“伤势已好得差不多了，就是这头上的……暂时还无他法可解。”

周衍在床边坐了下来，一听这话眉头顿蹙。

穆笑笑一见周衍，眼睛一亮，脸上露出了深深的依恋和孺慕之情：“师尊。”

周衍顿了顿，抬起手，宽大的袖摆落在她的头顶，抚了抚她的顶发以示安慰。

穆笑笑醒过来之后就失去了记忆。

周衍惊愕的同时心如刀绞，但那个曾经软软地牵着他的衣角的少女确实已经不在了。

他花了半天时间，耐心地一一同穆笑笑重新解释了一遍。

穆笑笑这才歪着头，眼巴巴地看着他，怯怯地问：“那……那你就是我师尊了？师尊你长得真好看。”

周衍眉宇间的寒色稍化，他难得露出了点儿微笑，心里却说不上来地沉重。

他没想到乔晚的心魔竟然是直奔穆笑笑去的。

沉稳守礼如乔晚，心里竟然恨自己的师姐恨到了这个地步。

周衍闭上眼，说不失望那是假的。

尤其对上眼前少女那双清澈懵懂的眼睛时，周衍如鲠在喉，更是什么话也说不上来了，只能愧疚地避开了少女的视线。

归根到底，是他对不起她，让她受了委屈。

周衍摸上穆笑笑的发顶，心中苍凉又迷茫。

他本来以为笑笑回来之后，乔晚心中有些怨怼那也是人之常情，但万万没想到的是，乔晚竟然想杀了笑笑，杀了自己的同门。

他只愿他的弟子行事能光明磊落，而不是花心思在这私下的争斗和攀比之上。他不厌恶那些摆在明面上的利益心计，只厌恶那些阴私。

想到乔晚，周衍遍体生寒，有心惊，有难以置信，但最主要的还是失望。

或许，他先将她们二人隔开更好一点儿。

素霓仙子专攻神识，性子温柔。他听高兰芝说，乔晚的神识伤得不轻，等乔晚养好了伤，再把她放到素霓仙子那儿教养一段时日。

周衍心里喟叹，她心中怨气如此之深，道心不稳，但愿到时候素霓仙子能帮她化解心头戾气。

想到他们师徒二人恐怕还有些话要说，高兰芝没有久留，体贴地给他俩留下了点儿相处空间，转道儿去看乔晚。

高兰芝过去的时候，乔晚的洞府门前正守着几个戒律堂的持戒弟子。

这些持戒弟子都是冲乔晚来的，乔晚入魔这事是众人亲眼所见。入魔不是重点，昆山收徒本来就包容开放，不计较那么多，重点是乔晚入了魔以后想杀穆笑笑。

昆山最忌讳的就是同门相残，更何况乔晚还是周衍的弟子。

她既然是昆山十二峰峰主座下弟子，这事绝对不能轻易揭过。

这几天，戒律堂派了人牢牢地守在洞府门口，不放任何一个可疑人士进来，就等乔晚醒过来提她回戒律堂复命。

门前守着的执戒弟子认得高兰芝，倒也没拦她。

高兰芝一进去，就看见陆辟寒坐在床边守着乔晚。他鼻子挺而直，眼眸幽深，神情阴郁，看着乔晚不知道在想些什么。

陆辟寒见高兰芝进来，起身行了一礼，沉声道："长老。"

高兰芝点了点头，就去看乔晚的情况。

乔晚到现在都还没醒。

高兰芝探了探她的伤势，心里叹了一口气。

乔晚比穆笑笑伤得严重得多，胳膊上那一块肉都没了，也不知道是被什么东西给咬的，身上全是法诀和法器砸出来的伤痕。

高兰芝伸手一摸，摸到她的左胁，这儿的血洞才被包起来没多久。

乔晚神识受重创，五脏六腑也有不同程度的损伤，筋脉因为灵力暴涨破损了不少，看起来格外凄惨。

而周衍一直陪着穆笑笑，竟然没来看他这个弟子一回。

高兰芝："她身上的皮外伤还算好办，但是这神识和魔气……"

她的灵力刚刚伸进乔晚的体内探了探，这一团魔气依然沉在乔晚的丹田里，久久不散。昆山化神期的玉清真人的弟子入了魔，这简直就是笑话。

这魔气要如何拔除，到现在还是个难题。

高兰芝沉吟不语，陆辟寒垂下眼睫，咳嗽了两声，落在乔晚身上的目光森寒。

留下一瓶丹药后，高兰芝忙着下去找拔除魔气的法子，没久留。

过了两天，乔晚终于醒了。

四肢像灌了铅一样重，她感觉全身上下就没有哪一处不疼的，断臂已经被人接上了，身上也都敷上了伤药，识海里的魔气好像被人耐心地梳理了一遍，暂时不会影响她的理智。

她一睁眼，就看到了桌前一道瘦骨嶙峋的身影。

“大师兄？”

陆辟寒目光沉沉，走到床边，低声问：“醒了？”

乔晚试着动了动手指，她的两只胳膊已经被包起来了，全身上下被裹得像个粽子似的，就这么直挺挺地躺在床上，动也不能动。陆辟寒居高临下地看着她。

回想到在泥岩秘境中发生的一切，乔晚避开了陆辟寒的视线，低声道：“大师兄，我入魔了。”

“嗯。”

陆辟寒只“嗯”了一声，没多说其他的。

“好好养伤，”男人枯瘦的手指落在她的头顶，轻轻摸了摸她的发顶，往日里那森寒的语气难得温柔了下来，“别想其他的。”

乔晚知道陆辟寒不喜欢魔，但他什么也没说。

顾及她伤得不轻要好好休息，陆辟寒嘱咐了两句，也没多待。

乔晚睁着唯一能动的眼珠看着洞顶。

躺床上养伤的日子其实很无聊，尤其她还不能动，幸好修士能做到一连十多天不用吃喝拉撒。

乔晚躺在床上的时候，试着把神识再沉入识海，想再联系尊者，但刚这么做，脑袋就像针扎一样疼，只能遗憾作罢。

她的洞府外还守着几个戒律堂的执戒弟子，她入魔这件事，回头还要给戒律堂一个交代。奈何她现在在床上躺着，戒律堂弟子也不能把她扛回戒律堂去，只能每天守着，等她养好了伤再说。

于是，乔晚每天的日常就变成了和这几位执戒弟子聊天，没过几天她就和几位大哥混了个脸熟。

在乔晚养伤期间，前来探望她的人竟然还不少。

袁六和几个暗部弟子来了一次，萧博扬也来了一次，看见她在床上躺着，神情都有点儿说不清道不明的沉重。

尤其是萧博扬，这次进洞之后，看起来成熟了不少，身上也没之前那股飞扬跋扈的傲气了，坐在乔晚的床边的时候，就用那深沉、复杂、一言难尽的目光看着她，看得乔晚怀疑人生。

济慈和甘南也来了一次。他俩一个是大悲崖的，一个是青阳书院的，都不是昆山弟子，说服持戒弟子放行的时候，费了好大劲。

到头来还是甘南礼貌羞涩地用灵石砸晕了一个弟子，顺利被放行。

济慈和甘南没多大变化，倒是乔晚离开的时候，一身俏丽的粉衣，回来的时候，只能在床上养伤，因为脑袋也被包上了，连蝴蝶结都只能遗憾地取下，毕竟木乃伊脑袋上顶个蝴蝶结，画面太美。

这真是闻者伤心，见者落泪。

甘南看着她，也和袁六一样沉默了一会儿，像是下定了决心，鼓起勇气看向乔晚，琉璃一样的眼中燃起了一点儿光，磕磕巴巴地说：“小妹，我日后定会好好修炼。”

乔晚愣了愣。

甘南低下头，白发柔软地垂落在颊侧，羞愧地抿紧了唇，耳根泛红：“至少，在小妹你遇上危险的时候，这龙鳞之契真的能起到点儿作用。”

他和乔晚相识的时间虽然不长，但那一晚上的生死逃亡，已经结下了两个废物之间深厚的革命友谊。

短短这几天相处下来，甘南是真把乔晚当作朋友和小妹。他只有两个哥哥，没有妹子。对这个误打误撞结拜来的妹子，甘南很是珍惜。

乔晚和他很像，或者不如说他从乔晚身上看到了自己。

至于济慈，特地给乔晚带来了大悲崖特产的伤药，专治跌打损伤。

在床上养了几天，乔晚总算能下地了，结果脚刚一沾地，马上就被执戒弟子大步流星地拎到了戒律堂。

被拎到戒律堂门口的时候，乔晚若有所思。

如果她没记错的话，这次会审，就是原著中“乔晚”被赶下山的直接原因。

因为她在泥岩秘境中对穆笑笑做出的那些事，“乔晚”在这次会审中被戒律堂下令赶出了玉清峰，驱逐出了昆山。

好歹和乔晚混了个脸熟，这几个执戒弟子还算有礼貌，看着乔晚这模样，都有点儿于心不忍。

几个人一边押着乔晚往戒律堂走的时候，一边好心提点了她几句。

“这次主持会审的，是戒律堂的定法长老，为人最为刚正不阿，吃软不吃硬，师妹到了那儿态度放软点儿，可千万不要和定法长老来硬的。”

说好听点儿，定法长老萧宗源是刚正不阿，说难听点儿，那是掌握弟子生杀大权久了，刚愎自用。

“师妹且忍一忍，等问清楚了，就没大事了。”

一干人在戒律堂前停下脚步。

“进去吧。”一个执戒弟子推开大门，颔首示意道。

萧宗源以法入道，平生最恨魔物。

看着乔晚的背影，执戒弟子有点儿担心，这乔师妹怎么好端端地入了魔？

戒律堂气势威严，两只狴犴匍匐在大门两侧，那是真正的活着的狴犴。

沉重的大门被“吱呀”推开，乔晚踩在冷冰冰的石砖上，慢慢往前走，一直走到大殿中央。

殿上端坐着几个人。

这次会审来的人不多，虽然乔晚地位特殊，但还没特殊到能劳烦数个长老的地步。

这一回到场的是高兰芝、素霓仙子和戒律堂的几位长老。

马怀真手下的弟子折了不少，这次也到了场，正面色阴沉地坐在轮椅上，看不出在想什么。

左侧坐着周衍、马怀真等人，在戒律堂长老们右侧，坐着的则是戒律堂的量刑团人员。

她这回要受什么处罚，全看量刑团的人怎么决定。

阶下两侧各侍立着一排面无表情的持戒弟子，一排拿着纸笔，一排拿着刑具。

高台上那面相一看就比较倨傲的中年男人，应该就是持戒弟子口中的萧宗源。定法长老萧宗源也出身萧家，穆笑笑和萧家的萧焕有婚约，萧宗源和萧焕也有点儿关系。

大家族，尤其是修真界大家族里的关系都是盘根错节，牵一发而动全身的。古往今来，不管是凡人界还是修真界，资源和人脉一向都是最重要的东西。

更何况如今萧家正在争权，萧焕是萧家嫡脉最出类拔萃的英才，地位崇高，是最有潜力继任家主的人选。

乔晚记得，在原著里，萧宗源也是女主穆笑笑打脸“乔晚”时的金手指长辈，他虽然古板不可一世，但唯独对穆笑笑很是疼爱，这不仅是为了穆笑笑，更是为了向萧焕示好表明忠心。

穆笑笑也来了，局促不安地坐在周衍身侧，乌黑的发搭在额前，被白裙包裹着的身姿如鸟雀般小巧柔软。

穆笑笑失忆这段剧情，说实话，更像原著作者给亲闺女开的挂。

按常理而言，失忆不等于失智，但《登仙路》毕竟是一篇修罗场爽文，失去记忆的穆笑笑做出了不少天真而不自知的事，惹得众多男性角色又爱又无奈。

更重要的是，有了失忆的名头，穆笑笑的纯真，越发衬托出乔晚的卑劣。

乔晚一踏进大殿，萧宗源果然没和她客气，一上来就让她跪下。

“跪下！”

乔晚站直了点儿，没吭声。

从出秘境到现在，她不觉得自己做错了什么。虽然入了魔，但她硬是忍住了，没对穆笑笑动手。

她不想跪，尤其是当着周衍的面。

周衍为人虽然冷漠，但看着自己的弟子的时候，总是比对其他人温和两分。这个时候，他没看她，半合着眼，白发垂落，如朗月在室，清冷高洁。

他对她失望至极。

萧宗源顿时皱紧了眉，语气再扬高了一度：“跪下！”

乔晚："弟子尚未被定罪，弟子不跪。"

马怀真往这儿看了一眼，嗓音凉凉地说："不跪就不跪，才从床上被揪起来，伤都没养好，这一跪就是大半个时辰，到时候要是昏过去了，这场会审是继续还是不继续？"

萧宗源面色一黑，碍于马怀真在这儿，也不好发作，只能忍了下来。

其中一个持戒弟子出列，开始报卷宗上的内容。

右边拿着纸笔的持戒弟子将纸卷一抛，催动一支毛笔开始在纸上录入。

她入魔这件事，已经尽人皆知。

手执卷宗的持戒弟子，慢慢核对着这次秘境造成的人员伤亡。

死伤这么惨重，大部分是人面蝎尾蛛的锅。乔晚虽然没杀人，但也重创了不少暗部弟子，有些暗部弟子到现在都还在床上躺着呢。也幸好她没杀害同门，不然这事肯定没办法善了。

"泥岩秘境中道心不稳，受困心魔，入魔后企图戕害同门师姐，杀伤暗部弟子十余人！"萧宗源厉声道，"你可知罪？！"

乔晚沉默了一瞬，嗓音有点儿沙哑："回禀长老，入魔的事我认，但我没杀一个人。那七名暗部弟子，都是被秘境中的妖兽杀的。"

萧宗源冷笑："但是你意图戕害你师姐！你师尊便坐在此处，你嫉恨同门，意图戕害师姐，玉清真人怎么会养出你这弟子！你师姐也在这儿，你可有脸面对你师父和你师姐？！"

乔晚沉默了一瞬，说道："长老，弟子请求上留影像。"

看乔晚这么一副死不悔改的样子，萧宗源气得直瞪眼："那就上留影像，让我们看个明白！"

素霓仙子性格温柔，平常讲话声音都不大的，瞧见眼前这一幕，有点儿无奈。但萧宗源这个性，昆山的长老们心里也都有数，素霓只能莲步轻移，缓缓走下台子。

素霓伸出纤纤玉指，往乔晚的脑门上一戳，探入了她的识海，将秘境里的记忆一点点全抽了出来。

从进秘境，到和人面蝎尾蛛连接识海，再到入魔自废双臂，一幕幕场景立体视听，全在大殿内回放。

看见乔晚七窍流血，以神识击杀数万蝎尾蛛的画面，戒律堂的玄中长老忍不住赞了一声。

干脆利落，出手果决！好！心性坚韧至此，周衍养出了一个好弟子。

越往下看，马怀真的脸色就越黑，看到乔晚伸手扭断了自己的两只胳膊的时候，马怀真脸上简直是乌云密布。

周衍眉心一跳，愣住了。

一直到今天会审前，他们拿到的也只有其他弟子的口供，拼凑还原出当时的情况，进秘境的那些弟子都受了重伤，再加上神识薄弱，没办法抽取识海里的记忆，抽留影像这事也就搁置到了现在。

一直等到乔晚这个“罪魁祸首”醒来，昆山才开了戒律堂大殿会审。

小鹤拿来的卷宗中，没提到乔晚自废双臂这件事。

周衍看向台下的乔晚，浑身一震，喉口滚了滚，扶在椅子上的手不自觉地按紧了点儿，骨节青白。

是他误会她了？

乔晚断了双臂这件事，听人说是一回事，搁在眼前亲眼所见又是另一回事了。

其余几个长老也有点儿讶异，都没想到周衍这看上去平平无奇的弟子，竟然能如此果断。

光抽乔晚一个的留影像还不够，袁六几个人的也都得抽。

乔晚刚站定，就看到袁六几个人也被带入了戒律堂里。

他们这些暗部弟子里，就袁六修为勉强能看，抽的自然也就是他的脑袋里的留影像。

再看见乔晚神色冷厉，干脆利落地卸了自己的胳膊的画面，袁六沉默了一瞬，才道：“入魔这事，不能怪乔晚。

“当时要不是乔晚和那些人面蝎尾蛛对上识海，我们这二十多个人全得交待在里面。”

袁六瞥了马怀真一眼，扯着嘴角笑了一下：“我们这些外门弟子命是贱了点儿，但我们人不贱，孰是孰非，我们还是分得清的。”

袁六继续说道：“乔晚想杀穆笑笑，那是心魔作祟。哪个修士能保证自己没有被困于心魔的时候？又有哪个修士能做到乔晚这地步？

“我们这几条贱命，没人在乎，但乔晚在乎。

“至于戕害同门……

“乔晚救了我们这些同门，又该怎么算？还是说昆山数万外门弟子的命，当真比内门弟子的命贱？！就穆笑笑的命贵，我们这些外门弟子活该让人垫脚？！

“七条人命！我的七个弟兄全没了！这还比不上穆笑笑一个？！”

袁六伸手指向穆笑笑，气得瞪眼：“就因为她，我们七个人保她一个！”

萧宗源气得瞪眼：“大胆！”

马怀真往轮椅上一靠，嗤笑了一声，沉声道：“让他说。”

那翘起的嘴角明显很满意袁六说的话。

袁六是问世堂的弟子，是马怀真的手下，如果不是得了马怀真的默许，哪敢当着戒律堂的面这么说？

萧宗源气得胸闷气短，奈何他虽然敢对袁六发作，却不敢对马怀真发作。

憋了半天，萧宗源才冷冷地憋出一句："这是我戒律堂的事，望马堂主少插手我们戒律堂办事。"

马怀真懒懒地说道："长老这话说得就失之偏颇了，秘境里死的都是我暗部弟子，今日这会审，也和我问世堂脱不了干系，我问世堂自然是要管的。否则戒律堂何必请我跑这一趟？"

然而看到乔晚毫不犹豫地咬断那雪岩狐的气管的时候，那又是另一番光景了，几个长老都微不可察地皱了皱眉。周衍这弟子心性太过狠辣，杀人不过头点地，这未免有伤仁德。

马怀真不屑地哼了一声。

他在问世堂，接触到的那些打打杀杀的事情远比其他人多得多。

说到底都是杀，还讲究什么形式不成？杀人之前给对方垫个枕头，倒杯茶，那就是仁义了？

乔晚这不也是一嘴下去毙命了吗？

犯了杀孽就是杀孽，下手轻一点儿，不代表就能在天道那儿少添那么一笔。

那些看上去光明磊落的人，背地里杀人夺宝的事都没少干。

乔晚："他要杀我。"

萧宗源："那是与穆笑笑签订了血契的灵兽。你明知能打晕了事，为何偏偏一口咬死了这雪岩狐再造杀孽，致使你同门师姐身受重伤？！"

袁六磨了磨牙，看向了站在周衍身边的穆笑笑："穆笑笑私闯秘境，这笔账，你们怎么不和她算算？"

他的七个弟兄，为了救穆笑笑全折在了泥岩秘境里，一想到这点，饶是袁六也忍不住眼含热泪。

"穆笑笑私闯秘境一事，戒律堂明日自会审讯！今日审的是乔晚！你与其问她为何要私闯秘境，"萧宗源道，"倒不如问问乔晚！"

"泥岩秘境，昆山上下无人不知，无人不晓，唯一对此毫无了解的只有穆笑笑。"萧宗源怒喝道，"穆笑笑私闯秘境是一回事，但乔晚撺掇她孤身一人去泥岩秘境究竟意欲何为？！"

乔晚目光冷静地说："我没撺掇她去秘境，既然我想害她，为什么又要进洞找她？"

萧宗源冷笑："花言巧语，好，既然这些你能解释，那我倒要看看接下来你又要如何狡辩。"

乔晚愣了愣。

只见两个持戒弟子押着一个熟悉的身影走了上来。

那是小鹤。

小道童被带上来，转身向在座的长老们行了一礼，眨了眨漆黑的眼，唯独没有看乔晚。

萧宗源："既然来了，就当着诸位同修的面，将前几天你同戒律堂说的话再复述一遍。"

小鹤："泥岩秘境确实是乔师姐撺掇着穆师姐去的。"

"自从穆师姐回到山门之后，乔师姐曾经多次向我表达对穆师姐的不满，甚至……甚至想置穆师姐于死地。"

此言一出，乔晚瞳孔紧缩。

周衍面色顿变！

马怀真微微一愣，也没想到这平常看起来和乔晚关系不错的小道童，在这紧要关头会突然反手插刀。

看见周衍身旁局促不安的穆笑笑，马怀真脸色一沉："活了这么多年，年纪也不小了，对什么事也该有自己的判断力，究竟能不能去，她心里难道不清楚？"

乔晚谁也没看，只紧紧地看向小鹤："小鹤，我是这么说的吗？"

小道童抬起眼，犹豫了片刻说道："师姐，我知晓你心有不甘，但穆师姐毕竟是我们俩的师姐。"

乔晚僵在原地，脑子里"嗡"地响了一声，浑身有点儿冷，嗓子也有点儿哑，脑子里只剩下一个念头在打转：小鹤为什么要做伪证？

马怀真冷冷地道："乔晚既然想杀穆笑笑，这事怎么偏偏讲给你听？"

小道童摇了摇头："我和乔师姐走得近，这是玉清峰上的人都知道的事，乔师姐一个人心里憋闷得慌，就常常来找我聊天。我……我当时还以为乔师姐只是口头抱怨两句，也没想到乔师姐真会做出这种事来。"

素霓仙子走上前，抽出乔晚和小鹤脑袋里的留影像，留影像里和小道童诉说着对穆笑笑嫉恨的少女，确实是乔晚无疑。

萧宗源："事到如今，你还有什么可狡辩的？！"

乔晚垂下眼睫。

她的识海肯定被人动了手脚。

和原著一样，萧宗源铁了心要替穆笑笑讨回一个公道，向萧焕示好。

她和萧宗源这么僵持着已经没了意义，到头来，量刑还是全看戒律堂的量刑团的人，由量刑团的人商量出一个惩处措施，再由诸位长老投票表决。

右边忙着记录卷宗的弟子，将卷宗递到了量刑团的人面前。

量刑团的一干人商量了一会儿，将处罚措施亮了出来：以封元钉贯脉，暂封修行，关入戒律堂地牢三十年，静心思过。

这决定一出，马怀真顿时就变了脸色。

乔晚也变了脸色。

筑基期修士寿数不过两百余年，境界越低，时间对修士来说也就越紧迫，这三十年里要以封元钉贯脉，就意味着她没法修行，修为不得寸进。

更何况地牢之下关押着的全是穷凶极恶之徒，等有朝一日她出来，那恐怕也废了。

执戒弟子们上前一步，捧着玉简走到马怀真几个面前。

一个一个票数收集下来，其实要不了多长时间。

很快，就有个持戒弟子走到大殿中央，手捧玉简开始报票数。

“玄通长老，可。

“妙行真人，可。

“玉溪长老，可。

“怜真长老，可。

“显直长老，否。”

乔晚捏紧了指节，眼睛睁大了点儿。

“玄中真人，否。

“素霓仙子，否。

“栖霞仙子，否。

“定法长老，可。

“马堂主，否。”

一通报下来，票数一半对一半。

赞成的这一半人觉得，从乔晚能毫不犹豫地咬断雪岩狐的气管来看，她戾气太重，心性过于狠辣，这回入魔恐怕也并非巧合，如果不加以管束，迟早有一天会踏上魔道。

如今她入魔，倒也算一件好事，三十年的思过惩罚也确实能磨磨她的性子。

而那另一半不赞成的长老以为，乔晚救了暗部弟子在前，自废双臂在后，虽然嫉恨同门，被困于心魔，但到底还有改过的余地，这三十年牢狱生涯对她来说未免太重了。

但说到底，这最后一票才是决定性的。

持戒弟子嗓音冷冰冰的，没任何起伏：“玉清真人——”

乔晚不自觉地呼吸一窒。

持戒弟子的话轻飘飘地落了下来：“可。”

一票之差，最后那一票是周衍投的。

投完这一票，周衍闭上眼，搭在椅子上的指节微微屈起，没再看乔晚一眼，一颗心随着留影像上的画面，渐渐转冷，慢慢坠入了冰窖。

当初是他带她上昆山的，现在，也是他亲手将她送进了戒律堂地牢。

三十年，穆笑笑眨着长长的眼睫想着，有点儿呆愣。

三十年也太长了。

她心里忽然又有点儿恐惧，小拇指轻轻钩住了周衍的衣袖。虽然她记不得人和事了，但这动作她做起来还是无比娴熟，就像之前做过许多遍一样。

但穆笑笑惊讶地发现她的这个师父，这个素来冷锐如剑的剑仙，此刻面色苍白，身形微晃，好像陷入了极大的痛苦之中。

戒律堂定刑，一旦确定，绝不会再改，也没申诉的机会。

马怀真的脸色一点点地冷了下来。

萧宗源一声令下，几个持戒弟子立马拿着手铐脚镣走到了乔晚身边，往乔晚身上套。

这镣铐都是特制的，戴上去重若千钧，压得人几乎走不动路。

帮乔晚上手铐脚镣的弟子长得都很眼熟，乔晚仔细一看，是之前在她的洞府门口值班的那几个，轮班轮到了这儿。

其中一个瘦子师兄低声道："我知道你心里难受，熬一熬，三十年对我们修士来说也不算多长。"

乔晚离开大殿之前，马怀真忽然叫住了那几个持戒弟子，阴沉着脸对乔晚道："等着，我不会让你在地牢里待三十年的。"

身上架着镣铐，抬手都不太方便，乔晚躬身算是行了一礼："多谢前辈。"

三十年也不算很长。

从周衍牵着她的手第一次踏上昆山，也不过只过去了三十多年。

可惜，她不会在地牢里待上三十年的，一年都不会。

大殿里的争论被她抛在了脑后。

在被持戒弟子押着带出戒律堂的那一刻起，乔晚就已经决定了：她要越狱。

与此同时，魔域。

大部分人想象中的魔域都是红通通的天，灰扑扑的建筑，地涌熔岩，昏鸦四起，众魔鬼哭狼嚎，反正怎么恐怖怎么来。

大多数魔对这外界流传的刻板印象十分鄙夷。

他们虽然是魔，那也是开了神智的魔，也有自己的审美和情趣好不好？

他们这些魔本来就随性而为，热衷于干架和搞事，要是居住环境四周都是熔岩流动，火气这么燥，那他们迟早还不得把魔域给掀个底朝天？

所以，魔域如今的主事人梅康平为了建设和谐友爱的魔域，特地带领着众人将魔域大本营装修了一番。

尤其是梅康平居住的"竹屋松溪"，那更是暖风拂面、鸟语花香。

自从顶头上司始元帝君被封印之后，梅康平压力很大，特别大，每天要为建设魔域而劳心劳力，加上他性格本来就算不上有多好，更像个炸药桶一样一点就着。

谨记着“魔域生存守则”中的第十六条——绝对不能招惹梅康平——薛云嘲来到“竹屋松溪”时，梅康平刚刚睁开眼，将神识从万里之外拉回来。

男人袖角被竹风轻轻一吹，袖摆上栩栩如生的白梅也好像被吹得花瓣皆落。

薛云嘲行了一礼，话不多：“你找到她了？”

梅康平拿起桌上的折扇，瞥了他一眼，神情看上去也说不上多友善：“是你。”

少年一身劲装，背上背了把计都枪。

薛云嘲抿了抿唇，哑声道：“你不开心。”

梅康平眼含嘲讽：“我看你也没多开心。”

“怎么？让你的分身在戒律堂里陷害师姐，你感到为难了？小鹤？”

薛云嘲，或者说是小鹤，没有吭声，沉默了良久才问：“你还要去找她？”

“要，”梅康平不耐烦地挥了挥扇子，“怎么不要？”

“我不仅要去找她，还要以颙护驾，以犀渠拉车，以众魔拱卫在侧，将她亲迎回来。”

颙与犀渠，一者现身，天下大旱，一者以人为食，都是魔域凶兽。

以颙护驾，以犀渠拉车，以众魔拱卫在侧，那是魔域帝姬出行之礼。

薛云嘲愕然。

梅康平真的要以魔域帝姬之礼，将她从昆山接回来吗？

一想到到时候昆山那帮人的表情，梅康平就忍不住愉悦地哼哼了两声，脸上也难得露出了点儿笑容。

“我爱她。”梅康平摇了摇折扇，“她是我的侄女，在这世上没有任何一个人比我爱她。”

和自己的分身不太一样，薛云嘲几乎惜字如金：“但你在利用她。”

“我爱人一向不分男女老少，只要对我有用的人，我都深爱他们。”

薛云嘲：“这不是爱。”

梅康平：“在她的利用价值还没消失之前，我会爱她、护她，这是最真诚、也是最稳固的爱，比世上其他爱都要稳固。世上最稳定、最真诚的关系只有利益，在双方的利益失衡之前，没人会轻易背叛这种关系。”

薛云嘲：“但你也恨她。这个世上没有人比你更恨她。”

梅康平不置可否地冷哼了一声：“至少我现在还爱她，到时候我会把我这侄女风风光光地从昆山接回来。”

戒律堂的地牢里终年不见天日。

底下被关押着的一半是问世堂缉拿回来的穷凶极恶之徒，一半是犯了昆山大忌的逆徒。

地牢就设在一个大阵里，牢里的驭灵壁和身上的封元钉，能牢牢限制人的修为。

这一关就是几十上百年，别说被关在牢里的都是穷凶极恶之徒，就算是个温暾的老好人，被关上整整数十年，不黑化恐怕也够呛。

更可怕的是，牢房不是单间，是五个人一间的大通铺。

戒律堂地牢按甲乙丙丁十天干分为十个区，关押的犯人也都是按犯事严重程度和修为高低来排的。

据说，以前戒律堂也没那么多讲究，奈何修为低的和修为高的人被关在一起，修为低的全被干死了，戒律堂也只能把他们分开来关。

乔晚被持戒弟子带进去的是戊区，处于中间那一档。

乔晚进去的时候，整座地牢都骚动了。

他们在里面待得太无聊，看见个新面孔都让人兴奋。

更何况这还是个姑娘，肌肤莹润，玉树堆雪一般，虽然脸上新伤还没消，但看着还是有那么几分姿色。

有马怀真和周衍提前打过招呼，乔晚被带过去的那一间牢房，室友还算比较温和。

牢里有四个人，三男一女。

女修穿着件灰扑扑的衣裳，但难掩其窈窕的身姿和艳丽的容貌，全身上下散发着一股说不清道不明的妖冶风情。

其他三个男修里，一个是魔域罗刹教的弟子，一个是无极观的。

罗刹教的弟子长得阴恻恻的，活像个僵尸。

无极观的弟子脸白中泛黄，瘦高瘦高的，活像个行走的骷髅。

乔晚：马怀真是真的提前打过招呼了吗？

还有一个用刀的光头。

一看见乔晚，那女修顿时眯起眼，风情万种地笑了起来：“哟，来了个小妹妹。”

“小妹子你叫什么名字啊？”女修翘着红唇笑道，“来，告诉姐姐。”

乔晚没回答。

那女修也不生气，倒是好脾气地指着那一个个人给她认识。

过了一会儿，持戒弟子送来了牢饭。这地牢被封死了修为，地牢里关押着的犯人们还得像凡人一样吃喝来维持生存。

大多数修士看不上山下的五谷杂粮，嫌弃“气浊”会影响修为，但乔晚不挑剔，一口气全吃了，吃完了收拾收拾碗筷，就坐在角落里，也不出声。

吃完饭没过一会儿，那女修就勾着罗刹教的弟子滚到了一起。

都住大通铺了，自然没隔间和隐私可言，他俩看起来也不在乎，旁若无人地进行着生命的大和谐活动。

乔晚瞬间就对这个世界绝望了。

乔晚找了个角落坐下来，闭上眼默默地入静。

这几个人都不是善茬，她要越狱，不可能当着他们的面进行，得找个机会换个单间。

进来的时候，她特地留意了一下四周，附近有间空牢房，正好建在了拐角处，也是这些囚犯的视线的死角。

她想换到那间牢房里去。

至于怎么才能换上单间……乔晚偏着脑袋想了一下，霍地睁开了黑漆漆的眼，眼里平静无波。

那她就打，逮着他们之中的一个往死里打，打到看守弟子给她换个单间。

她想要揍翻四个人有点儿难度，一个应该就够了。

柿子要挑软的捏，她和这些囚犯不一样，身上还没上封元钉，虽然驭灵壁吸收了不少灵力，但她的丹田里还残留着一些魔气和灵气。

戒律堂的意思是，五天之后，带她上昆山处刑台，当着昆山弟子的面钉入封元钉，以儆效尤。

乔晚的目光在这四个人身上流连，搜寻这四个人里的“软柿子”，这儿关的都是穷凶极恶之徒，就算再被关上几百年，彼此之间也关不出什么革命友谊来。

她要拣一个软柿子揍，其他三个人估计看热闹的多、帮忙的少。

面对乔晚的目光，那无极观的弟子阴恻恻地笑了一声：“小姑娘看得这么起劲儿，难道也意动了？”

“在这所谓的名门正派里面待着，守着那些礼教过了这么多年，也该过够了。既然小姑娘意动了，不如今天就让我带你见识见识？”

乔晚看了他一眼，好像确实在认真考虑他说的话。

“好啊。”

送上门的“柿子”，她不捏白不捏。

乔晚咧起嘴角笑了笑。

她这一笑，不仅无极观的弟子愣了，女修愣了，光头和罗刹教的弟子都忍不住多看了乔晚一眼。

无极观弟子被乔晚这么一笑，有点儿犹豫。

他其实也就是口头戏弄一下。这才第一天，面前这姑娘是个什么情况他还没摸清楚。原本他是想等摸清楚了再下手，没想到乔晚竟然这么爽快地就答应了下来。

他虽然好色了点儿，但也不是没脑子。

这人答应得这么快，必然有鬼。

不过……无极观的弟子细细端详了乔晚一会儿，是个好样貌，姿色清丽，一双眼如秋水冷浸寒星，他光是看这么一眼，就看得心里又有点儿痒痒。

她都答应了，到时候反悔也来不及了，想他纵横南部十三洲几十年，也就是一朝失利，才被关到了这地牢里，功法被封，但论拳脚上的功夫，难道还怕这么一个嫩生生的小姑娘？

“这可是你说的。”无极观弟子说着，就要走上前来。

眼看着这一颗柿子走上前，乔晚哪有不捏的道理？

在男人动手解她的衣襟的一刹那，乔晚抡出了拳头。

无极观弟子早有提防，躲过了乔晚的这破面拳。

没想到乔晚中途改了个方向，手一抓，拎起他的衣领，屈膝一顶！

就算他是个修士，那也是个男人，更何况，这还不是个锻体的修士。

一眨眼的工夫，乔晚就看到了无极观弟子蜷缩在地上，惨叫了一声。

牢房里的几个人毫无室友情谊，就这么冷眼旁观。

哀号声响彻整间地牢，这就像是往油锅里加水，各间牢房里的浑蛋顿时都激动了！

这都多久了？！

多久没有这么暴力的事了？犯人们一个个都扑到门口，狂拍铁栏杆，激动地嘶吼助威。

转眼之间，整间地牢炸开了锅。

“来。”乔晚蹲下身，伸手拍了拍男人的脸颊，面无表情地说道，“你尽管喊，喊破喉咙也不会有人救你的，我是不会停下来的。”

“你！”无极观弟子面色狰狞，就算疼得脸色铁青了，还抽空挤出几个字来，“我今天不弄死你，就……”

没等他说完，乔晚面无表情地抓住他脑袋上的头发就往地上砸。

“哐哐哐！”

他被砸得鼻血四溢，还不忘放狠话：“我修为已至金丹！几十年前，我曾经炼化数千生魂，徒手灭了苍梧洲五村！”

乔晚揪着他的头发的手顿了顿。

那正好。

她打他也没有心理负担了。

今天就当她给这上千条无辜的人命报仇。

停了停，乔晚抿紧了唇继续砸，这一次砸得比前面都狠。

“好！”

牢房里的犯人们激动地瞪大了眼，伸长了脖子，呐喊助威，看着眼前这个昆山打扮的小姑娘，吹了声口哨。

行啊，这人看着柔柔弱弱的，下手够狠。

“再来！”

“下重手啊！”

在众人的欢呼声中，乔晚抡起无极观弟子继续砸。

那无极观弟子挣扎着想起来，却没想到乔晚就是看着柔弱了点儿，那手按在他的脑袋上，愣是像一把铁锤。

无极观弟子鼻孔流血，咬牙切齿地想，这人是锻体的。

牢里其他四个人离乔晚最近，看得也最真切。

女修嘴角抽搐，从脊背到天灵盖儿蹿上了一阵寒意。

一见到血，整间地牢的人更激动了，狂乱的尖啸声一浪高过一浪。

戒律堂地牢太大，持戒弟子们每隔半个时辰巡逻一次。乔晚想把持戒弟子们吸引过来，还得把动静闹得更大一点儿。

乔晚没吭声，但不论囚犯们说什么，她都照做。

见乔晚回应，他们顿时更激动了！

“胳膊！把胳膊拧下来。”

“打得好！”

地牢犯人们的叫喊声一浪高过一浪，几乎快将地牢掀了个底朝天。

乔晚沉默不语，打得也越来越狠。

热血飞溅进眼睛里，乔晚眨了眨眼，喘了口气，发烫的大脑忽然像是被浇了盆冷水。乔晚一点点地冷静了下来。

她在做什么？

乔晚抿紧了唇，喉口滚了滚，突然觉得嗓子眼里特别干，耳朵里“嗡嗡”地响。

眼前的地牢阴暗潮湿，四处弥漫着腐朽的气味，给人一种真实又虚幻的感觉，好像那么一瞬间，她不是在戒律堂的地牢里，还在玉清峰上。

不到片刻工夫，无极观弟子就被打得鼻青脸肿，求乔晚饶他一命。

突然之间，叫好声弱了下去。

“干什么？！”

就在这个时候，持戒弟子们终于姗姗来迟，怒吼着把破破烂烂、气若游丝的无极观弟子从乔晚手上解救了下来。

“放他下来！”

乔晚没反抗，真的乖乖把人给放了下来，并且十分有礼貌地向持戒弟子们鞠了个躬，开始告黑状：“他欺负我，想非礼我，我没办法才打他的。”

众人：别骗他们，谁非礼谁，不是明摆着的吗？

那三个持戒弟子对乔晚有印象，这地牢里确实有欺负新来的女修这种事，中间那个持戒弟子看了乔晚一眼，冷冷地说了一句：“出来。”

牢房门一被打开，扒在铁栏杆前的犯人们睁大了眼，眼里透出渴望之色，看着这几个持戒弟子把乔晚带走了。

乔晚进来的时候，不只马怀真打过招呼，玉清真人也打过招呼，念在这两位的分上，持戒弟子也不敢真对乔晚做什么，只把乔晚拎到值班房批评教育了一顿。

“念你是初犯，今天就饶你这一次；若下次再私斗，我绝不轻饶！回去！”

乔晚停下脚步，没着急走：“我想换个牢房。”

持戒弟子冷酷地否决了乔晚的提议：“回去！”

眼见乔晚毫发无伤地回到了牢房里，女修笑着轻“啧”了一声，看着乔晚的目光里多了两分探究的意味。

“果然是昆山自家的弟子，这态度就是不一样呢。”

乔晚没搭理她，一屁股往自己的铺位上一坐，一双黑漆漆的眼再一次扫了过来。

那是和之前一模一样，审慎、严肃、评估猪肉一般的目光。

顿时，牢房里的几个人，不，几块“猪肉”齐齐打了个寒战，心里猛地冒出了点儿不祥的预感。

她……她又要做什么？

很快，这不祥的预感再次成真了。

乔晚挑中了那光头，再次把人给揍了。

至于理由，乔晚像煞有介事地伸手一指：“你的头太亮了，晃到了我的眼。”

不过半盏茶的工夫，持戒弟子再一次把乔晚拎了出来：“你到底想干什么？！别以为马堂主和玉清真人替你求过情，我就不敢罚你！再这样下去，就算定法长老亲自过来给你求情也没用！”

乔晚：“我想换牢房，他们针对我、欺负我。”

持戒弟子额冒青筋：当他眼瞎吗？到底是谁欺负谁啊？说这话之前，你先把自己身上那两个人的血擦一擦行吗？

“我告诉你，你现在是在戒律堂地牢里，不是在玉清峰上，还当自己是真人座下弟子呢？！地牢不是你挑三拣四的地方！”

眼看乔晚冥顽不灵，持戒弟子终于忍无可忍，拿起了桌上的刑鞭。

结果乔晚受了三十刑鞭之后，立马掩上衣服，活蹦乱跳地把那罗刹教的弟子揍了一顿。

持戒弟子火急火燎地赶来，把乔晚吊了起来，换了种姿势、换了个刑罚打她。

打完，持戒弟子给她换了牢房，还是五人铺的。

关门前，他不忘放狠话威胁：“现在给你换了牢房，总没人欺负你了吧？要是你再敢惹是生非，就不是挨一顿鞭子这么简单的了！”

被一把推进牢房里，乔晚抬起眼，正好和牢房里的四个人来了个深情对视。

乔晚：“……”

牢房四人组：“……”

很快，一声惨叫划破了寂静的地牢。

“哐哐哐！”

这回乔晚把四个人全揍了。

解决完乔晚，持戒弟子坐下来倒了一杯茶，茶刚入口，忽然又听到地牢里沸腾的声浪！

持戒弟子一口茶直接喷了出来，抓起桌上的佩剑，气急败坏地赶了过去，一看地牢里的情况，沉默了。

持戒弟子伸出手，指了指牢房里那叠罗汉一样的四个人，都气笑了。

很好，这才多大工夫，她一口气揍翻了四个！

乔晚：“我想换个单间。”

持戒弟子：“换你个头！”

这就像一场无形的竞赛，持戒弟子拎起乔晚一间一间牢房地塞，乔晚就一间一间地揍人。很快，一阵粉色的旋风摧枯拉朽一般席卷了整间地牢，乔晚把戊字号地牢里的犯人全揍了一遍。

乔晚余光一瞥，一个鼻青脸肿的男人瑟瑟发抖；眉毛一扬，一个罗刹门的弟子泪流满面；嘴角一耷拉，一个媚宗的姑娘鼓起勇气，战战兢兢地朝乔晚抛了个媚眼。

乔晚：“……”

和所有人想象中的，尤其是马怀真想象中的光景不太一样，刚来第一天，乔晚就莫名其妙地确立了戊区大姐头的地位，在整个戊区唯我独尊，横行霸道，无一人敢招惹。

这场竞赛，最终还是持戒弟子败下阵来。

没办法，他又不能真把乔晚打死，再说不论他怎么抽，乔晚坚挺依旧，拢了拢衣服，继续去找别人的事，再把其他囚犯揍个底朝天。

持戒弟子崩溃了，最终还是向她屈服了，伸出手粗暴地一推：“进去！这回你要是再敢惹是生非看看！”

没想到乔晚还挺有礼貌，眼见持戒弟子真的给她换了个单间牢房，立马乖乖地躬身行礼，和刚刚那刺儿头简直判若两人：“多谢师兄。”

持戒弟子差点儿被气晕过去。

终于换了个清静的单间，乔晚找了个角落位置盘腿坐了下来，开始静心打坐，放出神识。

但她刚放出神识，就好像被什么东西挡住，又被狠狠地弹了回来。

这一下，差点儿没把乔晚的脑仁儿给砸碎。

看来地牢里限制的不仅有人的修为，还有人的神识。

戒律堂为了防止囚犯们越狱，从驭灵壁再到封元钉，再到地牢大阵，都做了万全的准备。

还有五天，乔晚伸着手指，在墙上戳了五道痕。

她还有五天时间计划越狱。

五天之后，戒律堂的弟子会带她去处刑台当众行刑，打入封元钉。

她是周衍的弟子，周衍是昆山十二峰的峰主，少有的几个化神期长老之一，地位崇高，无论如何都不应该徇私。不仅不能徇私，他们还要把乔晚拎出来，给所有昆山弟子做个“榜样”警醒。

这五天时间，她要摸清楚这间地牢的基本运作，如果五天内没逃出去，那就只能行刑那天想办法了。

乔晚靠在墙上，长舒了一口气，这个时候才感觉浑身上下都疼。

地牢里没药，乔晚扯了块衣角，随便给自己包了包手上的伤，那是一个狗妖咬的。

包好了伤口，她又靠着驭灵壁睡了过去。

这一觉，她好像又做了个梦。

梦里是“竹海松溪”，雾气缭绕，竹风轻动，墙面上稀疏的竹叶碎影时隐时现。

竹斋前坐了一个男人，正在点茶，茶香四溢，玉质的茶具“叮叮当当”响。

乔晚鬼使神差地走了过去。

男人抬起头看了她一眼。

“晚儿？”

这声音听上去有些熟悉。

隔着雾气，乔晚依稀能看见男人周正的五官，他三十岁上下的年纪，面色苍白，从额角到眼角都绘有古怪的紫色魔纹，手上还拿着一把折扇，折扇上绘有亭台楼阁、万千人影。

男人抬起手，袖角绣着一枝白梅花，折扇一扬，轻轻地笑了一下。

“叔父终于找到你了。

“这么多年，叔父千辛万苦，为的就是找到你。

“幸好，终于让叔父找到你了。”

男人怜悯地说：“晚儿，来。”

“到……叔父这儿来。”男人嗓音里似乎蕴含着万般的柔情和爱怜之意。

“让叔父好好看看你。”

叔父？

她哪里来的叔父？

乔晚愣了愣，睁大了眼，能感受到这人身上快溢出来的魔气。

“前辈是谁？怎么会出现在我的梦中？”

男人微微一笑：“我是你叔父。”

乔晚更沉默了。

虽然小时候的事大多记不清了，但她明明记得她叔父叫“乔狗蛋”，身高体壮，憨厚朴实，根本不是眼前这个人。

但考虑到修真界一切皆有可能，说不定狗蛋叔就是什么隐藏的大佬，乔晚犹豫了一瞬，唤道：“狗蛋叔？”

男人摇着扇子的手一顿：虽然我不知道你口中的狗蛋叔是何人，但我的确是你叔父。

“坐吧。”

看出乔晚脸上的惊讶和警惕之色，男人淡淡地说：“说来或许突兀，但这段时间以来，我一直在找你。

“我的姓名，你应该听说过，我是梅康平。”

“倘若你愿意听我说，”梅康平微微一笑，“我会将个中缘由都讲给你听。”

乔晚瞳孔紧缩。

梅康平。

就算她没经历过那场正邪之战，也听说过如今魔域的主事人。

眼前这个男人是梅康平？

梅康平是她叔父？

风摇翠竹，松溪潺潺，四周茶香芬芳，一派闲适温馨的气氛。

据梅康平说，他有个兄弟名叫梅元白，就是乔晚她爹，他这个兄弟很早就离开了魔域，不知所终。等梅康平终于得到他这个兄弟的下落的时候，才发现兄弟已经去见了魔祖，死前留下的女儿也不知所终。

这个女儿就是乔晚。

他找了几十年都没找到她的下落，终于在前段时间找到了她。

乔晚听完，沉默了片刻。

梅康平：“晚儿，你是个聪明的姑娘，我相信，我说的话你心中自有把握。想必这么多年以来，你也曾对你异于常人的情况有些疑惑。”

她确实疑惑过。

从她娘对她的态度、她止步不前的修为，再到这段时间以来她身体里的魔气，她都产生过疑惑。

她体内的魔气有多乖顺，乔晚心里清楚得不能再清楚。

如果眼前这个男人真是梅康平，乔晚不认为梅康平会骗她。做人做到了他这种地步，他没必要大费周折地骗她这个堪堪到筑基期的修士。

不过这不代表乔晚真的相信了他说的话。虽然她之前也做过梦，想象过自己其实是个身世另有隐情的开挂者，但真让她相信梅康平是她叔父，这还是太挑战人的想象能力了。

像他这么一个人，既然能纡尊降贵地找上门来，那肯定需要她做点儿什么，或者说需要她心甘情愿地做点儿什么。

乔晚抬起眼，又看了梅康平一眼，脑子飞快地转了几番。

梅康平嗓音中流露出了点儿怜惜、感慨和柔情之意。

乔晚犹豫了一会儿，唇瓣嗫嚅了两下，迟疑地喊道："叔父？"

梅康平摇着折扇的手顿了顿，眼里瞬间流露出了点儿复杂感慨的神情："晚儿，叔父终于找到你了，这么多年，累得你在昆山受苦了。"

一个有意认她这个侄女，一个有意认叔叔，虽然都是各怀鬼胎，打着自己的小算盘，但气氛十分和谐。

"对了。"梅康平笑道，"晚儿，你上前来。"

男人伸出那只握着扇子的手，轻轻抵在她的头顶，放出魔气。

乔晚有点儿不自在，下意识地绷紧了肌肉。

那是这么多年来她和妖兽死磕了这么多次下来，养成的条件反射。

梅康平几乎同时察觉了她身体上的变化，倒是没露出什么异常的反应，就好像没察觉一样，微微一笑："叔父没有女儿，你是我的侄女，便是我的女儿，叔父不会害你的。"

这股魔气被他掐得极为精准，一缕一缕被导入乔晚的筋脉，耐心修补她破损的筋脉，理顺紊乱的神识和魔气。

梅康平表现得很像一个体贴的叔父，帮她梳理了一遍体内的神识和魔气之后，没多逼她，又把她轻轻送出了识海，给了她好好整理思绪的时间。

乔晚一睁眼，又回到了地牢里。

但这一次和上一次不同，这一次她的识海里多了一片竹林。

梅康平和她的识海建立了联系。

她的脑海中忽然传来一句男声："你如今在戒律堂地牢里？"

"叔父是如何知晓的？"

梅康平："魔域与昆山争斗了数百年，昆山的事，我知道得比你详细。

"眼下你打算怎么做？"

"我想越狱。"

"嗯？"

乔晚站起身，绕着牢房走了一圈："叔父能否助我一臂之力？"

梅康平："就算你不说，我也会帮你。"

有了梅康平的保证，那乔晚越狱成功的概率顿时直线上升。

五天时间，她只有五天时间。

五天时间里，乔晚一边留意地牢的情况，一边和梅康平商讨越狱注意事项，培养培养虚假的叔侄情谊，再抽出一部分时间调理自己体内的伤势。

梅康平看起来倒很像一个称职的叔父，知无不言言无不尽，温柔和蔼。

不过人力毕竟有限，就算是梅康平，也没办法长时间维持和她的神识的联系，一天之中能和她对话的时间也不过只有半个时辰。

但半个时辰已经足够了。

这五天时间里，乔晚每天都把神识往前铺一点儿，再把自己摸清楚的阵法布局通过识海实时传输给了梅康平。

驭灵壁和封元钉是配合使用的，只有两者搭配在一起，才能发挥最大威力，她身上还没上封元钉，和这些囚犯相比，她要越狱的话优势还是很明显的。

最难办的是戒律堂地牢大阵。

但梅康平告诉她，他能帮她破了这个阵。

地牢里不见天日，乔晚掐着指头算了算时间，打算等夜深了再动手。

她现在住的牢房是个死角，正好避开了其他囚徒的视线。

乔晚不相信，这些囚徒能眼睁睁地看着她跑，除非她能带他们一起跑路。

她没打算把他们放出来。

可能是因为马怀真和周衍，持戒弟子为了自己考虑，也不会轻易和她结仇，对她的态度已经称得上纵容了，或者说，谁也没想到乔晚竟然打算越狱。

这一越狱，性质非同小可。被关三十年，她出来以后还是周衍的弟子，享受昆山顶尖的资源，这么好的条件，谁舍得放下？

到了晚上，乔晚的越狱行动，终于暗暗启动了。

她找了个理由叫来了那个持戒弟子，在持戒弟子开门的那一刹那，梅康平在识海里帮了她一把，和乔晚一块儿将神识猛地戳入了持戒弟子的识海！

这持戒弟子的识海，和萧博扬的识海几乎一样不设防，乔晚没费多大力气就一头栽了进去。

"进去了？"梅康平问。

乔晚："进来了。"

她身上没封元钉，驭灵壁对她的影响有限。捏了个化形法诀，乔晚钻进了那持戒弟子的衣袖里，让那持戒弟子兜着。

她的灵力不够支撑她维持这个化形法诀太长时间，想跑她还得麻溜地抓紧时间。

接下来就好办多了，在梅康平的指导下，乔晚操纵着持戒弟子，没费多大力气就平平安安地穿过了大阵。

这一路她七拐八拐，顺利地错开了其他持戒弟子的巡逻路线，一直到门口才看见有两队持戒弟子正牵着狴犴守在牢门前。

被乔晚操控了的持戒弟子摸出袖子里的玉牌递了过去。

“干什么去？”

“定法长老那边来了消息，要我过去一趟。”

乔晚屏住了呼吸，感觉那两只狴犴的目光扫过来的时候，僵硬得一根手指都不敢动。

萧宗源的性格戒律堂人人心知肚明，那持戒弟子也不敢耽搁，低下头盘验无误之后顺利放行了。

乔晚一出戒律堂死牢，对这个持戒弟子，梅康平的意思是弄死他了事。

乔晚没说好，也没说不好，只把那持戒弟子弄晕了，随便塞到了一个隐秘的角落，她深吸一口气，一路狂奔下了戒律堂。

梅康平：“你不像你父亲。”

乔晚：“我从来没见过他。”

梅康平对她这个回答不置可否。

她没杀那个弟子，戒律堂早晚会发现她溜了，想下山她还得快一点儿。

剑早就被没收了，她没办法御剑，只能全靠两条腿跑。

乔晚一路顶风狂奔了三里地。

她没想到的是，戒律堂的动作竟然这么快。

眼看天上呼啦啦地飞过一片剑光，剑光交相辉映，全去往戒律堂的方向，乔晚心里“咯噔”了一声，就知道不好了。

发现她越狱之后，昆山肯定要先封山。

乔晚鼓足了一口气，拼命往山门冲，刚冲到山门前，便发现山门果然已经被封上了。山门前还聚集着一堆持戒弟子正在盘问过往行人。

梅康平：“山门被封也无妨，你在此地稍等片刻，我自会吩咐众魔来接你回魔域。”

乔晚：“不必了。”

察觉乔晚嗓音里的冷淡，梅康平愣了愣。

下一秒，乔晚干脆利落地切断了和他的联系。

道不同，不相为谋。

或许他真是她的叔父，但她不想认亲，更不想去魔域。

乔晚从怀里摸出那个小铜铃看了一眼。

在泥岩秘境的时候，她一直没机会用上，现在一看，这小铜铃或许对她入魔起了不小的作用，没用上倒是好事。

小鹤和梅康平做的事，都在逼她入魔。

他们先逼她入魔，再用怀柔政策，打亲情牌，是想让她转投魔域吗？如果她真是“乔晚”，被师门所弃在前，一朝获得了亲情的慰藉，说不定真的会义无反顾地投奔魔域。

但她不是。

就算这个世界真有她亲爹和亲叔父，这也不是她的归宿。

虽然她不记得她爸妈是谁了，但心里清楚，她真正的爸妈在前世，在现代，在另一个世界，不论是谁，都没办法代替。

乔晚垂眼，心平气和地想着。

如果梅康平真的为她考虑，就不会让她陷在这两难的境地里，把她架在火上烤。

她敢这么干脆利落地切断联系也不是没原因的。

梅康平既然想和她打亲情牌，不想被打脸的话，就不可能因为这事翻脸。

虽然乔晚不太清楚自己有什么值得他谋划的，但那个未知的东西，就是她的倚仗。

接下来，就看她自己的了。

另一头，魔域。

梅康平摇着扇子的手顿了顿，面色一黑。

他做梦也没想到会被他这便宜侄女用完就丢，被狠狠地摆了一道，这还真是一种新奇的体验。

而在戒律堂内——

“还没找到？！”萧宗源阴沉着脸，袍袖卷得像翻滚着的乌云。

“马怀真那儿呢？！暗部的人怎么还没来？！”

那持戒弟子咬了咬牙，面露难色：“问……问世……堂那儿不肯配合。”

发现乔晚越狱的那一刻起，他们就向问世堂那儿送了信。但马怀真硬说暗部弟子有事，操劳得久了，要休息休息。

这么粗劣的借口他竟然好意思用！

马怀真这明摆着就是故意的！

这都能让乔晚跑掉，要是不赶紧将人抓回来，这戒律堂的脸往哪儿搁？！

“他不愿意去，”萧宗源皱眉，怒火顿时蹿了上来，“我去！”

“你马上拿着我的玉牌，把今天这一批巡夜弟子叫过来，就说是我吩咐的！我看有谁敢不来！”

持戒弟子犹豫：“那马堂主那儿……”

萧宗源冷笑：“他的手还来不及伸那么长。”

“对了。”萧宗源停下脚步，“你马上下去，去地牢把那些用得上的囚犯提出来，给他们打上禁制，谁要是逮到了乔晚，谁就能获得减刑！”

昆山深夜，冷月高悬。

突然之间，一阵剑光划破了黑夜！

众多不明真相的弟子抬头看了一眼天空，无数内门精英弟子神情严肃，踩着剑，剑光像流星一样四散了出去。

众人还没搞明白从头顶“呼啦啦”飞过去的剑光是怎么回事的时候，戒律堂万年没动静的地牢忽然开了！

“吱呀”一声，先是蹿出了一抹灰影，紧跟着是第二道、第三道！

无数戒律堂囚徒倾巢而出！

乔晚越狱了！

眨眼之间，这个消息就以飓风之势席卷了整个昆山。

玉清真人的弟子，那个刚从泥岩秘境中回来的乔晚越狱了！

事到如今，乔晚不可能去找马怀真，更不可能去找甘南和济慈。

山门被封，现在她唯一能做的事就是藏好，静观其变。

混迹在不明真相的昆山弟子当中，乔晚慢慢地往回走，等人潮渐疏，这才加快了脚步。

她没想到，自己还是被发现了。

乔晚一抬头，面前多了五个人，拦住了她的去路。

为首的是一个顶着一头乱发、脑袋上长了对狗耳朵的青年。

青年耸了耸鼻子，看着她咧嘴一笑，露出了两颗尖尖的犬牙：“找到了。”

在他身后，被乔晚揍了一顿的女修和无极观弟子缓缓走上前来。

女修挑唇，微微一笑：“昆山的小妹妹，好久不见了。”

“戒律堂给了你们什么好处，让你们来抓我？”乔晚问，“减了几年？”

“小妹妹值钱得很。”女修娇娇俏俏地笑道，“减了足足有一百年呢。

“不过，这是活的。”

“要是死了，那就只能减个……”女修伸出手，比了个“五”字，“五十年。”

无极观弟子看着乔晚，目光阴狠。他脸上的伤还没好全，青一块紫一块的，男人磨了磨牙：“少和她废话。”

乔晚粗略地扫了一眼，一颗心沉了下去。

这些人的修为解封了。

在牢里的时候，没了自身的修为短板，她还能光靠拳头说话，但现在，这条路明显行不通了。

当初在牢里被乔晚掀了场子的人，现在一个个咬着牙，磨刀霍霍打算把场子找回来。

不过，她也不是全不占优势。

戒律堂虽然放出了这些人来抓她，但对他们还有忌惮，他们身上的封元钉……

乔晚数了数，拔得不多，修为也只恢复了五六成。

除了封元钉，戒律堂怕他们跑，肯定在他们身上下了什么禁制。

真要打起来，她不一定打不过他们。

那来吧。

乔晚抬眼，冷冷地看向了面前这几个人。

这么多年没正正经经地打过一次架，也没见过血，面前的几个人看起来都很兴奋，眼冒精光。

一眨眼，一场一对五的战斗顿时拉开了序幕！

为首的狗妖，舔了舔嘴角，狗耳朵抖了抖，“嗷呜”一声就扑了上来。

乔晚神情严肃，没露出任何惧色，直接迎了上去。

女修挑眉，有点儿惊讶。

没想到都到这个地步了，这姑娘还这么莽。

女修都有点儿欣赏她了。

可惜了，女修红唇一挑，轻笑道。

她还等着抓乔晚回去复命呢。

一错身的工夫，乔晚脚下踏出了妙微步法，拔腿就跑！

其他人神情微妙地凝滞了一下。

这不是废话吗？！

她打得过就打，打不过就跑！

她和这些人又没深仇大恨，在这儿被拖住，等着其他人来逮她吗？！

打架也得结合实际情况，能屈能伸才是硬道理。

“追！”

夜色下的昆山，再度上演了一场夺命狂奔的戏码！

乔晚在前面撒丫子跑，后面跟着一串人凶神恶煞地追。

乔晚一边跑，一边努力搓球，时不时往后面丢，还不忘转头大喊：“这一百年，究竟是只有抓到我的那个人才能减刑一百年，还是你们都能减刑一百年？！”

那女修猛地蹿了上来，妖娆地笑：“年纪不大，心眼倒是挺多。你当真以为听了你的话，我们就会内讧？”

那无极观弟子嘿嘿一笑，从袖中摸出支短笛，横在唇前吹了一声。

笛音飞扬，四周顿时地动山摇！

无数白森森的骷髅抖掉了一身的泥土，从地底爬了出来，迈开腿骨往前冲去。

冲在最前面一个猛地扑了上来，张开骨质疏松的上下颌准备咬人。

乔晚左手抓起对方的脖骨，右手使劲儿，“咔啦咔啦”手动拆解，扭下来一个骷髅头抱在了怀里。

头虽然断了，但这具骷髅宁死不屈，乔晚又卸下一根大腿骨。就在这时，那狗妖伸出利爪，从左边挥了过来。

乔晚条件反射地朝青年丢出自己手里的大腿骨。

“去！”

那青年呆了呆，刚迈开腿准备去追的那一刹那，反应了过来，鼻子都气歪了。

“汪——”

乔晚晃了晃手上那根肋骨：“汪汪汪。”

青年怒吼一声，冲了上来：“你找死吧？！”

乔晚反手丢出那骷髅头，砸到那青年怀里，继续撒丫子狂奔。

她刚跑出没多远，脚步一顿。

月色下站着个男人，左手提剑，神情倨傲。

见乔晚停下脚步，其他人愣了一下，也纷纷停下了脚步。

男人正是定法长老萧宗源。

那些骷髅虽然人多势众，但毕竟是死物，没开灵智，无极观弟子虽然及时叫了停，却还是有几个骷髅不长眼冲了上去。

萧宗源面上露出嫌恶之色，挥出几道剑光。

白骨纷纷落下，一对肋骨在月色下犹如一双蝶翅，被剑光和月色一映，有着一丝诡异的死亡之美。

那剑光穿破森森白骨，非但没收手，反倒一路直奔无极观弟子而来！

“噗——”

四周奇异地安静了下来。

无极观弟子嘴角渗出血，怒目圆睁，胸膛里还插着把剑，这一剑直接要了他的命。

长剑“嗡”的一声又飞回了萧宗源手上。

无极观弟子应声倒地。

萧宗源提着那把滴血的剑，看都没看地上的尸体一眼。

无极观弟子一死，狗妖和女修几个面色跟着变了。

虽然他们和这无极观弟子没关系，也没心思为他报仇，但大家都是被关在地牢里的，眼见无极观弟子一死，难免有点儿兔死狐悲之感。

这定法长老萧宗源目中无人，根本不把命当命。

这无极观弟子的下场，指不定就会是他们的下场。

但萧宗源毕竟是冲着乔晚来的。

狗妖和女修几个人虽然面露忌惮之色，但都没有动。

“乔晚，你可知罪？”萧宗源面色难看到极点，眼里透着一丝冷冷的杀意。

这戒律堂地牢是他主持修建，今天乔晚越狱这件事，可谓把他的面子里子搁在地上踩。

今天他要不把乔晚当场格杀了，那他这定法长老的位子不要也罢。

乔晚没应声。

前后都是人，她肯定是跑不掉了。

乔晚越过萧宗源，往后数了数，四个巡夜弟子，两个持戒弟子，后面还有五个死囚。

她要怎么办？

乔晚记得，原著里萧宗源只是金丹期的修为，能坐上戒律堂长老的位子，主要还是因为出自萧家，辈分、地位崇高。

每天他忙于攀结人情，花在修炼上的时间能有多少？

萧宗源提着剑，慢慢地走了过来。

今日他就算在这儿杀了她，周衍也绝不会有二话。

三五招过下来，那几个暗部弟子就擒住了乔晚。

萧宗源将剑一挥，全然不顾乔晚身前的巡夜弟子们，剑光直接破开那几个暗部弟子，直奔乔晚而来！

其中一个巡夜弟子哀号了一声，半截胳膊顿时落在了地上。

其他几个巡夜弟子咬紧了牙，一声没吭。

那剑砍断了那巡夜弟子的胳膊，一路钉入了乔晚的左肩。

乔晚却恍若未觉，一双眼看向了那几个暗部巡夜弟子，目光一转，紧紧地盯着萧宗源：“他们都是昆山弟子。”

萧宗源面不改色，阴沉着一张脸，振振有词地说：“既然是我昆山弟子，就该早早做好为本派献身的准备！”

“你要杀我？”

“今日你这番所作所为，就算我在这儿杀了你又如何？！”

乔晚深吸了一口气，闭上眼，体内魔气涌动。

她体内的魔气，算是上回她吞了蜘蛛卵的意外之喜。

这也是梅康平帮她梳理魔气以来，她第一次真正将魔气倾泻而出！

萧宗源的修为虽然不算多高，但如果缠斗，她也肯定打不过他。

她要杀他，只有一击毙命，快准狠地解决。

再一睁眼，乔晚劈手夺过那断了手的暗部弟子的佩剑，飞火流星般直射而出！

萧宗源难以置信地瞪大了眼：“魔气……这是魔气……”

这魔气绝对不可能是谁入魔之后就能拥有的。

能拥有这等魔气的人，除非是……是纯魔？！

他这么一恍神的工夫，乔晚身后忽然传来一声银铃般的笑声。那女修笑了笑，不知道用了什么邪门的功法，萧宗源略一分神，漆黑的剑意如飞龙喷云涛一般席卷而出！

一剑入腹！

萧宗源丹田中的金丹应声破碎！

乔晚收了剑，鲜血喷涌而出，温热的血“哗啦啦”浇了她一身。

萧宗源目眦欲裂，伸手捂住血流不止的腹部，双目赤红：“以下犯上……你……你……”

乔晚收了剑，将剑往那已经被吓愣的巡夜弟子手里一抛，回过头看了那女修一眼，有点儿惊讶。

没想到那女修竟然在最后关头肯帮她一把。

对上乔晚的视线，女修轻佻地笑了笑，笑得花枝乱颤：“我可不是帮你。”

大家都是些浑蛋，早晚会落得和那无极观弟子一样的下场。

眼见他死得凄凉，倒在地上无人问津，无人在意，她难免觉得悲凉。

今天就当她帮他一把，也算是全了这么多年以来的情分。

萧宗源一死，乔晚就知道自己今天是下不了山了。

她将剑往地上一扔，抬眼看了看天上“呼啦啦”降下来的剑光，叹了口气。

这一片剑光中，为首的一柄剑上跳下来一个师兄，看见地上的萧宗源，大惊失色：“长老！”

几个人跳下剑，赶紧去查看萧宗源的情况。

只见萧宗源仰躺在血泊中，额角青筋暴起，死不瞑目，看得那弟子心里也不由得“咯噔”了一声，涌起了一点儿恐惧之意。

他再抬头一看始作俑者——乔晚。

她莹白的脸上飞溅了一串血点，偏偏神色镇静，身上缭绕着的魔气也在一点点地散去。

那弟子心里一沉，喉口滚了滚，冷声道：“杀害定法长老，你好大的胆子。”

这时候逃是逃不出去了，乔晚没再反抗，任由这一批昆山弟子把她带回了地牢。

鉴于有越狱前科，这一次，她直接被关进了甲区，派了六个持戒弟子日夜看守。

乔晚杀了萧宗源，罪行非同小可，这消息眨眼之间就传遍了昆山上下。

问世堂里，马怀真脸色黑如锅底。

坐在马怀真对面的陆辟寒脸色也很难看。

他是真没想到，乔晚的胆子竟然这么大。

他虽然看不上萧宗源，但真没想到乔晚竟然敢杀了这人。

她这一动手，不是找死吗？！

他这边还在为她奔波，争取帮她减刑，结果就传来消息，她越狱了。

而现在，她不但越狱，还一剑杀了萧宗源！

行，这么多年，算他看走眼了。

他这么劳心劳力，也挡不住乔晚在作死的道路上一路狂奔。

马怀真都气笑了："你看看，你看看你师妹做了什么！"

气是气过了，总不能眼睁睁地看着她死，马怀真摩挲着轮椅，冷静下来，慢慢地想着办法。

"我要保她。"陆辟寒冷冷地说。

马怀真沉声问："保？你想怎么保她？"

陆辟寒虽然称得上一句昆山大师兄，但毕竟还是门派弟子，前几天戒律堂会审，他是没法参与的，没想到这才过了几天，乔晚又弄出了这么一个大"惊喜"。

思及此，陆辟寒面色更冷，像蒙了一层寒霜，不仅脸色难看，指尖也在抖，胸中气血翻涌，哆哆嗦嗦地弯着腰咳个不停，那胸前的金蝉印滚滚发烫，烫得他面上泛着一丝病态的红晕，衬得一双眼更冷。

陆辟寒深深地吸了一口气，平了平心气，冷冷地抛下了一句话："就算豁出这条命，我也要保她。"

当务之急，是要先去稳住戒律堂和萧家那边的人，再慢慢图谋。

乔晚毕竟是周衍的弟子，这事不知会周衍也不行。

被关在地牢里的时候，乔晚有点儿后悔了，深刻地忏悔了自己对梅康平这个便宜叔父用完就丢的"渣女"本质。

不过，她虽然单方面切断了和梅康平的联系，但只要梅康平需要她，他肯定还在监视她这边的情况。

乔晚闭上眼，把脑袋往墙上一靠，额头贴上冷冰冰的驭灵壁，总算清醒了不少。

刚刚确实是她冲动了，入魔的的确确影响了她的神志。

就算再来一次，她也不后悔杀了萧宗源。

第二天，牢房的门就被人打开了，门口那六个持戒弟子一见乔晚，如临大敌一般给她重新架上了手铐和脚镣，把她拎了出来，押上了行刑台。

具体要怎么处置她，戒律堂那儿还在商量，但为了防止她再跑，戒律堂今早已经下了命令，马上就带她上行刑台，打入封元钉。

昆山行刑台就建在东边的太虚峰上，太虚峰形似利剑，三面皆峭壁、悬崖绝壑。

当初魔域和修真界的那场大战中，行刑台上处死过不少魔物，地板砖的砖缝里都是黑的，当然除了处置魔物，这儿也处置过不少逆徒。

这一次来观看处刑的昆山弟子，有史以来突破了新高，台子底下站着数以万计的昆山弟子，仰头看向被押上了行刑台的乔晚，想看看这一剑捅死了定法长老的勇士是谁。

单看乔晚这一身粉色罗裙，谁也没想到这个看上去秀气的小姑娘，竟然能一剑杀了定法长老萧宗源。

乔晚目光一瞥，在人群中看到了好几个熟悉的身影。

甘南、济慈、袁六、萧博扬、程立都到齐了，还有几个一起进洞的暗部弟子也在场。

就连裴春争也在，上次在泥岩秘境里，他受地雷加身在前，又被乔晚捅了一刀后，这段时间一直在自己的洞府里静养。

隔着人群，乔晚遥遥地看了他一眼。

再看到裴春争，乔晚内心平静无波，从那个幻境开始，她和裴春争就彻底没关系了。

裴春争却没放过她，目光紧紧地落在她身上，眼睫轻颤。

她杀了萧宗源这件事闹得太大，消息理所应当地传到了大悲崖和青阳书院的交换生那边。

对上青年担忧的目光，乔晚扯着面皮，咧嘴笑了笑，以示安抚。

甘南愣了愣，脸上那着急担忧的神情非但没退去，反而更浓了点儿。

但乔晚已经收回目光，不再看任何一个人。

乔晚上了行刑台，这一次在台上看见了陆辟寒和马怀真，还有周衍和穆笑笑。

失忆的这段时间，穆笑笑寸步不离周衍。

有关她的处罚前几天就下来了，念在她是受乔晚撺掇的分上，她去戒律堂领了五十鞭，罚她几日之后回玉清峰上闭关三年。

少女如今伤还没养好，面色苍白，站在周衍身侧惹人怜爱。

周衍风姿绰约，如朗月在怀，垂眸看着乔晚。

乔晚身上衣服都没换，脸上、袖口、衣摆上全是大块大块的黑褐色血迹。

这是萧宗源的血。

周衍心里一紧，忽然就不知道该怎么面对她了，只能闭上双眸，长长地呼出一口气。

归根到底，乔晚走到现在这一步，还有他的原因。

想到乔晚，周衍头一次感到迷茫怅惘，心底又不能自拔地陡然生出一阵悲凉感。

乔晚这一次可算是捅破了天。

萧家连夜派了人赶到昆山，想着让昆山交人，硬是让马怀真等人给按了下来。

这一次乔晚受刑，也是做给萧家人看的，表明昆山绝无徇私包庇之心。

今天这次处刑，萧家也会派人来监刑。

也就在这个时候，行刑台上投下来一片巨大的阴影，遮蔽了天日。

“这……这是……”

行刑台下的众人纷纷坐不住了。

这是萧家的飞舟。

一艘浮空飞舟缓缓从天而降，停在了行刑台上空，船身精心绘饰着缭绕云纹，云纹中簇拥着一个绿色重瓣莲花图样，那是萧家的家纹。

船上的萧家子弟凭舷而立，衣袂翩翩。

这就是萧家，子孙遍地、包揽了修真界大多数资源的萧家。

萧家的浮空飞舟也体现了当今萧家这豪气冲天、高调张扬的处事风格。

飞舟两侧有人御剑开道，霞光铺路，看得其他没什么见识的昆山弟子纷纷目瞪口呆。

船梯一放，从飞舟中缓缓走下来一个中年文士打扮的男人，颌下留着一缕长须，丹凤眼，神情傲然，身边还随侍着四个秀美的青年男女。

那中年文士刚走下飞舟，就有几个弟子将他们迎入了行刑台。

马怀真坐在轮椅上，静静地看着萧家这艘大船。

那中年男人冲他颔首，径直走向了周衍：“真人。”

周衍也回了一礼：“萧长老，令兄之事……”

这中年男人就是萧宗源的堂弟，萧修文。

萧修文没等周衍说完话，看了乔晚一眼：“就是她？”

周衍顿了顿，叹了口气：“这的确就是在下那劣徒。”

萧修文：“不知真人能否让我和她说几句话？”

几个持戒弟子马上就把乔晚给押了过来。

萧修文正襟危坐，淡淡地瞥了她一眼，眼里看不出喜怒：“就是你杀了吾兄？”

乔晚没吭声。

萧修文也不甚在意，扯着面皮冷笑了一声。

“好傲的性子，真人倒教出来一个好弟子。”

周衍垂上双眸：“跪下。”

乔晚没吭声。

周衍霍然睁眼，皱起了眉，语气跟着加重了几分：“逆徒！你还不跪下向萧长老赔罪？！”

将眼前这一幕尽收眼底，萧修文慢条斯理地抬起手：“这倒不必了，这被人逼着的道歉，心不甘、情不愿的，某承受不起。”

“今日不是处刑吗？”萧修文道，“既然人都到齐了，那现在就开始吧。”

话音刚落，乔晚就被几个持戒弟子拖了出去，牢牢地压住了四肢。

一声令下，数道封元钉如流星般朝着乔晚全身各处的筋脉要穴射去！

封元钉入体，一眨眼的工夫，乔晚已经像条死狗一样趴在了地上，鲜血顺着四肢流了一地。

红艳艳的血一半渗进了地缝，一半往萧修文脚下流去。

萧修文偏了偏脚，抬眼说道：“就这样？她杀了吾兄，贵派就给我这么一个交代？！”

那血也漫上了周衍的袍角，白衣染血，周衍微微失神。

萧修文的丹凤眼耷拉了下来，他略一沉思，转头吩咐了身旁的青年男女一声。

那萧家青年上前一步，捧出了一个牌位。

萧修文振了振袖摆，拿起了牌位：“这是吾兄的牌位。”

陆辟寒淡淡地问：“长老此言何意？”

萧修文：“吾兄死不瞑目，让你这弟子跪下来，好好给吾兄磕几个响头赔礼道歉，想来不过分吧？”

周衍这才看向乔晚，神情一凛：“跪下！”

眼见乔晚毫无反应，周衍闭了闭眼，怒喝：“跪下！”

锵然一声，剑鞘重重地砸上了乔晚的双膝。

乔晚身形一晃，咬紧了牙，硬是没倒下去。

周衍狠狠心，再度运动剑鞘。

“砰！”

乔晚身子一晃，左腿一弯跪了下来。

周衍深吸了一口气，指尖都有点儿发颤。

若非如此，他救不了她的性命。

剑鞘重若千钧，压在了少女的脊背上，硬是将少女挺直的脊背深深地压弯了下去。

眼看着乔晚的脊背一点点地被压弯了下来，陆辟寒突然伸出枯瘦的五指猛地一抓。

周衍震惊地看向自己这个大弟子。

“师尊。”剑鞘重若千钧，压得陆辟寒五指青筋暴起，男人脸上却没露出任何多余的神情，“师尊，到此为止。”

萧修文见状，扯着唇又冷笑了一声：“我只让她给吾兄磕几个响头，又不取她的性命，哪怕是连这一点贵派都不肯应承下来？”

“还是说，”萧修文眼皮一抬，“贵派非得逼我萧家要了她的命不可？”

“师兄。”乔晚忽然出声。

陆辟寒微微侧过头看了她一眼，这才发现乔晚的嗓音很轻。

“多谢大师兄，”乔晚摇摇头，“但师兄没必要为了我得罪萧家。”

乔晚抬起眼，看了萧修文一眼：“这个头，我磕。”

萧修文扬了扬眉梢。

人活在这个世上，总有些不得不妥协之事，那委屈和不甘她只能咬着牙、含着泪、和着血硬生生地吞下。被一遍遍磋磨，一次一次被碾进泥地里，打碎了骨头黏着肉没关系，她再慢慢爬起来就是。

今天，她磕这个头。

乔晚垂下眼睫，目光很镇静，但这镇静看得人心里陡然生起一阵寒意。

萧修文心中莫名一惊，旋即顿生一念。

此人留不得，假以时日，这人必成大患。

但这个时候乔晚已经伏下了脊背，低下了头，对着那牌位“咚咚咚”磕了三个响头。

这是实打实的三个响头，乔晚磕完了，额头上就见了红。

没想到的是，乔晚磕完了头却没停下来，双膝一转，转向了周衍。

周衍眉心一跳，不知道为什么，心中陡然生出一种不祥的预感，忙振袖去拦。

乔晚趴在他的脚边，“咚”——又磕了一个头。

周衍面色愕然，血液如被冻结，脑中“嗡”地一响。

这个时候，他好像才发现其实乔晚的身形很单薄。

当初那个瘦瘦小小的小女孩，一晃眼已经长成了一个窈窕少女。

这好像是他第一次看见了乔晚。

周衍身形晃了晃，忽然有种恍若隔世的感觉。

从始至终，她就像藏在黑暗中的一抹影子，但这个时候，她忽然走了出来，那双亮堂堂的眼刺得周衍不敢再直视她。

对上乔晚的视线，周衍浑身僵冷。

少女扯了扯面皮，抿紧了唇，额头上流下的鲜血濡湿了眼睫，一滴滴地往下落。

“师父。”少女清冷的嗓音清晰地回荡在行刑台上。

喧闹的行刑台也顿时安静了下来。

周衍喉口一涩，看着眼前的少女，一颗心莫名地拧了起来，全身上下也好像渐渐蔓延开一阵惊慌、恐惧、不安和……悔恨情绪。

已经来不及了，好像有一个声音在说，这一切都来不及挽回了。

乔晚扯出了一丝自嘲的笑："我知道，师尊当初之所以收我为徒，都是因为师姐。"

整个行刑台安静得能听见仙鹤振翅飞过的声音。

"弟子资质浅，无法与穆师姐相比，但这么多个日日夜夜以来，在修炼一途上从未有过懈怠。

"在这一点上，弟子自认没辜负师尊期望，问心无愧。"

乔晚说着说着，忽然就哽咽了，眼泪也扑簌簌地落在了地上。

她抽了抽气，硬是咬住了牙关，维持住了脸上的镇静。

"但弟子也知道，所谓期望，不过是弟子一厢情愿。师尊从未对弟子抱有任何期望，也从未真正看过弟子一眼。"

乔晚抬起眼，抽抽噎噎，泪水沾满了整张脸，涕泗横流，看上去特别滑稽。

"弟子……弟子日夜修炼，只是希望能在师尊心中占有一席之地。

"希望师尊也能将我当成你真正的弟子，一个真正的人。"

周衍惊愕地瞪大了眼，心头巨震，如受巨锤重击，面色苍白如纸，连连倒退了几步才勉强稳住身形。

事到如今，他竟然不敢直视乔晚的眼，好像透过这双眼就能看见当初的场景。

他牵着那个小女孩的手，一步一步踏上昆山九千九百九十九级台阶。

要拜入昆山，这台阶是要自己爬的，他陪在她身边，看着小女孩咬着牙一点点地往上爬，两条腿都在打战，也没喊一声累。

其实在这漫长的岁月里，乔晚好像也对他撒过娇。

但当时他是怎么想的?

她太像笑笑了，太像穆笑笑了。

他不愿，也不敢看见这么像穆笑笑的乔晚。

从那天起，她就明白了。

她不该那么做，那是另一个姑娘的特权，永远不属于她。她鸠占鹊巢，理当知足，不该再生出别的念头。

在这个世上，她只有一个人，这条求仙问道的路上，没人会帮她。或许中途会有人搀她一把，但自始至终，她能靠的只有自己。

"若非当初你带我上昆山，现在这个时候，弟子还在山下与黄土为伴，浑浑噩噩地度日。师尊的大恩，弟子无以为报。"

"但从今日起，"乔晚沉声说着，又磕了两个响头，"弟子愿自废修为，自请离山。这一身修为，都是师尊与大师兄教我的。"

乔晚没去看陆辟寒，深吸了一口气，试着去调动体内的灵气。

周衍双眸微睁，失声道："你做什么？！"

她全身上下各处筋脉要穴都被封元钉牢牢地封死了，乔晚瞪大了眼，眸中精光爆射，周身气流急速运转，以自废修为的代价强行冲破了各处封元钉！

转瞬之间，少女筋脉寸寸断裂，境界迅速跌落，已与凡人无异。

数枚封元钉“叮叮当当”地落在了周衍脚下。

周衍看着乔晚，喉口滚了滚，再也说不出一句话来。

乔晚七窍流血的同时毕恭毕敬地又磕了一个头：“这修为是师尊所赐，今日我都还给师尊了，从此之后，我与师尊之间师徒情谊已绝，再无任何瓜葛。”

说着她又转过身看向了陆辟寒。

男人目光如炬，死死地盯着她，面色铁青，不知道是震惊还是生气。

乔晚拖着破破烂烂的身躯，朝着陆辟寒也磕了三个响头。

“这么多年以来，一直是大师兄你在照顾我，教我认字，教我剑术。

“虽然我自请离开师门，但大师兄，”乔晚抿了抿唇，“你永远是我的师兄。师兄你身上的禁制，我一定会想办法帮你治好。”

陆辟寒良久才冷冷出声：“你以为这样，我就该感谢你了？”

乔晚：“是我要谢谢师兄。”

“还有前辈，”乔晚沉声道，“多谢前辈这些年来的提携之恩。”

马怀真面色铁青，目光掠过穆笑笑。

乔晚抿了抿唇，什么也没说，做完这一切，她手脚并用、摇摇晃晃地爬了起来，缓缓走下行刑台。

少女脊背挺直。

行刑台下数以万计的昆山弟子没一人出声，整个行刑台陷入了死一般的寂静中，竟然无一人敢拦她。

但就在这个时候，萧修文突然打破了沉寂：“且慢。”

乔晚转过身，目光冷若寒冰，但在眼中又好像凝聚了一团火焰，透着有力、明亮、坚韧的光。

对上这么一双眼，萧修文竟然也有些失神，但很快又恢复了那倨傲之色。

“只磕了三个头，你便以为能换吾兄的性命了？”

此人留不得。

萧修文目光如炬，死死地盯着乔晚。

斩草要除根，否则将来后患无穷。

乔晚：“长老还想做什么？”

萧修文冷笑一声：“自然——”

“自然什么？”

话还没说完，萧修文身旁的一男一女两个侍从猝然发难，袖中滑出一柄利剑，横在了萧修文的脖颈前。

另一个侍从身形扭曲，节节拔高，清秀的五官渐渐变成英挺的轮廓，化成了一个少年魔将。

与此同时，萧家飞舟之上绘着的云纹突然像活了过来，猛烈地滚动着，一口浓烈的黑雾喷吐而出！

魔气席卷而来，凭舷而立的萧家子弟无不像下饺子一样从半空中摔了下来。

“魔气！”

“是魔气！”

众人大惊失色，骇然地看着那黑雾越滚越多，越滚越厚，像天际扭曲的乌云，占据了半边天空。

魔气渐渐扭曲成形，伴随着一声长啸，从黑雾中蓦地脱出一只形状像枭、人面四眼的怪鸟，怪鸟张开双翅，压低了身子，从众人头顶擦过。

紧跟着怪鸟又从黑雾中脱出一只皮毛皆黑的怪牛，拖着一辆黑漆铺底、描金牡丹纹的宝盖香车。

群魔拱卫在香车两侧，声势浩大。

在场众人，但凡有点儿见识的，再一看那空荡荡的船身，无不齐齐变了脸色！

这是魔气！

以生魂入画，那是梅康平的本事！

梅康平来了？他怎么会到这儿来？！梅康平在哪儿？！

魔气所过之处，百草枯萎，魔焰滔天，但凡肌肤沾上了一点儿，无不炙热难当，惨叫连连，台下弟子狼狈地纵高跳远，没了命地狂奔起来！

乔晚就站在阶前，那滔天魔焰浩浩荡荡，如巨浪般直冲她卷了过来！

“乔晚！”马怀真和陆辟寒面色遽变，先后怒喝。

乔晚没动。

四周安静了下来。

这一刻，昆山数万弟子呆愣愣地看着那股黑色的火舌舔上了少女的裙角。

但躁动不安、杀意四溢的魔焰，一靠近乔晚忽然安静了下来，盘旋在乔晚身前。

亲眼看见那些矜贵的萧家弟子个个毫无风度地栽下飞舟，萧修文目露恐惧之色，冷汗如雨。

那一次正邪之战，他是亲历过的。

生魂入画，那是梅康平……

不是说如今魔域元气大伤？

这些魔物是何时混入萧家的浮空飞舟，又是为什么会突然出现在昆山的？

但这一切，很快就有了答案。

萧修文惊骇地看着那少年魔将，横着一柄计都枪，忽然朝着乔晚跪了下来。

犀渠拖着香车来到了乔晚跟前。

缭绕雾气蔓延上轮毂，车前金铃一荡，垂落在车身四侧的冰绡轻轻飘扬，缠金镂空的魔纹绕着车身蜿蜒而上。

那少年魔将伸出一只手，掀开了车帘，沉声道：“末将薛云嘲，奉梅相之命，恭迎帝姬回魔域。”

黑雾继续扭曲，再次喷吐出一个人影。

男人眼角紫色魔纹妖冶诡秘，轻摇折扇。

梅康平目光一扫，看了一眼被魔焰拱卫的乔晚，又看向了胆裂魂飞的萧修文，扯着嘴角冷笑了一声：“就凭你们，给你们磕头？也要看你们兄弟二人担不担得起！

“刚刚她在这儿磕了几个，今天在这儿，你就给我一个一个磕回来。”

第十章　新名字新征程

“怎么？”瞥见萧修文面如死灰的模样，梅康平笑道，“不愿意？”

那女“侍从”，或者说女魔修，特别上道儿地把横在萧修文的脖颈前的利剑往里面压了压。

萧修文瞪大了眼：“魔物尔敢？！”

剑刃立时在他的脖子上留下了一条红艳艳的血线。萧修文面色微变，不自觉地昂了昂脖颈，避了避。

“敢，怎么不敢？”

话音刚落，空中一团魔气马上就钻进了萧修文的肚子里。

萧修文这下终于慌了神，一边赶紧调动灵力压制魔气，一边瞪眼怒喝：“你对我做了什么？！无耻魔物！”

魔气顺着四肢百骸一路游走，只见萧修文肢节忽然一鼓一瘪，一转眼拔高，一转眼又像被什么东西给挤扁了。

几次下来，他已经痛得大汗淋漓，再也说不出一句话来，四肢就像被什么线给扯住，双膝一弯，朝着乔晚的方向跪了下来。

“砰——”

第一个头磕下。

萧修文目眦欲裂。

“砰——”

第二个头磕下。

萧修文额头的青筋暴起。

“砰——”

第三个头磕下。

当着昆山数万弟子的面，代表了修真界气焰正盛的萧家的萧修文，朝着乔晚正正好磕了三个响头。

他磕完后，那女魔修就反手将利剑刺入了萧修文的丹田。

梅康平这才转过身，又朝向了行刑台上的一干人。

在座修士如临大敌，无不皱紧了眉，纷纷祭出法器。

马怀真瞥了一眼被魔焰护身的乔晚，再看了一眼梅康平，不仅眼皮在跳，心也“突突”直跳。

那不过是魔气所幻化出来的幻象，梅康平为人谨慎，绝对不可能孤军深入昆山，本体还在相隔万里之遥的魔域。

这回借了萧家的势，想来他另有图谋。

但仅仅这一个幻象，就使得整个处刑台上下的人全神戒备。

梅康平：“请诸位放心，今日我来此倒不是为了开战，只是接回魔域失踪多年的血脉。”

“今日魔域非但不会与贵派开战，”梅康平意有所指地瞥了周衍一眼，“倒还要多谢贵派多年的抚育之恩。”

梅康平话音刚落，在座的人全都转向了乔晚。

魔域失踪的血脉？

乔晚……是魔？！而且，她是魔域的帝姬？！

山门里混入了一个纯魔，竟然没一个人发现。

这还是周衍的弟子。

周衍是昆山玉清峰化神期的长老，连他都没能发现，这意味着什么？

在座的不只周衍变了脸色，那地位高一些的弟子都纷纷变了脸色。

梅康平前脚落了萧家的面子，后脚又把周衍甚至昆山的脸面扯了下来，丢在地上踩。

这梅康平果然就像传闻中那样小心眼。

这还没完。

梅康平目光一扫，落在了穆笑笑身上，忽然顿了一下。

这魔修对七情六欲的那点儿感知，一向比其他修士敏锐不少。

对上那人的目光，穆笑笑莫名地生出了一点儿畏惧的心理，钩住了周衍的衣角。

梅康平目光一瞥，看了一眼穆笑笑紧钩着周衍的衣角的小拇指，眼里精光一闪，哼笑了一声。

“本以为玉清真人是个冷心冷情的性子，让我们这帝姬吃了不少苦，现在一看，这还得看对什么人。

“玉清真人和你这小弟子看起来关系倒好得很，不像师徒，倒像是夫妻。

“还是罔顾伦常的情人？”

周衍面色遽变！

梅康平那漫不经心的目光，看得他心里发冷。

处刑台上下一片哗然，虽然没人相信梅康平说的话，但只要是个人，都没忍住往这师徒俩的方向看了一眼。

穆笑笑慌忙松了手，俏脸煞白。

梅康平这人说话喜欢说一半留一半，半真半假，让人去猜。

至于大家猜得多还是少，这可全都不关他的事了。

男人点到即止，干净利落地将疑惑和猜忌全留给了别人。

眼见乔晚一直没什么动静，薛云嘲低声道：“帝姬，请。”

乔晚看了一眼面前的车驾。

“乔晚。”马怀真突然出声，一双眼死死地盯着她，“你真要去那边？

“那边对你究竟有几分真几分假，我看你心里不至于没那个谱。”

乔晚没吭声，在众人的注目之中，坐上了那繁复华美的车驾。

绣着淡金梅花纹的车帘落下，挡住了车里的光景。

就在这一瞬间，滔天魔焰一卷，蓝莹莹的天像是被什么利爪划开了一条漆黑的裂缝。

颙和犀渠护卫车驾连同黑雾一道儿跃上了半空。

乔晚坐在车里，目不转睛地看着天空中那道裂缝。

那漆黑的裂缝越来越近，越来越近，穿过这道裂缝，就是魔域。

车驾飞越过层峦叠嶂的山峰，渐渐驶入云霄。

乔晚往下看了一眼，正好对上了人群中的青年一双琉璃般干净的眼，那双眼里盛满了担忧之色。

就在车驾即将跃入这裂缝的那一刹那，乔晚突然动了！

她咬牙，猛地一撩裙摆，从车驾里扑了出来！

现在她没什么不能豁出去的了。

谁都没想到乔晚竟然从车里跳了出来！

薛云嘲面色遽变，忙飞身去抓乔晚，但这车驾半边都已经陷入了裂缝里，他一扑扑了空，只能眼睁睁地看着那粉色的身影猛地从高空中坠落！

梅康平的面色也变了，眨眼之间，精彩纷呈。

刚刚他那掌握全局、嘚瑟得不行的模样，一下就消失得无影无踪。

男人握紧了折扇，险些爆出一句脏话来！

但这时，那空间裂缝已经开始修复。

来不及了，车驾连同黑雾一起消失在了天际。

这一幕，在场众人看了个一清二楚，眼里全都映出那道急速坠落的粉色身影！

场面顿时急转直下！

乔晚筋脉皆断，修为被废，境界跌落和凡人无异，可能比凡人还凄惨点儿，凡人受的伤还没她这么严重的。

她从这么高的地方跳下来，必死无疑！

风声“呼呼”灌入耳中，乔晚紧抿着唇，眼中透出坚毅的目光。

她不去魔域，哪儿也不去。

狂风扑面，裹挟着少女猛地砸向了百丈悬崖！

“乔晚！！”

那道身影消失在了云雾缭绕的山峰之下。

整个处刑台再一次安静了下来。

陆辟寒握紧了拳，面色铁青，猛地呕出一口鲜血。

马怀真死死地握紧了轮椅，好半天都没能吐出一个字。

半晌，处刑台下才有人出声。

“乔……乔晚是死了吗？”

所有人刚刚都看了个一清二楚。

就连修士从这么高的地方跳下去，都不一定能活，更何况乔晚。

她根本没生还的可能。

这次，魔域、昆山和萧家，谁也没讨着好。

主要是谁都没想到，乔晚竟然这么有骨气，放着魔域帝姬的身份不要，宁肯从这儿跳下去摔死也不肯跟着梅康平回魔域，以一种近乎决绝和惨烈的方式，狠狠打了三方的脸，宣告了自己是乔晚，也只是乔晚。

除了乔晚，她谁也不是。

裴春争愣了愣，抿起唇，御剑直冲向山下！

在场数万人，谁都没想到乔晚能做到这个地步。

乔晚……跳下去了？

周衍难以置信地看着脚下那百丈悬崖。

“师尊。”耳畔传来了穆笑笑犹疑的呼喊。

周衍喉口干涩，目不转睛地死死盯着山下，除了缭绕的雾气外，什么也看不清。

那抹粉色的裙角就这么消失在了众人眼前。

周衍如遭雷击，踉踉跄跄地倒退了几步，一把扶住椅子，弯下了腰。

白发如水般倾泻而下，男人抖得像筛糠，那高洁清冷的剑仙瞬间消失得无影无踪，整个人像苍老了几百岁。

他……他没想到乔晚会死。

这个时候，没人相信乔晚还能活下来，她掉下去唯有粉身碎骨这一个结局。

处刑台上台下的人都静默了。

马怀真："还愣着干什么？！还不快派人下去？！"

但就在太虚峰另一侧的绝壁之外，悬崖峡谷之中，少女眼角的龙鳞之契猛地一亮，数条白龙虚影裹着她冲天而起！

下一秒，一条白龙闪过，眨眼之间就隐匿在了云雾之中。

"小……小妹！在下接住你了！"耳畔传来甘南结结巴巴、震惊喜悦又心有余悸的声音。

乔晚躺在白龙身上，想到自己刚刚跳下来那勇敢劲儿，也有点儿后怕。

嘴巴被风吹得张都张不开，她一张嘴就喝了一肚子的风。

她心上好像被什么人给拧了一把，有点儿泛酸，但同时心底又忍不住冒出些喜悦和释然的情绪。

乔晚也忍不住笑，笑得越来越大声。

她不用留在昆山，也不用去魔域。

谁也别想看扁她。

乔晚咧着嘴恶狠狠地笑了笑。

甘南打了一个哆嗦，龙身一歪，犹犹豫豫地想：乔……乔小妹是不是伤心过度，失去了理智？他……他要怎么安慰她才好？

乔晚趴在龙背上，看了一眼云雾下的山河。

她就知道，甘南肯定会接住她。

刚刚在车上对上青年目光的一刹那，乔晚就做好准备了。

她不靠梅康平，也不靠周衍，但朋友不一样，朋友能托付生死。

她和甘南这条小废物龙可是上对天下对地拜了把子的。

白龙摆尾，冲破云层，犹如冲破了无形的樊笼和枷锁，扶摇直上云霄，逐日而行。

人生若尘露，天道邈悠悠。

从今往后，这条问道路上，她会一点点地慢慢重新往上爬。

没过一天，全修真界的人都知道了，昆山、魔域和萧家，都被一个姑娘打了脸。

而那个叫乔晚的姑娘，一剑捅死了萧家的萧宗源，断了和玉清真人的师徒之情，舍了魔域帝姬的尊贵身份，从天上一跃而下，跳下了太虚峰的万丈深渊。

魔域、昆山和萧家，修真界这三大势力，这一回全在一个人身上栽了跟头。

但做这一切的人，到现在都还没有找到，或者说，尸身到现在都还没找到。

太虚峰下面是一汪沉剑池，潭深千尺，刀刃杀伐之气太重。其实，昆山没找到乔晚的尸体，基本上已经很能说明问题了。

乔晚可能掉进了沉剑池里，尸骨无存。

就是没人肯相信这个呼之欲出的答案。

马怀真带着一批暗部弟子，日夜沿着这太虚峰下找，那沉剑池水都快被抽干了，他们也没找到乔晚的身影，最后只找到一个粉色的小蝴蝶结。

这蝴蝶结被沉剑池的水洗得残破斑驳。

暗部的大老爷们儿手里捧着个小蝴蝶结，看着有点儿滑稽，但没人敢笑，也没人笑得出来。

这缺了一半的蝴蝶结，被捧到马怀真手里的时候，人人都看见了，这个平常杀伐果断、喜欢笑着操练弟子们的煞神，窝在轮椅里，抿着唇沉默了良久，半天没说话。

“走。”过了好半天，马怀真才开口，嗓音有点儿哑，“回去，不找了。”

问世堂这一百多个大汉，找了十多个昼夜，最终只带了半个蝴蝶结回去。

这蝴蝶结被放在了一个小盒子里封好，送到陆辟寒手上的时候，陆辟寒抬头看了马怀真一眼。

“这是什么？”

马怀真沉默了一会儿，才道：“乔晚。”

气血翻涌勾动了陈年旧疾，陆辟寒蜷缩着身子咳得惊天动地，面目狰狞，好像不把肺咳出来决不罢休。

过了一会儿，他才从袖子里摸出块白色的手帕，揩了一把嘴角的血渍，稳住了呼吸，看也没看这蝴蝶结一眼。

“乔晚没死。”

马怀真掌管问世堂多年了，这种事见得太多。

那些说是失踪了的人，真正被找回来的没几个，大多数人就这样没了。如今乔晚算是其中一个。

马怀真没吭声。

这件事，他接受能力其实比陆辟寒好得多。

马怀真沉声道：“她的本命灵焰都熄了，你难道还不清楚吗？”

陆辟寒捂着嘴的手一顿，指节慢慢地攥紧了手帕，他垂下了眼，那双眼像两团烧尽了的火。

是，乔晚的本命灵焰熄了。

昆山有座灵焰塔，塔里供着的全是昆山弟子们的本命灵焰，昏黄的一小簇。

本命灵焰灭了，就代表着，人也就没了。

那天，乔晚当着昆山数万弟子的面，从太虚峰上一跃而下。从那天起，她的本命灵焰就灭了。

这几天来，马怀真领着暗部的人手沿着太虚峰下找，其实也只是抱着活要见人死要见尸的心态。

但没人相信乔晚会这么轻易就死掉。

马怀真也不信。

他和乔晚接触得比较频繁，主要是乔晚作为玉清峰的弟子，整天往问世堂跑得比暗部弟子还勤快。

久而久之，马怀真也就多留意了一下。

哪次下山，乔晚不是带着一身伤回来？

这一批弟子中，就数她对自己最狠。

有时候，马怀真也想摇着轮椅出了问世堂就能看见乔晚顶着一脸血跑过来交任务。但这问世堂里人来人往，就是没了那抹辣眼睛的粉色身影。

但他一向朝前看，虽然冷酷无情了点儿，但效率高。

不沉湎于过去，一向是他的处事准则，那些死去的人，都在他心里放着，他永远都不会忘。

至于陆辟寒……

其实他们两个性格差不多，不过乔晚毕竟是陆辟寒一手带大的师妹。

消息传到玉清峰上的时候，周衍在窗户边坐了一整天。

这几天，他总梦到乔晚。

有些人活得就像个影子，但只有失去了，大家才会发现她其实无处不在，只不过她一直活在暗处，众人从来没留意过。

周衍撑着额头，一闭眼，脑海里全是那天乔晚跳下去的画面。

少女掀开车帘，从香车中一跃而下，随之就消失在缭绕的云雾中。

他一恍神，又是乔晚抽抽噎噎、涕泗横流的模样："但弟子也知道，所谓期望，不过是弟子一厢情愿。师尊你从未对弟子抱有任何期望，也从未真正看过弟子一眼。"

"弟子……弟子日夜修炼，只是希望能在师尊心中占有一席之地。"

"希望师尊你也能将我当成你真正的弟子，一个真正的人。"

周衍睁开了眼。

两个人这三十多年的相处，怎么可能全无情谊？

如今他才知道，他……

周衍舌尖发苦，神情涩然，愧疚得无以复加。

是他对不起他这弟子。

“师尊。”少女犹豫的嗓音在背后响起。

周衍略一侧目，穆笑笑怯生生地站在他身后，犹豫地看着他，不太敢上前。

自从那天她那个师妹跳下太虚峰之后，师尊就变了。

之前师尊也不爱笑，但从来没像现在这样，好像整天都在想事情，那双眉紧紧地蹙着，怎么也不见松开。

周衍略一颔首，收敛了思绪：“笑笑。”

穆笑笑走上前：“师……师尊，大师兄刚刚托人送来了一样东西，就放在外间。”

周衍揉了揉额角：“我这便去看。”

师尊这几天好像经常头痛，穆笑笑担忧地想。

她这儿正好有个抹额，戴上去冰冰凉凉的，很是舒服温养。穆笑笑叫住了周衍，从袖子里摸出那雪白的抹额，递到了周衍面前：“师尊，这个给你，戴上去或许就没那么难受了。”

空气好像一瞬间凝滞，周衍停住了脚步。

穆笑笑惊愕地看着周衍面色遽变。

是不是她弄错了什么？

过了好一会儿，周衍才开了口。穆笑笑这才发现，她这个谪仙一样的师父，这个时候嗓音沙哑，疲倦不堪。

“没什么。”

说罢，他提步转身往外间去了。

穆笑笑在原地站了一会儿，忽然听见“哐啷”一声闷响。她提起裙摆，跑进外间一看，只见桌上的盒子散落，那半个残破不堪的粉玉蝴蝶结滚在了地上。

而这个时候本该乖乖退场的乔晚，还没死，她抬头看了一眼面前的黑底金字招牌有点儿发愁。

前几天，甘南载着她一直飞到了昆山脚下，才把她给放下来。

一落地，乔晚就让甘南帮忙封了她的识海。

在甘南一通手忙脚乱，险些炸了她的识海之后，总算勉勉强强封上了她的识海。

她从那么高的地方跳下来没死，甘南这一顿猛如虎的操作差点儿要了她这条小命。

如今，昆山、魔域她都不可能再回去了。

青年很担心：“小妹，你无处可去，为何不回魔域？”

乔晚认真地看了甘南一眼。

青年的眼睫毛是白的，眉毛是白的，眼珠子也是晶莹的白色，目光懵懂中透着一股良善之意，完美地诠释了一个词——傻白甜。

乔晚："不去。"

甘南蒙了："为何？我们妖族一向不拘正邪。"

"那你呢？"

他是儒修，肯定在乎正邪之分。

青年身子显而易见地僵了僵，声音也弱了下来："小妹你毕竟与他人不同。"

乔晚干脆一屁股坐了下来，摇头："我这个叔父如果真为我考虑，就不会这么对我。"

乔晚拍了拍身边的空地，示意甘南也坐，十分有耐心地打算给面前这个傻白甜废物龙好好上一课。

"如果他真的为我考虑，就不会把时机掐得这么准，把我逼到这地步，再帮我把场子找回来。"

甘南睁大了眼，忽然又垂下头，看上去很是受伤。

他家里乱得跟一锅海鲜粥似的，他一向对亲情有些说不清道不明的期盼。

如今他一看这情况，再看向乔晚的目光里不禁多了两分同情，心中再度生起一股"同病相怜""惺惺相惜"之感。

"你家我也不会去的。"看出甘南想说什么，乔晚再度摇了摇头。

"那……那小妹不妨和在下一起回青阳书院，在下能向师长举荐你。"

乔晚摇了摇头，往地上一躺："我现在的修为去不了。"

青阳书院好歹也是修真界四大巨头之一，又不是做慈善的，哪能让人说进就进？她现在丹田里空空如也，筋脉破碎，修为跌落到凡人境界，连杂役都做不了。

更何况青阳书院与昆山关系密切，如果知道她就是那个乔晚，可能直接就把她拎回昆山去了。

甘南纠结了："那下山之后，小妹有什么打算？"

乔晚："先把我这筋脉补好，再重新修炼。"

乔晚完全能理解甘南的担忧。

如今这世道，散修不好做。

乔晚没了宗门庇护，也就意味着凡事只能靠自己，像那些大型的秘境，是没资格进的。资源也是别人手里漏出来的一点儿，还要你争我夺。

没背景的人，杀与被杀都是朝夕之间的事。

像乔晚这样，一没修为，二没师门，三没亲族，一穷二白到这地步，也算是一种奇葩。

而且，她这么多年来帮着昆山做事，结下了不少仇家。

乔晚要披上马甲，假装自己已死，不仅是因为昆山、魔域和萧家那边的压力，还和自己那些仇家有关。

如果谁在山下大喊一声乔晚废了，她的那些仇人估计会马不停蹄地从天南海北赶来。

对识海，乔晚已经拜托甘南帮忙封住了，暂时避免了梅康平黑进去。

昆山灵焰塔里的灵焰，说是本命灵焰，但哪有将本命灵焰全都供到塔里的道理？要是魔域摸到了灵焰塔里，那昆山不就团灭了吗？

昆山的本命灵焰其实是在弟子身上下了一种禁制，建立起来的本体魂灵的投影，乔晚干脆毁了那禁制，掐了本体和投影之间的联系。

接下来，她要捂好马甲，隐瞒身份，再从引气入体慢慢开始修炼，谈何容易？

在她再被关进戒律堂地牢的时候，储物袋就已经被没收了。乔晚摸了半天，才在身上摸到了当初马怀真给她的那本书。

因为检查过没什么用处，持戒弟子也就给了她这个面子，让她带了这本书进地牢，聊以解闷。

没想到她误打误撞地将其带了出来。

问题是，这一本书，乔晚打也打不开，只能看着干瞪眼。但这本书确实是她全身上下最值钱的宝贝了，说不定日后的修行还要靠它发挥作用。

临走前，甘南给了她一袋白龙鳞和一袋灵石。

“你眼下修为尽废，这白龙鳞说不定对你的修为多有益处。”

“还有这灵石。”青年低下头，干脆把储物袋直接塞给了乔晚。

上回他的储物袋丢了之后，一直没找回来，前不久他才换了个新的。不过这个新的储物袋里装的东西，就没旧的那个多了，就装着一点儿灵石、几袋他脱下来的白龙鳞，还有一沓符箓什么的。

见惯了灵石法器的龙王嫡子，对自己这点儿穷酸的身家有点儿脸红：“小妹你还是稍等我片刻，我这便去藏宝阁取。”

乔晚打断了他的话：“不用，多谢你。”

乔晚一本正经地直视着甘南，发自内心地谢谢他。

等她安定下来，会报答他的。

甘南有点儿脸红，不太好意思地摸了摸脑袋。

不过转瞬他又好像想到了什么，情绪有些低落，闷声闷气地回答：“你一路艰辛，在下能帮到的也只有这些。”

乔晚咧嘴一笑：“那也够了。你快点儿回去吧，别招人怀疑。”

甘南是龙，又和她同时消失了这么久，一直不回去，昆山上那群人精迟早会发觉异样。

告别了甘南，乔晚没着急离开，先打开储物袋看了一眼，从里面拿出一件男装换上。

乔晚合理怀疑，这是经过上次那个惨痛教训之后，甘南特地备下的。

修真界经常有女修图方便穿男装，乔晚穿上也不惹眼。

三下五除二地换上男装后，乔晚伸手摸了摸脑袋，忍痛将头上的蝴蝶结给一把捋了下来。

清点的时候，她才发现少了一个。

乔晚拆了发髻，只束了个马尾，又扯了一片衣袖凑合着当面纱用，挡住了脸。

接下来，她要给自己想个名字。

乔晚蹲在地上，冥思苦想了半天，也没想到该给自己换个什么名字。

姓……她就姓陆吧。

陆……乔晚拿着小树枝在地上戳了戳，比画了半天，终于定下了自己的新名字。

陆婉。

收拾妥当，乔晚站起身拍了拍衣服上的灰，将那绵延的群山、曾经在昆山求仙问道的回忆，全都抛在了身后，稳稳地走下了昆山。

昆山脚下有个游仙镇，乔晚想先去那边歇歇脚，转一圈。

昆山每三十年开门招生一次，最近正好赶上昆山春招，游仙镇上聚集着的全是从四面八方赶来的修士，不过境界高的少。大多数修士是刚踏入仙门的练气弟子，还有的是刚刚做到引气入体。

乔晚走在街上，就听见有人小声议论那绝世开挂者孤剑谢行止也到了。

第十一章　孤剑谢行止

据说，谢行止是来昆山寻亲的，找的是他失散多年的妹子。

谣言传得天花乱坠，乔晚听了一耳朵后，就暂且把孤剑找妹妹的事抛在了脑后，迅速投入自己的战斗——买东西。

当务之急，她要先想办法改换自己的容貌。

如今游仙镇上人一多，镇上的修士们果断抓准了商机，每天集市上都有修士们沿街摆摊叫卖。

其中还有一些没节操的昆山弟子，趁着这个时候忽悠忽悠呆萌的未来师弟师妹们，好好赚上一笔，补贴补贴日后的用度。

毕竟修炼是个烧钱的活儿，修士大多穷，顶尖的法宝和秘籍都要钱，像谢行止那种名闻修真界的开挂者，那也是资源堆出来的，要是朝天岭没钱，也供不出这么一位惊才绝艳的孤剑。

真正靠自己摸索打拼出来的人，太少。

乔晚在一家面具店前停下了脚步。

易颜丹太贵，一粒易颜丹只能维持两三天的化形，不划算。

乔晚算了算储物袋里的灵石，只能放弃。

面具铺子生意也不错，毕竟人一多，动歪心思的也就多了，最近游仙镇上有不少修士专门抱团杀人夺宝。

店主看见乔晚是个年纪不大的姑娘，还好心地叮嘱了一句："这几天小心一点儿，听说这几天镇上多了几个修士，专挑你们这种人下手。"

店主瞥了乔晚一眼，咂了咂嘴，皱了皱眉。

乔晚这种人，当然就是指什么都不会，怀揣着一颗成仙的心，傻傻地就揣上包袱，跑来昆山脚下送人头、送装备、送经验的傻白甜。

像这种傻白甜坟头草都已经二丈五了，远离家乡，死了没人在意，怪可怜的。

老板显然也是将乔晚当成了这些傻白甜中的一员。

从铺子里往外看，能看见远处巍峨的群山，那就是昆山。

老板摆出一摞面具搁在桌上叹了口气："何必呢？"

她死在这儿，到时候连个收尸的人都没有。

乔晚伸手指了指："老板，我要这个。"

老板看了一眼，是个厉鬼面具，也不再多啰唆。

两个人一手交钱，一手交货。

乔晚戴上面具，出了店铺，在一家叫"仙悦客栈"的客栈前停了下来，交了点儿灵石。

在她还没收拾妥当离开昆山前，她就先住这儿了。

这几天客栈人满为患，基本上都是两个人合住，没单间。

乔晚一推开客栈门，就看见一个骨龄二十五上下、身着粗布衣的姑娘正坐在床边。

一看见乔晚脸上的厉鬼面具，那姑娘先是愣了愣，旋即反应过来，友好地笑了笑："我姓余，姑娘可叫我一声余三娘。"

乔晚："陆婉。"

据余三娘说，她是特地从东莱洲赶来的，就想赶着春招拜入昆山。

刚认识没多久，两个人都没什么话。

第二天乔晚特地赶早，去了趟镇上的市集。

她想去看看有没有什么体修用得上的秘籍。

她现在的情况只能先锻体。

虽然之前她也锻过，但还算不上真正的体修。

真正的体修极少，就算是大悲崖的弟子们，也不单单死磕体修这一条路，因为体修常常要忍受常人不能忍受的痛苦，投入和产出往往不成正比。体修要以银沙玉液注体，日夜浇灌，再以天雷、地雷锤炼肌骨。

能使剑，能用阵法、符箓、驭兽，很少有人会选择在体修这条路上一路走到黑。

乔晚想试试看。

这一圈逛下来，没看到什么合适的东西，乔晚也不着急。她回到客栈的时候，余三娘也刚回来，就在她俩刚修炼完，坐在一起嗑瓜子的时候，楼下街上传来一阵喧闹声。

余三娘伸出脖子往外一看，顿时激动了，一拍窗框："陆姑娘！你快来看！那是孤剑！"

乔晚愣了愣，走到窗前，也往下看了一眼。

街上人头攒动，人挤着人，看来人人都想一睹那修真界绝世开挂者的风采。

乔晚看了半天，也只看到了一堆黑乎乎的后脑勺，好像很激动，隐隐看到了一片衣角。

但余三娘表情十分满足，大有只看到一片衣角也已经死而无憾了。

于是，乔晚就和余三娘一起趴在窗户边上围观谢行止。

余三娘手里还攥了把瓜子，分了一半给乔晚。

"孤剑谢行止啊，与那病剑陆辟寒齐名的。

"我之前就听人说，这孤剑准备到昆山来寻亲。本来以为这中间相隔了那么长时间，我肯定是见不到了，没想到他竟然也刚刚赶到。这中途定是出了什么差错。倒让我们也能有机会看一看这孤剑的风采。

"听说这谢行止这一路上从朝天岭赶来，行侠义之事无数。"

乔晚听得聚精会神。

"在青梧洲停下来歇脚的时候，他扶了个老爷爷，没想到那老爷爷是邪心门长老，作恶多端，把谢行止带到了邪心门，想杀人夺宝，那谢行止一人一剑歼灭邪心门满门！这还不算什么，在黎火洲的时候谢行止还灭了那黎火洲一只高阶妖兽，"余三娘眼里露出了点儿向往的神色，"那多威风！"

乔晚惊讶，但随即又有点儿疑惑。

青梧洲和黎火洲一个在南面，一个在东面，昆山在西面，谢行止想去昆山，是怎么跑到青梧洲和黎火洲的？

余三娘讲到激动处，特地停下来给自己和乔晚倒了杯茶，喝了一口润润嗓子，深吸一口气，继续讲："还有还有，听说有个妓子看他生得好，想请他做榻上宾，没想到那青楼其实是个骗子窝……"

乔晚嗑了两颗瓜子：看上去像"仙人跳"啊。

"那骗子窝专做谋财害命的事，孤剑一怒之下一举又挑了那骗子窝！"

乔晚：他那是被骗之后恼羞成怒了吧。

"歼灭了那春风阁和那邪心门之后，有人求到他面前，说是想卖身葬父，但身无分文，想请孤剑帮忙，你猜怎么着？孤剑竟然亲自给那姑娘掘了个坟，把她爹埋了进去，还给立了碑。"余三娘一边嗑瓜子一边啧啧感叹，"真不愧是有那六段情缘，风流多情的孤剑。"

乔晚吐出瓜子皮：他是被仙人跳没钱了，只能自己动手挖了吧……

这么一通听下来，乔晚感觉这个谢行止看起来脑子不太灵光的样子。

他这是一路上被人骗来骗去，怪不得花了这么长时间才赶到游仙镇。

余三娘："据说谢行止有本《诛邪录》，凡是大奸大恶之人，无不被他记录在册，有朝一日，肃清邪祟！"

乔晚：听上去他像在记仇啊。

乔晚见余三娘将瓜子壳吐得漫天飞舞，神情激动不可自控，好像谢行止短短数月行侠仗义的事就在眼前，不禁往下看了一眼。

那人好像转了个身，街上人潮跟着一个大掉头。

乔晚也终于看见了传说中，大师兄赞不绝口的孤剑谢行止的脸。

男人生得俊美儒雅，鼻梁高挺，确实如秀骨青松，风姿绰约，但紧蹙着眉头，看上去不太好相处。

众人的狂热情绪可能让这位绝世开挂者有点儿不适应，他将唇抿得更紧，一言不发，冷冷地继续往前走去，走到一半又皱着眉折了回去。

众人不明所以地你看看我，我看看你。

他这是怎么了？出什么事了？！

只见那孤剑往回走了几步，拐了个弯，站在原地犹豫了一会儿。

余三娘一脸倾倒的表情："这风姿、气度，不愧是孤剑啊！"

乔晚：她好像知道这谢行止是怎么从青梧洲跑到黎火洲的了，他看起来真的脑子不太好使的样子。

可能是招架不住众人的热情，也可能是有点儿不好意思，男人眉头皱得更紧，足下一顿，直接驾起剑光……跑了？！

余三娘嗑完最后一把瓜子，还有点儿意犹未尽。

洗漱一番歇下来之后，余三娘一边用巾子搓着头发，一边主动问了一句："陆姑娘，我们明天要去南边逛一逛，你去不去？"

今天她逛了一圈都没什么收获，乔晚点了点头。

于是，两个人吹熄了灯，手脚麻溜地歇下了。

乔晚没睡，还在入静。

毕竟她有过经验，不像那些刚踏上修仙路的新人一样，两眼一抹黑地抓瞎。

几乎不费吹灰之力，乔晚就做到了引气入体。

令乔晚有点儿意外的是，这回她修炼出乎意料地顺利和流畅。

虽然她筋脉破损，但灵力倒没像之前那样只剩三成，其余七成不见踪影。

过了大半宿，乔晚就顺利地突破了炼气一层。

第二天一早，余三娘就问："姑娘都收拾妥当了？要收拾妥当了，我带姑娘去见几个人，都是今天要和我们一块儿去南边的。"

乔晚点了点头："久等了，走吧。"

余三娘带她见的是她的几个同伴。

在来昆山的路上，她和其他几个炼气期的修士结了个伴。

为首的男修身高体壮，看上去彬彬有礼，穿着打扮都很整洁，自称梁义庆。

梁义庆为人谨慎，一看乔晚脸上戴了个厉鬼面具，不动声色地打量了乔晚好几眼。

从乔晚身上他看不出有任何灵力，但看她身上倒有点儿杀伐之气，可能之前就在江湖道上混，引气入体没多久。

虽说多个人多份力量，但那也得是份“力量”才行。

在梁义庆眼中，女人大多拖后腿，是麻烦，他们带上余三娘是因为大家关系好，但像乔晚这种刚引气入体的人就不算在内了。

奈何余三娘对乔晚还算热络，梁义庆虽然有点儿郁闷，也不好驳了余三娘的面子，勉勉强强地接纳了乔晚，只不过态度算不上多热情，只能说客气。

倒是有个叫江凯的青年，生得一张娃娃脸，笑容很友善。

梁义庆简单地嘱咐了一下：“你们刚到昆山脚下，肯定对昆山还不熟悉，现在这游仙镇乱得很，到时候我们一起行动，你和三娘别乱跑。”

乔晚能看出梁义庆的勉为其难，乖乖地应了。

对乔晚的乖巧省心，梁义庆表示满意。

余三娘是法修，想买点儿法修的秘籍和法器。

梁义庆是剑修，想买点儿称手的兵器。

“陆姑娘想买什么？”江凯笑着问，“待会儿也好帮忙参谋参谋。”

乔晚也没隐瞒，坦言说：“我想买体修的秘籍。”

此言一出，在场的人都惊了。

梁义庆惊讶地问：“体修？陆姑娘你是体修？”

乔晚含蓄地回答：“现在还不是。”

这就代表她想走体修的路子了。

“这体修的路子不好走，”梁义庆摇了摇头，不太赞同，“还请陆姑娘三思。”

不过毕竟是萍水相逢，看乔晚不愿意，他也就没多说什么。

梁义庆一声令下，一行人收拾收拾立即出发。

市集上卖法器和秘籍的多，卖假货的也多，这些虽然骗得过余三娘，但骗不过乔晚。

乔晚能自豪地拍着胸脯保证，虽然她之前那十二峰弟子的实力水了点儿，但见过的好东西多，这点儿眼力还是有的。

除了那些将自己的秘籍和法器吹得天花乱坠的人，当然还有那种骗人都特别不走心的人。

“姑娘你看这个。”某男修压低了嗓音道，“这可是马怀真用过的手套，天蚕丝做的，刀枪不入，百毒不侵，我这儿也只有这一只。马怀真，姑娘你知道吗？昆山问世堂的堂主。”

乔晚看了一眼那左手手套，沉默了。

想拜入昆山的谁没听说过昆山问世堂？对余三娘和梁义庆他们这种资质不高、没希望进内门的人，就指望着能进暗部。

余三娘脸上没露出什么多余的神情，但从眼神明显能看出她意动了。她特地压低了嗓音问：“这个多少钱？”

就连梁义庆的眼里也露出了点儿动摇之色。

乔晚一本正经地纠正：“马怀真断的就是左手。”

余三娘：“……”

梁义庆：“……”

接下来，余三娘又看上了一本《三十大内教你精通火系法术》，梁义庆看上了一本《一看就懂的剑诀》，都被乔晚认真地给纠正了过去。

这么一通逛下来，梁义庆才惊讶地发现，虽然这陆姑娘修为看上去不高，但眼光很好。

这眼光可不好培养。

除非是见惯了好东西的人，否则也看不出来那其中的差别。

梁义庆憋不住了：“陆姑娘看起来对这些法器颇为了解。”

乔晚将早就准备好的借口摆出：“我有个兄长，在藏宝阁工作，耳濡目染之下也学会了一点儿。”

不过，这南街上也不是没有识货的，就比如眼前这女修和余三娘都看上了那一瓶洗脉丹。

女修看上去只有十五六岁，身后跟了几个家仆，穿一件流光溢彩的碧海纱，裙摆上绣了一朵白荷花，腰上配了把镶红宝石的宝剑，一身行头充斥着滔天的土豪之气。

“白荷花”目光一瞥，眼睛里嫌弃之色几乎不加掩饰：“这给我。”

乔晚没吭声，抬手挡住了她去拿药的手。

“白荷花”愣了愣，把乔晚从头到脚打量了一遍，嗤笑：“我看你们也是想拜入昆山的？不过炼气的修为，这般粗劣的资质，就算拿了这丹药也没用。”

“白荷花”身后的家仆赶紧顺毛拍着马屁：“我们小姐肯定是要入内门的，这些蠢物恐怕连昆山山门的边儿都挨不上。”

“白荷花”轻哼：“内门弟子？我肯定是要拜入玉清真人门下的，到时候还要入暗部。”

乔晚有点儿惊讶。

家仆继续勤勤恳恳地拍着马屁：“是，我知道小姐最仰慕玉清真人。”

见兄长提到自己仰慕的剑仙，“白荷花”红了脸，眼睛里露出一阵向往之色。

她曾经是见过那玉清真人的。

爹爹与玉清真人有些交情，这回春招，她肯定能拜入玉清真人门下。

想到这儿，“白荷花”有点儿忐忑：“也不知道那三位师兄师姐好不好相处。”

“算了。”梁义庆摇摇头，拦住了乔晚。

面前这“白荷花”，穿的、拿的，看上去都不似凡品，身后还跟着家仆，看来是出身什么小宗门。

他们都是散修，一没背景二没靠山，犯不着为了一瓶丹药跟人结仇。

乔晚看了梁义庆一眼，收了手。

一行人走出了店铺，转眼又进了一家。

想到乔晚刚刚那一番见识，梁义庆拿起一本剑诀，谨慎地问：“陆姑娘，你看这本剑诀……？”

乔晚：“这本剑诀是真的。”

梁义庆松了一口气。

“但……”

梁义庆的一口气又提了起来。

“这本剑诀至少要炼气后期才能练，现在练，容易走岔真气。”

梁义庆又松了口气，摆了摆手：“只要是真品那就没事，修炼途中我自然会注意。”

乔晚没吭声，梁义庆看起来虽然谨慎，但还是有点儿自傲。

他虽然才炼气初期的修为，但他入门时间短，走上修炼这条道儿之前，是在江湖上混的，还在江湖上混出了点儿名声，算是个小有成就的剑客。

见梁义庆对自己很有信心，乔晚也没再多说什么，转而去问店铺里的老板：“老板，你这儿有没有体修的秘籍？”

“体修？”老板看着面前这戴着厉鬼面具的姑娘，有点儿纳闷，“你要这体修的道书干什么？”

还真的让乔晚找到了一本《炼体精要》，破破烂烂地被胡乱卷了卷塞在角落里，无人问津。

装订线都松了，乔晚一拿起来就掉了一页。掸去了书上的灰尘，乔晚翻了翻这皱巴巴的书，一行行认真看下去，心跳得有点儿快，有点儿口干舌燥。

锻体大致分为炼皮、炼血、炼肉、炼筋、炼骨五大境界，五大境界里又分了若干小境界。

炼皮，可刀枪不入。

炼血，血能灌溉全身，反复冲刷涵养肌肉，既能修炼内丹，也能凝血为箭。

炼肉如金刚不坏之法身。

炼筋能保筋脉长久不损，也能容纳更多灵气。

至于炼骨，可“拔骨为兵，化骨为盾”。

体修全身上下，无一处不是盾牌，也无一处不是兵器。

但炼骨也是体修一途中最难达到的境界。

不破不立，炼骨需要敲碎全身上下的骨头。

碎骨之痛，常人熬不下来。

就算能熬下来，失败者十之八九，真正能成的人少之又少。

敲碎全身上下的骨头不是小事，要是失败了，那就意味着一切成空。

所以，权衡利弊之下，很少有修士敢拼这么一把。

“这世上走体修的人少。”头顶上忽然传来一个男声。

乔晚抬头一看，是江凯。

眼见乔晚捧着书看得聚精会神，是真打算走体修的路子，江凯有点儿看不过眼。

相逢就是缘，他也不好看着这位道友一门心思地扑在无用功上，在作死的道路上一路狂奔。

青年伸手指了指乔晚手上的书：“在下记得，一般也就萧家、岑家和陆家一类的世家，才会在族里养点儿体修，以天雷锻体，以银沙注脉，以玉液浇灌，以真火炼化。”

乔晚合上书，摇了摇头：“多谢，但我还是想试试。”

江凯挠了挠头。

就它了，乔晚拿着书，心里默默下了个决定。

秘籍有了，接下来就是配套的武器。

打铁太慢，乔晚干脆去了兵器铺，没听伙计的吹嘘，直奔到货架前选了一对铁锤。

体修力气大，铁锤用起来称手，不过仅限于近战，做不到二次速杀。

但它威力大，加上铁链之后的流星锤打击范围也广。

“这个，我要这个。”乔晚指了指铁锤。

余三娘一看那两个大铁锤，顿时呆了：“陆姑娘，你不再看看？”

但一转眼的工夫，她就看见那头扎粉色发带的姑娘已经举起了那两个大铁锤，趴在了柜台前，和伙计商量着怎么把这俩大铁锤改造得更合自己的心意。

亲眼看见此情此景，余三娘默默地把话咽进了肚子里。

和伙计约定了明天早上来取锤子，乔晚和余三娘一起踏出了店铺。

等出了店铺，几个人往回走的时候出了点儿问题。

在经过一条巷口的时候，一行人看见一个头发花白的老人倒在地上，已经没气了，何止是没气，身上的东西也全被扫荡一空。

这明显是杀人夺宝。

老人的致命伤在头部，被一剑击碎了颅骨，红红白白的液体流了一地。

乔晚蹲下来看了一眼。

老人死前手里还紧紧地攥着一包糖，就这包糖没被人抢走。

应该是老人买给孙子吃的。

余三娘脸色一白，捂住了嘴，差点儿没吐出来。

梁义庆沉下脸色：“这应该是菩萨会的人干的。”

乔晚：“菩萨会？”

余三娘啐了一口：“你来得晚，不知道，这几天镇上有一帮修士，戴着菩萨面具，专门干些杀人夺宝的勾当。”

这尸首就躺在这儿，没一个人敢管，就害怕惹祸上身。

梁义庆也怕，见乔晚站在原地没动，扯着余三娘和乔晚脚步匆匆地赶紧跑了。

日落西山，一帮人收获颇丰地回到了“仙悦客栈”。

回到客栈，乔晚继续入静，很快就突破了炼气二层。

也只有炼气二层，这已经是顶天了，再往上就不行了，乔晚试了很多种方法都不行，她现在的身体硬件跟不上。

炼气二层再配上锻体，她姑且能用上一段时间。

这么想着，乔晚摊开了那本《炼体精要》。

她之前锻体主要走的是攻击流，练的是力道，但这一本《炼体精要》更加全面。

初期阶段炼皮走的主要是防御，等到炼血阶段，就能凝血为箭，防御和攻击并重。

反正现在她筋脉破损，虱子多了不痒，乔晚抱着试一试不亏的心态，从头开始修炼。

有了炼气二层的激励，乔晚一鼓作气就冲上了炼皮第三层。

第三层，寻常刀剑已经伤不了她。

乔晚睁开眼，有点儿惊异，又有点儿激动，满心欢喜地翻出储物袋里白天买的那小册子和笔，趴在床上认真地一笔一画继续倒腾。

光照无间和动感光波球都不是昆山功法，她用着正合适，但威力削减了不少。

神识用不上了。

乔晚将笔一搁，靠在床上，心里有点儿感叹。

灵力终有被耗空的一天，炼体带来的是实在的身体。

在床上靠了一会儿，乔晚从袖子里摸出了一把笛子。

那是她买铁锤的时候顺便买的。

音乐能静心。

陆辟寒一直想把她教导成一个修真界淑女，在陆辟寒的督促下，乔晚会的乐器其实很多，但都不精。那也多亏了陆辟寒不嫌弃，手把手地教她，琴、笛乔晚都会一点儿。

见乔晚把笛子往嘴边一横，余三娘有点儿惊讶：“陆姑娘会吹笛子？”

乔晚“嗯”了一声：“会一点儿。”

于是余三娘也不入静了，停下来听乔晚吹笛子。

乔晚吹的是高兰芝之前教她的安神曲，叫《落梅花》，有安神的功效，也只有这么一点儿安神的功效。

大师兄经常整夜整夜睡不好，她就去栖霞峰上跟着高兰芝学了一点儿曲子。她不是医修，也不会将医术融于乐理，只会这么一首曲子。

等她年岁渐长，陆辟寒也不让她进他的洞府看他睡觉了，要脸。

虽然她是他一手带大的，但乔晚坐在他旁边，看他睡觉总有点儿别扭。

乔晚是真没别的想法。

陆辟寒的样貌很年轻，但气质实在过于稳重，可能就是当爹的感觉吧。

乔晚其实是认真评判过陆辟寒的样貌的。

平心而论，大师兄生得不丑，虽然在美女如云的修真界有点儿不够，但吃腻了鱼肉，清粥小菜也别有一番风味。

病美人都是存在于艺术加工里的生物，真正的病人，眼下青黑，瘦骨嶙峋，实在算不上有多好看，陆辟寒身上能依稀看出点儿冷峻的意味已经很难得了。奈何大师兄太稳重，对着这张成熟稳重的脸，乔晚就算真有什么旖旎的想法，也不好意思冒出来。

除了会吹笛子，乔晚其实还会一点儿医术，毕竟和陆辟寒生活的时间比较长。

不过她倒算不上久病成医。

乔晚默默地想了一会儿，恍然大悟，自己是久病成护工。

大师兄病了这么久，她怀揣着关心她爹的想法，终于把自己折腾成了个护工，每天操心他今天吃了多少东西、睡了多久、吐了多少血。

芳龄四十几，正是修真界风华正茂一枝花的年纪，她却操碎了一颗心。

乔晚垂下眼睫，定心继续吹笛，余三娘也安安静静地听着。

结果她一曲还没吹完，梁义庆那边就出事了。

同行中一个叫姚广的人大惊失色地跑了过来，说梁义庆出事了。

乔晚从床上一跃而起，跟着余三娘冲了出去。

余三娘：“老梁出什么事了？”

想到刚刚屋里面的场景，姚广有点儿崩溃：“老梁练功练岔气了。”

“陆姑娘，你不是不建议老梁练这部功法吗？”姚广急得团团转，“那现在怎么办？有没有办法？”

梁义庆的确是练岔气了，直挺挺地躺在床上不能动，瞪着一双眼，体内灵气乱窜，江凯正坐在床边照顾他。

说实话，这个时候梁义庆真的有点儿后悔了，悔得肠子都青了。

他只剩下一双眼珠子能转，乔晚清楚地从梁义庆的眼中看见了后悔和羞愧之色。

乔晚自己的灵气都不够，她只能指挥余三娘帮他重新梳理一下体内的灵力。

“那现在怎么办？”

乔晚沉吟：“得去拿药。”

虽然隔着厉鬼面具，大家看不出乔晚是什么表情，但莫名地就让人有点儿安心。

见有法子可解，其他人都松了一口气。

但江凯转眼又想到了一茬：“那菩萨会……”

大家差点儿把菩萨会的事给忘了。

“那现在咋办？”另一个男修瞪着眼问。

乔晚走到窗户边，支起窗户往外看了一眼。

街上冷冷清清的。

大晚上没人愿意出去送人头。

“那明天呢？”

“明天来不及。”乔晚道，“明天他的境界肯定受损。”

梁义庆眼里露出了点儿绝望神色。

修士都把境界看得比命根子更重要。

余三娘看着梁义庆的模样，咬了咬牙，这一路过来她受梁义庆照拂颇多，哪能眼睁睁地看着他这样？

“我去。陆姑娘，你把药方告诉我，我去拿药。”

乔晚：“我和你一起去。”

光余三娘一个人去肯定不够。

乔晚现在虽然只有炼气二层，但盘算着，她实战经验比他们都丰富，应该是他们里面最能打的人。

姚广：“那我也去。”

江凯跟着站起身：“带上我一个。”

梁义庆不能动，看着这一群弟兄，眼里露出了感动的神情。

乔晚摇头：“用不了这么多人。还得有人留下来照顾他，他的灵气一走岔了，你们就帮他梳理过来，这很耗费灵气，一个人恐怕不够。”

几颗黑黝黝的脑袋聚在一起商量了片刻，大家终于决定下来，乔晚、余三娘和姚广、江凯、白荆门一起去拿药，剩下的人就留下来照看梁义庆。

事不宜迟，拍板后，一行人直奔药店，争取做到快准狠，拿了药就回来，绝不给黑恶势力任何可乘之机!

夜半的游仙镇，相比白天，人少了不少。

屋檐下的灯笼在夜风中摇摇晃晃，映出幽暗的鬼影。

但也有不少胆子大、动歪脑筋、想黑吃黑的人，菩萨会也不过是游仙镇里面的一个小团伙。

梁义庆需要的药比较麻烦，不在同一家药店里。

冲出客栈后，乔晚几个人兵分两路，余三娘和姚广、江凯一起走，乔晚和白荆门一起。

白荆门是个面白微有须的中年男人，儒、道双修，看上去温文尔雅没什么脾气。因为错过了青阳书院的招生时间，他干脆拎着包袱拜入昆山，毕竟拜哪儿不是拜?

据白荆门自己说，他之前是个在村里教书，不，教猪的。

有一天被小猪崽们气得怀疑人生，他坐在门槛上发呆，一不小心就悟了道，干脆拍拍屁股，拎着包袱踏上了修行路。

路上十分顺畅，没有发生什么敌情，拿了药，乔晚和白荆门准备回去的路上就被盯上了。

或者说，一开始他们就被盯上了。

从他们几个人出门到药店那一路上，乔晚就留意到有不少眼睛暗暗地盯着他们。

在他们拿了药出来后，那几双眼睛就开始坐不住了。

她和白荆门，一个是女人，一个是看上去手无缚鸡之力的儒修，顺理成章地成了别人眼里移动的灵石，让人想来找他俩做一笔“生意”。

就在两个人快到客栈的时候，巷口蹿出了几个人高马大的男修，脸上都戴着面具，把乔晚和白荆门包了圆儿。

“两位道友半夜出门好兴致。”

“眼看着昆山春招在即，我们几个既没法器，也没灵石去打通关节，心里都有点儿慌，夜半睡不着觉，不晓得两位道友有没有兴致和我们过个招，比试比试?”

一看眼前这架势，白荆门顿时愣了一下，目光一扫，数了数，一二三四五六七八。

人多势众，他们两个人惹不起。

“陆姑娘，”白荆门低声问，“你看呢?现在怎么办?”

那八个人也没着急动手，留了点儿时间给乔晚和白荆门商量，是乖乖交钱和法宝呢，还是打上一架。

“白道友怎么想?”

白荆门又看了对面那八个人一眼，沉吟一声道：“他们人多势众，梁道友还在客栈等着，我们耽搁不得。”

乔晚抬起头，眼前那八个虽然多，但都是炼气期的修为，就一个是筑基期的。

乔晚盘算着，她和白荆门两个人真不一定打得过对方。

一阵夜风吹来，街上灯笼被吹得“呼啦啦”地响，摇曳出诡谲的灯影。

那张厉鬼面具就留了两只眼睛，黑漆漆的，看起来怪瘆人的。

那几个菩萨会的人，心里也莫名地“咯噔”了一声。

他们顺风顺水地打劫了那么多次，第一次觉得有点儿慌了。

“怎么？还没决定？”在心理压力之下，为首之人的耐心终于用尽了，“既然还没决定，那我们几个就帮你俩做个决定了。”

说罢，那人一招手：开抢！

白荆门温文尔雅的脸扭曲了，他难得跟着爆了句粗口。

事已至此，他也只能拔出腰上的戒尺，撸起袖子就干，把一支戒尺抽得虎虎生风。

两方人马一起冲了上去。

乔晚和白荆门现在都是炼气二层的修为，想要打过七个炼气加一个筑基修为的人，实在有点儿力不从心。

几招下来，白荆门的额头上就落了滴冷汗。

不只白荆门压力大，那八个菩萨会的人压力也有点儿大。

失策，他们啃上硬骨头了。

那白面书生倒不足为惧，就是这个戴厉鬼面具的姑娘，虽然只有炼气期的修为，但难缠得要命，那一身战技看上去倒不像一个普通的炼气期傻白甜，明显是过了不少场子的老油条了，脚下步法也不知道怎么踏出来的，虚虚实实的。

终于，其中一个菩萨会的人招架不住了，磨了磨后槽牙，暗暗传音：“钱八人呢？！怎么还不上？！”

那钱八自然就是他们中间那个筑基期修士了，一手飞剑使得出神入化。

仗着自己是筑基期的修为，觉得着急动手有点儿掉价，非得等到他们打不过了，才得意扬扬地出手来扭转战局。

现在也是一样。

眼看着不出手不行了，钱八这才微微一笑，一振袖，慢条斯理地祭出了袖子里的飞剑，口念令咒。

不好！

乔晚目光一沉，见势不妙，一脚踢飞了一个人，一手拎起白荆门拔腿就跑！

“站住！”

“跑？！现在知道跑了？！”

菩萨会的人当然不肯放过他俩，顿时士气大振，乘胜追击。

“乖乖把那灵石和法器交出来，你爷爷我还能饶你一命。

“不然到时候，我就让你俩成了你的仙！”

一干人气势汹汹地在后面追，白荆门也有点儿慌了，乔晚却不是回客栈搬救兵，而是拔腿继续往黑夜深处蹿。

“陆……陆姑娘，我们这是要去哪儿？”眼看乔晚一路狂奔没有停下来的意思，白荆门忍不住说道，“要……要不我们把灵石给他们一点儿得了。”

“不行。”乔晚想都没想直接拒绝。

她全身上下就剩了那么点儿灵石。

纵容养恶，姑息养奸。

这帮人的胃口被养大了，就算现在她和白荆门停下来也不是一点儿灵石就能解决的事。

更何况，她的储物袋里还装着她换下来的衣服和昆山玉简。

这也不行，那也不行。

她要是打得过，那硬气也就算了。

她都被人打得逃命了，还犟，犟有什么意义呢？

好几次钱八那柄飞剑都擦着白荆门的头皮飞过。

白荆门双腿一软，心里叫苦不迭。

“去店里。”乔晚忽然道。

白荆门有点儿不明所以：“店？什么店？”

当然是去店里拿她那两个大金锤了，乔晚咧嘴一笑，拎着白荆门一跃而出，撞破了店门，飞身蹿进店里，高喊了一声：“伙计！拿锤！”

那伙计正趴在曲尺柜台前算账，抬头一看到乔晚，再看到后面紧跟上来的菩萨会那一帮人，差点儿没一个后仰昏过去。

缓过来一口气后，伙计一只手哆哆嗦嗦地摸上了柜台上的算盘，将其横在了胸前。

“拿锤！”乔晚放下白荆门，催促道，“前天在你们这儿做的那一对流星锤。快点儿。”

乔晚转过身，看了一眼追上来的那一帮人，沉声道，“不然我们都得交待在这儿。”

一看这架势，伙计也不敢问，默默地丢了算盘，连滚带爬地爬去后间武器库了。

眼看着乔晚和白荆门自己钻进了店里，菩萨会的人放慢了脚步，慢慢地走了进来。钱八把玩着飞剑，冷笑道：“何必呢？刚刚乖乖交钱不就得了？现在闹得还得丢一条命。”

没想到乔晚抬手将白荆门往前一推："白兄，对不住，你先帮我扛一会儿。"

白荆门呆了呆，被乔晚这紧要关头果断卖队友的行为震惊得说不出一句话来，只能眼睁睁地看着乔晚像一阵风跟着刮进了武器库里。

遇人不淑啊！

眼看着面前步步紧逼的菩萨会的人，白荆门悔恨交加，叹息连连。

今晚他就不该出门，就算出门也不该和这姓陆的一起。

这人贪生怕死，背信弃义。

这七个炼气和一个筑基修为的人，今日他是必死了。

白荆门放出了戒尺，长叹一声，心里冒出了一点儿被人背叛的悲壮之情。

是二娘看走眼了，到最后要累得他替这小人卖命。

而这个时候，小人乔晚冲进了武器库，一眼就看见了那缩在角落里瑟瑟发抖的伙计。

伙计瞪大了眼，抱着头抖得更厉害了。

乔晚马上就明白她那两个大金锤为什么没送到了……

没再看那伙计一眼，乔晚口干舌燥地扑到货架前，环顾四周，努力在一堆刀枪剑戟里面寻找她那两个铁锤。

与此同时，钱八收了飞剑，微微一笑："怎么？你那同伴抛下你了？"

想到刚刚"陆婉"干脆利落地把他推出去，自己扭身就跑的画面，白荆门呕出一口血，心里苦笑。

这修真路上果然谁也不能轻信。

白荆门紧握戒尺，深深地吸了口气："少说废话。"

这武器库里的武器虽然多，但那两个大金锤格外引人注目，在一干刀、剑、枪、戟中显得格外清新不做作。

乔晚冲上前，拽起铁链试了试，称手。

于是，乔晚果断地抡起一个大金锤，又冲了上去。

而在外间，战斗基本上已经尘埃落定了。

"刚好我这把剑尚缺个生魂祭剑，今日选中你来帮我成剑。"钱八道，"能帮我成剑，你死得倒也不冤。你放心，黄泉路上我会给你烧点儿香烛。"

白荆门手里的戒尺锵然落地，他沧桑地闭上了眼，迎接着来自钱八的那柄飞剑，一生画面走马灯一般在眼前闪过。

如果有机会……倘若有机会……

飞剑朝着他的脑门直射而来！

就在这时，身后蓦地传来一声清亮的女声。

"呔！看瓜！！"

说时迟那时快，伴随着"呼啦啦"的破风声，只见一阵金光闪过！

“砰”一声闷响，两个大金锤带着滔天巨力，在场几个人连同那柄飞剑一道儿全都被这刚猛霸道的力道打飞了出去！

白荆门呆呆地转过头去，只见那厉鬼面具下的少女扯出了点儿笑意，扛着两个大金锤，咧嘴笑得有点儿痞气：“怕什么？我不是来了吗？”

白荆门：“你……你……你没跑？”

乔晚：“我跑什么？”

被两个大金锤直接轰出了店铺，其中一人呕出一口血，瞪大了眼看着那兜头而来的金锤：“这……这……”

一句话还没说完，他就见少女“呼啦啦”地转起铁链，再次将那两个大金锤打了出去！

“砰！”

这一下直接将对方砸得吐血不止，五脏六腑几乎被砸瘪了进去。

眼看那两把铁锤转得“呼呼”响，所过之处威力巨大，其他几个人连滚带爬地站了起来，一时间不敢上前直撄其锋。

“一群废物。”钱八冷哼一声，掌中飞剑再次直射而出！

“锵！”

飞剑和金锤相撞！

那金光顿时裂开了米粒大小的细缝。

假冒伪劣产品！

乔晚瞪眼。

但这个时候，就算她再赶回去把那店掀了也没用。

乔晚打量了一眼钱八，简略地评估了一下。

虽然是筑基期的修为，但对方更像是吞了什么筑基丹一口气蹿上来的。

那柄飞剑倒是好东西。

真要硬拼，她那俩铁锤恐怕还拼不过那柄飞剑。

想到傍晚在巷口看见的画面，乔晚看着钱八和他的那柄宝贝，顿时明白过来，脸色一沉。

剑上邪气肆虐，这是生魂祭剑。

钱八祭到了现在这属性，也不知道害了多少条无辜的人命。

乔晚冷不防开口：“你杀了多少人？”

钱八冷笑：“我杀了多少人关你屁事。”

像是想到了什么，钱八看了乔晚一眼，笑起来：“难道你还想逞什么英雄，和那谢行止学着要替天行道？”

“那我就告诉你。”收回飞剑，钱八笑道，“我什么事情都干过。”

男人屈指弹了弹剑身，笑道：“毕竟人死前怨气越深，才越能滋养我这宝贝。”

乔晚扛起金锤，头也不回地说：“老白，你们儒修不是有浩然正气吗？你帮我灭这剑上的邪祟。”

“我……”乔晚伸手一指，冷冷地道，“弄死他。”

白荆门被眼前这画面震惊到失语，好半天才找回点儿理智，看了乔晚一眼，又看了看钱八，也知道这个时候不拼就是死路一条，握紧了戒尺，点了点头：“好。”

于是，战斗再起！

菩萨会那几个人还能动弹，纷纷摆出了阵仗，替钱八掠阵。

儒家清正之气能灭剑上邪祟。

白荆门脚下踏出一步，朗声高诵，吐字铿锵有力。

乔晚脚下也踏出一步，挥起了金锤，再次对上钱八！

长街之上，鬼气横生，但以乔晚和白荆门为界，金光大作，浩然正气渐渐冲破了妖气！

据说儒修能借先贤文章化兵戈可用，笔杆子一抛，也是一枪一剑。

乔晚也跟着念，就是一边念一句，一边挥起金锤打飞一个人，白荆门看着嘴角直抽搐。

一眨眼的工夫，剩下那几个人全躺在了地上，但那厉鬼面具下的少女一双眼冷静如镜，只映出钱八一个人的脸。

乔晚念着诗，抡着金锤一步步上前，衣服上挂了一身血液，月色下真如修罗恶鬼。

钱八也有点儿慌神了。

他到筑基本来就是靠抢了别人的机缘，一慌神露怯就漏了气。

白荆门目光一瞥，语调再度拔高，吐字更加坚定。

一时间，浩然正气大盛，压倒了对面的邪祟之气。

从来只做别人眼中的恶鬼的钱八，第一次体会到了从“口粮”的眼中看恶鬼是怎么回事。

那么一瞬间就够了，浩然正气扫荡妖气！

乔晚抡起金锤：“刚好我这儿也缺个生魂祭锤，就你了怎么样？”

钱八怒喝：“你敢！”

“砰！”

话音未落，少女一锤直接打碎了钱八的脑壳。

男人倒在地上，发出了一声闷响。

乔晚甩了甩铁锤上的血沫。

亲眼看见这凶残的一幕，白荆门默默闭上了嘴，吞了一口口水。

长街上又一下子安静下来，乔晚拖着铁锤数着数。

一二三四五六七……

少了一个。

乔晚心里暗叫了一声不好，铁定是刚刚趁乱跑了一个。

这儿他们肯定是不能多待了。

想到这儿，乔晚赶紧弯腰去捡地上剩下的半张面具。

但就在这时，又一道剑光霍然落下！

乔晚收起金锤，诧异地看了一眼："嗯？"

剑光散去，原地站着个白衣胜雪的男人，长眉紧蹙，目光直直地落在了她那露出来的半张脸上，浑身上下都散发出一股不怒自威的气势。

乔晚看了对方一眼，就明白了。

那是她今天看到过的谢行止。

据说谢行止为人正直，仗义任侠，疾恶如仇，尤其一招三光剑法，使得那叫一个出神入化。

在男人的注目下，乔晚身形略微一僵，汗毛都竖了起来，心里暗叫了一声不好。

她怎么也没想到谢行止会突然冒出来。

见男人不说话，乔晚也不说话，默默将那半张厉鬼面具扣上了。

乔晚在暗暗提防谢行止的时候，谢行止也在看她。

目光一瞥，一地歪七扭八的死尸，个个被铁锤砸得不成人形。

而作案凶手手里还拎着两把大金锤，虽然戴着张厉鬼面具，但他依然能感觉出一点儿清正之气，非名门大派弟子所不能有，尤其那正气未散。

乔晚："谢前辈。"

过了一会儿，男人终于应声了，淡淡地"嗯"了一声，一甩袍袖，将地上七具死状凄惨的尸体一卷，不知道用了什么功法，地上瞬间变得空空如也，连点儿血都没剩下。那人忽然足下一顿，又驾起剑光走了。

他走了……

走了？

乔晚和白荆门大眼瞪小眼。

白荆门："刚刚那是谢行止？"

白荆门惊得结巴起来："谢……谢行止来此所为何事？"

乔晚摇了摇头："走吧。"

她还记得陆辟寒对谢行止似乎很欣赏的。

大师兄欣赏的人，总归不是菩萨会那边的，兴许谢行止只是听到这儿的动静过来看一眼。

梁义庆还等着药呢。

想到这一茬，白荆门也不敢耽搁，和乔晚赶紧往客栈里赶去。

他们子时出去买药，寅时才回来，尤其回来的时候，乔晚脸上的厉鬼面具碎了一半，身上腥臭之味冲天，看傻了屋里的一圈儿人。

余三娘愣愣地看着乔晚身上那红红白白的一身污渍："这……这……"

乔晚指了指自己的脑门。

余三娘立马明白了，脸色更白，捂着嘴出去吐了。

乔晚把药一抛："给他服下。"

服下药之后，梁义庆脸色渐渐缓和，但神情看上去有点儿阴沉。不只梁义庆，吐回来的余三娘面色也十分难看。

白荆门愣了愣："出什么事了？"

姚广平常话最多，也最活泼，这个时候却没多少精神了，坐在椅子上嗓音低低地说："凯子被抓了。"

他们三个出去的时候，也碰上了菩萨会的人。

但和余三娘、姚广一起出去的江凯没回来。

余三娘："凯子被菩萨会的人逮了。他们人太多，我和姚广实在没办法，只能先回来。"

他俩身上都挂了彩，受的伤都不轻。

梁义庆看了乔晚一眼，叫余三娘去翻出自己的一件干净旧衣，先给乔晚换上。

梁义庆："那老白你和陆道友那儿是怎么回事？"

几个人面面相觑，瞥见乔晚身上的东西也不敢多问，只好去问白荆门。

白荆门一脸疲惫沧桑的样子。

他回想到刚刚那一幕，还恍若置身梦中，再看向乔晚便脸色复杂，眼神也复杂。

本来他还以为他们之中陆婉是最弱的那个，没想到这姑娘是最凶残的那个，凶残得他都有点儿招架不住了。

而乔晚换上了衣服，梳洗干净，又坐回凳子上，挺直脊背，坐得端正有礼。

那体态，没常年训练过的人，根本做不出来。

白荆门叹了口气，简单地交代了一下刚刚的情况："我与陆道友路上也碰见了菩萨会的人，陆姑娘把他们全砸死了。"

梁义庆："……"

余三娘迟疑地问："全砸死了？"

白荆门：就是你们想象中那样。

角落里，一直端庄矜持地坐着、接受众人敬仰复杂目光洗礼的乔晚忽然出声：

“没。”

“我刚刚看见跑了一个。”乔晚脸色阴沉地说，“我戴了面具，大不了换一个，但老白没戴，我担心菩萨会的人迟早会找上来。”

这话一出，梁义庆等人也变了面色。

“他们看见老白了？”

乔晚：“看见了。”

余三娘：“那这段时间就让老白别出门呢？”

乔晚冷笑：“他们能在这儿横行霸道这么久，肯定有点儿其他本事，早晚都能打听出来。”

梁义庆久久没出声。

屋里的人也都默了。

一个严峻的事实瞬间摆在了他们眼前。

他们可能惹上了一个大麻烦。

昆山春招在即，没人愿意在这个时候给自己找麻烦。

但江凯被逮，白荆门和余三娘他们的脸被人看了，就算他们不去找麻烦，菩萨会的人肯定也会上门来找他们。

“凯子可能在菩萨会的藏宝库里。”姚广突然出声。

众人都看了过去。

姚广：“我听说菩萨会根据地，八宝阁下面有个藏宝库，分了外库和私库，两道关都有人把守，据说抢来的东西不论人还是物都堆在里面。”

梁义庆靠在床上，疲惫地叹了口气。

“今天你们就是为了救我才惹上这么一桩麻烦事的，这事在下绝不能放着不管。”

“菩萨会的人也不会管谁跟谁，”梁义庆低声道，“他们肯定不会放过我们这些人。”

“那老梁你打算怎么办？”

“明天先让姚广和几个弟兄出去打听打听消息，看看菩萨会那边有什么动静。”

“大家也别太担心。”梁义庆道，“那菩萨会不过只是游仙镇里面的一个小团体，成不了大气候，如果他们真要对凯子下手……”

梁义庆眼神一凛：“那我们就先下手为强。”

梁义庆说得也有道理。

菩萨会只是游仙镇上的小团体，他们只挑晚上下手，也只挑那些炼气期、看上去没什么靠山的修士下手。

于是，众人聚在一起商量了一下。

这几天乔晚和白荆门就先别出去了，让姚广出去打听打听菩萨会那儿有什么动静。

乔晚想了想，点头同意了。

那本《炼体精要》她还没看多少，正好借这几天工夫翻一翻。

就这样，大家平安无事地混过了两天，到第三天傍晚的时候，姚广回来了。

梁义庆这个时候已经能下地，坐在桌边给姚广倒了杯茶。

“打听到了什么？”

“听说菩萨会的人这月十五要办一场拍卖会，把前几天抢到的法宝给拍卖出去。

“到时候藏宝门会开，菩萨会的当家也在。”

梁义庆倒茶的手顿了顿，和乔晚几个人对视了一眼。

既然要拍卖，那就意味着菩萨会的人要打开藏宝库。

只要他们想办法拿到私库的钥匙，那说不定就能救出江凯。

“那场拍卖会可有什么入场条件？”

姚广：“听说得拿了请帖才能去。不过我还听说，到时候会请‘一落春’的姑娘去拍卖会上跳舞。”

姚广将手指戳进茶杯里蘸了点儿茶水，在桌子上画了个圈：“那菩萨会的当家叫谭天骄，听说很贪恋美色，这‘一落春’的姑娘跳完了舞肯定是要留下的。到时候，可以找个人扮成舞娘混进去，想办法药晕他带出来，我们在外面接应，逼他说出藏宝库的位置。”

那问题来了，谁能假扮舞娘混进去？

在座的几个都是大男人，化形可以，跳舞那就难为人了，于是，目光自然而然地就落到了乔晚和余三娘身上。

“陆道友、三娘，你们谁会跳舞？”

余三娘立马摇了摇头：“别说舞了，我曲子都听不明白。”

众人目光一转，落在了乔晚身上。

乔晚挠了挠头。

梁义庆：“倒不需要陆姑娘跳得有多好，只要能混在里面不惹人注目就行了。”

为此梁义庆特地花了点儿灵石，请来了镇上会跳舞的董二娘，来给乔晚做个紧急特训。

肩负着众人的期盼，乔晚被赶鸭子上架，每天和那董二娘关在小房间里捣鼓，也不知道能捣鼓出个什么东西来。

和其他人不一样，白荆门可是见识过那天乔晚抡起两个大金锤的凶残模样。一想到这画面，白荆门打了一个哆嗦，有点儿发愁：“也不知道陆姑娘究竟能不能行。”

是骡子是马，他们也只能等待三天之后揭晓结果。

等到三天之后，乔晚被推了出来。

“差不多了。”董二娘笑得一脸荡漾，朝身后招了招手，“陆姑娘来吧，给大家伙跳一支舞。”

乔晚戴着厉鬼面具，面无表情地跟着拍子跳完了一曲。

众人看完，“啪啪啪”地猛拍掌。

“跳得好！”

梁义庆也松了口气，乔晚跳得比他想象中好得多。

这就好办了。

那现在就是脸的问题了。

在此之前，姚广天天去“一落春”踩点，成功物色到了里面最美的那一个。

为此，姚广特地去了趟多宝阁，照着人家姑娘的脸，忍痛花重金买了堆易颜丹回来。

乔晚翻了翻桌上的瓶瓶罐罐，美白的，改换眉形、唇形的。

准备妥当之后，在夜市开市前，姚广溜进了“一落春”，把人打晕了，把乔晚塞了进去。

就这样，乔晚顺利混入了“一落春”舞娘队伍。

十五，游仙镇夜市开市。

游仙镇夜市安排在东大街，难得晚上人头攒动，牛鬼蛇神都跟着出来了。

大街上商铺大开，到处都挂着灯笼，照得一整条街恍若白昼。

在老鸨的带领下，乔晚跟着舞娘队伍出发了。

姚广等人也纷纷混入夜市接应，梁义庆的伤还没好全，他留守客栈。

拍卖会设在东大街八宝阁里头，卖的大多数是黑货，到场的人很多，大多蒙着个斗篷，戴着个面具。

“一落春”的舞娘，是特地来炒热气氛的。

乔晚跟随着“一落春”的人进了八宝阁，混在人堆里抬头看了一眼。

坐在高位上戴着个罗汉面具的中年男人应该就是菩萨会的当家谭天骄了，筑基后期的修为。

他身边还坐着一个筑基期的青年男人，穿着一件黄衫子，生得面如冠玉，英俊潇洒，懒懒地靠在椅子上，一副纨绔模样。

乔晚一看那青年袖口的青色莲花纹，脸色一变，找了个借口溜出去上厕所，往茅厕里一蹲，偷偷拍出一张传音符。

“情况有变，有萧家人。”乔晚低声道，“拍卖会上有萧家人，看起来和菩萨会的人关系匪浅。”

联想到萧修文，乔晚脑子一转就明白了过来。

陪萧修文来的萧家弟子大多上了昆山，还有几个在山下留守的。

这萧家弟子，估计就是在山下留守的那个。

姚广几个听闻差点儿没跳起来。

萧家。

他们怎么没听说这拍卖会还有萧家的人在？

可能是因为才捅了萧宗源，乔晚没像姚广、余三娘他们一样激动。

都到了现在这地步，她只能走一步算一步，见机行事。

乔晚去茅厕时间太久，很快老鸨就找人来催。

“怎么还不出来？拍卖会都要开始了，赶紧的。”

乔晚赶紧收起了传音符：“姐姐稍等片刻，奴马上好。”

众人依次落座，舞台上灯光一落，乔晚跟着舞娘们鱼贯而入。

舞娘们跳的是西北流墟大漠里的舞，据说在妖族里现在正流行。

灯火一点点地落了下来，乔晚跟着旋身舞动，开始浑水摸鱼。

舞蹈着装是露腰的，胸前紧紧束着小衣，缀着些碧玉流苏，乔晚一扭腰，流苏飞扬，玉石相撞，煞是好看，那快跳脱而出的雪白风情格外引人注目。

台上，谭天骄好像往她这儿看了一眼，又扭头和那萧家的人说了什么。

乔晚嘴角抽搐。

随着鼓点和琵琶声越急，舞娘跳得也越来越快，雪白柔软的肢体如同狂风中柔弱坚韧的柳枝，裙摆在半空中飞舞，遥遥看上去犹如一朵朵盛开的金色莲花。

一曲舞毕，舞娘依次退下去休息。接下来就不关乔晚她们的事了。

乔晚一边往后挪，一边抬起眼睫又留意了一眼在座的修士们，就这么一点点地跟着舞娘队伍退到了一间厢房内休息。

过了一会儿，老鸨走了进来，目光一扫，落在了乔晚身上，点了几个姑娘，笑道：“都过来，仙人叫你们过去伺候。”

跟在老鸨身后，乔晚有点儿紧张。

很快，老鸨就把乔晚几个人带进了一间包房，在包房门口停下了脚步，小声说了一句：“好好伺候，那都是天上的仙人，将那些仙人伺候得满意了，保你们下半辈子不愁吃喝。”

乔晚点点头，推门而入。

包房里果然坐着谭天骄和那萧家的人，还有其他几个人。

同行的舞娘太多，乔晚抛弃节操，朝谭天骄抛了个媚眼。

没想到谭天骄竟然移开了视线，没看她，反倒是那萧家的人将目光落在她身上。

乔晚心中警铃大响。

青年将目光落在乔晚身上，忽然笑了一下：“带她去谢行止那儿吧。”

乔晚愣了愣。

那萧家的人笑道：“听说谢行止喜欢这种类型的。”

“啊对了，”青年叫住了乔晚，“记得伺候好了。”

青年一抛酒杯，完全没有意识到自己威胁一个凡人姑娘有多无耻：“伺候不好，要了你的命。”

被带出了包房，行走在走廊上，乔晚震惊得久久没能缓过神来。

本来是冲着谭天骄来的，没想到被带去了谢行止住的屋，饶是乔晚，站在门口也有点儿措手不及。

联想到昨天那一面，乔晚心里一沉。

可能昨天谢行止出现在那儿就不是巧合。

但乔晚还是没太想明白谢行止是怎么和菩萨会以及萧家的人勾搭在一起的。虽然昨天只见了一面，但就那一面，她感觉到的男人身上这凛然正气是没法作假的。那是多年下来，养出来的清正之气。

只不过修真界一向都不乏影帝，据说上一次魔域和修真界那场大战里有一场战役，人修死伤惨重，这都是因为轻信了一人，这人混入了当时修真界高层，关键时刻反手捅了队友们一刀。

耳听为虚，眼见为实。

眼下这情况，要么是谢行止另有隐情，要么就是那举世闻名、和陆辟寒齐名的孤剑其实个伪君子。

但不论哪一种可能，乔晚都不想被牵扯进去。

但现在她还能怎么办？

乔晚默然无语地望着眼前紧闭着的这扇门，硬着头皮推开了。

屋里坐着的冷傲威严的男人，正是昨天才见过的谢行止无疑。

男人一转头瞥见乔晚，眉头顿时皱了起来：“你是何人？”

乔晚却没回答，目光落在了男人手边。

那是一把金灿灿的钥匙。

乔晚瞳孔一缩，喉咙一紧，脑海里“哐当”砸出五个大字。

菩萨会私库。

那萧家的人是菩萨会的靠山，萧家的人和谢行止关系匪浅，如果她是萧家的人，肯定会把钥匙放在一个最保险的地方，那就是谢行止身上。

看到那钥匙的瞬间，乔晚脑子转了转，努力回想她听过的那些八卦。

据说孤剑谢行止有六段情缘，每个情缘都是温柔可人款。

替马怀真跑腿的时候，那些乱七八糟的事，乔晚没少干。

眼下虽然没廉耻了点儿，但一旦下定了决心，乔晚果断就投入了状态：别瞎想，少说废话，多做事。

于是，乔晚深吸了一口气，温柔乖顺地低下了头。

“回……回仙人的话，是隔壁一位姓萧的仙人叫我来伺候的。”

乔晚他第一次做这种事，业务技能点得不太熟练。

谢行止的目光落在了乔晚身上，他也没开口说话。

乔晚赶紧乘胜追击，低垂着眼睫，企图用昏黄的光线掩盖自己不太上手的僵硬表情。

谢行止终于开了口，回答十分冷淡和不解风情，冷漠孤傲：“此处无须你伺候。”

“那位仙人要奴好好伺候大人……”乔晚将头埋得更低了点儿，故意磕巴了一下，“请……请仙人让奴好好伺候……”

说着她干脆一撩裙摆，在谢行止面前跪了下来：“倘若大人不要奴伺候，也请大人让奴在仙人屋里稍待片刻。”

看见乔晚一撩裙摆跪在自己面前，谢行止眉头皱得更紧：“你先起身。”

乔晚赶紧站起来，露出一副欲言又止的表情。

“仙人，奴能进去伺候了吗？”

谢行止：“你入内吧。”

乔晚蒙了。

真有用？

乔晚在谢行止身前默默地站着。

谢行止本来是没打算管她的，但看乔晚戳在这儿，叹了口气：“坐吧。”

说完他就再不理她了。

乔晚在他旁边坐了下来。

她一个人肯定是打不过谢行止的。

乔晚心里飞快盘算，当务之急是怎么把他骗出来。

至少她得把他骗出八宝阁，到时候外面有姚广他们接应。

谢行止不像多话的人，乔晚只能尽量找话题套话。

“多谢仙人愿放奴进来，仙人的大恩大德奴没齿难忘。

“仙人是为何来八宝阁？”

她做好了被谢行止无视的准备，没想到男人竟然回答了，回答得简略冷淡：“答应了一人，来帮他的忙。”

乔晚：“仙人果然是仗义的好人。”

谢行止没吭声，但也没再皱眉了。

有戏。

乔晚聚精会神地留意着谢行止的神情，见状唇瓣嗫嚅了两下，斟酌着再次开了口：“实不相瞒，奴有一位兄长。说来或许冒昧，但仙人给奴的感觉颇像奴心目中的兄长。”

“你有个兄长？”

谢行止终于正眼瞧了她一眼。

乔晚点了点头：“奴的确有个大哥。”

谢行止的眉头终于平了，态度莫名软化了不少，他沉吟半晌道：“我也有一位妹子。”

第十二章　对你，无须容情

男人抬起眼："你给我的感觉，与我那位妹子也很像。"

乔晚嘴角一抽，这熟悉的男频认妹妹剧情是怎么回事？

"仙人的妹妹，想来也是位仙子。"

谢行止："我不记得了。"

乔晚："不记得了？"

"我少时曾遇到过一只妖兽，部分神识受损，只记得些零碎的回忆，"谢行止淡淡地说，"至于我那小妹叫什么、长什么模样，已经记不清了。我此番上山，便是为了寻她。"

乔晚露出了点儿惊讶、犹豫、不知所措和同情的表情，伸手扯了扯谢行止的衣袖，温和地笑了笑："仙人放心，仙人有福报，定能找到那位妹子的。"

谢行止再看她的时候，眼里的冷淡神色已经散去了不少。

一阵夜风吹来。

做戏要做全套，乔晚瑟缩了一下。

谢行止看了她一眼，解下身上的外衫披在了乔晚的肩头："夜中寒凉，你为凡人之身，暂且披着吧。"

乔晚握紧了外衫，站起来欠了欠身表示感谢，低声道："若是我那位大哥有仙人一半好，我也知足了。"

谢行止反问："你那位兄长待你不好？"

乔晚："大哥好赌，手上但凡有一点儿银钱都是花在赌坊里。他整日整夜泡在赌坊中，从不归家，想来这个时候应该还在赌坊里。”

趁热打铁，眼见谢行止神情略有变化，乔晚一撩衣摆，又当着谢行止的面跪了下来：“奴有个不情之请，望仙人成全。不知仙人能否陪我去赌坊走上一遭？”

乔晚低头捂脸：“奴也实在没有办法了，不论奴如何劝说我那位大哥，他总是不听。”

乔晚捂住自己僵硬的脸，肩头微耸，继续飙演技：“我大哥胆子小，性格怯弱，仙人你说他两句，或许我那大哥瞧见仙人会收敛一二。”

谢行止没说好，也没说不好。

昏黄的烛光落在少女身上，少女捂脸低泣，柔弱无助，与他心目中那个纤弱瘦小的身影莫名地重合。

谢行止的语调放柔了点儿：“也罢，我陪你去这一次便是。”

乔晚收手：这人看来真的不太聪明的样子。

“仙人慢行，就在此处了。”

她带着谢行止走出八宝阁，一路上也没人敢拦这位大名鼎鼎的孤剑。

一到和姚广他们约定好的赌坊，乔晚就停下了脚步，再次装模作样地行了一礼：“此地腌臜，请仙人在此稍等片刻，奴这便去寻我那位兄长。”

谢行止似乎也不大适应这里面乌烟瘴气的气氛，眉头不自觉地又皱了起来。

光谢行止一个人袖手站在那儿，孤傲出尘，画风就特别不对，就像泥淖中生出的苍劲青松。

乔晚迅速钻入人群中，一边钻一边拍出一张传音符：“赌坊，速来。”

姚广：“得手了？”

乔晚顿了顿，回道：“没，我把谢行止骗来了。”

虽然没看见对面的人是什么反应，但从对面那“砰砰砰”的声音，乔晚依稀能猜测出姚广等人的震惊程度。

“抬脚！抬脚！你们谁踩到我了？！”

过了一会儿，传音符那头的人终于回过神来。

被推出来回复乔晚的是白荆门，白荆门诡异地沉默了一会儿，微微颤抖的嗓音暴露了本人的崩溃：“陆道友，怎么是谢行止？”

乔晚语速飞快地说：“我看到他身上有菩萨会私库的钥匙。”

计划有变，他们只能把私库钥匙拿到手再说。

“你们快点儿来个人。”

余三娘：“孤剑怎么可能和菩萨会的人混在一起？！”

乔晚嗓音低沉地道：“那天晚上我和老白就看到他带走了菩萨会的人的尸体，今天晚上谭天骄和那萧家的人让我过去伺候他，看来也不是第一次了。他就住在八宝阁里，看上去和菩萨会牵扯甚深。”

谢行止究竟是真君子还是欺瞒世人的伪君子，现在都不好说。

姚广颤巍巍地问：“你……真把谢行止骗来了？”

“那是谢行止！孤剑谢行止！就这么好骗？”姚广瞪眼问，有点儿怀疑人生。

乔晚：“……”

她也不相信谢行止竟然那么好骗。

赌坊人多眼杂，乔晚简单地交代了情况，也没等对面的人再有什么反应，就掐断了传音符。

做完这一切，乔晚又跑到曲尺柜台前要了一杯茶水，抬起手借衣袖一挡，把早就准备好的软骨散撒了进去。

多宝阁的伙计当时是拍着胸脯保证的，这药无色无味，掺了茶水让人喝进去，能一下子药倒三个金丹期的修士。

谢行止还站在原地等她，脚步都没挪一步，在一干声色犬马的浑球中显得尤其清新脱俗不做作。

乔晚把手里的茶杯递了过去，低声道：“劳烦仙人久等了，我那兄长还有一局赌局，待结束了马上便过来。”

谢行止看了乔晚一眼。

少女看上去不过十六岁的模样，还穿着舞娘服饰，露出大片光洁的肌肤，身形纤弱，与赌坊格格不入。

谢行止微不可察地皱起了眉。

年纪太轻，她就沦落风尘，她那位兄长委实不算个东西。

“嗯。”

谢行止：“我不渴。”

乔晚垂眸：“可是仙人嫌弃此地茶水粗劣？”

谢行止顿了一会儿，接过了她手里的茶杯。

乔晚眨了眨眼，屏住了呼吸。

男人将茶一饮而尽，随手将茶杯搁在了桌上。

“此地吵闹，我带仙人去厢房稍待片刻。”

“麻烦你了。”

谢行止要昏倒在这儿才麻烦，乔晚不敢耽搁，赶紧带着谢行止去了聚宝坊的包房，关门，落锁。

就在这时候，乔晚感觉后脑勺一凉，一缕发丝凌空而起！

杀意！

乔晚利落地翻身躲过这抹剑光，一回头就看见谢行止正扶着床，表情惊怒交加，冷喝道：“你究竟是何人？！”

一走进门，谢行止终于察觉自己不对劲，本来还以为是赌坊中吵闹，吵得他头疼，但再一运转灵力，不免心惊。

就算再傻，谢行止也明白过来，自己是中招了。

乔晚一看见这光景也明白了，药效开始发作了。

多宝阁不愧是修真界老牌大店，确实没说假话。

就算是谢行止也扛不过这药效。

男人皱紧了眉，扶着床直喘气，身形摇摇欲坠，却还是勉力运动剑光。

能一秒钟药倒三个金丹期修士的药，谢行止竟然撑了这么长时间。

所谓孤剑，果然恐怖。

乔晚这么想着，顺手抄起门闩，在男人惊怒的目光中缓缓走近。

这个时候，谢行止已经连一根手指头都动不了了，只能眼睁睁地看着乔晚高高地举起了门闩。

“砰！”

解决！

孤剑谢行止顿时往下一滑，昏倒在她面前。

乔晚再拍出一张传音符：“解决了。”

姚广惊得直瞪眼：“不是吧陆婉？”

乔晚蹲下身去摸谢行止的衣服：“少废话，快来帮忙。”

一进门看见倒在地上任人宰割的男人，姚广、余三娘、白荆门几个如遭雷击，愣了一会儿之后，也赶紧上前帮乔晚的忙。

钥匙呢？

乔晚伸手摸入袖口，空荡荡的，没储物袋，也没钥匙。

乔晚皱眉，伸手去扯男人的领口。

眼见乔晚“哗啦”一声，凶猛地撕开了谢行止的衣襟，姚广默默地吞了一口口水，莫名为躺在地上这位孤剑点了根蜡。

乔晚伸手探入谢行止的衣襟中，摸了把谢行止的胸肌。

也没有钥匙。

那现在他们该怎么办？

几个人大眼瞪小眼。

没时间了。

能药倒三个金丹期修士的药，谢行止都撑了那么长时间才晕，难保他不会醒来的时候也比别人早。

“药药药。”乔晚朝姚广伸出手，拿过剩下的药包，一手掐住谢行止的下巴，一手把药包里的粉末全灌了进去。

白荆门：“这……不会吃死人吧？”

乔晚在男人身上扫视了一圈，抬手果断地下了个决定：“扒了！”

“这……这不大好吧？”

乔晚：“要是谢行止醒了那我们都得死。”

姚广蹲下身，看了一眼地上的男人，那真是矜贵冷傲，头发丝好像都冷冷的。

姚广颤颤巍巍地伸出手：“我怎么感觉我们是在找死呢？”

余三娘由衷感叹：“我就算死都甘愿了。”

几个人一起动手，不过片刻工夫，就把孤剑谢行止扒了个一干二净。

现在，谢行止身上已经干干净净，没一根布条，但几个人还是没找着储物袋的影子。

就这么四下找了一圈，姚广问道：“找到了吗？”

白荆门面色沉重地回：“没。”

几个人蹲在谢行止面前，一起犯了难。

那储物袋究竟藏哪儿去了呢？

“有了！”白荆门一敲脑门，迅速抬起谢行止的胳膊看了一眼，翻出男人的手掌心对准众人。

“找到了。”

在手掌心里。

掌心禁制。

他们找了一圈，竟然忘记了这最简单也最难想到的地方。

乔晚有点儿发愁，因为解不开禁制。

乔晚转头问其他人：“能解开吗？”

白荆门摇了摇头：“这看起来似乎是朝天岭独有的法门。”

姚广打了一个哆嗦：“那现在怎么办？”

那就只能等谢行止醒来自己解开了，想到传闻中谢行止一剑搬山的凶残武力值，姚广又打了一个哆嗦：“你们谁有什么法器？赶紧的。”

姚广、余三娘、白荆门几个通通把自己全身上下的法器摸了出来。

姚广抽出来的是一条伏龙金鞭，几个人一起忙活着把谢行止的手脚都捆在了一起；余三娘的法器就是她那对耳环，能甩出来当圈用，两个耳环全套在谢行止的腰上了。

像乔晚和其他几个比较穷的人，没钱买法器，就只能就地画阵法。

做完这一切，众人一齐蹲在谢行止面前，好几双眼睛深沉地围观着面前的男人。

“怎么还没醒？”

“陆道友你刚刚是不是倒太多药了？”

乔晚紧紧盯着谢行止的动静，抬手：“等等，醒了。”

在众人的注目下，男人眼睫一颤，缓缓地睁开了眼，眼神还有点儿茫然，但没过一瞬就找到了焦距。

一双寒星般的眼里，如同落了一点儿惊鸿影。

那惊鸿影举起刀，凶恶地在他身前比画了一下问："说吧，要你的兄弟还是要储物袋？"

孤剑谢行止，为人冷傲高洁，少年时以凡人之身拜入朝天岭赤松老人门下，静心研习剑法，一剑可震八荒乾坤。

但和其他人想象中那个高高在上的孤剑不同，事实上的孤剑谢行止，十分清高爱面子，也十分……好骗。

可能是因为在山上待的时间太久，十之八九的时间花在了练剑上，在人情世故方面，孤剑脑子不太好使。

眼下这已经不知是他第几次被骗了，但这无疑是他感觉最屈辱的一次。

一睁眼，发觉自己被扒了个一干二净，以一种极其屈辱的姿势被绑在了凳子上，谢行止环顾了一圈戴着面具的几个人，惊怒至极，冷声怒斥："你们是何人？！"

乔晚举起刀，凶恶地又重复了一遍："说吧，要储物袋还是要你的兄弟？！"

谢行止的目光落在了乔晚身上。

饶是乔晚，在这目光的注视之下，也忍不住哆嗦了一下。

姚广和余三娘没出息地默默缩到了一边。

白荆门暗暗使眼色：加油。

乔晚握紧了刀，色厉内荏、外强中干地继续喊："快说！"

谢行止目光如冰："尔骗我？"

他似乎不敢相信刚刚那温柔谦逊的凡人女子，如今摇身一变却成了这等凶悍模样。

乔晚硬着头皮说道："是。"

谢行止冷冷地道："你并无兄长？"

兄长，其实她也是有的。

乔晚："是。"

谢行止："为财还是寻仇？"

乔晚："人为财死鸟为食亡，当然是为财来的！"

乔晚心虚地握紧刀，恶狠狠地威胁道："少说废话！再不交出储物袋里的灵石、法宝，我就剁了你的兄弟！"

谢行止额头青筋直跳，闭眸深吸了一口气，忍了下来："储物袋在我的掌心里。"

乔晚使了个眼色，示意白荆门赶快上前，按照谢行止的指示将储物袋从他的掌心里抽了出来。

储物袋到手后，乔晚和白荆门吞了一口口水，赶紧将里面的东西倒出来看了一眼。

虽然虎落平阳，身上没挂一根布条，男人依然是一身浩然正气。

“灵石和法器你们尽可拿走，”谢行止冷冷地说道，“但钥匙留下。”

受人之托，忠人之事，只有钥匙他们不能带走。

眼见谢行止这傲然的模样，乔晚攥紧了钥匙，也有点儿不忍心了：“抱歉，我刚刚是骗你的。我们不是为财，要的就是这个。”

谢行止浑身巨震，眼微睁，霎时间杀气四溢！

扑面而来的威压和杀意，震得姚广和白荆门倒退了两步。

姚广颤颤巍巍地问：“钥匙到手了现在怎么办？放着谢行止不管吗？”

乔晚：“不，当然不。”

说着，她弯腰捡起了地上的门闩。

姚广、余三娘和白荆门齐齐瞪大了眼，看着乔晚朝着谢行止的脑袋高高举起了门闩。

在姚广等人胆战心惊的凝视之下，“砰”——乔晚挥起门闩就砸了下去。

男人额头淌下来一条血线，眼眸冷冷地凝视着乔晚，目光不可谓不“深情”，那简直是要将少女牢牢镌刻在心底。

乔晚瞠目结舌，看着谢行止冒血的额头，握着门闩的手抖了抖：“没……没事？”

是软骨散的药效已经散去了大半？

这是什么恐怖的恢复能力？白荆门震惊地想。

姚广和余三娘对视了一眼，都从对方眼里看到了惊恐不安的神色。

“谢行止不会被她砸死吧？”

“要真砸死了怎么办？”

乔晚的震惊程度不亚于白荆门。

害怕一门闩把谢行止砸死，她刚刚是特地卸了点儿力气的。

乔晚倒是没想到谢行止的脑袋这么能扛。

总归已经给了谢行止两门闩，都已经得罪了，乔晚也不在乎多这么一下了。

她将心一横，再度举起门闩！

“砰！”

这一下，她终于找到了合适的力道，把谢行止打昏了过去。

姚广只觉得自己的双腿有点儿发软，抬手摸上自己的面具，触及面具冰冰凉凉的质感才稍感安心。

给他十个胆子，他也不敢招惹谢行止，姚广偷偷瞥了乔晚一眼。

眼前这姑娘看上去也就是个再平常不过的炼气初期修士，但在谢行止的威压下，竟然能面不改色。再想到她那从不离身的厉鬼面具，和面具底下未知的真容，还有那把血淋淋的大铁锤，姚广打了个寒战。

这陆道友恐怕没那么简单，最重要的是，绝对不能招惹这陆道友。

否则就算孤剑，她也揍。

既然钥匙拿到手了，那接下来他们就要去藏宝库底下找江凯了。

乔晚略一思忖，抬眼："去藏宝库要不了这么多人，我一个人去就行。"

白荆门有些不放心："陆姑娘你一人去可行？要不还是换我去吧。"

乔晚从怀中摸出那两把铁锤。

这两把铁锤用的特质材料，可大可小，她揣在怀里的时候就像俩棒棒糖。

乔晚举着俩棒棒糖，严肃地摇了摇头，示意白荆门不用担心。

白荆门嘴角一抽。

其实那天回来之后，梁义庆和他们几个人私下里也商议过有关乔晚的事，最后得出来的结论是，这人不简单，但也能与之结交。

他们几个人里，确实只有乔晚能力最强。

"有事我会用传音符通知你们，地牢下面有守卫，我一个人拿着钥匙去正好，人多了容易引起怀疑。"

说完，乔晚就将铁锤往怀里一塞，转头出了包房，回到了八宝阁，留下白荆门等人看着地上昏迷不醒的谢行止有点儿发愁。

菩萨会的藏宝库就设在八宝阁地底，据说底下有条密道，每天都有人把守。

上面拍卖会开场，藏宝库里的宝物都已经被运了出去，下面藏宝库也上了锁，故而大多数守卫往上面去了。

地底隔绝了楼上沸腾欢呼的人声。

拍卖会快结束了，乔晚抿唇，再不快点儿就来不及了。

乔晚走下地道，立马就被守在库门前的守卫拦住了。

"干什么？"守门的护卫伸手一拦。

乔晚扬起唇笑了一下："当家的吩咐我进私库拿样东西。"

"东西？拿什么东西？通行玉牌呢？没通行玉牌谁都不能进去。"

乔晚面不改色地胡诌："当家的急着要，忘了给。"

守卫瞪眼："没玉牌那就滚！"

乔晚从怀里摸出那串钥匙晃了晃："虽然没通行玉牌，不如你看看这个？"

"这……这……这是……？"守卫愣了愣，接过钥匙翻来覆去地看了好几眼。

这……这是私库钥匙。

“当家的如今正在上面呢。”乔晚抢过钥匙，伸手指了指天花板，冷笑道，“要耽搁了，你担待得起？”

钥匙一晃，被烛火照耀，闪着金灿灿的光。

她这么说，守卫脸上终于露出了点儿犹豫之色，放她进去了，末了没忘叮嘱一句：“只拿你该拿的东西。”

乔晚直奔藏宝库里，喘了口气，眼神迅速一扫，没有人。

除了堆得满满的法宝，里面没一个人。

江凯应该在私库里。

她往前走，又有一扇铁门。

那应该就是所谓的菩萨会的私库了。

出乎意料的是铁门前干干净净的，没一个守卫。

谭天骄和姓萧的人做梦也想不到，自己把钥匙托付给了孤剑谢行止，竟然也能失手。

乔晚摸出钥匙打开了私库的门。

门“吱呀”一声被打开了，映入乔晚眼帘的是一串摇曳的灯烛。

烛火照耀之处，乔晚的眼睛睁大了一点儿。

和想象中堆满了金灿灿的法器的藏宝库不同，私库里面藏着的全都是……

一个个巨大的铁笼。

而铁笼里装着的，全都是人！

青石铺就的地上血迹斑斑，恶臭难闻。

听到动静，笼子里的人一个个都抬起眼看了过来。

整间私库像是一下子活了过来，所有人都扑到了笼子门口。

被这么多人盯着，乔晚顿觉毛骨悚然。

私库里被关了这么多人……

菩萨会……到底想干什么？

这笼子里的一个个人，有男有女，有妖也有精怪，有的完好无缺，衣着还算整洁，有的缺胳膊断腿。

忽然之间，一个笼子里传来一阵“哗啦啦”的铁链声响，一阵喜极而泣的声音随之而来：“你！你不是菩萨会的人！你是谁？！”

乔晚抬眼一看，在一间笼子里找到了之前在街上看到过的“白荷花”。

“白荷花”没了在街上的神气，整个人狼狈不堪，看上去快崩溃了，一看见乔晚的打扮和菩萨会的人全不相同，就跟看见了救命稻草一样。

“你！快放我出去！我把灵石和法器都给你！快啊！”

乔晚握紧钥匙扫了一圈：“知不知道一个叫江凯的男人？”

“白荷花”喊道：“快放我出去！”

乔晚问："你看没看到一个男的，二十多岁，很瘦，额头上长了三颗痣？"

"白荷花"回道："没看到！你快放我出去！你要是放我出去，到时候灵石随便你用！"

一看问不出个所以然，乔晚抬脚就走。

她绕着私库走了一圈，终于在角落的一个笼子里找着了青年。

人倒在笼子里，已经昏死过去。

乔晚放出灵力探了探，松了口气。

还好，江凯还有气。

收回灵力，乔晚把钥匙插入锁眼一转，却转不开。

乔晚脸色一沉。

这钥匙是她从谢行止那儿拿的，没想到只能打开私库的门，但打不开铁笼的锁。

看来萧家的人和谭天骄对谢行止还不是完全信任。

"道……道友……"

身旁几个笼子里被关着的人忽然出声。

乔晚扭头一看，有老有少，有男有女。

"你是来救人的……还是来拿人的？"说话的是一个中年汉子，只剩下上半截身子。

但就算这样，他还活着。

乔晚沉默了一瞬，收起了钥匙："救人。"

男人还活着，面相生得文雅，却神情疲惫，望向乔晚的眼里满是绝望，又隐约含着一丝希望之色。

"那……那道友……能顺便带上我等吗？"

来之前，她是没想到会见到眼前这么一副光景的。

她只是来救江凯的，救不了这么多人。

对上这双眼，乔晚喉咙发干，竟然说不出一个"不"字去摧毁男人眼底的希望。

乔晚顿了顿，说道："救人……都救。"

"你等会儿。"说着，乔晚抬脚走到了"白荷花"那笼子前。

"说吧，这里到底是怎么回事？你们是怎么被关进来的？"

刚刚看见乔晚掉头就走，"白荷花"也有点儿怕了，识相地没大喊大叫。

"我也不是那忘恩负义的人，你们救了我的命，到时候我会让家仆给你们送上灵石。"

乔晚："这是怎么回事？"

"白荷花"："什么？"

乔晚："这底下是怎么回事？"

"怎么回事？""白荷花"冷笑，"就你看的这样呗。"

"白荷花"咬着牙，脸上露出了一点儿愤恨之色："我是纯阴之体。"

乔晚顿时了然。

纯阴之体，最适合做鼎炉。

那被关在这些笼子里的人，或多或少也具有一点儿身体上的特别之处。

"白荷花"没了往日的骄纵，恶狠狠地磨了磨牙："我爹一直想把我送给那些大能做妾，我这才跑了出来，想拜入昆山。"她冷笑一声，眼里闪过一抹嫉妒和怨恨的神色，"我们这些小宗门的人，有时候还不如你们这些散修活得自在。

"你刚刚看到的那人是人参精，还有这些缺胳膊断腿的人，都是草木之精。"

草木之精，血肉都能再生，这也就意味着……

菩萨会的人把他们养在这儿，就跟养麦子一样，一茬茬地割。

一想到这其中血腥凶残的画面，乔晚握着钥匙的手更紧了点儿，冰冰凉凉的钥匙握在手心里，被汗水一浸，滑腻腻的，她顿时有点儿想吐。

忽然之间，一个男声传了过来："看那边！"

乔晚扭头一看，笼子里坐着一个文质彬彬的男人。

和其他被关在笼子里的同伴不一样，男人身上没伤，十分镇静，正闭着眼睛养神。

乔晚："你是？"

男人莞尔一笑："我只不过是被仇家暗算，才被抓到了这里。你去萧博玉那儿找到钥匙，放我出去，再帮我从他那儿拿回被他抢走的储物袋，我就能帮你一个忙。"

"筋脉破碎，修为尽废。"男人眼神闪烁了一下，"往后的路不好走吧？"

乔晚冷冷地问："你怎么看出来的？"

"你看我的眼睛。"男人微微一笑，抬起眼皮，瞳仁中映出了一点儿古怪的花纹，"这是瞳术。"

男人又闭上了眼睛："我能看出来你身体里那些筋脉骨血。在想办法修复自己的筋脉？你若是答应放我出去，我就给你指一条修复筋脉的明路。"

乔晚："我凭什么相信你？"

男人也不恼："道友若是不信，我们不妨结个血契。你若是能帮我找到储物袋，我除了给你指一条明路之外，必有厚礼相赠。"

乔晚："那萧家的人是谁？"

"那是萧家的萧博玉。"

乔晚："你怎么称呼？"

男人笑了一下："鄙人姓冯，道友可以称呼我冯岱。"

“你过来。”男人招了招手，示意乔晚上前一步。

“我的储物袋应该就放在他的储物袋里。萧博玉资质粗劣，只要你能想办法支开他身边伺候着的人，到时候就有办法对付他。”

聚宝坊外。

乔晚一走，姚广愣愣地问：“那我们现在该做什么？”

白荆门摇头：“去八宝阁守着，到时候要是陆姑娘出了意外，我们也好赶过去支援。”

至于谢行止，是没人敢碰的了。

而在聚宝坊内，谢行止刚刚转醒，纤长乌黑的眼睫一颤，睁开了眼，身上还是干干净净的，四肢被缚龙索以一种极其屈辱的姿势捆得紧紧的。

屋里的人已经跑了个一干二净。

从这儿他还能听见赌坊里吵吵闹闹的动静。

男人闭眸，丹窍一开，浩荡雄浑的真气将体内残存的药效冲刷得一干二净。

身上的缚龙索也随之寸寸破裂！

谢行止站起身，披上衣服，目光沉痛，心中怒海翻滚，掀起滔天巨浪。

他若不报今日大仇，绝非孤剑！

一招手，身旁诛邪剑剑意凛然，应声而来，谢行止执剑冲开房门，一路冲出了聚宝坊，途中闭了闭眼，再度平复了一下心情，但少女那纤弱的身姿、捂着脸哭泣的画面一直在他的脑子里打转。

想到自己竟然被这小人所骗，谢行止更是勃然大怒。

诛邪剑之下余孽不生！

此人阴险狡诈，决不能容情！

爬上了地道，正往包房赶去的乔晚忽然打了个喷嚏。

怎么了？

乔晚揉了揉鼻子，继续向前进发。

与聚宝坊中的画面不同，八宝阁上夜宴正盛，灯影幢幢，尤其是二楼的厢房里，绣屏翡翠，锦帐摇曳。

回到当初老鸨带她去的屋里的时候，乔晚贴在门板上听了听，听到了青年的声音，却没听到谭天骄的声音。

好机会。

就在乔晚伸手准备摸那两把锤子的时候……

“你怎么在这儿？”

突如其来的女声顿时惊动了屋里屋外的人。

乔晚转眼一看，是那老鸨。

老鸨皱眉："你不是去伺候另一个仙人了？怎么跑这儿来了？"

乔晚面无表情地把锤子往怀里一揣，福了福身子。

就在这时，屋里的人听到动静，也开了腔："谁在外面？进来。"

老鸨扯着乔晚，满面笑容地迎了进去："打扰了萧仙人，老奴罪该万死。"

说完，她没忘推了乔晚一把："还不快点儿向仙人赔罪？"

萧博玉衣襟大开，懒洋洋地靠在床上，一个衣衫半掩的女人出去了，这场景可谓伤风败俗。

但亲眼见到过戒律堂地牢里的场景，乔晚觉得，眼前这一幕还不太够看。

萧博玉将目光落在乔晚身上，好像想到了什么，微眯起眼睛："是你。"

乔晚欠身："奴拜见仙人。"

"你不是去伺候谢行止了吗？到这儿来干什么？"

乔晚眨了眨眼，面不改色，厚着脸皮说："谢仙人已经歇下了。"

萧博玉目光一瞥，示意乔晚给他倒茶。

乔晚上前一步照做。

萧博玉端着茶杯细呷了一口："歇下了？我让你伺候好他，你是怎么伺候的？"

乔晚停顿了一秒，委婉含蓄地说："谢……谢仙人确实已经睡了，我也的确伺候了谢仙人。伺候完，谢仙人有些累了就睡了。"

萧博玉明显不相信："你骗我。"

"奴不敢。"

萧博玉伸出手，指指点点道："谢行止凭什么看得上你？他练剑能一口气练五个时辰都不带停的，你说他累了，他就累了？"

乔晚眨了眨眼，脸皮厚如锅底："谢仙人确实勇猛，但干完这种事，人总觉得困不是？"

萧博玉被她这一句话噎了一下，默然无语了良久。

"谢行止还真看得上你？"

乔晚："谢仙人也是男人。"

青年在她身上打量了一圈，吊儿郎当地笑了笑，低头又喝了一口茶："行啊，你说得信誓旦旦的，那你拿什么证明？"

乔晚："谢仙人的屁股上有一颗红痣。"

"噗！"

萧博玉嘴里的茶喷了出来。

"你……你说什么？！"

谢行止的屁股上有痣这件事，别人不知道，他还真知道。

萧家本家在东部七岳十岭千百洞府，朝天岭正是其一。

赤肚道人和他们家这一旁支走得一向比较近，谢行止的屁股上长了颗红痣这件事，还是赤肚老人喝酒喝得高兴的时候，一不小心坑了弟子脱口而出的。

但这事，也就当时萧家的几个人知道。

面前的人又是从哪里听到的？

萧博玉嘴里的茶水一口气全喷到了乔晚的脸上。

乔晚也不在意，抬起衣袖擦了把脸，偏头做回忆状："谢仙人身上的伤疤有一处在左胸，长约三寸，腰背上也有，还有一处深入腹下两寸，大概一指头那么长。"

萧博玉难以置信地瞪大了眼："你……你……你刚刚说什么？谢行止的屁股上有颗红痣？"

乔晚："奴……确实与谢仙人温存了一夜。"

萧博玉再度喷茶了，手一抖，手里的茶杯"哐啷"一声掉在了地上，摔得粉身碎骨。

这回他再看乔晚的眼神顿时就变了。

青年的目光一路游走，落到了乔晚的胸前，嫌弃之色不加掩饰。

虽然谢行止好骗了点儿，情缘多了点儿，但也不至于审美就这么急转直下啊。

谢行止的上一段情缘萧博玉是见过的，卢家的嫡女，天资极高，气度华贵。

难道眼前这人天赋异禀？

这回萧博玉终于正眼看了看乔晚，脸上露出了一点儿兴味之色："那你倒是说说看，你是怎么做的？就你这几两肉，谢行止估计看不上你。"

乔晚："子非鱼安知鱼之乐？"

萧博玉再度无语。

乔晚："仙人不是谢仙人，如何知晓谢仙人喜欢什么，又厌恶什么？"

远处的烛光落了一点儿在少女的眼里，少女的眼里泛着些微明亮的光，虽然不炽热浓烈，却明净耀眼。

萧博玉忽然有点儿发愣。

他出身萧家，见过的美女佳人不知凡几。

一个凡妓就算再美又能美到哪里去？这人还没他二姐长得好。

但这双眼干干净净，神色不卑不亢，他倒看得有点儿入神了。

萧博玉："我算是知道谢行止是怎么看上你的了。"

这人倒还有点儿趣味。

乔晚："那仙人可要试试？"

"行，那我就试试。"说罢，他一扬手，将乔晚直接丢到了床上，"那让我看看，你到底有什么本事吧。"

乔晚一个鲤鱼打挺坐了起来："那还请仙人先躺下，请让奴服侍仙人。"

萧博玉饶有兴趣地往枕头上一躺："说吧，你要怎么服侍我？"

少女伸手摸向了自己的衣襟。

萧博玉瞪大了眼，突然还有点儿紧张。

少女伸手探入衣襟，缓缓地抽出了两把铁锤！

见那铁锤的第一眼，萧博玉心里暗叫了一声不好，立刻翻身而起，却被一铁锤砸在了两腿之间！

"砰！"

床板晃了几晃，木屑飞溅！

少女坐在他身上，高高地抡起另一把铁锤，咧开嘴，凶残地笑了："这就是我的本事。说吧，是要钥匙还是要你的兄弟。"

萧博玉面色遽变，这个时候还有什么不明白的？

自己中招了。

"谁派你来的？"青年的神情顿时阴沉了下来。

乔晚："没人派我来。钥匙，还是兄弟。"

乔晚的语气阴森森的，她把铁锤往前紧贴了贴，再度重复了一遍："钥匙，还是兄弟？！"

那把铁锤"咚"的一声，压在了他的下半身上。

那冰冰凉凉的触感，顺着关键部位一路蹿上头皮。

萧博玉头皮发麻，面目扭曲，冷汗都下来了。

"等等，你先别着急。

"你要钥匙我给你就是，你可千万别冲动啊。"

"钥匙……钥匙……"萧博玉目光紧紧盯着乔晚，恨恨地挤出几个字，"就在我的储物袋里，你得放开我，我才能拿给你。"

乔晚抡起铁锤，面无表情。

"哐"！

那金锤正好擦着紧要部位，落在了男人的两腿之间。

乔晚伸手就去摸他袖子里的储物袋。

萧博玉虽然恨，但没办法，身家性命都被这大金锤压着。

好汉不吃眼前亏，君子报仇十年不晚。

从萧博玉的储物袋里摸出了笼门钥匙和冯岱的储物袋，乔晚又单手从袖子里抽出另一条缚龙索，开始干活儿。

她三下五除二，另一个"粽子"再度新鲜出炉了。

做完这一切，乔晚想了想跳下床，拿下墙上装饰用的宝剑，往萧博玉两腿之间一插，距离不多不少，卡得正好，只要他一不留神，马上就能血溅床上。

她再扯了一块床单角，团了团塞进了萧博玉的嘴巴里。

做完这一切，乔晚拎起铁锤，拿起钥匙，打开窗，看都没看床上的萧博玉一眼，就这么跳了下去。

萧博玉急得直瞪眼，却只能眼睁睁地看着一抹乌黑的发尾瞬间消失在窗前。

夜风“呼啦”一声灌了进来，窗外，夜市中灯光绵延如海，人声鼎沸。

没人知道，萧家小少爷这个时候僵硬地保持着一个姿势，哆哆嗦嗦，感到一阵忧伤。

他就这样明媚忧伤地不知道吹了多久的风，一阵剑光突至！

浩然剑气带着磅礴怒意，如海潮般汹涌地席卷而来！

看清来人的模样后，萧博玉欣喜若狂地再次瞪大了眼。

谢行止！

男人提剑一路追击至八宝阁，总算看见了床上一脸绝望的萧博玉。

“快，快追！”

嘴巴里的布团被男人一把抽了出来，来不及管自己口水流了一下巴的狼狈模样，萧博玉急促地喘了一口气。

“快追！”话说到一半，他又硬生生地咽进了嗓子眼里。

对上男人阴沉的面色，萧博玉隐隐觉得又有点儿瘆人了。

“我……我不是有意睡你的女人！”求生欲极强的萧家小少爷言语急促，“但这人是个骗子，这人不可留！”

谢行止蹙眉质问：“我的女人？”

萧博玉愣愣地问：“你不是和她在一起了吗？她都说了看见你屁股上那颗痣了。”

话音刚落，萧博玉就看见男人的神情顿时就变了。

谢行止默默闭眼，抬手再请诛邪录，书页翻飞间，杀气四溢，再添一笔浓重墨痕。

此人，他绝不容情！

“此贼子现在何处？！”

“窗！刚刚她从窗户那儿跳出去了。”

“等等！还有我！”看着谢行止手一扬，袍袖翻飞，破窗而出，萧博玉绝望地大喊，“先把我放下来！”

他一激动，差点儿擦到剑上。

萧博玉绝望地闭上了眼。

孤剑谢行止，果真是……勇猛无比啊……

甫一落地，乔晚便一路狂奔！

就在她奔向地道的前一秒，一抹剑光突然贴身而至！

乔晚往后急退一步。

那柄玄色铁剑深深地插入了她脚旁的巨石中，要不是乔晚反应够快，现在恐怕就被一剑劈成两半了。

完了。

看到这柄玄色铁剑的刹那，乔晚心里凉了半截，一抬头，果然看见了紧跟玄铁剑而来的男人——谢行止。

据说谢行止爱憎分明，疾恶如仇，好面子又小气。

男人神情冰冷憎恶："贼子岂敢？"

乔晚二话不说，闪身抢攻："我赶时间。"

几个过招下来，谢行止手一扬，沛然剑气直接将乔晚弹飞出去丈二远。

猝不及防地被一剑拍进泥里，吃了一嘴泥，乔晚吐了一口口水，只感觉胸中一股血气翻腾，脑袋"嗡嗡"地响。

乔晚抬手擦了把嘴角溢出的鲜血。

这是什么恐怖的修为？

这下难办了。

就她这炼气二层的修为，对上谢行止那就是上门给人虐菜的。识时务者为俊杰，既然打不过，乔晚想了想，主动低头，毕恭毕敬地行了一礼："前辈休怪！今日之事，是晚辈做得不好，请前辈恕罪，但晚辈这么做也是事出有因，请前辈听我一言。"

谢行止皱眉："你以为我还会听你解释？！"

说罢，又一道凛然剑气怒斩而来，乔晚再一次被拍飞了出去。

她刚爬起来，另一道剑气就又兜头砍来。

谈判破裂，乔晚赶紧爬起来，一鼓作气地越过高墙，拔腿就跑！

就在乔晚跳下围墙的刹那，墙被剑光直接削平了。

乔晚打了一个哆嗦，撒丫子跑得更快。

游仙镇夜市灯火如昼，人影交错，嬉笑不绝。

乔晚一路狂奔，谢行止御剑锲而不舍地紧追其后。

乔晚一边跑，一边矮身、侧身、仰身躲过四面八方袭来的剑光，一边"啪啪啪"地拍出传音符，悲愤地大喊："支援！！来人！玩脱了！谢行止要宰了我！"

暗暗蹲守在八宝阁四周的一干人等，你看看我我看看你，姚广捏着传音符，目瞪口呆："我……我……我没听错吧？谢……谢……谢行止醒了？"

白荆门颌下短须抖了抖："应是未曾听错的……我听到陆姑娘那边还有剑啸声……"

想到他们几个刚刚对谢行止做的事，白荆门、余三娘、姚广一干人等整齐划一地打了个哆嗦。

而那一边，乔晚悲愤的怒吼声还在源源不断地传来。

姚广咬牙道：“陆婉你撑住！我们马上就来！”

街上，乔晚一头撞入人潮，猛地跳上街上的香车顶，怒吼：“我撑不住！”

就这一秒钟的工夫，身后剑光紧跟着就追了上来，乔晚一挪身，一撮头发和一只袖子直接被削掉了半截，形容……十分凄惨。

乔晚在马车上一蹿，使劲儿蹦上了屋顶，踩着屋顶一路上了高楼，脚下瓦片“哗啦啦”地响。

身后，谢行止气势汹汹地再一次杀到。

一脚差点儿踩空，乔晚看了一眼楼下长街上的灯火。

前面已经没路了，乔晚转头又看了一眼谢行止。

男人已经追上了楼。

“你已无路可退。”谢行止脸上像蒙了一层寒霜，“乾坤昭昭，天意如此，合该你如今碰上我，还不快些束手就擒？”

眼看避无可避，乔晚垂死挣扎：“谢前辈……”

谢行止压根就不听乔晚解释。

“对你，无须容情！”

他说罢，剑光再度拍出，悍然无匹的剑意汹涌如潮，以海浪翻滚之势，肃清邪祟。

很不幸，那邪祟就是乔晚。

塔下的人声模模糊糊地传来，已经有不少人被屋顶上的动静吸引了注意力，抬头看去。

乔晚：“是吗？”

说罢，她纵身跃下，一口气扑向了街上系着灯笼的长绳。

细绳上的各色灯笼晃了晃，落下了一地昏黄的光。

乔晚手掌攥紧了细绳，整个人吊在细绳上，脚上使劲儿一蹬，借由惯性猛地一荡，一个鹞子翻身，翻上了细绳。

她正要继续发足狂奔之时，谢行止面色冷寂，抬手再发一道剑光，眼也不眨，心狠手辣地直接斩断了细绳！

乔晚脚下一个趔趄，差点儿没栽下去。

还好她反应快，跳上了对面的屋顶。

细绳一落，灯笼跟着掉了下来，火舌一舔，薄薄的一层灯笼纸顿时就烧了起来。

乔晚看得冷汗跟着落了下来。

看来，刚刚谢行止不仅打算摔死她，还打算烧死她。

两个人站在屋顶上，两两相望。

街上的人惊叫连连。

“走水了！”

“走水了！”

谢行止一扬手，剑气如疾风卷劲草，竟然直接一剑灭了火焰，落下了点点冷霜。

街上的人看得瞠目结舌。

“等等！”

眼看谢行止打算速战速决，乔晚站在对面的屋顶上，又行了一个礼：“请谢前辈听晚辈解释！”

“巧言令色，今日我不会再听你之花言巧语。”

“你既然是孤剑，就这么不辨是非、黑白不分吗？”

就在这个时候，白荆门拿着戒尺，余三娘甩着耳环，姚广一伙人抄着家伙，终于急匆匆地赶到。

乔晚从怀里摸出那仅剩下来的一沓传音符：“这些传音符你看见了没。”

“我还会把这些传音符全拍出去，把孤剑睡了姑娘不仅不承认，还恼羞成怒，想要杀人的消息昭告天下，以屁股上那颗痣为证！”

白荆门几个人脚下一滑，顿时又一个急刹车。

谁睡了谁？

他们是不是听到了什么不得了的消息？

姚广悚然一惊：“难道……陆道友是奉献了自己才把谢行止骗来的？！”

白荆门一挥戒尺，“啪”地敲在姚广的脑门上：“别瞎说！”

男人手执玄铁剑，杀气腾腾。

他从未见过如此厚颜无耻的竖子！

但不管怎么说，这样好歹是给了她一点儿说话的时间。

乔晚：“这钥匙是那姓萧的家伙给你的？你拿着这钥匙，就没想过他做了什么事吗？”

今时不同往日，眼下这情况已经不单单是救江凯一个人那么简单，菩萨会的私库里那些被囚禁的人已经拖不下去了。

谢行止在前，乔晚也只能赌，赌他到底知不知道这些人的存在。

谢行止毫不客气地冷冷呛了回去：“我受人之托，忠人之事，旁的不该我管。”

乔晚抢话道：“那些人被术法禁锢了。”

谢行止的剑气显而易见地顿住了。

“你说什么？”

“萧博玉在私库里囚了一堆人！”乔晚连珠炮一样飞快地说道，“你要是不信，不如和我一起去八宝阁的私库里看看！这是萧博玉的地盘，我就算骗你，也不至于把你往萧博玉的老巢里骗。”

乔晚漆黑的眼里映了点儿旖旎的灯光，清明冷静：“我们的恩怨先放一边，你和我去私库，去看看底下是什么光景再砍我也不迟。到时候，我们的恩怨再做个了断。”

说完，乔晚忐忑地看向谢行止，等对方的反应。

谢行止沉默了半晌。

出乎意料的是，他竟然相信了这人说的话。

他和萧博玉相识已久，对萧博玉的脾性确实有些了解。

如果萧博玉真的做出了这种事……

姚广打了个寒战：“我怎么觉得杀意好像更浓了？”

玄铁剑入鞘，谢行止傲然冷哼：“那我且陪你走一遭，若是你再有任何欺瞒，我，绝不容情。”

乔晚：“是是是，绝不容情。”

谢行止瞪了她一眼。

乔晚带路，谢行止跟着。

姚广、白荆门和余三娘几个人也慌忙跟上。

一路上，感受着男人那扑面而来的杀意，姚广感觉自己快呼吸不上来了。

一行人终于到了八宝阁，乔晚在藏宝库前站定：“就是这儿了，请前辈随我来。”

这儿的守卫明显都认识谢行止，面面相觑，不敢上前拦人。

“你若再骗我，我……”

乔晚补充了一句：“绝不容情。”

谢行止冷冷地拂袖。

一行人一路走下了地道，乔晚推开了私库的大门，那一个个大铁笼顿时映入众人的眼帘。

染血的石砖腥臭难闻，铁笼里像关猪狗一样关着人，不远处的池子里都已被染红。

姚广之前没见过，一看这一幕，心跳顿时漏了一拍，猛地吓了一跳。

这……这都是些什么东西？

乔晚看向谢行止：“谢前辈，晚辈没说错吧？”

谢行止面色冰寒，默然无语。

“道友你回来了？！”

瞧见乔晚再次回到了私库里，整间私库都沸腾了！

“道友回来了！”

“道友你拿到钥匙了？！”

“白荷花”一看乔晚拿着钥匙回来了，跟着扑到了铁笼前：“快！放了我！”

乔晚走到铁笼前，先去给江凯开了门。

余三娘强忍着吐意，把昏迷不醒的江凯给拖了出来。

乔晚收起钥匙，回头看了谢行止一眼。

男人没说话，乔晚看在眼里，心里明白了一大半。

谢行止确实对此事不知情。

男人目光一转，对上了乔晚的视线。

过了一会儿，他冷冷地道：“是我错怪你了。”

就在这时，一道男声响起：“陆道友你来了。”

是冯岱。

看见铁笼中的中年男人，乔晚走上前说道：“对，我来了。”

冯岱看向乔晚的右手：“陆道友好快的身手，不过半炷香的工夫，就已经拿到了钥匙。”

乔晚：“消息。”

冯岱移开目光，笑了一下：“去南部十三洲，找南霍洲的岑家，岑家岑夫人使得一手灵针，你去找她，她能帮你修补筋脉。”

得到消息，乔晚二话不说开锁放人，把储物袋丢到了冯岱的怀里：“给你。”

冯岱接了储物袋，从储物袋里摸出一个罗盘：“这就是鄙人的酬金。”

乔晚：“这是什么？”

冯岱：“陆道友是体修吧？”

“这是雷盘。”冯岱微笑着说，“能勾动天雷、地雷锻体。我想，陆道友此时正需要这个。”

眼见冯岱走出来了，“白荷花”握着栏杆，急眼了：“放我出去！说好的灵石你不要了？”

乔晚拿着钥匙走到笼子前。

“白荷花”傲然地看了她一眼，说道：“稍后我的家仆会把灵石送上。”

乔晚拿着钥匙，一个个打开了锁，笼子里的人被关得太久，笼门一开，四肢绵软使不出来力气，一个个全扑倒在了地上。

那只剩半截身子的中年男人被同伴抱在怀里，郑重地给乔晚行了一礼。

“多谢道友今日救命之恩。”

乔晚莫名地有点儿眼酸。

亲眼见到这一幕，谢行止和姚广也噤了声，站在原地，心头震撼。

乔晚嗓音有点儿哽咽地道：“举手之劳。”

这礼太沉重，她受不起。

劫后余生，在场众人个个神情疲惫，低声不语。

谢行止看了一眼私库的铁门："你要放他们出去？"

乔晚："是。"

"你为何救他们？"

乔晚嗓音很稳，回答也很简略："路见不平，看不下去。"

谢行止皱眉："看不下去就要管？如果今日你没救出他们，也一并陷在了此地呢？"

乔晚笑了一下："前辈不也是这样吗？知其不可为而为之。既然决定了，那就去做。如果做事总瞻前顾后，想这儿想那儿的，说到底心里还是害怕，还是不愿意，还是在给自己找借口。"

就像她不论穿越过来有多久，也永远没办法习惯杀人夺宝这种事。

这是原则，也是底线。

谢行止："我答应了萧博玉，你就不怕我拦你？"

"孤剑大名，晚辈素来就有所耳闻。前辈刚烈正直，抱诚守真，晚辈相信，"乔晚看了一眼谢行止的反应，"前辈不会拦我。"

男人负袖站立，明显是有所意动。

谢行止："我答应了萧博玉这一路都要照看着他。"

在场众人一时间都有些惊慌和茫然。

要是谢行止真要拦他们，就他们这个情况，就算大家一起上，也不一定真的干得翻他。

更何况，铁门之外尚有守卫。

而在地牢外，更有菩萨会的人。

一时间，所有人都沉默不语地看向了谢行止。

乔晚面不改色，不卑不亢地继续说："到底放不放人，我想前辈定是分得清的。"

谢行止深深地看了乔晚一眼，脚步一转，却让开了一条路。

乔晚面色一喜。

谢行止："且慢。"

姚广浑身激灵了一下。

"白荷花"也察觉谢行止肯定并非常人，难得没吭声。

谢行止冷冷地说道："外面尚有护卫，我送你们出去。"

说完，他又补充了一句："今日我帮你，并非为了你。你我的恩怨，待出了这间地牢另算。"

冯岱伫立良久，弯腰行了一礼："孤剑大名，我等今日才算真正见识到了。多谢道友，今日相助，来日，我等必有重谢。"

乔晚笑了："行。"

但就在众人互相搀扶着走出藏宝库的时候，铁门突然被人从门外一把拉开，从门口飞快地冲进来几队人马！

乔晚走在最前面，脚步一顿。

几队人站定了脚步，一眨眼的工夫，就把整个私库给围了起来，中间分开一条路，走来一个身着黄衫的青年——萧博玉。

青年看了一眼在场的人，嘴角勾出了一点儿笑，眼神却很阴毒："想跑？"

那一双眼，尤其关注着乔晚，目光像刀子一样，恨不得把乔晚当场给杀了。

刚从床上下来，萧博玉腿都有点儿发抖。

看归看，萧博玉显然还是没忘记在场的另一个人。

青年手一指，看着谢行止，有点儿难以置信，根本没想到谢行止会和乔晚他们混在一起："谢行止，你也要放他们出去？"

谢行止："放了他们。"

萧博玉又看了乔晚一眼，皱眉道："你该不会真被她给迷昏头了吧？"

萧博玉："我帮你找妹妹，你也答应了我三个条件，让你这一路上照顾我，不过是第一个条件，堂堂孤剑难道要背信弃义？"

趁着萧博玉和谢行止对峙的时候，姚广背着江凯，低声问："现在怎么办？"

乔晚："不怎么办。"

姚广像是察觉到了什么，战战兢兢地张大了嘴，果然看见身边的乔晚一闪身，猛地蹿了上去，一只手狠狠地掐住了萧博玉的脖子。

谁都没想到说得好好的，乔晚会突然蹿上来！

等周围的人反应过来的时候，萧博玉已经像只被掐住脖子的鸡，眼中露出显而易见的惊恐之色。

"你……你……你！想干什么？！"

乔晚一手掐着萧博玉的脖子，看了一眼周围纷纷拔剑拔刀的一群护卫，右手衣袖里的小铁锤顺势滑出，形状一变，其中一个大金锤再度抵在了萧博玉的腹下。

乔晚面无表情地说："不干什么。

"叫你放人。

"这铁锤拿着太累了，我手抖。

"你别看我现在还拿得稳，但你要不放人，我就不保证我这手一抖会做出什么事了。"

说着，乔晚手腕一抖，大金锤很给面子地往前一压。

萧博玉顿时跟着一抖。

这要是刀架在脖子上，他还能硬气地来一句：你有本事就动手。

谁见过有人怒吼“你有本事就砸我兄弟”的？

画面太美，他说不出口。

而且，萧博玉完全有理由相信，这人绝对干得出这种事。

饶是如此，萧博玉一身铮铮傲骨，还是十分有骨气地强撑着：“你以为我会怕你？我是萧家人！招惹了萧家，你担待得起？！”

乔晚：“我不怕萧家。”

乔晚想了想，咧嘴一笑，附在萧博玉耳边低声说道：“萧宗源是我杀的，你说我怕不怕萧家？”

青年眼里清楚地映出少女清丽的面容。

萧博玉瞪大了眼：“你……你是……？！”

金锤示威一般又往前抵了抵！

萧博玉立马闭嘴，但眼睛里的震惊还没散去。

这……

这是乔晚……

是那个乔晚！

他就是跟着萧修文来的，乔晚的事迹，就算再过几百年，他们这些随行弟子也记得。

听说乔晚从太虚峰上跳了下来，生死不明。

如果面前这女人真是乔晚，那……乔晚没死？！

萧博玉的脸再度扭曲了。

这要真是乔晚，她还真不怕萧家。

从姚广的方向，他只能看到乔晚低头说了句什么。

那萧家的人顿时面如死灰，嚣张的气焰像是被一盆水给浇了个干干净净。

乔晚收回了身子：“在昆山脚下做这生意，你胆子倒挺大的。”

萧博玉咬牙：“就这两天时间，昆山发现不了。”

他手上这批货只是暂时被关在了菩萨会的藏宝库里，本来想着等这桩事解决了，再亲自转手送出去，没想到突然冒出个梅康平。

萧修文魔气入体，他们这些萧家子弟自然也就被滞留在了昆山。

乔晚越过萧博玉去看谢行止：“谢前辈，你怎么说？”

在答应照料萧博玉之前，谢行止显然也没想到会有今天这么一件事。

“君子有所为，有所不为。”谢行止定定地站着，“你今日所做的事，已经违背了我的原则。你该清楚，在场并无一人是我的对手。”

萧博玉低下了头，恨恨地咬牙。

谢行止的声音还在头顶回响。

“今日之事，我不与你追究，至于我背信弃义这事，稍后也自会给你一个交代。”

萧博玉沉默不语。

谢行止做事狠，对自己也尤其狠。

萧博玉和谢行止认识的时间很长，但实际上关系也不过就那样。若不是谢行止要找他那个妹子，需要用到萧博玉手上的法器，谢行止也不会和他混到一块儿。

这么多年来，谢行止用血喂阵，一直没找到他那个妹子的踪影。

前段时间萧博玉新得了个法器，能用来寻人，谢行止问他借了过来。

卜问一次，要耗尽百年寿元。

到现在，萧博玉都记得当初谢行止是怎么说的。

男人说出口的话，那叫一个傲。

“百年寿元，别人耗不起，我耗得起。”

谢行止确实有傲的底气。

换成别人，耽搁不起百年寿元。

但他十三岁入道，十四岁开道域，十八岁筑基。

区区百年，他赶得上来。

冯岱也开了口：“萧道友是个聪明人，也是个生意人，聪明的生意人都会权衡利弊。今日，就算谢道友不出这个头，我们拼死也要冲出去。”

困兽犹斗。

眼前的男男女女互相扶持，眼里都熊熊地燃烧着一团怒火，大有拼了这条命也要冲出去的架势。

眼下，两条路已经清楚地摆在了萧家小少爷面前：是硬扛着死活不放人呢，还是识时务者为俊杰，麻溜地放人？

乔晚也把金锤压紧了一点儿。

当时听说昆山有个弟子，一剑捅死了萧宗源，萧博玉差点儿没被茶呛死。

就冲这姑娘一剑杀萧宗源的气势，他完全有理由相信，她是能做出这种事的。

这一批货和自己的小兄弟相比……萧博玉面色扭曲，手一扬，恨恨地怒吼：“放人！”

“现在满意了？”萧博玉恶狠狠地问，“还不快拿开你这破锤子？”

乔晚非但没动，反而把金锤抵得更紧了。

萧博玉差点儿一口气没喘上来。

“你又想干什么？！”

乔晚：“血契。

“你听了我的秘密，我不放心，和我签血契。”

萧博玉悲愤怒吼：“这不是你和我说的吗？！我要听了吗？！我要听了吗？！我要听了吗？！”

不过任凭萧博玉如何悲愤，乔晚还是按着他的脑袋，和他订了血契。

他不准说出今天的事，不准透露她的身份，也不准让人抽出今天的神识，还有就是……不准再做灭绝人性的生意。

他若胆敢违抗，神魂俱灭。

在金锤的逼迫下，萧博玉就这么屈辱地签订了这不平等的条约。

他签完了，乔晚才把金锤松开。

萧博玉生无可恋，也不知道是为自己的兄弟逃过一劫而感到庆幸，还是为自己这屈辱的血契而感到悲愤。

地牢里的那些人，没人愿意在这儿多留的，见萧博玉同意放人，都摇摇晃晃地走出了地牢。

“对了。”就在走出八宝阁的那一瞬，乔晚转头问了一句，“萧博扬和你是什么关系？”

萧博玉态度恶劣地说：“关你什么事？！快滚！”

“说。”

被乔晚看了一眼，铮铮傲骨的萧博玉咬牙道：“他是我小弟。”

问到了答案，乔晚转身就走。

这回是萧博玉叫住了她。

“等等！”

乔晚站定了。

萧博玉冷笑：“你别以为今天放走了这批人，就能断了我的生意，我告诉你，这桩生意无处不在，今天你看到的只是里面不起眼的一小部分，剩下的庞然大物都还在后面。”

乔晚不再啰唆，抬腿就走。

出了八宝阁，那些被释放的人转身又纷纷朝着乔晚和谢行止等人行了一礼。

余三娘红着脸，忙摆摆手，把乔晚和谢行止给推了出去。

“举手之劳罢了，再说要谢也不该谢我们，该谢谢陆姑娘和谢道友。”

这事既然已经解决了，那接下来——

谢行止转身：“此事已了，接下来，该是你我二人的私事。”

乔晚打了一个哆嗦，愁眉苦脸起来，刚刚那大锤砸人的气势也顿时消散了个一干二净。

姚广和白荆门等人，丈二和尚摸不着头脑地看着乔晚和谢行止。

“这……这是要做什么？”

很快，谢行止就身体力行地告诉了他们答案。

姚广惊恐地看向大街：“这……这也行？”

白荆门惊叹。

大街中央，乔晚提着把扫帚，正在勤勤恳恳地——

扫大街。

谢行止的剑光就抵在乔晚的腰侧，剑意锐利。

哪里没扫干净，剑光就往前戳一下，大有她没打扫干净，他就一剑捅进去的架势。

明明是谢行止锲而不舍，提剑追杀了她三条街，这街上的东西也都是被他的剑气掀翻的，衣服是他们几个一块儿扒的，凭什么到头来就她一个人打扫？！

坑人呢？！

乔晚拎着扫帚，一回头，就见谢行止冷着张脸：绝不……

乔晚怒摔扫把：容情啊啊啊啊！

御剑桃花

昆山晚

黍宁 著

下册

长江出版社
CHANGJIANGPRESS

第四部分

妖皇伽婴

第十三章　陆道友想修习儒门功法?

与谢行止同处一个屋檐下，姚广浑身僵硬，压力那简直不亚于被谢行止监督着扫大街的乔晚。

还好这位煞神只打算抓个典型，那典型自然就是乔晚，没打算再和他们计较。

姚广同情地看了乔晚一眼，无耻地想：为了他们的幸福，只能牺牲陆道友。陆道友你今日的牺牲，我们都记在心里！

而被剑光顶着腰、热爱劳动的乔晚，内心悲伤逆流成河。

监督着乔晚扫完大街，谢行止一抬手，剑光回袖，果然没再跟乔晚计较，径自回到了八宝阁。

看来，他是去给萧博玉一个交代。

扫完三条街下来，乔晚最后是被姚广和余三娘拎回去的。

像条死狗一样躺在床上，乔晚隐隐约约还觉得腰有点儿疼。

余三娘坐在床边嗑瓜子：“哎，陆婉，你不是体修吗？”

乔晚愤愤不平：“那你去扫完夜市三条街，再帮每家店擦干净桌子试试！”

余三娘没声了，为了表示自己的体恤之情，默默往乔晚手上塞了一把瓜子。

第二天，余三娘告诉她牢里的人走得差不多了，冯岱也走了，走之前给她留了信儿，叫她南下的时候走正道儿，千万别从西南边上妖族的地界走。

乔晚：“其他人呢？”

余三娘：“都在老梁的屋里头呢。”

“冯岱那话是什么意思？”余三娘疑惑地问，“南下？陆婉你不去昆山了？”

乔晚从床上蹦起来，活动了一下筋骨："不去，我不去昆山。"

她一进梁义庆住的那间屋，就看见屋里围坐了一圈人，乔晚凑上去一听，发现梁义庆他们在讨论春招的事。

昆山春招在即，他们在游仙镇待的时间够长了，是时候出发去昆山了。

主要是他们继续留下来，指不定有什么事情发生。刚把菩萨会掀了个底朝天，大家一致觉得还是赶紧拍屁股走人为妙。等入了昆山地界，饶是萧博玉和菩萨会有再大的能耐，那也得掂量掂量。

看见乔晚过来，梁义庆颔首示意，让姚广给乔晚搬了张凳子坐下。

"我们几个商量，决定后天，至多大后天就出发，陆姑娘可愿与我们同行？"

这几天相处下来，梁义庆自然而然地把乔晚划归到了同一类人里。

如果说一开始他对这姑娘存了点儿轻视的心思，经过菩萨会这么一件事，已经将轻视之心完全收了起来。

像陆婉这样的角色，一个估计能打他们五个。

来昆山的修士足足有数万，现在还不知道今年昆山打算用什么方式审核淘汰弟子，是不是像前几年一样往秘境里一丢，谁找到了通关信物，谁就能拜入山门？要是有陆婉这么一个凶残的战力同行，他们拜入昆山的可能性也大一点儿。

"我？"乔晚摇头，"我不去。

"我不是去昆山的。

"我要南下。"

白荆门惊奇地问："南下？这个时候陆道友你要南下？"

梁义庆也一脸惊讶。

乔晚十分含蓄地回答："有些私事要处理。"

"私事"两个字比较含糊，但在座的人也都懂。

她那张厉鬼面具戴着就没拿下来过，到现在，谁也不知道那面具底下的真容到底是什么样。

陆婉这个人身上，到处都是秘密。

乔晚这么说了，按理他们就不应该再强求，奈何梁义庆实在有点儿放不下这么一个战力："恕在下冒昧，不知陆道友是为了什么私事要南下？这几日陆道友助我甚多，如果有什么我帮得上忙的事，尽管开口便是。"

乔晚礼貌地道了声谢，却没说清楚到底是为了什么。

梁义庆心中惋惜，但见乔晚心意已决，也没再勉强她，继续专注精神和其他人商讨上昆山的事。

其中计划也没瞒着乔晚，几天相处下来，梁义庆和白荆门他们已经把乔晚给划归到了"自己人"的范畴里面。

听梁义庆他们的意思，他们都想入昆山暗部，不是人人都像谢行止那样天生就是开挂者，梁义庆、白荆门、余三娘、姚广他们资质都算不上太好。

白荆门叹了口气："某定是入外门的命了。"

余三娘："听说那暗部的马堂主，为人不太好相处。"

乔晚手里攥着一把刚刚余三娘给她的瓜子，搬着小板凳坐在一边旁听。

乔晚"咔嚓咔嚓"地嗑着，吐出了点儿瓜子皮："马怀真虽然凶悍，但护短，要是你们能入暗部，资源不一定比内门弟子差。"

白荆门："陆道友此言当真？"

乔晚想了一下说："暗部小队众多，有个叫袁六的为人不错，到时候你们不妨投入他的小队。"

梁义庆几个面面相觑。

"陆婉"的秘密，恐怕比他们想象中的要多得多。

不过"陆婉"既然愿意跟他们透露，他们肯定也会多参考参考。

一炷香之后，众人散会。

白荆门要走的时候，乔晚犹豫了一会儿，叫住了他。

白荆门停下脚步，莞尔："陆道友？"

戴着厉鬼面具的少女顿了顿。

白荆门眨眨眼，心里悚然一惊。

他……是不是看到了那厉鬼面具下的人羞怯了一秒？

那厉鬼面具青面獠牙，张牙舞爪，戴着它的人忸怩了两三秒。

"白……白道……白先生，我有点儿事想向先生讨教。"

"厉鬼"羞涩地问："先生能不能借一步说话？"

白荆门一脸茫然地跟着乔晚走出了屋子。

乔晚找白荆门，其实是为了那天晚上的事。

见识了那天白荆门扫荡魔气的架势，乔晚昨天翻来覆去地想了大半宿，终于下定了决心。

她想学。

她要学那个！

乔晚的眼睛"噌"地一亮。

对上厉鬼面具下那亮晶晶的大眼睛，听见乔晚的话，白荆门愣了愣，有点儿没反应过来："陆道友想修习儒门功法？"

乔晚坦诚地点头："是，那一晚瞧见先生吟咏的风姿，心里就留了个念想。"

吟咏的风姿……

想到那天晚上自己往地上一跪，"悲壮"赴死的画面，白荆门不禁老脸一红。

"咯咯……儒门功法，随便哪个书院的人都能学，陆道友想修习儒门功法，某确实能教，但某资质粗劣，修为浅薄，恐难以……"

乔晚赶紧表明自己的态度："先生愿意教我，我就已经心满意足，怎么敢挑三拣四的？"

白荆门停下了话，青袍简朴，足蹬一双泛黄布履。

白荆门看了看乔晚："陆道友你当真想学？"

乔晚诚恳地欠身行礼："请先生赐教。"

体内的魔气，自始至终是乔晚的一块心病。

虽然这么多天下来，魔气似乎乖乖地下沉在了丹田里，没再出来折腾，但一想到当初自己走火入魔要杀穆笑笑的画面，乔晚就忍不住皱眉。

少女垂着脑袋，言语诚挚。

白荆门："白某想问陆道友一个问题。"

"先生请说。"

"陆道友为什么愿意救梁道友和江道友？昨天又为什么愿意冒着风险放走那些人？"

一开始，他对面前的姑娘留了几个心眼。

毕竟她脸戴面具，不愿以真面目示人，又甘愿冒着风险去给梁义庆拿药、去救江凯，帮着他们这一伙萍水相逢之人，怎么看都有点儿诡异。

白荆门想不通的事，"陆婉"要是真存了什么心思，又何必找上他们？

他们这些散修一穷二白，根本没地方值得人多费心思的。

但江凯和梁义庆确实是她救的，那些人也确实是她放的。

问完，白荆门有点儿忐忑地等着乔晚的回答。

他没想到的是，眼前的少女的回答很简略。

乔晚："因为看不下去。"

不论是面对谢行止，还是面对白荆门，这都是她的心里话。

因为她看不下去，所以就做了。她有能力做，为什么不做？

乔晚："尽心利济，使海内少我不得，则天亦自然少我不得，这就是我的道心。"

这也是她的价值。

白荆门眼微睁，愕然无语。

沉默了足足半刻，中年文士才开了口，由衷地说："陆道友，或许你确实更适合儒修。"

教乔晚修习儒家功法的事，就这么定了下来。

在梁义庆等人准备出发去昆山的那几天时间里，乔晚加班加点地跟着白荆门学习。

白荆门的确是一个好老师，耐性十足，脾气也好。

他坐在小板凳上，捋着颔下的短须："儒家讲究养气，修身养性，练就一股浩然正气，待会儿我会教陆道友如何养气。”

乔晚搬着小板凳认真听讲。

儒修不修长生，也不修往生极乐。

儒修讲入世，从南部十三洲到北境大雪山，从东部七岳十岭千百洞府，到西部群山瀚海大泽，仙门宗族、凡人界诸国皇朝杀伐不断，每一次争斗，都造成人间血流漂杵。因此儒修站了出来，不修长生，常养浩气，修的是辟易鬼神，治国安邦平定天下，护苍生、护黎民之道，儒修中的大多数人，就像当初的先贤孔圣，常常游走于各国之间。

因此，儒修们也大多命短，虽然一大部分原因是自己犟的，犟着犟着，就把自己作死了，但那都是儒修们济世的情怀。

短短几天里，乔晚学到的其实都是点儿皮毛。

但她每天和白荆门念念诗、弹弹琴、喝喝茶，谈论谈论儒家经典的日子，倒很安宁。萧博玉也没跑来招惹她。

顾及乔晚在和白荆门修习儒门功法，梁义庆还特地把前去昆山的日子往后挪了两天。

但时间一晃而过，转眼也到了分别的时候。

临行前一天晚上，白荆门特地打开了书箧，留给了乔晚一摞书，苦口婆心地说：“想要在儒门功法上练出点儿名堂来，最重要的就是多看书。”

儒家功法，文章可成杀技，笔落惊风雨、诗成泣鬼神不外如是。

顶尖的大儒写的文章具有通天彻地的威能，至于那普普通通的小儒修们，念念大儒们的诗文，也能借诗文里的“气”来御敌。

所以，就算不会写的人，也必须会背，博览群书，是儒修们的必修课。

不过，一篇诗文，背诵的人越多，能借来的气也就越少，只会拾前人的牙慧，那肯定不行。

乔晚彬彬有礼地道谢。

看见乔晚的模样，白荆门心头顿生好感。

毕竟每天都乖乖地去做老师留下来的作业的弟子不多了。

第二天，乔晚和梁义庆、白荆门、余三娘、姚广一行人在游仙镇门口各自分别。

梁义庆等人西上。

乔晚南下。

而在另一头，谢行止也御起了剑光，往昆山行去。

出了游仙镇，乔晚便马不停蹄地往南边赶去。

游仙镇下面，是一个叫望云乡的小城。

一进城，乔晚发现好像有哪里不太对。

那城墙上贴着的不是她吗？

乔晚仰起头看了一眼。

城墙上贴着的确实是她没错。

萧家的手笔。

除了城墙上贴着，绝杀榜上还挂着“乔晚”两个闪闪发亮的大字。

萧家不信昆山给出的答复，打心眼里认为乔晚没死。

处刑台上的那光景，大家都看了个清清楚楚，梅康平都说乔晚是魔域帝姬了，她那么容易就死了？总之事情已经闹得尽人皆知了，不管乔晚是死是活，萧家的场子也得找回来。

故而萧家悬赏十分丰厚，乔晚摸了摸自己的脑袋，那可是6000颗上品灵石啊。

除了萧家这一笔，后面竟然也有不少人跟了悬赏。

无极观，500颗上品灵石。

“小爷爱平川”，48438颗下品灵石。

“一枪定乾坤”，48438颗下品灵石。

“空虚寂寞冷”，48438颗下品灵石。

乔晚看着这下面一溜堪比商量好的定价，无语了。

她深刻地感觉自己被针对了！

虽然这绝杀令发了出去，但接的人不多，没人愿意接这个招惹了魔域、昆山和萧家的烫手山芋。

不过，也不是没人接，只要钱到位，总有人愿意铤而走险。

但乔晚还不是悬赏金最多的，上数好几位仁兄，那都是好几万颗上品灵石的悬赏金。

绝杀榜上第一的兄弟，面容冷峻，墨眉斜飞入鬓，头发半白半黑，一小半编成了个时髦的脏辫，斜斜地搭在左肩上。

乔晚看着名字那一栏，有点儿震惊。

妖皇伽婴。

价格：活的五万颗上品灵石，死的三万颗上品灵石。

备注：伽婴，昼伏夜出，酷爱钻洞，躲身岩缝，谁若抓到了活的，五万颗上品灵石只是谢礼，具体报酬另算。

妖皇伽婴在修真界就是个活脱脱的传奇，据说修为换算换算，相当于人修的化神后期。

他年纪轻轻就干翻了老妖皇，皇位换成自己来坐。

新上任的妖皇太年轻，妖族里有不少大妖蠢蠢欲动，结果很快就泪流满面了。

谁能想到这货是个战斗狂啊？！对皇位有觊觎之心而上前挑战的大妖，全被揍了个凄凄惨惨戚戚。

不仅如此，这人还十分真挚诚恳地欢迎大家都来挑战。

就这样，凭借着简单粗暴的武力碾压，妖皇伽婴就像台坦克，轰隆隆地一路压过去，把妖界整治得服服帖帖。

揍翻了妖界后，这货仍不满足，开始往外跑，每天不是在打架，就是奔赴在打架的路上，活得可谓风风火火、潇潇洒洒。

但是在此之前，绝杀榜上从来就没有妖皇的名字。

在绝对的武力值面前，绝杀榜就是个无意义的摆设。

乔晚愣了愣，敏锐地察觉了一点儿山雨欲来风满楼的气息。

悬赏的人出手这么阔绰，一举就把妖皇伽婴给稳稳地送上了绝杀榜第一。

妖界，恐怕要变天了。

想到自己接下来行经的路线，乔晚有点儿牙疼。

虽然马岱临走前给她留了句话，不建议她穿越妖界地盘南下，但萧家现在抓人抓得这么紧，她想捂好马甲，就必须从妖界势力范围那儿走。

上面打架，一时半会儿估计牵扯不到下面的散修。

想到这儿，乔晚默默地把自己的面具给扣严实了，决定这段时间都用儒修的身份外出行走。

在望云乡随便找了家客栈，乔晚从储物袋里摸出了冯岱给她的雷盘。

盘身看上去朴实无华，花纹至简，十分粗犷，很贴合体修的风格。

但具体有什么用，她要试一试才知道。

乔晚灌注灵力之后，雷盘开始运转。

乔晚端坐在床上，眼前忽然一黑。

她再睁眼的时候，虽然还在客栈里，客房还是那个客房，但眼前好像罩了个结界，把她整个人和四周环境分隔开了。

雷盘就飘浮在她的头顶上，像个“呼啦啦”运转的电风扇。

“轰”的一声，天上突然降下了第一道天雷。

天雷朝着头顶劈去，乔晚哆嗦了一下，疼得全身发麻，动也动不了。

没等她喘上第二口气，第二道地雷从脚底蹿入，和脑袋上的天雷会面，来了个两面夹击。

乔晚感觉心脏疼得好像被什么东西给牢牢地扭住了，这还没完，雷电沿着心脏血脉，一路流入四肢百骸，每一丝电流好像都化作了一把重锤，狠狠地砸在了骨骼上，从头盖骨一路砸到尾椎骨，从里到外，一路砸了个遍。

乔晚咬紧了牙，憋得眼睛都有点儿发红，硬生生地忍了下来。

这几道雷好像就是个试探，接着才是重头戏。

“噼噼啪啪”，无数道天雷、地雷一口气全砸了下来。

乔晚被劈了个外焦里嫩，终于没挨过去，一头倒在了床上。

过了半炷香时间，乔晚才从床上悠悠转醒，雷盘就搁在床边。

乔晚拿起雷盘，深吸了一口气，鼓起勇气继续往里面灌注灵力。

人生就是要努力奋斗的！

“轰隆轰隆轰隆！”

乔晚端端正正地盘坐在床上，疼得目眦欲裂，指甲深深地掐进了手掌心里，大滴大滴的眼泪从眼眶里落了下来。

她被劈哭了，疼哭的。

她现在的形象，完美地诠释了什么叫泪流满面。

但人生嘛，就是要在一次次挨打中站起来的。

她是下定决心要拳打病剑陆辟寒，脚踢孤剑谢行止的。

擦干眼泪，乔晚坐直了点儿，继续努力。

怪不得没人愿意做体修，天雷锻体都已经疼到了这地步，那炼骨得是什么恐怖的境界？

怀揣着这样的想法，乔晚再一次疼昏了过去。

就这样，在乔晚被劈昏了醒来、醒来再被劈昏、劈昏再醒来的重复过程中，夕阳西下，转眼就入了夜。

乔晚扶着床板，颤巍巍地走过去点灯。

她感觉自己浑身上下还冒着电流，但身上的肌血被劈了这么一通，好像确实皮实了不少。

乔晚拿起镜子，看了一眼镜子里那一头毛冲天而起的少女，沉默了。

第二天，出了望云乡，乔晚继续赶路。

想来想去，她还是打算穿过妖族的地盘。

那儿人少，走起来也快。

一个人赶路无疑是孤独的。

半夜空虚寂寞冷的时候，乔晚就摸出雷盘劈一劈自己。

值得高兴的是，被雷劈了这么多次下来，她的“动感光波球”都得到了前所未有的强化。

路上，碰上不长眼的黑熊妖、虎妖、狼妖，乔晚都是选择撸起袖子直接干。

夜色正浓，星月交辉的夜里，狼嗥狐鸣。

少女捧着装着蜂蜜的盆，坐在破庙里。

旁边，一只黑脸大熊一屁股坐在了地上，两只熊腿一瘫，熊掌捂住胸前的小月牙儿，黑漆漆的小眼睛一眨不眨地看着乔晚手里的蜂蜜。

盆盆蜜被抢了……

蜂蜜太甜，乔晚喝了一口就没什么兴致了，随手搁到一边，一抬眼，对上了黑熊那黑漆漆、水汪汪的大眼。

乔晚移开目光，就当作自己什么也没看见。

她补充了体力，接下来，就是该雷劈的时候了！

乔晚握拳吸气，从怀里摸出雷盘。

但就在雷盘出手的一刹那，破庙外疾风如龙卷，野草狂摆，风呼啸着卷入了庙里，吹熄了庙里摇摇欲坠的灯火。

黑熊忽然哆哆嗦嗦地站了起来，露出胸前的小月牙儿，望向了庙外。

那是妖魔的气息，看来来者还是一只大妖。

在妖界的地盘上走跳，早就习惯了时不时从哪里冒出个妖精来吃人，乔晚猛地从地上一跃而起，迅速抄出怀里的两把铁锤将其变大。

就在她掏出铁锤的刹那，一阵铺天盖地的威压冲破庙门而入！

"砰——"

乔晚还没来得及出招，就拎着两把足足有百斤重的铁锤，像根轻飘飘的野草一样被撞飞了出去，其中一尊佛像转眼之间被撞得粉碎。

摔倒在一堆碎石砾里，乔晚咳出一口血，感觉自己体内好像有什么东西被这一掌直接拍碎了。

有一人披星戴月地缓缓踏过庙门，走进了庙里。

来者面容冷峻，墨眉斜飞入鬓，头发半白半黑，一小半编成了时髦的脏辫，斜斜地搭在左肩上。

乔晚瞪大了眼，瞳仁中清楚地映出了来者的模样。

呼吸好像在一瞬间都停止了，一口血就这么不上不下地卡在了嗓子眼里。

男人一袭黑袍，袍身绣有淡淡的银白色妖纹，气质狂傲，眼神冰冷，手持一把轻薄的银色利刃，刀身蜿蜒古怪。

来者从头到脚，全身上下都散发着一股久居上位者的尊贵气息。

但比起像王者，眼前的男人更像个战神，战意凛然，杀意如龙。

那是她前几天才在望云乡看到过的，绝杀榜上的头一人——妖皇伽婴！

而那人接下来的一句话，更让乔晚如遭雷击。

男人负手而立，那一排细细的小麻花辫一直垂落到胸前。

一阵夜风吹来，男人黑白色的发梢轻扬。

他眼皮低垂，没看庙里的任何一人，眼神淡淡地落在了靴面的杂草上。

"找到了。"

短短三个字，吐字如冰。

话音刚落，随之而来的是铺天盖地的威压！

第十四章　这才是真正的修真界

乔晚差点儿没被这威压直接压吐血。

趴在碎石堆里，乔晚动了动手指。

这段时间她的身体已经强化了不少，但这威压就像巨石压住了四肢，压得乔晚几乎动弹不得，前段时间没日没夜地以天雷锻体，简直就成了个笑话。

比起四肢在这威压之下的感受，更恐怖的是深入骨髓的畏惧和寒冷。

从乔晚这儿看去，她只能看见男人的一片袍角和袍角下的黑靴。

乔晚的呼吸一下子变得很慢也很重。

之前她不是没被凤妄言的威压压过，但和面前这人相比，才知道什么叫小巫见大巫。

在绝对的威压之前，她连站起来都费力。

乔晚一手扶住香案，勉勉强强才站起身，两条腿还是不受控制地打战。

她不仅腿抖，牙关也忍不住地哆嗦着。

野庙外的狼嗥狐鸣好像都在一瞬间停止了，甚至连草叶间的虫鸣也没了声响。

方圆数十里内几乎陷入了一片沉重的死寂之中，野庙里安静得只能听见乔晚沉重的呼吸声，和血一滴滴落在地上的轻微声响。

黑熊面朝着男人，没出息地直接跪了下来，缩成了黑色大毛团，抖得像筛糠。

找到了？

对方找到了什么？

乔晚看向男人。

妖皇伽婴好像察觉了她的目光，抬起眼皮冷冷地看了过来，冷笑了一声：“无耻鼠辈，拿来。”

乔晚喷出了一口血，被那威压压的。

好端端地被人的威压压着，被骂，乔晚擦了把嘴角的血，不仅有点儿茫然，还有点儿委屈，更生出了点儿愤怒。

这股威压太强横了，在这威压下，她这么多年的修行好像一张纸，一戳就破，有种数年修行皆化为泡影的不甘。

乔晚：“阁下这话什么意思？”

伽婴好像被她的不识好歹给激怒了，身后妖气缭绕，目光凉薄如水。

“将你所盗之物，拿来。当初既然敢偷，眼下为何却不敢认？”

他目光看向的是……她脚边的雷盘？

偷……

乔晚愣了愣。

眼前忽然浮现冯岱那张温文尔雅的脸。

“你若是能帮我找到储物袋，我除了给你指一条明路之外，必有厚礼相赠。”

他的重谢就是那雷盘。

余三娘说，冯岱不建议她穿越妖族地盘南下。

现在这架势还有什么不明白的？乔晚心念一转，脑子里电光石火般冒出一个念头，心里“咯噔”一声，像一盆冰水兜头浇了下来。

她被冯岱给坑了！

肯定是冯岱偷了妖皇的雷盘，结果发现拿着对自己没什么用处，还是个烫手山芋，干脆就把这个烫手山芋甩到了她的脑袋上。

他竟然敢偷妖皇的雷盘！

胸中气血翻涌，乔晚再次喷出一口老血。

“喀喀喀！”

眼下破庙里只有她、妖皇伽婴和黑熊妖三个人。

在这么恐怖的威压之下，乔晚没打算和面前这尊修真界的煞神起冲突的意思。

擦了把嘴角的血渍，乔晚尽量心平气和地行了一礼：“妖皇误会了，这雷盘是我偶然所得，并非我偷的。请妖皇息怒，既然这雷盘是妖皇的，我这就将雷盘物归原主。”

男人：“这雷盘你从何处得来？”

乔晚不假思索地回答：“从一个名叫冯岱的儒修手里。”

既然冯岱坑了她，就别怪她干脆利落地卖了他。

伽婴终于把目光放到了乔晚身上：“依你所言，他是儒修，要什么雷盘？”

男人的眼幽深乌黑，就像一汪深不见底的寒潭，倒映不出一丝光亮。

被男人看了一眼，乔晚浑身都发毛了！

乔晚："这世上修士修炼的功法千奇百怪，这人虽然是儒修，偷了雷盘说不定另有用处。"

乔晚自认为自己态度已经很到位，举动也十分恭敬有礼，但没想到，眼前的妖皇伽婴根本没打算放过她。

伽婴："筋脉破碎，你是想走体修的路子。"男人袍袖一卷，抬手就是一掌，"脏了雷盘，受死。"

乔晚大感悲催。

战斗狂魔诚不我欺！

他这就是想找个人打架了吧？！

野庙中的死寂气氛转眼之间被打破！

乔晚一个旋身，直接冲向了神像背后。

男人脚尖一点，紧跟而上，一掌轰去了神像的右胁侍。

看见修眉细眼的佛头被一掌轰成了渣，乔晚冷汗直流。

这个时候妖皇伽婴已经追了上来。

乔晚咬牙抡起金锤，"轰"的一声打了过去。

现在这个时候，不是他死就是她死。

乔晚觉得，自己死的可能性大一点儿。

男人没动自己手上的那把弯刀，反倒是运气于掌上。

妖气冲天而起，扭成了数条漆黑的龙影，直奔乔晚而去！

眼看龙影咆哮着卷了过来，乔晚脚下一蹬，运动妙微步法，直接跳上了中间那一尊佛像的掌心，拍出"光照无间"！

毕竟她都要死了，捂不捂马甲根本就没意义。

跳上佛像的掌心，金色的光对上滔天的妖气，明显是妖气更胜一筹，黑龙怒吼，张嘴一咬，就把金光吞了个一干二净。

滔天龙气，直接掀翻了野庙的屋顶，月色霎时间冷冷地泼洒了下来。

乔晚见状，脚下发力，顺势从野庙中蹿了出去，再次夺路狂奔！

上一次她是被谢行止提剑追杀了三条街，这一次是被大名鼎鼎的妖皇追杀。

下山不过短短十几天，像乔晚这么有排面的，还是头一份。

乔晚脚下一个踉跄，跌跌撞撞地在深山老林里没命狂奔。

五条漆黑的龙影，咆哮着紧追不舍，一路上苍苍树木全都被妖气掀翻，连根拔起！

这是妖皇的龙气。

妖气四溢，几乎遮蔽了天日，乌云挡住了月亮，漏不出一点儿光亮。

好几次，龙口差点儿就咬上了乔晚的脑袋。

乔晚只能一边狂奔，一边背书。

那点儿微弱的浩然正气，歪歪扭扭地蹿出来，险险地帮她驱散了一点儿妖气。

就像滚滚乌云下的荧光，在缭绕的黑色妖气中时隐时现，摇摇欲坠，看起来十分辛酸。

诗！诗！诗！

还有什么诗用得上的？

乔晚大脑飞速运转，高考她都没像现在这么努力过。

她能想到的诗越多，借来的“气”也就越多。

乔晚眉目冷厉，兔起鹘落，厉声大喝：“吾将……”

话音刚落，浩然之气大盛！

一者白，一者黑，两者在半空中盘旋交缠，搅动起剧烈的气流，狂风阵阵，欲摧林木！

五条龙影死死地包围住了纯白的浩气，咬得紧紧的，龙尾狂摆。

白色的光磅礴冲天，毫不相让，猛地挣脱了龙影，剧烈翻腾着，将龙气掀翻在半空中。

伽婴停下了脚步，看了一眼乔晚，面上掠过一丝惊诧之色。

他没想到他面前这贼还有这能耐。

但这能耐……伽婴脸色平静，还不值得他放在眼里。

浩然正气拖住妖龙，乔晚这才捡回了点儿喘息的空间。

伽婴目光不动：“这诗你从何处偷来？”

乔晚咧嘴，也不瞒着：“一个大能。”

伽婴语气淡淡地说：“诗是好诗，但这并非你所作，你驾驭不住它。”

乔晚喘着粗气。

她确实驾驭不住，身上筋脉撕裂一般疼，虽然儒家养气能养她受损的筋脉，但她现在的筋脉只够她发这么一次招。

“鼠辈贼子。”像是忽然间失去了兴趣，伽婴扯了扯面皮，袍袖一振，“受死。”

正和白光纠缠得难舍难分的龙影忽然全都一扭身，呼啸着钻入了男人的衣袖中，紧跟着，龙气再度咆哮着狂涌而出，一丝不漏地全打在了乔晚身上。

“砰”的一声巨响，乔晚胸骨断裂，整个人就像断了线的风筝被这龙气打飞了出去。

“轰隆隆——”

四周树木被龙气拦腰折断，倾覆而下。

漆黑的龙气缭绕，慢慢地消弭在了夜色中，终于显现出刚刚被龙气包裹着的少女的身形。

乔晚趴在地上，全身上下不断有鲜血流出，渗进了身下的土地里，将身下的树叶全染成了血淋淋的红色，红得像秋枫。

身边一棵松树晃了晃，直直地砸在了她的脊椎上。

男人走到她跟前。

她只能看到他乌黑的袍角，袍角上绣着银白色妖纹。

这就是修真界，人、妖、魔并立。

有人能御剑而来，剑动八荒；有人能只手破百万兵，吐气为霄汉，喷酒为河流，点墨为山川，搬山移海，呼风唤雨，无所不能。

这里高山大泽，海内仙洲，处处都美得令人心惊，也残酷得令人心寒。

它不像《登仙路》里描述的那样，到处都是天材地宝和奇遇，随便几句话、几个好心的施舍，就能成为别人心目中的光，靠着自己的清新脱俗就能抱上大腿，走上人生巅峰。

它简单粗暴，直接，弱肉强食，人与人之间的差距恍若天堑。

这才是真正的修真界，实力至上，强者为尊。

伽婴脚步一顿，垂下眼睫，难得屈尊多看了乔晚一眼："不错的眼神。"

有血性，令他惊讶，随即他竟然有点儿后悔打出这一掌。

假以时日，说不定面前这少女能长成值得他期待的对手。

但已经没有假如了。

乔晚抬起凶狠的血红双眼，目眦欲裂，口鼻接二连三地呛出了血沫。

这一掌，她全身骨骼尽碎。

第十五章　化骨为盾，拔骨为兵

乔晚想动动指节，但全身上下骨头碎得那叫一个彻底，连指骨都碎了。

“滴答——”那是乔晚眼睛里流出来的血。

两行血水从那厉鬼面具里流了出来，滴入了身下的泥土。

“哐啷”一声，厉鬼面具跟着碎成了几瓣。

这个时候，乔晚还活着，喉咙里发出血沫不断涌出呛着气管的动静。

她趴着，半张脸压在地上，但胸前已经瘪了下去，看上去十分恐怖。

不甘吗？

好像有。

乔晚转动着唯一能动的眼珠子，看见伽婴捡起了地上的雷盘。

龙影乖顺地游进了袖子里，男人袖口一扬，笼了个干干净净。

他看也没看地上的乔晚一眼，转身就走，甚至自始至终那把诡异的弯刀就没出过鞘，黑白色的小辫儿在空中划出了一条漂亮的弧线。

但是走到一半，男人的身子忽然晃了晃，眉头一拧，胸前衣襟上隐约洇出了大片的血色。

他走到树下，闭目坐了下来。

看来在追杀她之前，伽婴就已经受了伤。这人受了伤都有这么恐怖的实力，就算不愿意承认，乔晚也不得不承认，她在这人面前脆弱得简直不堪一击。

乔晚收回目光。

她会死。

乔晚半张脸贴着地面，心想。

没人来救她，她也不祈求坐在不远处的伽婴突然反悔来救她。

她的脊背上还压着一棵松树，每一块脊椎骨都碎了。

乔晚眨了眨眼，眼泪跟着血水“滴滴答答”地流了出来，安静地糊了她一脸。

她觉得委屈。她才刚刚下山，刚刚摆脱了原著“乔晚”的结局，摆脱了穆笑笑的影响，要走自己的路，结果天降横祸，死得简直和她那个便宜爹一模一样。

趴在地上的时候，乔晚忽然想了很多事，不是周衍，不是穆笑笑，不是裴春争。

她想到的是她每一次不要命地和妖兽死磕，每一次拼了命地修炼。

她还不想死，至少不愿意像现在这样悄无声息地死去。

乔晚闭上眼，眼泪和着血水“唰”的一下就流了出来。

从未有过的求生欲，从心底猛地迸发而出。

乔晚咬紧了牙，目光如炬。

她不想死！

她能活下去，一定可以活下去。

她要活下去，再找伽婴报仇。

乔晚闭上眼开始回忆那本《炼体精要》怎么说的。

所谓炼骨，化骨为盾，拔骨为兵，不破不立。

乔晚闭上眼，开始努力回忆《炼体精要》上面的每一个字眼，挨个扒着上面的口诀，慢慢地抽调体内残存的灵气。

灵气和魔气一块儿慢慢地淌了出来。

在别人身体里水火不容的灵气和魔气，在乔晚身体里相辅相成，一点点顺着全身流过。

乔晚一边呛出血沫，一边忍着剧痛慢慢地修补骨骼。

想重新修补骨骼，比现在疼上千百倍，这感觉，就像无数个尖锐的钻头直往骨头里钻。

坐在不远处的伽婴睁开了眼，冷冷地朝着乔晚的方向看了一眼。

没想到都到这个地步了，这人修竟然还不放弃。

“你还不放弃？”

这话一出口就连伽婴自己都有点儿意外。

妖皇伽婴一向不太看得起人修，至少是绝大部分人修。

人修太脆弱，寿数也比妖和魔短。

伽婴默默地看着。

那人修趴在树下，鬓发散乱，身下的沙土被染红了大半，显然在忍受极大的痛苦。

乔晚没看他，继续忍着剧痛修补全身上下的骨骼。

伽婴定定地看着乔晚身下红艳艳的沙土。

一个人，怎么会流这么多血？

一个人，怎么会流这么多血还想着站起来？

保持着盘坐在树下的姿势没动，伽婴淡淡地问：“你想起来？”

乔晚没吭声。

伽婴也不恼怒，出乎意料地有耐心，慢条斯理地又问了一遍：“你想起来？”

乔晚抬起汗涔涔的脸，终于看了他一眼，又垂下眼睫。

伽婴垂在膝侧的指尖动了动。

男人站了起来，走到乔晚面前，居高临下地看着她，目光和看着苟延残喘的蝼蚁没什么区别。

只要他一抬手，面前的“蝼蚁”刚刚做的努力就会化为泡影。

“我能轻而易举地杀了你。”

乔晚还是没吭声，闷头一个劲儿地补着骨骼。

不是乔晚不想说，是这个时候已经疼得说不出话来了。

但她吞食人面蝎尾蛛、封元钉贯脉、天雷锻体全都熬了过来，没道理熬不下来炼骨之痛。冷汗和血水浸湿了乔晚身上的衣服，乔晚补一会儿，就喘着粗气歇一会儿，目光中透着一股狠意。

伽婴：“我给你一晚上的时间，如果明天你还能活下来，你和我再打一场，你若是能伤到我，我就放你走。”

乔晚唇瓣惨白，终于挤出了沙哑的几个字：“我没偷雷盘。”

伽婴：“你费这么大力气，就是想和我说这个？”

乔晚粗声粗气地重复：“我没偷雷盘。”

不是她偷的东西，她绝不认账。

伽婴要是杀了她，她没什么好说的。

技不如人，她输了就是输了。

但他没杀她，反倒给了她时间和机会。

那他对她做的，她都会一笔一笔地找回来。

男人就站在她面前，这么静静地看着她补骨骼，等着明天的第二场战斗。

指骨补好了，能动了，紧跟着是腕骨、胸骨，再到脊椎骨……

从月升到月落，夜色渐渐散去。

乔晚补了一夜，伽婴就站在她面前看着她补了一夜。

一线金光从天际射出。

在晨光的照耀下，地上那血淋淋的“尸体”突然动了！

补了整整一夜，全身上下二百零六块骨头被乔晚一点点地重新补了回去。

她做到了，成功一举越过了炼肉、炼血、炼筋阶段，直接跳到了炼骨。

化骨为盾，拔骨为兵！

一晚上炼骨，她现在全身上下的骨骼陷入了一种特别奇妙的状态。

在地上趴了一会儿，乔晚才开始试着驱动自己身体里的骨头。

驱动骨骼的同时，她果断地从地上一跃而起！

“咔——”

指骨突生，穿破了肌肉，直接穿了出来，亮出了十根雪白雪白的长长指骨。

指骨在半空中划出一条锋利的弧线，“唰”的一声朝着男人的头皮削去！

这就是炼体中的拔骨为兵。

伽婴往后一退，袖子里再度蹿出五条龙影，轻轻一别，眼前这凶神恶煞的人修就再一次被打飞了出去。

不过这一次，男人明显留了手。

乔晚背磕在了树干上，捂着胸口，喘着粗气，看了一眼自己骨质增生的俩爪子。

与此同时，颧骨猛长，转眼间，半张脸就被森白的骨骼给牢牢地覆盖住了。

这是化骨为盾！

乔晚顶着一身骨甲，再次冲了上去！

“砰——砰——砰——”

不管被伽婴掀翻多少次，少女都咬着牙冲上去，眼神凶狠得像头狼，大有不咬下来一块肉绝不罢休的意思。

看着眼前这怎么打都打不服气的少女，伽婴心里终于又被激起了一点儿兴致和血性。

他卸下了妖力，解下腰间的弯刀随手一丢：“倘若你能伤到我，今日我就饶你这一命。”

说完，伽婴也赤手空拳地冲了上去。

男人目光如炬，那黑黝黝的一双眼，凶狠得简直和面前的人修如出一辙。

寂静无人的深林中，一人一妖，赤手空拳地疯狂死磕！

这是妖皇伽婴，不知多少修士听到闻风丧胆、撒丫子就跑的人物。

而现在他卸了一身的妖力，和乔晚毫无风度地在深山老林里磕了个你死我活。

没有花哨的法术和法器，两个人就只是单纯战技之间的比拼和肉搏！

乔晚猛冲上去，一脚踹在了男人的胸前，男人光洁的长袍上顿时留下了个灰扑扑的脚印，胸前的伤口崩裂，衣襟前被染得血淋淋一片。

这个大胆的人修。

伽婴目光阴沉，却没怒，眉毛也没动一下，反倒沉声喝道：“来！”

乔晚借力一蹬，扭身面朝着伽婴，给了对方一个头槌。

“砰！”

结果她没想到，男人也毫无妖皇的气势，苍白的大手反手一扣，抓住乔晚的肩膀，举到自己面前。

“砰！”

伽婴也给了乔晚一个快准狠的头槌，掷地有声地喝道：“再来！”

这一下，乔晚被撞得眼冒金星，缓过神来后，额骨里三层外三层地覆盖住了额头，又给了男人结结实实的第二个头槌。

“砰！”

乔晚：“来！”

来就来！

谁怕谁？！

一个一身坚硬的骨甲，粉裳上下翻飞，凛冽得像一把铮铮铁剑。

另一个身姿矫健，妖力浑厚，脚下每一步、手上每一个杀招都悍勇威严，行云流水般干净利落。

方圆数里，飞禽走兽纷纷避让。

伽婴十六个月成年。

从成年到现在，一路遇神杀神、遇佛杀佛，每天就热衷于换着花样地踢馆搞事和找打。

就算乔晚天天替马怀真跑腿，战技和其他昆山弟子相比已经十分丰富了，但和身经百战的妖界妖皇一比，还是显得太过寒酸。

两道身影缠斗了片刻又分开。

没过多久，乔晚再次被丢了出去。

绝境逆袭，逆风翻盘，一举打败妖皇在这里显然是不成立的。

就算前不久才跨入炼骨境界，在绝对的实力面前，乔晚还是属于被伽婴搓圆揉扁、任他吊打的境界。

奈何乔晚又倔又硬，不论被打爆多少次，都能擦擦血撸起袖子继续上。

一头撞在了树干上，乔晚晃了晃脑袋，一咬牙，抡起盖了层骨甲的拳头跳上了树梢。

而伽婴也是个满心满眼只有打架的妖，就算旧伤复发，还是冷着脸和乔晚死磕，想要看看这人修能犟到什么时候。

只是再强悍的身体，也架不住他如此作死。

打着打着男人面色突然一变，矫健的身姿微不可察地滞涩了片刻，摇摇欲坠地吐出了一口血，露出了点儿颓势。

乔晚握紧了拳头，从树梢上俯冲了下来。

伽婴冷眼一瞥，强压下胸口的伤势，也迅速跟上。

乔晚挥拳！

这一拳竟然结结实实地砸在了男人的面门上！

男人眼睫轻颤，倒退了几步，突然仰头栽了下去。

情势急转直下。

乔晚一个踉跄，睁大了眼，难以置信地看了自己的拳头一眼。

乔晚：她的实力不至于能一拳打倒伽婴吧？

收回拳头，乔晚赶紧去看男人的情况。

倒在地上的男人消失了个无影无踪，地上只留下了一堆玄色衣袍。

乔晚心里一突，目光急忙在这一堆布料中扫过。

伽婴呢？

下一秒，乔晚就看见了一个让自己永生难忘的画面。

地上那一堆玄色衣袍突起，从里面缓缓钻出了一只留着白色平头、皮毛油光水滑的——蜜獾。

蜜獾披着绣有银色妖纹的长袍，毛茸茸的胸膛血流不止，黑漆漆的小眼瞥了乔晚一眼，依稀还能看出其中的傲然和冷淡。

乔晚：“……”

妖界妖皇、矜贵威武的伽婴终于玩脱了，就这么在一个人修面前变回了原形。

第十六章　这不是你的施舍，这是交易

乔晚蹲在蜜獾前，陷入了人生旅途中一场艰难的大抉择中。

修真界鼎鼎大名的妖皇，在她面前变成了一只蜜獾。

就算妖皇变成了蜜獾，那只蜜獾的目光也十分高傲，好像压根没觉得自己现在这样子有多惊悚。

就算变成了一只蜜獾，这也是只尊贵傲然的王之蜜獾。

尊贵无比的蜜獾坐在地上，神情冷淡："你做到了，今日我饶你一命。"

乔晚的面瘫脸快绷不住了，心底吐槽欲汹涌澎湃。

现在究竟是谁饶谁一命啊？！

乔晚想了想，也在蜜獾身边一屁股坐了下来。

她做好了死斗的准备，没想到这场死磕竟然以这么奇葩的方式收场。乔晚紧绷的肌肉一松，全身上下森白的骨甲也随之退去，就连一直憋在心底的那一股狠劲儿和恨意，也一下子散了个七七八八。

总之，她有种一拳打上了棉花的无力感。

毕竟，这妖都变成蜜獾了，她还能跟面前这只油光水滑的獾计较不成？

她总不能踹这蜜獾一脚。

蜜獾斜睨了她一眼："你还不走？"

乔晚没回答，低着头好像在自顾自地琢磨什么。

蜜獾却皱起了眉。

这人修的目光，看得他浑身不舒服。

乔晚在发愁，从来就没这么愁过。

她到底要怎么对付这只蜜獾？

要她抛弃前尘旧怨、掉头就走，她还没这么好的脾气。

雷盘不是她偷的，这一切，说到底就是一场人为的天降横祸。

伽婴不听她的解释，一掌拍碎了她全身的骨头，晚上的折磨全都因为面前这只蜜獾而起。

想到在望云乡看到的那绝杀令，那五万颗上品灵石，乔晚有点儿纠结了。

她想着，缓缓摸出了怀里那两把铁锤。

要不……她揍这只蜜獾一顿，将其敲晕了拎过去换钱？

蜜獾可能是察觉了乔晚的想法，嗓音淡淡地说："就算我掉回原形，你也休想对我做什么。"

"杀你，"蜜獾黑豆眼一睁，小小的眼睛里爆发出威慑力十足的杀意，"易如反掌。"

乔晚突然有些怒了，握着铁锤的手一抖，嗓音也冷了下来。

她当然相信伽婴的能耐，但这不代表他都掉回原形了，她还能任他搓圆揉扁。

乔晚拎着铁锤，淡淡地说："妖皇可以试试，我虽然只是炼气期，但你现在这情况似乎也不容乐观。

"你杀我，我不会坐以待毙，就算死，也会拉着你一块儿死。

"就算我拉不下你，再给你添一笔伤总能做到的。"

"我看有人在追杀你吧？"乔晚抬眼，"到时候，掉回原形，伤上加伤，妖皇还能像今天这么自信？"

说完，乔晚好像看到面前的蜜獾脸黑了。

其实就算伽婴不说刚刚的话，乔晚也真没打算用他换钱。

这个念头，在乔晚的脑袋里转了转，马上就放弃了。

五万颗上品灵石很诱人，但是这绝杀令下得玄乎，妖界换主这浑水，她不想蹚。五万颗上品灵石，没命重要。

而且妖皇伽婴虽然好战了点儿，不怎么管事，但勉勉强强也算得上一个好妖主，以雷霆手段镇压妖界各族，在这恐怖的实力面前，没有妖敢乱惹事。也正因为他好战，对拓展地盘、吃人这种事都没什么兴趣。目前，在他的统治下，妖和人之间的相处还算平和。

地上长了一片白茅，乔晚扯了个白茅根，随手塞到了嘴里。

微甜的汁液渗入口腔里，乔晚眯着眼半天没说话。

活着的感觉好，没人不想活着。

虽然乔晚不愿意承认，却也不得不承认，像伽婴这种妖，和散修不一样。散修就像这遍地的杂草，一茬一茬，死就死了，没人会多看一眼。伽婴既然坐到了这种位子上，是死是活，都必须好好衡量和琢磨。

但值钱的根本不是他这个人，只是他代表的这个位子和这个位子后面会导致的一系列连锁反应。

没哪个人的命比别人的命贱。

“给我一根。”顶着白色平头的蜜獾忽然开口。

乔晚扭头。

蜜獾看向她手上的白茅根，平静地说：“摘一根给我。”

乔晚脚下挪开了一步：“我不是妖，犯不着伺候妖主，妖皇自便。”

蜜獾：“……”

乔晚坦然地对上了蜜獾的目光。

让蜜獾用那俩爪子摘一根细细的白茅，好像还是太困难了。

眼前的蜜獾努力了半天，都没摘下来一根，气得一甩爪子不干了，闭目冷哼了一声。

乔晚吐出嘴里的白茅根，站起来拍了拍身上的灰。

就这么坐在地上闭着眼怒了一会儿，蜜獾再次睁眼，冷冷地问：“你要去哪儿？”

“走。”乔晚道，“妖皇刚刚不是答应了今天饶我一命？”

蜜獾：“我问你准备去哪儿。”

乔晚没隐瞒：“南霍洲。”

蜜獾：“我也要去此处。”

乔晚愣了愣。

对上乔晚的目光，蜜獾眼神凌厉：“去杀人。”

眼神一瞥，瞥见蜜獾染血的胸脯毛，乔晚决定，还是别多问。

还没等乔晚开口，蜜獾颐气指使地补充了一句：“我如今行事不便，你与我同行。”

乔晚没弄明白。

蜜獾傲然地重复了一遍：“我去南霍洲的路上，你和我同行。”

乔晚：“我看妖皇身上似乎有一笔仇怨，我就是个普通散修，做不到，不敢掺和。”

蜜獾：“你帮我，你我之间的前仇旧怨就一笔勾销。”

乔晚转身就走。

蜜獾突然沉声道：“路上，我教你。”

伽婴声音不大，但估计是因为常年身居高位，言语间有股不怒自威的威严气势。

乔晚愣了愣，停下了脚步。

伽婴轻描淡写的一句话，稳准狠地掐准了乔晚的脉门。

他能看出来，眼前这个人修不要灵石，否则大可以现在就拎着他去换钱。但人修都贪婪，这个人修也不例外。

伽婴垂眸，眼前再次浮现昨天晚上乔晚趴在地上的画面：少女双目赤红，疼得大汗淋漓、面目扭曲，咬着牙不要命地炼骨，从一小截手指能动，再到现在能站在他面前。

她想活着，想变强。

某种程度上，他们其实是一类人。

他看人从来就不分男女，不分老少，也不分种族。

对和自己同一类的人，伽婴一向很有耐心。

他既然能用“教导”这么一件事来和她交易，也有自己的考虑在里面。

妖修和人修之间毕竟不同种，在修炼这条道上也有不少区别。他能教她的无非就是人和妖都能用的那点儿东西，在修行路上指点她两句。

但指点两句，伽婴觉得他已经仁至义尽。

得到修真界顶级战力的教导，是不知多少修士梦寐以求，且一辈子也求不到的事，如今，就这么被眼前这只留着白色平头的蜜獾轻描淡写地说了出来。

但很快伽婴就发现自己想错了。

眼前的人修确实停下了脚步，但……和他想象中的模样不太一样。

伽婴皱了皱眉。

妖界妖皇要教她修炼。

乔晚停下脚步，偏头想了想。

自己埋头修炼，始终比不上大能三言两语的点拨。

当世顶尖的大能要教自己。

乔晚发现，就连她也不能抵抗这种诱惑。

但比起这诱惑，更刺痛她的，是眼前这只蜜獾居高临下的施舍态度。

从昨天晚上开始，他就高高在上地断定她偷了雷盘。到现在他都变成一只蜜獾了，还改不了这高高在上的态度，就好像他纡尊降贵地要教她是她的荣幸。

昨天晚上那笔账她还没跟他算。

前仇旧怨一并涌了上来，乔晚有点儿火冒三丈，紧跟着面无表情地伸手一抓，直接把面前的蜜獾给拎了起来！

这一幕要让其他修士看到，那肯定大为震惊，妖皇的后颈肉她也敢拎，这是嫌自己活得太长？一向是高高在上地看人的伽婴可能也没想到面前这人修胆子这么大。

堂堂妖界妖皇，就这么垂着四只爪子，被一个人修给提了起来。

蜜獾一双黑色小眼十分镇静。

乔晚拎着手中的蜜獾，面不改色地说：“都说妖界妖皇好战，平日里独来独往，但既然身为一界之主，身边肯定有护卫，有人伺候。去南霍洲这件事，你为什么偏偏找上我？”乔晚紧盯着面前的蜜獾，目光一路往下移，落在了蜜獾胸口的血色前。

伽婴神情陡转，面色难看。

乔晚慢慢地说：“冒着风险，找上一个不熟的仇人，是不是代表着你现在无人可用？！连妖皇伽婴都能落到这么一个窘迫的境界，让我搭上命陪你？”

“你就算能教我又有什么用？”乔晚扯了扯嘴角，“我如今筋脉尽碎，难不成被你这么一点拨，还能直接冲上金丹、元婴期？”

蜜獾黑豆眼直视着乔晚，语气森寒阴沉：“你就不怕等我养好了伤，再一掌杀了你？”

“都到了这地步还要南下杀人，你要杀的人肯定是恨不得饮其血、啖其肉的仇人。”

在修仙这条路上走着的人，一向不缺仇人，尤其是那种不死不休的仇人。

乔晚神情镇静，看样子是一点儿没被这威胁吓到。

“光脚的不怕穿鞋的，我如今筋脉尽碎，没父母，没师门，没牵挂。我说过了，你要杀我，我就会反抗。

“我只是个炼气期的散修，在妖皇心中的地位肯定比不上你那仇人。你想好了，是把时间精力全花在我这没价值的散修身上，和我闹个两败俱伤，让你那恨不得饮其血、啖其肉的仇人坐收渔翁之利，还是听我的，我们两个互惠互利、各取所需。”

四周忽然安静了下来。

乔晚拎着蜜獾的后颈皮，平静地站着。

这就是一场谈判，一场较量。

被提着后颈皮拎起来的蜜獾微不可察地一震，怒极反笑，神情反倒缓和了下来：“那你究竟想要什么？”

“让我送你可以。”乔晚略一思忖后回道，“但是，你得答应我三个条件。”

蜜獾冷冷地说：“你说。”

“第一，就按你说的，教我，不能有任何欺瞒，比如说故意引导我走火入魔。”

蜜獾似乎感到有点儿被冒犯，脸色再度一沉：“我从不用这些伎俩。”

“第二，保证我的命。

“第三，南下这条路上，听我的。

“我不是妖，不听你的命令，也不接受你高高在上的施舍。”

乔晚拎着蜜獾凑近了点儿，鼻尖几乎快碰上蜜獾黝黑圆润的宽鼻头。

梳着白色平头的蜜獾毫不相让，冷冷地对上少女的脸。

一人一獾，就这么僵硬地对峙着。

乔晚的嗓音清晰地在伽婴耳边回响，一字一顿："你看好了，现在是我拎着你，是我这么直直地看着你，而不是和你那些属下一样，跪着抬头看你。

"这不是你的施舍，这是交易。

"双方地位平等、互惠互利的一场交易。"

少女面容清丽，乌黑的眼沉静如水，又好像蕴含着一团烈火。

对上这么一双凶悍的眼，蜜獾突然发现自己或许看错了，也小瞧了面前这个人修。

第五部分

岑府灭门

第十七章　妙法尊者嫡传弟子

最近昆山的弟子很忙。

首先是乔晚闹出的那件事，梅康平突然从几万里之外的魔域老巢跑来昆山蹦跶，这么一番操作，导致最近昆山上下抓弟子修为抓得格外紧。

不过这事过去了也就过去了，修真界那么大，风云变幻，时间会冲刷掉一切，再过个许多年，估计就没人能再想起有乔晚这么一个人。

乔晚和昆山大多数人毕竟没什么关系，现在最重要的还是同修大会。

被梅康平打了脸，这一届同修大会昆山必须得办好，不仅要办好，还要办得比往年更大更好。

这就苦了昆山弟子们，同修大会和昆山春招赶到了一起，不仅昆山普通弟子发愁，问世堂的暗部弟子也愁，山门一开，山上乱七八糟的人更多了，维稳不容易，要是再闹出魔域借着萧家的势潜入昆山这种事，马怀真可能会冷笑着把他们上上下下全部削上一顿。

马堂主最近脾气见长，手下暗部弟子暗暗地怀疑这可能和乔晚有关，但谁也没证据。

就在这种情况下，谁都没想到孤剑谢行止竟然上山了。

孤剑先是去拜见了昆山几位长老，紧跟着就去了玉清峰。

男人在玉清宫前停下脚步，冷淡矜持地问："玉清真人可在？"

小鹤真身是魔将薛云嘲，眼下玉清宫守门的已经换成了小松和另外一个道童。

小松也是听说过谢行止的名头的，远远地看见谢行止有点儿激动，忙行了一礼，但想到前段时间周衍的吩咐，又感到有点儿遗憾和愧疚，摇摇头道："师尊正在闭关，说是这几日不见外客。"

谢行止蹙了蹙眉，倒也没放在心上。

毕竟他上山并不是为了专程来见周衍的，只不过他和陆辟寒有点儿浅薄的交情，于礼应该上前拜会。

既然玉清真人不见外客，那他也不会强求，更不会为难守门的这个小道童。

谢行止："你师兄可在？"

小松再福了一礼，正要开口说话时，身后忽然传来一道软糯的女声。

"师兄如今正在灵焰塔呢。"

小松惊讶地回头，眼里落下了一个娇小的身影："穆师姐？"

披着一肩的晨光，少女穿过玉清宫前的一片白梅，脚步轻快地迎面走来。

穆笑笑在谢行止面前站定，杏眼里闪动着好奇的光芒："这位道友是……？"

少女嗓音拖得长长的，身材娇小可人，脸颊犹如春桃粉嫩莹润。

"师姐？"小松瞪大了眼，"你怎么出来了？！"

少女穿着一件单薄的青碧色罗裙，就这么站在初春冷峭的寒风中，急得小松团团转。

小道童小脸顿时一垮，愁眉苦脸地道："师姐你伤还没养好，怎么这时候出来了？回头等师尊出关了，定要责罚于我的。"

穆笑笑摇了摇头，浑不在意地说："不碍事，过两天我就要和裴师弟他们一道去南霍洲栖泽山寻青崖道人，等拜见了青崖道人，解了我这寒热之毒，就不用再劳烦你们操心啦。"

穆笑笑转了个身，面向谢行止温顺地行了一礼："在下穆笑笑，是陆辟寒的师妹，这位道友是……？"

玉清真人门下有三个弟子，这一点谢行止还是有所耳闻的，就算没见过穆笑笑，从两个人的言谈中也能推测一二。

谢行止颔首："某谢行止。"

穆笑笑惊讶地瞪大了眼："道友就是那个孤剑吗？"

可能是察觉了自己反应太大，少女红了红脸，忙摆了摆手："抱……抱歉，因为常听旁人提起道友，说孤剑谢行止侠义心肠，今日见到了孤剑本人，就……就……就有些唐突了。"

"大师兄如今在灵焰塔。"穆笑笑的脸色还是有点儿红，但她很快就平静了下来，"谢道友刚到昆山，请让我带道友去吧。"

谢行止的目光落在穆笑笑身上，眼里掠过了一丝微不可察的茫然神色。

面前的少女，给他的感觉很熟悉。

尤其是这张脸，他总有种似曾相识之感。

这感觉，并不让他反感。

处事一向冷傲的谢行止，态度也因为眼前少女的温顺可爱软化了不少："麻烦穆道友。"

穆笑笑顿时笑开了："谢道友与大师兄相识，既然是大师兄的朋友，也就是我的朋友。更何况谢道友是举世闻名的孤剑，能为孤剑引路，笑笑高兴还来不及，又怎么会觉得麻烦？"

穆笑笑脸颊红扑扑的，目光含着点儿好奇和期待，就像任何一个修真界的小姑娘，在亲眼见到个当世知名的天才后，都难掩心中的激动和羞怯。

"如果谢……谢道友不介意，可以叫我笑笑。"

穆笑笑笑靥如花，映衬着初春的朝阳，目光中似乎全无警惕和防备之意。

谢行止神色略微松动，脑海中莫名其妙地再度浮现游仙镇上那个看似纤弱、实则心机深沉、惹人厌恶的女修的身影。

他一想到乔晚，眉头顿时皱了起来，沉下脸色冷哼了一声。

眼前少女温顺软和的态度，和那无礼的竖子相比，无疑是最能抚慰人心的。

但瞧见谢行止紧蹙的眉头，少女可能是误会了什么，俏脸顿红，一脸窘迫地说："我……我并无他意。"

"果然还是太过唐突了。"穆笑笑咬了咬下唇，黑眸润泽，脸上红霞深深，"因为师尊、师兄他们都这么称呼我……谢道友你与师兄交好，我一见谢道友，就……就像见到了大哥一样。"

谢行止不答话，穆笑笑的眼圈见了点儿红。

眼见纤细温软的少女眼角微红，谢行止不太自在，眉头皱得更深，但考虑到眼前少女的感受，又缓和了神色，硬邦邦地憋出了一声："笑笑。"

少女顿时弯着眉眼笑了起来，有些雀跃，糯糯地喊道："谢大哥！谢大哥不是要去灵焰塔吗？我这便带大哥过去。"

穆笑笑脸色有点儿病态，但精力充沛，一路上都在说自己身上那些琐事。

她嗓音软糯，像一条山涧淌过："过两天我就要去南霍洲啦，到时候身上这寒热之毒解了，就能和其他师兄师姐一样，去准备这届同修大会了。"穆笑笑好奇地道，"不知谢大哥到时候会不会参加？谢大哥修为高深，若是参加，不知有多少昆山弟子能一饱眼福，从中获得不少启发。"

就这样两个人一路来到了灵焰塔前。

穆笑笑停下了脚步："自从晚儿师妹……之后，师兄就常常来灵焰塔里守着，谢大哥快些进去吧。"

自从乔晚没了之后，陆辟寒就经常到灵焰塔来看看。

塔里的灵焰是能被掐灭的，但知道的昆山弟子少，乔晚之前帮马怀真做事的时候，曾经在灵焰塔里当值，知道这禁制怎么掐。

属于乔晚的那朵昏黄的火焰已经灭了。

再有多少震痛，十多天下来也该平静。

他死掉的亲人、朋友不计其数。

陆辟寒收回目光。

乔晚只是其中之一，不是第一个，也不会是最后一个。

陆辟寒垂眸蹙眉，低咳了两三声。

她是他一手带大的，他不相信她这么简简单单地就没了。

如果乔晚真没死，下山对她而言，或许未尝不是一件好事。

往后的日子，他都会来灵焰塔等着，等着那朵昏黄的火焰再次亮起来的那天。

谢行止一来，陆辟寒就从灵焰塔回到了玉清峰，摆上了茶盏。

这几天里，周衍基本就没下过玉清峰。他平常就不怎么下山，现在更是关在洞府里修炼悟道。玉清峰上的大事小事，也像之前一样，一律落在了陆辟寒的头上。

隔着缭绕的雾气，陆辟寒目光淡淡地说："令妹的消息，我已经拜托其他弟子去查，不出两日，出生在东尚国永泽府的昆山弟子名册就会被送过来。"

东尚国修真之风重，平民百姓也热衷于把自己家的孩子送去修仙，不说能不能修成，但就是做做杂役，镀一层金，回去也能找一份好差事。

昆山派东尚国永泽府的弟子更是不知凡几。

知道其中的艰辛，谢行止沉默一瞬后，诚恳地道了声谢："多谢。"

来的路上他也听到了点儿乔晚的消息。

据说陆辟寒有一个叫乔晚的师妹，从太虚峰上跳了下去，尸骨无存。

陆辟寒愿意在这种情况下分出时间和精力帮他的忙，这份恩情他铭记于心。

谢行止没动桌上的茶，神色冷峻："令师妹的事，节哀。"

可能是这些天里总想着乔晚的缘故，陆辟寒忽然发觉面前的男人竟然隐约和乔晚有点儿相像。

谢行止和乔晚的五官毫无相似之处，给人的感觉却莫名有点儿眼熟。

陆辟寒枯瘦的五指摸上了茶杯，心里突然蹿出一个荒谬的念头。

他记得，乔晚也是东尚国永泽府人氏，家里有个自幼分别的兄长。

谢行止……会不会和乔晚有些关系？

但这念头刚冒出来，又被陆辟寒给压了下来。

那天梅康平的人已经说得很清楚，乔晚出生于魔域。她身上那股魔气，不论如何也不应该和谢行止有任何牵扯。

陆辟寒凝神细思的时候，谢行止却难得主动开了口，嗓音低沉："方才多谢你那位穆姓师妹为我带路。"

陆辟寒略感诧异："你见到了笑笑？"

想到少女拖着病体，却不掩其娇俏的模样，谢行止顿了顿，说道：“你有一位好师妹。”

幽深的密林里，树荫遮天蔽日。

忽然，一道粉色身影从灌木丛里蹿出，身后还跟着一头气势汹汹的黑熊怪。

黑熊身躯高大，背上还有好几条藤蔓。

乔晚抱着盆蜂蜜，在这黑熊的攻击之下左右横跳，泪流满面。

为了躲避萧家和对她爱得深沉的那些仇人的追杀，她这才走了妖族的地盘，没想到还是小瞧了这些妖兽的实力。

乔晚在前面左躲右闪，蜜獾就坐在后面冷冷地看着。

这是她修炼路上必经的道路。

既然答应了要教这个人修，他说到做到。

作为一只蜜獾，伽婴信奉的准则十分简单粗暴，那就是打。

他自己能有现在这个实力，就是在无数场大大小小的战斗中，一点点死磕出来的。

乔晚不打，那他就按着她的头打。

作为妖皇，蜜獾不假思索就果断地把自己的子民当作了给人修刷怪用的工具。

已经习惯了打不过就跑、边跑边找机会放风筝的猥琐打法，眼看着一时间拿不下这头黑熊，乔晚一把将铁锤从藤蔓包裹中扯出来，撒丫子狂奔。

结果她还没奔出三里地就被拦住了。

拦住她的是只蜜獾。

蜜獾眼神冰冷，一脚又把乔晚给踹了回去。

她手上端着的蜂蜜也高高地飞上了半空，被蜜獾一个纵身稳稳地接住。

乔晚团成虾子状，猛地撞上那高高的藤蔓，内心悲愤。

“啪！”

毕竟是越级跳上了炼骨阶段，皮肉都不算厚实，基础还没打牢，又被蜜獾抬爪这么一踹，乔晚来不及覆上一层骨甲，后背被这藤条抽得皮开肉绽。

昆山那一头，少女笑靥如花，和和睦睦。

这一头，乔晚甩着血泪，硬着头皮与黑熊怪对打。

蜜獾端着蜂蜜，稳稳地坐了下来。

教人这件事，坦白来说，对他而言还是有些新奇的。

若是放在以前，他绝不会和这炼气期的散修多说哪怕一句话。

可现在，杀伐果断的妖皇难得陷入了困惑之中。

这些散修，并不像他想象中那般不堪。

作为修真界的顶尖战力，找不到对手已经是伽婴的常态，就算这样，他也从来没想过要给自己培养一名对手，没有那么多时间。

不过现在，伽婴有些动摇了。

但也就这么一瞬。

等乔晚终于提着锤鲜血淋漓地赶来的时候，蜜獾手里的蜂蜜刚被喝了一半。

蜜獾抬起眼，傲然冷淡地瞥了她一眼。

嘴巴毛上的蜂蜜都没擦！

这是妖干的事吗？！

看见蜜獾嘴巴毛上的蜂蜜，乔晚顿时怒了，一把把盆抢了过来，端着盆一口气将蜂蜜喝了下去，结果盆里的蜜还没见底，就被一只爪子又给抢了回去。

乔晚瞪眼，抢回来继续喝！

蜜獾眼中杀气十足，抢回蜂蜜！

这么一盆蜜，就被一人一妖分食了个一干二净。

喝完，乔晚捂着嗓子眼，蹲在地上默默怀疑人生。

太齁了。

这辈子她都不想再吃甜的东西了。

乔晚和伽婴，大部分时候是白天休息、晚上赶路，毕竟要体谅一只蜜獾的生活习性。

喝完蜂蜜，伽婴快准狠地给自己刨了个洞钻了进去，闭目入静养伤。

伽婴伤得比乔晚想象中更重，一连掉了几个小境界不说，胸口那伤，要换成其他人，早就不知道死多少遍了，但他硬生生地扛着这一身伤，和她玩了场你追我跑的游戏，在失去兴致后，果断一掌拍碎了她全身的骨骼，现在还要赶到南霍洲去杀人，这份实力和心性确实强得变态。

伽婴疗伤的时候，乔晚也不打扰他，自己拣了个空地坐下，练习她新学的炼骨。

两个人就这么走走停停，紧赶慢赶，终于赶到了南霍洲的栖泽府。

刚进栖泽府的地界，还想着要怎么接近岑家的乔晚，正好赶上了绝妙的时机。

南霍洲栖泽府岑家，据说那个小少爷岑清猷是妙法尊者的嫡传弟子的岑家，最近正在招收家仆。

南霍洲栖泽府仙凡杂居，岑家作为栖泽府上的修仙大族，放出消息要选家仆，整个栖泽府有不少人意动。

毕竟岑家有钱，家主仁善，这次选家仆签的还只是活契。运气好的人说不定能攀上仙人，得到仙人赏识，学到点儿仙法，就算运气不好，那工钱也十分丰厚。

一进栖泽府地界，乔晚就和伽婴分手了。蜜獾目光一瞥，二话没多说。

两个都不是啰嗦的人，他追杀他的人，她顺手掏出剩下的易颜丹，嗑了一颗转道儿直接去了岑家。

乔晚想她好歹也是从昆山出来的，总不至于竞争不过其他凡人。

但一到岑家大门前，乔晚就意识到自己想错了。

朱漆的大门前，挤着的全是人。男人基本上个个威武雄壮，而女人也都精心打扮了一番，在场的不只有凡人，还有不少散修。

瞥见身边多出来一个不长眼睛的姑娘，站在前面的女人眼一斜，嗓音凉凉地说："站后面去。"

乔晚默默地排后面去了。

萧家、岑家、陆家是三大世家，栖泽府的岑家其实只是岑家的旁支，但就算是个旁支，在栖泽府也是家大势大，一放出消息要招家仆，不少人削尖了脑袋也想往里面挤。

队伍移动得十分缓慢，等终于排到乔晚的时候，已经接近晌午。

负责招人的管事眼皮一抬，娴熟地在乔晚身上扫了一番，运笔如飞。

"名字。"

"陆婉。"

"干什么来的？"

"来应征家仆。"

管事笔尖一顿："我问你，想应征什么职位？"

乔晚想了想道："洒扫丫鬟。"

像这些大家族，身边丫鬟都是家生子。做不了贴身丫鬟，乔晚退而求其次，选了个竞争压力比较小的洒扫丫鬟。

洒扫丫鬟每天都要去各房各院里打扫，她总有机会碰上岑夫人，至于后面的事，得等见过岑夫人之后再说。

管事没说行，也没马上说不行："怎么想来岑家？"

乔晚略一思索，回道："岑家家大业大，谁不想来？我是个散修，资质摆在这儿，不管怎么努力也差不多就止步在这个境界了，不如趁早退下来，也好过打打杀杀的，整天提心吊胆地过日子，去做那虚无缥缈的神仙梦。"

像乔晚这样的散修不少，管事也没意外，又问了几个问题，检查了一番乔晚的来路，就指了个方向，让乔晚去左边第三个屋子等着。

乔晚走进屋里的时候，屋里已经或坐或站地挤满了不少姑娘。

本来她以为洒扫丫鬟的竞争比较小，没想到还是低估了大家伙的决心。

乔晚拣了长凳一角闭目坐下来，安静等待着管事那儿的消息。

到了傍晚时分，从门口走进来一个嬷嬷，伸手点了乔晚和其他十多个姑娘，算是留了下来。

被点名的姑娘一脸惊喜，剩下没被选上的大失所望，更有人捂着脸蹲在地上

"嘤嘤"地哭了出来。

至于乔晚和那十多个被选上的姑娘，则被嬷嬷拎着，打包去了另一个小院。

负责接手她们的嬷嬷姓陈，乔晚粗略地估算了一下，对方大概也是炼气期的修为。

十多个少女排排站，温顺地垂下头，听着陈嬷嬷立规矩。

眼前的女人看上去已经有些年纪了，眼下生着细纹，目光严厉。

炼气期的修士寿数本来就不长，以驻颜丹喂着也抵挡不了岁月的侵蚀。

"家主和夫人仁善，只要你们好好干，别动那些歪脑筋，在岑家做事，好处自然少不得你们的。"陈嬷嬷站在这一水儿青葱小姑娘面前，嗓音淡淡地说，"尤其是家中那两位少爷，谁要是敢把心思动到这两位少爷身上，到时候我就让你们见识见识什么叫仙人手段。"

众所周知，如今岑家家主岑向南和夫人姜柔只育有两个儿子，大少爷岑清嘉，小少爷岑清猷。

两个儿子也都有出息，大的在帮着岑向南打理家业，小的年纪轻轻就被传闻中的妙法尊者收入了门下，两个人现在都在家里住着。

陈嬷嬷立完规矩，自有丫鬟领着这些新进门的姑娘去拿衣服分房。

乔晚和其他两个姑娘被分到了一间房，一个圆脸，一个长脸。

两个姑娘都好奇地偷瞟着自己的新室友。

最终，是圆脸的姑娘先开了口："我姓周，叫周兰。"

长脸的姑娘笑了笑："我叫江玉雯。"

乔晚言简意赅："陆婉。"

这样，三个人就算认识过了。

不过这名字也只有今天晚上用得上，第二天，岑家就给新招的这批家仆通通改了名。

周兰改了桂旗，江玉雯改了杜衡，乔晚改了辛夷。

前几天，大家都不太熟悉，相安无事。

到后面几天，桂旗和杜衡结了伴儿，乔晚就被孤立了出来。

乔晚其实也早料到了会有这么一天，她到岑家为的是找岑夫人修补筋脉，没真打算在岑家升职加薪，所以也没想过要处理和同事之间的关系。

不过来到岑家快五六天了，她还是没见到岑夫人的身影，非但没见到岑夫人，也再没见到过伽婴。

乔晚估计，这个时候伽婴可能在忙着报仇，没空露面。

倒是中途她见到了大少爷岑清嘉一面。

岑清嘉筑基后期的修为，突破金丹期就在这段时间，五官生得很周正，见到乔晚拿着扫帚扫得干净，还随口夸了一句。

他这一夸，不知道被谁听见了，传到了桂旗的耳朵里，很快就闹出了事。

乔晚扫完地回去的时候，进门看见桂旗和杜衡一起坐在床前小声说着些什么，一见乔晚入内，两个人赶紧闭上了嘴，眼神闪烁，神情有些不自然。

其实在乔晚进门前，两个人之间的抱怨声就已经全飘进了乔晚的耳朵里。

“看她平常不怎么说话，没想到心眼这么多，神不知鬼不觉地就攀上了大少爷。”

“摆着这么一副死人脸也不知道给谁看。”

“她还真以为攀上大少爷就能飞上枝头变凤凰了？要让陈嬷嬷知道了，还不扒了她的皮？”

乔晚嘴角一抽，倒没觉得有多生气。

少女情怀总是诗，先前被陈嬷嬷敲打了一顿，没人敢对着岑家两位少爷冒出点儿什么歪心思。但日子一长，见两位小家主风姿绰约，丫鬟们难免都会有点儿心动。

乔晚猜，桂旗好像是喜欢岑清嘉。

这世上每个人都有每个人的活法，同一时间，修真界还上演着血腥的杀人夺宝戏码，但在栖泽府岑家，还有人在铆足了劲儿斗。

第二天上午，桂旗忽然急匆匆地跑进了屋，目光落在乔晚身上，一抿唇，低低地说了一句：“辛夷，陈嬷嬷叫你呢。”

“叫我？”乔晚有点儿惊讶。

桂旗避开了她的目光，眼神有点儿犹疑：“我看陈嬷嬷脸色不太好，你小心点儿。”

乔晚理了理衣衫，跨进了陈嬷嬷住的屋。

女人端坐在位子上，脸色沉沉的。

“昨天南书房那边的回廊是你洒扫的？”

乔晚态度恭敬地说：“是出什么问题了？”

女人没因为乔晚的恭敬而软化态度，伸着手往桌上一拍，冷喝道：“你怎么洒扫的？！这一大早回廊里全都结了冰！要不是被人发现得早，这要是摔着了什么人，我看你到时候要如何收场！”

昨天南书房那边的回廊确实是她洒扫的。

听说岑夫人喜欢去那儿看书，乔晚就特地请了那边的活儿，结果没想到这十多天里，还是没看见岑夫人的身影。

但她记得昨天晚上她打扫得干干净净的，回廊上的水也都用抹布一寸寸抹过了，不可能结冰。

“去，去回廊那边跪着。”陈嬷嬷冷冷地说道，“不跪到晚上别起来。”

“还有，”在乔晚出门前，陈嬷嬷又叫住了她，目光慢慢地从乔晚的脸上掠过，“你那些心思都给我收一收。”

乔晚抬脚跨出了门，去回廊上跪着了。

作为一个体修，跪一天算不上多大的事，而且能在回廊上待一天，说不定她能撞上岑夫人。

跪在廊下，乔晚偏头思忖着，就是桂旗那儿有点儿麻烦。

想到出门前桂旗闪烁的眼神，乔晚抿紧了唇。

她没想过要跟她斗，但既然桂旗背地里给她使绊子，那今天她也不能白跪，回去肯定要和桂旗摊牌。

早上的太阳慢慢地升上了半空，明晃晃地照着。

乔晚跪在回廊前，看着廊下栽种的梅花的玉骨冰姿。

这一上午，有无数人来来回回地从她面前经过，偶尔停下来，站得远远地小声议论，话题都绕不开岑清嘉。

“听说是因为她起了不该有的念头。”

“大少爷这种人也是她能攀附的？”

对这些话乔晚左耳朵进右耳朵出。

但就在这时候，窸窸窣窣的声音突然停止。

周遭响起了此起彼伏的行礼声，嗓音里透着一股显而易见的慌乱。

“二少爷。”

“见过二少爷。”

随之传来的是一道清朗温润的嗓音：“你们都站在这儿做什么呢？”

四周安安静静的，没一个人敢吭声。

来人目光一转，落在了廊下。

乔晚抬起眼来，正好隔着梅花看见了一个少年。

少年一身梅花白的衣裳，乌发拢在右肩上，额头上挂着一个菩提子的额饰，目若点漆，唇红齿白，细腻又温和，身旁还带了一个年纪不大的小书童。

这就是岑家的二少爷，妙法尊者的嫡传弟子，岑清猷。

和他师父出了名的脾气暴不好惹不同，眼前的少年气度却十分温和。

乔晚多留意了一下岑清猷，少年就踩着一双布履走到乔晚面前。

“为何跪在此处？”

乔晚麻溜地行礼：“见过二少爷。回二少爷的话，是因为昨天没洒扫干净，这才被罚跪在这儿。”

少年莞尔一笑，额间的菩提子映着温润的光芒：“起来说话。”

乔晚垂手站着。

少年的目光落在她的身上：“你跪多久了？”

乔晚：“有一个多时辰了。”

“回去吧。”

乔晚愣住。

想到岑夫人指不定会从这儿经过，乔晚有点儿依依不舍："但陈嬷嬷让我跪到晚上。"

岑清猷摇了摇头，嗓音如春风般温和："你回去同她说，是我让你起来的。"

"还有，"少年突然从袖中摸出块手帕，"擦擦汗。"

岑清猷莞尔一笑，眼神柔和，指了指乔晚额头上的汗滴："一个姑娘，跪这么长时间足够了。"

乔晚又愣了愣。

体修是身体比其他人强韧，但该流汗还是会流汗，该上厕所还是会上厕所。

少年目光温和平静，语气有礼得根本不像面对自家下人，目光在她脸上一瞥，又礼貌地垂下眼睫避开了，像是多看一眼都显得冒犯。

乔晚抿紧了唇，接过了手帕。

手上的帕子带着淡淡的檀香，和空气中浮动着的梅香隐隐约约地交织在一起。

不知道为什么，乔晚忽然觉得有点儿窘迫。

手里的帕子握也不是松开也不是，乔晚站在原地，脸被廊外的阳光晒得有点儿烫，浑身上下都毛了。

她擦了把脸上的汗，抬脚离开了回廊，回屋找桂旗。

走过长廊拐角后，岑清猷温和地问："青崖道人那儿可有消息了？"

小书童眉眼乖巧地回："听说过两天就到了，道人还带了昆山的几位贵客，似乎是有些事要找夫人商量。"

乔晚回到屋里的时候，目光扫了一圈，桂旗和杜衡都不在。

兴许是因为摆了她一道两个人这时候正心虚。

乔晚也不着急，可能因为本来就没把这事放在心里。

毕竟算算年纪，她已经奔四了。

但她到岑家就是冲着岑夫人来的，桂旗和杜衡在后面弄的这些小动作，万一哪天捅到了岑家家主面前就不好了。

乔晚不认为哪家父母会对想引诱自己儿子的丫鬟有什么好脸色。

现在桂旗一口咬定了乔晚对岑清嘉有些说不清道不明的心思。毕竟这一大帮子洒扫丫鬟里面，还没哪一个和主子们说过一句话，而乔晚平常一张面瘫脸，话不多，不合群，怎么偏偏就能让岑清嘉多看一眼？

她绝对是故意的！

怪不得当初她主动求了南书房那边的活儿，肯定是早早打听到了大少爷会从那儿路过。

无意中成了"心机深沉""不安分"的代名词，乔晚有点儿惆怅。

坐在桌子前，乔晚等了一会儿，总算等到了桂旗和杜衡回来。

圆脸姑娘刚迈过门槛，一眼就看见了坐在桌前的乔晚，步子微不可察地顿了顿。

“辛夷你回来了？”

桂旗小心翼翼地留意着乔晚的神色，神情不太自然：“陈嬷嬷没为难你吧？”

乔晚摇摇头，不打算和面前的姑娘虚与委蛇。

“昨天晚上是你泼的水？”乔晚抬起眼，目光不闪不避，直直地盯着她看，“还有大少爷的事，也是你告诉陈嬷嬷的对吗？”

桂旗的脸顿时僵硬了。

或许是第一次做这种事，姑娘嗓音里含了一丝慌乱，硬是挤出了一个勉强的微笑：“辛夷你在说什么呢？”

乔晚重复：“是不是你做的？”

桂旗脸上的笑容再度僵了：“辛夷……你这是什么意思？你怀疑是我干的？是我把这事跟陈嬷嬷说的？”

乔晚重复：“是不是？”

桂旗脸一沉：“你这是什么意思？！”

杜衡看着对峙着的两个人，上前一步，面色凝重，皱着眉说道：“辛夷，你在胡说什么？桂旗刚刚还在担心你，你就这么误会她？！”

乔晚的目光从两个人面上掠过，眼神沉静。

本来还扮着理中客的杜衡突然喉口一涩，看着面前的少女再也说不出话来了。

面前的少女，眼神平静得简直就像个旁观者，但目光冷厉。

被这目光一扫，杜衡将刚酝酿出来的话忘了个一干二净，打心底涌现出一股畏惧之心。

怎么……怎么会有这么恐怖的眼神？

这……这种眼神，她只在岑家护院身上看到过。

但那都是修士啊，都是从血腥厮杀里闯出来的修士啊。

辛夷样貌平平，也没什么出奇之处，怎么可能和那些修士扯上关系？

乔晚：“我知道你是为了什么才这么做，但我和大少爷没关系。”

说着，乔晚抄起了地上的椅子，在杜衡惊恐的目光下，面无表情地一寸寸掰断了。

她不仅掰断了，还攥在掌心里一点点地捏成了木屑。

“或许有人这么想过，但我从来就没想过要攀上大少爷，做他身边的人。”

乔晚把手里的木屑随手往地上一丢，拍了拍手，目光落在了桂旗身上。

圆脸姑娘畏惧地往后退了一步，被乔晚的目光这么一扫，心跳忽然像是漏了一拍，脸上火辣辣的，泪水一下子就涌了出来。

“你就算想对付敌人，也不该对付到我头上来。”

抛下这么一句话，乔晚沉默地往外走去，把屋里的两个人抛在了身后。

她刚走出没几步，就听到屋里传来了断断续续的抽噎声。

等乔晚晚上再回到屋里的时候，屋里的气氛十分尴尬沉默。

桂旗眼眶红红的，明显是哭过。

杜衡和她同仇敌忾，一边安慰桂旗，一边看着乔晚直皱眉。

小姑娘间的拉帮结派，有时候就是这么一回事。

等到第二天，乔晚就能感觉出来，周围其他洒扫丫鬟看她的眼神都变了。

她刚走到院子里，本来还聚在院子里说话的丫鬟们马上拉着桂旗的手，散了个一干二净，一边和桂旗说着些什么，一边转头看着乔晚，眼神里含着几分敌意、几分探究，还有几个丫鬟故意大声喊道："有些人也不看看自己几斤几两，一门心思就想着那些事了。"

"就算真的攀上了大少爷又能怎么样，难道还真能成仙？"

"不就是力气大了点儿吗？嘁，蛮牛一个。"

"蛮牛"乔晚默默撸起袖子，露出结实的小臂肌肉，走到水井边，抬手打满了一桶水，毫不客气地丢了出去。

"砰！"

面前的几个小丫鬟惊恐地往后退了一步，目光又落在乔晚的胳膊上，全都没了声音。

就在这个时候，打院子外面忽然传来一道冷厉的女声："都聚在这儿做什么呢？！"

几个小丫鬟忙回过头，一见来人，跟猫见了耗子一样："陈……陈嬷嬷……"

女人目光一扫，看了乔晚一眼。

丫鬟群中，有人不甘心地上前一步说道："陈嬷嬷……辛夷她……"

话还没说完，她被人一拽，又拽了回去。

桂旗红着眼，摇了摇头："算了……"

陈嬷嬷这才把目光从乔晚身上移了回来，转过身，冷着脸道："全都进屋，我有事要交代。"

众人这才心不甘情不愿地进了屋，临走前还没忘瞪乔晚一眼。

等丫鬟们站好了，陈嬷嬷这才开口，带来了一个消息。

"夫人屋里负责端茶送水的小丫鬟家里出了点儿事，回了老家。

"现在夫人屋里空出了一个差，你们有谁想干的？"

此言一出，屋里的丫鬟们纷纷骚动了。

夫人屋里的人！能去夫人屋里伺候！

虽然只是个端茶送水的扫地小丫鬟，但能去夫人屋里伺候，这简直就是从天而降的一个美差。

马上就有胆子大的人上前一步，福了福身："奴愿意。"

陈嬷嬷垂下眼皮："别急。你们以为夫人屋里这么容易去的？

"夫人屋里伺候着的丫鬟，容貌、德行那都是一等一的。"

"就你们几个粗使丫鬟，"女人皮笑肉不笑地说，"就算想去伺候，也得让我看看你们有没有这个能耐。"

"你们之间谁想去的，"陈嬷嬷指了指左边，"站到这儿来。"

"呼啦"一声，所有人全都站了过去，自然也包括乔晚。

"很好。"陈嬷嬷不含什么感情地点了点头，"就从你开始吧，会点儿什么？"

打头的丫鬟一脸激动地说："奴……奴手脚勤快，从小就跟着家里做绣活儿，绣活儿做得好，嬷嬷可要看看我做的帕子？"

说着她就伸手往袖子里掏东西。

谁不知道，岑家夫人使得一手"悬丝灵针"？

没想到陈嬷嬷看都没看一眼，冷笑道："府上又不是没绣娘，那些绣娘手艺比你好的大有人在。既然这么想当绣娘，当初你到这儿干吗来了？"

丫鬟委屈地抽搭了一声，默默退了回去。

轮到桂旗的时候，桂旗不卑不亢地福了福身子："奴会点茶，会梳一百多种发式，还粗通乐理。"

陈嬷嬷脸上表情说不上满意，也说不上不满意，神色淡淡地点了点头，让她退下了。

退下去前，桂旗没忘看了乔晚一眼，眼神冷冷的。

感受到了眼里那股淡淡的敌意和挑衅，乔晚移开了眼，没看她。

"到你了。"陈嬷嬷问，"你会点儿什么？"

乔晚面不改色地走上前："奴什么都会。"

陈嬷嬷的眉头顿时拧了起来："什么都会？"

乔晚欠身："琴棋书画，无一不通，无一不晓，还通些武功。"

她还没说完，身后就传来了一阵嘘声。

众丫鬟纷纷被乔晚的大言不惭给震惊了。

看乔晚神情镇定，其他人都有点儿替她脸红。

她还什么都会，想去夫人屋里伺候想疯了？

陈嬷嬷冷笑："口气倒不小。"

乔晚说的全是真话。

这个时候，她还得感谢陆辟寒这么多年辛辛苦苦、勤勤恳恳地把她往端庄大气的淑女方向培养。

虽然周衍从来没透露陆辟寒的出身，但他姓陆，应该也是出身三大世家之中的陆家旁支。

在大师兄几十年如一日的教导下，乔晚就算再不争气，也多多少少学了点儿皮毛，至少勉强能被拎出来见人。

“是真是假，试一试不就知道了？”

乔晚抬眼。

说话的是桂旗。

桂旗微笑着继续说道：“是真是假，不如试一试。如果辛夷说的是真的，也好让我们开开眼界。”

“我会的东西不如辛夷多，但琴棋书画中的乐理倒还是懂一点儿的，可惜懂得不多，学得粗劣，”桂旗转向乔晚，“不知道辛夷你愿不愿意指点我一二？”

对上桂旗的目光，乔晚知道对方已经惦记上她了。

乔晚拿的是上回在游仙镇随便买的笛子。

没想到桂旗用的也是笛子。

拿着笛子，桂旗朝着陈嬷嬷行了一礼，将笛子横在唇前开始“呜呜”地吹。

少女面如银盘，眉目如画，凝神垂眸。

笛声悠悠，清新悠扬，高潮时情感饱满浓烈，一波三折，层层递进，大有不掐死乔晚誓不罢休的意思。

一曲终了，余音袅袅。

吹完这一曲，桂旗似乎也觉得发挥得不错，面上露出了点儿得意之色，向乔晚行了一礼，示意她请。

乔晚淡定地拿起笛子，世上有乐修，以乐入道，能杀敌、能疗伤，乐曲交感天地万物，乐修中的大能吹一曲，甚至能做到山崩地裂的境界。

乔晚和桂旗相比，其实有点儿作弊了。

笛声如同从云外飞落，意境高昂开阔。

一曲终了，桂旗脸色僵硬，浑身有点儿发冷。

乔晚能吹成这样，明摆着就不是个普通人。

想到前几天乔晚徒手掰椅子的画面，桂旗悚然一惊，浑身止不住地发抖。

陆婉……真的是个修士吗？

本来她还以为对方是头蛮牛，说自己会琴棋书画都是骗人的，但从这一手笛曲来看，好像还真没骗人？

在场的丫鬟们不禁震惊，一想到前不久刚说过的话，面上也有点儿难看。

答案已经出来了，乔晚去顶那个差。

陈嬷嬷一发话，没人敢辩驳。

散会之后，乔晚抬脚就走。

没想到桂旗突然追了上来，僵硬地问：“我听说，修士里有乐修？”

“陆婉，”桂旗死死地盯着她问，“你是不是乐修？”

乔晚停下脚步，摇摇头，把手伸到了腰间。

在桂旗惊恐的目光中，乔晚缓缓地抽出了一根雪白的肋骨。

乔晚将肋骨一把塞到桂旗手中，阴恻恻地咧嘴一笑："我是体修。"

手上的肋骨线条优美，还带着点儿温热。

"当啷！"

桂旗一口气没喘上来，一屁股跌坐在了地上，蹬着腿将地上的肋骨猛地踢飞出去二丈远，差点儿没被吓得魂飞魄散！

女人像大白天见到了鬼一样，冷汗涔涔地看着乔晚，脑袋上像是有两个大字明晃晃地砸下来：完蛋。

辛夷……辛夷她不是人啊！

这哪里是修士？！这根本就不是人！！

第二天，乔晚收拾收拾准备上岗。

为此，乔晚打起了十二分的精神，争取先给岑夫人留个好印象，再见机行事。

领着她的是个叫沐芳的大丫鬟，也是炼气初期的修为。

岑夫人本姓姜，名叫姜柔，如今住在寒山院里，院里疏种着一丛竹，引水为溪，很是清新雅致。

乔晚停下脚步，抬头看了一眼。

察觉乔晚的停顿，沐芳顺着乔晚的视线看了一眼："那青楼是家主的住处。"

从寒山院往南看，能看到一角青楼，伫立在碧空之下，和寒山院遥遥相望。

乔晚重新抬起了脚，跟上沐芳的脚步，心里涌出了点儿疑惑。

岑家家主不和岑夫人住一起？

院子里多添了个人，沐芳领着乔晚过去到岑夫人面前露个脸。

到现在，乔晚好像都还没这么紧张过，心怦怦直跳。

跟着沐芳一进屋，她就看见一个妇人正坐在榻上，翻着小几上的佛经。

那就是岑家的岑夫人。

岑夫人……和乔晚想象中的不太一样。

女人样貌生得不是很美，就如同院里的陈设一样，有点儿淡雅，柳叶眉，鹅蛋脸，云鬓低垂，唇隐隐泛白，如雪的皓腕上套着个金镯子。

但她好像还从来没见过这么温柔的女修。

乔晚有点儿愣神。

性格温柔的女修多了去了，就算是女医修，身上或多或少也带了点儿锋芒，但像眼前这种温和如春风、沉静如春水、语调温软的女修很少见。

"这就是你们新找来的丫鬟吗？"

岑夫人放下手里的佛经，抬起头看了乔晚一眼，朝着乔晚缓缓露出一个温和的笑，说起话来慢条斯理、不疾不徐。

来不及多愣神，乔晚赶紧跟着沐芳行了一礼："奴拜见夫人。"

目光一瞥，乔晚忽然在墙上看见了一把挂剑。

杏红色的剑，剑身轻盈灵巧，像是掬了捧秋水。

岑夫人看着沐芳，笑容有点儿无奈："我屋里本来就用不着这么多人，你们何必再这么麻烦特地找个人过来？"

听闻这话，乔晚心里"咯噔"了一声。

岑夫人像是想到了什么，偏头问了一句："二少爷屋里的人够不够？"

沐芳："二少爷刚从大日观回来，回来就遣散了屋里的丫鬟，如今屋里只留着如镜伺候。"

"如镜毕竟是个小厮，那怎么够？"岑夫人摇摇头，目光再度落在了乔晚身上，很温和，眼底像是有一泓明亮的春水，温柔动人，好像还含了点儿鼓励之意。

岑夫人微微一笑，说道："就让辛夷她……去二少爷屋里伺候吧。"

顿时，乔晚的脑袋里也有几个大字"轰"的一声砸了下来：完了，白忙活了。

好不容易才见到岑夫人的人，怎么可能就止步在这儿？

乔晚马上蹲下来行礼，抬眼真挚地看着岑夫人，神情看上去有点儿犹豫："夫人，奴想留下来服侍夫人。"

沐芳诧异地看了她一眼。

主人发话，哪有下人插嘴的道理？不过见岑夫人没什么表示，沐芳也就眼观鼻鼻观心地没开口。

岑夫人莞尔一笑，笑容很友善，似乎没想到面前这小丫鬟竟然敢主动开腔。

"你不想去二少爷的屋里？"她一笑，脸色看起来就更加苍白，捂着嘴一连咳嗽了两声。

乔晚趴在地上："奴想留下来服侍夫人。"

"哦？"岑夫人有点儿纳闷，"你为什么想留下来服侍我？"

乔晚："因为……因为夫人长得好看，人也温柔。"

没谁不愿意听奉承的话，就算岑夫人也不例外，一听这话，弯起细细的眉眼笑了起来，慢条斯理地和乔晚在这儿扯皮："难道二少爷就不好了？"

乔晚："二少爷好虽好，可是……可是我更喜欢夫人，一见到夫人就喜欢，打心眼里喜欢。"

岑夫人叹了口气，微微笑了笑："你的好意我心领了，但我这儿确实用不了这么多人，你去服侍二少爷吧。放心，二少爷长得好看，人也好。"

说完，她微微一笑，又低头拿起了桌上的佛经看，显然是已经下定了决心，不再多说了。

沐芳一看，马上就明白了岑夫人的意思，拎着乔晚乖巧地退了出去。

乔晚垂死挣扎，依依不舍地看了一眼主屋："沐姐姐，我真不能去服侍夫人吗？"

沐芳拎着乔晚往外走："夫人这也是为了你好，夫人让你去你就去，管那么多干什么？"

"你看这府上那么多人想去服侍少爷还去不成呢，得了，"沐芳伸着手指在乔晚的脑门上戳了一下，也笑了，"你就别得了便宜还卖乖了。走吧，我带你去二少爷屋里。"

岑清猷就住在岑府西边的云修院里面，院里种了棵参天的菩提，四季常青，树荫浓密。

乔晚被沐芳领过去的时候，没见着二少爷岑清猷的影子，院里只留了个小厮如镜伺候，也是云修院里唯一一个下人。

从前的岑清猷、岑家二少爷，那是锦衣玉食捧出来的，但自从二少爷岑清猷拜入妙法尊者门下之后，就像变了个人，不仅不穿那些绫罗绸缎了，连仆从也不留一个。

如镜从小就伺候岑清猷，就是唯一一个留在岑清猷身边的小厮。

作为享有这岑府上头一份殊荣的小厮，如镜表示，痛苦并快乐着。

首先，其他人要想在岑清猷身边使劲儿，必须经过他，但只有他一个人伺候着，有时候还真忙不过来。

此前，如镜还曾经旁侧敲击地问过自家少爷，要不要找几个丫鬟来服侍？

他一个男人，做事毕竟没姑娘细心。

但岑二少可能是打定了主意不近女色，硬是打回了他的这个建议。

一想到这儿，如镜就大感悲催。

岑二少这反应就跟丫鬟要来夺他的清白似的。

这又不是通房丫鬟，他至于吗？！至于吗？！

一见岑夫人身边的沐芳踏入了云修院，如镜赶紧迎了上来，喊了声："沐姐姐。"

目光一瞥，看了一眼沐芳身边跟着的样貌平平的小丫头，如镜心里"咯噔"一声："这……这是……？"

沐芳让开一步，把乔晚提了出来，笑道："这是夫人拨下来的丫鬟，叫辛夷，以后就让她跟着二少爷伺候了。她刚来，什么都不懂，你多多担待。"

等沐芳一走，如镜看着乔晚陷入了沉思，眼神在乔晚的鼻子、眼睛、眉毛上扫了一圈。

样貌嘛，平平无奇，这人究竟是怎么过五关斩六将，战胜"女妖精"们，得了夫人的青眼的，还得存疑。

最近这几天栖泽府不太平，好端端地突然间妖气四溢，到处都有妖魔作祟，岑清猷一大早就出门除妖去了，回来之后要是看见屋里多了个"扰乱禅心的女妖精”，也不知道会是什么反应。

如镜：“叫辛夷？这样，我先带你转一圈，熟悉熟悉，之后你该做什么，等二少爷回来之后再另行吩咐。”

乔晚欠身：“多谢如大哥。”

顾念乔晚毕竟是初来乍到，如镜也没真给她安排什么活儿。

但乔晚自己拿了块抹布擦桌子去了，从里间擦到外间，把整间云修院上上下下都打扫了一遍。

看着乔晚忙忙碌碌的身影，和这样貌天翻地覆的云修院，如镜陷入了人生中最艰难的抉择中。

只要不是对二少爷别有用心的丫鬟，如镜挠挠头，那他就帮着留下来。

要是……这人真对二少爷别有用心，如镜挣扎了一番，沉痛地想，那他只能放弃了。

二少爷啊，小的对你真是忠心耿耿。

等到傍晚时分，岑家二少爷岑清猷终于踩着一地的斜阳，回到了云修院。

他一踏进院里，显然也被院子里这新面貌给惊了一下。

整间云修院从来就没这么敞亮过。

岑清猷面色惊诧，额间的菩提额饰也震了震，脚步一顿，嗓音温和地喊道：“如镜？”

年轻的小厮赶紧从屋里迎了出来。

乔晚搁下抹布：“是二少爷回来了？”

乔晚站在门框后面往外看了一眼。

少年站在一地斜阳中，惊讶地问：“今天这是怎么回事？”

院子里的花草都被人仔仔细细地修剪了一遍，走廊擦得干干净净，在斜阳的照射下，反射着明亮的光。

对自己的贴身小厮有着深刻的理解，岑清猷显然并不以为这是小厮干的。

如镜笑得有点儿尴尬：“少爷，夫人那儿刚刚拨下来一个丫鬟。”

“丫鬟？”岑清猷忽然不说话了，目光看向了主屋门框。

乔晚跨过门槛下了台阶，走过来欠身道：“拜见二少爷。”

“是你？”显然，岑清猷还记得前几天在廊下见的那一面。

他惊讶之后，脸上就流露了点儿歉意：“我这儿用不着丫鬟服侍。”

一天相处下来，别说，如镜还挺喜欢这个丫头，最主要的是这个丫头手脚勤快，话不多。

见状，他赶紧上前替乔晚说话：“少爷，这是夫人拨下来的。”

岑清猷无奈地叹了口气：“我既为禅门中人，怎可叫女人来伺候我？”

如镜痛苦地捂脸："可……可是，少爷你都拒绝百儿八十回了，这再不要，回头夫人那里就该伤心了。而且，天都这么晚了，哪能就这么赶出去呀？"

毕竟是母亲，之前他婉拒了那么多回，现在再拒绝未免有点儿说不过去。

岑清猷脸上露出了点儿显而易见的为难之色，他只好点了点头："那……那便暂且在云修院住下吧。"

说完，他还没忘抬头看了一眼乔晚："麻烦你了。"

乔晚有点儿受宠若惊。

但少年已经转过身，踩着布履回到了主屋里。

上岗第一天的晚上，乔晚老老实实地站在屋里等着吩咐。

之前在昆山的时候她就经常这么伺候周衍。

周衍坐在桌前翻看剑谱，做弟子的随侍在侧。

伺候人这种事，乔晚算不上手生。

但坐在桌前的少年显然有点儿不习惯。

大悲崖都是男人，一个姑娘就这么低眉顺眼地伫立在这儿，就算不吭声，他也不太自在。

岑清猷搁下手里的一卷经书，又拿起来看了一眼，看了一眼之后又放下，最终转向乔晚露出个尴尬而不失礼貌的温和微笑："这儿不用你伺候，下去吧。"

乔晚也不啰唆，行了一个礼，乖乖地退了下去，去屋外面站着了，眼观鼻鼻观心，站得挺直。

过了一会儿，乔晚就听见屋里传来了少年淡淡的嗓音，和如镜一问一答。

"母亲那儿是怎么说的？"

"沐芳姐姐说，少爷你这儿没丫鬟伺候，夫人不放心。这又怎么了？"如镜撇了撇嘴，"又不是通房丫头，会败坏少爷你修行。"

少年轻斥："别胡说。"

普通丫头也不行。

他既然拜入了妙法尊者门下，那就应当严守戒律。

女色会动人心。

岑夫人发了话，不管怎么说，乔晚算是在云修院留了下来。

只不过岑清猷并不怎么管她。有什么事，平常自己一个人就做了，要是一个人做不过来，他就叫上如镜，对乔晚态度温和，但能不使唤就不使唤。

这么默默无闻下去，不是乔晚愿意看见的情况。

岑清猷每天早上都会去寒山院向岑夫人请安。乔晚的目标是，争取让岑清猷早上带着她一块儿去。

某天晚上，乔晚端着茶，幽幽地摸进了屋子里。

少年对着昏黄的烛光正在看书，乌发散落在肩头，眉眼被烛光一照，像是泛着玉样的光泽，温和细腻，和岑夫人有六七分相像。

察觉乔晚的动静，青年抬头愣了愣：“辛夷，你怎么在这儿？”

乔晚：“我来服侍少爷。”

“我这儿不用你服侍，你下去歇息吧。”

乔晚“哦”了一声，出门前终于忍不住了，停下脚步扭头看了一眼烛光中的少年。

岑清猷微微一愣。

见乔晚端着茶，欲言又止的模样，岑清猷的压力忽然有点儿大。

从小到大，他身边就没缺过怀揣着点儿别的心思的姑娘。

想到当初廊下见的那一面，再联想到今天晚上乔晚摸进他屋里这情况，岑清猷不由得面色一僵。

要真是她故意在他路上堵着，那他肯定不能让她继续待在院子里了。

想到这儿，岑清猷又觉得尴尬，忽然就不太知道该怎么面对这“别有用心”的丫鬟了。

于是，岑清猷露出最温和也最冷淡的微笑：“可还有什么事？”

他没想到面前的丫鬟忽然转过身，不走了。

她不走了？！

岑清猷再度僵硬了。

乔晚确实是“别有用心”地摸进了屋，把茶水往桌上一放，斟酌着问：“奴来云修院也有一段时日了，能不能冒昧地问少爷一句话？”

岑清猷：“但说无妨。”

乔晚坦白：“少爷为什么不愿意让丫鬟跟在身边伺候？”

乔晚平静地看着岑清猷。

面前这少年，据说是妙法尊者的弟子。

她没见过大名鼎鼎的妙法尊者，但见过梦里的尊者。和梦里的尊者相比，眼前这少年，不论是言行还是气度都太青涩、太嫩。

岑清猷沉默了一会儿，终于坦白了自己内心真实的想法：“我在修行，不敢接近女色，更不该让女丫鬟伺候，会影响修行。”

他自觉自己的提醒已经十分善意和温和，没想到面前的丫鬟像是根本没体会到他的意思，连眉毛都没动一下，反问：“我束缚你了吗？”

岑清猷摇了摇头：“辛夷你不曾束缚我。”

乔晚继续问：“那是别人束缚你了吗？”

岑清猷想了想，也摇了摇头。

“没人束缚你，”乔晚睁着漆黑的眼，反问，“少爷你在回避什么？”

岑清猷愣住了。

他何等聪慧，要不聪明也不至于被妙法尊者收入门下。

岑清猷一点就透，眼睛倏地一亮，灵台一片清明，看着乔晚的神情也顿时一变："辛夷，你懂佛理？"

想到之前梦里尊者美艳到锋锐的容貌，和那一级提神醒脑的梵音，乔晚挠了挠头："懂一点儿。"

毕竟她每天晚上都坐在菩提树下听尊者说法，耳濡目染之下，也明白了一些。

说完，乔晚抬起脚，继续站在外面守着，独留岑清猷一个人在屋里陷入了沉思之中。

想了好半天，他抬眼一看，窗上映着的人影一清二楚。

是他误会辛夷了。

岑清猷想了想，把如镜喊了过来。

"去，"岑清猷温和地道，"拿件衣服给辛夷。"

如今正值初春，夜里寒凉。

如镜看着自家少爷的脸，有点儿怀疑自己的耳朵。

但奈何岑清猷表情十分镇静从容，看着压根就没那方面的意思。

如镜委婉地表示："少爷，屋里没女人的衣裳。"

岑清猷愣了愣："那就去拿我的衣裳给她披上吧。"

乔晚默默地站在门外看天的时候，如镜来了，手里还拿了件衣裳。

乔晚的目光落在他手中的衣服上，顿了顿，她问道："给我的？"

如镜看她的眼神透着十二分的好奇，把手里的旧衣一抖："少爷说夜里寒凉，你是个姑娘，让你披上。"

带着檀香味儿的白衣落下，乔晚扯着衣袖，怔了半天都没反应过来。

她在昆山的时候，守夜的次数多了去了，但像今天有人特地给她留了件衣服的情况还是头一回。

乔晚浑身上下打了一个激灵，想到屋里的少年的模样，再度惊悚了。

第二天，岑清猷叫如镜把她喊了过来。

少年坐在桌边，手上还搁了个方方正正的小盒子。

"之前是我着相。"岑清猷苦笑，耳根发烫，"多谢辛夷你昨晚点拨。"

确实是他想太多。

没人束缚他，是他作茧自缚。

少年端坐在桌前，看着面前这容貌平平无奇的丫头，脸有点儿烧，窘的。

毕竟不管是乔晚还是其他丫鬟，从始至终就没那个心思，是他自己一个人整天瞎想，闲的。

如今岑清猷忽然悟了，回想自己这段时间以来的纠结，更窘了。

对昨天点破了他的乔晚，岑清猷表现得十分礼貌，手一扬，把那小盒子推了出来。

“虽说谢意不该用金银之物衡量。”岑清猷羞愧地笑了笑，打开了这小盒子。

一看小盒子里的东西，乔晚呼吸猛地一窒，目光笔直地落在盒子里，怎么都移不开。

盒子里堆了满满一盒首饰，粉玉镯子、金步摇，每一样都闪闪发光，还有粉玉小蝴蝶结！足足有好几只！

“我瞧见府上的丫鬟都有些首饰，唯独你没有。”

“这些珠钗首饰是照我的口味去打的，也不知道你喜不喜欢，倘若不喜欢，我再叫如镜去打点儿。

“这都是谢礼，你拿着。”

乔晚抬眼，看着面前的少年，喉咙像被什么东西堵住了一样，涨红了脸，脸上温度节节攀升。

一大早，如镜刚走上台阶，忽然迎面撞上了一个粉色的身影，旋风一样，抱着个小木盒跑得飞快。

他定睛一看，竟然是辛夷！

“哎！辛夷！”如镜瞪眼，傻愣愣地看着那粉色身影转眼间就消失在了庭院外。

刚刚他没看错？

辛夷她……她这……这是脸红了？

无……无法拒绝，怀里的木盒烫手，盒子里的粉蝴蝶结更烫手。

乔晚面色通红，背上滚过一阵烫意，顶风一路狂奔出了云修院。

结果她还没跑出去多远，忽然“砰”的一声撞上了一道障碍，手里的木盒顿时被撞飞了出去。

乔晚赶紧伸手去捞木盒。

一只修长白皙的手也伸了过来，正好和乔晚的手指尖擦过。

乔晚抬眼。

那被撞的人垂眼，淡淡地看着她。

少年足蹬黑靴，腰间挂着暗红色的锦囊，眉间朱砂，五官明艳。

他垂着眼睫看着乔晚，目光冷淡。

霎时间，乔晚愣在原地，全身僵硬，脸上的滚烫温度也一点点地降了下来。

裴春争。

他怎么会在这儿？

乔晚目光往后一看，在少年身后还看到了几个修士，有男有女。

穿着一件水蓝色罗裙，笑容软糯的，是穆笑笑。

通红一身衣衫，容貌俊美，墨发长到脚踝的，是凤妄言。

还有一张娃娃脸，两手环胸一脸不耐烦的，是萧博扬。

四个人，从千里之外的昆山，就像凭空出现一样，活生生地站了她面前。

乔晚脚步一顿。

裴春争手里捞着那木盒，面无表情地看着她，神情冷淡地移开了目光，目光落在了敞开的木盒中。

她吃了易颜丹，他没认出她来。

目光一触及木盒里的蝴蝶结，少年全身一震，一双眼像是猛地被刺了一下，复又抬起头死死地看着乔晚。

几乎就在这么一瞬间，他还以为他看到了乔晚。

但目光落在面前这丫鬟身上的时候，看见一张平庸的脸，少年一瞬间有些茫然无措。

一样的服饰和打扮，但脸不一样，眉毛、眼睛、鼻子、嘴，平庸寡淡，两个人没哪一处相像。

反倒是身后的穆笑笑，可能是以为乔晚被吓着了，柔声问："你无事吧？"

乔晚看了一眼穆笑笑，摇摇头，抄起木盒转身就走，留下四个人站在原地。

穆笑笑看着乔晚离去的背影，眨了眨眼，喊道："哎，你等等……"

乔晚脚步没停。

穆笑笑下意识地看了裴春争一眼。

少年蹬着黑靴，劲腰负剑，沉默不语地看着小丫鬟离去的身影，心里像是被一只手用力搅了一下，呼吸一窒，终于反应了过来。

乔晚早就没了。

自从上元节之后，他和乔晚就再也没什么接触，一直到……笑笑回来，再到乔晚从太虚峰上跳了下去。

太虚峰上，是他见到乔晚的最后一面。

那丫鬟离去的背影，像极了一个人。

她不是乔晚。

裴春争愣了愣，触及穆笑笑担心的目光，见她包裹在蓝色衣裙下的玲珑窈窕的身姿之后，猛地又明白过来。

刚刚那丫鬟离去的背影像极了笑笑。

裴春争抿唇，目光深沉。

至于乔晚，他想不起来。

他已经想不起来她真正的背影是什么样的了，就像个模糊的影子，分不清也辨认不出来。

少年的目光慢慢地恢复清明，浑身上下又冷得像裹了一肩的风雪。

"方才那小丫鬟行色匆匆也不知道是要去做什么。"穆笑笑眨着眼，一脸惊讶，"是有什么急事吗？"

凤妄言本来就不耐烦，目光一瞥，瞧见少女望着丫鬟离去的背影一脸好奇的娇态，扯着嘴角轻笑了一声，抬手抚了抚少女黑而软的长发："这么好奇，叫她回来问一问不就知道了？"

感受到落在头顶的火热触感，穆笑笑红了红脸，摆了摆手："这就算了，太麻烦啦。"

这么溜了一圈，乔晚回到云修院的时候，脸色的变化就连如镜也看出来了。

"怎么了？你刚刚出去还好好的，怎么现在脸色这么差？"

如镜疑惑地看着乔晚，之前不还红着脸吗？

"怎么回事？是不是被谁欺负了？"如镜问，"要被谁欺负了，你就去找少爷，你是少爷院里的人，谁能欺负你啊？"

乔晚："没人欺负我。"

如镜指了指："那这儿是怎么回事？"

正巧这个时候，岑清猷刚好回到了云修院，一眼就看见了蹲在廊下的两个人："怎么了？"

如镜拍拍衣服站起来，行了礼，指着乔晚说："少爷，你看辛夷这脸色。"

岑清猷低下眼："是发生什么事了？"

乔晚摇头："没什么。"

目光一瞥，不经意地落在岑清猷的袍角上，乔晚猛地愣住。

岑清猷垂袖站着，白色的袍角上落了一片暗红的血迹，看上去扎眼得很。

察觉乔晚的目光，岑清猷也愣了愣。

如镜先叫了出来："少爷！你的袖子上这血……"

岑清猷振了振衣袖："我这血是早上除妖的时候沾上的，不打紧。"

他说着，面上露出了点儿困惑神色："这段时间不知怎么回事，妖气肆虐，整个栖泽府每日都有妖魔作祟。"

"妖气倒没什么，有岑家护着栖泽府，就是林家那儿，"岑清猷低声说着，面色不太好看，"我有些担心。"

岑清猷进屋去换衣裳，乔晚转头问如镜："林家？"

毕竟也是云修院里的人了，如镜看着乔晚一脸懵懂的模样，拉着乔晚重新在走廊下坐了下来，开始给乔晚介绍岑家的历史。

"你刚来岑家，不清楚。

"少爷口中的林家在栖泽府北边，那是我们岑家的世仇。"

据说岑、林两家是在魔域和修真界死磕的那场大战中结下的梁子。

两家本来关系不错，在那场大战中也是并肩作战、一块儿御敌的同盟，但在扶风谷一役之中，两家突然就闹掰了。

岑家指责林家胆小怕事，援军迟迟不发，害得岑家三十六名子孙殒命于扶风谷，到现在只剩下岑向南这一脉，林家则指责岑家与魔域相勾结。

当年的往事，早就说不清楚了，但两家的世仇结了下来，每隔几年，两家人总要相杀一场。

如镜叹了一口气：“本来有岑家镇着，栖泽府那些妖魔鬼怪也不敢乱动，但最近不知道怎么回事，一个个跑出来害人。少爷每天早上都要去除妖，太阳落山了才能回来。”

乔晚膝盖一痛，面前迅速掠过一张獾脸。

她好像知道这妖气是怎么回事……

“这倒没什么，大不了多跑几趟得了，”如镜道，“但现在就怕林家人不安分。”

回想岑清猷温温柔柔的模样，和他袖子上凶残的一片血迹，乔晚嘴角一抽：“少爷不是尊者的弟子吗？”

如镜翻白眼：“妙法尊者的弟子能一样吗？和尊者相比，我们家少爷脾气已经足够好了。”

乔晚心里默默感叹：这果然是师门一脉相传的凶残脾气啊！

乔晚和如镜唠嗑的工夫，少年已经换了身整洁的衣袍，踏出了屋门。

岑清猷正好瞧见和如镜坐在一起的丫鬟，想到刚刚乔晚低落的表情，略一思忖，笑道：“辛夷你陪我去一趟寒山院吧。”

眼前少女的眼顿时“噌”的一下就亮了。

岑清猷：“……”

虽说被点拨之后他想通了，但看见乔晚这骤然变化的神色，突然间也感到那么点儿挫败，就不知道辛夷对他娘的喜爱究竟是从哪儿冒出来的。

乔晚和岑清猷刚到寒山院，就见沐芳守在外面，从主屋里隐隐约约传来了交谈声。

岑清猷上前一步问：“母亲有客吗？”

沐芳欠身道：“是昆山来的贵客到了。”

岑清猷好脾气地问：“可是打扰母亲了？若是打扰了，我与辛夷改日再来。”

岑清猷这嗓音不大也不小，但屋里的人听得清清楚楚。

很快里面就传来了岑夫人温和似水的嗓音：“是二少爷吗？进来说话吧。”

岑清猷还没忘跟着他的乔晚，回头说：“辛夷，来。”

乔晚默默无语了半晌，定了定心神，埋头跟上。

算了，江湖这么大，不是冤家不聚头，碰上也是缘分，合该她命里犯这一劫。

她现在吃了易颜丹，就算是裴春争和穆笑笑也不该认出她来。

踏进里间，乔晚抬头看了一眼，萧博扬他们四个分别坐在几把椅子上。

岑夫人坐在首位，云鬓雾鬓，清丽婉约。

她今日穿了件梨黄色的襦裙，手臂上搭了件葱色的披帛，金镯松松垮垮地套在雪白的腕子上，极其招人眼。

乔晚跟着岑清猷进了屋后，就默不作声地退到了一边当摆设。

裴春争瞥了她一眼，收回了视线。

萧博扬也斜睨了她一眼，明显认出她就是之前那失礼的丫鬟。

但人毕竟是岑府的，他们过来是求岑夫人帮忙的，哪有一上门先指摘别人府上的丫鬟失礼的道理？

故而穆笑笑等人一转头，看见岑清猷和乔晚，认出乔晚之后，都默契地没说什么。

区区一个丫鬟，还不值得他们放在心上。

眼见萧博扬这几个人确实关注不到她这“卑微”的小丫鬟身上，乔晚放松了四肢，平静地听着以裴春争为首的一干人和岑夫人交涉。

听裴春争所说，他们是来求医的，求岑夫人帮忙解了穆笑笑身上这寒热之毒。

穆笑笑身上那寒热之毒，其中“寒邪之气”还是乔晚留下的锅。

本来高兰芝和青崖道人已经约好要给穆笑笑解寒热之毒，没想到等裴春争他们到了，又出了岔子。

青崖道人留了封书信飘然远去，只留下两个小道童看守洞府。

等穆笑笑几个人赶过去的时候，纷纷傻眼了。

信里青崖道人极其歉疚地表示，自己有要事缠身，实在走不开，并给他们指明了一条路，让他们去找他的好友岑夫人帮忙。

没办法，来都来了，也只能遵从青崖道人信里面说的，给岑府递了拜帖。

“事情就是如此。”

毕竟是要求人，裴春争站起身，垂眸躬身行礼，难得卸下了一身的傲气，“听说夫人‘悬丝灵针’能驱邪导毒，还请夫人施以援手。”

岑夫人听完，看向了在场的病人——穆笑笑。

穆笑笑也忙不迭地站起身，不大好意思地牵了牵裙角：“笑笑厚颜，请夫人帮忙。”

“原来如此。”岑夫人温温柔柔地笑了，笑着笑着，忽然叹了口气，咳嗽了两声，“但我已经许久没拿过灵针了。”

“倒不是我不想拿，只是医不自医，”岑夫人面色苍白，眼神却很有神采，“我如今的身体，已经做不到再运动灵针。”

裴春争和穆笑笑都愣了愣。

猝不及防地听到这么一个重磅消息，乔晚也愣在了当场。

岑夫人不能运动……灵针了？

红衣的俊美青年闻言，浓眉一皱，冷下脸来：“夫人这话是什么意思？”

岑夫人看了一眼面前这火红的身影，倒也不生气，不疾不徐地说：“我这几年身体大不如以往，已经做不到再运动灵针。”

“稍后穆姑娘你留下，我帮你瞧一瞧。”岑夫人安抚般笑了笑，“这毒，说不定还用不上灵针。”

岑夫人帮穆笑笑看病的工夫，屋里留不下这么多人。

于是，乔晚就被岑清猷赶出来找沐芳了。

乔晚蹲在门口和沐芳看着远处的青楼，有一搭没一搭地说着话。

想到刚刚岑夫人说的话，乔晚心里沉甸甸的，始终没想明白不能运动灵针了究竟是怎么回事。

纠结了一会儿，乔晚还是选择向沐芳套话。

“我刚刚在屋里听夫人说，夫人已经没办法再运动灵针了，沐姐姐，你知不知道这其中的缘由？”

沐芳狐疑：“你问这个做什么？”

乔晚摇头：“我只是听说夫人的‘悬丝灵针’是天下一绝。”

沐芳扭头看了一眼主屋，忧心忡忡地说：“夫人的身体一向不太好，这都是当初和林家相争的时候落下的病根，前些年还能靠养命珠养着，但前几年养命珠丢了之后，夫人这身体就每况愈下。”

乔晚：“养命珠是什么？”

沐芳：“养命珠是至宝，也是当初夫人的陪嫁物品，揣在身上能涵养灵气，温养人体。”

乔晚皱眉：“神器不该好好守着吗？这怎么丢的？”

沐芳也不瞒她：“夫人一直随身佩戴养命珠，但突然有一天就这么丢了，第二天找翻了天也没找着。护府的阵法也没反应，没发现什么异常。”

护府阵法没反应，也没人闯入……

乔晚：“那就是有内鬼？”

沐芳低声道：“我们的确也是这么想的，但排查了这么久，还是一无所获。最重要的是，养命珠没了，现在提这个也是白提。”

乔晚：“那夫人……”

沐芳看出了乔晚的未尽之言：“若没有养命珠傍身，夫人至多还能活……”

沐芳犹豫了一下，伸手比画了一个字数——三五年。

“所以，夫人这才不让你留在寒山院伺候呢，说是怕耽误了你。”

屋里，这已经是他不知道第几次往屋外看了。

裴春争目光微侧。

明明……明明两个人就没有任何相似之处。

耳畔传来岑夫人的嗓音，却朦朦胧胧的，始终落不到实处，一看见这丫鬟，他就感到焦躁不安，就好像那个丫鬟身上藏了什么东西，他不得不去找。

可是他找不到。

他身上这不自在无非是和乔晚有关，乔晚就像附骨之疽，甩不开，丢不掉。她明明如影随形，但他无论如何也找不到她，想剜去，却不得门路。

裴春争握紧了指节，再度死死地咬紧了牙根。

他找不到，就像当初找乔晚一样，双目赤红地绕着太虚峰下找遍了也没找到人。

“裴小郎？”

岑夫人的嗓音拉回了裴春争的思绪。

意识到自己在走神，裴春争如梦初醒地松开了手，面无表情，嗓音低低地说：“抱歉。”

“要是能找回养命珠的话……”乔晚问，“有没有用？”

沐芳：“这是神器，当然有用了。”

“家主呢？”乔晚追问，“家主怎么说？”

她来岑府这么长时间了，还从来没见过岑向南的身影。

沐芳也望向了青楼。

远处，素雅的青楼掩映在一片乌桕林中。

“家主与夫人关系不是很好。”沐芳低声说道，“这几天不知道怎么回事，栖泽府上妖气肆虐，家主这几天忙得足不沾地，就担心林家趁机发难。”

乔晚“哦”了一声，正打算再问的时候，突然看见岑清猷跨出了门槛，朝廊下方向喊了一声：“辛夷。”

乔晚拍拍身上的灰，和沐芳道了声谢，跟了上去，和岑清猷一起走出了寒山院。

没想到岑清猷回去拿了点儿东西又走了，离去前带走了如镜，只留乔晚一个人待在云修院里，一直到晚上都没回来。

这个时候，就暴露整个云修院只有两个家仆的坑人之处了。

作为整个云修院目前唯一一个大活人，乔晚只能守在主屋，等着岑清猷和如镜回来。

等了半天，院外终于传来了一点儿动静，乔晚赶紧抓起桌上的灯笼，踩着台阶迎了下去。

她刚下到一半，脚步硬生生地刹住。

乔晚拎着灯笼，看向了眼前的人。

一只黑靴踩上了台阶，来人抬起明艳的脸，看向了台阶上拎着灯笼的乔晚。

少年确实是少年，但是个腰上挂着暗红锦囊、腰线纤细有力的少年。

少年目光沉沉，灯笼光晕落在他的眼底，映着点点幽暗光泽。

第十八章　再遇伽婴

可能也没想到刚踏上台阶就撞上了乔晚，少年显而易见地愣了一下。

乔晚当然不会以为裴春争是特地来找她的。

秉承着如今大家都是陌生人的态度，乔晚披着马甲，拎着灯笼，公事公办地说道："少爷傍晚的时候出了云修院，到现在还未回来。"

裴春争的目光没什么起伏，平静地落在了她身上，他嗓音淡淡地说："我明白了，多谢。"

乔晚点了点头，过了一会儿突然发现，面前这少年压根没有离去的意思。

裴春争垂着眼，视线定定地落在了她的手上。

乔晚的手指微不可察地紧了紧，又松开。

易颜丹改变的只是她的五官，而她的四肢、躯干没有任何变化。

因为乔晚……没钱。

这真是个悲伤的故事。

她身上的灵石只能支持她变个脸，至于改换身形就实在无能为力了。

这么多年的相处，裴春争记得她的身形。

一阵夜风吹过，"呼啦啦"地吹响了院中的菩提叶。

乔晚手里的灯笼晃了晃，洒落了一地不安的昏黄灯光。

裴春争沉默不语，既不往前也不向后。

毕竟是原书的男主角，有阴郁大魔王之称的少年，裴春争的眼黑漆漆的，像一汪能吞噬人心的深潭。

目光就这么细细描过她的眉眼和四肢，他像是在安安静静地分辨什么，把她和记忆中的那个乔晚重合在一起，又拼成了一个。

空气几乎凝滞，气氛诡异。

最终是乔晚先开口：“这位道友？”

少年纤长的眼睫轻轻一扬，他像从回忆中猛地抽离了出来，目光跟着毫不留情地从乔晚的脸上抽了回来，看着她的眼神再度变化。

那是看一个无足轻重的陌生人的目光。

“既然岑道友不在，那我改日再来。”

少年转身就走，衣摆在半空中划出了一道干净利落的弧线。

乔晚提着灯笼在台阶上默默地站了一会儿。

在裴春争看她的时间里，其实她也在默默地打量裴春争。

不过乔晚的关注点和裴春争不太一样。

当初在泥岩秘境里，她捅他的那一枪造成的伤看来已经愈合，他的境界好像也有所提升。

和裴春争一比，她从下山到现在好像还没什么长进，修为止步在炼气二层。

乔晚搁下灯笼，蹲在地上搓了搓脸。

虽然她从昆山过来的这一路上有伽婴给她指导，但单纯的战技，要是不结合灵力还是发挥不出它本来应有的威力。

还有就是……养命珠。

要是她能把养命珠找回来，到时候就能顺理成章地请岑夫人帮忙补脉了。

但养命珠究竟在哪里？这又是个问题。

就在这个时候，地上的灯笼被夜风一吹，骨碌碌滚下了台阶。

乔晚赶紧伸手去捞灯笼。

这一捞，她忽然察觉了一点儿不对，风里……

乔晚刚伸出去的手突然顿在了半空中，脸色也变了。

风里有血气。

血气丝丝缕缕地混杂在夜风里，不仔细分辨根本分辨不出来。

乔晚面色凝重地站起身，循着夜风的味道走下台阶，一路走出了云修院。

岑府太大，这一路走走停停，乔晚在一道月洞门前停下了脚步。

突然之间，她身后传来了一个熟悉的女声。

“辛夷？”

乔晚迅速扭头，转身就看见了一个圆脸丫鬟站在她身后，一脸惊讶。

桂旗。

旧怨在前，桂旗看着乔晚，神情也有点儿难看。

“你怎么在这儿？你不是去伺候二少爷了？”

乔晚看了她一眼，就扭过了头："别吵。"

一个大活人，就这么堂而皇之地被无视，桂旗的面色变得更难看了。

上回那旧账还没算，一看乔晚这德行，桂旗往后退了一步，瞥了一眼她的手心，确定乔晚手上没拿什么稀奇古怪的东西之后，略微松了一口气，忍不住张嘴就开始刺："怎么？大半夜的一个人在这儿？是惹二少爷不痛快了？"

乔晚还是没回头，就留给她一个黑漆漆的后脑勺，但语气加重了点儿："闭嘴。"

桂旗胸口气血翻涌，差点儿没气得一个倒仰，缓过神来后，扯着嘴角，怪声怪气地冷笑。

"哟，现在就已经学会摆谱了？

"我早就知道你没安什么好心，这才来几天呢，就傍上了大少爷和二少爷？

"不过是个丫鬟，还真当自己是个什么人物了？

"我告诉你，刚刚我路过云修院门口的时候可看得一清二楚，你和一个男人避着二少爷大半夜在院子里私会，还真以为没人看见了？"

"我呸。"桂旗越说越起劲儿，啐了一口，咬牙道，"不安分的东西。"

她当时看得可一清二楚，乔晚就这么站在台阶前，和那人你看我、我看你，眼神那叫一个缠绵。

说完桂旗喘了口气，心里有点儿紧张，又硬是扯着嘴角盯着乔晚的背影看，端看她会是什么反应。

大不了她们在这儿撕开了就是。

桂旗痛痛快快地想。

反正她早就看对方不顺眼了。

但乔晚还是没吭声，不仅没吭声，还抬脚就要走。

这……这和自己想象中的不一样啊，桂旗愣了愣，赶紧提步追了上去，一边追，嘴里一边嚷嚷："怎么？！被我说中了，心虚了？！

"就算心虚也晚了，我可都看见了。

"你还有什么可——"

"砰！"

面前的人忽然来了个急刹车，转过身来，桂旗一个踉跄，毫无防备地直愣愣撞了上去。

这一撞，鼻子上传来一阵剧痛，疼得桂旗面目扭曲，低呼了一声，伸手一抹，一手的血。

这……这人身子骨怎么长的？怎么这么壮实？

剧痛之中，桂旗倒抽了一口凉气，胡思乱想道。

嘶——可真疼，她都被撞出血了。

回过神来后，桂旗捂着鼻子，气得直瞪眼，死死地盯着乔晚看，心里更恨了。

但面前的少女还是没什么反应，甚至都没看她。

或者说——少女的视线从始至终就没落在她身上过。

乔晚看的是头顶，头顶的树枝。

黑夜里树影幢幢，树枝就像一只只张开的鬼手，五指间漏出了一个人，一个血肉模糊的人。

这个时候，就算是桂旗也终于察觉一点儿不对了。

她鼻子上的血不可能有这么多，多到辛夷身上也沾上了血点，多到血甚至滴到了她的胳膊上。

胳膊上滴滴答答地传来了一点儿温热的触感。

桂旗伸手抹了一把胳膊，战战兢兢地顺着乔晚的视线看去，一声尖叫立即从嗓子眼里蹿了出来！

“啊啊啊啊啊啊——唔唔唔唔——”

她还没叫完，乔晚突然上前一步捂住了她的嘴。

桂旗惊恐地瞪着眼，看了看头顶的树杈，又看了看乔晚，眼中的意思很明显。

出人命了！

乔晚眼睛也没眨一下，语速飞快语气冷静，就是手上捂得更紧了：“我知道，闭嘴。”

桂旗被捂着嘴，扑腾着四肢拼命挣扎。

奈何和威武有力的乔晚相比，她就像是落入了猎人网里娇弱无力的雀儿，扑腾了半天也没撼动乔晚半分。

乔晚垂下眼，凶神恶煞地威胁道：“我放了你，你别出声，做得到吗？”

桂旗浑身上下一软，眼里顿时冒出了点儿泪花，“唔唔唔”地点头。

乔晚松开了手。

新鲜的空气一瞬间涌入了肺里，桂旗剧烈地咳嗽了一声，不管三七二十一，立即扯开嗓子就喊！

她就知道不能放！

在桂旗出声前，乔晚迅速飞身上前，快准狠地再次卡住了桂旗的喉咙，扯下来一片衣袖，团了团塞进了桂旗的嘴里，再从怀里摸出了一把铁锤。

“咚——”

铁锤砸上了树枝，树上吊着的人“哐当”一声重重地砸在了地上。

乔晚拖着口不能言的桂旗走上前。

桂旗见状，挣扎得更剧烈了。

这人她看都不敢看一眼，辛夷竟然敢走上前！

辛夷走过去就算了，还要带着她一起！反正她不去，打死也不去！

桂旗手脚并用地努力往回爬，刚爬出两步，又被乔晚提着衣领给拽了回去，摁到了尸体前。

少女一脸凶相："给我乖点儿。"

被乔晚拖到尸体面前，浓烈的血腥味儿扑面而来，刺得桂旗眼里顿时滚出了两行泪水，哆哆嗦嗦地抖个不停。

面前这尸身，她是看都不敢看一眼的。

乔晚拖着桂旗蹲下身，去察看眼前这具尸体的情况。

身边的桂旗忽然跟个鹌鹑一样不动了。

乔晚想了想，转头看了她一眼，伸出血淋淋的左手往女人白净的脸蛋上抹了一把。

女人激灵了一下，不敢吭声，脸上添了两道血痕，眼睫忽眨，看上去尤为楚楚可怜。

乔晚恶声恶气地威胁道："看见没有？死人了，凶手应该没走远，我去追，你去找帮手过来，别乱咋呼，听见没有？"

少女白皙的五指长了层厚茧，鲜血抹在桂旗的脸上，滑腻腻中透出了一点儿糙意。

桂旗猛点头。

乔晚松开了她。

有前车之鉴，这下桂旗也不敢作妖了。

死人了，这可不是小事，桂旗赶紧连滚带爬地冲了出去。

乔晚握着铁锤，绷紧了身躯，目光四下扫了一圈。

结果还没过半秒的工夫，黑夜中又传来了一声撕心裂肺的呼喊声："辛！辛夷！救命啊啊啊！"

伴随着一阵细微的风声，桂旗又飙着两行眼泪冲了回来，一头撞进了乔晚的怀里。

乔晚一手搂着桂旗，下意识地抡起铁锤甩了出去："什么东西？！"

预想中的闷响没有传来，反倒是锤身一沉，像是被什么东西给紧紧地缠住了。

桂旗惊魂未定，八爪章鱼似的缠上了乔晚的四肢，扯都扯不下来，更别提开口说话了。

但不用桂旗说，乔晚现在也知道追她的是什么东西了。

乔晚拉着铁链，猛地将铁锤一收，终于看清了铁锤上裹着的东西。

那是一张……

刚刚追着桂旗跑的，就是这张"人皮"。

它从锤子上滑了下来，摇摇晃晃地浮上半空。

"啊啊啊啊——"亲眼见到这一幕，桂旗再度尖叫出声。

叫到一半，忽然想到乔晚还在一边呢，桂旗抽搭了一声，尖叫化为一阵细小的呜咽声，四肢缠乔晚缠得更紧了一点儿，哪里还有刚刚那趾高气扬的架势。

“呜呜呜呜呜——辛夷……救……救命……”

桂旗委委屈屈地瞪大了眼，眼里含着两泡泪水。

救……救命！！

这画风怎么不对？！

那东西好像有思维，也有人性，摇摇晃晃地浮上了半空，皮身一绞，裹得紧紧地就冲了上来。

这是什么妖魔鬼怪？

扑面而来的血腥味儿直蹿入鼻子里，乔晚揽着桂旗倒退了几步，实在觉得身上挂着的女人有点儿碍事，生生把身上的桂旗扯下来往身后丢去。

桂旗慌忙又扑了上来：“辛……辛夷你可别不管我啊！”

它冲到两个人身前一抖，猛地张开扑了上去，大有要把两个人包圆儿了的意思。

乔晚抡出铁锤去挡。

它这一张嘴，吞进了一个大铁锤，和想象中那温热细腻的血肉不同，有点儿硌牙。

它吞了铁锤，紧随其上，牢牢地缠住了锤身，开始往后拽。

可惜它显然低估了面前这女修的力气，这一拽压根就没撼动乔晚分毫。

少女站得稳稳当当的，手臂肌肉微鼓，面色沉沉地往后拉。

那东西和她玩拔河？

桂旗颤巍巍地趴在地上，目光落在前面那东西上，又觉得有点儿晕。

她不只有点儿晕，还有点儿想吐。

自从她碰上了辛夷就没好事！辛夷缠上了大少爷不说，还有眼前这东西和生拔肋骨的操作。

乔晚和它拔河的同时，沉着脸思索着。

眼前这东西会判断局势，表现出来的“智商”根本不是一张皮一样的东西能有的。

它哪里能长出脑子来？就算是被人锻出来的法器，也不该这么有灵性。

除非是有人在后面装神弄鬼。

眼看拿不下乔晚，它忽然一松，掉头就跑！

桂旗眼睛瞪得溜圆，这是什么邪门的玩意儿？！怎么还能跑？！

就在这个时候，身子猛地一轻，一声尖叫还没喊出口，乔晚已经一把扛起桂旗追上！

那东西倏地消失在了夜色中。

乔晚扛着桂旗，一路追到了洒扫丫鬟们的住处。

眼看着它翻过窗户进了屋，乔晚面不改色地破窗而入。

屋里空荡荡的，属于乔晚的那张床铺，早在她被提拔到云修院的时候，就已经被收拾得干干净净。

乔晚迅速瞥了一眼杜衡的铺位："杜衡呢？"

桂旗张大了嘴，脸色一白。

乔晚将桂旗丢到了床上。

桂旗双手在床上一撑，白着脸大喊："辛……辛夷，你……你找找杜衡！"

乔晚头也不回，动作飞快地在屋里翻找起来。

桂旗哆哆嗦嗦地缩在床上，视线全黏在了乔晚身上，看着乔晚翻箱倒柜不敢说话。

乔晚一脚踢翻一个箱子，箱子里骨碌碌滚出了一摞书。

她蹲下身正要去翻，"嗖"一声，那东西猛地蹿出来，"啪"一巴掌扇在了乔晚的脸上，又飞快地蹿了出去，彻底消失在了夜色里，快得乔晚覆上了骨甲伸手去捞，根本没捞上，手上的白色外骨骼迅速退去。

这一抽，抽得乔晚半边脸上顿时渗出了不少血。乔晚根本没去擦脸上的血，蹲下身捡起了地上摊开的话本。

刚刚那东西就把自己藏在了书页里夹着。

眼见乔晚盯着书看，桂旗面色大变，四肢并用地从床上滚了下来，伸手想抢回书。

可她慢了半拍，乔晚已经捧着书念了出来："《修真之嫡妻不好惹》？"

桂旗羞愤欲死。

乔晚："……"

她总算明白前段时间面前这圆脸丫鬟是怎么想的了。

桂旗默默地咬碎了一口牙，也不敢辩驳。

看来不管在哪个时空，少女情怀都是诗。

"说出来也不怕你笑话。"桂旗低声道，"我是真喜欢大少爷的。"

乔晚疑惑地问："你和我说这个是什么意思？"

桂旗瞪了她一眼，暗暗咬牙："前几天的事，是我对不住你，今天晚上谢谢你救我一命。"

不管别人怎么看，反正她喜欢大少爷。

在话出口的瞬间，她都已经做好了被鄙夷的准备。

但乔晚根本没在这上面多投注注意力。

桂旗："……"

就今天这么一个晚上，见识过挂在树上的血肉模糊的人、会跑会跳的玩意儿，桂旗的世界观就这么被颠覆了。

只不过这东西……桂旗愣愣地想，她好像在哪里听过类似的邪门功法。

还没容她多想，屋外突然传来“轰”的一声震天巨响。

乔晚和桂旗对视了一眼，把手里的书一丢，默契地冲了出去。

远远地她们只看见南边灵焰冲天！

荧荧的幽蓝色光柱从南边冲天而起，一瞬间爆开，几乎将整个岑府照成了白天。

但凡大一点儿的家族，都有护府的阵法，这道光柱看上去像是护府的阵法塌了一角。

想到前两天如镜和沐芳口中的岑家往事，乔晚愣愣地想：这是……林家？还是那些妖魔？

这道光柱几乎把整个岑府掀了个底朝天。

整个岑府在一瞬间全炸开了锅。

夜半，岑府上上下下的人全都聚在了一间屋子里。

屋里灯火通明，地上整整齐齐地躺着十几具尸体。

乔晚和桂旗看到的只是其中一具，还有不少人在各处也发现了尸体，眼下这十几具尸体通通被搬到了主屋里。

在主屋拥挤的人群里，桂旗终于看见了杜衡，见人没事，松了口气。

刚刚闹出的动静太大，先赶到的是岑夫人，一见地上那十多具尸体，面色遽然大变。

没一会儿，岑家家主岑向南也面色凝重地赶了过来。

岑向南生得斯文俊美，隐约能看出点儿岑清嘉和岑清猷的影子。

夫妻俩目光短暂接触之后又都移开。

不论是岑向南还是岑夫人都没多说一句话，冷淡得不像是一对夫妻。

“这是……？”岑向南眉头紧皱。

岑夫人沉默不语，脸色更白了点儿。

岑向南忽然闭上了眼，叹了口气，抬脚走上了主位。

不过片刻的工夫，几乎整个岑府的人都赶了过来。

到场的还有岑清嘉和岑清猷。

接了急信，岑清猷带着如镜匆匆忙忙赶了回来。

乔晚见状退到了岑清猷身后。

瞥见乔晚，岑清猷低声问：“你可还好？”

乔晚：“我没事，多谢二少爷关心。”

这种场合，乔晚和桂旗两个丫鬟只能退到一边。

刚刚又哭又吐的，明明都快昏过去了，现在这时候，桂旗还有心思偷偷朝岑清嘉的方向看。

可惜岑清嘉忧心忡忡，看都没往她这儿看。

桂旗的目光一瞬间变得黯然。

很快，作为目击证人，乔晚和桂旗就被提了上来。

岑清嘉终于往乔晚和桂旗的方向多看了一眼。

从来没见识过这么大阵仗，桂旗趴在地上瑟瑟发抖。

岑大人温和地道："不要怕，只要将你们是怎么碰上这些……"

顾及两个小丫鬟的感受，岑夫人特地换了个词："只要将你们是怎么碰上这些东西的经过原原本本地说出来就好。"

岑夫人："辛夷，你先说。"

乔晚欠身："我见二少爷一直没回来就想出去找找，结果路上闻到了血腥味儿，然后就看到了这东西。"

桂旗交代的和乔晚交代的没太大区别。

"这事太蹊跷。"有人看了一眼乔晚和桂旗提议，"不如先把这两个小丫鬟关起来。"

乔晚猛地抬头。

触及乔晚的视线，岑夫人摇了摇头："这不怪她们，反倒是今晚吓着她们了。"

岑夫人叹了口气，看了一眼乔晚脸上的血痕："辛夷、桂旗，你们跟我来。"

"疼吗？"里间，岑夫人挽起袖子，亲力亲为地给乔晚上药。

冰冰凉凉的药膏抹在脸上，刚刚被那东西抽出来的那道血痕转瞬就止了血。

岑夫人拿着药膏，眼神示意乔晚："还有哪里伤着了？把袖子撸起来让我看看。"

女人白皙微凉的指尖落在脸上，指腹轻柔，指甲盖上染了点儿花汁，低垂着眼睫，吐气如兰。

乔晚忽然有点儿不自在地别了别头："我没事。"

岑夫人笑了一下："那也不行，再怎么说也是个姑娘，姑娘家脸上可不能留疤。"

"听说你会吹笛子？"将药膏往袖子里一收，岑夫人问，"那……能不能为我吹一曲？"

乔晚点点头，从怀里摸出那把短笛横在了唇前。

第一个调刚吹响，桂旗眼神复杂地看着，垂下的眼里透出了点儿艳羡之色。

乔晚吹的就是《落梅花》。

《落梅花》这首曲子，乐修基本上都会吹，她吹这个不至于暴露身份。

远方的夜里风吹乌柏，岑夫人闭目听着。

曲调确实优美动人，蕴含了些许灵力，乐医两相结合，在夜色中静静地流淌开，从里间一直淌到外间，不知不觉间就安抚了不少人的情绪。

岑清猷瞥了一眼里间的方向，有点儿惊讶，没想到辛夷还有这本事。

也正在这个时候，从屋外又赶来几个人。

穆笑笑几个人听到那声轰然巨响，正好赶来，一踏入门槛，耳畔就传来了婉转悠扬的笛声。

穆笑笑惊讶："这是《落梅花》，是谁在吹笛？"

走在前面的裴春争身躯猛地一震，想到云修院台阶下和那人那一面，脸色瞬间更加难看。

这首曲子，乐修基本上都会吹是没错，但别人不知道，他心里最清楚不过。

因为陆辟寒，乔晚常吹的就是这么一首《落梅花》。

一墙之隔的距离，他上前也不是，不上前也不是，只是怔怔地呆立在原地，胸腔里一颗心剧烈跳动。

屋里，岑夫人再睁眼，笑道："我算是知道陈嬷嬷怎么挑中你了。"

乔晚："陈嬷嬷为何挑中我？"

"这是投其所好呢。"岑夫人叹了口气，"你有所不知，我年轻的时候一直想当个乐修。"

她的家乡在江畔，后来才搬到了栖泽府。

在她还是个小姑娘的时候，就喜欢坐在船头唱歌。

那时候，姑娘四肢柔软优美，嗓音清亮，歌声伴随着滔滔江水，能一直飘向远方。

只可惜，她没当成乐修，做了个剑修。

嫁人之后，她就很少再用剑了，反倒又成了个医修。

岑夫人似有所感，轻轻地摸了摸乔晚的发顶，启唇轻轻地哼着曲子。

乔晚有点儿僵硬，又渐渐地放松了四肢。

女人是有意在安抚她。

从乔晚恢复记忆到现在，身边基本上都是像马怀真、陆辟寒一类的大老爷们儿。至于她前世究竟是谁，乔晚早就忘了个一干二净。

昆山也好，魔域也好，没一个地方是她真正的家，这十多年来的人生，是灰扑扑的血色。

但女人的手指很温暖。

岑夫人一身姜黄色的宫装，坐在窗户边低垂眉眼，嗓音有点儿哑，像潺潺的溪水，一点点安抚着乔晚紧张的神经。

乔晚低着眼睫默不作声地想，又想到了外间那十几具尸体。

岑夫人是个温柔的人。

而在修真界，温柔的人太难得了。

因为越温柔的人，越有可能死得早。

给乔晚上完药，岑夫人叫她和桂旗回去睡一觉。

这十几具尸体，本来就不关她们的事，也不该她和桂旗两个管。

乔晚和桂旗从主屋台阶上走下来的时候，桂旗还有点儿没缓过神来，嘴里喃喃个不停："这事肯定没这么简单。你刚刚看见了没，夫人和家主……"

乔晚反问："夫人怎么了？"

桂旗的脸色有点儿复杂："之前我和杜衡她们在一起聊天的时候，听了一耳朵。"

岑夫人年轻的时候，不是以一手"悬丝灵针"而著名，相反，她用的是剑，也就是墙上挂着的那一把杏红色的细剑。

据说，岑夫人年纪还小的时候就和岑家家主岑向南订了婚契，两个人就等着日后合籍。

而岑夫人也满心欢喜地等着嫁过去。

没想到，有一天岑向南却失踪了，回来的时候，身旁多了个姓林的姑娘，生得妖妖娆娆，一看就不是什么正派人。

林姑娘出身林家，不过是旁支，和罗刹教、无极观一类的邪修关系密切。正因为如此，这一支也被林家本家赶出了栖泽府，赶到了西南。

岑向南跑了趟西南，就看上了小妖女，求了岑家老家主，说他和林姑娘是真爱，非卿不娶，非君不嫁。

岑家老家主气得一个倒仰，一口气差点儿没缓上来。

少年人性子犟，岑向南就这么跟岑家老家主杠上了，并喊出了"正道大多伪君子，魔门多是真性情"这"中二"到爆表的发言。

眼看着到底不是办法，最终老家主和少年各退一步。

岑向南还是得娶岑夫人，林家小妖女只能做妾。

婚后，岑向南和岑夫人相处得并不愉快。

再后来，林家本家和岑家这对冤家死磕的时候，林姑娘被林家给清理了门户，就死在岑夫人面前，没来得及救回来。

如果说之前岑夫人和岑向南感情还只是岑夫人剃头挑子一头热，林家小妖女一死，岑夫人心灰意冷，和岑向南彻底闹掰。

虽然知道这本来也不该怪到岑夫人头上，但感情战胜理智，岑向南还是怨上了岑夫人当时没尽力。

可能是伤心过度，也可能是咽不下这一口气，岑夫人弃剑学了医，一手"悬丝灵针"救人无数，不知道有多少人千里迢迢地赶来求医。

“画皮术，就是林家那一脉用的功法。”

桂旗想到刚刚所见，脸青了又白，又差点儿吐出来。

本来她就将其当成下人们编出来的故事听的，哪里想到，这世上真的有把人炼制成法器的邪法。

这几天，岑府外面妖气四起，林家果然趁着栖泽府妖魔作祟的时候出手了。

乔晚离开之后，岑夫人才又回到了主屋：“家主打算怎么做？”

瞧见岑夫人缓缓走过来，岑向南眼神有点儿不自在。

女人很美，温顺动人，双眼清澈明亮。

女人敏锐地察觉了，头微微低了点儿，柔顺地避开了男人的视线，平静地看向了地上横七竖八的尸身。

“当年那些旧怨避不开，早晚是会找上门来的。”

整个岑府，在沉默古怪的气氛里度过了一晚上。

这一晚上，乔晚根本没睡好，翻来覆去想的都是岑家和林家那些恩恩怨怨。

她想补个脉，比想象中难多了。

岑清猷一晚上没回来，第二天回来的时候，叫上了如镜打算出门，是去送还尸体超度的。

乔晚问：“少爷能带我一起吗？”

岑清猷委婉地回答：“此事毕竟……沉重，不应该带上你。”

岑清猷坦然的关切，让乔晚有些受宠若惊。

“我想和少爷出去。”乔晚斟酌了一下说，“毕竟……我昨天也撞上了，要是没看到他入土为安，心里始终不放心。”

“害怕？”

“还好。”

走到府门前的时候，他们又看见了几个熟悉的身影。

远远看见乔晚与岑清猷一同走来，穆笑笑扬起一丝甜美的笑：“二公子。”

岑清猷颔首，一一微笑回礼：“穆仙友、裴仙友、凤仙友、萧仙友，早。”

打完招呼，他没忘记回头向乔晚解释：“府上的药不够了，裴仙友等人是出来拿药的，今日就和我们同行。”

乔晚没吭声。

裴春争看她的眼神有些奇怪，死死地盯着她。

乔晚别过了头。

少年脊背僵硬，无声地掐紧了手指。

倒是萧博扬察觉了点儿古怪，往这儿多看了一眼。

就这么一转眼的工夫，穆笑笑已经拉着凤妄言，和岑清猷一起走到了前面。

栖泽府和乔晚刚到的时候相比，的确冷清了不少。

街道上飘着些若有若无的妖气，人不多，店铺大多关了门。

乔晚待在岑府的这段时间不长，但短短几天，外面的世界就有了翻天覆地的变化。

十几具尸体连夜被岑府火化了，装上了盒，由岑清猷带着，并一袋一袋灵石分别送还给了各家。

这十几具尸体，有的是儿子，有的是父亲。

骨肉分离，任谁看着也不好受。

但岑清猷很平静，他和岑夫人母子两个有点儿相似，身上都有一种缓缓的、有力的、安定人心的力量。

终于走到街心的时候，乔晚面色一变。

刚刚在转角，她好像看见了一道黑白分明的身影！

伽婴！

乔晚一颗心猛地提了上去。

他说他是来杀人的，栖泽府这段时间妖气肆虐肯定和他脱不了干系。身体动作比脑子更快一步，几乎下一秒，乔晚就冲了出去。她还有很多问题想问他的。

没想到她刚冲出去一步，就被人一把拽住了。

乔晚回头，对上了裴春争乌黑的瞳仁。

少年紧紧扣着她的手腕，问："你想去哪儿？"

这么一瞬的工夫，在场的人都惊呆了！

尤其以萧博扬最震惊。

他和裴春争接触得不算多，但也知道这魔性格冷淡，眼睛里放不下人，除了穆笑笑和乔晚。

但眼前这个丫鬟，哪里值得他多看一眼的？

像是压根没察觉其他人的震惊，裴春争目光没移开半分，平静地问："你想去哪儿？"

岑清猷也愣了一下。

裴春争扣得更紧，五指深深地陷入了乔晚的肌肤里。

岑清猷的眉头蹙了起来："裴仙友可是有什么话要同辛夷说的？"

穆笑笑也呆了："裴师弟？"

乔晚面朝岑清猷，恭恭敬敬地回答："少爷，我刚刚好像看见了一个熟人，你们先去，我过会儿就回府！"

也没等其他人有什么反应，乔晚甩开裴春争的手拔腿就跑，一路追着那黑白分明的身影追到巷口。

萧博扬鬼使神差地盯着这背影看了半秒，下意识地也拔腿追了上去！

乔晚追到巷口，那人影忽然不见了，消失得一干二净。

阴暗潮湿的小巷中，反倒渐渐地升起了另一抹人影。

对，是升起。

污水横流的地上有一薄片状物件，慢慢地从地上“支”了起来。

渐渐地，像吹气球一样，它丰盈了骨肉，化为了人形。

那是个皮肤极白、容貌漂亮的少年，眉眼看上去还有点儿眼熟。

少年突然甩出一张皮，铺在了地上，往地上一坐，薄唇一翘，嗓音低哑地说道：“这路，不通。想要从这儿过，你得留下点儿什么。”

乔晚往后退了两步，摸出怀里的铁锤，往后看了一眼。

巷口的尽头是一堵墙，墙角横七竖八地堆着几个破烂的箩筐。

乔晚收回目光，看了一眼地上铺着的东西。

昨天岑府的十几具尸体，显然就是眼前这少年的手笔。

乔晚：“留下什么？”

少年翘着嘴角，目光肆无忌惮地扫过她的脸、胸、手、脚。

“身体倒是好身体，整个的值钱，但若是拆开来卖，那就不太值钱了。

“天雷锻体？骨头不错，若是拿来当锻造材料倒是一把好武器。”

少年语气不紧不慢，却透着一股森然的邪气，像是浸润在鲜血里泡出来的，黏腻湿滑得让人恶心。

乔晚皱起了眉。

岑家、林家，眼下又多了一个伽婴，乔晚心里盘算着，这事比她想象中的复杂得多。

“你是岑府的人？”

少年目光一瞥，落在她那绣了岑家字样的衣服上，突然又笑了一下：“你回去之后，告诉你家岑夫人姜柔，当年欠下的债，不是不报，时候未到。我这儿还缺一张皮。”

乔晚心里猛然一悟，总算明白了对方究竟是哪里眼熟。

少年的容貌一半邪气、一半清俊，和昨天晚上她见到的岑向南足足有四五分相似！

乔晚瞳孔紧缩：“你是……她儿子？”

那个桂旗提到过的林家小妖女的儿子。

少年有些意外，旋即又慢悠悠地笑了起来：“挺好，没想到现在还有人记得我娘。不过你记得倒不重要，重要的是姜柔。”

少年眯着眼笑，笑容带着几分邪气几分阴毒。

“不是不报时候未到，等时候到了，我看她还怎么做出那副虚伪的模样。”

裹着那薄片状的物件一卷，少年的身形突然消失在了原地。

但他慢了半步，一个金灿灿的铁锤拦住了他的去路。

少年抬眼，也不恼："你还有什么事？"

乔晚冷冷地问："你要对岑夫人做什么？"

少年旋即就笑开了："姜柔当初对我娘做了什么，我这个做儿子的自然要一一找回来。"

西南林家的林黎虽然死了，但还留下了一个儿子林清芝，由岑夫人抚养。可惜这儿子是个养不熟的狼崽子，打心里认为是这女人害了娘，故意见死不救。没过几年，这狼崽子就被西南林家给抱了回去，同时继承了其母的一手画皮绝活儿，长到了现在。

乔晚道："你和我说这些是什么意思？"

"我娘和岑向南那老匹夫原本两情相悦。"少年狞笑，"姜柔偏要插足其中，致使我娘只能委身做妾，低人一头，之后姜柔又多加为难。她难道不该死？"

少年生得漂亮，但现在看起来就像个被激怒了的失心疯的人。

乔晚抬起眼皮："我没兴趣去听你和你娘的往事。我不会让岑夫人落在你手上。"

她不仅是为了岑夫人，也是为了她自己。

乔晚："因为你和你娘一样恶心。"

少年面色一变，勃然大怒！

"裴师弟？从前几天起就见裴师弟对这小丫鬟关注甚多，"穆笑笑小心翼翼地盯着裴春争看，"难道……是有什么隐情吗？"

裴春争目光一转，落到穆笑笑的脸上。

穆笑笑小声说："这一路走来妖气肆虐，也不知这位姑娘一个人走会不会有什么危险。"

少女脸颊粉嫩如桃。

裴春争凝了凝心神，闭上了眼："无妨。"

他却不再继续往乔晚离去的方向看了。

穆笑笑心头略微松了一口气。

不知道为什么，她不太愿意裴春争多关注那姑娘。

因为这占有欲，穆笑笑略感羞愧，咬了咬嘴唇，转瞬又给压了下去。

凤妄言紧了紧指节，沉默不语地抚上了身边小姑娘的发顶。

这三个人之间的气氛有些古怪。

岑清猷自幼就拜入了妙法尊者门下，禅门讲究禅定，修五感，虽然敏锐地察觉了点儿这男女之间涌动着的暗流，但他也只是多看了一眼，心里喟叹了一句男女之情果真绊人，却明智地选择了什么也没说，继续提步向前走去。

把那物件一展，窄窄的巷口杀机四伏。

乔晚面色沉沉地拎着金锤，森白的外骨骼从指尖一路蔓延，转眼之间就将半边身子包裹得严严实实的。

少年往后退了一步，脸上流露出了点儿惊叹之色，心头的怒意反倒被冲淡了不少，眼里闪动着一点儿迷恋的光芒。

“你是体修？”

炼骨的体修……太难得了。

要是他将这一身骨头抽出来，这皮炼化了，得多美？

还有这具身体……骨肉到时候也定不能白费。

还没等他感叹完，乔晚已经抡起金锤冲了上去！

这一路乔晚被伽婴押着打怪，再怎么说，战技也都有了翻天覆地的长进，更快，也更敏捷！

少女半边脸上骨骼森白如雪，眼黝黑平静。

不论他如何出招、变招，眼前的少女都能更快一步，挥舞着两把铁锤，所过之处交织成了一张绵密的细网，伴着寸寸杀招！

“砰！”

金锤深深地陷入了墙壁。

少年就地一滚，手上那物件忽缠忽绞，在半空中和铁锤咬得难分难解，邪气冲天而起！

乔晚黑眸沉沉，眼睫扑闪了两下，忽然笑了。

少年心中猛地生出一股不祥的预感。

“本来还以为你有多大的能耐，我可不单单是体修。”

铁锤猛击而出，乔晚足下踏出一步，一边朗声高诵着儒修的文章，一边下手毫不留情。

儒道双修，剑、体、法并重。

乔晚跟在马怀真屁股后面做事，所学的东西本来就杂，只要好用，就都能拿来用，至于武德和节操，这玩意儿能有命重要吗？

自废筋脉之后，为了补修为这条道上的不足，乔晚学得就更杂了。

她学的是道，嘴上念的却是儒家的功法，身上那圈淡金色的光晕，还有点儿像大悲崖的达摩金钟罩。

少年一边甩着那薄片物件，一边想办法周旋：“大体上走体修这条道的人，身上各处都有些难言之隐。你是什么？”

少年短暂地挨上了乔晚的四肢，又收回。

“是……”少年浑身一凛，“筋脉不足？！”

这筋脉破得跟个渔网似的，明显就是后天导致的。

要是让她补好了筋脉……这眼前的丫鬟就是把杀人剑！

这么一瞬间的工夫，少年被乔晚逮住了间隙，落下一锤直接将他掀翻在地。

与此同时，巷口“砰砰砰”地接连爆发出数个凶猛的火球。

火球如金龙呼啸而过。

乔晚扭头看了一眼。

巷口逆光处站着一个眼熟的白袍青年，袍角和袖口绣着一簇簇竹叶暗纹。

这是萧博扬的功法——金龙破，上次对战济慈的时候他用过。

至于他为什么会鬼使神差地追上来，萧博扬心里思绪纷乱，但心头总有股莫名其妙的感觉在盘旋：这小丫鬟身上有古怪。

他……他就这么自然而然地追了过来，自然而然地丢出了几个金龙破。

巷子里和巷口，两两夹击，心知这下难办了，少年趴在地上，被铁锤砸得嘴里咳出了点儿血沫。

乔晚拎着铁锤走近。

“你不能杀我。”少年抬眼，“因为我知道养命珠的消息。”

他果然看到乔晚脚步一顿。

想到刚刚在洞口看见的那道黑白分明的身影，少年目光闪了闪，抬眼笑道：“你想找养命珠是不是？我给你指一条明路，养命珠就在林家手上。

“我娘死后，那个老匹夫想救我娘活命，特地偷了姜柔的养命珠，带到了林家。

“姜柔做梦也想不到，自己的养命珠是岑向南那个老匹夫偷的。”

少年伸出手，指了指不远处的一家酒楼。

“看见没？林家十四个人就在这上面，修为都不高。养命珠就在这上面。

“你若是想去拿，我劝你动作快点儿。林家今天到这酒楼来就是为了将养命珠脱手的，慢一步，这养命珠就要易主了。

“但我告诫你一句，就算你拿到养命珠，到时候也没多大用处了。”

说完，悄无声息，人跑了。

乔晚看了一眼远处的酒楼。

能不能拿到养命珠，有没有用处，是她说了算。

萧博扬愣了愣，心头敏锐地冒出了点儿不妙的预感：“你……你该不是想上去？”

乔晚没吭声，直奔酒楼而去！

这丫鬟有点儿像一个人。

像乔晚！

这个时候，站在巷口愣了半拍的萧博扬总算明白裴春争为什么会那么古怪了。

这总是跟在岑清猷身后，平平无奇的小丫鬟实在太像乔晚了。

最了解你的，永远是你的敌人，这话说得一点儿不错。在萧博扬还和乔晚死磕的时候，乔晚修为多少，用什么招、什么步法，他心里一清二楚，但乔晚已经死了。

他们亲眼看见的，甚至马怀真也点过了头。

眼前这个丫鬟就算再像，那也不可能是乔晚。

就在乔晚和萧博扬走后，那原本被少年丢弃的物件被风一吹，忽然高高地飘上了半空，越飘越远，最后落到了酒楼的屋顶上，慢慢地从那物件里钻出了两颗黑漆漆的眼珠子。

现在，让我看看对上妖皇伽婴后，你还有什么本事。

他说的话的确都是真的，但唯独有一个重要的信息没有透露，那就是……养命珠的买主，是闻名于整个修真界、行事素来冷酷无情的妖皇——伽婴。

对上妖皇伽婴，你还能有几分胜算？

要知道，这位妖主对自己看不上眼的东西，可向来不留情面。

少年微笑。

这一招，叫借刀杀人。

酒楼二楼，林家十四个弟子还在等。

酒楼里的气氛焦灼不安。

只要一想到买家是谁，就算是元婴期长老前来，估计也冷静不到哪儿去，遑论他们这十四个弟子，修为最高的也不过刚刚突破了金丹期。

毕竟这林家精锐都已被安插到了别处，要去办一件大事。

“五哥，你说这贵客怎么还没到？”林十二问。

在这气氛之下，每个人心里都有点儿焦躁不安。

林五沉声道：“闭嘴，小心冲撞了贵客。”

话音刚落，二楼栏杆忽然被人从外面撞开，木屑飞溅。

从栏杆外蹿出一抹快如闪电的身影！

敌袭！有敌袭！

酒楼二楼，十四个林家弟子纷纷拍案而起！

踩着一地木屑，样貌平平无奇的丫鬟拖着两个大铁锤，冷冷地道：“养命珠在你们这儿？”

林五眯起眼：“姑娘是谁？”

乔晚：“有人告诉我，养命珠在你们这儿。”

乔晚环顾了一圈面色各异的林家弟子：“这人……应该也姓林，用一手画皮术。”

趴在屋顶的少年脸色一变，差点儿咬碎一口牙，这个果然和姜柔如出一辙。

林五愣了愣，显然是想到了这人是谁，反问："那此人有没有告诉姑娘，这养命珠已经被人提前订下了？"

不动声色地将林五的反应尽收眼底，乔晚心里一沉。

那少年是西南那一支，眼前这十四个人是本家，西南的那一支和林家本家合计到一起去了？

"多少钱？"

林五愣了愣。

乔晚："我问多少钱？我买。"

"做生意，讲究的是一个诚信，那位客人既然已经订下，我们怎么好再反悔？"

"你出个价，我买。"

林五打量了乔晚一眼，看上去怎么也不相信这丫鬟身上能揣多少钱。

"一个筑基，带着一个炼气，就敢来找我们林家的场子？！"

在场十四个林家弟子，被眼前这女修的猖狂给激怒了，纷纷拍案而起，一眨眼的工夫，刀枪剑戟林立。

森白骨骼盘旋而上！

飞剑"叮叮当当"地撞上了骨甲，骨甲竟然毫发无伤。

乔晚握紧了覆满白色指骨的手，再度抡起了铁锤，虽然没看萧博扬，但话里话外的意思明显就是冲着他来的。

"萧仙友，你们既然想请岑夫人替心上人治病，难道不拿出点儿诚意来吗？"

他们这个时候就是一条绳上的蚂蚱。只要不想白跑这一趟，还想给穆笑笑解毒，岑家的事、养命珠的事，萧博扬他们不管也得管。

萧博扬：这人气人的功力也和乔晚有的一拼！

但不知道为什么，他不想拒绝。

看着前方这以一敌十的纤细身影，萧博扬有点儿出神。

当初乔晚也是这样，挡在了他们身前，一个人顶着无数只人面蝎尾蛛。也就在泥岩秘境里那一次，他才发现，他其实没想象中那么讨厌她。甚至，如果她没那么讨人厌的话，他说不定还会喜欢她，这喜欢无关男女情爱。

而眼前这个丫鬟明明之前和他没任何接触，偏偏支使起他来得心应手。

她和乔晚很像，说她冷静，偏偏她有时候莽起来又不要命，一往无前地杀出一条血路。

考虑到那位买主，林五还是不大愿意这个时候和乔晚发生冲突。

要是冲撞了那位煞神，他们在场十六个人，不分敌我通通要没命！

"仙友当真要和我们林家为敌？"林五冷眼，"招惹上了我们林家，这栖泽府的地界到时候你们就没这么容易出去了。"

乔晚："我不愿招惹贵府，只要贵府愿意把这养命珠卖给我，就是一桩和和气气的生意。”

林五手上长剑一震，面色阴郁：“看来是谈不拢了。”

小小的二楼，战斗一触即发。

山雨欲来风满楼，肃杀的气氛几乎压得人喘不上气来。

偏偏就在这个时候，大开的栏杆外忽然吹来一阵阴风。

妖气如潮，倾轧而下。

林五面色遽变！连带着在场十五个人都齐齐变了脸色。

不好！

这妖气是……伽婴！

与此同时，趴在屋顶的少年也动了。

少年的眼珠子转了转，对准了二楼的众人。

妖皇伽婴终于来了。

来，让他看看这丫鬟碰上妖皇伽婴还有什么好果子吃。

妖气缓缓地铺满了整条长街，霸道地覆盖了整栋酒楼。

乔晚浑身一震。

这妖气比当初她在望云乡碰上的还要恐怖，那是渗入骨髓、深入人心的阴、寒、冷、厉。

眨眼之间，长街上风云变化，黑云倾覆。

滔天妖力压了过来，二楼栏杆不堪重负地被压出了数条裂缝，“吱呀吱呀”地响。

乔晚心里猛地一跳，她忽然意识到这才是妖皇。

有这威压就意味着伽婴的伤已经好了六七成，而当他的伤痊愈之后，又会是怎样恐怖的实力，就连乔晚也不敢想。

萧博扬愣了愣。

完了，他今天要死在这儿，肯定就是被这丫鬟给害死的。

这丫鬟的确像乔晚，连这作死的本事都像了个十成十！

那是妖皇伽婴！这整个修真界顶尖、他们这些小虾米等闲都见不到的人物！

萧博扬咬牙：“我看我今天就要被你害死在这儿了。”

破破烂烂的栏杆外闪过一道迅疾如电的妖气！妖风一卷，一道矜贵傲岸的身影已经出现在二楼。四周狂乱的妖气渐渐平息了下来，但没一人敢抬头看过去。

众人只能看见男人漆黑的长靴，和那玄色袍角上蜿蜒而上的银色妖纹。

就连高傲如萧家小少爷也面色苍白，冷汗马上跟着滴了下来。

如果他死在这儿，到时候他家的家业就要落到萧博玉那个浑蛋手上了。

恐惧丝丝缕缕地渗入人心，但有个人是例外。

在这令人窒息的死寂气氛中，顶着这平静沉重的威压，乔晚从地上爬了起来。

在场跪着连带屋顶趴着的人皆是一惊。

这人不要命了？！

萧博扬惊得赶紧想把她给摁下去，但在这妖气压制之下，硬是抬不起手来。

果然，男人的目光自然而然地落到了乔晚身上。

妖气在二楼平静地流动。

人上赶着想要作死，那可是拦都拦不住的。

萧博扬后悔了，这丫鬟哪里像乔晚？这缺心眼儿的丫鬟简直比乔晚还虎！

屋顶上的人嗤笑。

如果说她刚才和他打，也敢上楼找林家的场子，叫勇，那像现在这样不知天高地厚，就叫蠢。

说到底，这就是个认不清自己、以为自己多有能耐的蠢货罢了。

然而下一秒，只见那小丫鬟拍了拍身上的灰，面色十分镇静，自然地问："你的伤养好了？"态度之娴熟，恍若叙旧。

两个人从栖泽府分别，到现在已过了十多天。

那个男人目光一瞥，瞥见了那自从进了栖泽府地界之后，就再没见过面的人修。

在众人战战兢兢的目光中，妖界妖皇竟然纡尊降贵，淡淡地"嗯"了一声："暂无大碍。陆婉，你怎会在此处？"

屋顶上趴着的人，在场跪着的人，一齐都僵了。

这……这人认识伽婴？！

就算她认识那又怎样？！

少年突然想到了在那巷子里看到的画面。那条阴暗潮湿没人在意的小巷，其实也有个名字，叫"财源巷"，光用肉眼看，巷子尽头不过就是一堵没什么稀奇之处的墙，但若是穿过这面墙，那就到了栖泽府的黑市。

南边贩卖人口的生意大多是从这儿过的。

不过前几天这黑市刚被伽婴一锅端了，就是为了救那里面被关着的狗妖。

这还得从数月前说起。

伽婴数月前去了趟魔域的血雾山，在那里被困了小半个月。

族里那条修了千年的蛇妖细罗以为他死了，领着一帮精兵清算了他身边那些亲信和兄弟，本来想着立刻就能称王，却没想到伽婴没死！

等他走出血雾山后，一个个顿时急了眼，慌了，索性一不做二不休，合力把他送上了绝杀榜第一。

但千算万算这些妖族的叛军算错了一着，这妖皇伽婴是个蜜獾，睚眦必报的蜜獾！

不论分散在这南部十三洲，还是东部七岳十岭千百洞府，只要曾经对他下过手的人，就算他伤再重，那也不惜千里追杀，将人一个个揪出来干掉。

一路追杀到栖泽府的地界之后，妖皇伽婴却难得地没光顾着杀人，而是到黑市救了一条狗。

据说这是他身边的一个亲信，他去血雾山的时候，这条狗被细罗一干人卖去了黑市。

伽婴救那条狗的时候，那少年凑巧看了一眼。

那狗连化形都撑不住了，伤得很重。

就算眼前这小丫鬟和妖皇伽婴认识也没用，妖皇伽婴是出了名的冷酷无情。

这养命珠，是他特地为那狗妖买下的。

一个小丫鬟和他身边愿意为自己出生入死的亲信相比，孰轻孰重，一目了然。

少年心安理得地挂在树梢上继续看戏。

而在二楼，萧博扬连同林五一干人等都蒙了。

奈何这个时候谁也不敢冒头，只能压下一肚子疑问慢慢看戏。

虽然面上镇静，乔晚心里也几乎被这威压压吐血了，不过，狐假虎威那还是做得到的。

于是乔晚又笑了，露出一排整齐白亮的好牙："我来找一样东西，不过当初分别之后，没想到在这儿又能碰上你。这段时间怎么样？你要做的事做完了？"

在场众人：敢和伽婴叙旧，过问妖皇的私事，姑娘，我敬你是条汉子。

没想到伽婴还真的回答了！

男人回答得很简略，但还是给足了眼前这人修面子："还差一步。"

乔晚犹豫了一秒，问道："你就是养命珠的买主吗？"

伽婴淡淡地反问："你也是为了养命珠而来？"

乔晚瞥了一眼跪在地上的一干林家人："这养命珠不是林家的东西，是岑家岑夫人姜柔的陪嫁品。

"岑家家主被林家给骗了，偷了养命珠给林家。

"就算你要买，也不该向林家买。"

伽婴一眼就看穿了她在想什么："你想拿回去？"

乔晚沉默了一瞬，回道："是。"

男人瞥了她一眼，嗓音凉薄地说："我要拿这养命珠救人。"

两个人这一通说下来，在场十多人纷纷大跌眼镜。

乔晚也是愣了愣。

她之前虽然隐约猜到了伽婴是买主，却没猜到他买来是给别人救命的。

乔晚心神一凝，试图谈判："我也要拿养命珠救人。我们打个商量怎么样？"

从望云乡到栖泽府，这一路上结伴走过来，对伽婴的脾性，乔晚好歹也有了点儿了解。

现在的伽婴不是望云乡那个伽婴，那个时候的蜜獾受掣肘太多，纡尊降贵地同意了她的要求，毕竟她那点儿要求还影响不到他的切身利益。

也多亏他没惦记着望云乡的事，这才给了乔晚站在这儿和他谈判的机会。

这话听得在场众人心里又是悚然一惊。

妖皇伽婴虽然是个战斗狂魔、独来独往，但好歹也是万妖之主，没人、也没妖敢这么对他说话。

就算他爱找人打架，那好歹也是个王！

眼前这丫鬟年纪也不大，不过炼气初期的修为，从哪儿来的底气敢和伽婴谈条件的？

这人真是放肆到没边儿了。

偏偏伽婴脸上没露出任何不悦的意思。

认识伽婴倒没什么，但面不改色、若无其事地和伽婴谈条件的，整个栖泽府地界上那她还是第一人。

难道他刚刚估算错误了？

酒楼外乌云压得更低，狂风怒号。

乔晚："养命珠能不能借我用几日？什么条件由你开。"

伽婴神色淡然，说出口的话毫不相让："我今日就要养命珠。"

乔晚心里一突："我要拿养命珠来救人。"

她要救岑夫人，那被丈夫背叛在前、被养子记恨在后却依然温柔地解他人之难处，并悠悠清唱着歌、耐心安抚着府上小丫鬟的女人，也救自己。

伽婴："我也要拿来救人。"

乔晚咬牙道："那这养命珠你用完能给我吗？"

男人没立即回答她，只看了她一眼。

但伽婴这一眼，让乔晚顿时就心凉了。

伽婴："我救的这人，需要把整颗珠子吞进去，用完就没了，不可能再借给你用。"

乔晚的心更沉了，她咬牙欠身行礼："真不能借吗？一人一半怎么样？"

伽婴垂眼："养命珠，拿来。"

她没那个资本。

乔晚如坠冰窖。

虽然勉勉强强有点儿同行的"患难之情"，但这不代表她和伽婴就有了不一般的交情。

这是《登仙路》里的世界，主角和配角之间的机遇天差地别。

乔晚苦笑，能收服个靠山和忠犬的好事永远都落不到她头上来。

谈判破裂！

怀里揣着养命珠的林五，看着对峙的两个人，顿时察觉了什么叫压力山大。

这能养命护命的东西，如今揣在他怀里，简直就像张催命符！

狂风骤停，二楼一角的天空之外，惊雷“轰”的一声砸了下来，大雨如瀑。

就在这一瞬间，谁都没想到乔晚竟然敢突然发难。

少女像离了弦的箭，猛蹿了出去，身形一跃，一个黑虎掏心，直接把林五怀里的养命珠给掏了出来。

虽然乔晚动得太突然，但反应过来之后，林五也根本没反抗。

毕竟他早想把这催命符甩出去，那是敞开胸怀，任君采撷。

乔晚一掏就掏了个正着。

林五顺势往后连退了几步，几个林家弟子见状赶紧上前扶住了他，十四个人一起退出了战圈。

林五惊魂未定。

这丫鬟找死也就算了，别拉上他们当垫背的！

十几个人一退，只剩下跪在地上的一个萧博扬，立即显得格外清新脱俗。

萧博扬：“……”

身边还一起跪着的难兄难弟们，瞬间没出息地跑了个空。

乔晚动的那一瞬间，伽婴跟着动了。

“陆婉，”男人眼神一沉，低声叱道，“你大胆。”

话音未落，袖中五条黑龙影翻滚而出！

乔晚就地一滚，躲过一张龙口，把手上的养命珠往萧博扬怀里一丢，同时用上了传音入密：“跑！！带着养命珠跑！伽婴这儿我来拦！我有办法跑掉！”

不管怎么说，这本来就是岑夫人的陪嫁品，乔晚准备先把养命珠送出去，再和他商量！

一颗雪白滚圆的珠子砸入怀里，萧博扬登时蒙了，再一抬头，两条黑龙影已经杀了过来！

拦？！

你究竟能拦多久？！

这哪里是养命珠，这就是催命符！

今天他妥妥地得交待在这儿了！

敢从妖皇的眼皮子底下抢东西！萧博扬咬牙，这小丫鬟真是害死人

说时迟，那时快，被赶鸭子上架，不跑也得跑，眼看着两条龙影直奔自己而来，萧家小少爷从二楼一跃而下，甩出踏星步法，肝胆欲裂地玩命狂奔起来！

“轰！”

而在这一瞬间，乔晚飞扑过去，挡在了萧博扬面前。

龙影一顿，紧跟着，乔晚直接被龙影轰飞了出去，砸在了一楼的桌椅板凳上。

也幸亏这酒楼今天是林家人包了，提前清了场，没留一个人。

乔晚从一地碎木块儿中翻身而起，呕出一口血，没等喘口气，直蹿出了酒楼。

街上空无一人，暴雨如注。

蓝紫色的天雷撕裂了暗沉沉的乌云，将半边天照得大亮。

暴雨转眼间就把乔晚给浇了个透湿。

但男人四周气流暗涌，挡住了倾盆而下的暴雨，头发丝和袍角甚至都没挨上半滴水珠。

两相比较之下，衬得乔晚愈加狼狈得像只落汤鸡。

伽婴："我没想杀你。"

乔晚捂着胸口喘着气，嘴角血沫不断涌出："这养命珠刚刚我已经送走了，我们打个商量。"

他是真没打算杀她，她也看出来了。

这人修太弱，他要是真想杀她，一根手指就够了。

乔晚气喘吁吁地说："你把你要救的人带来，我们掰一半儿用怎么样？要你愿意，我马上就把养命珠给送回来。"

伽婴皱起眉头。

在见到那伤势严重的狗儿的时候，他就立下了承诺，绝不会再让对方多痛苦一日。

当时青年趴在地上，已经说不出话来了，却还一直在笑。

那是他的好狗，他的亲信心腹，他的狗兄弟。

"我答应了他，从今往后绝不会再让他多痛苦一日。"

所以，这养命珠他绝不会借。

万妖之主的尊严，更容不得让他的好兄弟和乔晚各掰一半儿养命珠。

妖皇伽婴虽然冷酷无情，但也是真的重情重义、言出必行。

黑袍里的指尖轻轻一动，他没想杀眼前这人修，但让这人修失去行动力，不过是轻而易举的事。

二楼的林五连滚带爬地冲出酒楼，站在廊下，看着暴雨中对峙着的一人一妖。

这丫鬟在妖皇面前确实有几分薄面，敢从妖皇眼皮子底下抢东西，竟然还没被摁死。

看样子伽婴好像根本就没想过要摁死她。

伽婴没打算摁死这丫鬟，但对他们可就不一定了。

"人呢？"林五焦躁地看了一眼空荡荡的街心巷口。

人怎么还没来？

他们不是约好的吗？！

对方再不来，他们这十几个人全都要交待在这儿！

既然这样，那就没商量的余地了，事到如今，她只能这么办。

乔晚吐了一口血，直面眼前那五条漆黑的龙影，心里沉甸甸的，很没底。

虽然和萧博扬说伽婴她来拦，但她没十成十的把握。

眼前的男人没立即去追萧博扬，也是因为看不上他俩，对他俩的实力蔑视。

但人活在这世上，不可能哪一件事都是有了十成十的把握才去做。

或许她还是受了魔气的影响，从泥岩秘境里和人面蝎尾蛛死磕的那一回起，就习惯以命搏命了。

雨水兜头而下，乔晚深吸一口气，没管脸上交织流淌着的水流，心神一定。

“刺啦——”

细小的电流从手心里猛地蹿出，越团越大，天际轰轰隆隆，电蛇狂舞！

一道天雷猛地降下，和少女手心里的雷光相接，瞬间爆发出耀眼的光芒！

这熟悉的疼痛猛地蹿上天灵盖，乔晚喘着粗气。

她不怕被劈，毕竟已经被劈习惯了。

几道天雷下来，手上的雷球确实被强化了不止一个等级。

“动感光波球”是修为越高、威力也就越高的招式，适合灵力不要钱的甘南，却不是特别适合她，但眼下不一样了。

一瞬间，林家一干人等全都像被天雷劈傻了一样，愣在了原地。

这简直比她认识伽婴还让他们震惊。

这具纤细的肉身，直通天雷，借老天爷的威势化为自己所用，胆子够大，够不要命，是条汉子。

只要她能在伽婴面前拼过一招就行了，乔晚目光紧盯着面前男人的一举一动。

五条黑龙影怒卷而来，乔晚当机立断，果断地砸出雷球！

这还没完，体内骨骼暴涨，穿破肌肤，半空之中“唰唰唰”地浮起了根根坚硬骨刺，对准了眼前的男人。

这一切就发生在瞬息之间。

雷球爆发出耀眼光辉，天雷入体，饶是伽婴，指尖也不由得略微一麻。

紧跟在天雷后面，骨刺突至！

但没人能想到的是，就在乔晚出手的同时，长街之内再度滚过雄厚妖气！

一条幽绿色的蛇影奔袭而来！

来了！

约定的人终于来了！

廊下亲眼见到这一幕的林五不由得精神一振。

天雷、骨刺、蛇影齐发。

伽婴一振袍袖，袖中黑龙嘴一张，一口咬碎了暗绿色的蛇影，龙尾一摆，旋即冲破天雷和骨刺。

但等天雷和骨刺消失，地上只剩下了一地碎骨和淡淡的血水。

陆婉呢？

林五等人和树梢上的少年看着空荡荡的街心，纷纷愣住。

炼体的境界，不只化骨为盾、拔骨为兵那么简单，还有缩体成寸。

在别人的视线盲区里，一个粉色小人儿正顶着狂风暴雨在玩命狂奔！

不等林五等人多去细想乔晚的去处，惊雷滚过、白光大盛之时，各处巷口迅速蹿出形态各异的妖邪，一眨眼的工夫，已经团团围住了伽婴。

那是千年老蛇妖细罗麾下的妖族叛军！

对，就是这样没错了，林五松了一口气，“呸”了一声，阴沉地吐出一口血水。

螳螂捕蝉黄雀在后。

为什么林家只派出了十几个炼气修为的人就敢正面对上妖皇？就是因为林家早就和那蛇妖合计好了，用养命珠把伽婴骗过来围杀！

而他们这十几个人全是炮灰！

形势急转直下，眨眼之间，猎者成了猎物。

玄袍如墨、眼神冷傲的妖皇，被困死在了这空荡荡的街上。

龙困浅滩，已成必杀之局。

这个时候，乔晚还在玩命地跑，肺里就跟拉风箱一样，“呼哧呼哧”地响。

正常大小的情况下，雨滴砸在身上倒没什么，但她现在最高不过一寸，雨滴砸在身上就不太好受了。

虽然不知道刚刚蹿出来的蛇影究竟是怎么回事，眼看伽婴被困，乔晚心里还是不由得雀跃了一瞬，继续发足狂奔。

眼看胜利在望，她眼前却忽然一晃！

“看我逮到了个什么？”一声戏谑的轻笑响起。

地上狂奔着的粉色小人儿顿时被一根白皙的手指给提着衣领提溜了起来。

抬眼对上一张妖娆娇媚的“巨人”脸，乔晚眼睛眨也没眨，全身上下的骨骼再度扭曲，节节拔高，转瞬之间又恢复了正常大小，扭身抬脚一踹，正好一脚蹬在女人的胸前。

女人往后连退了几步，手上一松，脸色顿绿。

乔晚反身跃入了战圈，跳到了伽婴身边。

暴雨倾盆，伽婴瞥了她一眼，没动。

乔晚目光灼灼，盯着眼前这一帮妖魔鬼怪，和刚刚那揪住了她的衣领的曼妙女人。

女人黑衣紧裹着丰满的身子，细腰往下却是漆黑的滚圆的腹，脊背生着一对膜翅。

乔晚倒吸了一口凉气，总算明白自己是怎么被发现的了。

这是个蚂蚁精！

这下她总算明白了。

这都是妖族叛军，合力把妖皇伽婴送上绝杀榜第一位的人物。

乔晚抬手抹了把脸上的雨水，声音不大也不小，但足够穿透雨幕，清晰地落在每个人的耳中：“我帮你，养命珠借我一用。”

伽婴斜睨了她一眼。

他还用不着一个炼气修为的人相助。

或许是被乔晚这不怕死的劲儿给冲昏了头，生出了点儿欣赏之意，也或许是不想再耽搁下去，抑或是不愿他在和乔晚死磕的同时，让这些鬼鬼祟祟、偷偷摸摸的“黄雀”得利，想到这些暗中窥伺着的小人，伽婴不由得震怒，嘴角难得扯出了一丝讥讽的微笑，嗓音凉薄，说出口的话，却让在场的人不由得一诧：“好。”

袖中黑色龙影咆哮而出，不过片刻工夫，就裹了个青年丢到了乔晚面前。

玩命跑了这么久，转眼的工夫，就被伽婴指挥着龙影给逮了回来，还是以毛毛虫般这么屈辱的一个姿势，抬眼对上众人各异的目光，萧博扬来不及去想什么时候冒出了这么多人，只觉得羞愤欲死。

乔晚瞪眼：萧博扬你这个不争气的玩意儿！枉我刚刚信你，还这么拼命！

援军入局，瞬息之间，战圈之内形势再变。

第十九章　我身边尚有个空位，陆婉，你可愿意

雨下得更大了。

妖族的人一到，林五立马领着剩下十几个弟子赶紧远远地躲到了一边，免得待会儿双方真打起来，被扫到台风尾，连累他们这些人做了炮灰。

林五斜睨了一眼身后的人："岑家那边怎么样了？传音符有消息了吗？"

"都已经去了，岑清猷和昆山来的人也都派了弟子过去拦，到时候岑家打起来，岑清猷他们几个一时半会儿绝对赶不过去。"

眼前这情况，也是他们一早就说好的。

他们林家帮着妖族围杀伽婴，而妖族分出一半人手帮他们踏平岑家。

"林清芝这小子呢？"显然还没忘记乔晚刚刚那顺手甩出去的一口"锅"，林五磨了磨牙，"你还真以为这阴毒的小子是诚心的？他把我们的行踪透露给了这丫鬟，可不就想着祸水东引、借刀杀人吗？年纪不大，心肠倒和他死去的老娘一样毒。"

声音断断续续地被淹没在"哗啦啦"的雨幕之中，却没避过这挂在树梢的林清芝，他一听这话，脸皮都给气歪了。

街上，伽婴目光掠过领头的青年，冷笑道："细罗不敢来，就让你这个儿子送死？"

青年面色阴郁苍白，一身墨绿色的长袍，眼瞳黄澄澄的，听闻伽婴这话，也没什么表情，颇为恭敬地行了一礼："陛下，我等失礼了。"

他再一抬眼，竖瞳之内，杀意霎时间穿破雨幕！

打头阵的十人率先疾出，各展法术，身形在瓢泼大雨中变化莫测，各路法诀和法器简直就像不要钱一样直往伽婴身前丢。

十个元婴期的妖，死磕伽婴一个化神期的人，一时之间竟然没讨到一丝好处！

长街之上，磅礴妖气铺天盖地，压得四周街铺瓦片横飞，横梁寸寸断裂。

这可不是昆山弟子间切磋斗法，街上对阵的全是妖族精锐战力。

心知元婴和化神期修为的妖之间打架，不是她这个小炼气的人能掺和进去的，乔晚心神为之一凛，从怀里摸出铁锤，目光转向了在场那一批妖。

她只要做好清道夫的工作，帮忙清场就够了。给伽婴清理出一个最优的输出环境，这才是她眼下的任务，不过剩下的那些小鱼小虾也不可小觑。

于是，乔晚也抡起铁锤上了。

虽然她用的是两把重锤，却没被这两把重锤拖累身姿，身形照样轻灵，凶猛却变幻不定。

其凶残程度也不亚于妖族拆迁队，铁锤落锤之处，地上“砰砰砰”被砸出数个浅坑。

妖族拆迁队疯狂拆房的同时，处于战局中心的萧博扬内心几乎是崩溃的。

谁来看他一眼？！他还被裹着呢！还被裹着呢！

无奈四肢被龙影捆得紧紧的，眼看着战火好几次烧到了自己身上，萧博扬只能尽量蠕动着身子，默默地往战局外面蹭。

他刚蹭出一段距离，“当啷”一声，猝不及防之下，一片锃亮的刀光落下，正好切断了他的去路。

落刀的女妖精，手腕轻轻翻转，干净利落地收了刀，伸出红润的舌尖儿放荡地舔了舔：“这位俊俏的小哥是想往哪里去？不如和姐姐玩点儿有意思的事，嗯？”

冷不防被一个女妖给调戏了，萧博扬大恨的同时，不争气地涨红了一张俏脸。

长街之上，各种耀眼法术狂飙。

一锤劈碎了一片剑光，剑光散尽，乔晚正对上了一张娇俏的笑脸。

方才那蚂蚁精温柔一笑，一抬手，四面八方瞬间涌出了黑压压的蚁群。

这也是她的拿手绝活之一——万蚁噬身。但凡谁沾上了点儿，不把人啃得只剩下具光秃秃的骨架，那是决不罢休的。

无数蚂蚁犹如潮水，迅速淌开。

乔晚看也没看地上的蚂蚁一眼，面无表情地搓着球。

就在这数以万计的蚂蚁近身的同时，她反手就丢出了个雷球。

“轰隆隆”，耀眼的电光滚过，半空之中瞬间弥漫起一阵浓烈的焦味儿。

她这十万蚁子蚁孙，就这么被乔晚电了个一干二净，一只都没给她剩下！

不仅如此，面前这平平无奇的丫头还面无表情地嘲讽道："果然是妖，没脑子，你这不是送上来找电吗？"

这绝对是记恨，这丫头绝对是报复自己把她提溜进了战局！

蚂蚁精绿了脸，狠狠地磨了磨牙根，勃然大怒："你找死！"

令人意外的是，这蚂蚁精也是个体修。

蚂蚁个头小，但力气大，走体修的路子正合适，女人惊怒之下，扭身一踹，足足把乔晚踹出了十几米远，正好仰面摔在了萧博扬身侧，一抬眼就看见了萧博扬红得跟个番茄似的一张脸。

她再一抬头，就看见那持刀的妖娆女妖。

乔晚面无表情地呕出一口血。

这都什么时候了，萧博扬还有心思玩风花雪月这一套？！

蚂蚁精的后招紧随而来，乔晚没来得及多想，搓着球再度冲了上去！

缠斗之间，倒在地上的萧博扬却猛地一呆，这……这不是乔晚那什么球？

青年心脏骤紧。

他不可能看错，这一招除了乔晚他还没见谁用过。

这熟悉的身姿、熟悉的步伐、熟悉的出招方式，还有这凶残得不要命的打架习惯，除了乔晚还有谁？！

眼下却根本不是认亲的时机，下一秒，刀光再次袭来。

不甘心自己被无视的女修冷笑着再次召唤出刀阵。

毕竟命更重要，萧家小少爷特没风度地暗骂了一声，就地一滚。

被他这么一骂，面前妖娆的女修笑得更欢，出招也出得更凶残了。

她指挥着刀阵，换着花样地往萧博扬身上戳，刀光交织，没几下就把眼前这尊贵高傲的小少爷给划了个破破烂烂，露出白净的肉。

就在这时候，他身上紧缠着的龙影一收，四肢顿觉一轻。

萧博扬下意识地抬眼看去。

十多个元婴期的妖合成围杀之局，目的就是困死当中的伽婴。

男人面色沉静，五条龙影忽上忽下，气势赫赫，催动风云变化，腰侧的刀从头到尾就没出过鞘。

这……这才是真正的大能。

萧博扬心头巨震。

也就这一愣神的工夫，被女妖给逮住了间隙。

眼看着刀锋再落，锵然一声轻响，森白的外骨骼牢牢卡住了薄薄的刀刃，乔晚五根骨节握紧了刀刃，头也没回地说："怎么？起不来了？"

萧博扬愣愣的，脸上还沾着飞溅的血液。

此时此刻，雨停了，风止息。

他眼里也只剩下了眼前这么一个少女，陌生而平庸的眉眼，这个时候显得格外亲切和熟悉。

“乔晚？”这一声已带了颤音。

乔晚就地把刀刃一丢。

萧博扬忍不住轻轻抖了起来。

他没想过让她死，从来就没想过让她死。

这个时候，无数话一起涌上心头，偏偏他的嗓子沙哑得吐不出一个字来。

半晌，他才呆愣愣、没出息地挤出几个字：“你没死？”

所以他看着这丫鬟才这么眼熟，所以裴春争的反应才那么古怪。

从刚刚看见萧博扬被丢入战局，乔晚就知道她这马甲保不住了，故而根本没遮掩。

萧博扬张了张嘴，似乎还想说点儿什么，立马就被乔晚给堵住了话头。

“打完再说。”

萧博扬摇了摇头，憋了半天才憋出一句：“我……我想对你说，你没死，真的太好了。”

萧博扬心中陡然一松。

听闻这话，眼前的少女难得扯着嘴角露出个笑容：“你确定真的要在这儿叙旧？”

话音未落，一阵银铃般的笑声再次响起。

“小公子，来玩啊。”

萧博扬顿时脸色扭曲。

于是伽婴负责大头，乔晚和萧博扬就负责在外圈儿清场。

天际雷声滚滚，电蛇狂舞，饱含毁天灭地之势。

乔晚肉身直通天雷，面色冷酷。

萧博扬目瞪口呆地看着乔晚眼也不眨，一口气也不带喘的，借着老天爷的势，雷霆震怒，气劲震荡，十步之内硬生生横扫出一片清静之地。

毕竟天雷锻体的少，人修倒还好，尤其是邪修、妖修和魔修，最怕的就是天雷。

人修寿数短，妖修、魔修寿数长，而在修炼这条路上，妖修、魔修的灵气也大多比人修充裕，但在雷劫之下，人修总算扳回了一局。

在场群妖面面相觑，看着乔晚手上的雷球都有些忌惮，竟没人敢立即冲上前去直撄其锋。

萧博扬心里的震惊程度一点儿也不比别人小。

当初处刑台上，乔晚自废筋脉，他也是亲眼所见。

乔晚跳下太虚峰之后，他倒也想象过乔晚要是没死会怎么样。但不论哪一种，结果都算不上多好，自废筋脉，就意味着她堵死了自己这条修行之路，修为顶多止步于炼气期，再无进一步的可能。

萧家、魔域，以及当初她替马怀真做事的时候结下的那些仇家，都不大可能会轻易放过她。

总之，在萧博扬的想象里，乔晚过得那叫一个凄惨，所以每每想到乔晚，他心里都煎熬。

但他从来没想过会像现在这样，她和妖皇攀上了关系，还和妖皇并肩作战，硬生生借了老天的势，张牙舞爪，十步之内暂无一人敢近身。

虽然修为没长进，但她一旦冲破了这关，或许就是一番大造化。

想到这儿，萧博扬心里有点儿五味杂陈，既有重逢的喜悦、感动和心酸，还有那种明明约好了一起学习，她却偷偷报了补习班的尤为复杂的心态。

暴雨如注，长街中央，那是无人敢踏足的战圈。

细罗麾下十个最精锐的元婴期手下，全围在了男人身前。

剑刃一甩，雨滴滑落，水珠四下狂舞，在这长街之上上演着一幕幕杀招！

久攻不下，长街之上突然传来苍老厚重的嗓音。

“伽婴，想当初你还是我带大的，没想到一晃眼的工夫，你已经有了如此长进。”

金戈之声顿消，临街另一家酒肆的窗轰然开了。

从街上隐约能看见窗边人的模样，绿髯绿眼、容貌英俊的老者端坐在床侧，浑身上下带着一股不怒自威的气势。

这就是妖族的蛇君，细罗。

伽婴脸色没多大变化，眼眸深沉：“是你，你来了？”

“是我。”

老者应声的工夫，前方商铺鳞次栉比，屋顶瓦片“哗啦”尽数被掀开，从中猛地再跃出数十名敌人，手执锁链。

半空之中忽然射出无数银色细线，交织成密密细网。

地上积水犹如白练一般，眨眼之间活了！水流跃上伽婴的靴面和袍角！

无数敌手这才从街角、巷口纷纷转身而出。

四面八方，天上地下，天雷地网之阵才初现威势！

刀光剑雨之下，乔晚心里一惊。

这阵仗比她想象中还要庞大。

而在这天罗地网之下，老者这才跃下了窗，飘然而至，微微一笑：“伽婴，我们许久未见了。”

这人不过是只獾，也敢称龙？

瞥见男人袖里的龙气，就算沉稳如细罗，这个时候也难免有点儿心气不顺。

蛇修百年方成蛟，蛟修百年则成龙。

这只獾凭什么袖怀龙气，做万妖共主？

伽婴面色不变，四周龙影护身，龙气翻腾。

幽绿色巨蟒盘旋在身后，血盆大口怒张，大有反客为主、吞龙化蛟的念头！

细罗一出场，这回在场是没人敢待了。

交代的事都已经做到，林五一扬手，当机立断地带着一帮弟子麻溜地撤出了长街。

挂在树梢上的林清芝眼见这阵仗，心里也有点儿慌。这两位妖族大能打架，被扫到台风尾，也足够他们在场这些小鱼小虾喝上一壶。

眼见林五一行人暗暗地准备开溜，他心念电转。

林五肯走，这就代表着事都准备妥当了，林家的人已经到了岑家。

对，岑家。

岑清猷和昆山的人这个时候已经被人给拦了下来，他是时候去岑家了。

这姓陆的小丫鬟和岑清猷那个孽种都被拖住了，碍事的人已经被清走了，今天姜柔对他娘做的事，他都要一笔一笔地慢慢讨回来，他秀气的眼中闪动着一点阴毒的光芒。

林家弟子和林清芝一撤，长街之上就只剩下了伽婴、乔晚、萧博扬和以细罗为首的妖族叛军。

而在另一条街巷，岑清猷和穆笑笑等人也被人拦住了去路。

来者人数众多，面色不善，气势汹汹，将岑清猷、裴春争等人围了个严严实实。

岑清猷脚步一顿，面色不变："各位英雄好汉，眼下是意欲何为？"

为首的汉子睨了一眼他额上的菩提子，彬彬有礼地行了一礼："奉命行事，勿怪。"

同一时间，岑家火光滔天，群妖乱舞，尖啸声与呼救声此起彼伏，地上流淌开泼墨般的鲜血。

昨天那十多具尸体不过是个开端，阵法塌了一角之后，林家人同妖族的人马一齐杀了进来。

"杜衡！杜衡！"圆脸的丫鬟几乎叫破了嗓子，泪流满面地在一地瓦砾废墟中翻找。

岑家这第一重防卫已经被攻破了。

螳螂捕蝉黄雀在后。

这一重杀阵背后还套着另一重杀阵。

街上两只大妖还在对峙。

锐可削骨的细网纵横交织，细线之上淌着淡淡的锋锐银芒。

“这是蛛娘所织就的细网，陛下知晓这细网可断万物。”

伽婴：“你以为靠这个就能拦住我？”

老者微笑：“这蛛网当然不足以拦住陛下。”

但加上其他东西，就不一定了。

话音未落，乌云滚滚之处传来尖锐鸟啸，巨鸟扇动双翅，抛下了一抹黑影！

黑影从半空中被抛下，越来越近，越来越近，终于露出一个青年的模样。

伽婴瞳孔骤然收缩！

青年眼里有死气，有冰冷的绝望和无奈之色。

对上男人的目光之后，青年硬是挤出了一丝笑容，嘴唇一张，无声地喊出了两个字：“保重。”

陛下，保重，今日是我拖累了你。

这小把戏当然拦不住他，但这妖肯定能拦住他。

细罗目不转睛，端看伽婴现在要怎么选。

他踏出这一步，天罗地网，步步杀招，就算杀不了他，也能叫他吃个大亏；要不踏出这一步，这妖可就没命了。

围观的萧博扬也跟着变了脸色：好歹是一介蛇君，竟然这么厚颜无耻。

争权夺利，无所谓什么手段，只要有用就行，细罗负手冷笑，等着眼前的男人选。

从这高空之中坠落，灵力告罄，这狗妖无疑会被千刀万剐，化为一团血花！

“砰！”

半空之中确实爆开了一团血花，不是青年的，也不是伽婴的。

森白骨甲覆身的少女飞跃而出。

骨甲还不够坚硬，至少还没修成真正无坚不摧的地步。

银丝击碎骨甲，深深勒入肌肉之中，少女全身上下骨骼层层暴涨，穿梭在上下交织的银线之中，又层层剥落，像极了一朵极速盛开又极速凋零的带血骨花！

但就这一瞬，乔晚飞身上前，一把揽住了青年，将人带出战局！

陆婉！

男人目光紧紧盯着眼前的少女，嘴角溢出一丝笑意，几乎不受控制地朗声大笑。

刹那之间，其他人纷纷出招！

但三条龙气已经快人一步绞碎了龙影，护住了少女的去路。

乔晚骨骼覆面，只露出一双黝黑沉静的眼。

青年愣了愣。

乔晚抱着青年落地，滚了几圈，一连躲开落下的各路暗器、剑刃，这才抱着青年惊魂未定地滚到了一边。

乔晚深吸了一口气，一抬头的工夫，再次对上了伽婴幽深的目光。

四目相对之中，该表达的都已经表达得很清楚了，两个人没什么多余的废话要说。

该做的，她已经都做了，接下来就是他的主场。

这是她和伽婴之间的默契。

下一秒，伽婴嘴角的笑意陡然化为蓬勃沛然的杀意！

男人眼神冰冷，锵然一声，终于出刀。

刀身裹着的蜿蜒龙纹如活了一般，冲天而起。

妖气冲天，一时间竟拨开雨幕，冲破了天上沉沉的乌云！

改天换日，这才是真正的万妖共主的手段。

在场众人和群妖，根基薄弱点儿的，不敌这股威压，双膝一软，几乎给这妖气跪了下来，身子止不住地打战，不由自主地臣服。

乔晚却根本没回头往后看一眼，一手抱着青年，马不停蹄地朝着萧博扬狂奔而来，伸手一拽，拖着他就跑！

萧博扬和乔晚抱紧了怀里的青年，一脸蒙。

“跑啊！！”乔晚怒吼！

伽婴要暴走了！要杀人了！

萧博扬抓狂：我怎么可能从人眼里看出这么多东西？！

剩下那一批妖，当然不可能放着他们不管任由他们跑！

“追！”

然而他们还没追出一步，一条龙影却牢牢地护住了三个人的去路，龙口怒张，直对来人，骤然炸响一声霹雳龙吟。

青年被乔晚扛在肩膀上，一双狗眼茫然无措。

颠簸之中，他只看见少女脸上挂着点儿稀碎的骨块儿，骨面上飞溅了一点儿血迹，雨丝冰冷地往脸上拍，乌黑的发丝映衬着如雪的肌肤，显得极其明艳。

这一路且战且退，兔起鹘落地狂奔出两条街后，三个人总算脱离了战圈。

乔晚看也没看，钻入一间酒肆，将青年就地一放，拎起萧博扬抖了抖，丢出一袋灵石，请老板退出去。

暴雨天气，客本来就少，虽然眼前这三个人一身水汽和血气看得人心惊肉跳，但毕竟灵石给得多，生意总是要做的，老板明智地选择什么也没问、什么也没说。

安顿好了青年，乔晚这才出了酒肆，抬头看向那条长街的方向。

她只能看见五条漆黑龙影盘旋而出，龙吟响彻长街，远处那片天龙身化云，盘踞天际，妖气遮天蔽日！

千算万算，他还是不该把主意打到这条狗身上。

帝王之怒，伏尸百万，流血千里。

没了狗妖掣肘妖皇，这简直就是场单方面的屠杀。

冰冷刀尖捅入老者的身躯之时，老人的身体却如同水波纹一样扭曲，这么一刀直接将老人的身体在空中捅散。

果然，这人还是没用真身现身吗？

伽婴面不改色地收了刀，淡淡地想。

细罗这老狐狸，心知自己修为不如他，没十成十的把握，就绝不会下这么大的赌注。

不过这一刀捅了他的分身，也足够他吃一段时间的苦头。

心念一转，思及那银色蛛网之上接住青年的那道粉色身影，男人反手收了刀，蹙眉撇开一地死尸，直往另一条长街的方向赶去。

酒肆之外，一道沾着血的傲岸身影突然出现，隔绝了檐外还在下个不停的暴雨。

男人迈步踏入酒肆中，玄色衣袍上沾了点儿血，血水滴滴答答地落下，很快就汇作一小摊血渍。

“修犬、陆婉。”

乔晚看了一眼靠在墙根处的青年，心里默默地想，原来他叫修犬。

刚刚抱上手的时候，她就察觉了点儿古怪。青年太瘦了，瘦得不正常，污发披散在肩膀上，半截破破烂烂的袍子里露出惨白的骨。但就算如此，青年的容貌也颇为英俊，眼神明亮温和。

伽婴垂下眼，替他检查了一番伤势，那叫修犬的青年硬是挤出了一个傻白甜的笑容：“陛下，我没事。”

乔晚和萧博扬就蹲在一边默默地看他们主仆情深。

确定修犬确实没什么大碍之后，伽婴这才收手，目光一转，落到了乔晚身上。

“陆婉，你和我来。”

乔晚不明所以地跟着去了，和男人一同站在了廊下。

谁也没说话，就沉默地看着廊下垂落的雨帘。

片刻后伽婴淡淡地问：“你可还好？”

乔晚摇头：“没什么大碍。”

“我说过，我帮你，这养命珠……”想到屋里青年的伤势，乔晚犹豫了一下，“我们再另行处置。”

男人“嗯”了一声，不知道想到什么，又皱起了眉。

本来就在细心留意着伽婴的神情变化，一看男人皱起了眉，乔晚心里顿时凉了半截。

他总不会……临时反悔吧？

好歹也是万妖共主，他总不至于出尔反尔。

男人也确实在想事情，眼前浮现的全是那朵凄艳至极的骨花。

一想到那朵骨花和少女黝黑沉静的眼，伽婴心里难得涌现了一股奇异的感觉，带着淡淡的痒。

垂在袖中的手指，不自觉地动了动。

万妖之主行事霸道惯了，既然意动，定要说出口。

雨水四溅，水汽在两个人之间弥漫开来，街上氤氲出淡淡的雨雾，并肩站立着的两个人的身形变得朦胧。

萧博扬就算再傻，看着酒肆门口的两个人，也总算琢磨出点儿不对劲了。

这气氛……怎么看上去怪怪的？

虽然偷听人墙脚不太好，无奈这八卦之心不是什么人都抗拒得了的。

而靠在墙根上，那位虚弱的修犬耳朵都竖起来了，明目张胆地偷听着自家主子的墙脚。

被萧博扬一看，修犬一脸虚弱地靠上墙，扯出了一丝明媚忧伤的笑容。

萧博扬："……"

但接下来，男人的话穿透屋外"哗啦啦"的雨声，听得萧博扬和修犬皆打了一个激灵。

"陆婉……"男人似乎有些不自在地轻轻闭上了眼，沉下嗓音说道，"我身边尚有个空位，陆婉，你可愿意？……"

萧博扬与修犬对视了一眼，清楚地从对方眼里看到了震惊之色。

听闻妖皇伽婴一心打架，素来不近女色，族里那些小狐狸精咬着手绢儿也不敢上前造次。

修犬这还是第一次见他对女人这么有耐心。

难道说……这打架打出心动来了？

乔晚丈二和尚摸不着头脑。

伽婴瞥见眼前少女的反应，眉又拧得更紧了点儿。

难道他要说出口的话对人修而言还是唐突了些？

妖大多是直来直往、随心所欲的，而人修之间弯弯绕绕颇多。考虑到眼前这毕竟是个人修，还是没法用妖的思维方式来思考问题，不过话一出口断然没有再往回收的道理，男人垂下眼睫，继续未尽之言，言语沉稳有力，一字一顿："你愿不愿意做我的部下，为我所用？"

换句话来说，这只蜜獾的意思就是——你愿不愿意，给我打工？

乔晚："……"

原本还有点儿激动的萧博扬和修犬："……"

你有病吧？！

乔晚惊愕了半晌。

猝不及防的橄榄枝，砸得她有点儿蒙。

眼前的男人是妖皇，万妖共主，乔晚心里默默盘算着，能给万妖共主打工，那酬劳肯定不少，在江湖上走跳也有座靠山。

我顶头老板是妖皇，说出去响当当的，还能狐假虎威一番。

不过，乔晚也就意动了那么一瞬。

她才出昆山没多久，要做伽婴部下，就意味着必须得听老板的命令，日后行事受掣肘颇多。就算她在现代找工作，那也得仔细考察公司工作环境怎么样、薪资待遇如何、一周有几天休息时间。

伽婴没急着要答复，颇有耐心地给了她考虑的时间。

乔晚问：“我要是做你的部下，有灵石吗？”

伽婴似乎没想到她竟然会问出这么个问题：“灵石可随你取用。”

乔晚继续问：“那日后我要跟在你身侧，你打架我也要随叫随到？”

伽婴不假思索，神情傲岸：“这是自然。”

乔晚摇摇头，虽然心动，但听到这个答案也只能遗憾地放弃：“恕我不能答应。”

伽婴皱眉，目光沉沉地盯着面前的少女看，没料到乔晚拒绝得这么干脆。

乔晚思索了一瞬，诚恳地回答：“倘若要做你的部下受掣肘太多。”

行事也往往身不由己。

更何况，他妖界那摊子事还没摆平，她一个炼气期的体修，掺和进这浑水里不是找死吗？

君不见狗兄弟就是多么鲜活的一个例子。

乔晚有预感，要做了眼前这只蜜獾的部下，估计要天天加班，忙着给老板善后。

被乔晚这么干脆利落地拒绝，伽婴神情僵了僵，似乎也有点儿恼。他好歹是万妖共主，被人这么拒绝，脸上多多少少有点儿挂不住。

妖族里但凡不服的妖，他打服就是了。伽婴看了一眼面前的少女，一直信奉实力为尊的蜜獾诡异地沉默了一瞬，皱起了眉。

他总不至于把眼前这人修打一顿，打到她心甘情愿地做他的部下为止。

他只是略为意动，倒还不至于非她不可。

毕竟是妖皇，乔晚不愿意，他更不可能拉下脸再去挽留。心里“打到她愿意做他的部下”的丧心病狂的念头转了转，伽婴脸上没什么变化，高贵冷艳地“嗯”了一声，转身又回到了酒肆。

乔晚一进酒肆，就对上了四只炯炯有神的眼。

对上乔晚的视线，萧博扬和修犬十分默契地行了个注目礼，眼里含着同情之色。

伽婴的脾性来得快，去得也快，他席地一坐，沉声叫老板上酒。

刚打完一场架，正是喝酒的好时候。

乔晚刚坐下，一坛子酒就砸进了她怀里。

伽婴沉声道：“喝。”

之前已经拒绝了这人的邀请一次，乔晚二话不说，豪爽地拍开泥封，仰头喝了一口。

畅快。

男人也举起酒坛。

酣战方歇，最适宜饮酒。

在此之前，萧博扬做梦也没想过能和伽婴坐在一间酒肆里喝酒，目光一瞥，觉得压力有点儿大，忽地又莫名有点儿羞涩忸怩。

毕竟妖皇伽婴怎么也算得上诸位修真界好儿郎的偶像，但凡性别为男的修士，谁不想像伽婴一样？

酒是好酒，就连修犬恢复了点儿气力之后，也眼神明亮地抱着酒坛子多喝了几口。

酒肆之外风雨大作，但酒肆之内，酒香四溢，酣畅淋漓。

岑家。

原本还是朱楼环绕、亭台楼阁，眼下奇花异草、假山曲水都被烈火烧了个干干净净。

雪浪园里躲着的丫鬟小厮们个个神情疲惫。

胆小的人早就哭花了脸，低泣着小声问：“我们今日会不会就交待在这儿了？”

没人应声。

往后院的路已经被封死了。

前后都是妖，他们这十多个下人，硬生生地被困死在了这雪浪园里，进退不得。

前一轮攻击刚歇，这雪浪园里的阵法快撑不住了。

等到下一轮攻击来临的时候，谁知道他们这些下人还能不能活着见到明天的太阳？

桂旗愣愣地坐在墙角，盯着墙面上大片的猩红血迹，只觉得耳边的哭声越来越远，越来越远。

墙上这大片的血迹，是刚刚一个小丫鬟的。

这小丫鬟运道不好，被外面的妖给拖了出去，雪浪园一共十六个人，没一个人敢上去搭把手的，主要是太怕了。

一想到刚刚的画面，桂旗就忍不住哆嗦。

所有人心里都在想，本来就不熟，何必为这一人白白地送了自己的命？

没人帮，小丫鬟还是没抵过妖魔的力气，就这么在他们十几个人面前被撕碎了。

漫天湿热的血雨，兜头浇了他们一脸。

眼下总算快轮到他们下去陪她了。

就在这时候，没人看见一张薄片状物件悄悄地溜进了岑家。

寒山院里，岑夫人冷冷地说："雪浪园那边呢？雪浪园那边有人看过了吗？一打起来，前面的丫鬟小厮们定要往雪浪园里躲，那边没护院去？"

沐芳抿了抿唇，低声道："这回林家来势汹汹，是铁了心要踏平我们岑家。

"二少爷久未回府，府上又折损了这么多人手，夫人我们赔不起了。

"这……这也是家主的意思。

"舍了雪浪园这道防线，死守世春堂。"

岑夫人立时就听明白了沐芳话里的意思，脸色一白，扶住桌角，闭上眼深深地吸了一口气："这十多个下人难道就不是人吗？总得有人去救他们。没人去，那就我去。"

沐芳急眼了："夫人！"

岑夫人身体本来就不好，都十多年没拿过剑了，这要有个好歹得怎么办？

岑夫人摇了摇头："沐芳，我是个医修。"

没人比医修更重视别人的性命，只要有一个人还有救，那她就断不可能放弃。雪浪园里的是十多条性命，也不该被放弃。

"把我的剑拿来。"

这把剑薄如蝉翼，刃如秋水，漾着杏红色的剑芒，曾经陪了她不少年头。

可惜，自从嫁给岑向南以后，她就不怎么用剑了。

而林黎一死，这剑就被挂在了墙上，虽然每天她一抬眼就能看见，但还是任由它落了灰。

她弃剑从医是为了救人，眼下重新拿剑，也是为了救人。

岑夫人下定了决心要出寒山院救人，沐芳急得面如金纸，奈何怎么拽也拽不住岑夫人。

"夫人！"

刚跑出寒山院，沐芳脚步一顿，愣愣地看向了突然在寒山院门前停住的女人。

岑夫人站在寒山院门前，目光定定地看着前方。

一张轻飘飘的薄片状物件落到了脚下，岑夫人的脸色立时就变了。

那东西慢慢地从地上支起，骨肉丰盈，慢慢地化为一个样貌极其漂亮的少年。

少年微微一笑，黏腻得像是从血水里捞出来的，言语亲昵，偏偏眼神怨毒：

“娘，儿好久没见到你了。”

岑夫人的目光一瞬间有些复杂，她却一点儿没觉得意外：“是你。”

她不傻。

昨天晚上那十几具尸体的事，轻而易举地就和眼前的少年对上了号。

这么阴毒的邪法，正是林黎的本命功法。

面前的少年是林清芝，林黎的儿子，也是她的养子。

当初岑夫人的确想要好好抚养他。

教养自己丈夫和他情人的儿子，她固然心里酸涩，但上一辈人的恩恩怨怨，不该牵扯到下一辈人身上。她怜惜他自幼丧母，把他接到了寒山院里亲自照顾。

可惜他一直觉得是她害死了他娘，从小就对她不亲近，甚至为这事记恨上了她。

这么多年没见，他长大了。

当初那阴郁的小男孩，时至今日已经长成了个漂亮的少年。

岑夫人握紧了剑：“你来为你娘报仇？”

林清芝问：“你就没什么要说的吗？”

岑夫人：“有倒是有。你娘的死与我无关，我也曾想救她，奈何回天乏术，没能救回来。”

少年却像是突然被激怒了，脸色一变，怒喝：“你骗我！明明是你嫉妒我娘得岑向南的宠爱，就这么眼睁睁地看着她死在了你面前，流干了血你也不愿去救！”

“今日，我定让你尝尝当日我娘所受的痛苦。”林清芝咬着牙，一字一顿地说，“或者说，我娘所受的痛苦，今天我要你百倍还回来。”

岑夫人平静地握紧了剑。

瞥见女人手上杏红色的剑，林清芝冷笑：“你真以为你打得过我？身体虚弱到了这地步，十多年没用剑了，我倒想看看你还有什么能耐。”

那东西一展，刹那之间，血腥味儿扑面而来！

岑夫人往后跃开半步，剑音清越，手上薄如蝉翼的一把剑轻盈灵动，剑锋在半空中划出一道光，像荡漾开的一汪杏红色秋水，极美，极静。

那东西带着滔天怨气，一展一收，上下翻飞，和剑锋在半空中紧紧纠缠。

少年生得漂亮，神情却阴毒得像条毒蛇，毫不手软，也没见一丝一毫怜惜之情，看准了女人的破绽，招招都对准了命门。

几招之后，它突然变招，直朝沐芳攻来，眨眼之间就攻向了女人，将其丢到了地上。

“不是说岑夫人性子纯善吗？这丫鬟伺候了你这么多年，没有功劳也有苦劳。现在你要怎么办？是丢了剑，还是看着我勒死她？”

那东西收得紧了一点儿，转眼之间，沐芳就被勒得面色涨红，紧紧地盯着岑夫人，想说话又说不出来。

别……别答应。

岑夫人垂眼："放了她。"

"当啷"一声，剑落在了地上。

沐芳眼睫一颤，眼泪直流。

夫人就是太软和、太柔顺。

岑夫人喘了口气，嘴角淌开了一条血线。

刚刚过招的时候，林清芝可没手软，处处往她的命门上招呼，她身子本来就弱，现在更没了反抗的力气，就像一条待宰的鱼。

林清芝缓缓走到她面前蹲了下来，冷笑道："怎么样？这滋味儿是不是不好受？"

少年眼睫一垂，目光落在了女人白皙如玉的手指上，眼里闪动着怨毒和憎恶的光。

"夫人果然纯善。当初就算夫君纳妾也不计较，甚至因为小妾死在了自己面前，弃剑从医，练得了一手'悬丝灵针'。"

"那就从这双拿针的手开始？"林清芝抬眼，再度露出了一个微笑，慢条斯理地从怀里摸出一把小刀，将女人的手放到了膝盖上。

"滴答——"

那是血落在地上的动静。

女人趴在地上，十根手指的指甲，血肉模糊一片。

十指连心，女人疼得面色惨白，冷汗涔涔，咬着牙硬是吭都没吭一声。

就算这样还没完，少年低着头，刀刃在女人白皙的指尖上轻轻划开了一道。

略做休整后，乔晚放下酒坛，终于斟酌着问出了养命珠的事。

伽婴喝了口酒，斜看了她一眼："我答应了你，给你机会商量养命珠的用途。"

如果不是陆婉救了修犬，眼下他们也不能坐在这儿喝这一口酒。

乔晚思索了一会儿，说出了自己的想法："妖皇有所不知，养命珠本来是岑家岑夫人的陪嫁品，后来被岑家家主私自送给了林家。岑夫人是个医修，用得一手绝妙的'悬丝灵针'，救了不少人的性命。"

"但她前些年在林家和岑家的争斗中伤到了根本，已经没办法再运针了。"乔晚坦然道，"我想先把养命珠带到夫人那儿，有养命珠滋养身体，夫人说不定就能再用灵针治好修犬的伤势。"

伽婴没立即回答，低声询问修犬的意思："你怎么想？"

青年也搁下了酒坛，摇了摇头道："陛下，我这伤没什么大碍。养命珠毕竟是那位岑夫人的陪嫁品……不如就听这位陆姑娘的话，将养命珠还给岑夫人，再请岑夫人帮忙治病。"

"我这伤还不至于牵连到性命，更何况养命珠如此珍贵，被我就这么吞了未免太浪费，我良心也不安，"修犬苦笑，"倒不如去岑家试上一试。"

他这伤白骨森森，就是看着恐怖了点儿。

但修犬自认也算得上是一条汉子，这点儿伤，熬一熬，咬咬牙也就过去了。

伽婴拂袖站起身："陆婉，我将修犬托付于你，你带他回岑家。"

"你去哪儿？"

男人沉声，略含讥诮地说："杀人。细罗安插在栖泽府的人尚未被除尽。"

他自然要赶尽杀绝。

酒肆外，雨声渐小。

凄风苦雨一道卷入了男人的袖口。

"等做完这事，我再到岑家找你。"

冷冷地抛下这么一句话，转眼之间，男人就消失在了檐下，原地只留下了一摊淡红色的水渍。

乔晚松了一口气，看向了酒肆里的其他两个人："我带你们去岑家。"

她算了算，这个时候岑清猷和裴春争他们一行人也该回府了。

妖族夺权这事纯属意外，导致她离开时间太长，想到巷口的林清芝，乔晚心里莫名一沉。

他让她带话给岑夫人，究竟是什么意思？

这几天内，林家难道又要有什么动作吗？

雨还在淅淅沥沥地下着。

那一番玩命战事刚停下没多久，乔晚和萧博扬、修犬往岑家赶去，这一路上，灵力差不多告罄，所幸酒肆离岑家不远。

但一走近岑家所处的这条街上的时候，乔晚就察觉到有点不对劲。

隔着湿漉漉的雨幕，她都能闻到一股浓烈的妖气、血腥味儿和什么东西被烧焦的气息。

狗兄弟鼻子灵敏，一闻到这味儿就心知不好。

三个人对视了一眼，都从彼此眼里看到了一个信息：坏了。

将修犬往萧博扬怀里一推，乔晚从怀里摸出俩铁锤，向岑府的方向奔去。

大门紧闭，推也推不开，乔晚绕到侧门，侧门是开着的。

她一踏入侧门，就见一具尸体直挺挺地趴在地上。

乔晚还没来得及反应，一道黑影"唰"的一声猛扑了出来！

乔晚扭身一踹，同时甩出手里的铁锤。

黑影动作也快，一闪身躲开铁锤，改换了个方向再度飞扑下来。沾血的长喙穿破了雨幕，乔晚隐约能看见两排竖着的精铁尖牙。

与对方缠斗了几招之后，乔晚向后跃出半步，丢出了个雷球，两个铁锤顺势横扫！

"砰！"

耀眼的白光一闪，从半空中“扑通”一声掉下来一个还没成形的鸟妖！

过了一两秒，被抱在怀里的修犬终于问出了一个从刚才起一直萦绕在三个人心头的疑惑：“这……到底是怎么回事？”

这鸟妖和这妖气……

乔晚心念一转，忍不住低骂了一声。

林清芝、栖泽府林家、细罗麾下的妖族叛军，三方势力微妙地穿插结合在了一起。

伽婴为什么会得到养命珠的消息？细罗那一干人为什么会出现在那儿？

妖族叛军一来，林五一干人就脚底抹油溜了。

这些摆明是算计好的！

岑夫人！

乔晚心里骤然一紧，握紧了铁锤，马不停蹄地往寒山院的方向赶去！

这姓林的男人骗她！

“乔晚！”

眼见乔晚面色大变，兔起鹘落地冲进了岑府，萧博扬认命地一把搂住修犬，拔腿赶紧追了上去。

随着这一路狂奔，眼前那地狱般的惨景也慢慢展露出来，萧博扬搂紧了修犬，胃里翻腾不已。

这一路上全是横七竖八地躺在地上的死尸。

萧博扬看得脸色有点儿发青，不过就出了一趟门的工夫，一回来整个岑府就变了天！

这根本就不是人能做出来的事，从侧门到这段路上，简直就是个大型狩猎场。

“这全是还没开灵智的低级妖物干的。”修犬喘了口气，面色凝重。

同为妖，他对这些妖物再熟悉不过。

那些妖族叛军跟林家人一起踏平一处地方，这些没开灵智的低级妖物就去扫荡清理一处。

一个负责进攻，一个负责吃。

“岑家灵脉似乎被破了，这时候四周灵气丰沛，妖物吃得越多，长得越快，化形也更容易。”

妖物啃着啃着，兴许是又看见了三块修为不错的好肉，放下了手里的吃的，飞身扑了上去。

就算被乔晚一铁锤砸碎了脑壳，仍不断有新的妖物拥上来。

乔晚甩了甩身上飞溅的鲜血，脸色极其难看。

她从这儿往后院看，能看到后院浮动着的灵力阵法，看方向似乎是世春堂那边。

前院虽被攻破了，但后院法阵没被破，那边的人应该还没事。

乔晚虽说松了口气，想到那林清芝的邪招，还是不怎么放心，脚步没停，一路飞一般往寒山院赶去。

前院已经没什么活人了，死去的大多是没什么修为傍身的凡人杂役。

正当三个人一路往后院狂奔的时候，修犬耳朵轻轻一晃，面色凝重地说：“有人在哭。”

青年耸了耸鼻尖：“在南边，有人在哭，有十多个。”

“血腥味儿太重，多了我闻不出来了。”

刚刚那一地残尸，乔晚和萧博扬也都看见了，都到这地步了还有活人？

“有，”青年说道，“十多个。”

雪浪园的法阵快抵不住了。

黑云堆在天际，好像下一秒就要塌下来。

风接二连三地送来血腥味儿和惨叫声，此起彼伏的惨叫声渐渐化作那么零星的两三声。

一切重归于寂静，只剩下淅淅沥沥的雨声。

有时候大家甚至不知道落在头上的究竟是雨还是血，落在脸上黏腻腻的，和泪水混在一起，抹也抹不干净。

墙外妖物们的低吼声忽高忽低，落在人心上，就像死神的脚步。

一开始众人还盼望着能有护院来救他们，现在早就麻木了。

他们这十多个人全是凡人杂役，最有能耐的也不过刚刚做到了引气入体，冲也冲不出去，守也守不住，早没人管他们了。那些妖物躁动不安地趴在墙头，一只只眼贪婪地盯着雪浪园里的活肉。

早晚他们也会沦为外面那些妖物的口粮。

“我……我不想死。”一个小丫鬟没忍住，绝望地哭了出来，眼泪和鼻涕止不住地一起往下淌，“我……我爹娘一把年纪了，我要是没了，谁来照顾他们？”

桂旗瞥了她一眼，麻木地从袖子里哆哆嗦嗦地摸出块帕子递到了丫鬟面前。

这小丫鬟她认得，叫芳菲，前段时间她和陆婉闹矛盾的时候，芳菲还帮她一起骂过陆婉。

听说辛夷一大早就和二少爷出去了。

桂旗仰头看了一眼血色的天，心情有点儿复杂。

她羡慕，羡慕辛夷命好。

既然这人命好，就别回来了，至少别挑这时候回来。

毕竟没人真正想死。

意识到这样下去他们这些人迟早会交待在这园子里的时候，终于有人不甘心就这么等死，憋不住站了出来！

桂旗抬头看了一眼。

呼吁众人抱团抵抗的人是岑家一个须发皆白的老管事，姓胡，叫胡玉成，听说修为被困死在了炼气期，平常喜欢反复念叨自己年轻时候那点儿事，可惜没多少人愿意搭理他。

但现在不一样了，胡玉成的的确确是他们这些人当中唯一一个有能力去杀这些妖物的人。

每个人都把目光投向了这老管事。

在妖物的进攻下，雪浪园十多个凡人杂役决定再去拼一次。

胡玉成咬牙，往日那和蔼的面容扭曲了不少："没路难道我们就在这儿等死？没路我们就杀出一条路来！"

眼见一个丫鬟又要被妖物给拖走，白发苍苍的老翁率先扑了上去，转头怒吼："救人！先救人！"

众人面面相觑了一眼。

他老了，使不上力气了，涨得面色通红。眼看老者和丫鬟都要被妖物给拖走了，终于有个小厮站出来扑了上去。

就这么一个接一个，雪浪园里的十多个仆役全都站了出来，憋足了劲儿，脸红脖子粗地一块儿使劲，终于把丫鬟从妖物嘴下给拖了回来。

救回了一个人，在场众人心神大振。

没人救他们，他们就自救，抱团在一起，肯定能找到生路！

乔晚猛地停下，深吸了一口气，改换了方向："我去救他们。"

萧博扬惊道："乔晚！"

乔晚："你去寒山院，寒山院你还记得吧？你去找岑夫人，我担心岑夫人出事。"

"雪浪园那边妖气冲天，你一个去？！对付这么多妖，你疯了吗？！"

"不然呢？"乔晚凶狠地问，"换你去吗？！

"我拿的是锤子，你用的是剑，这么多妖，换你去，你用剑一个个戳吗？！"

她说得的确也有点儿道理，她用的是锤，攻击范围广，能迅速清场。

那不过是些仆役……

那是他家里随处可见、任他呼来喝去的凡人。

萧博扬的娃娃脸上神色有点儿漠然，他说出了一个残忍的事实："这世上每天都有凡人在死，你救不过来的。"

她何必赶这趟，给自己找麻烦？

从进门开始，她就有点儿不对劲，只觉得心里窝着团火，这团火不烧个干干净净，不把眼前这一切都焚毁，不烧尽这片尸骸，不烧尽这黑暗和血腥场景，就誓不罢休！

乔晚深吸了一口气，握紧了锤，稳定了情绪："在你眼里，他们是凡人，在天道眼里，大家伙儿都是凡人，没什么高低贵贱之分。

"你去寒山院找岑夫人，快去。"

她和萧博扬不一样，她就是个凡人，生于凡人，归于凡人。

凡人的能耐有限，她的确救不了所有人，但只要在她眼前，在自己有能力的情况下，她没办法坐视不理。

"我去救他们，救完马上赶过去。夫人要是没事最好，你就在那儿守着。"

"要是……"乔晚顿了顿，才继续说道，"要是寒山院出了事，林清芝十有八九就在那儿，你给我拦住他。他修为没多高，你对付得了他。"

眼前的情况，这个决定是最优解。

她和萧博扬，都跟那人交过手。

那人能耐没多大，按理说此术既然是西南林家的不二邪法，他不至于那么弱。这林清芝恐怕只学了皮毛，兴许还停留在功法初期。

"真对付不了，你也给我拦住他，等我过去。"

萧博扬愣了愣。

从乔晚离开昆山，到现在也不过几个月的时间，但眼前的少女好像整个变了样。

她变得更加果断，也更加凶悍。

他记忆中的乔晚虽然品位恶俗了点儿、面瘫了点儿，但好歹也是个仙气飘飘的姑娘，冷静且话不多。

火光映着少女乌黑的眼。

时至如今，这位萧家小少爷萧博扬，终于意识到了他和乔晚之前的区别。

少女比之前更冷，也更狠。

"别告诉我你怕。"

修犬突然出声："陆姑娘你去，这儿有我。我虽然伤得重，但还不至于沦为一个废物。"

虽然他就是条狗，但跟随伽婴好几百年，能力怎么也比这些小辈高出不少。

乔晚点头："麻烦你了。"

萧博扬就这么沉默地看着少女拎着铁锤，一路飞快地消失在自己眼前。

岑夫人……乔晚抿紧了唇，明明看见后院法阵无恙，但不知道为什么，心里始终不太安宁。

岑夫人一定要等她！

撑不住了，他们到底还是撑不住了。

他们合力杀了三只妖物，但阵法还是撑不住了。

雪浪园四周的光罩变得扭曲，渐渐地有一个女人的头挤了进来，正诡异阴森地微笑着。

胡管事绝望地看着那诡异阴森的笑，撕心裂肺地怒吼了一声：“来了！跑啊！”

这一声之后，四周顿时炸开了锅！

雪浪园里转瞬之间化为了地狱景象！

胡玉成离得最近，这个时候想跑也来不及了。

他踏上修仙路的时候，完全是凭着一腔孤勇和侠气，可惜老天不怜见，这一辈子他也没做出什么侠事来，一辈子蹉跎，止步于炼气期，最终落到给人做仆役的下场。

好在临到晚年，他总算发挥了一点儿自己的余热。

他杀了三只妖物呢！三只！

他还救了个小丫鬟！也算没白活一场！

望着那张诡异的笑颜，胡玉成怆然地闭上眼。

下辈子，他还要修仙。

他临死前积了德，怎么着下一世也能投个好资质吧？

女人脸牢牢地堵在了园口。

转眼之间，生路破灭，令人绝望！

有人扑倒在地，眼泪鼻涕流了一脸，抱头痛哭。

到底有没有人能救救他们？！

他们这命就不是命吗？！

没人想死，就算在这修真界命再贱，也没人想死！每个人都想活！

一时间，哭号声、惨叫声响作一片。

但就在这个时候，一道耀眼的金光闪过，硬生生劈开了这熊熊烈火，劈开了这惨烈的鬼影！

在慌乱和哭叫声中，胡玉成和桂旗愣住了。

那道金光不是很热，光芒也不是很强，忽上忽下，像条翻滚着的金蛇，绞碎了黑暗与鲜血。

身上的疼痛好像也随之消失了，惊恐和绝望的情绪随之退去，他们眼里只剩下了这道金光。

察觉动静，雪浪园里四散逃命的人不自觉地停下了脚步，呆愣愣地看着圆口的方向。

那道金光携着无可匹敌之势，浩荡地横扫开妖气，大开大合，硬是劈开了鲜血、死亡、哭喊的场景，劈开了死与生的分界线。

那女妖睁开了眼，眼中精光暴射，却还没来得及做出反应，就被金光猛地击碎了头颅！

一时间，躁动不安的妖物闻到了同类的血气，全都冲了上来！

这时候，从熊熊火光中终于跃出一个纤细的人影。

少女骨骼覆身，拎着两个染血的铁锤，在半空之中忽上忽下。

那道金光，就是她手上那两把铁锤。

锤风凌厉，所过之处，清理出了一片生机。

一脚踹飞了面前的妖物，“咔啦”扭断了另一只鸟妖的脖颈，逮住空隙，乔晚面无表情地看了过来，沉声吼道：“走！”

“辛……辛夷……”

桂旗和几个小丫鬟彼此搀扶着，都瞪大了眼，说不出一句话来。

这……这是辛夷？

谁能想到，最后来救他们的会是辛夷？！谁能想到眼前这半面骨甲、浑身染血、眼神凌厉的少女会是辛夷，会是之前那沉默不语的少女，那只有力气大的“蛮牛”？！

这……这当真是辛夷？！

乔晚伸手提溜起最近的胡玉成，将人丢出了雪浪园。

乔晚：“快跑，往侧门走，别回头。”

妖界叛军和林家精锐都在攻击世春堂。

从侧门到雪浪园的这条路上，来的时候乔晚清理过，这些人往侧门那边跑最安全。

桂旗愣愣地看着乔晚，脸上全是血：“辛夷？！”

乔晚一声不吭，拎起圆脸丫鬟也丢了出去。

毕竟就她一个人，对付不了那么多妖物，就算铁锤硬是清理出一片生机，还是有惊慌至极的丫鬟小厮四处乱窜，她照看不到的。

目光一瞥，乔晚足下生风，飞速上前，从妖物嘴里抢救回来一个丫鬟。

被她托住的丫鬟哆嗦个不停，一脸惊恐，刚被乔晚接住，就“哇”的一声哭了出来：“辛……辛夷？”

乔晚看了一眼，隐约记得这小丫鬟似乎叫芳菲，之前还义愤填膺地站过队，和桂旗同仇敌忾。

“就算真的攀上了大少爷又能怎么样，难道还真能成仙？”

“不安分的小丫鬟。”

往日那一句句话清晰地回荡在耳畔，看着眼前的少女，芳菲脸上一阵火辣。

这所谓的一心勾搭少爷的不安分的人，眼下骨甲染血，面色冷峻。

她这模样会是个不安分的就见鬼了！

“辛……辛夷……”

看着眼前这冷峻的少女，闻见身上浓郁的血气，芳菲感觉喉咙有点儿干涩，还想说什么。

乔晚没给她这个机会，干脆利落地将她丢出了雪浪园。

将雪浪园里的十多个凡人仆役一口气送走后，乔晚一转身几乎就陷入了怪堆里。

眼前这状况，她想走也走不掉了。

乔晚抿唇，只能希望寒山院那儿没出什么问题，或者萧博扬能给力点儿。

走也走不掉，乔晚深吸一口气，关上了大门，将自己和妖物全都关在了一起。

乔晚面无表情地一边抡起铁锤，一边冲了上去。

现在——就是清场的时候了！

寒山院里的血气更浓了点儿。

林清芝长得好看，很有林黎年轻时候的风姿，皮肤白，眉眼依稀有点儿女气，神色又怨又毒。

从记事起，他就知道娘不喜欢姜柔。

如果不是这人非要横亘在娘和岑向南那老匹夫之间，他娘也不至于落得做妾的境地。

而他……岑家那早死了的老头儿也看不上他！

不论他做什么，在死老头儿眼里，就是比不上岑清嘉和岑清猷，就是比不上姜柔生的两个废物！

凭什么？就因为他和他娘出身西南林家？就因为他娘修的功法在他们眼里是邪法？

他娘早说了：功法不分正邪，这世上本来就不分善恶，这世道，不是你杀我，就是我杀你，功法只要能用、好用就行。至于那些看不上你的人，杀了就是，那些人被杀了，也是他们活该！

他们凭什么看不上他？！

姜柔那伪善的人，和她那两个所谓的好儿子，到底有什么地方比得上他的？

很长一段时间，林清芝都是这么想的，到现在也对此深信不疑。

蜗居在西南的时候，他就这么想，总有一天，他要亲手杀了姜柔，替娘、替他自己把账一笔一笔地讨回来。

为此，林清芝天天想，翻来覆去地想，每每想到这儿，心里都激动得不能自已，血气沸腾。

虽然他想过很多画面，但从来没有一个画面会像现在这样。

岑夫人冷汗如雨，硬是垂着眼，一声都没吭。

那双眼清明依旧。

突然间，林清芝想起了他小时候她抱他的时候，也是这样的眼神，温和平静。

“你不怕死？”林清芝冷笑，“放心，我不会这么早就让你死的。”

奈何女人只是看了他一眼就收回了视线。

林清芝恨恨地捏紧了被他扎出来血的手指。

岑夫人猛地一颤，还是没吭一声。

为了练这手邪术，他祸害了不少人，见过不少绝望的脸，但不论哪一个都没像现在这样过。

这双眼里，眼神坦坦荡荡的，没任何对死的恐惧、对生的依恋。

林清芝不自觉地停下了手：“你想死？”

这回岑夫人终于正视他一眼。

岑家岑夫人救人无数，实际上自己却想死。

萧博扬还在狂奔。

他怕了，确实怕了。

萧家小少爷自幼在修仙这条路上就没见过多少血光，安安稳稳地待在内门，偶尔和师兄师姐们一块儿去历练。

他的大哥萧博玉就嘲笑过他是个烂泥糊不上墙的草包，看着飞扬跋扈，倒还挺蛮横的，实际上是个一戳就破的纸老虎。

泥岩秘境里那一次，他怕了，现在也怕了。

他生平天不怕地不怕，就怕这些乱七八糟的玩意儿。

那么邪门的功法，他能不怕吗？！

他真能担起来吗？

萧博扬咬牙。

没有答案，青年一言不发地抱紧了修犬，继续往寒山院的方向赶去。

在萧家，这责任一向不需要他扛。

现在这责任落到了他的肩上，压得他有点儿喘不上气来，萧博扬抿紧了唇，只能祈求寒山院那边确实没出什么岔子。

但一踏入寒山院院门，萧博扬心里“咯噔”了一声，暗道不好！

修犬沉声道：“你放我下来。”

萧博扬低声问：“放你下来，你要是被逮了怎么办？”

青年苦笑：“我好歹也是陛下身边的护卫，没你想的那么弱。”

养好了伤，怎么说，他也比萧博扬和陆婉强。

萧博扬猛冲入屋里的时候，一抬眼就对上了少年阴郁嗜血的目光和趴在地上的女人，以及猛流泪的沐芳！

萧家小少爷在心里暗骂了一声，往后一跳，躲开了扑面而来的林清芝！

就算再怕这邪门儿的玩意儿，现在他也不得不硬着头皮冲上去，丢出几个金龙破。

修犬猛扑上去，干脆脱去了人形，变成一只田园大黄狗，一口叼住女人的袖口往外拖。

岑夫人剧痛之中，模模糊糊地看见了一条个头足有两三米的黄狗，耷拉着尾巴，身上没一块儿好肉，凄凄惨惨，眼神却分外严肃凝重。

拖完这一个人，修犬转头又去拖另外一人。

不用支撑化形，没了人形束缚，他行事还方便一点儿。

趁着萧博扬和林清芝纠缠的工夫，黄狗赶紧去察看地上的女人的情况。

对上女人的视线的刹那，黄狗愣了愣。

女人那双眼明亮温和，即便痛苦，也明亮得如同火焰。

他只感觉内心好像冷不防地被什么东西烫了一下。

就在这个时候，雪浪园的方向冷不防传来轰然一声巨响。

对战之中，萧博扬和林清芝也不由得侧目。

听见这动静，萧博肝胆欲裂：乔晚？！

雪浪园里，乔晚深深地喘了一口气。

这一路奔杀，灵力几近枯竭，她没灵力了，握在手上的铁锤也湿湿黏黏的。

扫了一眼这前仆后继的妖物们，乔晚闭上了眼，心里倒出乎意料地平静。

兴许是刚刚在街上那一阵拼杀，肉身直通天雷的缘故，虽然灵力几近枯竭，但她每一次运招都流畅自如。

灵力告罄也没关系，岑家灵脉已破，空气里浩浩荡荡的全是灵力，无数灵力汇入她的丹田。

在这群妖环伺之中，筋脉破碎的情况下，她硬是完成了如今不可完成之事——突破炼气四层。

就这么一愣神的工夫，林清芝率先反应过来，趁其不备偷袭。

萧博扬一时不察，被阴了个正着，心里忍不住暗骂了一声。

萧家小少爷虽然飞扬跋扈了一点儿，但为人好歹也算光明磊落，或者说不屑于耍心机玩阴的，就连打架也是大开大合、堂堂正正，耿直地用灵力对轰，不然也不至于上一次被济慈给坑了个灰头土脸。

但林清芝又怨又毒，一肚子黑水，身形轻盈灵巧，滑溜至极。这一通打下来，萧博扬脸色青黑，十分憋屈，内心恨恨磨牙，又忍不住惦记着刚刚雪浪园那边的动静。

乔晚呢？

乔晚怎么还不来？

要是她再不来……

萧博扬焦躁不已。

像是终于听见了他内心的呼喊，一道金光猛地打入了寒山院之中！

萧博扬一回头，只见屋门口逆光站着一道纤细的人影，手提重锤，面冷如霜，周身浮动着一圈缭绕不散的灵气。

终于盼来了乔晚，萧博扬定睛一看，整个人都有点儿蒙。

少女整个人像是从血水里刚被提出来的，踩着一地火光飞灰，又像是从地狱里爬回来的。

还有这灵气，这是她进阶突破的表现！

“是你？”对战中的林清芝抬头一看，立刻就认出了眼前这少女，攻势不自觉缓了缓。

看见门口的少女，不只林清芝和萧博扬惊讶，就连被大黄狗拖到了一边的岑夫人，脸上也不由得露出了一点儿诧异之色。

乔晚却没啰唆，飞身一脚！

“是我。”

这一脚带有刚猛的力道，将少年踹出去二丈远。

林清芝捂着胸口喷出了一口血！

少年面色骤变，怒不可遏，咬牙切齿。

乔晚拎着铁锤缓缓走近。

看着那两个重锤，回想起巷口那顿打，林清芝眼里露出了点儿慌乱之色，心迅速一沉。

二对一，他要完，再怎么谋划也没了胜算。

林清芝心下窝火，气得打了一个哆嗦，沉着脸，半晌才露出一个讪诮的笑容。

“怎么？这就回来救人了？”

眼见没了胜算，林清芝脸上露出了一点儿遗憾之色。

乔晚目光一瞥，瞥见女人半截血肉模糊的指尖，只觉得脑中“轰”的一声，一股铺天盖地的怒火猛地蹿上心头。

越愤怒，乔晚反倒冷静了下来：“我说过，你和你娘一样恶心。

“没用的孬种，救不下你娘，又不敢对岑向南动手。

“你娘这一辈子就生下你这个孬种？”

林清芝：“恶心？！你怎么不问问姜柔究竟谁更恶心？！”

铁锤气劲鼓荡，横扫出一片劲气！

乔晚一加入，萧博扬的压力顿时消了不少。

乔晚冷冷地道：“至少没像你娘儿俩一样用这样的东西。”

“这世上本无所谓善恶对错、是非黑白，”林清芝冷笑，“邪修行事，至少坦荡。”

重锤和那薄片状物件，你来我往，毫不相让。

或许是看出乔晚手上那对铁锤质量不太好，见势不妙，林清芝当机立断，招招往铁锤上落。

这铁锤本来就是乔晚顺手在游仙镇上买的，这么一连串打斗下来，也有点儿撑不住了。

铁链“吱呀”一声断开，大金锤骨碌碌滚了出去，就这么转瞬的工夫，乔晚一时不察，被林清芝掀翻在地。

它紧随而上，死死地裹住了乔晚。

铺天盖地的血腥味儿争先恐后地钻入了鼻腔，被它裹住，乔晚这才察觉了点儿不对劲。

这东西犹如活物，死死地勒紧了她的四肢，奋力吸收着包裹着的活物。

灵气如同裂开了一道口子，转瞬之间就被吸了大半，吸完灵力不够，大有继续化肉蚀骨的意图。

萧博扬见状，赶紧声东击西。

但没想到林清芝就像是跟乔晚磕上了，面目狰狞，死活不撒手，大有不勒死乔晚绝不罢休的意图。

“你没灵力了。”林清芝狞笑，指挥着那东西勒得更紧，“筋脉破碎，本来就存不住灵气，现在你拿什么救你岑夫人？眼下你连自己都救不了！”

乔晚的眼睛还是黝黑得像一汪深潭。

对上这视线，林清芝心跳漏了一拍，心里生出了一股不妙的预感。

被那东西紧裹着的人从地上暴起！

乔晚睁眼：光照无间！

沛然金光立时就震开了紧裹在身上的东西！

乔晚刚脱身，立即就捡起了地上杏红色的长剑：“夫人，借你的剑一用。”

长剑入手，乔晚再化出凛然剑招冲了上去，一手剑，一手锤，剑光交织不绝，剑意如水银泻地。

对上林清芝青白的一张俏脸，乔晚咧嘴笑道：“在做体修之前，我是个剑修。”

林清芝目眦欲裂。

儒释道！剑体法！

还和妖皇认识，她是什么玩意儿？！

绝招用尽，林清芝终于再度慌了神，那又怨又毒的漂亮脸蛋上浮现一丝显而易见的惧意。

“你不能杀我！”

“我确实不杀你。”

林清芝心里一突，眉心一跳，顿觉不妙。

他想要故技重施，重新用变幻法开溜之时，乔晚手疾眼快地迅速封住了对方的脉门。

他变是变过去了，但没跑掉。

现在，林清芝就是一张脉门被封、毫无反抗之力、被拎在手里的物件。

林清芝暗骂了一声。

下一秒，那东西就被乔晚给面无表情地抻开。

乔晚抢过萧博扬的佩剑，飞速冲出了主屋，对准庭院里的一棵乌柏树拍出它。

它扭身要逃。

“咚！”

长剑没入树干，将它死钉在了乌柏树上。

那东西抖了抖，惨叫：“我定杀了你！”

乔晚面不改色，冷淡地道：“我不杀你，还要对你手下留情。”

乔晚转头看了一眼岑夫人：“夫人，见谅。”

岑夫人愣了愣，眼睁睁看着自己儿子身边柔顺沉默的小丫鬟，再度投出手上另一把杏红色的长剑。

“咚！”

长剑再次将那东西死钉在了另一棵乌柏树上。

如此，薄片状的一张就这么被抻开，分两头死钉在了乌柏树上。

做完这一切，乔晚这才走回了主屋台阶前，抬眸对上了女人的视线。

看着岑夫人，乔晚抿紧了唇，忽然有点儿忐忑。

女人没多美，但新月浅眉，肤白如玉，犹如疏雨过后烟雨蒙蒙的小池，又如同水洗过的青山般温厚。

岑夫人看着乔晚，也有些发愣。

她当然能认出，这就是辛夷，二儿子屋里的丫鬟，也一眼看出了少女的忐忑和不安。

毕竟她年纪大了，对人情世故，心里都明镜一般，心念一转，马上明白了眼前的少女在局促些什么。

岑夫人看出了她内心的犹豫和忐忑，主动开了口，既没问她来历，也没问今日的缘由，只用完好无损的一只手递给她一方手帕，微笑着问：“怎么这么局促？先擦一擦血吧。”

将脸上的血一擦干净，乔晚松了口气。

“我怕这血惊扰到了夫人。”乔晚低声说道。

“那你怕吗？”岑夫人问。

乔晚惊愕：“什么？”

“怕我这手。”

那半截洁白的袖子，已经被血染得通红，还不断有血珠从指尖滑落。

萧博扬和修犬也都没忍住，往岑夫人的袖口看了一眼，看到那血肉模糊的手，都皱起了眉。

乔晚愣了愣："不怕。"

岑夫人眼里漾开了一点儿笑意："那我也不怕。"

乔晚心头猛地一颤，攥紧了手指，没忍住问："夫人的手还有办法治吗？"

这一句，她是发自内心去问的，倒不只是为了能补脉。

岑夫人摇头："修真界的灵丹妙药不知凡几，不过半根手指，不碍事。"

乔晚点了点头，终于松了一口气，从储物袋里摸出了养命珠，干巴巴地说："夫人，我把养命珠给你找回来了。"

岑夫人彻底愣住了，反复看了好几眼，终于确定眼前这颗浑圆润泽的圆珠，的确是养命珠。

"这的确是养命珠，"岑夫人惊讶地问，"你是怎么找到的？"

于是，乔晚就把怎么碰上林清芝、怎么拿到养命珠说了一遍，不过犹豫了一秒，还是没把岑向南拿了养命珠这件事说出口。

"原来如此，"岑夫人握紧了手里的圆珠，看了面前的小丫鬟一眼，诚恳地轻叹了一声，"辛夷，多谢你替我找回它。"

妖皇伽婴的名头，她也有所耳闻。

乔晚能找回养命珠，这里面付出的艰辛恐怕不是这一两句话就能轻易带过的。

妇人抬眼，嗓音柔和，说出口的话也圆融："你如果有什么想要的东西，我一定会尽我所能地帮你办妥。"

毕竟非亲非故，乔晚帮忙找回养命珠，肯定另有所求。

岑夫人没感到意外，也没觉得冒犯。

这是人之常情。

乔晚摇头："夫人先处理好自己的伤势，如果方便，"乔晚看了一眼屋里蹲坐在地上的大黄狗，"这位修犬的伤可能还需要夫人帮忙。"

风摇乌桕，乔晚坐在寒山院的台阶上，伸着手指默默地在地上画着。

突然，身边坐了个人。

乔晚问："岑夫人怎么样了？"

萧博扬："没什么大碍。"

一想到这儿，饶是萧博扬也忍不住蹙眉。

但屋里的妇人连眉毛都没皱一下，敷完药之后，岑夫人就低头去帮修犬察看伤势，站在屋里左右没他的事，萧博扬便想着还不如出来坐一会儿。

往日的岑府曲水回廊，嘉树扶疏，贵气逼人。

眼下的岑府，不太平，那东西还被乔晚钉在树上，远处火光将天空烧得通红。

世春堂那儿杀伐声渐渐地弱了下来。

岑家毕竟也是栖泽府的大家，没那么容易被攻破，第一轮攻势被林家和妖族打了个措手不及之后，他们果断地放弃了雪浪园，召集府里的护卫严守世春堂，一直打到了现在。

但这一轮攻势暂缓之后，就不代表岑家之危已解。

“我总觉得这事可能另有蹊跷。”萧博扬皱眉。

“怎么说？”乔晚抬头问。

萧博扬换了个姿势，面色有点儿凝重：“我们萧家也有世仇。”

嘚瑟点儿来说，萧家位居修真界三大世家首位，仇家拎出去能绕修真界一圈儿，也不是没那恨不得把萧家给灭门的人。

萧家小少爷虽然草包了点儿，但见识还算比较广，像煞有介事地蹲下来给乔晚分析道：“岑家和林家虽然有仇，但都过去这么多年了，怎么偏偏突然在这一天撕破了脸，要灭了岑家满门？

“就算有妖族叛军帮忙也不对劲。

“伽婴还没死，细罗还没夺权，林家这么大一个家族，凭什么就这么信一个还没夺权的妖，跟着妖族赌？”

听萧博扬这么一说，乔晚心里也“咯噔”了一声。

这后面难道另有阴招？

萧博扬分析完，面色也有点儿阴郁。

明明他这趟下山是为了护送笑笑解毒，好端端地被牵扯到这么一个阴谋里面，任谁的心情都不会太美丽。

就在这时候，被死钉在树上的东西发出了叫声。

“你们不是想知道这到底是怎么回事吗？”林清芝嗓音有点儿沙哑地说，“放了我，我就告诉你们。”

青年岔开双腿靠在墙上，耷拉着两只狗耳看着正忙忙碌碌的女人。

他伤得有点儿重，尤其是大腿那一块儿基本上全烂了，腹部几乎破了个大口子。

作为一只田园大黄狗，俗称土狗，在还没修成人形的时候，他被一家凡人给养着。那时候，他没想什么，每天看家护院，没事跑出去和别的狗撒欢就是他的日常。

后来这户人家去世了，大黄狗呜咽一声，夹着尾巴走入了山林，再后来修成了只狗妖，碰上了伽婴，过上了每天忙着伺候老板的日子。

和那些高贵冷艳觉得自己天下第一的妖不同，因本体是一条大黄狗，修犬一直对人有天然的好感。

不过还是由于老板太能惹事，修犬每天忙着帮老板善后，也一直没机会和人接触，这一直是青年的遗憾。

没想到和人接触这么短短一天时间，就颠覆了修犬过往的全部记忆。

就比如外面那凶猛的人。

修犬默默地想，又看了面前的妇人一眼。

妇人生得不是很美，窈窕内秀，乌发垂落在颊侧，身上流泻着一股温和宽厚的气息，没受伤的指尖白皙如雪。

他鼻子灵，闻得出岑夫人身上的味道，是血腥气和药香。

岑夫人抬眼："待会儿兴许会有些疼。"

修犬点头，没像其他男人那样拉不下脸来逞强："好，那我忍忍。"

青年喉口滚了滚，狗耳一垂，忽然又觉得有点儿不好意思了。

毕竟这位岑夫人是别人的妻子，也是别人的母亲，他一只大黄狗就这么露腰露腿的，总觉得怪别扭的。

岑夫人的少女时期，是在期盼着嫁给岑向南中度过的。

两个人从小订有婚契，青梅竹马，两小无猜。

少年从小性格古板严肃，爱皱眉。

岑向南说过，喜欢端庄大方的姑娘。

所以她听了根本没有怀疑，从小就学着怎么做一个端正贤淑的妻子、主母。

后来听说岑向南从西南回来后，身边跟了个妖娆的姑娘，当时，她心里已察觉点儿不对，但隐隐还抱有一丝期待。她与岑向南一块儿长大，岑向南一定不会辜负她。

但看到岑向南与林黎并肩站在一块儿的时候，她才明白自己想错了。

少年的目光柔情蜜意，看向她时，他却十分清醒。

女人曲线窈窕，妖娆动人，眼里含着一丝邪气，怎么看都和端庄贤淑搭不上边。

这是西南林家的小妖女，就像话本里写的，小妖女总会和正道意气风发的少年在一起，而少年自小订了婚契的未婚妻往往只能黯然退场。

等后来岑向南和岑府决裂，岑家老爷子问她愿不愿意容林黎做妾的时候，岑夫人想了想，同意了。

从少女到现在，她一直想要嫁给岑向南，并为之努力，学着怎么做一个好妻子，愿意为岑向南做一个端庄娴静的好妻子。

没想到，等她终于嫁给岑向南之后，隔天岑向南就娶了林黎。

她就站在柱子后面，看着那脸上一直没什么笑容的古板少年大笑着抱起了女人，女人也低下头笑，笑着去摸他的脸，两个人衣袂飞扬。

她嫁给岑向南那天是个好日子，那天春光和煦，春风骀荡。

那是姜柔一生都不会忘记的好春光。

当初闺中酣睡的少女，终于长成了个端庄贤淑的好妻子和好母亲。

岑夫人低眉，平静地给面前的青年上药，动作熟练，毕竟面前的青年虽然身形高大了点儿，但和她那一对儿子没什么区别。

由于对方是跟着辛夷一块儿来的，岑夫人自然而然也就将这高大的青年划归到了儿子的朋友、小辈之中。

看着忙忙碌碌的妇人，修犬别过头，悄悄地耸了耸鼻尖，吸了一口半空中浮动着的药香，和女人身上若有若无的独特气味，突然就有点儿紧张，耳朵跟着暗暗地竖了起来。

他目光一瞥，看见女人平静从容的模样，心里骤然一松，放心地耷拉下了耳朵。

作为狗妖，他喜欢和人待在一块儿的感觉。

那边，被死钉的东西还在叫嚣。

“这事我自己会查清楚。”乔晚冷冷地说。

它彻底消音了。

乔晚捡起铁锤，转身就走。

萧博扬见状，赶紧站了起来，皱眉问：“乔晚，你去哪儿？”

现在外面围着的全是妖魔鬼怪。

乔晚头也不回地说：“我去世春堂看看，别叫我乔晚了。”

萧博扬这才猛然想起这一茬来。

看着走远的背影，萧博扬心情有点儿复杂。

或许是早就习惯了和乔晚死磕，他也就忘了当初在处刑台上，她究竟是为什么而下山。

两边刚停战没多久，现在全都忙着清点伤亡，休整派兵，迎接下一轮对战。

岑向南和大少爷岑清嘉站在世春堂里，正忙着统御部署，忧心忡忡，显然对刚刚寒山院里发生了什么一无所知。

毕竟寒山院在内院，他们做梦也没想到林清芝能溜进去。

乔晚看了一眼，收回视线。

岑家好歹也是世世代代守着栖泽府的大家族，府里可征调的护院统共有四支，分了苍龙、白虎、朱雀、玄武，天之四灵，以正四方。

没过一会儿，有仆役慌忙传来消息，岑清猷和裴春争他们回来了！

岑清猷自出门后一直没回来，岑向南和岑清嘉就担心这个。一听这话，岑清嘉赶紧搁下手里的活儿，去看自己的兄弟。

岑清猷一行人回来时，神情都有点儿疲惫，身上多多少少溅了点儿血。

大敌当前，谁也没了寒暄的兴致。

眼见岑清猷没事，众人点点头，松了一口气。

“二少爷。”乔晚上前行礼。

看见乔晚，岑清猷愣了愣。

少年神情疲惫，显然路上也听了雪浪园和寒山院那边发生的事，低声道：“辛夷，今日多谢你。待会儿同我回去看看母亲吧。”

于是，乔晚就和岑清猷再回了一趟寒山院。

那厢，修犬已经离开了，他就被安置在寒山院附近一间独立的客房里，岑夫人行医时，大多数病人就被安排在那儿住，方便照料。

一进院门，岑清猷明显看见了被钉在树上的东西，或者说，他那有缘无分的三弟。

不过少年什么也没说，抬脚走进了屋。

岑清猷和岑夫人之间相处不太像母子，少年恭恭敬敬地行了一礼，坐在榻边侍奉了些汤药。

岑夫人靠在榻上，问了两句路上的事。

岑清猷低声回道：“倒没什么大碍，只是回来得晚了，累得母亲受伤。”

岑夫人摇了摇头：“这本来不关你的事。”

母子俩说了两句话，岑夫人歇下，岑清猷行礼转身告退。

萧博扬和乔晚站在屋外，看着屋里的两个人有点儿疑惑：“乔……陆婉你有没有感觉，岑清猷和岑夫人之间……？”

乔晚接话：“不像母子。”

两个人礼节到位，但生分。

正好这时岑清猷走下了台阶，一眼就看见了和萧博扬站在一块儿的乔晚。

“辛夷。”

乔晚行礼。

“林清芝在这儿，须得先瞒过父亲。林家与妖族叛军一事，林清芝说不定知道些什么，不如先行将人关押起来，日后再另行盘问。”

乔晚点点头表示理解。

双方暂时休战，虽然留给了岑家一点儿喘息之机，但要是找不到一个破解的法门，岑家人迟早会被困死在府里。

半夜，世春堂灯火通明，一伙人就聚集在世春堂里商量对策。

对裴春争一行人，岑清嘉代表岑向南先是对这些小辈表示了无辜把他们牵连其中的歉意。

穆笑笑摇摇头，露出了一丝笑意：“家主多虑了，这修真界是非本来就多，今日之事又有谁说得定？”穆笑笑嗓音软糯地继续说，“我相信，只要我等上下一心，定是能击退林家的！”

少女神色坚定：“家主也要注意身体，莫要太过操劳。”

只不过这时候大敌当前，岑向南也没这心思去听穆笑笑到底说了些什么，只点了点头，还是紧皱着眉，一副忧心忡忡的样子。

对待林家和妖族叛军，岑向南主张守，脸色不太好看：“我已派人去求援，不出两日，援军必到。只要我们守住接下来的两天，”岑向南沉声道，“岑家今日之困，定会迎来转圜之机。”

萧博扬、裴春争、穆笑笑和凤妄言毕竟不是岑家人，对岑向南的决定都没选择插手。

尤其是凤妄言，只要保穆笑笑无恙，其他人的死活一律和他无关。

岑清猷不太赞同，恭敬行礼，表达自己的看法：“先处战地而待敌者佚，后处战地而趋战者劳。”

岑清猷迟疑地继续说：“林家如何进攻，我们就如何应战。父亲，今日我们已经失去了先机，这么一来难免会自乱阵脚，疲于奔命四处救火，陷入被动。”

岑向南默不作声，过了一会儿才开口：“眼下你想要如何进攻？岑府还能如何进攻？”

岑清猷还想再说什么，被岑向南给拦了下来。

眼睁睁地看着岑向南心意已决，毕竟是自己的爹，少年默不作声地躬身行礼，接下来吩咐去办事。

临走前，他想到了什么，脚步一顿：“父亲倘若得空，去寒山院看看母亲吧。”

岑向南愣神，随即皱眉，露出了一点儿疲倦和尴尬之色，逃避似的垂下了眼：“等今晚一过，明日我再去看看你娘。”

说白了，他其实还是拉不下脸。

冷战这么多年，住青楼里的男人，何尝不会沉默地看向寒山院的方向？

曾经的少年被轰轰烈烈的情爱冲昏了头脑，岑向南虽然常常还是会想起那与别人都不同的、妖娆天真的林黎，但也慢慢地把目光投向了岑夫人。

当初那个从小和自己一起长大、成天想着嫁给他的小女孩，他越看心底就越愧疚。

林黎的死本来就不该怪在她身上。

人活得久了，反而越来越拉不下脸来，越愧疚越不愿去面对。

两个人就这么僵着，一直僵到了现在。

岑清猷转身离开，作为小丫鬟，乔晚赶紧跟上。

就在两个人刚跨出门槛的时候，天上突然响起了清晰的男声。

“从今日起，岑府上上下下绝不留一条活口！”

岑清猷、岑向南、乔晚等人齐齐变了脸色！

男声张扬霸道，清晰地回荡在整个岑府上空！

“但这毕竟是我林家与岑家的仇，念在岑府家仆、杂役都是无辜性命，若有人想要在此时离开岑家，我等不杀，也绝不追究！

“若是那一心一意想和岑家共存亡的人，稍后岑家一破，格杀勿论！”

林家特地选在人心疲惫的时候放了话，用了百里传音，确保整个岑府上上下下都能听见。

这消息，同一时间传遍了整个岑府。

岑府上上下下顿时炸开了锅，人心动摇！

刚刚死里逃生，一干杂役灰头土脸，想想后路更绝望。

他们逃过这回，那之后呢？！林家是不可能放过岑府的！

但现在不一样了，这是生路啊！

毕竟这是岑家的世仇，和他们这些赶来做活儿的杂役有什么关系？！

本来以为后路被堵死，如今前路畅通，生门大开，一众杂役激动得你看看我，我看看你，人心浮动！

岑清嘉倒抽了一口冷气：“父亲！眼下该怎么办？！”

岑向南一张脸黑如锅底。

林家这话简直就是在赤裸裸地恶心人！

乔晚愣了愣，突然意识到，林家这顿操作和游戏里“退帮不杀”完全是一样的。

林家抛出来的话，虽然足够振奋人心，不过瞥了一眼门口那幢幢鬼影，就算心里再激动，一时间也没人敢做那第一个吃螃蟹的人。

谁能保证，这话林家说得到底是不是真的？！万一是骗他们的呢？他们这时候出去，不正好赶上了那些妖魔的饭点？！

一开始都没人敢动，但过了一两秒，终于有胆子大的人憋不住了，猛拍大腿，一咬牙，吼道：“去也是死，不去也是死！他们是想困死我们，不就是死得早点儿和晚点儿吗？！有什么区别？！

“今天我就豁出去了，说不定还真能博得一线生机。”

大汉转头，振臂一呼：“你们谁愿意出去的，我们大家伙儿一块儿去！”

一个人没人敢出去，但一伙儿人就不一样了。

一众杂役你看看我，我看看你，也纷纷一咬牙站了出来。

“我！”

“带我一个！”

“这鬼地方谁爱待谁待，反正我是不想待了！”

岑向南扫了一眼世春堂外的奴仆，闭眸叹气：“我岑家并非不通人情！若今日你们谁想走，岑府也绝不会阻拦！”

“今日累你们在此受苦。”岑向南转头对岑清嘉道，“去库房准备银钱为诸位备上。”

岑家家主这么一说，众人反倒有点儿犹豫了。

家主仁义，倒衬得他们不仁不义了。

但既然有条生路，谁愿意看着这生机白白流逝？！

一转眼的工夫，人群顿时分为了三派。

一派是想冲出去的，有男有女，互相扶持着。

一派犹豫不决。

还有一派，是决心固守岑家的家仆，大多为老家奴，头发花白。

人群中站出一个老人。

乔晚一眼认出那是雪浪园那个。

胡玉成灰白的须发上还溅了点儿血，一听岑向南这句话，他默不作声地跪了下来：“家主，老奴不去。”

人活到了这个年纪，修行之路也没了指望，他出去也没什么盼头，倒不如固守岑府，说不定也能求得一线生机。

人群外，乔晚站在岑清猷旁边，看着被林家抛出来的生机所诱惑而群情激昂的人。

乔晚问：“你不拦？”

岑清猷也看着人群，眼神通透温和，摇摇头，回答：“蝼蚁尚且偷生，更何况是人。想要活命，是人之天性。岑家断没有拘着他们，断旁人生路的道理。”

少年有条不紊地分析：“再者，接下来还有一场硬仗要打，林家此时无非是想要动摇军心，被困府上，军心极易被动摇，倘若强留他们，到时候稍加煽动，势必会酿成大祸，内外交困，反倒是个大隐患。不如尽早剔除忧患，虽然阵痛，但也好过到时候乱了阵脚。留下的人，上下一心，也好专心致志地对付林家。”

“辛夷，”岑清猷手执珠子，转身行礼，“多谢你今日救了家母。”

岑清猷忽然又有点儿犹豫：“如果你想要……”

乔晚立即听出了他话里的意思，摇头：“我不走。”

少年面皮薄，见乔晚毫不犹豫直接拒绝，脸有点儿红。

这倒像是他怀疑辛夷是贪生怕死之辈。

岑清猷赶紧道歉：“抱歉，我并非此意。”

“只是，岑府毕竟与你……”岑清猷说得很含蓄，“你不必在这儿死守。”

乔晚沉默了一秒，坦白：“实不相瞒，其实我来岑府另有原因。我是来找岑夫人帮我补脉的。”

岑清猷愣了愣，蒙了。

这边两个人正说着，过了一会儿，那边也终于掰扯出了个所以然。

“冲出去派”占据了上风，由几个壮汉领头，互相搀扶着往前走去。

“犹豫派”一见对方要走，一咬牙，陆陆续续又跟上了好几个。

乔晚简单地把自己的身体情况交代了一下，略去了昆山的事没说。

在养命珠没丢之前，每天来寒山院求医的人不知凡几，对各种疑难杂症，岑清猷几乎已经见怪不怪。

更何况，每个人都有点儿自己的往事。

儿子像娘，和岑夫人一样，岑清猷也对打探别人的往事这么失礼的事没什么兴趣。

乔晚一说，岑清猷恍然：“原来如此。”

“多谢你替母亲找回养命珠，补脉一事，待会儿我会同母亲明说。”

乔晚挠头，有点儿不好意思：“麻烦你了。”

火光中，岑清猷看了一眼那一脸懊悔没跟着走的“犹豫派”，又看了一眼神情各异的人，叹了口气，脸色凝重地说：“这些人日后定有异变。”

乔晚还想再说什么，突然察觉一道视线，转头就看见一个肩宽腿长的冷漠少年，沉默地站在阴影里。

裴春争看了灯下的两个人一眼，目光冷淡，言简意赅地说：“世春堂，有要事相商。”

没等“犹豫派”这批人造反，岑家先乱了。

夜半子时，林家和妖族叛军又发动了一次突袭。

这一次岑家损失惨重，基本上就如同岑清猷所说的那样，岑家被动挨打，疲于奔命，四处救火。

四灵当中，“玄武”损失惨痛，几乎团灭！

被救回来的人几乎不成人形，哀号不绝，惨叫连连，听得所有人心头一凛。

今晚这一仗，岑家惨败！

到处都是血色和火光，乔晚三步并作两步赶到岑清猷身侧，就看见少年静静地站在火光中，拢在右肩上的乌发被火光映照得有点儿发红，额间的菩提子也被火光照得像血滴。

“辛夷，”岑清猷一回头看见乔晚，“岑家败了。”

岑家灵脉一被破，远处的天，红中透着点儿蓝。

乔晚问：“那你有什么打算？”

岑清猷摇头，把目光放向了更远处：“还没摸清楚林家的实力，我本想的是先摸清楚林家的实力，再进行反击，就算不能一举扭转战局，好歹能夺回些许主动权。”

岑清猷一袭梅花白的衣裳，火色照衣。

他自幼聪敏，否则也不会被妙法尊者收为嫡传弟子。虽然刚刚听了岑向南的话，但少年心气不平，另有主张。

乔晚似乎意会了什么，顿了顿："敌进我退，敌驻我扰，敌疲我打，敌退我追？"

岑清猷震惊了："这的确是我心中所想，辛夷，你怎会知晓？"

乔晚：这的确是个好战术。

"想要走的人都已经走了。"岑清猷看着奄奄一息的"玄武"们，眼里闪过一抹自责之色，"再这么被动下去，势必会牺牲更多人。"

"现在是反击的时候。"岑清猷迟疑了一秒，坚定了神色，看向乔晚。

"辛夷，你愿不愿意和我一起？"岑清猷目光郑重。

雪浪园和寒山院里的事，他都听胡管事交代了。岑清猷心道：辛夷和他之前所想的全然不同。面前其貌不扬的小丫鬟有勇有谋，胆色过人。

不管怎么说，他需要辛夷。

孤军奋战，他需要她，需要一把利剑帮他劈开前方的暗夜！

眼见"玄武"团惨状，岑家二少爷不甘心被动挨打，在这个深夜里，两个人蹲在一块儿合计，终于决定反击！

乔晚："好，我帮你。有什么需要我做的？"

岑清猷眼神坚定，抿了抿唇说道："在此之前，先请母亲补好你的筋脉。"

乔晚愣了愣，就这么被打包送到了岑夫人的房里。

从昆山到南部十三洲栖泽府，这一路上颠沛流离，出生入死，乔晚想过很多回补脉会是什么样的，但都没想到像现在这样，匆匆忙忙，赶鸭子上架，这就上了。

世春堂那边，岑府四灵还在拼了命地厮杀，这边，岑夫人刚刚运动"悬丝灵针"，灵力绞成的洁白灵丝闪动着荧荧的光。

补脉是个精细活儿，全身上下十二经脉，林林总总要补上二十天，时间紧迫，加上岑夫人受伤在前，今晚也只够补上两条。

岑清猷之前就已经和岑夫人交代过，岑夫人摸了摸乔晚的脑袋："补脉会有些疼。"

乔晚摇头："我不怕疼。"

岑夫人看了她一眼，开始补脉。

穿针入线，灵针先从头顶扎进去，一股热流随着淌下，一开始是有点儿细密的疼，在动手去缝的时候，那才叫一个锥心刺骨。

但炼骨之痛，乔晚都已经熬了下来。

这具身体抗打击受虐能力越发强大，乔晚虽然疼得眼前发黑、额头冒汗，但还是咬紧了唇，满脑子都是坚持下去的念头。

坚持下去，她就能重新修炼了。

灵针每缝一道，乔晚脑子里就忍不住想到了许多事。

她想到了那尊贵高冷的玉清真人，想到了大师兄拖着病体也要给她喂招时沉沉的眼，想到了长虹崖下那次搏命比拼。

修炼这条路上，她已经算是幸运了。

乔晚攥紧了手指，疼得昏昏沉沉的。

至少比起被困于资质不得寸进的修士们，她要幸运得多。

一炷香燃尽，足少阳胆经和足厥阴肝经补成！

女人轻轻喘了一口气，递给乔晚一方手帕擦了擦脸上的汗。

烛光中，映照出女人温柔的侧脸。

“感觉如何？”

乔晚认真感受了一番，如实相告：“感觉很不一样。”

她能感觉灵力在筋脉里游走，和之前都不一样。

在游仙镇落脚的当晚，乔晚就察觉了点儿不对劲。她自废修为，下山之后再修炼，比之前效率简直高了五六倍不止，灵气不再像之前那样只剩三成，反倒是实打实地基本全被吸收了。

现在岑家灵脉被破，空气里全是灵力，加上足少阳胆经和足厥阴肝经补成，灵力简直就像不要钱，争先恐后地往她的经脉里钻。

她没有问岑夫人这究竟是怎么回事的机会，屋外再度传来一阵巨响！

那是岑家仆役们聚居的院落！

乔晚攥紧了手帕，抄起地上修补好的铁锤，拔腿迈出！

“玄武”团的惨败果然点燃了那根不安分的引线，那些“犹豫派”暴动了。

乔晚站在院门前，看着火光中四处奔走的人影，抬脚踢了一脚地上滚落的灵石、珠宝。

后悔没跟着“冲出去派”离开，眼见“玄武”团惨败，生路彻底被堵上，这些年轻力壮、好逞凶斗狠的仆役想着临死前好歹也要放纵一把，趁着世春堂那边分不出人手，开始互相厮杀。

眼前这景象恍若地狱，人人面目狰狞。

乔晚一脚踢飞了一个准备撕扯小丫鬟衣服的男人。

男人被这一脚踹飞了出去，滚了两下，他一抬头，看见面前是个“年纪不大”的姑娘，顿时啐了一口，眼神凶恶：“是你踢的？！”

男人大怒，从地上爬起来抡起铁掌刮了过去，预料之中的动静没响起。

这其貌不扬的小丫鬟面无表情地一把攥住了他的手腕。

男人心里猛地一惊，随即一阵剧痛从手腕处迅速蔓延开！

乔晚面无表情地捏着男人的腕骨。

成年男人的腕骨被捏在手里，比捏了张纸还脆弱，她不需要用力。

“咔——”

细微的骨裂声响起，在乔晚的五指之下，男人的腕骨寸寸破裂。

“啊啊啊啊啊啊——”

杀猪般的尖叫声顿时响彻院落内外。

男人疼得暴跳如雷，双目赤红：“我要杀了你！”

奈何手腕被乔晚牢牢钳制住。

这双白皙的手，在火光的照耀下微红。

眨眼之间，男人的腕骨尽碎！

丢下手里的胳膊，乔晚沉默地抡起男人往前面一砸！

“轰——”

穿破几堵墙之后，男人倒在一地碎石瓦砾中，疼得没了动静。

这儿的动静终于吸引了在场其他人的注意。

还有想冲上前的人，金光一闪，被一锤抡飞了出去。

乔晚收回锤子，扫了一眼骤然安静下来的院落，垂眼说道：“都清醒了没？”

人群安静了几秒之后，再度沸腾！

“不就是个丫鬟吗？！”

“我们一起上，难道还搞不定她？！”

金光闪烁，来一个她废一个，来一双她废一双。

在绝对的武力碾压之下，终于，所有人都没了声音。

“辛夷……”就在这时，人群中忽地响起一个颤巍巍的声音。

乔晚抬眼一看，桂旗扶着刚刚被救下来的小丫鬟。

桂旗没走。

这一晚上的搏命，终于让整天想着跟别人斗的圆脸丫鬟清醒了，也成长了。

凝望着不远处的少年，桂旗沉默了一瞬，问：“我们能活下来吗？”

院落里安静了下来，只剩下房屋“噼噼啪啪”的燃烧声，和躺在地上的人们痛苦的呻吟。

火光在每个人脸上交织狂舞，每个人都在等这一个回答。

乔晚顿了一会儿，平静地说：“你们给我等着，哪儿都不许去，哪里也不许走，就在这儿看着。”

乔晚提着锤，脚步利落地转身重新踏入了院落外的火海和杀伐之中，嗓音清晰有力：“看着我们给你们杀出一条生路来！”

此言一出，震慑全场。

一出院门，乔晚就看见了正站在墙下的岑清猷。

对上乔晚的视线，无须多说什么，岑清猷问：“都处理妥当了吗？”

乔晚：“眼下或许闹不起来了，以防万一，我建议你还是先往这儿派几个人看管。”

岑清猷颔首：“我明白。”

“眼下只有我们两个人，”少年喟叹，“辛夷，辛苦你了。”

乔晚偏头想了想：“不止。”

岑清猷愣了愣：“什么？”

乔晚：“我再给你找几个人来。”

岑清猷愣愣地看着乔晚转身离开，过了一会儿，带来了两个青年——萧博扬和修犬。

修犬笑了笑：“岑夫人替我疗伤，于情于理，我也该出一份力气。”

被乔晚提溜过来，萧博扬此刻心情也十分复杂。

眼下终于有了四个人。

岑清猷目光扫了一眼面前的三个人，忍不住弯了弯嘴角。

火光映照下，四个人对视了一眼。

既然有了四个小伙伴，那现在他们就开始反击！

作战基地就被安排在世春堂右边的厢房内，乔晚、萧博扬、修犬，全都由岑清猷来调度。

人手不够，四个人中的每个人身上都肩负着不重样的任务。

总的来说，乔晚负责打，萧博扬配合狗鼻子灵的修犬去侦察。

任务一下达，修犬和萧博扬立刻出门。

等到半夜，战火果然再次烧了起来。

乔晚抱着个大金锤靠着墙根，就等着两个人的消息。

不知过了多久，厢房外终于传来了点儿动静，乔晚睁开眼，从地上一跃而起，正好对上了急急忙忙赶回世春堂的萧博扬和修犬。

“多少人？”岑清猷问。

养尊处优的萧家小少爷到了这关头，连脸上的血灰也没来得及抹，咬牙道：“这次总共来了三支队伍，由两个人负责领军！”

开工！

烛火“唰唰”蹿高，从一支支，到一排排，绵延烧起！

凡是库房里还能找到的桌椅、烛火 、纸笔，全都被搬到了厢房大后方，整间厢房灯火通明。

岑清猷旋身抬脚，赶紧从一个柜子里抱出一沓卷宗。

白纸在桌上滚开，所有人齐刷刷地围了上去。

在伽婴的压迫之下，修犬工作效率极高，有条不紊，口齿清晰地迅速交代："来的那两个人分别是鲜于波、纪光亮。"

岑清猷挽袖提笔，目光沉静："鲜于波、纪光亮都属于林家麾下，鲜于波擅长用毒，纪光亮擅长用火系法术，但这都不是我们的目标。"

岑清猷扭过头："鲜于波和纪光亮，辛夷不一定对付得了。

"我们要对付的是鲜于波手下的两个人——仇默和蔺志文。"

乔晚点点头，表示自己了解。

以防万一，怕乔晚啃不下来这块骨头，岑清猷特地安排萧博扬和她在一块儿。

修犬咧嘴一笑："这两个人里，仇默最擅长刺探情报，拿下他最紧要。"

说着他又往椅子上一跳，在椅子上蹲了下来："仇默和蔺志文都用刀，仇默用的是三阴刀，蔺志文用的是血海刀。"

两军对垒，信息和实力一样重要，像仇默这种擅长刺探情报的人，死了一个才是少了一个。

要是能拿下仇默——四个人互看了一眼，眼里的意思都十分明显。

岑清猷从柜子里抱下地图，在桌上铺开。

之前那轮攻杀，林家拿下了水晶阁，作为和世春堂交战时暂时休整之所。从水晶阁想去世春堂除了大路，还有一条叫竹风道的小路，到时候仇默和蔺志文会从那儿走。

四个小伙伴对视了一眼。

烛火摇动，清晰地照耀出地图上的那一点。

岑清猷的嗓音铿锵有力，沉声道："到时候，我们就在竹风道上截杀那两个人！"

岑清猷抬眼，定定地看向了乔晚："辛夷，我需要你，需要你做我们的剑。"

这轮进攻，主要由鲜于波、纪光亮负责打头阵，仇默和蔺志文紧随其后。

丢了水晶阁，岑家弟子咬牙拼杀，血溅世春堂前。

往后就是世春堂，就是岑府无数条人命，"四灵"弟子谁也不肯轻言后退。

守！他们一定要守住！

家主吩咐了，只要守下了这开头两天，之后援军必至！

这个时候，任谁都没想到，一道粉色身影随同一道白色身影，脚步轻盈地踏过火光，提剑冲出。

四人小分队，正式打响了反击之战！

前方厮杀得正激烈，而在竹风道上，一高一矮两个修士带了几个弟子，马不停蹄地往前赶着。

这两个人，一个是仇默，一个就是蔺志文。

乔晚和萧博扬刚奔向竹风道没多久，厢房就再次迎来了一个俊朗稳重、年纪偏大一点儿的青年。

青年停在灯影幢幢的厢房门前，本该与岑向南一块儿坐镇世春堂指挥的岑家大少爷——岑清嘉，一直没见着岑清猷的人影，许是预料到了什么，眉头一皱，大步上前推开了厢房门。

烛火摇动中，他果然看见了眉目如画的少年。

战事胶着，岑清嘉面色不太好看："你果然在这儿。"

少年从地图卷宗里抬头，愣了愣，行礼道："大哥。"

岑清嘉目光严厉地在厢房内扫了一遍，接着又看了一眼屋里那桌椅和卷宗："说吧，这是怎么回事？"

岑清猷倒了杯茶，请岑清嘉坐下，隔了一会儿才开口："父亲固守世春堂，不愿出击，所以我……"

"所以你就私自窝在这儿计划这些？！"岑清嘉抖开桌上的地图和卷宗，冷冷地道，"谁叫你做这些的？！"

岑清嘉追问："这事父亲知道吗？你瞒着父亲？"

岑清猷抬眼，目光对上了自家大哥的视线，神色温和却固执，寸步不让："父亲不愿出击，我也是无奈为之。"

"你干了什么？"

"我叫辛夷去竹风道上截杀仇默和蔺志文。"

岑清嘉倒吸一口冷气，面色顿僵，做梦也没想到岑清猷胆子竟然这么大。

"你叫一个丫鬟去竹风道上截杀仇默和蔺志文？！"岑清嘉顿时被气得一个倒仰，"你那小丫鬟能成什么事？！"

"我相信辛夷和萧道友。"

岑清猷垂眼，不再说话。

兄弟俩就这么僵持了半天，最终还是岑清嘉认输。

虽然继承了岑向南的性子，看着成熟古板了点儿，实际上岑家大少爷岑清嘉心肠极软，一看少年固执地站在厢房里，怒火也去了大半。

"父亲那里，我会替你瞒下来。"岑清嘉皱眉，没好气地说，"但我今日只帮你这么一次，大敌当前，非同儿戏。"

岑清嘉黑着脸喝了口茶定定心神，心里始终不太相信，就算有昆山弟子相陪，这小丫鬟能做出什么来？

竹风道上，乔晚和萧博扬屏气凝神，潜伏在暗处等着人来。

"两个人都不是善茬。"萧博扬不太放心，嘱咐，"待会儿你一定要小心，不能轻举妄动——”

话音刚落，竹叶中顿时转出两个人影。

来了！

乔晚和萧博扬，一个脚下踩着妙微步法，一个脚下踩着踏星步法，一前一后，将竹风道上的众人给包了饺子！

前路骤然被阻，瘦小男人目光冷冽地打量着眼前的青年男女，质问：“谁？！”

乔晚挡在竹风道前，拎着重锤，缓缓露出笑容：“来揍你们的。”

突破炼气四层在前，补了足少阳胆经和足厥阴肝经在后，乔晚目光如炬，精神奕奕。

仇默和蔺志文同时盯紧了眼前这个其貌不扬的小丫鬟，发现是个炼气期的修士，全身上下肌肉紧绷，气息沉稳，不慌也不乱。

仇默转怒为冷笑：“敢孤身一人就对上我俩，年纪不大，胆子倒挺大。”

战斗顿时打响！

眨眼之间，竹风道上乱成了一团。

竹风道上那些小弟子，乔晚没放在眼里，目光沉静，眼前飞溅起一片血花，一路拼杀到了仇默和蔺志文面前！

柿子要挑软的捏，这回她就是为了杀仇默而来的！

乔晚果断地冲仇默下了杀手！

仇默也不是吃素的，心神一凛，顿时也没啰嗦，手上三阴刀横扫，朝着乔晚和萧博扬的方向砍了过来！

蔺志文手上的血海大刀也立即裹着一股血煞之气当头罩下。

乔晚覆着层骨甲，迅疾如电光石火，猛地攫住了蔺志文的手腕，在那股血煞之气到来之前往前一抡，将人丢到了萧博扬面前！

乔晚：“那个交给你，这个交给我。”

血海大刀上那丝刀气，不偏不倚正好顺势冲着萧博扬的脑门砍下。

萧博扬顿时胆丧魂飞，脚下使出踏星步法，迅捷得就像踏了流星。

火烧屁股般勉强躲开这一道刀气，青年气得脸绿了。

晚一步，他命丧当场。

这熟悉、亲切、恨不得再咬死面前的少女的冲动，再度涌上心头，萧博扬被逼得再次骂人。

蔺志文拎着刀，咧嘴一笑：“怎么？内讧？”

萧博扬抿唇不答，手上甩出的金龙破更加凶猛，“砰砰砰”密如贯珠。

萧家小少爷也有小少爷的傲气，乔晚就算再坑，好歹两个人也死磕了那么多年，至于眼前这个人，是个什么东西？

毕竟在昆山死磕了那么多年，乔晚和萧博扬对彼此可以说十分了解，就算萧博扬再不肯承认，也不得不承认他和乔晚配合得流畅默契。

战局忽而一分为二，忽而合二为一。

岑家空气里满溢着灵气，几乎就是天然的修炼场，乔晚将铁锤舞得虎虎生风。

刚补好的筋脉，这个时候正缺灵力填充，她打得越激烈，四周灵力也就激荡得越猛。

灵力顺顺当当地在头顶盘旋汇聚，呼啸着猛地蹿入了丹田之中，一滴没漏，反复冲刷淬炼着肌体。

乔晚忽低忽高地对付仇默之时，又觉得有点儿不对劲，心里猛然一惊。

她全身上下灵力激荡，隐隐地似乎又有了点儿进阶的苗头。

二对二，刀光剑影交织不绝。

很快，仇默和蔺志文就琢磨出蹊跷来，面前这丫鬟是冲着仇默来的，要杀的人是他！

察觉这一点，战局顿时又发生了改变，蔺志文直接甩开萧博扬，和仇默直冲乔晚而来。

乔晚来不及多想进阶的事，一个倒仰躲过迎面削来的三阴刀，反手甩出铁锤，击落紧随其后的血海大刀。

仇默和蔺志文根基毕竟比乔晚和萧博扬更厚，一击不中，仇默手握三阴刀再度轰然砍向了骨甲。

蔺志文反应也快，借势抬脚，猛踹上了乔晚的心口。

两相夹击之下，乔晚被这当心一踹踹飞出去，吐出一口血，吐完眼也不眨地握着铁锤再冲上前！

刀光剑雨，和着竹叶簌簌落下。

竹风道上杀意凛然，无处不是杀机。

亲眼见到这一幕，萧博扬一口气差点儿没喘上来，暗骂一句，立即自认倒霉地替她掠阵。

乔晚一个纵跃，抬脚在血海刀刀面上一蹬，从空中骤落，提着两个铁锤奋力砸下！

锤风悍猛，刀光剑气当空乱飞。

有萧博扬帮忙，乔晚从半空中扑下的同时，趁乱反手夺去了蔺志文手中的血海刀。

血海刀入手，乔晚抬眼看向了不远处的仇默。

仇默心里猛地一惊，但已经来不及了。

腕上发力，乔晚迅速把灵力绞成了灵丝缠在刀柄上，犹如抡铁锤一般，将手上的血海大刀给甩了出去！

血海大刀穿破层层刀光，突破细密剑网，盘旋而来，直取仇默的人头！

与此同时，乔晚浑身上下灵力暴涨，在周身凝成了实质，疯狂运转，再一气儿钻入了足少阳胆经和足厥阴肝经之中，刚刚那阵预感在下一秒得到了印证。

她突破了炼气五层。

刀光掉转了个方向，再冲向蔺志文。

刀光飞跃，乔晚再次强杀一人！

突破了炼气五层，这还没停，周身灵力继续高歌猛进，在冲破了第五层之后，冲向了第六层！

旋即，乔晚突破了炼气六层！

萧博扬手上动作冷不防地顿了顿，看着乔晚依靠岑家灵脉破损之便，几乎狼吞虎咽一般疯狂吞噬消化着灵气，简直就要把这前面十多年来缺的，在一朝一夕之间尽数补上！

乔晚提着铁锤转过身，这时候周身激荡的灵力才慢慢地安静下来。

萧博扬目瞪口呆。

仇默和蔺志文一死，鲜于波和纪光亮手下的得力干将一口气去其二。

虽然派出了乔晚和萧博扬，也选择了相信他们，等乔晚和萧博扬回到厢房的时候，岑清猷还是没料到，这一场仗会赢得这么轻松漂亮。

一向稳重温文的少年，脸上露出了一丝显而易见的喜色。

少年乌黑的眼里映着明亮的烛火，看着厢房门口的少女

乔晚站在黑夜之中，确实像一把凌厉的利剑，筋脉初补，已流泻出惊人的锋芒。

四人小分队，首战告捷。

在补全足少阳胆经和足厥阴肝经之后，乔晚接连强杀两个人，一举进阶到了炼气六层！

虽然首战告捷，但这不代表着他们就能松懈。

仇默和蔺志文只是林家麾下两个不甚起眼的筑基期小喽啰，根本算不上这轮攻击的主战力。

从一开始，岑清猷也没打算正面对上林家的战力。

岑家“四灵”大部分人是筑基和金丹期，家主岑向南是元婴初期。而林家不同，林家子嗣多，这个时候又和妖族叛军结了盟，实力如何，岑家到现在都没摸个明白。主战场在世春堂，光靠他们几个炼气、筑基期的人就能一举扭转战局，那简直是不可能完成的任务。

不过能赢，就代表着他们这想法可行！

敌进我退，敌驻我扰，敌疲我打，敌退我追，众人精神奕奕地相信，胜利的

曙光就在前方！

灭门第一天，足少阳胆经和足厥阴肝经补成，乔晚杀了仇默、蔺志文，突破炼气六层。

灭门第二天，乔晚对上了林十六和林五，拿下了林十六，林五一看乔晚，脸上表情犹如见了鬼，暗骂一声，跑了，突破炼气七层。

灭门第三天，出了点儿岔子，当天反击小分队就被巡逻的弟子给发现了。

乔晚和岑清猷也被带到了世春堂。

上一轮攻击刚结束没多久，这个时候正是停战休整的时候。

林家来得太突然，又和妖族叛军结了盟，这几天岑家基本上是在被动挨打，岑向南忙得焦头烂额，分身乏术，眼见岑清猷，顿时被气得一个倒仰。

“你当真以为你做这些能够扭转战局吗？！”

连日以来的杀伐，几乎快耗尽了他的精气神，更何况第二天援军没到。

岑向南怆然闭上眼，眼下筋疲力尽，连骂自己儿子的力气都提不起来了。

“至少我做了，”岑清猷抬眼，眼神清明，不卑不亢地说，“父亲，至少我做了。”

“援军不会来，我们再等下去、再守下去，无异于自取灭亡！”

这话无疑直指这几天来岑向南的心结，岑向南全身一震，眼神陌生地看着眼前的少年。

少年虽然神色温和，但独属于少年人的锐气和锋芒怎么压也压不住。

岑清猷据理力争。

岑向南一时无话。

时光磨平了他的棱角，当初他好歹也敢打敢拼，但后来就不一样了。后来他继承了岑家，肩膀上担着无数人的性命，再也不敢拼，再也不敢赌。

或者说，从一开始他就懦弱，只守不进，但不进则退，光守着这祖宗基业，又能守到什么时候？

岑向南往椅子上一跌，摆摆手，让自己这儿子退了出去。

一个人在里间待了有半盏茶的时间，出来之后，他就从自己身边调来了“四灵”中部分人马，暂时交给岑清猷，特地嘱咐不要让林家给逮到，世春堂正面战场他们不得去掺和。

至于乔晚几个，就负责清扫清扫外围，收拾收拾几个小喽啰，其作用大概类似于辅助。

没人相信他们真能做出什么来，岑向南也不信，只是让他们试试也未尝不可。

“四灵”人马到场的同时，却多出了几个让乔晚和萧博扬有点儿意外的人。

面如梨花、颊边生了两个梨涡的少女是穆笑笑，穆笑笑身边容貌艳丽、神情冷淡的是凤妄言，然后是一身劲装、眉眼如画的裴春争。

看着厢房里的人，穆笑笑有点儿忐忑，但还是鼓起勇气笑了一下：“如今府上危急，我们本就是来求岑夫人帮忙解毒的，于情于理也该搭把手，帮帮忙。”

岑清猷态度也十分有礼：“多谢穆道友、裴道友和凤道友愿意在这个时候出手相助。”

穆笑笑忙摆了摆手：“有什么用得上我们的地方，岑公子尽管开口就是。”

不管怎么说，反击小分队再添助力，岑清猷手下可调度的人又多了不少。

“四灵”人马一到，岑清猷却没立即把他们用于战斗。

“林家对岑府了解甚多。”

众人齐刷刷地聚在桌子前，听着少年沉着嗓音讲自己的想法，虽然手上都捧了杯茶，但没人有那闲心去喝上一口。

岑清猷继续说：“但林家搬来了妖族，我们对妖族知之甚少。这几次进攻府上惨败，显然也有这么一层原因在。”

少年抿了抿唇。

在场的人神情都很凝重。

毕竟谁能想到林家竟然不惜和妖族叛军结盟，也要咬死岑家？

“贸然出击不是个好想法。”

乔晚问：“那你的意思是……？”

“我想将‘四灵’中的一部分抽调出来，和修道友继续去侦察，”岑清猷提笔在纸上写写画画了一会儿，“至少先摸清对方的底细。”

岑清猷抬头看了裴春争一眼：“至于裴道友，就和萧道友一起行动。”

不惜削弱兵力也要重视战术侦察，摸清敌方的底细，这就是岑清猷目前的想法。

而这显然都需要在场所有人的同意。

众人合计了一会儿，答应了。

于是，战斗再次打响。

岑清猷、萧博扬和修犬每天忙得就像个连轴转的陀螺。顾及穆笑笑寒热之毒没解，她就和其他人一起坐镇后方，做点儿后勤准备工作。

少女娇娇软软，笑容如同灿烂的霞光，笑起来赏心悦目。每当“四灵”弟子们带着一身伤作战回来，一看少女这笑容，纷纷表示自己被治愈了！

和软糯可人的小姑娘相比，总是和他们一块儿作战的另一个小丫鬟就显得“讨人嫌”了点儿。

岑清猷安排裴春争和萧博扬一起行动，乔晚领着另一批四灵弟子一起行动。

“四灵”弟子嘛，好歹都是筑基和金丹期修为，听一个炼气期的小姑娘号令，实在有点儿憋屈。

但很快，“四灵”大哥们就感觉到了不对劲。

当晚，乔晚前脚去岑夫人那儿补上了手太阴肺经和手阳明大肠经之后，转头就气势汹汹地杀回了“四灵”弟子中间，和几位“四灵”大哥再一次猥琐地蹲守在了草丛里，去偷袭支援世春堂正面战场的小分队。

蹲守草丛的“四灵”弟子们转头表示质疑：“辛夷妹子，你行不行？”

“待会儿打起来可别害怕，要是怕就到我们这儿来，我们护着你。你放心，哥儿几个不会笑你的。”

谢过“四灵”大哥们的热情，乔晚屏气凝神，目不转睛地盯着外面的风吹草动。

一等人来，她一马当先地跳出草丛，干净利落地解决了一个，用实际行动彻底堵住了其他“四灵”弟子的嘴。

于是，在一个炼气期丫鬟的带领下，“四灵”弟子们截杀、围杀、暗杀，花样百出！

与此同时，乔晚突破了炼气八层！

灭门第四天，反击小分队在此截和了一批林家人马。

领队的是个面容冷厉的姑娘——林家二十二。

林二十二穿着件漆黑的紧身衣，身材窈窕，她眼神冰冷地看着这不知好歹地跳出来的几个人：“找死！”

一声令下，两方人马对冲！

“四灵”大哥们和林家小分队拼杀的同时，乔晚甩出铁锤，几招之后，锁链紧紧缠住了林家二十二的四肢，林家二十二勃然大怒，乔晚顺手甩出另一个铁锤砸了上去。

“砰！”

世界清静了。

乔晚缠着林二十二姑娘，将人拖回了厢房。

和乔晚他们想象得不太一样的是，林家子嗣众多，不在乎这一个，就算林二十二被绑了，林家传来的消息也是随便杀。

被家人背叛，林二十二表现得也十分有骨气，咬紧了牙，就是不肯投降。

灭门第五天，乔晚的足阳明胃经和足太阴脾经补成。

面前的老者抚须，抬手摆出无数面招魂幡：“让老夫来会会你们这等小子！”

铁锤盘旋而过，无数招魂幡硬生生地被锤风给绞碎！

乔晚突破了炼气九层！

五天之内，目睹乔晚一路灵力暴涨，飞速进阶，下一步就要冲击筑基期，“四灵”弟子们纷纷对这其貌不扬的小丫鬟肃然起敬，对待乔晚的态度也有了一百八十度的大转变。

虽然她不如那穆姑娘治愈，但身娇体软的俏姑娘多了去了，光好看有什么用？

上阵的时候，能让人放心把命交给对方、能救兄弟的性命才是硬道理！

这哪里是个后院的小丫鬟，这妥妥是一尊煞神啊！

这凶残得宛如开了挂一般的进阶方式，能是一般人做得到的吗？

没人相信光靠乔晚这几个人能做出点儿什么，但偏偏他们一而再再而三地胜利，打了所有人的脸！

一次胜利没什么，但第二次、第三次……一点点，他们总能把主动权给抢回来！

没人知道，反击小分队什么时间在什么地点动手，也没人知道他们会盯上谁。

他们也能让林家提心吊胆，生怕自己就是下一个目标。

战胜的消息，乔晚都让桂旗转达给了其他人，传到府里。

守在府上的所有人都激动了，连日以来的士气也随之一振。

就算那是所谓的小打小闹又怎么样？只要他们能赢，就代表还有希望。

是啊，只要他们能赢，那就代表着还有希望！

据说负责指挥的是岑家二少爷岑清猷，他手下的贴身丫鬟是他手上最锋利的一把剑。

而这一把剑刚刚开刃，必将以不可抵挡之势头杀出一条血路，杀出一片天！

灭门第六天的时候出了点儿意外。

岑家这边小动作不断，林家那儿也不是吃素的，没花多少工夫就摸清楚了这事情的诡秘之处。

听说岑府上还藏着一支“暗部”，由一个姑娘领头，专门干围杀、截杀、暗杀一类的事，滑得像条泥鳅，专挑软柿子的后勤和情报人员下手，哪块骨头啃不下来时，掉头就走。他们专门蛰伏在黑暗里，等待着下一次出击！

而那女修每杀一场就进阶一次，简直把林家弟子当成了进阶工具，这能忍？

这一次，林家提前摸清楚了反击小分队埋伏所在，安排了一只妖兽。

妖兽身形足足有五六米长，口吐火焰，一口下来，所站的地方立刻化为了焦土。

几乎不费吹灰之力，就让乔晚和其他“四灵”弟子在火焰里四处奔命。

“跑！快跑！”

躲开从天而降的一团火球后，“四灵”弟子甲扯着嗓子怒吼：“这是头四阶妖兽！”

四阶妖兽，这就相当于金丹期的修士！

妖兽不比人修，四阶的妖兽足够让他们几个喝上一壶！

绵延火海中，乔晚浑身上下灰扑扑的，目光凌厉，抬手怒喝：“杀！”

他们只能杀！

众人咬牙抄家伙冲了上去，齐心协力势要把这妖兽给撂倒！

一个人被火球砸中了，没关系，强撑着也要继续往前，不把这妖兽啃下一块肉来就决不罢休。

蚁多都能咬死象，遑论是人。

他们之中只有乔晚能覆盖上一层骨甲，勉强抵御这火攻。

很快，“四灵”弟子们就开始掩护乔晚。

这么几天打下来，就算一开始他们再瞧不起这炼气期的小丫鬟，到现在也已经结下了深厚的革命友谊。

为了能掩护这个小丫鬟冲上前，“四灵”弟子们被烧得遍体鳞伤，还没忘回头吼得脸红脖子粗：“辛夷，上！”

火舌舔上骨甲，被骨甲包裹着肉身置身其中的乔晚，简直和叫花鸡感同身受。

骨甲寸寸剥落，又寸寸合拢。

“到我这儿来！”

“跳这儿！跳我的肩膀上！”

一道金光迅速飞掠而过。

乔晚在“四灵”弟子以血肉之躯搭成的人梯上一跃而起，脚下一蹬，挥舞着重锤穿破火海。

重锤带着无尽的怒气！

“砰——”

妖兽一倒，乔晚跟着掉了下来。

眼见她就要掉入火海，“四灵”弟子们赶紧上前去接她，将人抬到了旁边的空地上。

乔晚浑身上下被烫得没一块好肉，吃力地睁开了眼，问：“死了吗？”

“死了！死了！”众“四灵”大哥忙不迭地回答。

然后，他们眼睁睁地看着躺在地上的少女周身灵气再度暴涨。

“四灵”大哥乙瞪眼：“这不是……？”

“这也行？！”

眼见这熟悉的一幕，“四灵”大哥们对视了一眼，惊了。

脆弱的身体没办法再承受激荡的灵力，乔晚动了动指尖，一歪头不省人事。

乔晚突破炼气期，在“四灵”弟子们的注视下一日筑基！

这一次，反击小分队死伤惨重，但最终还是等乔晚清醒后，一块儿拖回了这头四阶妖兽的尸体。

刚将尸体拖回厢房，乔晚就在门口看见了凤妄言和穆笑笑。

一见破破烂烂的乔晚和“四灵”弟子们，穆笑笑惊了惊，赶紧迎了出来。

“怎么会伤得这么严重？”小姑娘一眨眼，差点儿滚出点儿眼泪。

眼见自己捧在手心里的小姑娘蹲下身帮忙伺候伤患，凤妄言眼神一沉，凤眸一扫，像是觉得有点儿不痛快，一见面前这凄惨模样，顿时嗤笑了一声：“这是火系的妖兽？区区一个火系妖兽，就把自己弄得如此凄惨。”

红衣如火，墨发轻扬，男人居高临下地看着地上那不知死活的“四灵”弟子，一群废物。

凤妄言脚下的“四灵”弟子，乔晚记得，是“白虎”团里的，叫白虎十一。

刚刚就是他用肩膀托着她，让她跃出了火海，蹬上了妖兽的脑袋。

这几天来，他们一块儿并肩作战。

他们有多想活下去，有多想……让别人替他们活下去，她看得一清二楚。

乔晚闭了闭眼，心里猛地蹿出一股无名怒火。

就在其他“四灵”弟子对凤妄言怒目而视的时候，一道粉色身影利箭般蹿了出去，刹那间金光飞起、回落。

四周瞬间都安静了。

足足有百斤重的铁锤猛地砸上了男人的胸口！

这一锤猛击，用了十成十的力道，被这惯性砸得往后退了数步，凤妄言面色遽变，胸口气血翻腾，差点儿当场喷出了一口血。

下一秒，他的衣领被高高揪起，凤妄言抬头就对上了一双冷冰冰的黑色眼珠。

他反倒是愣了。

这双蕴含着怒火的眼，让他想到了一个人，周衍那个弟子，当初那个像条死狗一样趴在地上、口鼻不断涌出鲜血、妄图取代笑笑地位的废物。

而现在，乔晚揪着男人的衣领高高将人提起，身后站着一块儿拼杀出来的众“四灵”大哥。

只要她一声令下，在场众人绝无二话，马上就能冲上前去同这只凤凰死磕。

“滚，”乔晚垂眼，“你没资格说这些。”

这句话无异于火上浇油，凤妄言盛怒之下，口腔内一股血腥味儿骤然弥漫开，眨眼之间，再也压不住，当场被气得引动伤势，喷出一口血。

在那口血溅到自己之前，乔晚松开他的衣领，就要往后退。

凤妄言见状，气得脸色更青了，一拂袖，反手扣住乔晚的肩膀就把乔晚甩了出去。

乔晚往后一跳，站稳了，冷冷地看着他。

“没资格？我没资格说这些？”男人扫了一眼地上躺着的人，和乔晚身后互相搀扶着的众人，冷笑，“一只四阶妖兽而已，就把自己弄得这么凄惨，这难道不是事实？”

他是上古妖族，出生于丹穴山，从生下来就是金丹期修为，天生就该站在顶端，无须也没那个必要去在乎别人的目光，更没那个必要去体谅别人！

凤妄言捂着胸口，怒极反笑：“我没资格，还有谁有资格？你吗？你不过是筑基期，我想杀你易如反掌。”

他这一笑，再一次牵动了胸前的伤口，差点儿又喷出一口血。

男人咬紧了牙关，铁青着脸，又给硬生生地憋了回去。

或许是眼前这丫鬟让他想起了当初那废物，这话一说出口，凤妄言目光一闪，盯紧了这不知天高地厚的丫鬟，心里真的浮现了一点儿杀意。

在场的人，哪个不是踏着尸骸、冒着血雨，拼杀出来的？

这杀意一现，一抹冷厉刀光顿时划过！

乔晚回头一看，身后那些被烟熏得灰头土脸、身上被烧得血肉模糊的“四灵”大哥突然横剑，咧嘴一笑。

“不就是筑基？那要是加上我呢？”

这句话犹如打破了什么禁忌，几乎瞬息之间，刀光剑影纷至沓来。

刀光剑影，都有一个共通之处，那就是齐刷刷地对准了台阶上的男人！

“加我一个！”

“还有我。”

“带我一个，”壮实的大汉嬉笑道，“我好歹也是个金丹不是？”

就算这只凤凰修为再高，他们一起上，还不信不能把他拔成个秃毛鸡。

凤妄言死死地盯着眼前这一群“废物”，脸上神情阴晴不定。

是，一个人，或许打不过他，但要是一群人呢？

凤妄言目光扫过台阶下的众人。

以乔晚为首，众人身上的衣裳都被那四阶妖兽给烧得破破烂烂，脸上被烟熏得几乎看不出本来面目，唯独眼神一样狠绝。

一个筑基期修士，当然对付不了他一个元婴后期的修士。

要是加上另外一群筑基和金丹期修士，那可就说不准了。

只要乔晚振臂一呼，身后的大哥们眼也不眨，就能立刻冲上去，那是几天时间内，生死搏斗之中结下的同袍之情，超越年龄差异，也超越男女之别。

说实话，他们也早就看这凤凰不顺眼了。

“出征之前，不都要杀只鸡图个吉利吗？”白虎二十三笑嘻嘻地说，“兄弟们，这不就有只现成的？！”

凤妄言顿时勃然大怒！

虽然嘴上笑嘻嘻的，但“四灵”大哥们个个都不傻，嘴一抿，眼一沉，眼神紧紧地留意着台阶上的人的动静。

只要这什么凤凰敢动手，他们就敢让这凤凰变成只走地鸡。

气氛就这么陷入了僵持。

就在这个时候，穆笑笑好像终于反应过来，慌忙搁下手上的活儿，冲到了凤妄言面前：“小……小凤凰，算了。”

穆笑笑抿抿唇，担忧地拽了拽凤妄言的衣摆。

白虎二十三看了一眼阶上的穆笑笑，咧嘴一笑：“这么说，我倒想起来了，辛夷好歹也是个妹子，是不是？”

总不能这穆姑娘有人护着，辛夷没人护着。

那多寒碜？好歹大家也是一块儿杀出来的兄弟。

“威胁一个女人算什么？有什么不满，你不如向我们来。”

“对！对女人下手算什么英雄好汉？！”

凤妄言面色铁青，看了一眼领头的乔晚，差点儿被气得再吐出一口血。

就算自傲自贵如他，这个时候也忍不住爆了粗口。

女人？！

眼前这人算女人？！

穆笑笑愣了愣，惊讶地看着火光飞灰之中的丫鬟。

如果不是身形有点儿区别，她几乎和台阶下的男人们分不出你我。

他们都是从战火中蹚过来的。

一时间，穆笑笑忽然觉得有点儿不是滋味，忙松开了凤妄言的袖口去看乔晚。

“这事……小凤凰有做得不对的地方，辛夷姑娘生气也是情有可原的。但……小凤凰自幼就长在碎骨深渊，在此之前从未和人相处过，他是心直口快了点儿，但本性不坏……”

穆笑笑涨红了脸，眼中闪动着一点儿晶莹的泪光，躬身赔罪：“还请辛夷姑娘歇歇火，我代小凤凰向姑娘赔罪。”

话还没说完，就被人给拦腰截断了。

“要赔罪，不该由你来。”白虎二十三斜眼，“辛夷也没冲你发火。”

“四灵”大哥耷拉着眼皮，瞥了一眼火光中手足无措的小姑娘，看样子确实是个手足无措、泪光莹莹、惹人怜惜的小姑娘。

可惜，看多了他们觉得也就那么回事。

仅仅皮囊好看，那不够，人长得再美也不能当饭吃。他们可不是那些见了美人就软了骨头的公子哥儿。

虽然看着的确挺赏心悦目的，众“四灵”大哥摸了摸鼻子，心道也仅此而已了。

眼前这姑娘不适合，也不该出现在这个场合。

穆笑笑嗫嚅了两下唇瓣，望着眼前的一片刀光剑影和那一个个横刀待发的大汉。

“诸位道友误会了，我并无此意。我只是……”少女澄澈的大眼蒙上了一层雾气，“我只是见如今事态紧急，今时不同往日，不愿大家伙儿在这点小事上大动肝火。”

但曾经笑脸相对的“四灵”大哥们，如今根本没因此软化了态度。

“穆姑娘，这儿没你的事，下去。”

被这么一呛声，少女突然有点儿茫然，头一次感觉心里悬空一般，又酸又涩，没落个实处。

其实照顾眼前这些弟子，她自己未尝不是存了点儿私心，昆山最受宠的小师妹早就习惯了无数目光围绕在自己身上。

但这一次，这一切突然行不通了。

一截短短的台阶，像是划开了一道天堑。

台阶之上的人高高在上，衣袍不染尘霜。

而在台阶之下，是从鲜血和烽火中摸爬滚打出来的小分队成员。

穆笑笑惶惶地看了一眼领头的乔晚。

不知不觉间，台阶下那个小丫鬟已经结识了那么多有过命交情的朋友。

穆笑笑勉强地挤出了一个微笑，去拉凤妄言的袖子，轻声道：“小凤凰，算啦。”

打他们当然是没打起来的。

就在凤妄言准备冲冠一怒为红颜的时候，裴春争和萧博扬领着其他“四灵”弟子赶回来了。

眼见穆笑笑眼眶微红，少年怔了怔，扭头看了乔晚一眼，却只看到了一道坐在“四灵”弟子们中间的背影。

萧博扬看了看穆笑笑，又看了看那一帮形容凄惨的大老爷们儿，一咬牙，也坐了过去。

本来他是担心他们受了什么伤，结果一坐过去，才发觉自己被深深地欺骗了感情，根本不是这么一回事。

虽然看着凄惨了一点儿，但一帮大老爷们儿，宛如女生宿舍夜谈，正聚在一起唠嗑。

要兄弟，没要女人，抛弃了心上人没管的萧家少爷有点儿暴躁，有一搭没一搭地听着大老爷们儿唠嗑。

回想少女眼眶红红的模样，终于有个年轻的“四灵”弟子“良心发现”看不过眼了。

“哎，我们这样是不是太过分了？”

“哪儿过分了？”

“穆道友好歹是个姑娘。”

没想到白虎二十三一斜眼，说道：“怎么，辛夷就不是姑娘了？之前打架的时候，我看你往辛夷背后钻得挺顺的啊。”

小年轻立即涨红了脸：“那……那不一样！穆道友……穆道友看着就怪柔弱的。”

而且长得也好看，美人都惹人怜惜。

白虎二十三伸手指了指地，深沉地下了个评判：“柔弱的姑娘多了去了，唯独不适合活在这儿。我要是喜欢，干吗不上春风楼去？春风楼好看的姑娘多了去了。而且，辛夷长得也不输穆笑笑啊。”

顿时，在场的汉子们都对乔晚投来了深沉的一眼。

“怎么说呢？”玄武三十二蹲在地上，偏头看了乔晚一眼，有点儿纠结，“好看，挺好看的。至于哪儿好看……”

眼前姑娘的容貌确实也挑不出个值得夸耀的地方。

玄武三十二绞尽脑汁，灵光一现，说道：“打架的时候最好看！”

此言一出，萧博扬不由得多看了乔晚一眼。

打架的时候，她抿着唇面无表情地抡着锤子，一锤子解决一个，黑漆漆的眼里映着飞舞的一团团血花。

萧家小少爷自认对审美还是比较挑剔的，这么一回想，乔晚确实还能看。

“对对对！辛夷哪里长得不如那穆姑娘了？！”

秉承着深刻的同袍战友之情，男人们宽厚的大掌“啪”的一声落在了乔晚的肩膀上，对着这张平庸无奇、实在挑不出亮点的脸，开始闭眼瞎吹。

“看辛夷这肩膀，多壮实？！”

“打架的时候，辛夷那叫一个好看啊！看得我心里都痒痒。”

众大老爷们儿没脸没皮，说话也不着边际。

乔晚愣了一下，张了张嘴。

说实话，这还是除了甘南之外，头一次有这么多人夸她长得好看。

在众多肩宽腿长的“四灵型男”的注目之下，乔晚顶着张面瘫脸开始——面无表情地冒热气。

热气一层一层地从脖子根蹿了上来。

“脸……脸红了？！”

最先满嘴跑火车的玄武三十二悚然一惊，咳嗽两声，往乔晚面前一挡：“看什么呢？看什么呢？光盯着人家姑娘看，你们好不好意思？这儿火光这么强，明摆着是被火光照的，对不对？”

乔晚“噌”的一声站了起来，冷冷地道：“我去找岑夫人。”

徒留在场的“型男”们丈二和尚摸不着头脑。

怎么说着说着她就跑了？神色还这么严肃。不是说姑娘都喜欢听别人夸她吗？

萧家小少爷一抄手，不屑地嗤笑。

乔晚一路走到寒山院前，脸上的热度刚降下来点儿，结果在寒山院外又撞上了一个人。

修犬瞪着双狗眼：“陆姑娘，你的脸怎么了？”

乔晚一本正经地说：“火光照的。”

可能是乔晚的视线太过正直，被乔晚这么一看，青年的脸忽然有点儿红，他不自在地摸了摸头，反倒是自己先露了怯：“我……我来找夫人复查。”

乔晚透过修犬闪烁的眼神和这明显此地无银三百两的态度，敏锐地察觉到了不对劲，至少根本不像复查那么简单。

被眼前的小丫鬟看出了自己那点儿小心思，青年眼神略一闪躲，蹲在门前摆了摆手：“我没别的想法，就是有点儿好奇，”青年讪讪地摸了摸鼻子，“而且，岑家家主还在里面呢。”

想到这儿，修犬就忍不住苦笑。

乔晚惊了惊，脸上的温度彻底降了下来：“岑向南来了？”

青年的脸色突然间有点儿晦涩不明：“对，听说刚刚世春堂那边扳回了一局，他这才抽空过来看夫人一眼。”

于是，两个人蹲在门口，都没吭声了，但心思全都不约而同地落在了屋里。

岑向南一来，动心思的不仅仅有乔晚和修犬，还有里间禅房里的林清芝。

……

虽然林清芝恨岑向南那老匹夫入骨，但现在能救他的就只有岑向南。只要他能从这鬼地方出去，和这老匹夫父子情深他也愿意。

虽然他的筋脉被那小丫鬟给封住了，但岑家灵脉一破，也便宜了他。

从门缝里漏出来的灵气少归少，他掰着手指头算计，勉强够用。

只要他能想办法撞开眼前这扇门……

林清芝的脑子里已经浮现无数个念头……

只要他能撞开这扇门，外间的人肯定能听到这儿的动静。

他是林黎唯一的血脉，那老匹夫喜欢他喜欢得紧。只要他对那老匹夫哭一哭，再把这事全栽到姜柔身上，不怕岑向南不信。

那都是娘当初交代的，要善于利用自己的资本。

当年，也是林黎看上了岑向南，这才依仗着自己的美貌和神秘主动出击。

至于他本来就有婚约，他们邪修行事本来就肆无忌惮。婚约那束缚人性的东西，要来干吗？

尤其是姜柔，用婚约来绑着岑向南，表面上什么都不争不抢，冠冕堂皇，他娘在世的时候，最恨的就是这种假模假样的人！

而在屋里，岑向南和岑夫人相对坐着，屋里点了盏小灯，灯光昏黄而柔和，也将女人那原本寡淡的脸照得柔和细腻了不少。

是什么时候开始，他和姜柔就成这样了呢？岑向南忍不住想。

两个人相对无言了半天，也挤不出一句话来。

明明在很久很久之前，那个姜家妹妹最喜欢做的事就是跟在他的屁股后面，不爱说话。

少年负着长剑，有点儿不耐烦，心知这小尾巴甩不掉，也不好当着她的面甩脸子给她看，只能抿着唇、沉着脸，走得迅疾如风。

小姑娘恍若未觉。

他一回头，她就对他笑，满心满眼都是她的这个未来夫君。

那时候，他觉得全天下的女人都烦。

“那……那你喜欢什么样的？”少女鼓起勇气问，“我一定会去学着做的。”

少年冷淡地说：“我只希望我日后的妻子能端庄稳重，不给我添乱。”

他虽然没抗拒娶她，但也没觉得娶她是多高兴的一件事。相敬如宾，就是岑向南对婚姻的所有想象。

直到他在西南碰上了林黎。女人总爱戏弄他、骗他，将他耍得团团转，他非但不生气，反倒更加好奇，好奇林黎身上到底还有多少秘密。

也就在这时候，他才发现原来婚姻是不一样的。他喜欢林黎，迫切地想和她成亲。哪怕她用的功法阴毒邪门，他也不在乎。她本性不坏，只是没人教导，这才养成了天真残忍的性子。

少年的情爱来得轰轰烈烈。

和寡淡又正派的小青梅相比，林黎像一团雾妖娆诡谲、离经叛道，明显更有魅力，也叫他迅速沉迷其中，哪怕她和端庄稳重根本没任何相似的地方。

因为愧疚没给林黎一个正妻身份，婚后他不常去姜柔的屋里，除了必要的节日，或是她病了，他才会去她屋里探望。

刚开始他还觉得对不起姜柔，但习惯一向是件很可怕的事。

当初他就习惯了那个姜家小姑娘温温柔柔地跟在他身后，成了婚也慢慢地习惯了姜柔在他们三个人里活成了一个隐形人。

他给了她尊重，和她相敬如宾，但把爱全都给了林黎。

男人皱着眉，似乎陷入了回忆中。

女人没打扰他，安静地等着男人从回忆里抽身。

屋外，一起蹲在走廊下的人突然动了。

乔晚心头猛地一突！

林清芝还在那间小禅房里！

她霍地站起身，惊得旁边的大狗吓了一跳。

“陆姑娘？”

如今，岑向南再抬眼看去。

女人几乎还是没什么变化，眉眼温顺，容貌寡淡。

当年那个喜欢唱歌的姜家小妹妹，那个喜欢坐在船头唱着歌的小姑娘，确实已经做到了稳重端庄，不争不抢。

岑向南忽然觉得有点儿尴尬，沉默了一会儿后问：“你的伤怎么样了？”

岑夫人轻轻摇了摇头：“已无大碍。”

然后，两个人沉默。

一问一答，干巴巴的，女人没有要迎合、挽留他的意思。

坐了一会儿，估计是再难忍受屋里这沉默到几乎凝固的气氛，岑向南站起身：“你好好休息养伤，前院的事不用你操心。”

留下这么一句安慰的话，他抬脚就走。

……

等乔晚冲进主屋的时候，已经晚了一步。

她一进屋，一眼就看见了屋里那眼熟的阴郁漂亮少年。

少年站在岑向南身后，显然又恢复了人身。

岑向南面色铁青地望向岑夫人，冷声质问：“这是怎么回事？

“这么多天……这么多天，清芝就被你关在这间禅房里？！”

少年完美地继承了自己的亲娘的阴狠毒辣，战战兢兢地让岑向南别生气。

“爹你别生气，娘也是为了我好。

“这几天府上那么乱，娘这才把我关在了禅房里。”

“为了你好？”岑向南面色大变，“为了你好她就这么对你？！”

少年瑟缩了一下：“儿这番从西南过来，只是想看看爹，看到爹身体康健，我也就放心了。”

少年的眉眼像极了当年那样貌艳丽，偏偏又单纯天真的林黎。

林黎的死，每次回想起来，都是他心里的隐痛，他想要忘，却忘不掉。

岑向南的脸色彻底地冷了下来，看向女人的目光里，也没了那点儿怜惜，只觉得原本那少年时的满腔柔情，突然被一盆冷水给泼了个一干二净，冷得他心寒。

“清芝这么信你，你就这么对他？”

人一心寒，当初那点儿念头再度冒了起来。

说不定……说不定当初真的是她置林黎于不顾……

岑夫人静静地看了他一会儿，突然缓缓地笑了。

岑向南看了她几眼，遍体生寒，只觉得当初那个姜家小妹妹突然面目全非。

林黎当初说得果然没错，那外表柔顺正直的人，往往是那心机深沉、虚伪狡诈之徒。

“岑家的家业还是会由清嘉继承，这点你放心，也用不着去想着有谁来抢你儿子那一份！”

岑向南像是嫌恶得再也不愿看女人一眼，冷冷地抛下这么一句话，拂袖而去！

少年低垂着头，跟在他身后，却回头看了一眼站在原地的女人，露出了讥讽的笑。

乔晚上前一步，伸出手拦住了岑向南。

岑向南显然还记得她：“是你。”

乔晚：“你不能带他走。”乔晚的目光落在林清芝身上，“夫人的手，就是你这好儿子干的恶事。”

岑向南脸色遽然一变。

这邪门的功法，只有林家母子用过。

但就算这样，岑向南还是沉声道：“这是岑府的家事！与你何干？！”

“辛夷，”岑夫人嗓音温和，“过来吧。”

乔晚愣了愣，怔怔地抬眼。

女人虽然神色沧桑，但眼神明亮，微微一笑，向她招了招手：“来。”

她不在乎，一点儿都不在乎。

乔晚让开了一步。

林清芝冷笑，笑了一半，对上乔晚的目光，陡然顿住。

她的眼神虽然淡淡的，眼里却冷得像一把细刀，好像下一秒就能把他钉死在墙上。

岑向南和林清芝一走，岑夫人就像没事发生一样，喊乔晚上来：“这几天感觉如何？筋脉有没有什么异样？”

乔晚收回目光，重新面向岑夫人：“没什么异样。”

隔了半秒，她踌躇着问了一句：“夫人的伤……怎么样了？”

“已经好得差不多了。”

一抬眼，岑夫人这才看见站在乔晚身后的青年，微笑道：“修道友？”

修犬全身僵直，露出一个温柔有礼的笑：“夫人。”

岑夫人给修犬复查的时候，乔晚退了出去。

屋里又只剩下了女人和犬妖两个人。

修犬有点儿僵硬地解开了衣服，只觉得女人落在他肌肤上的手指像团火。

他忍不住低头看去。

她的一缕乌发垂落在白皙的颈侧，青年喉结滚动了两下，心里冒出了一点儿奇异的感受。

修犬仰起脖子，抬起头，伸手盖住了眼睛苦笑。

岑夫人很好看。

他……他想带她回妖族。

他一定会对她好。

虽然他是这么想的，话到嘴边却说不出口了。

他要怎么说？

说他看上了有夫之妇，看上了别人的母亲？

她那俩儿子个头儿都差不多和他一样高了。

一只妖，满腔的热情，对面前这个温婉柔顺的妇人来说，好像都是冒犯。

一个百儿八十岁的老妖精头一次感觉到紧张，紧张得心都快从嗓子眼里跳出来了。

乔晚走出屋，将目光放向了黑夜之中。

刚刚之所以没爆发，是因为她有预感，岑向南在林清芝那儿肯定要摔一跤。

结果当晚世春堂那儿就传来了消息，岑向南被捅了。

正当他透过少年的眉眼，回忆着当初艳丽又天真的林黎时，这个和他娘一样狠毒的崽反手捅了他一刀，然后跑了。这一刀差点儿捅去了岑向南的半条命。

岑家大敌当前，岑向南却受了重伤，就意味着他再也指挥不了岑府的人对敌。

对敌的重任，理所应当地落在了岑清猷和岑清嘉两个儿子身上。

得到消息之后，乔晚当机立断地问岑清猷要了林家二十二。

“你要放了她？”

乔晚：“有用。”

岑清猷略一思忖，说道：“如今林二十二对我们没什么用处，放了倒也不是不行。”

当然人是不能白白地放的。

“父亲虽然受伤，但眼下未尝不是个合适的时机。”

岑清猷抬眼，眼神清明，冷静得不像是知道自己的爹受伤之后该有的反应，不仅如此，还大有利用自己的爹被捅这事来做点儿什么的想法。

于是，和岑清猷商量了一会儿之后，乔晚去了关押林二十二的屋子。

林家姑娘一见来人，眼里闪动着恨意，宁死不屈，铁骨铮铮地说道：“滚！不管你们怎么逼我，我是不会说的！”

乔晚上前蹲下来：“我没打算逼你。”

林二十二愣了愣，被她这动作弄蒙了。

“你……你想做什么？！”少女怒目而视，“休想要什么花招！”

乔晚：“我和你做个交易，你要答应我就放了你。”

“我警告你，休想要什么花招！”

乔晚淡定地问：“你知道你是怎么被抓进来的吗？你知道我们是怎么做到次次都能探听到你们的动静的吗？”

好歹活了四十多岁，经常下山帮马怀真做事，乔晚能看出来，林二十二年纪不大，冲动，一腔热血，满脑子就是替家族做事、为家族争光，恨不得为林家捐躯，而且最重要的是心眼小、爱记仇。

“我是不会被你蒙骗的！”

“因为林清芝。”

林二十二愣住。

乔晚一看，心知有戏：“因为林清芝出卖了你们的行踪。林十六他们几个，全是他卖的。”

“你突然告诉我这个干什么？！我告诉你，你休想挑拨离间！”

乔晚：“我没挑拨离间，不信你去问林五。”

乔晚哂笑：“他是什么人你们还不清楚？为了自己，谁都能卖。别告诉我，你们就信他。”

他们……他们当然不信。林二十二有点儿讪讪。

林清芝眼里只有他自己。

乔晚静静地看着林十二。

捅了岑向南，岑家这儿林清芝肯定是待不下去了，林清芝十有八九会往林家跑，借林家的势去报复她。

她不怕林清芝和林家结盟，林家当初用了林清芝，恐怕也是因为他在岑府生活过一段时间，没人比他更了解岑家，也没人比他更适合去破坏岑府的阵法。

如今岑家阵法已经塌了，他也就没了利用价值。

“别告诉我，你们林家就依赖他一个，没他不行。”

林二十二顿时奓毛：“你胡说！你休想借刀杀人。”

乔晚：“他捅了家主。”

林二十二蒙了。

乔晚自知失言，面色微变：“夫人，他捅了家主夫人，我的确打算借你们的手杀了他，不过，这也是你林家自己清理门户。”

西南林家和本家结仇在前，一个没太大的利用价值、对敌人对自己都有威胁的西南林家人，为了不节外生枝，杀了他当然最保险。

这也是岑、林两家的默契。

第二十章　绝地反击

林二十二走后没多久，林家那儿就接到了消息。

“你说岑向南被捅了？”

开口说话的正是林家嫡长子林凤彬，如今林家真正的话事人。

林凤彬容貌端正，端坐在帐子里，面容被火光一照，有点儿阴沉。

林二十二有点儿忐忑地点了点头：“我听那丫鬟的确是这么说的，那丫鬟自知失言，还忙改了口。”

青年目光沉沉：“林清芝倒没骗我。”

林二十二惊了：“林清芝果然来投奔我们了？那林清芝还留着吗？”

林凤彬：“杀了。”

林二十二犹豫：“大哥，杀了林清芝那不就让岑家如愿了吗？”

林凤彬却没再搭理她，指尖把玩着手里的茶盏，像在沉思。

林二十二有点儿讪讪，还想说什么，看见那阴影中的半张人脸之后，喉口一堵，退了出去。

不知道为什么，她总觉得她这大哥好像变了不少，看得她心里发怵，也不太敢像之前那样上前亲近。

林二十二心里一沉。

林家决定灭了岑家，说实话也就在这几日内下的决定。

回想过去那几天，林二十二略感茫然。

一切都太快了，林家突然间和妖族叛军联盟，忽然间又去攻打岑家，这一切别说岑家，就连她这样的林家子弟都有点儿措手不及。

别说那帮妖族叛军还没夺得大权呢，就算真夺了权，又能带给林家什么好处？和妖族联手，林家在修真界的名声可算是全毁了。

这里面的利害连她都懂，没道理大哥想不明白啊？

至于林清芝……

林家某间营帐内。

“就因为我知道你们林家的秘密你们就要杀我？”

少年目眦欲裂，面容狰狞，根本没想到，他刚捅了岑向南那老匹夫，转投林家，林凤彬转头就让人把他绑了起来！

刚刚还好声好气地哄他坐下休息，转头他们竟然想杀他。

这些人用完他就丢，真是好一个翻脸不认账！

林五冷冷地说：“上回你卖了我们弟兄的账我还没跟你算，现在杀了你还便宜了你。”

林清芝这两面三刀、自作聪明的人，还真想把林家和岑家当猴耍不成？

可能是自知逃跑无望，少年突然笑了出来，脸色阴郁：“肯定是因为林凤彬知道了。”

肯定是因为……他知道了……

他肯定知道自己发现了他的秘密，谁能想到林家的话事人，如今竟然会是……

放走林二十二没多久，乔晚直接去了世春堂。

岑向南被捅，岑家群龙无首，这个时候理当乱作一团。

但乔晚一路走过去，只见“四灵”弟子们个个面容冷峻，整装待发，显然是一点儿没受影响。

乔晚跨过门槛，一眼就看见了正坐在桌前写写画画的岑清猷。

岑清嘉坐在一边，和其他几个岑向南的心腹商讨着些什么。

冷不防这么重一个担子压在肩膀上，少年也没露出任何怯弱和忐忑的神情。

抬起头，看见她的时候，少年才露出个温和内敛的微笑：“辛夷，你回来了。”

乔晚：“该放的消息，我都已经放出去了。你现在打算怎么办？”

岑清猷道：“蛰伏了这么多天，林家的虚实，现在我们差不多也已经打探清楚了。之前父亲一直按兵不动，如今父亲受了伤，眼下正是反击的最好时机。”

乔晚看了一眼烛火中的少年。

少年修眉细眼，像块光芒内敛的璞玉，额前的菩提子额饰被风吹得轻轻一晃。

乔晚看着看着心里突然冒出了点儿诡异的荒诞感。

自己的亲爹被捅，岑清猷简直冷静过头，这话说得大有“绊脚石已经被扫清”的意思在里面。

岑清猷想了想，继续说："如果林二十二真的把话带到了。林凤彬得知父亲受伤之后，绝对不会放弃现在这么一个群龙无首的好机会。他一定会趁机大肆举兵，想要一举歼灭岑家。"

乔晚问："不是还有你和大少爷吗？"

岑清猷摇摇头。

大少爷岑清嘉，性子太古板稳重。

二少爷岑清猷师从妙法尊者，年纪太小，优柔寡断，在栖泽府出了名的没什么脾性。

至少在外人看来，这两个儿子都不是能担当大任的。

大肆举兵肯定有风险，但只要林家人想赢，风险就避无可避。

林凤彬也不可能放下到嘴的肥肉。

"林家见如今是我掌权，我年纪太轻，或许会生出些轻视傲慢之心。"岑清猷慢慢说，"不出所料，林凤彬应该会在今夜发兵突袭。"

乔晚想了想，岑清猷说的话也不是没有道理。

虽然岑向南受伤了，但这对岑家来说未尝不是最好的反守为攻的机会，再拖下去，岑府只能被硬生生地耗空困死。

乔晚整理了一会儿思绪，表示理解："那你打算怎么做？"

"'四灵'弟子我都已经布置埋伏好，只待林凤彬前来，请君入瓮。"

那个时候，猎物会变成猎手。

"不过，我还需要辛夷你帮我一个忙。"

乔晚心里有了点儿底："什么忙？"

"到时候，林家必定倾巢出动，后方守备空虚，我需要你和其他'四灵'弟子，绕到后方烧了他们的大本营，切断他们的援军和后路。"岑清猷振声道，"之后你们无须恋战，赶回驰援，一前一后，包他们的饺子。"

听完岑清猷这么一番布局，乔晚有点儿震惊地眨了眨眼。

少年眼也不眨，在自己亲爹受伤之后，没有放过这个机会，迅速就接手了"兵权"，制订了作战计划。这股镇静更让乔晚觉得有点儿奇怪，总感觉……岑清猷像是早有预料，早就做好了准备。

当晚，岑清猷就指挥着其他"四灵"弟子埋伏好，派乔晚、萧博扬和裴春争几个兵分三路，化整为零，同时插入林家大后方进行突袭。突袭的时候出其不意，撤退的时候人少，也方便脱身，最后再化零为整，支援世春堂。

乔晚走出世春堂的时候还能听见断断续续的商讨声。

"竹风道地形狭窄，在这儿伏击。

"到时候再在这儿安排御兽修士，远距离奔袭。

"还有这儿……这儿安排箭阵。"

对岑家而言，蛰伏忍耐了这么长时间，他们是时候反击了！

乔晚他们接了命令没一会儿，岑清猷就派人送来了一堆……衣服。

玄武三十二茫然地摸了摸脑袋："衣服？"

裴春争伸手翻了翻。

这堆衣服看着眼熟，袖口、衣摆都绣了林家家纹，应该是前几天反击小分队各个击破时，从俘虏身上扒下来的。

再联系前几天那几次不分时间地点的突袭，岑清猷到底想做什么，这才渐渐浮出水面。

他先用"反击小分队"骚扰、破坏，牵制林家进攻，为日后决战做准备。

萧博扬翻看着衣服，眼神也变了几变："扮成林家弟子混入营地，等打起来的时候，敌我不明，难辨虚实，正好杀个措手不及。"

这些事，一天时间岑清猷安排不下来。

"也就是说，岑清猷从一开始就在谋划了。"

白虎二十三咋舌："二少爷这么早就想明白了？"

众"四灵"弟子面面相觑，实在没想到，那平常看起来温柔的二少爷，肚子里有这么多弯弯绕绕。

不像啊。

乔晚率先脱下外衫，换上了衣服："少说废话，穿衣服。"

穿上衣服后，众人整理行装，准备出发。

临行前，穆笑笑特地带了几坛酒，来替他们饯行。

少女穿得和平常有点儿不一样，穿了身绯红色的劲装，乌发束了个马尾垂在脑后，看上去十分干练。

像是完全没被之前的事影响，少女照样笑得温柔天真。

倒让几个"四灵"弟子有点儿不好意思。

所谓伸手不打笑脸人，更何况是笑着的美人，就算再冷硬的汉子，这个时候也都硬邦邦地道了声谢。

乔晚没去喝酒，就坐在地上看月亮。

白虎二十三在她身边一并坐了下来，有点儿感慨："要是今天这场仗能赢，到时候我们就能出去了，这都被困这么多天了。辛夷，出去之后你打算做什么？"

冷不防被这么一问，乔晚愣了愣，突然发现这么多天以来她竟然真没想过之后要做什么。

她只想着要补脉，但补好筋脉后究竟能做什么，没仔细想过。

白虎二十三往地上一躺，肩宽腿长，跷着无处安放的大长腿，他咧嘴一笑："要是没想好，等这场仗打完，我带你去喝酒，叫上大家伙儿一块儿。"

男人长得不是特别俊美，但全身上下都带着股血性，笑起来很有硝烟和沙砾味儿。

“兄弟嘛，”男人抬手拍了拍乔晚的肩膀，感叹，“就要一起喝酒。”

兄弟……

那都是她下山之后，结识的第一帮兄弟。

乔晚扭头看了一眼四周那一个个“四灵”大老爷们儿，忍不住也咧嘴一笑：“好。”

寒山院。

听着女人温声细语地嘱咐完毕，修犬沉默不语地拢上了衣襟，过了一会儿，才抬眼看向了烛光里的女人。

“夫人，等府上之困一解，你愿不愿意……出去看看？”

他也看见了墙上那把杏红色的剑。

或许面前的女人也是愿意出去走走的。

岑夫人像是没想到他会说出这话，愣了半秒，含蓄地拒绝了：“以后的事还是留待以后再说吧，如今府上还需要我。”

烛光里的女人肤色细腻如玉，就像她这个人，细腻温和，没一点儿脾气。

修犬沉默了半晌，目不转睛地看着眼前的女人：“夫人，你活得像条狗。”

修犬这话是没恶意的。

妖修天生敏锐，只是将自己所感受到的坦然地说出了口。

青年的眼，平常看着虽然润泽温和，但这个时候好像有了穿透人心的魔力。

他本体就是条狗，哪有用自己作比骂别人的道理？

岑夫人明显也想到了这一茬，并不生气，不过也没答话，微微一笑，就这么揭了过去。

狗吗？

女人偏头想。

这一辈子，她确实活得像条狗。

另一厢，乔晚和白虎二十三有一搭没一搭地聊了会儿天，时间一到，众人神情一凛，整顿妥当之后，一挥手，一行人出发！

果然如岑清猷所料，权衡利弊之后，林凤彬放不下这块到嘴的肥肉，领着大部队，打算趁这么一个机会一举踏平世春堂。

这时候，林家大本营防守空虚，正是进攻的好机会。

突击小分队兵分三路，趁着夜色，悄悄地绕到了林家大后方留春园。

不想这时候，正好有一队巡逻弟子从墙角拐了过来，一看这架势，愣了：“你们在这儿干什么？”

众人默契地交换了一个眼神，低声道：“上。”

刹那之间，锋芒出鞘！

巡逻弟子们呆了呆，立即反应了过来。

“有敌袭！”

“来人！有敌袭！”

留下坐镇后方的林家弟子扯着嗓子，一声高呼还没喊出口，一道剑光飞掠，如微凉的细雪落在了肌肤上，轻飘飘地割断了林家弟子的喉管。

裴春争垂眼，收回了惊雪剑。

剑光飞掠的同时，身后的“四灵”弟子分别冲了上去！

瞬息的工夫，地上已经多出了四五具尸体。

他们能不能逆风翻盘，就看今天了。

众人对视了一眼，眼里都透出了一个相同的信念，一鼓作气，铆足了劲儿，分头插入了留春园！

片刻之后，整个留春园里乱作一团。

听见园里的动静，林五咬牙切齿地道：“果然来了。”

林凤彬显然也想到了岑家可能会趁机派兵偷袭大后方，特地留了林五和一部分林家子弟坐镇，虽然刚开始被打了个措手不及，但没一会儿，剩下的林家弟子就迅速集结，大有反扑回来的架势！

奈何敌方滑得像泥鳅，而且换上了林家弟子服，黑夜之中，林家人一时半会儿之间还真难下手。

萧博扬不要钱的法术率先开道，紧跟着刀光剑影纷落如雨，符箓和剑光上下翻飞。

乔晚拎着两把铁锤，挥舞不休，将眼前的攻势尽数绞碎。

大后方在厮杀的同时，正面战场也没闲着。

林家领兵攻向世春堂的那一瞬间，四面八方、天上地下，埋伏突至！

林家人刚从竹风道这条狭窄的血路上杀出来，还没喘口气，远处又见灵兽奔袭而来。

就算早有准备和预料，林家还是被这无处不在的伏击坑得不轻。

“好，好小子。”

看着踏着战火走来的少年，林凤彬抹了把脸上的血，沉着脸打量了一眼，一看这情形哪里还有什么不明白的？林凤彬顿时扯着嘴角笑了。

“是我小看你了，看来这是一早就算计好的。”

确实是他算计好的没错。

就连自家亲爹被捅，也是岑清猷自己算计的。

林清芝是他安排安置在禅房里的，岑向南之所以会去寒山院，也是他这几天里三番五次请的。

只要岑向南一看见林清芝，就必定会勃然大怒，要带林清芝走。林清芝恨岑向南入骨，也绝对不可能轻易放过他。

借林清芝的刀，去夺岑向南的权，借林家的势去杀林清芝，再借岑向南的口，让自己亲娘看清楚岑向南究竟是什么德行，这就是岑清猷的谋划。

这几天内，他不动声色地整顿“四灵”弟子，摸清林家的虚实，就是为了今日这场绝地反击！

“林清芝虽然狠毒，倒没你这个做二哥的狠。但你毕竟太年轻，还是算错了一招。”

林凤彬冷笑一声，随即将蚀日枪一横，眼中一道红光乍现，一丝微不可察的魔气迅速荡开。

少年白衣素履，脸色没任何变化，乌黑的眼映照着火光，隐约间竟然映出了点儿碧色。

他抬起手，半空中顿时浮现一道金蝉佛纹，蝉翼轻薄，展翅腾空而起！

留春园里火光四起，人潮汹涌，呐喊声滔天。

百花怒放的园子，转眼间变成了血色战场。

反应过来后的林家弟子迅速布阵，打头的是倾巢而出的妖物。

大部分妖物已经被林凤彬带走，如今留守后方的妖物虽然不多，但也不容小觑。这些妖物没灵智，最适合当炮灰，两军开战之时，吸引敌方火力，给自己提供掩护。

在妖物的掩护之下，林家弟子纷纷祭出法宝。

半空之中刀剑法器“当啷”相撞，将这整片天空照得恍若白昼。

这回偷袭，只求速战速决，突击小分队成员们一咬牙，纷纷使出了自己的看家本领。

霎时间，一团团血雾次第爆开！

“主力都在世春堂，”杀伐之中，白虎二十三喘了口气，扭头扯嗓吆喝，“要是这点儿人手我们都对付不了，那就是孬种！”

“冲！”

待会儿世春堂还需要驰援！这场仗，他们不能拖！

“四灵”弟子们杀得两眼充血！

杀出去！今天这场战役他们只能胜不能败！

他们胜了，岑府连日之困必解！

要是他们败了，整个岑府上上下下死无葬身之地！

他们只能杀，只能攻，只能抢攻，只能强杀！

片刻之后，留春园里震天响的杀伐声才慢慢地弱了下去。

“走！”白虎二十三咧嘴一笑，挥手道，“去世春堂包饺子！”

来不及喘口气清点战损，简单地整顿了剩下的人马，乔晚等人又马不停蹄地开足了马力往世春堂赶！

就在即将踏出留春园的一刹那，地面突然轰然作响，震动不止。

萧博扬面色大变：“那是什么？！”

那是什么动静？！

“走啊！”白虎二十三尚未有所察觉，一马当先，脸上沾血，笑得阳光灿烂。

他身后，一片庞大的阴影猛地落了下来！

乔晚瞳孔骤然收缩，怒吼：“快跑！！”

身后的那是……妖兽……

不……说是妖兽还不准确，或者说，是魔兽。

足足有三人高的魔兽，张开了血盆大口。

“快跑！”

钢锯般的尖牙，直直地朝着男人的头颅咬了下去！

白虎二十三心里“咯噔”一声，多年修行养成的直觉撞上了心房，就在巨齿即将合拢之际，一个鹞子翻身，在地上滚了几圈。

尖牙咬了个空。

男人目瞪口呆地看着那一排尖牙，冷汗跟着落了下来。

太险，要不是他刚刚躲得快，还不够塞牙缝的！

“这是什么玩意儿？！”

面前这只魔兽足足有六条腿、六条尾巴，头像鳄鱼，匍匐在地上，蓄势待发，一甩尾，四周树木拦腰折断，六条尾巴齐甩的时候，其架势堪比呼啸着的刀风。

林家竟然……竟然在留春园里养了这东西！整个岑府上下一无所知，反击小分队也没摸出来！

下一秒，地面再次震动不休。

萧博扬觉得自己整张脸都僵硬了：“还不止一只……”

这样的魔兽足足有十多只！

不知道是谁率先喊了出来：“跑……”

“快跑！”

一眨眼的工夫，十几头魔兽从黑暗中跳出！

“打不过！快跑！”

一场生死追逐之战，再度在留春园里打响。

本来他们以为解决了留春园这儿的人，马上就能赶回去支援世春堂……但现在……谁都没想到会在这儿被十多头魔兽追得东奔西跑！

“现在怎么办？！”萧博扬额冒青筋，暴躁怒吼。

跟在他身后的是条“美女蛇”。可怜的萧家小少爷吓得面色惨白，还得跌跌撞撞地继续往前狂奔。

“这些魔兽肯定有人指挥。”萧博扬喘着粗气，磨了磨后槽牙。

问题是人呢？！人在哪儿？！

一定有办法的，只要他们能逮到放魔兽的林家子弟，就意味着能脱身。

白虎二十三振作精神：“找人！快找人！”

慌乱之中，萧博扬抬眼飞快地扫了一圈，终于在留春园的院墙之上看见了两三道身影。那两三道身影在墙上一蹬，转身就消失在了黑夜里。

这就是放魔兽的林家子弟。

“没用了。”萧博扬抹了把脸，脸色阴郁。

好歹也是个小少爷，平常斗兽之类的娱乐活动他没少看。要是这些人能操纵魔兽，不至于费这么大力气玩这种你跑我追的戏码。

看刚才从墙上跳走的那几个人生怕引火烧身的模样，估计他们自己也掌控不了魔兽，所以这才一直没将其用于战场上，就怕玩脱！

整个留春园，就像一座斗兽场，没人掌控！

白虎二十三眼前一黑！

“封住！”白虎二十三吼了一声，“先把留春园封住！”

现在别说去支援了，世春堂那儿他们绝对不能去。无论如何，他们也不能把这些魔兽放出去！要是放出去，世春堂可就完了。

是他的错觉吗？

萧博扬抽空往边上看了一眼，总觉得裴春争和乔晚好像更得这些魔兽宠爱。

留春园里，突击小分队被魔兽追得人仰马翻，每几个人背后都咬着一头魔兽。唯独乔晚和裴春争，身后同时追了好几头，坚持不懈，和这两个人绕着留春园一圈接一圈地赛跑，扬起的灰尘几乎有一人高。

尤其以乔晚最得魔兽“喜爱”，屁股后面几乎跟了一串。

萧博扬看得嘴角抽搐，在这暴躁和恐惧之下，微妙地感到了一点庆幸。

乔晚就地一滚，刚躲过了从天而降的一只巨爪，一抬眼，一条尾巴横扫了过来。

“锵！”

飞剑惊鸿回雪般斜插入泥地，快准狠地挡住了魔兽的步伐。

乔晚抬头看去。

裴春争收回了剑：“这些魔兽没有灵智，喜食魔气，和那些妖兽没有什么不同。”

乔晚看了他一眼。

喜食魔气……在场的只有她和裴春争是魔。

她的身份恐怕要被识破了，不过现在也不是考虑这些的时候。

乔晚："那现在怎么办？！"

裴春争："去世春堂。"

乔晚愣了愣。

经年累月养成的默契，她几乎同时就明白了眼前少年在想什么。

乔晚一个鲤鱼打挺，从地上站起，挥舞手臂："打开！开门！去世春堂！"

世春堂前，厮杀正到白热化阶段。

这一打起来，就算早做了准备和埋伏，岑家子弟还是伤亡惨重。

血色和火光将天际染得通红，天，快亮了。

只要熬过今天，只要打赢了这一场仗，岑家的困局就能解。

但是约定好的援军还没来，岑清猷容色冷峻。

援军还没来，应该是他们中途出了什么差错。

林凤彬一枪戳死了一个"四灵"弟子，抬头看了一眼熹微的天："在想援军怎么还没来？"

岑清猷垂下了眼睫，没有说话，触目是一片血红。

就在这时候，他耳畔突然传来了一道熟悉的女声。

传音入密！

岑清猷不由得精神一振！

女声语气十分仓促，气喘吁吁，就像是屁股后面在被什么东西追。

"快！叫人撤退！"

岑清猷愣了愣，聪慧如他，一时间也没弄明白这条信息到底是什么意思。

"快退！往上跳！往屋顶上跳！我们带魔兽来了！"

魔兽？

脚下似乎传来了点儿细微的震动声。

少年敛眉肃容："退！撤退！"

撤退的口令响彻全场。

大家厮杀得正激烈的时候，撤退？！

岑家弟子浑身一震，目瞪口呆。

但军令如山，惊疑不定归惊疑不定，一个个人还是奋力从厮杀中抽身，退出了战圈。

"退！"

岑家退得太匆忙，林家子弟面面相觑，疑心有诈，一时间不敢上前追。

乔晚语调急促地问："撤干净了吗？"

岑清猷："辛夷？"

乔晚："撤干净了，就是现在了！"

没等岑清猷问清楚这究竟是怎么回事，下一秒的工夫，只见一个粉色小点突然奋力跃上半空之中，一个落地，拔足狂奔。

身后犹如爆开了一连串落雷，轰隆直响，十几头魔兽犹如滚滚乌云，倾轧而来!

十几头魔兽如战车碾过，所过之处，几乎来不及反应，林家子弟就被妖兽踩在了脚下，连一声哀鸣都没来得及喊出。

这时候，岑清猷和岑家子弟们才反应过来为什么要撤退。

这是……什么玩意儿？！

众人彼此对视了一眼，冷汗都跟着流了下来。刚刚他们要是不退，被踩在地上的就是他们!

在这汹涌的怪潮之中，只见两道身影忽上忽下。

魔兽吞噬同类是本性，吞噬得越多，也就越强悍。作为在场唯二两个大魔，身上所散发出的隐隐的魔气，和其他人相比无疑更美味。

冲出留春园后，乔晚和裴春争都刻意放出了点儿魔气，诱惑着魔兽追着这点儿"香甜"的气息，一路杀到了世春堂。

乔晚和裴春争无声地对视了一秒，身后各跟着一串魔兽，一个往前，一个往后，一个往左，一个往右。

"轰隆隆——"

两个人擦肩而过的工夫，领着魔兽像犁地一样，将整个战场重新给犁了一遍。

整个世春堂战场，远远看去，只能看见两道快到模糊的人影，像两根银针穿针引线，上下翻飞，在血色人潮中来回穿梭。

两个人以身为饵，硬生生逆转了战局。

眼看着战局逆转，凡是在场的岑家子弟眼睛都不由得一亮!

赢了!

追着乔晚和裴春争一路来到世春堂前，一看这战场上的情形，白虎二十三悬着的一颗心终于落地，他忍不住喊了声好!

林二十二一路拼杀到林凤彬面前，面容惊恐："大哥！这些魔兽……这些魔兽是怎么回事？"

怎么会有这么多魔兽？！

然而目光触及林凤彬脸上的表情之后，林二十二怔住了，喉咙里的话彻底被堵在了喉口。

眼看着林家子弟接连不断地殒命于兽蹄之下，林凤彬眉毛都没动一下。

林二十二的眼里清楚地映出林凤彬的脸来。

她感觉熟悉又陌生。

青年的一只眼乌黑如墨，另一只眼却好像有一道冰冷沉默的人影，背负着长枪，渐渐走了出来。

一体双魂，这是寄魂……

那不是大哥……那不是她的大哥！

林二十二睁大了眼，爆发出一声尖叫！

蚀日枪随即深深地刺入了少女的胸脯。

她明白了……什么岑家，什么林家，说白了都是别人棋盘上的棋子。

这是魔气！面前的这人是魔！

剩下的半截尖叫卡在了嗓子眼里，少女无声地瞪大了眼，捂着胸口，眼里滚出了两行眼泪，像是想不明白为什么会这样，为什么自己敬重的大哥被魔寄生之后会做出这种事。

青年拔出了枪尖，再度将目光放向了战场中。

“东。”林凤彬沉声道。

蚀日枪一指，三头紧追乔晚和裴春争不舍的魔兽突然一个急刹车，掉转了方向。

“西。

“南。

“北。”

林凤彬一个跃身，或者说被少年魔将寄生了的林凤彬一个跃身，跳上了屋檐，容色冷漠，静静地看着兽潮之下四处奔走的人。

随着青年冷淡有力的指令，十几头魔兽随着枪尖所指之处，分别冲向了东西南北四个方向。

指令是……不分你我，将林家和岑家的人，屠戮个一干二净。

乔晚如遭雷击，全身上下血液“轰”的一声凝结了。

眼睁睁地看着魔兽四下奔袭，所过之处哀号声震天响，刚刚还在欢呼雀跃终于赢了、终于能杀出去了的岑家子弟，转眼之间就葬身在了兽口中。

岑家、林家的人都成了被魔兽践踏的牺牲品。在绝对的实力碾压之前，所有人都清晰地感受到了自己有多渺小。

岑家和林家都败了，成了别人棋盘上的棋子，一败涂地。

乔晚脑中“轰轰”作响，神志却很清醒。

魔域为什么要对岑家和林家下手？他们背后的目的到底是什么？！

乔晚抬眼，目光直直地射向了屋檐上的少年。

少年脚踩瓦片，居高临下地看了她一眼，眸色泛红。

乔晚闪身飞跃之际，手腕被人一把攥住！

萧博扬面色铁青："你疯了？！想上去送死就直说！"

占据了"林凤彬"的身体的那魔实力很强，萧博扬敏锐地察觉到了，至少对方能轻轻松松地对付他和乔晚。

这一次和前几次都不一样，前几次他们能从细罗手下逃生，那是因为有伽婴分出了一条龙影护着。现在……现在这情况……

青年嗓子干涩，一时失语。

他们冲上去那就是送死！

兽蹄落在地上时，大地都在震动，像死神的脚步。

当死亡的阴影罩下来的时候，每个人都在想什么？

萧博扬神情僵硬地看着四周的惨烈景象，一股无能为力的绝望和不甘在心头蔓延。

这是第二次了，之前在泥岩秘境里他也是这样，什么都做不了，只能呆呆地看着。

平日里飞扬跋扈、嚣张惯了的萧家小少爷，又一次被现实给狠狠地扇了个大耳刮子，胸腔里蹿出了股浓烈的恨意。

那些战死的"四灵"，前几天也是他的战友。

他从来就没这么恨过自己没用！好歹是昆山内门弟子，好歹是萧家的小少爷，他还没他看不起的那些平庸的散修有骨气！

"先救人，"萧博扬松开了手腕，嗓音沙哑地低声道，"先救人。"

这些魔兽皮糙肉厚，剑光砍下去，基本上造成不了多大伤害。

少年运动剑光，躲避着这些巨兽的攻击，沉静而漠然。

他什么都没想。

和萧博扬的悔恨不甘相比，眼里虽然映出众人挣扎求生的一幕幕场景，裴春争却什么都没想。

纯魔是没心的，靠吞噬同类来变强，对同族尚且没同理心，更何况对"非我族类"的人修，死一个是死，死十多个还是死。

这个时候，反倒表现出了真魔和人的区别，就算封印了纯魔之身，拜入了昆山，穿上了道袍，魔还是魔。

少年无动于衷地看着这炼狱景象，明艳的五官映着火光，额间朱砂更红。

"你算错了。"男人冷漠的嗓音还在耳畔回荡。

亲眼见到这一幕，岑清猷与年龄不符的沉静终于被打破了。

岑清猷的脸色一点点白了下去，脸上露出了点儿动容之色，眼前突然浮现一张艳丽冷厉的脸。

师父一直怒斥他高傲自矜……少年虽然温和恭敬，但心里还藏着点儿锐意和傲气，但今天这一幕场景，就像是明晃晃地提醒着他，他算错了，以为自己是布局的棋手，实际上他连自己所处的地位都没看清！

而在寒山院里，即使隔着一片乌柏林，还能听见前面传来的哀号声，女人往外看了一眼，心里一沉。

岑家败了？

穆笑笑睁大了杏眼，脸上露出了点儿惊恐之色："夫人？"

岑夫人摇摇头，心里叹了口气。

从林家围困岑家这一天起，她就做好了岑家可能会战败的准备，只是没想到会败得这么惨烈。

她一直不怕死，活着了无生趣，没有哪怕一丝一毫的意义，这么多年以来她一直在等待着生命枯竭的那一天。

活着太苦了，活着对她来说就像个牢笼。

她回想起了青年临走前认真明亮的眼睛："夫人，你活得像条狗。"

女人取下墙上的杏红色长剑，转身道："穆姑娘，快跑，去找凤道友保护你。"

说完，她没再管穆笑笑的反应，从容地走出了寒山院。

她活得的的确确像条狗，这一辈子都在为别人而活，活在岑向南、林黎、她的两个儿子的人生里，从来就没一天遵从过自己的本心。但在岑家灭门，在死之前，她还想去救下几个人。

至少在死之前，她好歹也发挥一点儿医修和岑家主母的责任。

鲜血飞溅在脸上，微热，她杀不完这些魔兽。

被一掌拍飞出去，乔晚就势躲过另外一张血盆大口，抡着锤子站了起来。

她根本杀不完。

乔晚咬牙。

两把铁锤就算砸到魔兽身上也起不了多大用处，反而会招来更加凶猛的反扑。

远处一个"四灵"弟子挥手怒吼："快跑！"

下一秒，他就被奔袭的魔兽给撕成了两半。

鲜血浸湿了锤柄，滑腻腻的，乔晚握着锤柄的手几乎脱力。

就算"四灵"们拼了命地去拦，魔兽还是义无反顾地冲进了岑府深处。

萧博扬往乔晚这儿看了一眼，破天荒地主动提议："我和修犬去救夫人。"

乔晚点了点头："我去南院那儿。"

白虎二十三从厮杀中抬头怒吼："带我一个！"

双方一拍即合，兵分两路，埋头狂奔！

一路冲进南院，所见简直就是地狱景象，越深入，乔晚全身就越冷。

地上到处都是断臂残肢，乔晚奋力甩出铁锤，击退了一只魔兽，一回头，另一只魔兽刚好吞下了一个小厮。

她救不完！

这些魔兽几乎杀不完！她杀死一只魔兽的工夫，转眼之间，另一只魔兽已经吞了五六个人。岑府和林府就算人再多，也不够魔兽吞的。

她虽然不记得这些人的名字，但他们的脸，她都有印象！

她信誓旦旦地说过要替他们杀出一条血路。

乔晚抿紧了唇，只觉得好像有一巴掌狠狠地扇在了脸上，火辣辣地疼。

羞愧和无能为力的感觉兜头压了下来，她眼睫一颤，眼泪夺眶而出！

救不完……她根本救不完。她之前还大言不惭地说什么要替他们杀出一条血路。

白虎二十三目光一瞥，悚然一惊："辛夷？"

乔晚抹了把脸，默默咬紧了牙，挤出两个字："没事。"

隐约间，她耳边突然传来一个惊疑不定的女声。

"辛夷？"

乔晚抬头，冷不防对上了女人清秀的脸："夫人？"

下一秒，女人就伸手把她跟白虎二十三一块儿拽进了屋里。

这间屋子还没被魔兽糟蹋，乔晚环顾了一番，屋子满满当当的都是死里逃生的人，丫鬟小厮们全挤在一起，惊恐得直哆嗦，眼泪流个不停。

地上还躺着一个人，断了半条腿，灵丝刚缝到一半。

这回他们是真的完了……全完了。

就算大家能龟缩在这间屋子里，暂且获得一线生机，又能苟延残喘到什么时候？

岑夫人明显一眼看见了乔晚脸上的眼泪。

少女睁着眼，眼泪混着血一块儿往下淌。

"怎么弄得这么狼狈？"

女人的嗓音依然没见半分慌乱，不疾不徐，她轻声问着，像温暖的春风，突然就吹灭了乔晚心头的焦躁和不安。

乔晚咬着牙，闷头靠着墙根坐了下来："我打不过那些魔兽。"

岑夫人顿了顿，看着少女的目光有点儿复杂和无奈："你做得很好了。"

乔晚抬眼："夫人你怎么在这儿？"

岑夫人扶着其中一个小断靠墙坐下："来救人。你不过筑基期的修为，怎么可能打得过这些妖兽，救下所有人？"

乔晚沉默了半晌，眼泪“啪嗒啪嗒”地直往下流。

归根到底她还是不甘心。

乔晚一边擦泪，一边恶狠狠地想，还不够。

这几天来她连续进阶根本就不够！她要变强，要变得更强！

白虎二十三看着面前少女的模样，眉心直跳。

他还没见过辛夷哭呢。小丫鬟上阵的时候总是冲在第一个，面瘫着一张脸挥动着铁锤，像现在这样“啪嗒啪嗒”直掉眼泪的情况他还是第一次看见。

突然间乔晚感觉头顶好像落下了一只温暖的手。

“别哭了，”泪眼蒙眬中，乔晚看见岑夫人弯起嘴角，微微笑了笑，“能杀魔兽，能救人不是很好吗？”

岑夫人：“杀一个是一个，救一个是一个。”

就在这时，院子里又一次响起了一声巨响，地面剧烈震动。

“是魔兽！”

屋里的人顿时又乱成了一团。

“魔兽来了！”

“辛夷，”岑夫人深吸了一口气，神情难得严肃了不少，“你过来，坐下，我为你修补筋脉。”

乔晚浑身一震，难以置信地睁大了眼：“夫人……”

岑夫人难得强硬地说：“现在只有你和这位‘四灵’弟兄是战力。坐下，我为你修补筋脉。”

灵针再次扎入了肌肤内，但和前几次都不一样。

这一次……好像有无数汹涌澎湃的生命力，“呼啦”钻入了她的筋脉之中。

随着灵丝在体内飞舞得越来越快，女人的脸色也越来越难看，冷汗如雨一般“滴滴答答”地往下落。

乔晚惊道：“夫人！”

这感觉不对！

乔晚猛然一惊。

这简直就像岑夫人把自己的生命力通通灌入了她体内。

铺天盖地的蓬勃生命力，以摧枯拉朽的气势席卷全身，将筋脉重新涤荡了一遍之后，一寸一寸，疯狂地补着剩下来的破损筋脉。

岑夫人腾出一只手，摁住了企图挣扎起身的乔晚，哑着声音，深深地看了她一眼：“别动，一动就前功尽弃了。”

乔晚有些急了：“但那是夫人你——！”

她虽然想变强，但绝对不是以这种方式变强！

“你一动，不只筋脉补不成了，”岑夫人露出笑容，“连我刚刚送进你身体里那些灵力也全白费。这位‘四灵’兄弟，劳烦你摁住她。”

白虎二十三看了一眼岑夫人，深吸一口气，算是豁出去了，一把摁住了乔晚。

就在这一炷香的工夫之内，手三阴经，手三阳经，足三阴经，足三阳经……硬生生尽数补成。

重获新生的代价是易颜丹失效，少女的脸，突然渐渐显现。

看见这惊悚的一幕，白虎二十三瞪圆了眼：“辛辛……辛夷……你的脸！”

少女露出了本来面目，眉眼清丽，肌肤莹润，容貌如玉树堆雪，双眼如晓月生寒，和之前那个灰头土脸、样貌平庸的小丫鬟几乎有了天壤之别。

这补筋脉还带有变脸的功效的？！

女人将自己变成了一支烛，以身为代价，燃烧自己，换取了乔晚的新生。收了灵针，岑夫人全身脱力，往后一倒，勉强撑住了地：“好了。”

身上的感觉很不一样，全身上下又像是有了无穷无尽的力气，乔晚愣愣地握紧了拳头，下意识地看向了岑夫人。

女人好像瞬间苍老了十多岁，如缎子般顺滑光亮的乌发中多出了几根苍苍白发，眼角好像跟着多出了几道细纹。

岑夫人的嗓音淡然平静：“去吧，辛夷，能杀一个是一个，能救一个是一个，替我们杀出一条血路！”

乔晚心里如遭重击，死死地咬紧了后槽牙。

这不是她想要的变强方式。

再多的感谢，这个时候都显得苍白无力。

乔晚一撩衣摆，在女人面前跪了下来，将头轻轻靠上了女人的双膝，嗓音微微哽咽：“夫人，谢谢你。”

“不用谢我，”岑夫人摸了摸她的脑袋，低声笑道，“我年纪大了，这么多年来一直就没堂堂正正地活过一次。”

明明……在很久很久之前，她也想着要行侠仗义，要做个天底下最厉害的修士，要飞升成仙。

可是后来，她让自己活成了一条狗。

爱恨不由人，她这一辈子耽于情爱，时也命也。

透过乔晚的脸，一瞬间，她好像也看到了年轻的自己。

其实，在梦想着嫁给那个古板严肃的少年前，几百年前，那个小姑娘曾经做了个梦，梦里是浩然的大道。

她现在做的，就如同执炬，她做不到的事，就交给面前的小丫鬟去做。

姜柔低声道：“我做不到的事，你就替我去做，替我多救几个人。”

乔晚拎起了地上的两把重锤。

白虎二十三问：“走了？”

“走。”

岑夫人做的事，她一辈子也报答不了，现在最好的答谢方式，就是用行动去扛起这责任，去完成那个几百年前的小姑娘心中隐秘的愿望，杀出一条血路！

“等等！”

不知道从屋里的哪个角落里又冒出一个熟悉的女声。

桂旗战战兢兢地从人群的角落里站了出来，心一横，闭眼道：“辛夷，我和你们一块儿去。”

乔晚愣了愣：“你身上……？”

圆脸丫鬟身上包裹着一层若有若无的灵气。

桂旗勉强笑了一下，言简意赅道：“刚做到引气入体，胡管事教的。”

乔晚扫了一眼，但是人群之中没有胡玉成，没有当初雪浪园里，那个白发苍苍、豁出一条性命也要求生的老管事。

每个人都有每个人的机缘，被困了这么长时间，绝望之下总要尝试自救，以防万一。要是到时候岑家破了，他们好歹还能为逃出去多增添一分把握。这几天里，在胡玉成的指导下，利用岑家灵脉破损的便利，不少丫鬟小厮学会了引气入体。

在死神降临的这一刻，这个小丫鬟，哆哆嗦嗦地学会了反击。

没有多话，算是默认，一行人奔出了屋，重新对上了南院里那头魔兽。

院里这只魔兽是条蛇，也是之前追萧博扬的那只，立起来足足有五人高，脸是女人脸，口中吐着猩红的芯子。

这些魔兽皮糙肉厚，难缠得要死，每只魔兽能力都不一样，而眼前这只精通的是幻术。

不论乔晚怎么落锤，劈中的永远是那几道虚影！

白虎二十三见状，忍不住暴躁地说：“这样下去，别说救人，我们几个迟早要消耗在这儿！”

眼见一时拿不下来，乔晚顿了一下，扯下一片裙角蒙住了眼。

眼前陡然黑了下来，乔晚握紧了锤，冷静地问：“桂旗，你不是引气入体了吗？”

白虎二十三和桂旗同时愣住，脑子里电光石火般落下了四个大字：听音辨位。

蕴含了灵气的音波能撞上实体，再荡回来，但幻象不行，根据这音波的细微变化，他们就能找到那真正的美女蛇在哪儿。

白虎二十三深深地看了一眼面前纷乱的幻象，干脆也扯下了一块衣服蒙上眼。

桂旗摸向了怀里的短笛，心里想的是“我不行”，可是环顾了一番恍若炼狱的景象，再一看已经飞快蒙上了眼睛的乔晚和白虎二十三，桂旗恨恨咬牙，脱口而出的话竟然变成了“我试试”。

圆脸丫鬟深吸一口气，抖着手将笛子横在唇前，只觉得紧张得心都麻木了，也不知道吹什么，颤巍巍地就吹起了岑夫人最爱的那首《西洲曲》。

笛声一起，音波就像是再度点起了一盏火炬，指引着两个人。

双眼被蒙得严严实实，现在乔晚和白虎二十三全靠直觉和音波。

“忆梅下西洲，折梅寄江北……”

少女凶狠地翻身腾跃！

“单衫杏子红，双鬓鸦雏色……”

少女猛地骑上了女人蛇，抡起两把铁锤狠狠地砸了下去！

白虎二十三也提刀冲上，凌空对着女人蛇的七寸劈。

既然魔兽皮糙肉厚，第一锤子砸不死，那她就砸第二锤子、第三锤子……

笛声幽咽婉转，但笛音配合下的落锤没一点儿手软，血液飞溅！

桂旗一边要注意着那美女蛇的动向，一边要吹笛指引，这么一口气吹下来不带歇息，笛子里吹出来的音调也有点儿发抖。

她害怕。

圆脸丫鬟流着泪，默默地想着。

她吹笛子的时候，是完全不设防的，只要这美女蛇掉过头来对她下手，那她这二两肉也不够魔兽吃的。

但吹得颊肉都疼了，桂旗却不敢停下来休息，停下来，说不定他们都会死。

最后一锤落下，砸中了魔蛇的七寸，美女蛇一个痉挛，轰然倒了下去，终于没动静了。

解决了一个，乔晚心神一振，扯下了蒙眼的破布头，脑海中突然灵光一现！

她好像有办法了！

白虎二十三收回刀，愣了愣：“你去哪儿？！”

乔晚头也不回地冲出了南院：“我有办法了！”

眼看少女一头又冲进了夜色之中，白虎二十三刚拔腿追过去，被突然到来的一尾巴给抽中，砸在地上滚了几圈。

乔晚脚步一顿。

男人接二连三地呛出好几口血沫，爬起来死死地握紧了刀，眼睛一眨也不眨地看向了前方：“你要是真有办法，就去，这里有我顶着。”

老天有眼，男人闭眸苦笑。

求求你，让我们赢吧，这一场仗，我们打得已经够久了。

乔晚发狠狂奔！却在跑出南院的同时，被一道枪猛地拦住！

“锵——”

枪势立即把乔晚掀翻在地。

乔晚一个鹞子翻身落在地上，抬起了头。

是林凤彬，不，应该是薛云嘲，或者说，小鹤。

少年魔将提着枪慢慢走近，魔焰一卷，那把枪就恢复了之前的模样，被握在了手心里。

乔晚趴在地上，呼吸间都是血气和沙砾那粗糙的感觉，还能清楚地听见自己的心跳声。

“怦怦——怦怦——”

薛云嘲在她面前停了下来，枪尖一转，斜了过去。

“师……”

“殿下……”

当初在昆山，他看到的最后一眼，是乔晚从天上跳下去，现在她趴在地上喘着粗气，一样狼狈不堪。

魔域帝姬，不该是这么一副模样。

少年魔将突然有点儿疑惑：“值得吗？”

她回到魔域，不说一人之下，万人之上，至少整个魔域没人敢招惹她，像现在这样趴在别人脚下挣扎求生，值得吗？

她必须得往前。

心里反复激荡着的就剩下了这么一个信念，乔晚五指抠紧了地面，勉强站了起来，抹了一把嘴上的血，怒目而视：“我觉得值。”

话音一落，她再度甩出铁锤！

兴许还顾忌着乔晚真正的身份，薛云嘲提枪一挡，没敢下重手。

正在这个时候，南院里再度蹿入两道身影！

瞥见交战中的两个人，修犬和萧博扬悚然一惊。

金龙破甩出！

青年同时猛地挥出锋锐的右爪！

薛云嘲被震得往后退了一步，横枪格挡住了那五根利爪。

“没事吧？！”

“陆姑娘？”

萧博扬和修犬同时扭头。

乔晚拎起铁锤，趁机冲了出去：“帮我挡一下！我马上回来！”

独留萧博扬和修犬对上了面前的魔将。

一个是筑基后期的修为，似乎快要结丹了，还有一个修为倒高深，可惜受了伤，能发挥出来的功力不过三成。

薛云嘲深深地看了萧博扬一眼。

他记得萧博扬。

“你们拦不住我。”

萧博扬不容置喙地挡住了南院大门，眼神沉沉地说："那也要拦。"

小少爷发狠地啐了一口，自己总不能一直这么窝囊下去不是？！

薛云嘲也没生气，神情一点儿没变。

梅康平吩咐下来的事，他都已经做到了，至于……乔晚，梅康平也不急着带她回去。

男人摇着扇子，哼哼了两声："既然想出去，那就让她出去，总有一天她还得回到我身边。"

魔都是靠吞噬同类变强的，幼年的魔要是没年长的魔指引，就会任由欲望驱使，陷入狂乱之中。虽然进阶快，但进阶越快，魔陷入狂乱的程度越深，总有一天，会彻底变成一头只知道满足口腹之欲的下等魔物。

这几天来，岑家灵脉破损之后，薛云嘲遵照梅康平的嘱咐，安排了不少小怪让乔晚打。

快了，薛云嘲垂下眼皮，握紧了手里的计都枪。

他大概能猜出来乔晚想干什么，她这么做，无疑是加快了她堕落的速度。

在冲出南院之后，乔晚半道上终于看到了胡管事。

老仆跪倒在地上，身上的衣服被什么东西全给烧焦了，露出松弛的皮肤。

修士只要不得寸进，天人五衰，就会落得这么一个下场。

在他身后还躺了好几个小丫鬟和小厮，全都断了气，目光死死地盯着挡在他们面前的老人。

在生命的最后关头，这个年老的修士像在雪浪园里那样，拼尽了全力，却还是一个人都没救回来。

乔晚鼻尖一酸，下定了决心。

不能再输了，他们已经输不起了。

耳边哀号声不绝于耳，乔晚跑得胸肺欲裂，终于一路冲到了她的目的地——岑府最中央的世春堂。

她豁出去了！

乔晚伸出手指，在脑门上点了两下，一举跃上了屋檐！

神识，解封。

铺天盖地的神识，以世春堂为中心，再一次席卷整个岑府，迅速而精准地锁定了岑府上下那十多头魔物，紧接着再将神识深深地扎入了魔兽的识海之中！

冲进魔兽的识海的同时，乔晚看见了另一丝盘踞在魔兽的识海里的魔气。

那是薛云嘲的魔气。

乔晚心里一跳，将神识铺展到最大范围。

还在对战中的薛云嘲脑海一阵嗡鸣，不自觉地停下了手里的动作，听见了少女冰冰冷冷的声音："你不是魔吗？今天，我就让你看看谁是真正的魔主。"

下一秒，太阳穴一痛，他的魔气硬生生被这凶悍的神识给挤了出来！

没抡锤子，也没动用任何火系法术，乔晚喘着粗气，站在屋顶，灵力激荡之下，衣摆被灵力吹得高高地飘扬了起来，连同散乱的发丝一同狂舞。

学着薛云嘲之前的模样，乔晚抬起了手，嗓音低沉地喊道：“东。

“南。

“西。

“北。”

上魔威压顷刻间压了过去，所过之处，十多头魔兽浑身一个哆嗦，感受到呼唤，全都掉转了方向，冲回了世春堂前。就连薛云嘲也不受控制地冒出了点儿臣服的欲望。

乔晚沉声摆手：“左。”

随后她指尖一顿：“右。”忽而一转，“前。

“后。”

少女的手生了层厚茧，算不上多好看，但每每扬起衣袖，都在半空中划开一条好看的弧度，指挥着这些魔兽自杀。

这十多头魔兽，就在她的指挥下撞到了一起，彼此撕咬倾轧。

乔晚眼里精光爆射。

既然她打不过，那就另辟蹊径——让它们自相残杀！

“怎么了？你怕了？”

衣着华贵的萧家小少爷学着乔晚的模样，咧嘴也露出个笑容，不断有血从嘴边落下来。

人固有一死，死就死了。

萧博扬捂住胸口喘了口气，愤恨地想：至少这回可不能再像之前那么窝囊了。

薛云嘲看了他一眼，收起了计都枪，转身就走。

萧博扬一见，心里“咯噔”一声，赶紧去拦！

他刚准备英勇就义！

薛云嘲一路飞快地赶往世春堂，目光在触及屋顶上那个人影之后，脚步没再继续向前。

和那次在昆山上完全不一样，那一次，以颙护驾，以犀渠拉车，以众魔拱卫在侧，是梅康平刻意替乔晚撑场子，但这一次，没了香车，没了护驾的众魔，眼前的少女穿得破破烂烂的，脸上的血都没来得及擦，就这么爬上了屋顶，爆发出了强悍无匹的真魔威压，硬是比之前更像一个真真正正的魔域帝姬。

薛云嘲骇然失神。

透过这身躯，隐约间他好像看到了另一道人影，从少女身上慢慢地升起。

那是始元帝君钦封的下一任魔主，整个魔域无人能敌、威武无匹的战神。

当死亡降临的时候，每个人都会想些什么？

可能是这一幕场景太过惊世骇俗，一时间，还在拼杀的众人全都抬起头看向了屋顶。

魔兽斯杀的同时，铺天盖地的魔气随即从乔晚身后一并荡开。

魔气！

整个岑府上下，连同林家和岑家子弟，所有人都被狠狠地震了一下。

上魔威压如惊涛巨浪，奔泻而出，浩浩荡荡地铺展开来！

魔气用佛招！

但偏偏这魔气化作金光，蕴含无边正气，温和，从容，甚至隐约透出了点儿儒、道、释三家清圣之光。

比起威慑，这魔气更像是在守护，缓慢有力地将整个岑府覆盖在了自己的势力之内。

这是光照无间！

岑清猷猛地抬头，难以置信地看着屋顶上那一道人影。

少年收了惊雪剑，伸出白皙的指尖看了一眼指腹上的光点。

黑的，这是黑色的金光。

少女高高地站在屋顶上，身后是一轮皎洁的圆月，沾了血和灰尘的衣袂被风吹得高高扬起，硬生生多了那么点儿流风回雪的味道。

不过这雪是黑色的。

枯草夹杂着木柴火烬飞舞，呼啸着席卷而过。

白虎二十三从地上踉踉跄跄地爬起。

修犬扶着岑夫人，和萧博扬看着眼前这简直惊世骇俗的一幕场景。

穆笑笑愣愣地望向半空："小凤凰，你看。"

重伤昏迷中的林二十二，模模糊糊地睁开了眼：下雨了？

岑府上上下下、里里外外的人，不由得纷纷抬头看了一眼这伴随火烬倾洒而下的黑色金光。

黑色的金光，铺天盖地地降了下来。

所有人的目光，都不由自主地聚集在了屋顶上。

虽然脸变了，但那明显就是辛夷啊！那个二少爷岑清猷身边的辛夷！

凡是之前和乔晚有过接触的"四灵"弟子们，虎躯一震，内心不约而同地大受震撼。

这真是辛夷？！

虽然身上的血污模糊了她的眉眼，但映衬着背后一轮朗朗的圆月，眉眼肃杀，漆黑的金光飞舞之间，竟然蕴含了点儿惊心动魄的美。

这种美无关乎性别，无关乎种族，超脱了外貌，就算屋顶上站着的是个男人，这神圣的杀性也美得让一干凶残的修士心里不自觉一颤。

愣了一会儿之后，凡是在场的岑家子弟和林家子弟都回过神来，看了一眼那互相厮杀的魔兽，不约而同地抄起了家伙就上！

虽然之前两家人杀得你死我活，但既然是人，自然要一致对外，有什么世仇和恩怨，先解决了这些魔兽再说！

趁你病，要你命，这个时候谁不上谁就是孙子！

屋下的魔兽在彼此消耗之下，被蜂拥而上的岑家和林家弟子像砍瓜切菜似的虐成了狗。

疼疼疼疼疼！

憋着这么一口气放出了大招，乔晚只觉得脑仁“突突”直跳，神识像被反复抻开的面团，又像是被活生生地撕扯开。

虽然她没吞那些魔兽，但连接识海造成的反噬，就像一个浪头又猛地打了过来。

这回，她有了前车之鉴。

不能入魔，不能入魔，不能入魔……强撑着这一口气，终于还是扛不住魔气的反噬，乔晚身子晃了晃，“扑通”一声跪在了屋顶上。

乔晚拄着锤子，抹了把嘴角的血，内心悲愤。

帅不过三秒，不过如此了。

这一跪，乔晚只感觉眼前一黑，控制不住地往屋下栽了下去。

刚到世春堂，亲眼看见这一幕，萧博扬只觉得一颗心都快从嗓子眼里跳出来了，还没来得及喘口气，立即飞身上前去接人。

抱着乔晚一转身，再对上神情各异的众人之后，萧博扬心里一突，如同兜头被浇了盆冷水，凉了半截。

魔兽已经死得差不多了，眼下就剩下了乔晚。

刚刚那黑色的金光，凡是在场的人都看了个一清二楚。就算魔气用佛招，那她也是魔气。一个人修身上怎么会有魔气？

尤其还是在这种“魔兽差点儿屠了全场”的敏感情况之下，刚死里逃生，这个时候每个人都神经紧绷。

终于，有个人问出了口：“这……这人身上怎么会有魔气？”

虽然刚刚的确是这人救了大家伙儿，但谁又能保证，这是不是又是魔域的一出戏？谁又能相信这么一个魔？

萧博扬低下头，抱着乔晚的胳膊收紧了点儿，脸上神情有点儿晦涩不明。

他可算是被乔晚给害死了，只要碰上她就没好事。

但就算这样，萧博扬还是没移开一步，反倒将乔晚抱得更紧。

泥岩秘境里那一次是乔晚挡在了他们面前，当时他㞞了，跑了。

但这一次，再退，他真的就是个孬种。

于是，外强中干的纸老虎小少爷死死地抿紧了唇，对上在场修士们各异的目光，硬是没退一步。

“魔气怎么了？”萧博扬趾高气扬地冷哼了一声，环顾了一圈在场的修士，“你们现在还能站在这儿喘气，得谢谢她。怎么，能活命了，你们就翻脸不认人了？”

几个人对视了一眼，皱眉道：“道友的戾气未免也太重了，我们并非此意……只是刚刚那情况道友你也看见了，由不得我们不谨慎……”

这后半截话被一道细雪般的剑光斩断。

萧博扬看了裴春争一眼。

少年垂着眼睫没看他。

“那阁下是什么意思？”说话的是白虎二十三。

刚刚替乔晚顶着那头魔兽，男人这个时候看起来简直就像个血人。

“被一个姑娘救了，恼羞成怒了，就想着过河拆桥了？”白虎二十三喘了一口气，大刀一横，甩出一团血珠子，“谁要是对这小丫鬟出手，我就弄死谁。”

被白虎二十三这凶狠的眼神一刺，当下就有两个人往后退了一步。

“辛夷是我岑府的贵客。”一道温和的男声适时地插了进来。

岑清猷上前一步，挡在了萧博扬面前，神色郑重，眼神很冷：“她也是我等的救命恩人，谁要是有异议，就是和岑府为敌。”

一开始是一个，然后是第二个、第三个、第四个……眨眼之间，凡是还能动的“四灵”弟子，全都无言地挡在了乔晚面前，呈防备之势。

林家那边的人你看看我，我看看你，也有人开了口：“谁要是这个时候清算，谁就是忘恩负义的孬种。岑家的人，我们林家不放过；林家的人，我们林家不要。”

就这么一转眼的工夫，林家和岑家凶神恶煞的修士们捐弃前嫌，为的竟然是这么个姑娘。

但这不是普通的姑娘。

这姑娘刚刚救了他们在场所有人的命，谁要是这个时候对她刀剑相向，谁就是过河拆桥、忘恩负义的东西。

被孤立的那群修士面皮一抽，没了声音。

这个时候，谁要是再质问，谁就是真的厚颜无耻。

他们这些修士虽然没少杀人，可好歹还有点儿大老爷们儿的良心和自尊。

将这一幕尽收眼底，少年魔将收了枪，身形突然有点儿扭曲，像水波纹一样，静静消散在了半空中。

梅康平交代他的事，他已经做完了，没必要继续待在这儿。

此时此刻，岑府的子弟们纷纷陷入了修炼途中的大困惑之中。

从世春堂一回来，乔晚就被送进了寒山院的一间厢房。

岑夫人前脚刚看过，说是身体上的伤没什么大碍，就是神识这方面，还得等乔晚醒来再说。

眼下府里还有一大堆事要处理，岑清猷和萧博扬他们都在忙着善后和收尾，眼看乔晚一直没醒，她这儿就不太顾得上。

几个“四灵”弟子自告奋勇地守在了寒山院前。

“那真是辛夷？”

几个“四灵”弟子蹲在门口，对视了一眼，回想刚刚在屋顶上那惊艳的一瞥，眼里齐刷刷地浮现惊叹之色。

回想起那平平无奇的小丫鬟和屋顶上那明亮清澈的眼神，几个人心里都忍不住有点儿好奇，诚心实意地夸了一句好看。

小丫鬟易容前和易容后差别也太大了。

这不是惊喜，简直就是惊吓。

“四灵”们啧啧感叹。

“哎，你们有没有觉得穆道友……和辛夷长得也太像了？”

几个人正八卦的工夫，遥遥地就看见乌柏林里走来了一道红色的身影。

“四灵”弟子纷纷站起身，看向了来人。

说曹操曹操到。

少女在门口站定，身后还跟着一个一身火红的男人。

穆笑笑看了一圈儿守门的人，轻声问：“辛夷姑娘可好些了？”

从天而降的黑色金光是她和凤妄言有目共睹的。

“还没醒。”“四灵”弟子摇头。

少女咬了咬下唇，怯生生地问：“我能进去看看吗？”

看起来，她像是有点儿害怕这一干守门的“四灵”弟子。

几个“四灵”弟子交换了一个眼神。

这是本人吗？

好像没错，这身上的气息是对的。

“我只是有些担心。”穆笑笑勉强笑了笑，“还请诸位大哥放心。”

面前的姑娘毕竟没做什么伤天害理的事，就是之前护着那只走地鸡，有点儿瞎，现在来探病也是好心。

在确认她的确是本人无误之后，众“四灵”弟子也没再拦着。

“穆姑娘，请。”

“记得别碰辛夷。”

乔晚从昏睡中醒了过来，身上的伤都已经被包上了，就是脑袋还一抽一抽地疼，识海深处像是有一把剪刀在翻搅。

这是魔气。

乔晚捂着脑袋，抿了抿唇，心里很清楚，魔气还是入体了。

这一次她虽然有了经验，比上一次暴走要杀穆笑笑好得多，但那股暴虐和嗜杀的欲望还是没平息。

可能从她在泥岩秘境里吃了那只人面蝎尾蛛开始，魔气就已经影响了她的神志，下山这一路……

乔晚摊开手看了一眼掌心。

她比之前更冲动，也更嗜杀。那个谨小慎微、彬彬有礼，尽量不跟人撕破脸的乔晚也越来越模糊。

但人毕竟总是在不断变化、不断成长的，经历了这么多事，要说真没有改变，那也不可能。

她这么想着，门口突然传来了点儿动静。

乔晚一扭头，正好对上了抬脚进来的两个人的目光。

少女面容姣好，一身红装，和身后那一身火红衣衫的男人正好配了一身情侣装。

一眨眼的工夫，乔晚猛地一僵。

她清楚地看见，在看清她的容貌之后，那瞬间愣住的两个人。

穆笑笑的杏眼睁大了一点儿。

凤妄言愣了愣之后，就迅速变了脸色，半秒钟之后，一阵浓烈的杀意从眼里爆开，随之而来的是一大团炽热的凰火！

乔晚一个翻身，头一偏，那团凰火刚好贴着她的左脸擦了过去，烧去了小半截头发丝。

穆笑笑愣在了原地。

她记得这张脸。

这是当初从处刑台上跳下来的，她的那个乔晚师妹。

她也记得玉清峰上独坐窗边，僵硬得就像一座玉雕的那个背影。那是师尊周衍在日夜煎熬中后悔，觉得对不起的弟子。

穆笑笑在看乔晚的时候，凤妄言也在看。

怪不得，怪不得，看清那张脸后，凤妄言怒极反笑！

怪不得这不知天高地厚的丫鬟，那天竟然要对他动手。

原来这就是那个废物！那个在秘境里想要杀了穆笑笑，害得她失忆了的废物冒牌货。

乔晚这一动，连带着神识猛地一荡，那股暴虐的欲望贴着尾椎骨猛地蹿了上来！

她对上凤妄言的视线之后，新仇旧恨一并涌上心头。

男人率先抢攻，抬袖，元婴期威压残忍无情地荡了过去，似乎不把面前这废物碾死就绝不甘心！

“怎么了？！”

屋外的“四灵”弟子察觉不对，先后冲进了屋，只看见乔晚趴在地上，被震得吐出一口血。

她想杀人。

脑海中“嗡”的一声，魔气翻搅得更加凶猛。

乔晚抬眼，浑身上下魔气四溢。

“小凤凰！”

情急之下，穆笑笑一把拽住了凤妄言。

男人偏头看了少女一眼，心里怒火不减反升，再看向乔晚的时候，杀意更浓了一点儿。

“之前没跟你计较，”青年冷笑，如墨青丝轻轻飞扬，艳丽的五官透出一丝狠意，“我说过，你从笑笑这儿偷走的东西，我会一样一样让你还回来。”

毕竟是筑基期对上元婴期，乔晚前脚还受了伤，这个时候怎么可能还精气神充沛？

还有乔晚这魔气四溢的模样，摆明是又入了魔！

“这是怎么回事？！”

守门的“四灵”弟子暴躁得几乎抓狂，赶紧分出一半人去拦凤妄言，再分出一半人去请岑清猷和裴春争他们几个人过来！

也就这么一眨眼的工夫，乔晚和凤妄言已经冲出了寒山院。

那是他的笑笑，凤妄言闭眼，眼里全是少女眨着眼睛轻声问她疼不疼的画面。

他再睁开眼时，威压加重了一层。

乔晚被震出去几丈远，砸在了地上，口鼻一并流出了血。她眼里什么也没了，只剩下这么一个火红的身影，心里也只剩下一个信念：杀了眼前这个人。

在接到这消息的同一时间，林家和岑家弟子中但凡有点儿义气的，纷纷拍案而起！

谁敢动他们的救命恩人？！

刚刚平静下来的岑府，顿时又不平静了。

就在众人抄起家伙，气势汹汹地杀到寒山院前，突然间，一阵巍峨如泰山压顶般的威压从天上罩了下来。

妖气……这是妖气……

在场众人眼皮一跳，脸色顿时大变，几乎来不及再去计较乔晚的事，纷纷祭出了法器，冷汗如雨地看向前方。

“妖气！”

“有敌袭！有敌袭！”

这威压简直比那十多头魔兽还恐怖。

五条漆黑的龙影迎面打来，不过一眨眼的工夫，所有人打了一个寒战，冷汗顿时浸透了衣衫，几乎不敢抬头去看。

刚迈出鬼门关，又一脚踩进了阎罗殿，恐怕也就是这样了。

但这堪比地狱降临一般的妖气没落在他们头上。

五条漆黑的龙影直直地冲向了正在缠斗的乔晚和凤妄言。

可能是过了半秒，也可能是更快，等众人反应过来的时候，凤妄言已经被这五条龙气轰了出去。

玄色的袍袖一卷，狂乱不休的妖气安定了下来。

那漆黑的妖气散去，露出了一个人形，玄袍黑靴，银色暗纹蜿蜒而上，容貌英俊漂亮，矜贵沉稳地站在乔晚和凤妄言中间。

“这是……”人群中有个见识广、胆子大的人忍不住低呼出声，“妖皇！”

这是妖皇伽婴！

瞬间，所有人的脸都僵了。

结果他们还没喘口气，下一秒又看到了让人感觉胆丧魂飞的一幕场景。

疑似再度入魔失去理智的乔晚，冲着男人笔直地杀了过去。

要完！

所谓千里送人头，礼轻情意重，不外如是。

所有人惊恐地看着这一幕，似乎已经看见了乔晚的肚子被五条龙直接轰个对穿的画面。

男人果然也动了。

伽婴抬起眼，看了一眼冲着自己杀过来的乔晚，眼睫一颤，拂袖——

众人眼皮一跳！

伽婴一个手刀，就快准狠地劈了下去！

在场众人纷纷傻眼：这是手下留情了吗？

化神期的手刀劈下来，乔晚身子一软。

不远处，五条龙影咆哮摆尾，直奔乔晚倒下的方向！

众人眼皮又是一跳：这哪里是手下留情？！完了完了！这还是要将人轰个对穿！

危急之中，不知是哪个英勇的好汉不忍见自己的救命恩人被轰死，舍得一身刚，怒吼了一声：“妖皇留情！”

伽婴抬起眼皮。

五条龙影在乔晚倒下去的同时，“刺溜”一声，一个急刹车滑了过去，将少女整个托住，安放到了地上。

众人：他们是不是看到了什么神奇操作?

还没等众人从这一幕场景中缓过神来，场中的男人又抬眼看向了不远处的凤妄言。

这一击不像刚刚那记手刀一样“温和”，这只艳丽俊美的凤凰挣扎了两下，还是没从地上爬起来，嘴里不断涌出血沫，凤眸死死地盯紧了面前身着玄色衣袍的男人。

你是谁——?

这是他想问的，然而伤得太重，血沫呛进了气管，他没说出一个字。

鲜血一滴滴地落了下来，汇聚成了一小摊血渍。

凤妄言五根手指紧紧地抠着砖缝，凤眸圆睁，额角青筋暴起，想要说话，但鲜血不断从嘴角呛出。

他这辈子，就没受过这等奇耻大辱!

他出身丹穴山凰族，丹穴山凰族是上古妖族，他从出生起就是金丹期修为，更是这世间独一无二的凤凰……

面前这只妖，凭什么，凭什么?

“我出身丹穴山……”凤妄言霍然抬头，目光死死地盯着伽婴，终于挤出了几个字，“是上古妖族……你……你怎么敢?”

只不过他没说两句，就有鲜血汩汩地流出来。

在场所有人都看见了男人这个时候有多狼狈。

他趴在地上，犹如一条毫无风度可言的死狗。

他什么时候把别人放在眼里过?

凤妄言低着头，双目赤红，撑着手想爬起来。

他从出生就是独一无二……

但就在刚刚，有人用实力告诉了他，什么叫人外有人、天外有天。所谓的自尊和骄傲，一瞬间被人狠狠地踩碎在了地上。

这个世界上，一直都是强者为尊，修行也如逆水行舟，不进则退。

这从出生开始就是金丹期修为，一路顺风顺水、高高在上的凤凰，第一次受到了来自世间的毒打。

穆笑笑呆愣愣地站在原地，盯着伽婴看了半天，猛然回神，目光一瞥，才看见了趴在地上的凤妄言。

平日里艳丽俊美的凤凰，吃力地趴在地上，喉咙里不断发出声响。

穆笑笑伸手摸了一把凤妄言的脸，脸上露出了点儿怯意："小……小凤凰……"

男人的乌发从肩头上滑落了下来，沾了不少血，完全没了之前矜傲的模样。

抬眼看见少女担忧、怯弱的目光，凤妄言用力地抿紧了唇。

这一幕画面落在众人眼底，四周又微妙地安静了下来，众人瞥了眼面无表情的男人，心里都忍不住有点儿发颤。

这得是多么恐怖的修为，才能把一个元婴期的修士打成这样？这简直就是虐狗。

这个时候，也没人将目光放在凤妄言身上了，一个个都忍不住往伽婴身上瞟，想要多见识见识这位传说中的妖皇的风采。

但男人就像毫无所觉，淡淡地收回了视线，看也没看地上的凤妄言和跪坐在地上小声呜咽的穆笑笑一眼，五条龙影一卷，托着乔晚转身就走。

所谓羞辱，根本不是谁一味地放狠话，而是虐完人之后，根本不把人放在眼里。

无形羞辱最为致命。

从始至终，伽婴就没把凤妄言放在眼里。

男人转身就走，在场众人看了一眼被龙影托着的乔晚，无一人敢言。

不是他们不够意思，也不够兄弟，而是刚刚伽婴展现出来的威力太过恐怖。

反正，这尊大神也没有大开杀戒的意思。

那……众人咳嗽了一声，心虚地想：这位陆道友，你就放心地去吧。

但就在这个时候，跪坐在男人身边的少女突然拎着裙角，鼓起勇气冲上前，一张双臂挡在了伽婴面前，嗓音清脆铿锵："道友留步！"

一见这一幕，在场所有人心里悚然一惊。

少女看了一眼男人，像是畏惧男人身上的威压，小鸟一般轻轻地哆嗦了起来，样子柔弱堪怜。但就算这样，穆笑笑还是咬着唇，颤巍巍地抬起了眼："这样算什么？小凤凰并未得罪道友，道友刚刚这举动，是不是……是不是太过了？"

众人听清穆笑笑说的是什么之后，瞬间无语。

这人想找死就算了，别拉着他们一块儿陪葬！

少女怕得直哆嗦，眼泪止不住地流，眼眶和鼻尖都泛了红，哭得梨花带雨，楚楚可怜，但目光坚韧明亮。

伽婴不为所动地瞥了穆笑笑一眼，五条龙影再度呼啸而出，干净利落地将面前的少女掀翻在地。

五条龙影一去，乔晚跟着"哐当"一声摔在了地上。

被这龙气重重掀翻在地，穆笑笑愣了愣，脸上浮现痛苦之色，忙拽着裙摆爬了起来，扭头看了一眼四周，唇瓣哆嗦不止。

这一下虽然没凤妄言那一下来得重，但伽婴根本没手下留情。

穆笑笑一半是因为疼，一半是因为屈辱和丢脸。

从拜入周衍门下到现在为止，这一路上，有周衍护着，有裴春争护着，有凤妄言、萧焕护她无恙，这还是她第一次被人这么欺辱。但只是这么一下，就让穆笑笑浑身都跟着颤了颤，忍不住看了一眼躺在地上的乔晚：这都是因为乔晚吗？

男人负手站立，眉毛都没动一下。

对凶名在外的妖皇伽婴而言，这世上的人只有简单粗暴的两种：能打的和不能打的。

没男女性别之分，他也没什么怜香惜玉、尊老爱幼的精神，否则也不至于当初一掌拍碎乔晚全身上下的骨头。

某种程度上，伽婴可以说是真正实现了众生平等，比大悲崖的弟子们还有佛性。

众人：妖皇之冷酷无情，果然诚不我欺。

刚刚乔晚的“死里逃生”也就显得更惊悚了。

也正好在这个时候，“哐当”一声落地的乔晚突然动了，眼睫一颤，大有醒过来的架势。

伽婴脚步一顿，停了下来，看了乔晚一眼。

在场所有人一颗心又猛地一紧，生怕乔晚一个暴起，再过去送人头。

刚刚这位煞神虽然可能心念一动放过了这丫鬟，乔晚要是再不识好歹，能不能在伽婴手底下留条命还是悬而未决。

乔晚费力地睁开眼。

伽婴瞥了她一眼，磅礴的妖气突然一震！

众人：他果然还是要杀人！

化神期的威压和万妖共主的妖气几乎不加收敛地一瞬间全冲了出来，妖气硬是压倒了少女身上缭绕着的魔气。

一睁眼对上了伽婴的脸，是什么神奇的体验？

虽然脑袋里还是有魔气在翻搅，但被这凶悍无匹的妖气一震，乔晚总算慢慢地找回了点儿理智。

“醒了？”男人目光淡淡的。

刚刚的事她还有点儿模糊的印象，扭头看见趴在地上的凤妄言和不远处摔倒在地的穆笑笑，乔晚心中一惊，来不及去想伽婴怎么会出现在这儿，摇摇晃晃地站稳了，捂着脑袋“嗯”了一声。

“我刚刚是不是……”后面的话，乔晚没问出口。

她想问她是不是失智对他出了手，还没问完，脖子后面不知道为什么，一阵一阵地疼。

乔晚伸手一摸，沉默了。

脖子好像肿了。

她可能真对伽婴动了手。

乔晚一扭头，发现在场众人都盯着她看，眼里有探究、有惊悚，还有钦佩。

她再一瞥，穆笑笑正眼里含泪、眼神复杂地盯着她看。

伽婴没什么耐性地瞥了她一眼，言简意赅、冷漠无情地说："走。"

乔晚愣了一下，收回手，下意识地跟了上去。

就在这个时候，少女再度拔高了音调喊道："师妹！"

穆笑笑站在几步之外，看着乔晚，眼含迟疑之色，嗓音轻颤："乔晚师妹？"

她的嗓音不大，但足够在场所有人，连带刚追过来的"四灵"弟子都听个清清楚楚。

乔晚……师妹？

经过昨天这么一番折腾，乔晚吃了易颜丹这件事，在整个岑府已经算不上秘密了。穆笑笑一说，众人这才猛地发现，眼前这两个姑娘容貌简直如出一辙。

——师妹？

——她俩是师姐妹？

——穆姑娘不是昆山玉清真人门下的弟子吗？辛夷什么时候成穆姑娘的师妹了？

听说辛夷入魔，慌忙抄家伙赶来救场，却冷不防听到个大八卦的"四灵"弟子纷纷一震，惊了。

尤其以白虎二十三最为惊恐，脚步一顿，手里的大刀"哐当"一声掉在了地上。

——乔晚？玉清真人的弟子不就是……那个乔晚吗？

就算栖泽府和昆山足足有万里之遥，这也不代表他们没听过乔晚的名号。

传闻玉清真人只收了三个弟子。

大弟子病剑陆辟寒，二弟子穆笑笑，三弟子，就是前段时间名头响彻整个修真界、打了魔域和萧家的脸的，那个乔晚啊！

和他们天天相处，拎着个大锤的平平无奇的小丫鬟是乔晚？！是那传说中高贵冷艳的魔域帝姬？

众人再一看眼前这顶着张面瘫脸的姑娘，除了一张脸称得上秀美动人，哪里像是能和玉清真人的小弟子扯得上关系的样子？

这就是乔晚？

再一看向不远处的乔晚，震惊于她这身份的同时，白虎二十三郁闷了。

原来辛夷不是辛夷，陆婉不是陆婉，是那个传闻中的乔晚。

穆笑笑咬着唇站了起来："晚儿师妹，真的是你吗？"

她的身份早就被扒了个一干二净，顶着所有人的目光，乔晚顿了片刻，没否认，颔首示意："穆道友。"

穆笑笑向前走了几步："师妹，果真是你。"少女抹了把脸，露出个笑容，"太好啦。"

伽婴垂袖站在原地，眼皮低垂，虽然不耐烦，倒也没催促。

瞥见伽婴，少女瑟缩了两下，又像是不服输，倔强地往前走近了一步。

男人却根本没往她这儿多看一眼。

穆笑笑脸色微变，轻声道："师妹，你与这位道友相识？"

这回，伽婴终于往她这儿看了一眼，好奇乔晚会给出个什么答案。

就连围观的其他"四灵"弟子也一并看了过来。

乔晚谨慎地回答："有过几面之缘。"

伽婴淡淡地收回了视线，在意料之中。

"师妹，师尊很担心你。"穆笑笑惴惴不安地扯了扯裙角，"当初……处刑台上，师父也很后悔。师父和大师兄都以为你已经死了，没想到你还活着，实在太好啦。"

穆笑笑将目光落在了乔晚的衣襟前，看了一眼岑家的家纹，笑了一下："和我们回昆山吧……

"要是师父知道你如今在……在别人家中做家仆……定会更加自责。

"萧长老之死，我相信师妹也不是故意的，如果师妹愿意跟我回去，我们一起向戒律堂求求情，也总好过在这儿为奴为婢。"

乔晚杀了戒律堂长老萧宗源这事再一次被明晃晃地揭了出来。

众人咋舌，差点儿忘了，乔晚可是个狠角色。

"而且，"穆笑笑看了一眼伽婴，"此人并非善类。"

当着人的面被说"并非善类"的妖皇伽婴，依然没多大反应。

伴随着穆笑笑的话，所有人的目光都落到了乔晚身上，有打量、好奇、探究之意。

穆笑笑"同情"的目光让乔晚有点儿不适应，就好像她离了昆山就过不下去，一时意气怒而下山，最终混得个家仆丫鬟这般凄凄惨惨的下场。

避开了少女的视线，乔晚语气疏离地说："我已经离开师门，就算不上道友的师妹了。"

穆笑笑浑身一颤，忙摆了摆手："我知道师妹心里有气，我没有别的意思，是真心为师妹你好，师妹你别生气。"

少女面露迟疑之色，咬咬唇，又补上了一句："总有一天，你会明白的。"

这个时候，一直淡淡旁观着的男人终于开口了。

"乔晚，并非岑家家仆。"伽婴沉沉地看了乔晚一眼，"她是我的部属。我的部属，无须你廉价的同情。”

伽婴的目光淡淡地从穆笑笑身上掠过。

这么一个淡淡的眼神，却像是平静幽深的海，穆笑笑如遭当头棒喝，僵在原地。

面前这只妖是万妖共主，年纪轻轻就推翻了上一任老妖皇，以雷霆之势吞并了妖界各大妖族，威震群妖。

虽然上位之后，他一直奔波在打架的路上，给人的感觉是不务正业，也让别人忘记了这是妖皇，但能坐上这个位子，靠的不单单是武力。

穆笑笑在这目光之下，脸色有点儿白。

她那些心思就好像被暴露在日光下，昭然若揭，不论做多少，都进不了对方眼底。

欲擒故纵的把戏，他看太多了。

虽然是只蜜獾，奈何他身上顶了个“妖皇”的响当当的名头，修为高，相貌也不错，一直以来就有无数女妖前仆后继地想要把自己塞进这位新妖皇的后宫。

和妖族美艳动人、心思花样多的狐狸精们相比，面前穆笑笑这“我倔强清新脱俗，看不上你”的心思，就显得十分浅薄可笑，也根本不值得他多看一眼。

“道友一来不分青红皂白就对小凤凰出手，行事如此狠厉……”穆笑笑倔强地仰头，“晚儿是我师妹，作为师姐，我自然放心不下。”

伽婴淡然反问：“你要替他报仇？”

穆笑笑抬起头，目光清澈坚定：“我只是为小凤凰讨个公道！”

伽婴：“来。”

来……什么？

众人愣住。

穆笑笑也愣住。

伽婴终于将目光放在了穆笑笑身上：“给你个报仇的机会。”

话音刚落，五条龙影再次咆哮而出，五爪雄劲，直奔面前娇小柔弱的少女。

穆笑笑大惊失色，往后退了一步，僵在了原地。

但这五条龙影根本没客气，龙吟一震，娇软可人的少女立即就被掀飞了出去，“啪”的一声摔倒在了地上。

少女精致整洁的发髻一散，脸上、身上血流个不停，好端端一个小美人被五条龙影轰了个鼻青脸肿。

“这就是你所谓的讨公道？”伽婴扫了一眼一脸狼狈的穆笑笑，目光谈不上倨傲，也谈不上冷，那一脸狼狈的娇软小姑娘根本就没入他的眼。

“与其将心思花在我身上，你不如去看看你身后那只凤凰。”

此言一出，就连早就看风妄言不顺眼的“四灵”弟子，看了一眼地上趴着的男人，也忍不住抽了抽嘴角，太惨了，惨不忍睹。

终于有人看不下去了："穆姑娘！你有时间在这儿说这些讨公道的话，还是快去救人吧！"

"凤道友都快断气了啊！"

穆笑笑愣了愣，扭头看了一眼凤妄言，又看了一眼神情各异的众人，整个人如同被丢进了油锅翻来覆去地炸，脸上火辣辣地疼得难受。

这时候伽婴却移开了视线，收回了龙影，果断抛下了一个字："走。"

这话他是对乔晚说的。

乔晚："去哪儿？"

"修犬。"

两个字，他简单明了地说穿了来意。

青年正在寒山院里做复查，一见门口那抹傲岸的背影，顿时露出了喜悦之情，笑道："陛下。"

在摸清楚男人的伤势无恙之后，伽婴抬起眼皮，淡淡地"嗯"了一声。

主仆叙旧，岑夫人领着乔晚去了厢房疗伤："感觉怎么样？"

乔晚看向岑夫人。

女人更苍老了一些，笑起来时眼角浮现了点儿细纹。

这是之前岑夫人替她修补筋脉的后遗症。

乔晚慢慢地攥紧了拳，低头如实回答："头有点儿疼，神志好一阵坏一阵，有时清醒，有时候不太受我控制。"

而且，不知道是不是因为魔气在识海里翻腾，模模糊糊间，她感觉好像总有个声音在识海里说话，嗓音像隔了层雾，虚无缥缈，有点儿像当初和她对接识海的梅康平。

但这声音，和梅康平相比又有点儿不一样，很温和。

乔晚捂住额头思索了一会儿，脸色慢慢变得沉重。

有了梅康平的前车之鉴，虽然这声音还没忽悠她去做点儿什么事，但还是不容她放下戒心，放着不管。

岑夫人叹了口气："可惜我不善神识此道，没办法替你查清楚这其中的原因。"

她刚补好了筋脉，神识又出了问题，确实够郁闷的。

"辛夷，你可听说过二少爷的师尊？"

乔晚沉吟："妙法尊者？"

岑夫人颔首："妙法尊者佛法高深，清猷打算带你去大光明殿，你愿不愿意与他同去？"

乔晚怔了怔。

那是妙法尊者啊，传说脾气之暴躁程度和美貌成正比，疾恶如仇，对待妖魔如疾风摧劲草一般冷酷无情，一掌一个就地正法的妙法尊者？大光明殿只是修习佛法，佛家禅门包括了大光明殿和梵心寺，前者都是佛修，后者就是和尚。

她现在的身份是魔，岑清猷带她去大光明殿求医？乔晚内心默默一颤。

这边两个人正说着，门口突然传来了沐芳的声音。

是穆笑笑带着风妄言来求医。

风妄言伤得不轻，又拖了太久，硬生生跌落了几个小境界。

岑夫人去检查风妄言的伤势的时候，就剩下乔晚和穆笑笑坐在一块儿。

穆笑笑沉默地理了理裙摆，然后轻声道："师妹。"

乔晚："穆道友。"

穆笑笑勉强地笑了笑，目光复杂地看着乔晚。

她想不明白，也有点儿茫然。

师尊也是，裴师弟也是……

想到这儿，兴许是又觉得委屈，少女红了眼圈儿。

那些记忆她已经断断续续地想起来不少，明明之前师尊和裴师弟眼里还只有她，怎么突然目光就全落到乔晚身上去了？

和乔晚相比，她哪里不如乔晚了？

她样貌比乔晚更好看，性子也比乔晚更软和，比乔晚更讨人喜欢。

师尊和裴春争也就算了，就连岑府"四灵"弟子也明显更喜欢乔晚一点儿。她究竟是哪里不如乔晚了？

"晚儿师妹，我想不明白。"少女猛地抬起头，目光紧紧地盯着乔晚，咬紧了下唇，"为什么那些'四灵'弟子都更喜欢你，就连那妖皇也愿意为你出手？"

乔晚转头看了一眼穆笑笑。

少女眼睛大而圆，脸颊粉嫩如桃，皮肤白皙。

虽然前世的记忆她记不太清楚了，但穆笑笑确实和她记忆中娇软的女主角没什么区别。

没哪个少女能拒绝半夜窝在被子里看小说的诱惑，乔晚当初看小说的时候，基本上是不带脑子的，很少细究剧情和人物设定的合理性。

这些娇娇软软的姑娘，是为人量身打造的，是最精致、最讨巧的角色，哭一哭，笑一笑，没有独立的人格，像菟丝花一样依附在人身上。

要是脱离了原本的故事剧情，站出来看……

乔晚挠了挠头，也不相信世界上真有那些傻到没任何心眼的软糯小屄包。

又看了一眼穆笑笑，乔晚猛地意识到，眼前这个少女早就不是书里那个标签化的女主角，有自己的想法，有自己的心眼，会利用自己的优势去讨好别人，也会嫉妒别人，也会想尽办法去吸引别人的目光和注意力。

她是一个有七情六欲的人。

原著的人物设定，注定了穆笑笑是个被娇养的金丝雀，只要讨好男人，抱着男人的大腿，就能得到自己想要的东西，就能一路被保护得稳稳当当，所谓的烦恼不过是被抢来抢去的修罗场。

乔晚说不上来哪种活法更好，活着太累了，如果有机会，她也想躺平当咸鱼，一路顺风顺水地被人护着。

不过光依靠别人，没自己的价值，她没安全感。

乔晚抿着唇想。

比起把自己的整个身家全都押在别人身上，还是自己掌握自己的人生更有安全感。

虽然前世所有人总说着咸鱼咸鱼，但这世界上，每个人都在努力地活着，都在努力掌握着自己的人生。

眼前的少女很明显就是没了安全感，所以惶惶不安，使尽浑身解数，想抢回别人的注意力。

乔晚沉默了半晌，摇摇头，还是给了个建议："那不是你真正的价值。"

软糯小尿包不是真正的她，也不是她真正的价值，这是穆笑笑一直为了讨好别人刻意营造出来的形象。

"等你真正做你自己的时候，会有人讨厌你，也会有人喜欢你，但至少这爱和恨都是真的。"

建议这东西，她能听进去最好，听不进去，别人强塞也没用。每个人都有自己的活法，别人无权置喙。

乔晚坐了一会儿，还是不太习惯和穆笑笑相处，起身告辞了，出门前正好撞见了岑夫人。

乔晚礼貌地欠了欠身，和岑夫人擦肩而过。

屋里，穆笑笑听得愣了愣。

她还是不甘心。

她喜欢师尊，喜欢小凤凰，喜欢裴春争，喜欢萧焕。

他们喜欢这样的她，她不想失去他们的喜欢。

看了一眼转身离去的乔晚，又看了一眼屋里发愣的穆笑笑，岑夫人抬脚跨进了门。

在进门前，她听到了屋里的动静，也就没进去，候在门外，等她们说完。

对上穆笑笑的目光之后，岑夫人心里一叹，苦笑。

乔晚说得也有点儿道理。

她这一辈子啊，光学着怎么讨当初那个少年的喜欢了，可惜用尽了一辈子的时光也没能成功。

总有一天，面前这姑娘会明白的，修行路上要是自己像菟丝花一样永远立不起来，到时候一定会后悔。

但恐怕这姑娘得从高处狠狠地摔下来，摔得粉身碎骨的时候，才会明白这道理。

当晚，世春堂那儿传来了消息，决定办个庆功宴，一是为了犒劳“四灵”和岑家家仆，二是为了饯行。同修大会临近，裴、萧、穆等人还要赶回昆山。乔晚也答应下来，跟着岑清猷一起去大光明殿。

至于三，岑家就是为了攀附伽婴了。

毕竟林家伙同妖族叛军，企图灭了岑家满门这账还没算呢。

妖皇赶来岑府，还没离开的林家子弟们一听这消息脸顿时全绿了，大骂了一声岑家人果然无情无义，好算计，但到底做贼心虚不敢耽误，匆匆整理了残部，脚底抹油地溜了。

一向对打架之外的事没什么兴趣的伽婴，对岑家抛来的橄榄枝容色冷淡。

倒是修犬满面笑容地一口应承下来。

男人一眼看穿了自家下属的想法，没吭声，选择了纵容。

“明天我就要跟陛下回妖族了。”青年慵懒闲适地坐在廊下，看了一眼天上的大月亮，笑容有点儿发苦，“在岑府待一天少一天。”

伽婴斜睨了修犬一眼，一言不发地坐上了栏杆：“你不想走？”

修犬苦笑：“我还得侍奉陛下，就算不想走也得走啊。”

一般情况下，为了体恤下属，做老板的都会放两天假，但伽婴“嗯”了一声，冷酷无情地默认了这个还要“侍奉陛下”的说法。

伽婴：“你与她之间并无可能。”

修犬愣了一秒，才反应过来面前的男人说的是谁：“陛下看出来了？”

男人昂首看着天上的圆月，淡然傲岸地说：“她已有夫婿，你和她之间不合适。”

修犬瞥了一眼坐在栏杆上的男人，笑容微妙地僵了僵。

且不说合不合适这个问题，他早就想吐槽了！

他这个老板虽然人狠话少，对待下属不错，福利也丰厚，每个月还有节假日，为妖也算宽容温厚，但总在莫名其妙的小事上十分较劲。

比如，就算站在平地上说话，他还要找块石头蹦上去！

这是万妖共主，有着王者的尊严，决不能低别人一头。

如果说万妖共主行事总要霸道点儿也就算了，偏偏他这老板还十分遵纪守法，不仅在妖族里洁身自好，在凡人界走跳还会礼让马车、飞剑、行人，从不做欺男霸女之事，妥妥一个遵纪守法的好妖精。

知道他喜欢上别人的老婆之后，有节操的妖皇干净利落地掐死了自家下属心里那点儿念想。

青年抱着个酒坛，默默仰头灌了一口酒。

月光温柔，如同女人温和明亮的眼睛。

岑夫人变老了，但他还是很喜欢。

昨天他赶到南院的时候，女人捋了捋额际的白发，笑着问他："我现在还像狗吗？"

不像。

他从来没见过这么好看的人修。

现在，他就当这是他做的一场温柔的梦好了。

大黄狗耷拉下了狗耳朵，呜咽了一声。

当初那夹着尾巴走进山林的大黄狗，到现在虽然当上了妖皇的左右手，但还是寂寞。他还是喜欢人啊，尤其是温柔的人。

此时此刻，乔晚正盘腿坐在地上，和白虎二十三等一干"四灵"弟子拼酒。

酒过三巡，一干大老爷们儿目光还是没能从乔晚的脸上移开，眼神融合了诡异、惊艳、惊恐等复杂的情绪。

谁能想到当初那平平无奇的小丫鬟，竟然是个美人？

少女两道远山般的墨眉斜飞入鬓，肌肤白皙，眼神如秋水般清冽干净，脸上、身上新伤叠着旧伤，却显得坚韧动人，整个人如晓月下疏淡的梅。

虽然在这美人很多的修真界，她算不上什么绝色佳人，但这姿色拎出去骗几个懵懂无知的小伙子那妥妥是够的。

"二少爷，你说是不是？"

毕竟之前一直是岑清猷的贴身丫鬟，一干大老爷们儿十分没节操地挤眉弄眼地打趣。

岑清猷抬头看了一眼乔晚，微微红了脸："辛夷生得的确好看。"

他倒没什么其他想法，只是少年人身上常见的不好意思罢了。

而且，若说美艳，他那师父是他见过生得最美的人，宝相庄严，如同白莲，又艳丽动人得如同一缕桃花香风。

不过……

想到自家师父这威压昂扬的嗓音、凛然不可侵犯的仪态，岑家二少爷默默地握紧了茶杯。

调侃了几句，大家伙儿就把这事揭到了一边，抱着酒坛子喝了个昏天黑地、东倒西歪。

乔晚走到院子里透气的时候，正好在廊下撞上了一道颀长的人影。

少年穿了件明黄色的衣衫，乌发绑了个大马尾，垂在脑后，抱着惊雪剑，沉默地坐在廊下。

听到旁边传来的动静，少年眉一低，眼里的月光像映了微融的春雪。

看见乔晚，裴春争破天荒地主动开了口：“乔晚。”然后就没有然后了。

在得知那小丫鬟真的就是乔晚之后，他反倒僵硬地没了话。

裴春争闭上眼，皱起了眉。

对乔晚，他只有愧疚，当初之所以答应她和她在一块儿，也是因为笑笑。

他对她没有爱，得知她还活着，她没事之后，就足够了。

她活着最好。

少年袖中的手指慢慢地收紧了。

她活着……就不会再来折磨他了。

但心里又像是被什么东西翻搅个不停，像一团细线，细细密密地勒入了心底，裴春争压下了这股感受，慢慢地平静下来。

少年神情疏离，心事难辨。

乔晚看了一眼裴春争，突然感到一阵别扭和不自在，不自觉地挺直了腰杆。

她记得当初他帮她揩去指尖的鲜血，拿着梳篦帮她轻轻梳理发丝。

当时的喜欢都是真的，她被大师兄提溜回去，埋在被子里不敢见人，觉得难受和丢脸也是真的。

但现在她已经不想去计较那么多了，只想尽快解决魔气这个隐患，然后变强。

她想变得更强。

如果有机会，乔晚还想调查一下她这具身体的身世。

从始至终，她就没把自己当作魔域帝姬看待。这感觉就像她前世是个普普通通的大学生，一朝变成了英国王室，违和感太重，她也代入不了。

这不是她。

不过，魔域这些事找上头来，她也不能继续装睁眼瞎。

乔晚记得梅康平说过，她爹叫梅元白，但再具体的信息，却愣是一个字都没再吐出来。

如果有机会，她想从她这具身体的爹查起。

想到这儿，乔晚礼貌地冲裴春争颔首，退到了一边。

裴春争像是没预料到这种情况，身子一僵。

两个人吹了一会儿风，正好赶上岑清猷来叫她回去。

裴春争僵硬地坐在廊下，看着那两道并肩离开的身影，惊雪剑的寒气好像一点点地渗入了胸膛和五脏六腑。

少年慢慢地弯下了脊背，过了片刻，又收敛了刚刚那一瞬间四散的魔气，挺直了腰。

第二天，穆笑笑等昆山一行人离开栖泽府回到昆山。

岑府的事交给大哥岑清嘉处理后，岑清猷带着乔晚，向大光明殿进发！

第六部分

大光明殿

第二十一章　再见面，妙法尊者

临行前，乔晚跟白虎二十三、桂旗都道了别。

伽婴带着修犬离开前，破天荒地叫住了乔晚。

如果之前乔晚答应了做他的下属，他会想办法帮她解决这魔气，但现在这魔气就得归她自己管了。

不过看了一眼这缭绕的魔气，伽婴还是皱了皱眉，从袖子里拿出个圆盘。

乔晚愣了愣："雷盘？"

修犬比她更惊讶："这不是我做的吗？"

乔晚默默地想，怪不得之前伽婴要追杀她。

"当初是我误会了你，"伽婴沉声道，"此物，赠你。"

这雷盘得来不易，为此她还付出了惨痛的代价。

伽婴主动低头，乔晚看了一眼古朴的雷盘，犹豫了两秒，接了。

她想变强。

告别了岑家和岑夫人之后，乔晚和岑清猷收拾收拾一起上路了。

就在两个人上路的同一时间，"乔晚没死"这一重磅消息，以岑府为中心，迅速向外扩散了出去，一直传到了昆山。

——乔晚没死！

——她不仅没死，还搭上了妖皇这条线！

这回，萧家和魔域的脸，彻底被摁在地面上摩擦了一个来回。

萧家摆了这么大阵仗，豪气冲天地砸出了6000上品灵石，结果乔晚还在江湖上混，而且搭上了妖皇伽婴！

萧家人面上一派高冷，毫不在意这小修士，转头却在绝杀榜上再加砝码，加到了 8000 上品灵石，硬是把乔晚又拱上去了好几个名次，在一干元婴期大能之间显得尤其醒目。

一时间，天下各地散修磨刀霍霍。

魔域要管乔晚那早管了，何必拖到现在？他们一直没管，就代表着乔晚在他们眼里根本没那么重要。

之前亡命之徒、杀手、散修们还忌惮着魔域，没敢蹚这浑水，但现在魔域不管事，他们要拿下乔晚那就是替天行道。

大光明殿在东边，这是个比较尴尬的位置，朝天岭和萧家本宗也在东边。

她准备去大光明殿的消息，暂时还没传出去，这一路上乔晚一边谨小慎微地隐藏身份，和岑清猷日夜兼程地赶路，一边小心翼翼地沿途打探她爹梅元白的消息。

可惜快赶到大光明殿所在的鸠月山前，她还是没打探出个所以然来。

倒是中途魔气暴走了一次，岑清猷赶紧摁住了她，对她念了一天一夜的佛理。

临到早晨，乔晚和岑清猷一块儿眼带黑圆圈、脚步虚浮地走了出来。

两个人越靠近大光明殿，妙法尊者的传说就越多。

岑清猷默默地打了个寒战，平日里镇静从容的脸难得有点儿波动。将一个魔带回大光明殿，说实话，他心里也没底。

师父虽然凶名在外，但实际上外硬内软，心里慈悲，一定有办法救治辛夷的。

“辛夷，”岑清猷扭头看了一眼乔晚身上那隐约的魔气，又看了一眼客栈外形形色色的男女修士，“等明日你魔气散了点儿，我们再上山。”

这几天来鸠月山下的不只她和岑清猷，还有不少道士和儒修在山下转悠，胖瘦不均，高矮不一，有男有女。

一时间，鸠月山下鱼龙混杂。

这些道士和儒修，都是为今年三月大光明殿的“三教论法会”来的。

三教论法会每十年举行一次。

今年这场论法会就设在了鸠月山大光明殿，所以这一路都是儒修和道士们的身影。

左右没什么事干，岑清猷干脆就领着乔晚在鸠月山下转了一圈。

客栈不远处支了一个大棚，摆了个茶摊，招待过往的修士。

茶摊前，正好有人在说书。

说书人漫天乱侃，将如今整个修真界有头有脸的人物侃了个遍。

乔晚听得眼角抽搐，却又忍不住继续往下听。

这儿的“说书”儒修深谙群众八卦的心理，说起来眉飞色舞、绘声绘色，就连乔晚听得也有点儿欲罢不能。

“说书”儒修说完妙法尊者，七拐八拐地就拐到了当初修真界和魔域那场大战上。

“说起那场大战，就不得不提到当初魔域的战神苏不惑了。

“苏不惑这魔修之所以能被称为战神，绝不仅仅是因为他修为多高深，最可怕的是，他这个魔狡诈如狐，而又有虎狼之能。

“幸好他死得早，要是苏不惑没死，妥妥地得威胁到整个修真界。”

就在这个时候，乔晚脑子里猛地又“嗡”了一声。

“辛夷？”岑清猷问。

“我没事。”乔晚摇摇头，握紧面前的茶杯灌了一口茶，这才感觉脑袋里那“嗡嗡”声下去了一点儿。

或许是因为忌讳，修真界很少有人讲魔域那边的事。

好不容易碰上有人愿意讲，乔晚摇了摇脑袋，继续听着。

没想到讲到一半，对方收工不讲了。

没办法，乔晚只能叫住茶馆的伙计：“这位道友在这儿讲了多久的书？”

伙计也还算热情：“讲了得有一两年了吧。”

“那你有没有听说过苏不惑？”

伙计将抹布搭上了肩膀，站直了，一脸正色道：“道友打听这个干吗？”

乔晚：“都是修士，好奇这魔域战神是不是真那么厉害。”

想了想，乔晚又补充了一句，把伽婴给拽了过来：“和妖皇伽婴比呢？”

“道友你既然问了，那我也不能不答。”伙计笑了笑，从袖子里摸出一沓话本，“啪”一声拍到了桌上，“不过这苏不惑没什么可说的，道友不妨先挑一本看看，说不定有感兴趣的人。”

他这是借机兜售要钱了。

乔晚和岑清猷一齐看了一眼，这一摞高高的话本五颜六色都有。

乔晚随便抽了三本，岑家二少爷礼貌地给了一颗一级灵石。

一颗一级灵石，约等于五十颗下品灵石。

伙计顿时眉开眼笑。

“其实这苏不惑真没什么好说的，虽然是魔域战神，但死得早，也没见在当年那场大战中发挥什么作用。”

乔晚斟酌了片刻，问：“那你有没有听说过梅元白？”

伙计皱着眉，脸上露出了点儿思索之色：“好像是在哪里听说过，这是不是梅康平的兄弟？据说苏不惑和梅康平关系似乎不错。”

花了一颗一级灵石，乔晚还是没打听出什么有用的消息，不过好歹买来了三本话本。

不看白不看，乔晚和岑清猷一块儿打开了话本。

红通通的几个大字一下冲进了眼帘："我与妙法尊者的故事。"

故事讲述的是大光明殿妙法尊者，亲身感化女妖，由当事妖亲自口述记录而成。

乔晚："……"

岑清猷："……"

有这火辣辣的第一本话本珠玉在前，这第二本、第三本好像他们也没看的必要了。

当着人嫡传弟子的面，看意淫别人师尊的小话本，乔晚憋了半天才憋出一句话："妙法尊者果真是……受欢迎啊……"

岑清猷："……"

各式各样的小话本，能在鸠月山下流传甚广，看来这妙法尊者比想象中还慈悲大度许多……

突然，一声惊叫打破了茶摊的喧闹。

"这不是乔晚吗？！"

下一秒，茶摊上三四个戴着兜帽的大汉拔刀拍桌而起！

魔气、铁锤，身边跟着个少年，几个人再用瞳术一看，妥妥的乔晚无疑！

乔晚睁大了眼，猛地一惊！

这是……靠着绝杀榜过活的杀手！

一时间，整个茶摊都安静了下来，下一秒，整张茶桌连同茶水一道飞向了半空。

乔晚心里"咯噔"一声，顺手把话本往怀里一塞，窜天猴儿般往半空中一纵，瞬息之间和岑清猷一道冲出了茶摊。

"跑了！追！"

"快追！"

"追追追！别让这女的和这男的跑了！那可是乔——"

话说到一半，硬生生拐了个弯儿，没说出口。

开玩笑，那可是8000颗上品灵石啊！这能随随便便让人分一杯羹吗？

鸠月山下，两道身影悠闲地走在集市长街中。

"少爷，我们什么时候回去？"

跟在青年屁股后面的家仆小心翼翼地瞥了一眼走在前面的青年，不敢打扰了对方的好兴致。

"不急，"青年脸上挂着漫不经心的笑容，"再逛一会儿，反正现在也轮不到我俩。"

青年生得面如冠玉，身着黄衫子，袖口绣着点儿青色莲花纹，一双桃花眼斜睨，容貌和萧博扬有几分相似。

这赫然是自从游仙镇那天晚上分别之后，再无消息的萧博玉！

但一转眼的工夫，繁忙喧闹的长街顿时被打破了！

不远处传来一阵鸡飞狗跳的“哐当”动静，间或夹杂着一两句怒骂。

一个年轻女修发出一声惊呼。

“旺财！”

她手里浑身漆黑的凶猛天狗趁机挣脱了狗绳，趁乱逃出。

萧博玉脚步一顿，眯起眼望向了前面。

追杀？

这追杀的戏码，在整个修真界不算稀奇。

一把大刀虎虎生风地当头劈下！

乔晚骨碌碌地从屋檐上滚了下来，落在地上，砸了一身的灰。

她刚爬起来，一条凶猛的天狗又贴着身子蹿了出去，被这一撞，乔晚下意识地往后退了两步。不过一眨眼的工夫，等她再定睛一看的时候，已经没了岑清猷的身影，前后左右却堵了十多个戴着兜帽的大汉。

估计是刚刚逃跑的时候，她和岑清猷让人群给冲散了。

这十几个戴兜帽的大汉，就是冲着她来的，当下也没再去追岑清猷，全都围到了乔晚面前。

“跑？”为首的大汉擦着一把明晃晃的大刀，冷笑，“看你往哪儿跑。”

乔晚瞥了瞥，目光落在了对方胳膊上绣着的红通通的“杀”字上。

这是绝情楼里的人物。

有绝杀榜，自然也有专门做杀手买卖的组织。

绝情楼就是修真界里专门做人头生意的组织之一。

察觉乔晚的目光落在了自己的胳膊上，提刀大汉冷笑：“既然看出来我们是绝情楼里的人，我劝你还是乖乖认栽，免得我们兄弟几个下手重了，一不小心砍掉你一条胳膊半条腿的。”

男人的目光里含了点儿评估的意味：“到时候你受罪，我们哥儿几个换到的灵石说不定还得打个折扣。”

“大少爷？”

青年脚步突然一停。

小家仆一个不留神，猛地撞了上去，顿时从脊椎骨到尾巴骨，整截儿都麻了。

没想到青年竟然没任何发怒的意思，一双桃花眼死死地盯紧前方那伙亡命之徒。

萧博玉眯着眼，看清人群包围中的少女的模样后，脸色骤然一变！

这是乔晚！

就这两把铁锤，他死都忘不掉！除了她，还有谁会用那两把铁锤？！

当初在游仙镇上的那一幕幕场景，一瞬间齐齐涌上了他的心头。

萧博玉整张脸都扭曲了，下意识地抬腿往前走了一步。

他刚一迈脚，又收了回来。

不急，他先看清楚对面的情况再说。

这是……绝情楼的人？

夜路走多了，总会撞上鬼。

萧博玉嘴角扯出了一丝冷笑，悠闲地抱着胸，冷眼旁观这被绝情楼里的人包围着的少女。

不是冤家不聚头，亏他在绝杀榜上砸了 48438 颗下品灵石。

好啊，他正愁没法子报仇，这下总算让她撞到了他手里。

乔晚啊乔晚，你现在要怎么办？

“怎么样？”提刀大汉假模假样地笑道，“想好了没？要是还没想好，我们哥儿几个可要动手了。”

十多个人，修为基本在筑基后期和金丹期上下浮动。

鸠月山下，她若将神识一铺，不可避免地要暴露魔气，到时候不好收场。

乔晚两眼迅速一扫，突然和人群之外的萧博玉撞了个正着！

萧博玉？

看见那穿着黄衫子、头戴玉冠、容貌和萧博扬有五六分相似的青年，乔晚愕然。

岑清猷被人群冲散了。

正面，十多个绝情楼的人将她团团包围。

而在不远处，包围圈之外，青年抱胸冷眼看着她。

在绝情楼的人眼里，她就是移动灵石，这些做人头买卖的人，绝对不可能放下这到嘴的肥肉。

游仙镇的灭绝人性的买卖被她搅黄了，萧博玉也绝不可能放过她。

她现在要怎么办？

在场的人，都在等着这么一个回答。

“考虑清楚了没？”提刀的男人有点儿不耐烦了，露出一个血腥的笑容，“还没考虑清楚，我们哥儿几个可不会再给你时间了。”

家仆战战兢兢地问：“少爷？”

“别吵。”萧博玉沉下了眼神，煞气十足。

身后的家仆猛地一惊，一看青年身上那显而易见的恨意和戾气，明智地闭上了嘴。

这头，各色法宝渐渐亮出。

那头，萧博玉盯紧了这边的动静，手上凭空出现了一张弓，从背后的箭囊里拔出了一根箭，挽弓搭箭。

雪亮的箭尖，明晃晃地对准了乔晚的心口。

她现在要怎么做?

乔晚脑内灵光一闪，目光隔着人群笔直地锁定了萧博玉。

被这目光盯上，萧博玉愣了愣，只感觉心里蹿出了不祥的预感，下一秒，脑仁突然“嗡”地响了一声。

不祥的预感成真了!

乔晚的神识快准狠，深深扎入了青年的脑海里。

萧博玉只觉得神情一个恍惚，不由自主地张开了嘴，一亮嗓子，嗓音洪亮。

“停一停，都停一停!

“各位兜帽好汉，都听我的!”

青年嗓音高昂激越，清晰地回荡在整条街上，街上路人们纷纷停下脚步，绝情楼的兜帽杀手们也扭头看了他一眼。

一瞬间，所有人的目光都落在萧博玉身上。

不只众人蒙了，就连萧博玉自己也蒙了。

在众人的注目下，萧博玉握紧了手里的弓，面容僵硬，深吸了一口气，像在蓄力，嘴唇不受控制地开开合合，嗓门倍儿响亮:“陆婉就是——”

与此同时，识海里好像传来了少女冷静从容的嗓音:“还记得游仙镇的血契吗?带我出去。”

游仙镇的血契……

萧博玉何其聪明，心念一转，眼里几乎冒出了两团怒火!

他不准让人抽出那天的神识，不准再做这种生意，以及——不准向别人透露乔晚真实的身份。

违者，神魂俱灭。

萧博玉的目光隔空死死地盯紧了乔晚，他立即就明白了这货在想些什么。

乔晚面无表情地回望着他。

以自爆身份来威胁，这还是史上破天荒第一人，但偏偏他还就被威胁到了!

一时不察，他又被这货给摆了一道!

萧博玉脸一绿，心头大恨。

好端端的买卖被打断，兜帽杀手中的小头目脸色一黑，望向萧博玉的目光顿时不太友善。

“阁下是谁?也是来抢我们楼的这单买卖的?”

在众人的注目下，萧博玉脸色扭曲，神识还在顽强地奋力做着抵抗。

但一个筑基后期的修士，碰上元婴期的神识，那妥妥地就只有被碾压的份儿。

任凭萧家大少爷如何挣扎，还是被乔晚摁在了识海里摩擦。

萧博玉瞪大了眼，眼看着“乔晚”那两个字在唇边滚了两圈儿，嘴一个秃噜，差点儿要脱口而出——

乔晚的嗓音在识海中回荡：“答不答应？”

一缕魔气在识海中慢条斯理地打着旋儿。

在生命的威胁之下，铁骨铮铮的萧家大少爷悲愤地一咬牙，对上了绝情楼众杀手的目光，振了振衣袖，将袖口的青色莲花纹给露了出来。

当下，绝情楼众杀手脸色齐齐一变，连带眼里的杀气也消散了不少。

这是萧家人？

“道友是萧家人？”

众杀手彼此交换了一个眼神，一个戴红色兜帽的男人上前一步交涉，压低了嗓音说道：“既然道友是萧家的，肯定就知道这女修是谁了。我们绝情楼办事，还请道友往后退一步，刀剑无眼，免得伤了道友。”

萧博玉：“这个人，我要了。”

“小红帽”愣了愣：“道友的意思，我们哥儿几个不明白。”

萧博玉咬牙：“我是说，这个人，我们萧家要了。”

“小红帽”又和同伴们交换了眼神，顾忌青年袖子上的莲花纹，好声好气地问：“这是萧家的意思？”

萧博玉：“除了萧家，还有谁这么想要她的这条命的？”

“我这回是随着师长来的，刚好在街上看着你们追她。”萧博玉伸手一指，“这个人交给我来处置，除了绝杀榜上承诺的灵石之外，我再给你们一笔添头。”

这是……他想向师长邀功？

“小红帽”眯起了眼，不过说出口的话表明还没放下戒心：“阁下口口声声说自己是萧家的，要这个人，无凭无据，我们凭什么相信你？”

乔晚神色镇静地与萧博玉隔空对望。

与此同时，魔气在识海里搅得更狠了点儿。

萧博玉咬牙回头：“拿灵石！”

小家仆已经彻底蒙了：“少爷？！”

萧博玉瞪眼：“少废话！还不快拿！”

是灵石重要，还是你家大少爷的命重要？！

被萧博玉剜了一眼，小家仆冷汗涔涔，当下也不敢再说什么，战战兢兢地摸出了一袋灵石。

四周一瞬间安静了下来。

“这是一袋子四级灵石，订金，总够了吧？剩下的你们明天再到我们萧家下榻的梵心客栈来拿！”

说这话的工夫，萧博玉眼睛一眨不眨，恶狠狠地盯紧了乔晚，大有不咬下一块肉决不罢休的意思，眼神看上去倒怪像萧家人的。

没人和钱过不去。

这青年身着萧家家纹的衣袍，出手阔绰，盯着乔晚的目光阴狠，萧家人的身份，倒像是八九不离十。

本来他们揭了绝杀令，就是要从萧家这儿拿钱。

不怕一万，就怕万一，绝情楼也不愿轻易得罪萧家。

绝情楼的众大汉对视了一眼，还是由“小红帽”开口：“既然这样，那我们姑且信道友一回。不过，还是那句话，无凭无据，到时候我们拿什么做证，去客栈领那另一半的赏金？”

萧博玉扬眉，压低了嗓音，阴恻恻地磨牙：“怎么？你们这是不信我们萧家，觉得我们萧家会赖账不成？”

兜帽男倒十分有礼貌：“道友误会了，我们并非此意，只是做生意总要求个担保。”

乔晚冷冷地道：“替他们作保。”

萧博玉气得面色青白，却又拿这凶猛霸道的神识没任何办法，从怀里摸出个玉佩丢了出去：“这是萧家的玉佩，能作保吗？”

玉佩落入掌心，其中一个兜帽男掀开兜帽，伸手往眼皮上一抹，朝其他同伴点了点头。

——他用瞳术看了，玉佩上的萧家家纹确实是真的，这的确是萧家子弟才会佩的。

“小红帽”却还是不放心。

萧博玉咬牙：“你到底想怎么样？”

“小红帽”：“简单，烦请道友伸出手。”

乔晚：“伸手。”

萧博玉咬牙伸手。

一只黑色的小飞虫“嗡嗡”地从兜帽里钻了出来，落入了青年的掌心里，一扭屁股，钻了进去。

“这是我们绝情楼养的飞虫，能追踪人于万里之遥。”

萧博玉的脸更黑了：“这下你们放心了？”

“小红帽”脸上立即露出了和气的笑容，一拱手道：“自然是放心了。抱歉，冒犯了道友。没办法，在道上走跳，总要留几个心眼不是？等明天拿到了灵石，这虫我们立即就取出来，绝不耽搁。”

当下，“小红帽”收起了玉佩和灵石，一挥手：“走！”

表面上是萧博玉压着乔晚，实际上乔晚绑着萧博玉，一路往前走去。

青年气得脸色涨红，风度全无："你要我做的事，我都做了，你到底什么时候才肯放了我？"

乔晚目不斜视地看着前方："大光明殿。"

现在放了萧博玉，他肯定会暴起杀人，等到了大光明殿她才算安全。大光明殿有武修护着，她就不信萧博玉敢在此重地杀人。

两个人就这么一路登上了鸠月山，来到了大光明殿的山门前。

大光明殿依山势而建，气势十分恢宏尊贵，和大悲崖关系紧密，每天都有不少信徒爬上鸠月山参拜。

乔晚和萧博玉不算最特殊的那两个人，刚到山门前立即就有两个武修围了上来。

萧博玉铁青着一张脸，却还得挤出温柔似水的笑意："无须劳驾，只是随意逛逛。"

乔晚迅速环顾大光明殿："往前走。"

越往深处走她就越安全。

一直走到大光明殿后，乔晚才停下脚步，让萧博玉转身往山门的方向走。

一、二、三、四、五……

眼睁睁地看着萧博玉走出四十多米之后，她的神识有点儿撑不住了，魔气渐渐占了上风。

乔晚当即松开了神识。

神识一松，青年霍然转身，挽弓搭箭！

萧博玉：给我死！

乔晚反应更快一步，脚下踏出妙微步法，躲过了飞至的银色箭光，飞身蹿进了一间大殿！

萧博玉一箭射了个空。

也就这一瞬间的工夫，已经有武修围了上来。

"门派重地，何人在此喧哗？！"

看着空无一人的平地，又看了一眼渐渐围过来的武修，萧博玉收了箭，咬牙切齿：还知道往殿内躲，你给我等着。

她躲，明摆着算准了他不可能当着大光明殿武修的面，往里面射箭。

迅速瞄了一眼这截平地，记在了心底，萧博玉脸色阴沉。

十二丈的距离，估计就是这货神识能延展的距离。

没看这是什么地方，乔晚随便挑了间开着窗的大殿扑了进去，就地一滚，鼻尖随之蹿入一缕若有若无的檀香。

她抬眼一看，只见殿内空间足够大，也足够冷清，基本上没什么家具和摆设。

房间正中墙上被人笔酣墨饱地写了个大字：“断。”

笔锋锐利，透出了点儿料峭的意味。

就在这时，殿外传来了一阵交谈声。

“尊者可要更衣？”

乔晚心里一惊，下意识地往一扇素面屏风后面躲去。

门“吱呀”一声开了，有两个人一道走了进来。

刚踏入殿内，其中一人敏锐的脚步一停。

“嗯？！魔气！”一道如同古刹钟声般清正威压的男声，顿时当头罩了下来！

乔晚睁大了眼，心里“咯噔”了一声。

这一级提神醒脑的声音，怎么听上去这么熟悉？

来者尾音微扬，高声厉喝：“魔气！是谁在此处？”

下一秒，乔晚只感觉眼前金光一闪，面前屏风被光一抽，倏地爆开，纸面四分五裂。

在这纷飞的布料中，乔晚有点儿僵硬地抬起头，映入眼帘的是个尊者。

这高昂尊贵的嗓音、这藏蓝色的发丝、青色的袖口，还有这庄严的宝相……

尊者眉眼艳丽锋锐，像薄红色的刀锋上漾出的光，泛开了旖旎的花色。

那光没给她半分面子，雄浑的力道直奔乔晚而来。

乔晚来不及多想，下意识地就地一滚，刚躲开这道金光，“啪嗒”一声，一本话本随即从衣襟里掉了出来，上面明晃晃地写了几个红通通的大字：“我与妙法尊者的故事。”

尊者凌厉的攻势一滞，凛然而不可侵犯的威严目光下意识地就落在了那话本上，然后，落在了乔晚的脸上。

顶着尊者凌厉逼人的目光，乔晚无语了。

气氛好像在那么一瞬间凝固了。

不知道是不是错觉，她感觉面前的尊者好像十分眼熟。

一定是错觉，这一定不是梦里的前辈。

乔晚僵硬得犹如一个戳在地上的棒槌。

一阵清风从大开的窗户灌入，“哗啦啦”吹动了地上的话本，话本里的内容就这么清清楚楚地撞入了所有人的眼底。

气氛好像更加糟糕了！

后脚踏入殿内的小弟子顿时也僵硬了。

为什么尊者的屋里会出现一个女人？为什么女人的怀里会揣着一本如此奔放大胆之物？！

男人的目光停留在乔晚脸上足足有几秒钟之后，清正威严的嗓音再度响起，余音悠长，落地铿锵，不知道是不是特地夹了点儿金光，震得乔晚大脑“嗡嗡”地响。

“许久未见，你的成长，令我讶异。”

她被认出来了！

此言一出，一股热意从脊椎骨直奔脑门，乔晚一个鲤鱼打挺从地上蹦了起来，捡起话本揣怀里，弯腰行礼一气呵成：“晚辈拜见前辈！”

随侍的小弟子：有哪个晚辈会拿着这个东西来拜见前辈啊？！

她早该把梦里的尊者与那以美艳和凶残闻名于修真界的妙法尊者联系起来的，乔晚嘴角抽了抽。

顶着尊者凌厉得犹如两把小刀的目光，乔晚十分惭愧地低下头，尴尬到内心默默以头抢地。

“魔气。”尊者将目光落在她的身上，皱眉抬手，又一道金光闪过，直接将屋里的小弟子给抽了出去。

“砰！”

连带着门窗都被这沛然的佛气震得巨响，严严实实地关了起来。

“你身上为何有魔气？”

妙法尊者一字一顿，目光紧紧地盯着乔晚，蹙眉问道。

从梦中阔别数月到现在，甫一重逢，他就语出质问！

冷不防被一道金光抽出去的小弟子趴在门口，期期艾艾地喊了一声：“尊者！”

屋里毫无动静。

这……这是怎么回事？！看着那合上的门窗，再联想到刚刚看见的那本话本，小弟子惊悚了。

一定不是他想的那样。

小弟子赶紧摇了摇脑袋。

屋里，尊者落在乔晚身上的目光仿佛能洞穿人心，威严中更含了几分怒意。

从相识到现在，乔晚就一直是以一个人修的身份出现在尊者面前的。

如今两个人一见面，她周身的魔气几乎兜都兜不住。

正常人看到这变化，第一反应一般不是“这个人原来是个魔”，而是“这个人修炼走了邪路，跑偏了，入了魔”。

更何况还有地上那本火辣辣的话本，这简直就是面前这少女跑偏了，不学好的最佳佐证。

想到刚刚话本上那“惊鸿一瞥”，面前的尊者眉头皱得更紧了。

顶着尊者这极具压迫力的目光，乔晚硬着头皮，涩声道：“前辈，你听我解释……”

妙法毫不客气，凝神厉喝：“你这魔气从何而来？”

乔晚："这件事说来话长。"

"前辈，事情大概就是这样了。"

大师兄陆辟寒性子冷，但她毕竟是他一手带大的，在他面前，乔晚还敢皮一下。

马怀真虽然爱阴恻恻地冷笑，其地位宛如昆山教导主任，但还算好相处，乔晚也没那么大压力。

但梦里这位前辈，或者是妙法尊者，那根本不一样。

两个人介于熟又不是很熟之间，又在这位门派巨擘的鞭策下过了这么多年，乔晚不敢有任何隐瞒，简单地交代了一下来龙去脉。

太虚峰上那件事，前段时间几乎传遍了整个修真界，但乔晚不敢保证面前这常坐镇鸠月山、传闻中很少下山的门派巨擘有没有听说过她的"英勇事迹"。

尊者沉吟一声，目光更冷了点儿："你是魔？！"

这眼神，看得乔晚心里一惊，她下意识地脱口而出："前辈！晚辈……抱歉……"

尊者嗓音铿锵低沉："你于我有什么可道歉的？！"

这横眉冷对的模样，看得乔晚内心羞愧之情更浓了。

没想到梦里的前辈就是妙法，乔晚心想，妙法耐心地教她控制自己的神识，教她光照无间，还亲手在她的识海里戳了个印，没想到她是个魔！

一个佛修，亲身教授了魔这么多东西！

这么想，就连乔晚也觉得自己简直就像个欺骗了感情、辜负了面前的尊者信任的人。

毕竟在梦中相处了这么多年，也稍微摸清了点儿眼前的尊者是刀子嘴豆腐心的脾气，眼见妙法尊者脸色不好，乔晚乖乖认错，欠了欠身："晚辈虽是魔身，但心向正法，还望前辈能帮晚辈化解魔气。"

妙法冷冷地反问："佛魔不两立，我为何要帮你化解魔气？"

乔晚神情严肃地说："心正法正，心邪法邪，佛魔本在一念之间，晚辈心有正见，望前辈能相助。"

认错态度良好，这么多年在梦中说法，她好歹是听进去了一点儿，也不算是冥顽不灵。

妙法凌厉的气势略微一收："你说，是岑清猷带你来到大光明殿，求我帮你化解魔气的？"

乔晚挠挠头，老实回答："我也没想到，原来前辈就是修真界鼎鼎大名的妙法尊者。"

妙法尊者冷下了脸。传说中他疾恶如仇，对待妖魔，尤其是那些不知悔改的妖魔，格外凶残，而现在乔晚成了个魔，还是个地位不低的魔，顿时就由梦里那个原本还得到了颇多照拂的晚辈变成了欺骗别人感情、连呼吸都是错的“顽劣魔”。

冷眼归冷眼，尊者还是秉承了一贯的刀子嘴豆腐心，皱眉抛下了一句：“从今日起，你入我门下，随我一并修行，我会为你化解魔气。”

乔晚赶紧欠身道谢：“多谢前辈。”

至于刚刚地上的话本……

妙法没提，乔晚就更不可能再提。

说起来……乔晚抬头往外看了一眼。

刚才她和岑清猷走散，被萧博玉追了一路到现在，也不知道岑清猷现在究竟在哪儿。

要是绝情楼的人为求保险，又对岑清猷下了手……

乔晚想了想，喊道：“前辈！”

妙法：“还有何事？”

“刚刚在山下，晚辈和岑清猷被绝情楼的人给冲散了。”乔晚抿了抿唇问，“前辈能不能安排些弟子去山下找找？我不太放心。”

话说到一半，殿外突然又响起了脚步声，来者嗓音温柔中透着几分急促和严肃：“师父可在？我有要事想请师父帮忙。”

小弟子：“师父在屋里跟一位女人说话呢。”

说曹操，曹操到。

下一秒，一道梅花白的身影撞入了殿内，岑清猷忧心忡忡地迈出一只脚：“师父，弟子有要事禀报！”

他却在撞上屋里站着的两个人时，硬生生地刹住了车。

少年看了一眼屋里一身沛然金光的妙法，又看了一眼乔晚，睁大了眼：“师父，辛夷？”

眼看着本该被绝情楼杀手追杀的少女就这么站在里面，旁边还站着自家威严的师父，火急火燎地赶来搬救兵出面解围的岑家小公子蒙了。

“那些绝情楼的人……辛夷……你没事？”

妙法在大光明殿，甚至在整个门派，地位崇高，解释这种事，自然而然地就落到了乔晚头上。

岑清猷默默听完了整件事，整理了一会儿思绪。

要带乔晚到大光明殿求医，说实话，岑家二公子还存了自己的一点儿私心。

到现在岑清猷都没忘记当初世春堂屋顶上那一幕，那纷纷落下的黑色的光——光照无间。

辛夷怎么会用光照无间？这个疑问一直在岑小公子的脑子里盘旋。辛夷和他师父究竟是什么关系？两个人是认识，还是另有隐情？

既然他想不通，那不如干脆带她去见妙法。

事关自家师父，他不得不慎重。

这也是岑清猷当初提议带乔晚来大光明殿的重要原因，而现在答案已经很明了。

不过这一幕出现在眼前，岑清猷还是有点儿震惊，当下彬彬有礼地行了个礼，温声细语道："原来师父与辛夷相识。"

妙法："你从栖泽府回转，就是为了请我帮她化解魔气？"

"是。"岑清猷欠身，"辛夷于我岑家有救命之恩，所以弟子斗胆想请师父帮忙。这段时间弟子回乡去探望了爹娘和兄长，爹娘和兄长无恙，此番回转之后，弟子暂时不会再回去，会留在殿内静心修仙。"

少年举止风度翩翩，从容有礼，再看面前的尊者脸色不太好，做弟子的敏锐地察觉了点儿不妙。

"回去探亲的这段时间，在修行一途上，弟子也未敢有所懈怠。"岑清猷举手投足间，活脱脱一个认真懂礼貌的三好学生模样，"每日抄写的经卷都已经放在了书箧中一并带回，稍后弟子便拿去让鉴善师兄检查。"

想到自己这敏感的身份，乔晚也十分有默契地毕恭毕敬附和，以此来表明自己良好的学习态度："前辈，前几日岑清猷还为晚辈说了一晚上的法。"

妙法看了一眼面前和谐友爱的两个小辈，脸色这才稍稍由阴转晴。

为了表示乖巧上进，两个小伙伴彬彬有礼地一致弯腰行了个大礼，体贴地不再打扰，恭恭敬敬地退了出去。

然后，"啪嗒"一声，熟悉得让人窒息的声响再一次在整个殿内响起。

两本话本随即从岑清猷的衣襟里掉了出来，上面也明晃晃地写着红通通的大字——

"和妙法尊者的二三事。"

"那一夜，大光明殿。"

岑清猷："……"

乔晚："……"

下一秒，一道沛然金光瞬间冲破了门板！

维持着"乖巧行礼"姿势的乔晚和岑清猷，就这么一并被抽到了外面。

一声清喝乍响，尊者嗓音雄浑："去思过！"

妙法尊者虽然地位崇高，性格极其严厉凶残，但据大光明殿的小弟子透露，尊者其实就是看着凶残了点儿，实际上心地善良，慈悲宽容。

谁有什么不懂的，尽管去找妙法尊者答疑解惑，只要不怕被金光抽。

尊者端坐高台之上，目光凌厉，任谁一走神，一道金光劈头盖脸地就抽了过去。

这顿时让坐在椿凳上的乔晚宛如梦回高中。

虽然她已经没了前世老师和同学的记忆，但这恐怖的感觉，简直已经生生世世地镌刻在了骨子里。

在某个风和日丽的上午，乔晚的魔气气势汹汹地反扑了回来，三四个人都没拦住，差点儿炸了一座殿。

最终是一道金光及时杀到殿门前，化作一位艳丽的尊者，一抬手，袖间轰出一朵金色莲花。

沛然金光压下，乔晚没来得及反应，就被一掌轰出了几丈远，深深地砸进了岩壁里，石块儿四分五裂。

“孽障！”尊者蹙眉厉喝！

另一道金光再次直冲乔晚的脑门而来，深入识海，那么一戳，又留下了一个印。

“陆施主？！”一众皆大惊失色。

这一砸，立即就把乔晚神志不清的大脑给砸清醒了，乔晚从岩壁上滑下来，擦了把满脸的血，身形摇晃了两下：“我没事。”

众人嘴角抽搐：“但你……流了好多血。”

乔晚：“我没事……”

说着她又摇摇晃晃地往前走了两步，在众人的注目之下，“哐啷”一声栽倒在了地上，不省人事。

众人看了一眼这凶猛的金光，齐齐打了一个哆嗦：这哪里像没事啊？！

妙法尊者之凶残……果然没因前段时间闭关而减少半分。

等乔晚醒来的时候，已经被一众人搬到了房里。

乔晚捂着脑袋，慢悠悠地醒转，只觉得眼前有一圈一圈的星星在晃。

目光一瞥，她在床边看到了一个熟悉的白色身影。

岑清猷坐在床侧，看了一眼乔晚，脸上露出了点儿犹豫之色：“辛夷，这是师父让我给你的。”

乔晚看清少年手里的东西之后，顿时愣了。

岑清猷抽出来的是一把崭新的扫帚？

“扫帚？”

“是。”岑清猷将扫帚塞到了乔晚手里，温声解释，“这是大光明殿的定心帚。心定，拿在手上轻若鸿毛，扫得也快；若心生杂念，扫帚拿在手上犹如千百斤重。”

“前辈的意思是……”

岑清猷："让你在劳动中净化心灵。"

乔晚："……"

她毕竟是魔，虽然识海里的印压制了不少魔气，但最近正逢三教论法会，山上人来人往，乔晚这模样不方便见人，就被安排在了大光明殿南侧门附近洒扫。

三教论法会，是修真界儒、释、道三教切磋比试的一场盛会，这次三教论法会由大光明殿坐庄。还没开始比，每天就有初生牛犊不怕虎、意气风发的少男少女们来山门前挑事。

大光明殿南边是一片陡峭的悬崖，南侧门人迹罕至，层层石阶铺展向上，菩提树枝繁叶茂，翠绿的树叶几乎落满了一石阶。

妙法在乔晚的识海里留下的印，主要作用还是监督，如今乔晚的识海里的魔气越发猖狂，竟然连印也压制不了多少。

她心神不宁，定心帚握在手上重若千钧。

执帚人的修为境界反映定心帚扫地的难易程度。要是力能搬山的修士来拿这定心帚，其重量就相当于一座巍峨高山。

乔晚扫了半天，也没扫干净多少，倒是累出了一身汗，干脆放下扫帚，靠着树干休息了一会儿。

她一闭眼，魔气和佛气便在识海里翻搅，打得十分激烈。

隐隐约约间，魔气占了上风。

就在这时，耳畔突然传来了一道年轻的男声，伴随着一阵纷乱的脚步。

"这儿有个人！我们去问问！"

"这位道友！"

乔晚抬头。

石阶前俏生生地站立了几个青年男女，穿着打扮华贵，袖摆上绣了个金色的"善"字。

刚刚开口的青年问："你知不知道这儿是哪儿？"

青年手里握着个书卷，嘴角挂着一丝漫不经心的笑容，说话的时候趾高气扬。

乔晚抿了抿唇，累得嗓音有点儿哑："这是大光明殿南门。"

"南门。"青年似有所悟地点点头，笑了，话一说出口，显得得意扬扬，"平日里就听说大光明殿旺，信众不知凡几，没想到还有这么荒凉的所在。"

乔晚心里冒出了点儿焦躁情绪，皱起了眉。

面前这一行青年男女明显是来挑事的。

论法会还没开，三教之间就有不少躁动不安的弟子开始四处下战书，争相替自家门派"争光"。

乔晚别过头尽量不去看面前这一行男男女女。

一看面前这女修竟然这么目中无人，青年冷下脸，皮笑肉不笑地说道："怎么？大光明殿的人就这么傲气？”

魔气翻搅得更厉害了，乔晚下意识地去拿靠着树的那把扫帚，定定心。

她的手刚碰上扫帚柄，一道剑气劈了过来，手里的扫帚顿时断成了两截。

“我们问你话呢，这就是你们大光明殿的待客之道？”

敌意“呼”的一声钻入了脑海，伴着魔气搅拌了两下，那股暴虐嗜杀的欲望再次蹿上了识海！

乔晚握紧了剩下的半截扫帚，顽强抵抗着魔气。

台阶下的男男女女一看这人被打还不敢还手的懦弱模样，顿时笑了起来。

这一笑，捅了马蜂窝。

没想到那握着扫帚一直没敢还手的少女蓦地抬起了头，黑漆漆的眼里闪过了一道红光！

瞬息之间，少女抡起那还剩半截的扫帚蹿了出去。

“砰！”

重若千钧的定心帚，一击就把那拿书卷的青年给拍飞了出去。

刚刚还乐于挑事的青年男女们顿时愣了。

在场的不是散修，都是仙门弟子，有眼力。

这洒扫女修周身缭绕着的……是魔气？！

也就他们这么一愣神的工夫。

“砰砰砰！”

乔晚抡着扫帚，将台阶上的一行青年男女干净利落地全扫了下去。

其中一个人率先反应过来，捂着胸，吐出一口血，怒吼：“魔气？！这人身上怎么有魔气？！”

这是邪修？！

他还没说完，凶悍暴戾的气劲直冲胸口，乔晚又一扫帚扫了过去。

她再一抬眼，无数宝剑、书卷、毛笔，一眨眼的工夫，将她给包围了起来。面前这一行青年男女，终于从震惊中回过神来。

“这是魔！”其中一个女修惊呼。

这不是邪修，邪修身上不可能有这么浓厚的魔气！

还不够，还想要……乔晚举着把扫帚，眼里杀气闪动。

上回在泥岩秘境里，她杀了只母皇连同无数人面蝎尾蛛，魔性才勉强被压了下来，这次反扑更加汹涌。

这……这魔看上去也不过筑基期的修为，但这魔气充沛纯正得让人喘不过气来，还有一身体术和武技，十分干净利落，毫不拖泥带水。

这人简直……就像从战火里淬炼出的！

这一行青年男女纷纷瞪大了眼。

他们这几个都是善道书院的弟子，离论法会还早着，干脆趁这几天的时间上鸠月山游玩，看见侧门这儿有个平平无奇的女修，本来就想过去来个下马威，结果没想到就这么玩脱了。

“下山！”

“快下山！”

书卷青年当机立断，抛出书卷往上一跳，激动得浑身都有点儿发颤。

他要回去告诉师长，大光明殿的尊者在寺里养了个魔！

乔晚沉默不语地抡起扫帚，刚准备去追，突然之间，一道厉喝再次冲入了脑海。

“孽障！这便是你说的心向正法吗？！”

随之而来的沛然佛气，“哗啦啦”一声灌进了识海。

还在殿内的妙法察觉印震动，双眉紧紧一蹙，火速赶往了南门，一眼看见丧智的乔晚，脸色顿时一黑。

雄厚的佛气和魔气在识海里形成了拉锯战，你来我往，毫不相让。

最终还是魔气占据了微弱优势，深黑色的魔气一缕缕地包裹住了金色的光，开始吞吃。

“轰——”

一道粉色残影从南门飞了出去，“砰”的一声砸在了地上。

一众大小弟子，连同岑清猷，整齐划一地扭过头，目瞪口呆地看着地上飞扬的尘土：“刚刚……是不是有什么东西飞过去了？”

飞扬的尘土渐渐散去，乔晚晃晃悠悠地站起来，抿着唇目光冷冷地直视前方。

众人顺着乔晚的目光一看，妙法敛眉肃容，黑着脸一步一步地走了过来。

对上威严的尊者，乔晚身上魔气全开，一来一往间，眼里只有杀意。

这就是薛云嘲口中的魔，没成年魔族的指引和教导，早晚会迷失在这欲望里。

岑清猷惊骇地喊道：“辛夷！”

妙法皱眉。

不过数月没见面，他没想到乔晚竟然入魔这么深。

一个不要命地往前冲，一个没打算伤人，其他招式都没用上，就用了一道金光，一边周旋，一边探出佛气去摸清楚乔晚的脑子里究竟是怎么回事。

妙法抬手，那道金光游刃有余地上下翻飞交织，“啪啪啪”像抽陀螺一样，下手十分果决，毫不留情。

一众大小弟子看得震惊的同时，嘴角抽搐，又对面前这魔微妙地生出了点儿同情和敬意。

但和外面这道凶猛的金光不同的是，探入识海的佛气分外温和小心，不过刚探入识海，立即被魔气吃了个一干二净。

被金光抽成了这模样，乔晚还是百折不挠地继续往前冲，眼里泛着冷光，只剩下了“吃”这么一个念头。

眼看面前这少女这么冥顽不灵，妙法大怒，金光“噼里啪啦”抽得毫不手软，更加凶猛。

乔晚白皙的脸上登时被抽出了道细小的伤口，渗出了点儿鲜血。

等乔晚冷着脸再冲上来时，尊者站定，不再留情，迅速捏了法印，提气一喝，“光聚顶印”急速盘旋，深深地戳入了乔晚的识海。

少女周身金光大作，在尊者面前刹住了车。

将印戳入乔晚的识海之后，眼见乔晚没了动静，妙法尊者皱眉，力道还是稍微松了点儿。

岑清猷松了口气：拦住了？

好香。

乔晚大口喘了一口气，冷汗涔涔，短暂地清醒了那么一瞬之后，食欲再次战胜了理智。

趁着尊者放松了点儿力气，乔晚再次发难，绷紧了肌肉，再冲了上去。

察觉出来乔晚这动作，妙法震怒，道道金光迅疾如雨，至刚至猛的金光毫不留情地抽向了乔晚的腰间，透过破破烂烂的布料，白皙的腰上瞬间血痕交织。

所有人都低估了一个魔对吞吃佛气的执着。就算被抽得满身血痕，被滚烫得像流金一样的佛气给烫出了一片红痕，在这情况之下，乔晚还是顽强地顶住了佛气，下意识地张开了嘴，准备去咬尊者的脖子。

瞬间，整个侧门附近的时间好像都静止了。

尊者凌厉艳丽的眉眼一僵，横眉翻掌，一声忍无可忍的怒喝在整个南门前炸响：“光照无间！”

第二十二章　好一个漱冰濯雪般的美少年

在众人的注目之下，乔晚就这么再一次被金光给轰飞了出去。

这次妙法尊者压根没留任何情面，乔晚直接被砸进地坑里，身上狂乱的魔气也随之平息了下来，“轰”的一声，仰头砸在了地上，不省人事。

目光一瞥，还在围观的众人齐齐打了一个哆嗦，敢对尊者出手，将尊者给逼到这地步，这魔日子恐怕难过了。

想到这儿，慈悲为怀的众人，纷纷向坑里的乔晚投去同情的目光。

就在众人忍不住偷偷打量妙法尊者的时候，那光华耀目、凛然尊贵的尊者瞥了一眼地上的魔物，蹙眉冷冷地道：“还不快将她抬到怯梨池！”

大光明殿众人面面相觑，心里一震。

怯梨池？都到这地步了，尊者这是还打算亲自给这魔疗伤？！

奈何妙法尊者威压太重，震惊归震惊，众人也不敢耽搁，赶紧分出几个小弟子冲上前，捡起了地上不省人事的乔晚，拍了拍，扛去了怯梨池。

众所周知，妙法尊者平常就在无相崖底的怯梨池闭关。

岑清猷走上前。

往日温和从容的小少爷对上自家师父的黑脸，顿时感到了压力，但余光瞥了一眼凄凄惨惨的乔晚，心底摇摆了一会儿，还是温声替乔晚说话：“师父……辛夷这几日来一直勤于修行，只是她毕竟入魔太深，不好自控。”

妙法尊者一脸冷漠：“此事我自有分寸！”

想到刚刚那道抽人毫不手软的金光，岑清猷默默退到了一边，心里喟叹：辛夷，我只能为你做到这一步。

至于崖底的事，他只能希望乔晚自求多福了。

妙法心里默默深吸一口气，冷冷一拂袖，火速赶往无相崖底。

微凉的池水漫过了全身，清风徐来，轻柔的水波一圈一圈荡开，涤荡了身上的魔气。

乔晚从混沌中醒来，头痛欲裂，伸手捂住了额头，“哗啦啦”带起了一阵水花。

水？

乔晚愣了愣，还没回过神，头顶高高地传来了一声轻喝：“醒了？”

乔晚一转头，尊者冷冷地站在岸上，脸色看上去似乎不太妙。

她心里一突，来不及去想自己怎么在池子里泡着，刚准备上岸，一道金光劈头盖脸地又把她给抽了回去。

“回去。”

一件外衫同时兜头罩了下来。

“将它披上。”语气十分不客气。

乔晚在池子里泡着，尊者站在岸上看。

“这是无相崖下的怯梨池，能压制魔气，从今日起，你每日都到这儿来泡上两个时辰。”

大脑昏昏沉沉的，眼前闪过了许多零碎模糊的片段。乔晚想了半天，也没回忆起刚刚发生了什么事，不过看了一眼脸色不妙的尊者，和自己身上一道叠一道的血痕，乔晚迅速闭上了嘴，明智地选择了什么都没问。

“泡完再上来，我为你化去筋脉中的魔气。”

这池水确实有点儿清心的功效，乔晚老老实实地在池子里泡了半天，这才上岸，在尊者面前坐下。

一道金光钻入了筋脉，一道金光钻入了识海，开始耐心温和地替她梳理筋脉中残存的魔气。

乔晚：“前辈……”

尊者一个凌厉的眼刀扫过来：“何事？”

一抬手，刚猛的金光毫不留情地撞入了体内，疼得乔晚又打了一个哆嗦，还没说出口的话就这么给堵了回去。

不过撞入体内之后，那光又像是软化了态度，缓慢地在体内各大筋脉中游走，有力地一一抚平了体内不安的魔气，像一阵滚烫的暖流抚平了体内的躁动和杀伐冷意。

乔晚不敢再说话了，一边低着头老老实实地等妙法尊者替她梳理魔气，一边使劲儿回想之前究竟发生了什么。

等妙法梳理完，乔晚也隐隐约约想起来，她好像是扫地的时候碰上了一行来挑衅的青年男女。

让人发现了大光明殿里有魔，绝对不是一件小事，更何况这个时候正赶上三教论法会，乔晚刚把这件事一说，尊者又冷冷地给她堵了回去。

“此事我自会处置。”妙法尊者秀眉一拧，美目一冷，“你只需要老老实实地化解魔气，这些事用不着你操心。”

乔晚：“前辈。”

“嗯？”

“抱歉。”乔晚低声道，“给你添麻烦了。”

“与其操心别人，不如操心你自己，我没事，”妙法神色还是严厉，“无须你操心。”

妙法替乔晚化解了魔气之后，没多待，提步离开。

乔晚又坐在怯梨池里泡了一会儿，觉得差不多了，这才回到了自己住的房间。

结果还没等天亮，又坏了，乔晚又暴走了。

整个大光明殿的人都没想到的是，魔气暴走了一次之后，还会有第二次、第三次，而且一次比一次凶猛，暴走的时间间隔也一次比一次短。

被光照无间拍晕之后，乔晚再醒来，对上那张华丽庄严的脸，沉默了好一会儿。

“前辈，要不你把我关起来吧？”

一次次暴走始终不是个事，大光明殿也有地牢，地牢里关着不少犯了事的妖修、魔修。

尊者皱眉看了一眼自己这梦中相识了十多年的后世晚辈：“地牢和大光明殿不同，你当真要去地牢？”

乔晚神色诚恳地说：“现在也没更好的解决办法。不过是在地牢里待几天，我相信前辈一定能尽快找到为我化解魔气的法子的。”

当晚，乔晚就卷了铺盖、拎了包袱，滚到了大光明殿的地牢里。

不过这一次的待遇，比上一次在戒律堂地牢的待遇好上不少，单间牢房，宽敞干净，床铺桌凳一应俱全。

岑清猷怕她一个人待着孤单寂寞，还特地给她搬来了一箱书。

搬到地牢之后，乔晚和魔气的死磕就开始了。

魔气不受她控制，想吞噬她的理智，而她想掌控魔气。

两方谁都不认输。

地牢里关着的个个都是穷凶极恶的歹徒，一见搬进来一个姑娘，就开始挑衅。

“妙法又塞进来个什么玩意儿？”

“女的？”牢房里的凶徒们不怀好意地笑了起来。

大光明殿的地牢不像戒律堂地牢那么丧心病狂，在妙法尊者的亲自设计之下，每间牢房里都有个留影球，每天全自动播放忏悔文，十分丧心病狂。

乔晚嘴角一抽。

黑暗的甬道里，尊者面色不善地走到了牢房中间，看了一眼乔晚，皱眉道：“今日魔气可好点儿了？”

乔晚干巴巴地憋出了一句：“尚可。”

“你坐下，我为你化解体内魔气。”

在地牢里待久了，乔晚全身上下也被糟蹋得破破烂烂，反衬得尊者更加威压尊贵，一踏进牢房，蓬荜生辉。

铁链“当啷”一响，乔晚乖乖地坐了下来。

这和她想象中的不一样。

耳边是各凶徒不甘的怒吼和咒骂。

乔晚睁着眼对着岩壁沉默了一会儿。

她想变强，而不是像之前在戒律堂里那样，像现在这样，龟缩在阴暗潮湿、不见天日的地牢里。

乔晚忽然又觉得鼻子有点儿发酸，再次冒出了点儿委屈感，眼泪跟着又掉了下来。

察觉点儿乔晚的不对劲，妙法收回手，冷喝：“哭什么？！”

这一喝，乔晚的眼泪掉得更凶了。

反正第一次见面的时候，她都已经哭得一把鼻涕一把泪了，这个时候再掉眼泪也没了心理负担和压力。

眼看着乔晚当着自己的面哭得如此凄惨，妙法也有点儿僵硬，语气虽然算不上温和，但也放缓了不少：“你究竟哭什么？”

乔晚低下眼：“晚辈就是没想到会落到今天这个地步。”

从始至终，她就是想做自己，想变强，想堂堂正正地做“乔晚”这个人，站在人面前。

“想出去？”

乔晚低声道：“想，想出去，去看看论法会，但还需要先化解魔气。”

从她入魔到现在，态度倒还称得上端正。

尊者目光凌厉，一眼就看穿了乔晚脑子里在想什么：“如今论法会临近，群英荟萃，你想要变强，去参加论法会，不失为一种快速变强的途径。你若真想出去，倒不是没有办法。”

乔晚愣了愣：“请前辈明示。”

妙法沉声道：“我说过，你的神识已经快突破元婴期。

“神识要是达到了元婴境界，你就能元神出窍，此时再分出一半元神，可化成分身，代你出游。

"若你真想出去，就趁这几天时间修炼神识突破元婴期。到时候，你的本体就留在这儿化解魔气，分身离开地牢，去参加三教论法会。"

妙法尊者这话像一块从天而降的大饼，把乔晚给砸蒙了。

元婴！只要神识突破了元婴期，她就能出去了！

尊者看乔晚双眼一亮，皱皱眉，反手又给了乔晚一大棒，把人砸清醒了，让她认清现实："你如今魔气缠身，要想在这关头突破元婴期，并非易事。"

乔晚郑重地抬眼："尊者，我想试试。"

三教论法会，来的都是各教派顶尖的年轻弟子，也是练级最好的时候。

眼前这么一个机会摆在她面前，她无论如何都不想错过。

妙法一走，乔晚精神一振，立即盘腿继续修行。

将乔晚和妙法的对话全听进去了的刀疤男不屑冷笑："这妙法骗你的，你还真信他不成？"

呸！

当初他就是被这邪物给押在了地牢里，说等他想通之后，就把他放出去。

他都想了快整整三十年了！妙法就是不肯放他出去！

乔晚没抬眼。

有了目标，也就有了动力，接下来的几天时间，乔晚精神百倍，拼了命地和魔气死磕，没日没夜地埋头修炼神识，被魔气压了一头之后，就稍做休整，立马继续。

兴许是在地牢里憋坏了，刀疤男从一开始不以为然，到后面也开始每天蹲在铁栏杆前留意乔晚的进度，时不时泼一盆冷水："治不了，没救了，等死吧。"

乔晚抿着唇，一言不发，几乎又回到了之前玩命修炼的地步。

醒来她就盘腿继续和魔气死磕。

妙法尊者每次留在乔晚识海里的光都被乔晚小心保管，妥善利用了起来。

走出了长长的甬道，尊者转身，看了一眼隐藏在黑暗里的地牢，紧蹙着的眉头稍稍松开了点儿。

但愿乔晚不至于叫他失望。

乔晚的神识境界和元婴期本来就差临门一脚，不过有魔气作祟，每次她要冲上去的时候，又被魔气给搅乱了神志，暴走的时候四处砸墙，常常把自己弄得浑身是血，砸完了就顶着一脸血继续修炼。

几天下来，就连地牢里的众狱友也不由得心生敬意，便吆喝："今天怎么样了？"

乔晚沉声道："还差一点儿。"

"明天继续？"

"行。"

在拼命修炼的过程中，她竟然真的在某一天顺利突破了元婴期！

诸多穷凶极恶的歹徒比乔晚还高兴，欢欣雀跃地“啪啪啪”给乔晚鼓掌，得到了妙法尊者的冷冷一瞥、金光一抽。

众人被抽得泪流满面，趴在栏杆前磨牙：等我们出去，就把你们都杀了。

乔晚突破元婴期的时候，尊者就坐在一边守着，防止魔气反噬。

等乔晚一突破元婴期，他果断指挥乔晚将神识分离了一半出来，然后抽出一部分自身血肉筋骨塑成了个人形，塞了进去。

至于分身究竟捏成什么样，乔晚想了一会儿，捏了个男人。

顿时，地牢里的狱友们来劲了：“听我的，得这么捏！”

“听我的！”

“脸上来点儿疤，有男人味儿！”

众歹徒纷纷伸长了脖子，屏住了呼吸，看着乔晚究竟能捏出个什么样的分身来。

少年乌发绑了白色的发带，墨眉斜飞入鬓，鼻梁高挺，眼角生着淡白色的龙鳞，神情和乔晚的冷淡从容如出一辙。

好一个漱冰濯雪般的美少年！

好俊！

众人击掌赞叹！

妙法沉声道：“你上前来。”

乔晚依言走上前。

妙法尊者瞥了乔晚一眼，抬手往她捏出的少年身上戳了个印。

“这虽然是你的分身，但还有少许魔气残余。这个印有我的一缕神识，能帮你压制魔气，也可陪你同行，助我时时监督你的动向。”

这感觉十分奇妙。

乔晚审慎地看了一眼面前的少年，有点儿恍神，这有点儿像前世玩游戏，同时操纵了两个号。

“论法会一开，到时候各派才俊都会来到鸠月山下，倘若这回论法会你能结识几个好友，对你日后参加昆山同修大会也多有便利之处。”

到时候，她的本体可留在地牢里和魔气死磕。

乔晚抬眼，少年眼里澄澈干净，仿佛有星辰闪动。

她就用这具身体，和来论法会的诸多才俊切磋，在论法会上扬名！

“切记！”尊者秀眉倒竖，冷喝道，“戒骄戒躁！行事万不可莽撞！”

就在乔晚兢兢业业地捏人的时候，来自各派的青年才俊也都陆陆续续地赶到了鸠月山下。

一身白衣的少女眉眼冷漠，披帛搭在臂膀间，鬓发间装点着明珠珊瑚，气度娴雅从容。

站在她身侧的青年君子端方，背负一把蓝色巨剑，看了一眼面前巍峨雄伟的高山。

“谢行止道友已在利生峰前等候。”青年沉声道，“珊湖，走吧。”

“这就是鸠月山吗？”

一身青布衣、颌下蓄着短须、双目明亮、面容清俊的中年修士背负一柄乌鞘黑剑、一柄白鞘小剑，沉稳有力地走到了山脚，身后还跟了串风尘仆仆、东倒西歪的年轻儒生。

“李师叔，我们到鸠月山究竟要找谁啊？”随侍的少女穿的衣服虽然简朴，但双目灵动，容貌清新秀丽。

“这三教论法会，来的都是修真界顶尖的教派，就我们这个小破书院，”少女仰头看了一眼鸠月山，心里嘀咕，“到时候能不能上大日峰还两说呢。”

李师叔究竟是来找谁呢？

就在诸位大佬赶往鸠月山的时候，乔晚还在勤勤恳恳地捏人。

在地牢里基本用不上什么修为，乔晚干脆就让分身继承了一大半，有了神识、修为和锻体，基本上和本体也没太大区别。

毕竟是自己的分身，她要用他出去走跳的，得重视一点儿，这样走出去也有排面。

大抵是人开了小号之后就会放飞自我，有了高级马甲之后，暂时不用再担心掉马甲的事，这一次乔晚想搞场大的。

在狱友们齐心协力冥思苦想之下，名字最终由一个被关在崖底的邪儒修给敲定，姓陆，就叫陆寻仙。

乔晚摇头：“我不想成仙，不如就叫辞仙吧。”

陆辞仙。

确定一个格调满满的名字之后，相搭配的招式至少也得上档次才是，动感光波球就叫雷霆万钧。

妙法尊者看了一眼乔晚，难得说了句有点儿夸赞意思的话：“你并无自己想象中那般弱。”

他这就是让乔晚戒骄戒躁的同时，不要妄自菲薄。

乔晚自幼得昆山师长教导，去栖泽府这一路上，又有妖皇伽婴指点体术和武技，加上妙微步法、动感光波球和强悍的神识，去岑家一趟还补好了筋脉，如今怎么也称得上同辈同境界之中的佼佼者。

神识突破元婴期之后，好处不仅仅在于能开小号放飞自我，她还能做到某种程度上的过目不忘，所见所闻全都收在识海里。

识海充盈得就像一条河，虽然不能往前走，但能回溯，清晰地回溯自己的记忆。

这感觉十分奇妙，乔晚盘腿静静地打了会儿坐，当初模糊不清的记忆，也变得清晰起来，像是被人分门别类地整理好了。

乔晚随便在识海里翻了翻，震惊地发现她前世曾经看到过、学到过的那点儿东西，也被整理好了放在识海里。

比如早就被她抛之脑后的高数、背过的那点儿古诗词、写论文的时候曾经查过看过的资料，甚至有英语四六级，看到那熟悉的英文单词，乔晚窘了。

诗词对儒修而言倒还有点儿用处，但英语就用不上了。

除了依旧没前世家人同学的记忆，其他记忆都被清晰地安放在了识海里，就像座庞大的图书馆，她能随取随用。

从识海中抽身，乔晚睁开了眼。

毕竟是个小号，大号上有许多技能不能用，乔晚想要在论法会上走下去，打出点儿名声，还必须好好锻炼。分出陆辞仙之后，乔晚没着急离开地牢，而是坐下来先学着熟练这具身体，重新规划技能。

规划了一会儿，乔晚福至心灵，突然想到了马怀真当初给她的那本书，自从下山之后一直被她藏在储物袋里，还没拿出来看过。

现在，面前就有这么一位大光明殿地位崇高的尊者，乔晚恭恭敬敬地把道书捧了出来："求前辈指点。"

佛修是一门尤其重视学习的职业，为了普度众生，就必须广学多闻，好好学习。

佛修必须学习"五明"，一是声明，二是工巧明，三是医方明，四是因明，五是内明，包含了一切工艺、算术、天文、历法、语文、逻辑学等。

事实证明，她问对了。

妙法低眉看了一会儿，道："这道书上有个禁制。"

乔晚："尊者能解吗？"

妙法蹙眉反问："这道书你从何处得来。"

乔晚："一位长辈给的。"

妙法尊者顿了顿，抬手接过道书。

困扰了乔晚这么多天的道书，就这么轻而易举地被面前的尊者给解了。

她一翻开道书，书页上写了三个笔力遒劲的大字："赠吾妹。"

乔晚愣了愣，再往后翻了翻。

这本书简直称得上一本剑修修行指导手册，从最基础的引气入体开始，修炼中大大小小的琐事、剑招心得，写得事无巨细。

简简单单扫一眼，乔晚也能看出这本书必定出自某个小有成就的剑修之手，这上面写的心得体会深入浅出、浅显易懂。

联想到扉页上的话，乔晚有点儿犹豫。

这应该是哪一位前辈送给他初入仙途的妹妹的，她本来还想照着这本书学习，现在反而有点儿下不去手了。

整本书翻来覆去，没有落款。

“这书被你所得，也算你的机缘。一饮一啄，莫非天定，”反倒是尊者容色淡然，看得开，“既然你寻不到旧主，不如照这上面修行，来日若寻到真正的主人，再行答谢便是。”

这话说得也有道理。

乔晚将道书塞回储物袋，起身朝妙法行了个礼道谢。

捏完人，她兴致勃勃地切换回了小号，出去修行了。

地牢里不见天日，等乔晚走出去之后，外面的时光正好是上午。

三教论法会虽然还没开始，但这几天已经有不少各教派的弟子前去鸠月山利生峰切磋论法。

首先，她要做的是扬名。

乔晚握紧了拳，给自己打了打气，直奔利生峰的方向。

她想看看，她究竟能做到什么地步。

利生峰不算高，但峰顶风景秀丽，山风浩荡。

结果没想到刚到利生峰山脚，乔晚就看到了熟悉的身影。

青年一身黄衫子，脸上挂着漫不经心的笑容，饶有兴趣地站在山脚，看着面前拥挤着的一堆人。

萧博玉！

乔晚下意识地脚步一顿，心里“咯噔”一声，但过了一秒想到自己如今是个美少年了，就算站在萧博玉面前，他也不一定认得出自己来，立即放心，抿着唇，加快脚步走到了人群中间。

她刚往前走了一步，没想到青年竟然瞥了她一眼，主动开了口：“有人拦着不让上山呢。”

自己掉马甲了？

乔晚悚然一惊。

但看萧博玉神情十分平淡从容，她这才稍微松了一口气。

两次有限的接触下来，乔晚能看出萧博玉这人性格和萧博扬一样自傲，竟然肯纡尊降贵地主动搭话，这还是个谜。

想了一下，乔晚维持着一副淡然如风的姿态，轻轻颔首，沉声道：“多谢。”

乔晚不知道的是，其实萧博玉主动搭话的真相十分简单粗暴，主要是看她这马甲长得俊俏，气质不错。

少年一脸高冷，看上去就有那么点儿“青年才俊”的味道。

萧博玉虽然纨绔了点儿，修为也没多高，但背靠萧家这座大山，人脉广，尤其喜欢结交青年才俊，否则也不至于能和谢行止攀上关系。

萧家大少爷也十分想得开，出门靠朋友，他修为平平，没什么可精进的，多结交几个朋友总不算坏事。

至于乔晚那个坑货，是个例外。

一想到乔晚，萧博玉默默咬牙。

这几天他天天在大光明殿蹲守，愣是没蹲出个所以然来。

想乔晚毁心情，萧博玉瞥了一眼面前的少年，不知道为什么，心中不自觉地生出一股复杂的、戳心窝子的感觉，就好像在哪里见过对方一样。

他这次跟着师长们过来，本意就是为了攀攀关系、走走人脉的。

慧眼如炬，一眼相中了自己的仇人而浑不知情的萧家大少爷将这心情误以为“只因为在人群中多看了你一眼”的缘分。

一颗结交之心蠢蠢欲动，当下他果断地微微一笑，主动攀谈：“这位仙友，我们是不是在哪儿见过？”

乔晚的嘴角不着痕迹地抽了抽。

“我一看仙友就觉得眼熟。”萧博玉笑起来还算人模狗样，人渣味儿不算太浓。

乔晚看了他一眼，低声道：“或许是在哪儿曾有过一面之缘。”

少年神情颇为冷淡，萧博玉也不太在意。

“我姓萧，名博玉，仙友如何称呼？”

“陆辞仙。”

“仙友也是要上利生峰的？”

“上去看看。”

“正好。”萧博玉微笑，“我也要上山去寻一个朋友，不如一道同行？”

萧博玉主动发出了组队邀请。

他这人和萧博扬一样，心眼儿小，记仇。

乔晚看了青年一会儿，淡淡颔首：“也好。”

组了个队，乔晚往人群中又多看了一眼。

拦着人群、不让上峰顶的是几个年轻儒修，有男也有女，说是峰顶被善道书院和崇德古苑几所书院租用了，几所书院的弟子现在正在峰顶切磋论法，想参与峰顶的论法，还得先闯关。

从山脚、山腰，一直到山顶，都安排了儒生们“拦路”，总共六关，契合君子六艺。

被拦在山脚，众人群情激愤。

“凭什么不让我等上山？！”

“鸠月山明明是大光明殿的地盘儿，你们这几个儒修拦在这儿不让人上山，是想打架呢？！”

“什么时候我们还要听你们这帮酸儒的规矩？！”

“这是我们儒修举办的论法会，”拦路的儒修不屑地冷笑，“自然要听我们儒修的规矩，有本事你们自己也去办一个啊！”

不管众人如何不服，几个儒修就是不挪开一步。

萧博玉去看乔晚的反应：“陆仙友？”

乔晚越过人群，走到其中一个儒修面前行了一礼：“这一关要怎么过？请仙友开始出题。”

众人愣了愣。

“仙友留步！”

“别去啊！凭什么听这几个酸儒的？”

守山脚的儒修闻言忍不住看了面前的少年一眼。

少年丰神俊秀，眼角生着龙鳞，站立在山风中，衣袂翩翩，飘然若仙。

这几天时间，来参加论法会的众人实际上也差不多摸清楚了各教派青年才俊的情况。

眼前这个少年容貌俊美，气度沉稳，语气不卑不亢，看上去更像是哪个大派养出来的人物。但……他们没听说过有哪个教派里有这么一个人物啊？

其中一个女儒修看向乔晚，露出个梨涡，笑道：“仙友身上隐隐有儒修之气，不知这位仙友是何教派？可是善道书院的弟子？”

乔晚摇头，嗓音清越：“在下并非善道书院的弟子。”

女修：“那就是崇德古苑的？”

“也不是。”

“青阳书院？”

乔晚欠身行礼：“在下是个散修。”

守着山脚的几个儒修闻言有点儿兴趣缺缺。

就一个散修罢了，没什么值得他们结交的。

女修打量了乔晚一眼：“这位仙友想过关？”

少年嗓音淡然：“请仙子出题。”

“那好。”女修笑了笑，张开嘴，忽然露出个笑容，什么也没说，回头拎起小槌敲了一下身旁的小鼓。

“咚——”

将小槌往架子上一挂，女修回了一礼：“仙友过关了，请仙友移步上山吧。”

一块儿被拦在山下的众人立即琢磨出点儿不对劲。

凭什么这小子不答题就能上山？！我们几个就被拦着？！

他们一边拦着路说要答题才能上前，一边后门开得也太招摇了。

看出人群的愤懑不平，女修甜美一笑："诸位同修，这一关考验的是礼，不准这位仙友上山，难道还要准你们上山吗？"

乔晚回了一礼，抬脚上前，刚往前迈出一步，一道剑光突然呼啸而来。

萧博玉率先察觉出不对劲，眉毛高高一扬，却没出手。要真躲不过去，那面前这少年也不值得他结交。

女修愣了愣，高呼："仙友小心！"

少年却压根没察觉，继续往前走去。

剑光攻势不减，下一秒就要深深钉入少年的肩头，当场表演个血溅三尺。

一眨眼的工夫，在场几个人面色各异。

这人这都没察觉？

在场众人扯着面皮冷笑，准备看笑话。

反正他一个散修，伤也就伤了，没师门过来找麻烦。

萧博玉有点儿怀疑人生，这人心大到这地步，他该不会真看走眼了吧？

想象中剑尖贯穿肌肉的动静却没传来，飞剑撞上少年的肩膀的时候，非但没刺进去，反倒"哐啷"一声，断成两截落到了地上。

体修？！

众人齐齐一愣，这没几两肉的少年竟然是个体修？

这还没完，与此同时，一条五爪白龙猛地蹿出，白光之后金光四溢。一朵金色莲花和五爪白龙飞速盘旋而出，快准狠地轰向了刚刚出剑偷袭的人。

这光？！

女修瞪大了眼，呆了呆。

这少年身上的光，怎么看着这么眼熟？

"这好像是妙法尊者的莲花印……"守山的另一个儒修率先察觉出了点儿不对劲，脸色一变。

原本还喧闹的人群顿时出奇地安静下来，周围鸦雀无声。

那个传闻中凶残无比、地位崇高，基本不出大光明殿的妙法尊者？妙法尊者的莲花印？

眼前这个少年和妙法尊者是什么关系，竟然能得妙法尊者亲手画下的印？

萧博玉愣了愣，眉梢高高一扬，一颗心迅猛地跳了跳。

妙法尊者的莲花印？

这莲花如果是莲花印，那这护体龙气又是个什么玩意儿？

山脚的人面面相觑，眼睁睁地看着少年脚步不停，走上了山路。

萧博玉立刻抬脚跟上，毕竟出身萧家，这一关过得也简单。

过了一会儿，也有人走上前来。

他们之所以来利生峰，就是听说谢行止几个也在峰顶，想上前结交，总不能一直被困在这儿。

眼看着少年越走越远，山脚的女修这才回过头，十万火急地摸出了传讯玉牌。

“郑师兄，我刚刚看见了个面生的儒修，你有没有印象？有没有印象？有没有印象？！”

过了一会儿，玉牌上浮现一个墨字。

“谁？”

“一个少年，和萧家弟子同行，生得俊俏，说是个散修，脸上有龙鳞，身上有莲花，好像是妙法尊者的莲花印！”

“没印象。”

“那可是妙法尊者的莲花印！到师兄你这关的时候，你快帮我留意留意，急。”

郑星宇收起玉牌，心里有点儿不屑。

光脸长得好看有什么用，这才第一关，能看出什么来？至于妙法尊者的莲花印，那更是没影的事，也就是张薇这小妮子见识短浅，估计把什么乱七八糟的印给看差了。

他刚收起玉牌，一抬眼，山道上走过来两道人影。

少年漱冰濯雪一般，长得确实俊美斯文。

郑星宇愣了愣，赶紧招招手，身后几个儒修走上前来，手里捧了个签筒。

这一关考的是乐舞，身后钟、磬、琴、瑟、管、笙、箫一干乐器摆得满满当当。

乔晚摇出个“舞”，萧博玉摇出的是“乐”。

萧博玉将签文递到乔晚面前：“陆仙友，要不要我与你交换？”

修真界世家大族，那些祈神的乐舞，弟子总是学了点儿的。

得益于大师兄的教导，和之前在游仙镇上的恶补，虽然和萧博玉同行，但乔晚没打算和萧博玉走多近，当下疏淡有礼地拒绝了。

不过萧博玉是打定了主意和乔晚结交，也不生气。

郑星宇斜睨了一眼面前的少年：“准备好了？要是准备好了，可就开始了啊。”

跳舞不难，难的是怎么跳出新意。

萧博玉施施然地往乐器前一坐，抱了个鼓，看着眼前的少年，也有点儿好奇对方究竟能跳出个什么所以然来。

鼓乐声一起，少年垂眼，脚下踏步，旋身，足下脚踏天罡北斗阵法，手上却结了个印，在儒乐中起舞，舞姿不显阴柔，垂眸抬眼，袖摆滑落，露出莲花和万字纹，四周也仿佛有钟声响起。

舞姿忽而舒缓，显慈悲相，忽而激烈，显愤怒相。

两个人一个奏乐、一个跳舞的工夫，山路另一侧，男人脚步一顿，看着眼前这一幕景象。

少年身形矫健如龙腾虎跃，如鹰击长空，英姿勃发，一来一往皆有力。

珠缨炫转星宿摇，花鬘斗薮龙蛇动。

“谢师兄？”

一声弱弱的问询突然响起，朝天岭的小师弟战战兢兢地看着面前突然停下脚步的男人。

男人风姿绰约，背负一把玄铁长剑，如秀骨青松般站在山径上，目光看向了不远处的几个儒修。

这人不是和病剑陆辟寒齐名的孤剑谢行止，还能是谁?

这好像是崇德古苑和青阳书院搞出来的关卡。

朝天岭小师弟顺着谢行止的目光也看了一眼。

那跳舞的少年舞姿虽然和专攻舞乐的修士相比有点儿粗劣，但看着怪好看的，只是说不上来哪里好看。

“这一舞，虽然跳得稍显生涩，但暗合了三教之意，”男人沉声道，平日里紧蹙的眉头稍稍松了点儿，眼中掠过一丝赞许之色，“恰好契合了三教论法会的宗旨。”

眼前这少年年纪虽轻，境界也不算高，但对三教论法会的领悟倒已经超出了如今利生峰上不少人许多。

“啊……”

小道童露出个见鬼的表情，张了张嘴，硬是没“啊”出个所以然来。

他基本上就没见过谢师兄夸人。

“那师兄还看吗？”

谢行止收回目光：“走吧。”

“乐”部这关，说难也不难，但要说容易也算不上多容易，说白了，全看守山儒修的意思。

要乐舞入了眼，那就好过，要是乐舞不入眼，那儒修就轻飘飘地打回去。

郑星宇自认自己也算个挑剔的人。

这陆辞仙舞姿虽然平平，但胜在构思巧。

纠结了一会儿，郑星宇拎起了小槌。

“咚——”

“请仙友移步上前。”

看着少年的背影，郑星宇心里也浮现了点儿淡淡的疑惑。

这叫陆辞仙的少年，看上去倒还有点儿真才实学，那这莲花印到底是真是假?

想半天也没想出个所以然，郑星宇干脆不想了，解下腰间玉牌连戳了几下。

“小星星：陆辞仙和那萧家的人，我都放过去了，接下来就看你们的了。”

还在上面嗑瓜子守山的众师兄师姐，一看玉牌，精神纷纷不由得为之一振！

嚯，这么短的时间连过两关，这人好像还真有那么点儿意思。

他们等了这么长时间，总算等来个小白菜了！

“下一关下一关！下一关是谁守的？”

利生峰顶上，六部大弟子们纷纷扭头询问。

“是射部的吧？”

走在山路上，萧博玉问：“仙友是儒、释、道三修吗？”

少年脚步稳稳当当，嗓音也沉稳：“不算三修，只是都有所涉猎。”

过了“乐”关，这一关考验的是“射”。

萧博玉一边走，一边抬手幻化出弓箭，笑道：“这一关我熟。”

结果刚往前走出一步，乔晚就隐隐察觉出点儿不对劲，抬头一看，只见半空之中箭光爆射！

箭起先是一支，接着是两支，紧跟着无数支雕翎箭袭来！

萧博玉愣了愣。

这是什么？！

这一关不是“射”吗？！按理说，不应该是儒修之间拉个弓射个靶子就行了吗？！

这么多箭，是什么意思？！

这分明就是要置人于死地！说好的君子端方仁厚呢？这摆明想让人死！

他熟个鬼啊！

吐槽归吐槽，萧博玉赶紧收回弓箭，袍袖一挥，迅速从储物袋里抽出一口大钟，往天上一抛，兜头将自己罩下！

至于外面的陆辞仙……

萧博玉稳稳当当地盘腿一坐，漫不经心地笑了一下。

还是那句话，要是这一关都过不了，那这儒修也没值得他结交的必要！

无数支雕翎箭铺天盖地地射来，已经避无可避。

小山坡上，两个年轻儒修并肩站立，手上都拿了把大弓，挽弓搭箭，雕翎箭破空而去，飞至一半的时候，一分为二,二分为四,四分为八，等到人前时，已化为铺天盖地的箭矢。

“这一关只是‘射’，但可没说是谁射。”女修笑嘻嘻地道，眨了眨眼，好奇地看着山道上的少年。

谢道友和白师姐、孟师兄都要来山顶，想上利生峰可没那么容易。

利生峰的关卡都是崇德古苑、青阳书院连同其他几个书院的弟子一起设的。三教论法会，虽然名字里面包含了三教，但每次参加法会的说白了，也就那么几所书院和道观。

论法会从开办至今已有几百年，这几百年里，不过都是那几家教派轮流摘冠。

散修？没可能！

几百年下来，几家教派隐隐约约已成上游垄断之势，教派弟子们趁着论法会彼此交流切磋，而下游那些小门小派和散修，连碗汤都分不到。

曹芙蓉年纪小，小孩子脾性，眼看着这两个男子被困在山路上，发自内心地觉得好笑。

另一个挽弓的青年儒修瞥了一眼自己的师妹，沉声道："勿要骄矜。"

想到玉牌上的内容，说着，赵轻雷也忍不住抬眼看向了山道。

他也想看看张薇和郑星宇所说的这个散修到底有没有到利生峰上的能力！

其中一支雕翎箭直冲眼球而来！

乔晚抿唇抬手，手上一丝灵力闪动，快准狠地一把攫住了面前的箭矢。

箭尖堪堪停留在眼前，差一分没入眼球！

一支之后，第二支后发，这一次是直冲她的眉心！

少年仰头躲过第二支箭，反手攫住第三支。

第四支时，乔晚脸色没变，运转灵力，将第一支和第三支箭分别甩出，灵力在半空中划开扇面区域，"当当当"，一连击落面前的一排箭矢！

"咦？"曹芙蓉惊讶地轻呼了一声，不服输地继续搭箭。

破空声一声接一声，弓弦轻颤，箭矢呼啸而过，乔晚，或者说陆辞仙旋身腾跃，防得滴水不漏！

少年身姿干净利落，毫不拖泥带水，好几次险象环生，看得人心惊肉跳！

"好！"赵轻雷见状，不由得放下弓箭，低喊了一声。

"师兄！"曹芙蓉不满地皱眉。

赵轻雷侧头："师兄让我们在这儿拦着人，不过就是个考验，难道你还当真想把人射死？"

这本来就是个考验，又非生死决斗。

他们真想要生死斗，那得留在三教论法会上。

三教论法会还没开，没人愿意太多地暴露自己的能力。

曹芙蓉跺了跺脚，无可奈何地放下了手。

那少年躲箭阵的身姿当真好看，她还想多看一会儿呢。

赵轻雷想想，解下了腰间的玉牌。

"轻雷不才，让这两个人过了'射'字关，接下来，还望诸位同修多加努力。"

眼看玉牌一亮，守在山路上的一众儒修更来劲了！

这么快"射"部布下的关卡也被过了？

看着玉牌上传来的消息，坐在利生峰顶上、一起聊天唠嗑的其余五部大弟子纷纷对"射"部大弟子表示了嘲笑。

射部大师兄表示自己的脸有点儿疼。

“你们觉不觉得，这两个人上山也太快了？”

这要是有人轻轻松松就上了山，他们的脸往哪儿搁？

此话一出，六部儒修大弟子们一齐牙疼了，纷纷凑到了一起。

“接下来是哪个？”

“好像是御部的吧？”

过了箭阵，萧博玉才施施然地收起了铜钟。

对自己这临阵抛弃队友的行为，他毫无压力，并且微微一笑：“陆仙友果然好能为。”

萧博玉和萧博扬虽然是兄弟俩，但兄弟俩谁都看不起谁，萧博玉嫌弃萧博扬是个懦弱的废物，萧博扬厌恶自己的大哥是个人渣。

两个人虽然样貌相似，但比起心狠手辣、厚脸皮，还是这个做大哥的更胜一筹。

乔晚没回答，闭了闭眼。

她做的决定是对的，分出元神，来三教论法会。

这一路上她虽然结识了伽婴，也经历过岑府之困，但都不如到三教论法会上和这些教派才俊切磋来得好。

她想要变强，想要掌控自己的命运，就不能闭门造车！

虽然有妙法尊者前辈帮她压制梳理魔气没错，说到底魔气还是她自己的事，乔晚抿着唇，眼神闪烁。

要是她自己再变强一点儿，说不定就能暴力镇压这魔气。

过了“射”关，再往前是“御”关，越往前，也越凶险。

刚踩上石阶，乔晚只觉得脚下突然一震。

萧博玉眯起眼，愣了愣。

只见远方突然冲来一片黑影！

数不清的灵兽从山上奔腾而出！

萧博玉低骂了一声，立即就反应过来这帮儒修在想什么了。

灵兽太多，山道又狭窄，眼见灵兽如同开了闸的山洪一般奔涌而下，萧博玉飞身一闪，险险落在一棵树上。

他还没站稳，兽潮中的其中一只野猪精如有所觉，立即掉头，飞蹬蹄子，猛冲向树干。

“砰——”

“稳了稳了，这次稳了。”

“御”部儒修们喜笑颜开，这次肯定能拖上不少时间了。

不知不觉间，乔晚和萧博玉的上山之路，也变成了六部弟子之间暗暗比拼互踩的机会。

总而言之，他们就是不能这么轻易放两个人上山，不然多没排面？！

不过他们也不能太认真，否则人都被他们拦在山下了，到时候山上就那么几个大熟人，多没劲啊。

中间这个度，他们要怎么把握还是个问题。

那现在……

御部大师姐双手抱胸，看着面前这刚被人送上峰顶的留影玉球。

这一关，两个人要怎么过呢？

看着猛尥蹄子往前撞的野猪，萧博玉下意识地放出灵弓，刚准备挽弓搭箭，忽而又停下了手。

这恐怕都是青阳书院、崇德古苑的御兽弟子养的灵兽，要真让他射死了，到时候不好收场，射死灵兽事小，要是得罪了物主，划不来。

想到这儿，萧博玉看了兽潮中的少年一眼："陆仙友可有解决的办法？"

乔晚环顾了四周一圈，一个一个来显然不现实，除非铺神识。

她参加三教论法会，目的很明确，不是冲着赢来的，只是为了变强，结识更多的青年才俊，与修真界最优秀的那一批年轻弟子结交。

近朱者赤近墨者黑，古往今来就是这么一个道理。

她想要变强，想要查找自己的缺漏，藏着掖着没有意义。

所以，这一路走来，乔晚没打算藏拙，不仅不藏拙，还要表现得比之前更好。

她闭上眼，开启神识！

疯狂运转的神识，层层往前铺展！

几乎在刹那之间，原本山道上还焦躁不安的灵兽们纷纷一僵，一个接一个地乖乖趴了下来。

萧博玉惊讶地略微睁大了眼。

不到一息之间，"御"部团灭，成功晋升为在最短时间内被砸了场子的六部之一。

玉牌接连不断地亮起，接收到来自各部儒修们无情的嘲笑，御部大师姐脸微妙地僵了僵。

太疼了。

"接下来呢？"

"接下来该是书部了吧"

接收到来自同修们的视线，书部段成化施施然地站起，拱手道："就让我们书部去试一试这少年。"

前几天他刚好向甘师弟讨了一幅字帖。

眼前浮现少年常挂着荷包蛋眼泪的小可怜模样，段成化从储物袋里抽出了那幅字帖。

虽然修为是废了点儿，但甘南小师弟那一手字写得可尤其漂亮。

如果让那尾小白龙知道了自己把他这字拿出来比试……

咯咯……

段成化低咳了两声，几乎可以预见青年眼泪汪汪“呜哇哇哇”急得面色通红的模样了。

越过了“御”部继续往前，已经能看见利生峰峰顶，拐个弯就是了，萧博玉不由得加快了脚步。

两个人往前，一张书桌凭空出现，拦住了两个人的去路。

桌上摆了一幅字帖和一套没动过的笔墨纸砚。

书部弟子微微一笑：“恭喜两位仙友通过了前面几关，这一关是‘书’字关。只要仙友写出的字能胜过这字帖三四，就算仙友过关。”

儒修，字也可成杀招。

一手漂亮的字，其用处有点儿类似于“言灵”，字写得越好，发挥出来的力量就越大，再搭配上诗文，可谓无往不利，十分凶残。

萧博玉上前拿起桌上的字帖一看，心里一沉。

这字帖上的字笔力遒劲，一笔而下，如壮士拔剑，蛟龙在天，依稀能看出字帖主人之大气魄。

眼看萧博玉脸色不大好、陆辞仙迟迟没动作，书部儒修们个个精神抖擞，喜气洋洋！

看吧，还是他们书部最佳！这不就将人拦下来了吗？

不是儒修，谁会闲着没事练字？！

这一关，要过，但她要怎么过？！

乔晚拿起字帖看了一眼。她前世也特地练过一段时间的字。

她的字，平心而论，写得肯定不如经年累月一直在练字的儒生。

不过，神识突破元婴期之后，她就不一样了，一闭眼，识海里那些看过的、练过的字帖历历在目。

略一沉思之后，乔晚铺纸研墨，悬腕提笔！

透过留影玉球，段成化和各部其他大弟子纷纷愣了愣，饶有兴趣地看着玉球上的影像。

少年面色沉静，下笔有力，一举一动风姿翩翩。

光好看俊俏那没用，最主要的是看他能写出什么东西来。

片刻之后，乔晚搁下了笔。

书部儒修诧异地凑上前一看，瞪圆了眼："这是……？"

这字体他从来没见过，有疏有密，工整严谨，骨气内含。

字写得虽然不如甘师弟，但这字体俨然已成一派。

乔晚："这是一位大能写出来的字体。"

书部儒修："敢问仙友是何方人氏？"

乔晚眨了眨眼："保密。"

书部儒修若有所思地点点头，目光不经意间落到了乔晚的眼角，惊呼："仙友你脸上怎么也有龙鳞？！"

乔晚面不改色，神情严肃地解释："我们那的子民皆是龙的传人，所以眼角才会有龙鳞。"

书部儒修呆了呆，看着少年眼角的龙鳞，有点儿怀疑人生。

真……真的吗？

继"御"部之后，书部也顺利倒下。

各大弟子都有点儿茫然。

不知道是哪个小儒修高呼了一声："这才过了一炷香时间呢！"

一炷香！

各部大弟子嘴角抽搐。

这才一炷香的工夫，就让两个人上来了？

那他们守山不就守得跟玩一样吗？！

虽然他们也确实是守着玩儿来着……

但就算是玩，这两个人过关的速度也太快，他们这六部的脸往哪儿搁？！

正当大弟子们纷纷捂脸、相对无言的时候，人群中一个青年师兄忽然揣着手站了起来。他脸上胡子没刮，嘴角生了层淡青色的胡茬，脚上蹬着一双草鞋，一副不修边幅的模样。

数部！

数部的齐非道？！

段成化和其余大弟子愣了愣，竟然把数部给忘了！

这也不能怪他们，没办法，数部的弟子大多数时间在闷头算算算。

"等等，"数部的齐非道师兄眨了眨眼，露出一丝促狭的笑意，"还有这最后一关。"

前面他们花了那么多力气，到头来还不是要看他们数部的？！

青年笑得很大声，射部弟子表示不服，冷笑道："你们数部话可别说得太满，到时候被打脸。"

数部儒修们毫不相让，抬头说道："怎么？不服气？"

"我们数部可是要探究这世间万物之玄妙！"

说不定有朝一日，他们还能找到全民修真的办法呢！

“不服气来做题啊！”

此言一出，杀伤力十足！

其余五部弟子一听，蔫了一大片。

这乱七八糟的，他们还真做不出来。

数部弟子们见状更得意了！

哼！颤抖吧，愚蠢的人类。

论拖时间，谁比得上他们数部？！

随着乔晚一路往上爬，守山弟子们之间的消息也传得飞快。

她再往前踏出一步，就是峰顶了！

如果说这一路走来不过是闹着玩儿，利生峰顶才是三教青年才俊之间真正的较量。

乔晚和萧博玉刚走上峰顶，峰顶已经聚集了不少年轻修士，从单纯地斗嘴，到打得地动山摇、剑气乱飞。不远处还有一群白衣儒生和头戴道冠的道士，正蹲在一块儿不知道干什么。

但两个人还没往前多踏出一步，果然就被一道人影给拦住了。来人从蹲着的人群中冒出个头来，笑容憨态可掬：“两位仙友请留步，这还有最后一关。”

“最后一关……”萧博玉反问，“这位仙友是数部弟子？”

数部弟子们拦人的时候，其余各部的人全都透过留影像屏气凝神地看着。

“我们数部也不特地出题了。”青年儒修往前走了两步，示意乔晚和萧博玉跟上，伸手往人群围着的那一小块儿地一指，只见地上铺了一张大纸，纸上写了几行大字。

“这题，是我数部一位齐姓师兄摆下的，就摆在峰顶等着人来解，两位仙友若是能在一炷香的时间内解出来，那这‘君子六艺’的考验可就算全通过了。”

一炷香时间之内！

萧博玉快步走上前。

乔晚也跟着走上前看了一眼，嘴角一抽。

这题看起来，未免也太亲切了，让她一瞬间就回忆起了前世的事。

那时候谁能想到，她一个普普通通的清纯女大学生，竟然会一路成长为杀人不眨眼的女魔头？

乔晚面无表情。

题目用语十分文绉绉，但翻译过来，大致讲的是，有一位大能，养了两只长生不老的乌龟，一个叫乌乌，一个叫龟龟，现在开始各自沿着一条直线爬行，乌乌第一炷香能向前爬 1 丈，第二炷香能向前爬 $1/2$ 丈，第三炷香能向前爬 $1/2^2$ 丈，以此类推（第 n 炷香，向前爬 $1/2^{n-1}$ 丈），龟龟第 n 炷香向前爬行 $1/n$ 丈。问乌乌和龟龟，最终能向前爬多远。

不过看了一眼，萧博玉就觉得脑仁“突突”一跳。

这都什么乱七八糟的问题，鬼知道这两只乌龟能爬多远。

萧博玉：“陆仙友可能解出来？怎么样？能行吗？”

乔晚还没张口回答，耳畔传来了三个青年的声音。

儒修：“呵，要是这两个人能在一炷香的时间里解出来，我倒立……”

佛修针锋相对：“要是这两位施主能解出来，……弟子吞……自尽。”

道士毫不相让：“你这算什么？他俩要是能在一炷香的时间里解出来，我后空翻……”

乔晚愣了愣，内心吐槽欲井喷般涌现：三位大兄弟，你们何苦互相伤害？！

不管怎么样，反正他们都不能输给这个酸儒、妖道和秃驴！

怀揣着这样的想法，三教弟子互不相让！

乔晚：“为什么在这种事上，你们还要比啊？！”

儒修：“少说废话，不过一炷香的时间，你再不解可就来不及了。”

透过留影球窥屏的大弟子们，整齐划一地搓了搓下巴。

数部的齐非道粲然一笑，露出一口光洁的白牙，目光如炬地看着留影球。

到底能不能解出来……但愿这少年不要让他失望啊。

如果神识没突破元婴期，乔晚还不一定能解出来，但突破元婴期之后，识海里曾经学过的数学公式清晰可见。

乌乌其实就是一道等比数列求和，至于龟龟，是调和数列。

少年低垂着眼皮，不慌不忙地问数部弟子要了一支笔和一张纸。

不管少年能不能做出来，至少这临危不惧、八风不动的架势倒是有了，四周一瞬间安静了下来，所有人都好奇地盯着面前的少年。少年挽袖提笔，刚写下几个字，立即就有数部弟子皱起了眉。

这一串鬼画符是什么玩意儿？

齐非道好奇地睁大了眼，伸手指了指圆滚滚的玉球，戳了戳玉球中乔晚的脑门。“怎么样？能做出来吗？若是做不出来，这利生峰顶可上不得了啊。”

乔晚淡定地列了个公式直接套了进去。

开玩笑，怎么能让你们看扁了我们大学生的风姿？

乔晚手上运笔如飞，算完直接将纸递给了面前的数部弟子。

“怎么样？是对的吗？”

拦路的数部弟子愣了愣，这么快？

他狐疑地看向了手里的纸。

这……拦路弟子睁大了眼。

“答案就是乌乌大约能爬 2 丈，至于龟龟……”顶着面前所有人狐疑的目光，乔晚淡定地回答。

龟龟可就厉害了。

乔晚神情严肃地说：“龟龟将走向无穷深渊！”

无穷深渊是个什么鬼？！

这就是他算出来的答案？！

正当众人一脸蒙之时，原本叉开大腿坐着的齐非道突然一拍大腿，从地上一跃而起，击掌赞叹了一声，双目晶亮地盯着面前的少年：“善！”

没错！龟龟最终将走向天涯海角，走向无穷深渊！

青年一撩袍角，直奔“数”字关关卡，两只眼睛炯炯有神。

这也太快了！

本来这题就是他随手摆出来拖延时间的，没想到面前这少年竟然真能算出来，不仅能算出来，还能算得这么快！

“齐师兄？！”

青年就像一阵风，踩着破烂的草鞋，不知道从哪个旮旯里吹来的，顿时惊呆了一众儒生。

齐非道恍若未觉地看了一眼乔晚，接过数部弟子手里那张纸扫了一眼。

纸上确实都是些乱七八糟的符号，但最后求出来的答案是对的。

求知若渴的齐非道，捧着纸不耻下问：“这位小仙友，你这些符号是什么意思？可都是为了求解这答案所作的？”

一旁的数部弟子目瞪口呆。

齐非道师兄竟然低头问人了！语气竟然还这么谦逊有礼！要知道作为数部首席大弟子，齐非道虽然看起来不拘小节，笑容爽朗，但心底那叫一个傲啊！众人就没怎么看他低过头！

这符号可就厉害了。

乔晚彬彬有礼地拱手：“这符号说来话长，要是师兄愿意听，有机会某再讲给师兄听。”

齐非道抬起眼，嘴角微翘，打量了乔晚一眼。

嚯，这人是仗着自己有资本了。

不过就算这样，齐非道脸上也没露出任何不悦之色。

怎么说呢？

他有预感，这“鬼画符”、这少年脑子里装的东西，都有可能给数部带来新气象。

青年摩拳擦掌，简直恨不得撬开这少年的脑壳，在乔晚的识海里自由翱翔。

摸了摸这纸上的“鬼画符”，齐非道心中舒畅，忍不住拊掌赞叹：“善！

大善！”

不只山峰上的儒生们惊悚了，围观玉球的各部大弟子也惊悚了。

齐非道这个人，为人太挑，但只要谁入了他的眼，那就是哥俩好。转眼，青年已经自来熟地搭上了乔晚的肩膀，十分亲切地咧嘴一笑：“行！有时间你就来崇德古苑找师兄。”

青年嘴角的弧度怎么压也压不下来，一口牙白得发亮，看着少年那叫一个喜爱。

要是少年真能给他们数部带来新气象，到时候看这五部还怎么打得过他们数部！

数字多美妙，数字就是这世上大道，每一次精准测量之后的出招，出招时角度细微的变化，都能造成完全不同的效果！

齐非道微微一笑。

看来这次利生峰小论法，他还真来对了。

乔晚看着面前不修边幅、胡子拉碴的男青年，脑子里冒出了一个大胆的想法：不知道用一个公式换一个招式，这买卖面前的道友愿不愿意做。

想着想着，乔晚目光一瞥，视线正好对上了刚刚的花样……三人组。

面前的三人组，嘴角齐齐一抽。

利生峰上的三教子弟大多年轻，正是飞扬跳脱、满嘴跑火车的年纪。

叫他们嘴贫！

所以他们之前为什么连……这种事也要比啊？！

想到这儿，道修和佛修整齐划一地瞪了儒修一眼。

“都是你的锅！你先！”

儒修小青年默默捂脸。

“你们儒修不都讲究君子重诺吗？君子一言驷马难追！”

眼看自家小辈被欺负，齐非道漫不经心地笑了笑：“倒立……可就算了，这大光明殿的地界，收敛点儿。在妙法尊者家门口拉……这事儿要让尊者知道了，你师兄可救不了你们啊。”

想到那“美妙”画面，花样三人组齐齐打了一个哆嗦，目光不约而同地看向了乔晚。

六只大眼睛，囧囧有神！

乔晚指了指近在眼前的峰顶，沉声道：“我能上去了吗？”

六只大眼睛，泫然欲泣，盛满了感激。

齐非道微微一笑，眨了眨眼，行了一礼：“请仙友移步上前。”

这时候，目光才落到了萧博玉身上，齐非道像是这才注意到旁边还站了个人。

“咦，萧道友也来了利生峰？”

一直被遗忘到现在的萧博玉：“齐非道。”

“萧道友要是想上利生峰，知会守山弟子一声就是了。”青年笑道，“何必这么麻烦？”

说着，他在怀里摸了摸，摸出了朵玉花，“啪”的一声拍到了萧博玉的肩膀上。

在场十多人，几乎每个人肩膀上都有朵玉花，给萧博玉拍完，齐非道并没有往乔晚的肩膀上拍玉花的意思，而是哥俩好地搭着乔晚的肩膀，一齐走上了利生峰。

虽然萧博玉上了利生峰顶，但不代表就能被这帮傲气的青年才俊所接纳承认，这玉花恐怕就是他们这小圈子的身份象征。

崇德古苑的齐非道，竟然搭着个陌生少年的肩膀，一起同游利生峰，并且看着乔晚的眼神还十分灼热，这大概就是那“恨不得将其拆吃入腹”的火辣辣目光。

往前一步，这才是利生峰顶，山风呼啸而过，脚下踩着陡峭的山峰，四周缭绕的云雾好像触手可及，乔晚心情也有些激荡。

从昆山到岑府，再从岑府到大光明殿，看着眼前这一幕景致，乔晚抿唇。

她终于堂堂正正地走到了人面前。

不是所有的三教才俊都来到了利生峰顶，但利生峰顶上的大多数人，是崇德古苑、青阳书院等教派的好苗苗、优等生，都是这次论法会中的佼佼者！

少年过了“君子六艺”，解了齐非道那道题又怎么样？

眼看着乔晚和齐非道并肩上了峰顶，众优等生漫不经心地想，虽然他们短暂地被震惊了那么一下，但那“君子六艺”本来就是游戏之作，专门用来堵那些“闲人庸才”的，震惊之后，还是该干吗干吗，全然没有上去结交少年的意思。

将峰顶上所有人的神情变化尽收眼底，乔晚默默鼓起脸。

没关系，她会靠着自己的力量，一步一步往上爬，迟早会得到其他人的承认。

我加油我能行，乔晚在心中默默地呐喊：小乔，要努力变强！

被齐非道领着一路往前，乔晚看到了一个阵盘，摆在松树下，四四方方，宽有一丈多，长约两丈。

阵盘上，一儒一道对坐，正在论法！

两个人每说一句，阵盘上便光芒大作，随即升腾出一片变化无定的虚影。

虚影里，赫然是阵盘上对坐着的两个青年。

与现实不太一样的是，这两个青年正在虚影里打架，打得还十分激烈。

眼见乔晚的目光落在阵盘上，齐非道笑道：“这是我数部做的阵盘，随手摆了一个在这儿供人切磋比试，叫‘唇枪舌剑’阵。”

乔晚愣了愣。

齐非道腾出一只手，伸手一指：“这阵盘能交感天地灵气之变化，你要是好奇，”看着乔晚，齐非道露齿一笑，眼里有几分探究也有几分好奇，“不如上前试一试？”

他正说着，一个青衫少年忽然上前一步，伸手做了个请的动作，露出个挑衅的笑容："陆仙友要上来试试吗？"

这阵盘一启动，就像构建出了一个虚拟的空间，在"唇枪舌剑"阵里面论法的人，不会伤及现实，不过这也不代表在这里面受伤就没关系。在阵盘里受伤的人，伤的主要是神识，是精神力摧残。

所以这阵盘虽然被数部研发出来了，但各部的弟子平常修行的时候很少用，主要拿来论法。

那正好，乔晚盯着那青年挑衅高傲的笑容，看了片刻，席地而坐，接受了来自对方的挑战。

她最不怕的就是精神力！

一坐上去，乔晚就感觉到了点儿不对劲，充沛的灵气从阵盘之中"轰"的一声喷涌而出。

整个视野随之发生了变化，不再有利生峰，也不再有利生峰上的人群，"唇枪舌剑"阵一瞬间好像盘旋变大，渐渐地化为了天，化为了地，眼前只剩下白茫茫的一片。空荡荡的大地之间，只剩下她和那名叫方凌青的青年两个人，相隔数丈远。

一眨眼的工夫，利生峰顶再掀波澜！

齐非道的声音在耳畔隐隐约约地响起。

"小心哪陆仙友，这'唇枪舌剑'阵可险得很！"

话音刚落，方凌青口诵了一句驱雷驭电的诗句。

"轰隆——"

"轰隆——"

数道天雷砸在距乔晚几步之遥外，爆开一朵朵紫色的火花！

眨眼之间，方凌青已经指挥着无数雷电，冲到了乔晚面前。

儒修口中，诗词意象都化作夺人性命的杀器。

在这阵盘之上，双方拼的是修为，是武力，也拼才学！

唇枪舌剑……最快捷有效的破阵之法，就是用唇枪对舌剑。

一言以蔽之，就是……嘴炮！

乔晚："齐师兄，这阵盘你到时候能送我一个吗？"

齐非道："嗯？你想要？"

乔晚往后一跃，躲开了一道天雷："嗯。"

她神识强悍，暂时不用担心受伤，这阵盘简直就是替她量身定制的最好的修炼场。

乔晚心里盘算，到时候就能让她的本体和小号在这里面打架，查缺补漏。

齐非道思索了一会儿："要送你一个倒也不是不行，不过这东西也不是白送的。"

青年的嗓音含了点儿促狭之意："这样吧，要是你能闯过这几关，我就把这阵盘送你怎么样？”

眼见留影球上再起变化，顿时，看热闹不嫌事大的各六部弟子一起凑了上来围观。

“能赢吗？”御部的大弟子解红丹问。

礼部师兄摸了摸下巴，果断地下了个评语：“我觉得玄。”

乐部弟子宋催雪微微一笑，长长的衣袖在地上扫过，换了个舒服点儿的姿势坐着，看着留影球。

少年不卑不亢，不骄不躁，倒是个沉稳的性子。

前面几届三教论法会，打到最后，基本上还是那几张熟面孔，今年这次论法会似乎来了不少新人。

如果人人都像面前的少年一样，那这次论法会可就有意思了。

就在这时候，身后突然传来了一道清冷的女声。

“在看什么？”

宋催雪惊讶地回过头，对上了一双清澈微冷的眼睛。

他回头一看，只见一对青年男女并肩站立。

女修云鬓雾鬟，姿容堪称绝色。

男修背负蓝色巨剑，端正沉稳。

宋催雪赶紧起身行礼：“孟师兄、白师姐怎么来得这么快？”

这两个人，正是素有崇德古苑大师兄与大师姐之称的孟沧浪和白珊湖。

白珊湖没看宋催雪，目光落在玉球上。

倒是孟沧浪轻轻颔首，算是打了个招呼。

宋催雪目光越过两个人身后，看向了背负玄铁长剑的青年，更加震惊。

“谢……道友？！”

“哎！”跟在谢行止身后的小道童瞥见留影球，低呼了一声。

留影球上，映出来的白衣少年，不正是刚刚在“乐”字关被拦下的那个吗？！

刚刚师兄可是驻足看了好一会儿！

察觉谢行止的目光落在留影球上，宋催雪看了一眼面前神情疏淡的孤剑，笑道：“谢道友有所不知，这是我们几个同修刚看上的一个散修，就目前来看，倒算个不错的新人。”

一个散修，一个新人来参加三教论法会，为的是什么简直不用多说。

这人不过是为了修行，为了扬名！

但三教论法会，可不是像闯这游戏之作的“六部”关这么简单。

这人想扬名？

宋催雪忍不住看了看面前这并肩而立的三个人。

只要这些强到令人汗颜的“妖怪”还在，三教论法会不过就是这些“妖怪”

的主场。

几个交手的工夫，方凌青再口诵“飞花”之词。

天地之间，飘起了满目的红。

“飞花”翩翩。

乔晚拔出剑，一剑劈碎了面前锐能割喉的“飞花”。

转眼之间，“飞花”再度聚拢。

乔晚一边躲，一边盘算着破解的办法。

眼看着虚影里被方凌青追着打的陆辞仙，御部师姐解红丹皱了皱眉。

这……简直毫无还手之力啊。

“来来来。”齐非道随地一坐，招了招手，吆喝，“买定离手了啊，赌是方师弟赢，还是这位陆仙友赢。”

赌局几乎呈现出了一边倒的趋势。

三教弟子们眼睛眨也没眨，果断下了注，几乎就没押乔晚这边的。

少年解了数部这些题算啥，阵盘上才见真章。

阵盘外面断断续续的交谈声，乔晚都能听个清清楚楚。

被心高气傲的优等生小圈子无意识地排挤，乔晚内心十分平静，平静地提剑再度冲了上去。

既然这样！那她就让这些弟子见识一下，什么叫德智体美劳、文理科全面发展、不偏科的好学生！

儒修可借诗词歌赋中的灵气为自己所用。

如果乔晚想赢，大可以借古人的诗词歌赋胜过方凌青。但她借别人的到底不如自己做的，只有把握在自己手里的才是实实在在的东西！

她参加论法会，本来就不是为了赢，而是为了锻炼自己，为了和这些尖子生切磋，为了变强。

在众人惊讶的目光中，乔晚提剑直上。

利生峰上的三教弟子，代表着修真界年轻辈分中的中上水平，是再合适不过的检验自己实力的标杆。

她想看看，在补好筋脉之后，这段时间以来，她到底有没有成长进步，抑或是成长了多少，和他们相比，自己还有多少差距。

或许是因为在昆山的时候培养出了一颗强大打造的心脏，说实话，被优等生小圈子排挤，乔晚一点儿都不在乎。

在她眼里，方凌青就是那头顶个红名、闪闪发光的小怪。

利生峰上的三教弟子，做梦也不会想到，乔晚已经完全把他们当成了刷怪练级的工具。

青年嗓音清朗，每念一句，诗词中的意象顿时就化为了杀招。

乔晚横剑一边打一边也在念诗，不过念出口的诗句听上去格外耳熟。

如果她没听错的话……解红丹嘴角抽搐。

这是方凌青刚刚念出来的诗吧？

方凌青每念一句，乔晚就沉声复制一句。

漫天“飞花”，也掀起了一道花瀑，冲着方凌青拍了过去。

这少年不抄古人的诗，抄今人的诗，而且是抄敌人的诗！

利生峰上观战的所有人脸部表情集体变了一下。

还有这种操作？！

大家都是修士，平常打过的架没有几百也有几十，当然也碰上过会直接复制对方诗词的情况，但没人会在这论法会上去复制别人的诗词。

主要是儒修嘛，大多自负才学，谁会愿意去念别人的诗？！

而现在……少年的所作所为……未免也太不知羞耻了。

诗词被复制，方凌青愣了愣，节奏顿时被打乱！

剑光穿过漫天花雨，直奔青年而来，方凌青暗暗咬碎了一口牙。

将方凌青的反应尽收眼底，乔晚同情地看了对方一眼，不懂得灵活变通，傻了吧。

剑光变招不定，下手却一点儿都不客气。

快！

好快！

虽然少年修为不过筑基，但体术和武技干净利落，毫不拖泥带水，就等方凌青节奏一被打乱，快速抢占主动权。

身形和剑光交织，看得人赏心悦目，心生赞叹。

好歹是得到过妖界妖皇亲自指导，乔晚这优势就在这身武技上了。她这一身武技，在同辈人之中，怎么说都算得上不错。

将地上的灵石拢了拢，齐非道扫了一眼面色各异的三教弟子，忍不住抱胸笑了一下。

这打架嘛，鬼才讲究那些有的没的，招式好用就行。

人真到了战场上，难道还能要求敌人只用这个招，那个招不许用？

这也是齐非道的行事准则。

也因此，放荡不羁、实用主义的数部，一直被其余穿戴得整整齐齐、人模狗样的五部瞧不起。

眼看方凌青表情不太妙，齐非道搓着下巴，饶有兴趣地继续留意着阵盘上的变化。

玉球外面的六部大弟子们震惊程度不亚于其他三教弟子。

“这……”宋催雪咂了咂嘴，“就算这样，那少年也赢不了啊。”

他这样做，无非就是拖延时间而已。

所有人的目光都落在了那少年身上，全都想看看少年究竟想干点儿什么。

“与人决战，本来就没有招式高下之分。”清澈柔和的嗓音响起。

宋催雪愣了愣，呆呆地看着面前的女修。

白珊湖姿容如冰赛雪，衣袂无风自动，目光落在玉球上，语气淡然。

大师姐……白珊湖大师姐，竟然承认了陆辞仙这行招方式。

如果单看实力，宋催雪掰着手指头算了算，大师姐白珊湖的修为还在师兄孟沧浪之上。

能得大师姐承认可不容易啊。

不过宋催雪想了想，似乎也没什么奇怪的，大师姐最重视实用，做什么事都雷厉风行，这叫陆辞仙的少年做事风格和大师姐酷似，能得大师姐这一声认可，也不算奇怪。

不过……大师姐观战的时候，谢行止老看着大师姐干什么？

察觉谢行止的视线总默默地落在白珊湖身上，宋催雪警惕地看了谢行止一眼。

方凌青自负也是崇德古苑“仁义礼智信”中“礼”字辈的弟子，虽然被乔晚短暂地打乱了节奏，很快又调整了回来，再去争夺主动权！

他一边忙着扳回优势，一边没忘开口嘴炮：“怎么，陆仙友不善诗词？其实无须自己作诗，口诵也行。”

“啪！啪！”

这每一句话，简直明晃晃地把乔晚的脸往地上踩。

乔晚充耳不闻，黑漆漆的眼里只映着一个方凌青！

儒修打架的时候，那都是脚下站定，口诵诗词华章，短短几个字就能破百兵，看上去十分优雅从容，但少年的动作太快了，迅速打乱了方凌青的步伐，拉快了整场战斗的节奏。

主动权一丢，方凌青想抢回来就难了！

阵盘中的少年好像也没有要赢的想法，横剑和方凌青周旋个不停，就是没下什么重手和死手。

这看起来……怎么像在修炼？

不对，他这就是修炼！

陆辞仙在拿方凌青当陪练！

原本还有点儿微妙优越感的优等生们纷纷错愕，察觉这一点之后，只感觉脸上像被打了个大耳刮子，疼。

他们看不起人，别人不仅根本不在乎，还把他们当木桩给打得团团转。

在乔晚这迅疾凌厉的攻势之下，方凌青也有点儿恼了，抬手一挡——

“砰！”

两个人手臂相撞。

乔晚面无表情地往后一步跳开。

一阵剧痛袭来，方凌青被乔晚这么一胳膊肘直接撞麻了半只手臂。

“体修？”方凌青皱眉，强忍疼痛，脚下再度踏出半步。

“不念诗，辩论也无妨。”方凌青抬眼，目光死死地盯着乔晚，“我见仙友身负莲花纹，敢问仙友什么是佛？”

什么是佛？

这人复制他的诗是吧？！

那他现在不念诗了，来辩论！

此时此刻，大光明殿，和方凌青交手的同一时间，作为本体，乔晚理所应当地能感知到利生峰上发生了什么，这就像切个大号小号一样方便。

而面前的尊者明显也十分清楚利生峰上的争端。

别忘了她的小号的莲花纹上，还留着对方的一缕神识。

尊者的目光很平静，平静中透着那么一丝威严，和面无表情地检查学生的作业的老师，有异曲同工之妙。

梦境里，日日夜夜的说法她到底有没有听进去，就看现在了。

乔晚的脑门上滑下一滴冷汗。

什么是佛……这个问题，她必须好好回答。

精神重新集中到小号身上，乔晚看了一眼方凌青：“你就是佛。”

话音刚落，一座金灿灿、慈悲温和的佛像虚影，从乔晚身后缓缓升起，朝着方凌青压了过去！

“心就是佛？”方凌青毫不畏惧，冷笑，“仙友就会这老生常谈的一套吗？”

佛像动作一停，方凌青这边再掀狂澜，势头猖狂地又一次压了乔晚半截！

趁你病要你命，方凌青语速飞快，打蛇随棍上：“我问你，心就是佛，那究竟哪个是佛？！你们这修佛的，口中的佛到底是哪个？！”

唇枪舌剑，这才真正展开！

手上、腿上，迅速相撞又分开，两个人打了个不分你我，而嘴上功夫也毫不相让，你来我往。

刀光剑影，看得人眼花缭乱，众人忍不住屏气凝神。

乔晚镇静地抬眼：“那我也问仙友一个问题，哪个不是佛？”

哪个不是佛？

方凌青攻势一顿，脑海中突然一片空白。

哪个不是佛？

一直沉默观战的孟沧浪双目微睁，瞬间错愕。

“飞花”刹那间化作憧憧佛影，天雷刹那间化作憧憧佛影。

漫天佛影，纷纷落下。

四四方方的阵盘之上，金光大作。

一剑伴随金光，快准狠地刺入了方凌青的肩头。

只要心中有佛，处处都是佛。

不论是天雷还是“飞花”，不论从方凌青口中念出的什么，处处皆是佛！

胜负几乎毫无悬念。

少年用处处皆是佛，对阵这诗文中的杀机……

利生峰上，玉球内外，所有人为之震惊！

谢行止垂在袖子里的手一动，在小道童惊恐的目光中，再一次沉声道：“好。”

暗合三教之意算不了什么，少年能真正融会贯通，化为自己所用，才算是真正的儒释道三修！

一道鲜血顺着嘴角流了下来，乔晚揩去剑上的鲜血。

“铛——”

她屈指弹剑，剑音清脆。

乔晚面无表情地看向了眼前难以置信、失魂落魄的方凌青。

傻了吧？没和人在学校里吵过，偷换过概念吧？

方凌青瞪圆了眼，又羞又怒，还想再攻！

就在这时候，一道身影抢先飞入了阵盘之中。

乔晚抬眼一看，只看到了一片欺霜赛雪的白衣。

另一道身影紧跟而上。

肩披着披帛的女修，宛若仙子一样缓缓降下，一抬手，轻飘飘地就化解了青年的攻势。

方凌青一个急刹车，小脸一白，一脸紧张的表情：“表……师姐……”

他还没说出口的话，在白珊湖的侧目中，戛然而止。

白珊湖拦住了方凌青的动作。

齐非道拦住了乔晚的出招。

“轰——”

灵力的波动，以青年为圆心，向四周猛地震荡开。

齐非道横在了两个人中间，恰到好处地挡住了乔晚的攻势，笑道：“切磋比试，不必伤了和气。”

乔晚的目光落在了不修边幅的青年身上。

为了拦她和方凌青，齐非道明显也做了防备，全身上下防得滴水不漏，目光落在人身上，就像能看穿每一处细微的变化和错漏，进行精准分析。

这就是数部的修士吗？

古往今来，只要和数字扯上关系的人或物，果然就是个大杀器。

齐非道很强，和伽婴带给她的感觉不一样，在伽婴的威压之下，她做什么都像蚍蜉撼树。

但眼前的儒修不一样。

虽然他比方凌青强，也比她强出数倍，但这种强带给乔晚的感觉是能超越的，只要足够努力，总有一天她也能达到齐非道这个地步！

不过现在她还打不过他。

本来就不是生死决斗，乔晚也不啰唆，干脆利落地收了金光。

金光一散，片片能割喉的“飞花”又洋洋洒洒地落了下来。

白珊湖抬袖一卷，没想到还是有瓣不长眼的落花想往美人脸上落。

白珊湖还没出手，两道影子已经抢先冲了出去。

一道是剑光。

谢行止身后的玄铁剑出鞘，一道剑光快速劈向了落花。

另一道是金光。

乔晚还没来得及全收回去的金光，由于就在阵盘里，离白珊湖更近，也更快一步。

金灿灿的小佛像，结跏趺坐，手上捏了个法印，刚好将那一片落花稳稳地接在了手掌中，赶在剑光之前，落到了女修面前。

迅疾的剑光慢了一步，被佛像从美人面前给一屁股挤开了。

古时候有借花献佛，现在有金佛献花。

金佛献花，何等浪漫。

白珊湖愣了愣，就算冷情冷心如她，也忍不住抬眼往乔晚的方向看了一眼。

少年丰姿挺秀，漱冰濯雪。

女人更是欺霜赛雪一般。

两个人神情如出一辙，沉稳淡漠，隔着几丈的距离，四目相对。

四周顿时鸦雀无声！

离谢行止最近的六部大弟子们，率先察觉了点儿不对劲！

剑光被一屁股挤了出去。

男人眉头一皱，四周简直千里冰封、万里雪飘！

宋催雪浑身一抖，他自诩风流，能精准地闻出八卦气息，也能精准地感觉到曾经有过六段情缘的孤剑谢行止，似乎对自家大师姐有那么点儿好感。

那这少年……

他们没看错的话，这少年是在向白师姐献殷勤吧？是在向谢行止看中的姑娘献殷勤吧？

这少年是吃了熊心豹子胆，敢抢孤剑谢行止的女人？！

宋催雪愣了愣，只觉得一道惊雷当头劈下，差点儿失态地往前一扑。

情敌！

可惜宋催雪毕竟还是太小看谢行止了。

虽然谢行止有过六段情缘，且情缘走的都是肤白貌美、雍容华贵，颜值、家世、武力都能打的那一挂，但这不代表谢行止是个恋爱脑。

孤剑谢行止，不仅在与人相处上有点儿缺心眼，在感情上也十分单纯，单纯到——渣。

爱就是爱，不爱就是不爱，他抽手的时候比谁都利落。

他确实对白珊湖有些好感，但也不至于和乔晚计较。

男人目光落在玉球上，看着玉球中映出来的身影。

陆辞仙虽然对儒、释、道颇有自己的见解，但实力还是太弱，简而言之，就是弱到根本不配被谢行止放在眼里。

这真是个悲伤的故事。

故而谢行止也不认为白珊湖会看上陆辞仙。

修士命长，他给这少年机会，说不定陆辞仙终有一天能成长到他这个地步。

谢行止目光一扫，但现在还太早。

更何况，等陆辞仙成长到他现在这个地步的时候，他的修为也必将上升到一个新的台阶。

他们之间的差距，还是犹如天堑！

谢行止傲然地想着。

这当然不是因为他心里那点儿微妙的不舒服感觉，这只是实话！

他十三岁入道，十四岁开道域，十八岁筑基，在修行这条路上，有这个狂傲的资本。

“谢道友怎么看？”

留意到谢行止的目光停顿，一直沉默观战的孟沧浪破天荒地开了口。

谢行止和陆辟寒，虽然被并称为道门的孤剑和病剑，但背负巨剑、一举一动十分老成的孟沧浪，也有儒门沧浪剑之称。

和都有那么点儿傲气的谢行止、陆辟寒相比，孟沧浪更加温和，或者说锋芒内敛，气势不招摇、不逼人。

“武技不错。”谢行止看着玉球上的少年，沉声回答，“但疏漏颇多，‘仁义礼智信’，或许排得上‘礼’字辈，但也仅止步于此。”

谢行止和孟沧浪的话没避着任何一个人。

听到这两个人的议论，宋催雪看向乔晚的目光更加复杂了。

早早就被孟师兄和谢道友注意到，这少年儒生也不知道是幸与不幸。

结跏趺坐、手结法印的佛像，捧着一瓣落花，缓缓落到了女人面前。

白珊湖短暂地愣了一秒之后，退出了阵盘，在距离乔晚几丈之外站定，颔首淡淡地说：“多谢。”

她性格本来就疏淡，谁能得一句“多谢”已经十分难能可贵。

乔晚摇了摇头：“举手之劳，仙子不必客气。”

这么美的脸，要是被花瓣划伤了，乔晚想，她也会心痛的！

少年语气不卑不亢，眼神也十分平淡。

白珊湖看得心里又是一愣。

她的姿色在修真界算不上顶尖，却也不落于她生平所见的任何一个女修。

第一次见面的时候，就连孤剑谢行止也没能免俗地多看了她一眼，但陆辞仙眼里毫无惊艳之色，平平常常得就像在对待一个普通的女修。

眼前这少年，并非好色之徒。

白珊湖看不上谢行止，主要还是因为看不上谢行止的性格。

两个人冷傲性格如出一辙，加上谢行止有六段情缘，第一次见面的时候他还多看了她一眼，白珊湖就更看不上他了。

看着乔晚，白珊湖心里微微一动，冒出了点儿淡淡的好感，不过这好感中还夹杂了那么一点儿说不清道不明的在意。

大抵是因为美人嘛，总有那么一点儿自负和别扭。

由于她长得美能打，一直是众人目光的焦点，被这么忽略……的的确确还是头一回。

瞥了乔晚一眼，白珊湖突然转身看向了齐非道：“拿来。”

齐非道愣了愣，过了一秒，才意识到白珊湖指的到底是什么——玉花。

都到了这地步，这玉花确实是不好不给了。就算白珊湖不主动提，他这袖子里的玉花拿着也烫手。

齐非道微微一笑，爽快地摸出玉花递给了白珊湖。

女人接过玉花，丢到了乔晚怀里，然后朝她略一颔首，目光依然冷冰冰的，没什么温度。

但这代表乔晚被承认！

利生峰上一片哗然。

白珊湖竟然亲手将玉花交给了面前这少年！

这就意味着陆辞仙这货得到了白珊湖的承认！

白珊湖可是崇德古苑的大师姐，响当当的暴力冷美人，就连谢行止在白珊湖这儿都没讨得了好，她竟然亲自把玉花给了陆辞仙。

脸上汇聚着众人羡慕嫉妒恨的视线，握在手里的这朵玉花热得有点儿发烫，乔晚把玉花揣进了胸口，贴身放着，抬眼郑重地说：“多谢仙子，我会妥善保管的。”

白珊湖看了她一眼，隔了一会儿，淡淡地“嗯”了一声。

就这一声“嗯”，已经足够让崇德古苑的弟子们齐齐哆嗦。

他们还从来没见过大师姐这么有耐心！

孟沧浪下意识地瞥了一眼身边的谢行止。

男人紧紧抿着唇，不错眼地看着玉球中这一男一女。

他不和陆辞仙计较才怪！

谢道友明显还是在意的，孟沧浪感到了那么点儿错愕，又微妙地生出了点儿同情。

有了崇德古苑大师姐白珊湖的亲口承认，就算峰顶上这些恃才傲物的尖子生再有什么不满，也都默默噤了声。

刚刚陆辞仙的表现他们也是看在眼里的，虽然开局他不知廉耻了点儿，但这“处处皆佛”的破局，实在是出人意料。

就这样，过了君子六艺之后，乔晚总算获得了这批尖子生的承认！

尘埃落定，胜负已分。

被白珊湖拎着轻飘飘地退出了阵盘，又眼睁睁地看着白珊湖亲手把玉花给了乔晚，方凌青看着乔晚脸色复杂。

风光都是这少年的！而他方凌青好歹也是“礼”字辈的弟子，就这么被人当众给下了面子！

方凌青脸上火辣辣一片，几乎不敢抬头去看利生峰上其他人的反应，一想到众人的目光就倍感焦躁。

“我技不如人，输了就是输了。”方凌青抬眼，目光直射乔晚，“但仙友开场抄我的诗文，是否胜之不武？！须知道，修炼要先修心！”

这话就说得十分诛心了。

在众人好奇的目光之下，乔晚面无表情地问：“你不服吗？”

这一架，说实话乔晚打得并不满意，她现在迫切需要练级，和人打架切磋，就算方凌青当场再下战书，乔晚也会接！

“不服，我们再打一场。”少年目光平静无波，脸上表情根本就没变化，简直就像说着什么再平常不过的事。

方凌青被气得直接爹毛，差点儿吐血！

这……这简直就像蔑视。

你看不起谁啊？！

啊？！你这副样子摆给谁看呢？！

被乔晚这态度给激出了点儿少年血性，方凌青差点儿当场蹦起来。

白珊湖一个淡淡的眼神扫过去，又给摁下去了。

青年深吸了一口气，一拂袖，恢复了儒修的气度，同样冷冷地说：“打一场？

仙友想怎么打？”

乔晚：“我都没问题，什么时候打、要怎么打，由你来定。”

方凌青差点儿又被气出了一口血。

“那好！十日之后，就是论法会报名之时，到时候，鸠月山花座峰下，三教弟子云集，不知道仙友愿不愿意在那天和我比上这么一场？！谁要是输了，谁就自行退出这次论法会！”

这赌得太大了！

还在围观玉球的六部大弟子纷纷抬眼。

齐非道脸上笑意收敛了点儿：“凌青，你不是一直想参加这次论法会吗？真要赌这么大？”

方凌青却没搭理他，自顾自地盯着乔晚，目光灼灼：“敢问仙友，愿不愿意和我赌上这么一场？”

乔晚握紧了剑，没犹豫，一口答应了下来：“好。”

利生峰上，小号风光无限，乔晚本体就不怎么美妙了。

大光明殿内，陷入了死一般的寂静之中。

察觉这诡异的气氛正在缓缓流动，乔晚看了一眼身前变了脸色的妙法，犹如五雷轰顶，下意识地抬手：“尊者明鉴！晚辈不是故意的！”

妙法神色凌厉：“你还知道错？！我还以为你早就将我说过的话抛之脑后了！”

乔晚嘴角一抽。

妙法：“我看你如今要如何自处！”

乔晚：“晚辈一定会好好修习，不会让前辈失望的。”

“你以为你是在替我修习？你修习不修习，与我何干？！”

乔晚默默吐槽：这话越来越像她爸了啊！

尊者柳眉倒竖，冷哼一声，摔门离开。

乔晚瞪着栏杆看了一会儿，默默闭上眼，从识海里抽出了一本小册子。

自从突破元婴期之后，她就不用自己动笔记了。

她现在的长处有锻体、武技和神识，还有那本书。

想到和方凌青的十日之约，乔晚摊开书，比照着书上的内容，开始修炼。

这本书是那位前辈精心给他妹子打造的，书里的内容十分适合她，讲得也十分透彻细致，就差没手把手教。

这位前辈……一定是个温柔耐心的好人。

一个时辰之后，乔晚合上书，长舒了一口气，略微放松了一刻。

但就是这一刻，魔气再度乘虚而入！

不好！

她披小号玩得太浪，差点儿忘了还有魔气这回事。

乔晚心里“咯噔”一声，再一抬眼，眼前顿时一片昏暗，意识也在随之远去！

魔焰冲天而起，少女眼神冰冷。

入魔之后，连日以来，每天乔晚都在用身体撞牢门，就算被撞得一身血，还是拼了命地继续去撞。

牢门的封印，终于在今天松动了。

一脚踹开血迹斑斑的栏杆，乔晚越狱了！

地牢里的恶徒见状纷纷瞪眼：“哎，带我一个！”

他们却只能眼睁睁地看着乔晚一个跃身的工夫，消失在了长长的甬道里。

不过这越狱只持续了短短一秒，乔晚还没冲出地牢，就被大光明殿里的妙法感知到，一道金光给轰了回去。

尊者蓝色长发随风而舞，表情比入了魔的乔晚更冷，下手也更加冷酷无情：“回去！”

乔晚充耳不闻，冲上前抢攻！

眼里清楚地映出乔晚入魔之后的疯狂模样，妙法的脸色更黑了。

之前他对魔气留情，无疑是个错误的选择。

现在这状况，他就得毫不留情地敲打！

不打，这魔不长记性！

魔气冲天而起，佛气也冲天而起！

瞬息之间，乔晚已抢攻到尊者面前，抬脚！

“砰！”

金色的水波纹从妙法周围荡开！

灵力波及甬道两侧的灯柱，昏黄的烛光摇曳了两下，灭了。

这一踹，乔晚非但没踹开妙法身上的护体金钟罩，脚掌反而传来一阵剧烈的疼痛。

锻过体的四肢，在妙法的金钟罩之前显得不堪一击，严格地说，乔晚只炼过骨，血肉的坚韧程度只不过比其他修士好上那么一两成。

入了魔的乔晚，其抗击打程度和之前相比，也有了飞一般的进步，简而言之，就是她不怕死，被轰得一脸血，遍体鳞伤，还能冲上去。

不怕疼，也不怕死，这驱使着乔晚行动时只有兽性。

一击不中，乔晚暴风雨般接连出腿！

“砰砰砰！”

光毫不留情地扫出！

少女抬腿横扫，直冲尊者脐下三寸。

招式不在多好看，好用、实用就行。

这场战斗，地牢里的众人看得心惊肉跳。

妙法妥妥是怒了吧？！和乔晚打架，是尤其费力的一件事。

这货入魔之后，任凭如何被搓圆揉扁，硬是能从地上一跃而起。

修为到了妙法尊者这个地步，他还得衡量下手的轻重。如何在不失手把乔晚敲死的情况下揍她一顿，这是个技术活儿，尤其是在乔晚专攻下三路的情况下。

乔晚屈膝一撞，还没挨上尊者的衣角，直接被金光给掀翻了出去。

在飞出去的刹那，乔晚目光短暂地清明了一瞬。

她被打醒了一秒。

这一秒钟的工夫，理智压过魔气，迅速抢占了身体的控制权！

“砰——”

腰背重重撞击地面，刚恢复意识的乔晚看了一眼这石块与光横飞的画面，愣了愣。

这感觉，不太妙！

何止不妙！

乔晚清晰地看见尊者那黑如锅底的一张脸，心里一紧，见势不妙，掉头就往地牢深处狂奔而去！

还敢跑？！眼见乔晚“冥顽不灵”，妙法震怒！

一个下意识地往地牢里跑，一个铁了心要追。

乔晚心底一颤，内心悲愤！

不带这样的！怎么还有入魔一半恢复神识的？！

她也就顿了这么一瞬，金光更快一步，快准狠地缠上了她的大腿和腰。

乔晚一个踉跄，已经被紧随其后的愤怒尊者给逮了个正着。

尊者快准狠地一把攫住了乔晚的手腕抵在墙上，膝盖紧顶她的腰背，雄浑的金光随即深深撞入她的体内，清正尊贵的嗓音近在咫尺，震得乔晚耳朵“嗡嗡”作响：“孽障！跑？！”

跑不掉了，乔晚脑中清晰地浮现这么一个想法。

胸口紧贴着墙壁，腰背被妙法给抵得死死的，金光瞬间贯穿四肢百骸，乔晚刚想动一下，立即就被妙法给逮了个正着。

妙法冷喝道：“静！”

道道光更加凶猛地撞入体内，雄浑凶悍，像是要破开筋脉。

随着光在体内运转得越来越快，也越来越重，乔晚疼得面色惨白，咬着牙根冷哼了一声。

就算再不会察言观色，她也能看出来，妙法这是生气了！

维持着这么一个姿势，乔晚疼得冷汗一滴一滴地直往下掉，绷紧了肌肉，承受着这佛气的冲刷，被压在墙上的手指死死地抠住了墙缝，绷得青筋暴起。

手指刚有往回缩的迹象，妙法攫住她手腕的手就攥得更紧了点儿，再一用力，握着她的手腕，把乔晚的胳膊高高拉了起来，往墙上压了压，抵得紧了点儿。

体内的气横冲直撞。

乔晚忍不住回头喊道："前辈……"

妙法："忍着！"

半截话在对上尊者的视线之后，咽回了嗓子眼里。

那一眼……乔晚也不知道用什么语言来形容。

和乔晚视线相撞，妙法闭上眼，深深地吸了一口气。

乔晚则还停留在那一眼的震撼之中。

帮她压制梳理了这么长时间的魔气，乔晚几乎快忘了，妙法尊者也有心魔。

梦里，她曾见过那片赤红的血海，和站在浪尖上极目远望、几乎占据了整片海面的魔军。

于是，乔晚不敢吭声了，冒着汗趴在墙上。

在乔晚的身体里有两股气打了个难解难分，最终还是魔气先低了头，双方偃旗息鼓。

尊者这才松开手。

乔晚累得全身是汗，像条死鱼一样，靠着墙软绵绵地滑了下来，疼痛的余韵还残留在体内，疼得她一根手指都不想动。

不过余光瞥了妙法一眼，求生欲还是让乔晚拖动疲惫的身躯，果断跪坐在尊者面前，乖乖地行了个礼："多谢前辈。"

她认错态度良好。

魔气翻来覆去总不是个事，再来这么几回，她也承受不住了。

乔晚挣扎了一会儿，抬起眼，给了个真情实感的建议："前辈，要不你把我拴起来吧？"

乔晚以为自己态度良好，没想到妙法根本没这么想。

"我拴你做什么？！"

乔晚犹豫地回答："防越狱……"

她不提还好，一提到这一茬，再次收获了尊者冷冷的一记眼刀！

乔晚挠挠头认真地想了想，干脆盘腿坐在地上，开始给妙法分析。

如果说之前她入魔没什么理智，全凭本能行事的话，随着她入魔得越来越频繁，也越来越深入，入魔之后的她，好像也有了些简单的想法和喜怒哀乐。

这点，刚刚和她交过手的妙法是能察觉出来的。

长此以往，乔晚也不能保证自己入魔之后，会不会做出什么丧心病狂的事。

总而言之，妙法还是将她锁起来最保险。

她现在能用小号走跳，大号委屈一下也没关系。

尊者没说好，也没说不好。

“定忍峰。”

乔晚：“嗯？”

“从今日起，你就去定忍峰下，”妙法道，“由我日夜监管。”

乔晚面露愧意，委婉表示：“这……是不是太麻烦前辈了？”

妙法看上去更没好气了：“知道最好！既然知道，就好好留在定忍峰下，勿再多招惹是非。”

“是。”乔晚肃穆行礼，“晚辈多谢前辈关心。”

“我这并非关心，”妙法瞥了乔晚一眼，冷冷地说，“我只是不想这世上又多了一个魔，到时候还要大光明殿的弟子为除魔多跑上一趟。”

说完，妙法就冷眉冷眼地离开了。

乔晚盘腿坐了一会儿。

刀疤男嗓音凉凉地说道：“妹子啊，你别伤心，要伤心就到哥哥我的怀里来。我跟你说，妙法说白了就是刀子嘴豆腐心。”

乔晚：“怎么说？”

刀疤男，凡间俗名叫龚烈，躺在牢房的地上，有一搭没一搭地和乔晚说着妙法。

想当初他好歹也是离魂宗的扛把子，死在他刀下的修士那叫不计其数，可惜一不小心翻了船，被妙法给咬上了。妙法咬上就不撒手，愣是千里迢迢地追了他几天几夜，废了他的半身修为，叫他给他手上的一百多条人命偿命。

呸！这世道不是你死就是我活，被他杀了那是他们技不如人！

就算到现在，龚烈也没觉得自己哪里做错了。

但偏偏妙法非要摁着他的头让他认错，还瞪眼怒喝，说他无药可救，该替这一百多人偿命，说着撸起袖子就要送他归西。

打吧，他又打不过，最后十分有骨气地一仰脖子：拍吧，拍吧，下辈子还是条好汉。

龚烈却没被妙法给一掌轰死，而是被妙法打包塞进了大光明殿地牢，日日接受感化。

龚烈悲愤！还不如当初一掌打死他！

不过，他也算看出来了。

龚烈分析道：“你别看妙法脸长得像个美人儿，但打起架来那叫一个纯爷们儿。”

乔晚表示同意。

这点，她最有体会。

“但是吧，他也心软。”

龚烈换了个姿势，跷着二郎腿：“他真打算一掌拍死我，何必搞这么麻烦？说白了，他还是下不去手。也得亏他这么多年混上了个尊者的名头，在弟子堆里有那么点儿威望，这要是普普通通的修士，早死八百回了。”

心软的人，都活不长久。

这点几乎是修真界修士们心里的共识了。

所以，龚烈下了个结论：“妙法也是关心你。”

虽然他自己不承认。

毕竟要搬家了，乔晚和龚烈唠了一会儿，在地牢里众歹徒“多回来看看啊”的依依不舍的招呼声中，收拾收拾包袱搬到了定忍峰。

定忍峰下就一块光滑如镜的大青石，除此之外，什么都没了。

平常妙法就在这儿修行。

乔晚拎着包袱四下看了一眼，没看到尊者的身影，略一思索，干脆又切回了小号。

大号虽然被监管，幸好她还有小号能动。

和方凌青定下十日之约后，乔晚离开了利生峰，回到大光明殿。

不知道是出于什么心态，她这个时候不太好意思去面对妙法尊者，干脆去找了岑清猷。

一见到岑清猷，乔晚十分熟稔地上前打招呼：“二少爷。”

岑清猷往后退了一步，温润如玉、镇定从容的少年郎，就这么被吓到了：“这位……仙友？”

乔晚淡定地说：“是我，辛夷。”

在乔晚的解释之下，少年终于找回了点儿冷静，抬头苦笑：“辛夷，你吓我一跳。”

乔晚：“我这魔气，没办法。”

少年看着乔晚的目光瞬间带了点儿同情和复杂。

辛夷明明是个姑娘，但由于受魔气磋磨，却只能化作男子行走，心里定然也不好受。

温和体贴的岑家小少爷面对这张俊美潇洒的脸，顾及乔晚的自尊心，突然有点儿手足无措，憋了半天也没憋出一句话。

乔晚十分看得开，少年大马金刀地一坐，嗯……有点儿奇怪。

乔晚面无表情地整理了一下垂落在膝盖上的衣摆，往左放了放。

岑清猷：是他想太多!

鉴于岑清猷这白切黑的性格，乔晚决定就方凌青的十日之约征求一下岑清猷的意见。

“方凌青？”岑清猷沉思片刻后说道，“我对他有些印象。若辛夷你需要，明日我再为你整理一份卷宗。”

乔晚求之不得。

岑清猷问：“‘仁义礼智信’，礼字辈弟子，已是崇德古苑弟子中的佼佼者。辛夷，你打算怎么办？”

到时候，花座峰下众人云集，乔晚要是输了，可就不能参加三教论法会了。

乔晚：“要是输了，也没必要参加三教论法会了。”

她想要赢，就必须抓紧这十天时间好好修炼。

她现在有那本书，还有之前在游仙镇淘来的《炼体精要》。

想到这儿乔晚翻出那本《炼体精要》。

…………

岑清猷明显也被震撼到了，看了一眼面前的少年。

少年生得俊美，但依稀还能看出点儿本体的样子，也就是说，虽然乔晚现在是个汉子，但本体总归是个姑娘，这炼体之凶残，连壮汉和力士都不一定撑得下来。

辛夷真能撑下来吗？

岑清猷问：“你当真要照这上面的说法修炼？”

乔晚犹豫地回答：“来吧？”

她都选择踏上炼体这条路了，那就得一条道走到黑。

乔晚挣扎了一会儿，一咬牙拍板定了下来。

分身化归本体之后，修为等一切都会回归本体。

分身炼体，最终也会补足到本体上。

“怯梨池的池水能温养肌骨，倘若辛夷你真要……”岑清猷顿了顿，才继续说道，“照这上面的法子修炼，可以去怯梨池泡。”

两个人正讨论着，山门那儿突然传来了点儿动静。

岑清猷抬头，神色肃穆：“来了。”

乔晚把《炼体精要》顺手塞回了储物袋里，问：“怎么了？”

岑清猷：“三教论法会。”

“你这几日一直待在地牢里，有所不知。”岑清猷道，“论法会召开在即，今日各派长老都要到大光明殿商讨论法会相关事宜。”

说完，他转头问：“辛夷，你要不要与我同去？”

妙法尊者地位虽然高，但整个大光明殿都对妙法心魔缠身这件事心知肚明。

妙法已经很久没出现在人前了，就连这次论法会也是由空定大师主持。

三教论法会召开之前的各派小会，来的人不多，但都是各教派的领队长老和精英弟子。

这也是三教论法会召开之前，各派之间憋着口气暗暗较劲儿的时候。

论法会是年轻人的舞台，是三教合伙儿开办的让年轻弟子互相比试切磋的法会，未来是属于年轻人的，谁家拥有的有出息的弟子越多，就代表着谁家实力最强，发展最如日中天。

大光明殿这回做东，无论如何都不能被人给比下去。

大家虽是三教中人，但这里面的钩心斗角不输红尘中任何一人。

既然决心踏上这条道，就没人真正出世、手上干净的。

连妙法尊者也不例外。

修仙、修圣、修佛，有这么个“我执”在，任谁都是满身红尘。

山门那儿有武修负责迎宾。

大光明殿依鸠月山山势而建，乔晚和岑清猷蹦上个山坡，站在上面远眺，正好能借山势的便利看清山门那儿的动静。

武修们按行辈排列，整整齐齐地站在山门前，恭迎来到大光明殿的各派领队长老和随侍弟子。

来这次论法会的有儒家的崇德古苑、善道书院和青阳书院弟子，道家的朝天岭、沾云峰和太玄观弟子，禅门的梵心寺和大光明殿弟子，还有受邀当裁判的萧家人，以及各小门小派弟子、散修不计其数。

伴随着雄浑洪亮的钟声，这次小会开始了！

乔晚一边默默站着，一边不受控制地在心底疯狂配音：首先朝我们走来的是道门沾云峰的方队！他们身着蓝白色弟子服，精神抖擞，士气高昂……

沾云峰的弟子们驾着剑光，从云层中翩翩落下，个个都样貌俊秀，气度温和，很符合道家“清静无为”的气质。

“沾云峰一向不参与三教之间的争端，”岑清猷解释道，“算是这次论法会中的中立派。”

乔晚顺着岑清猷的目光往下看了一眼。

沾云峰的弟子和武修们彼此行了个礼，笑眯眯地就被几个“鉴”字辈的武修给引到了小会所在的光明心殿。

说话间，远处一朵金色莲花紧跟着剑光翩翩而落，从莲花上走下来一队身穿袈裟的和尚。

岑清猷继续解说：“这是梵心寺。”

乔晚面无表情，内心在努力呐喊：接下来，朝我们走来的是梵心寺的运动健儿们！

梵心寺的弟子们在山门前停了下来，照例寒暄了一下。

交谈间，火花飞溅。

岑清猷整理了一下措辞，含蓄委婉地表示：“梵心寺对大光明殿在禅门中的地位多有不满。”

乔晚恍然大悟。

这是竞争对手。

大光明殿在禅门中的地位一向比梵心寺高上不少，梵心寺的弟子们心里不服气，总想踩着大光明殿上位。

梵心寺弟子们看上去彬彬有礼，实则在暗暗挑刺，大光明殿弟子们微微一笑，防得滴水不漏，时不时丢一句反击。

梵心寺弟子们气得牙痒痒，硬是摆出了一副出尘的姿态，合掌念阿弥陀佛。

这局，大光明殿胜！

梵心寺看来是需要警惕的对象。

乔晚一边看，内心一边默默记下。

接下来，太玄观和善道书院弟子并肩而来，一黑一白，衣袂翩翩，走上前来向武修们行了一礼。

远远地，善道书院弟子好像和武修说了句什么，气氛忽然隐隐有些僵硬，紧跟着乔晚就看到善道书院的弟子们甩袖就走。

看清善道书院那身白衫之后，岑清猷脸色突然微微一变。

“这是善道书院和太玄观。”少年低声说道，“善道书院因为我……与大光明殿有些过节。”

“因你？”

岑清猷抬头，不知道想到了什么，脸色慢慢有点儿泛白。

乔晚看得愣了愣。

说实话她还没见过岑清猷这么一副失魂落魄的表情，就算岑家被困的时候，她都没见过岑清猷这么失态。

岑清猷没吭声了，朝乔晚略一颔首，缓缓走下了山坡。

至于后面来的朝天岭和崇德古苑、青阳书院弟子，乔晚都没再看，跟着岑清猷也下了山坡，转道去了光明心殿。

小会就设立在光明心殿内，由空定大师和其他几位空字辈执事亲自主持，乔晚和岑清猷到的时候，大殿里已经聚集了不少人。没过多久，与会的各派长老分别坐下。

岑清猷虽然是妙法尊者的嫡传弟子，但没授法号，和乔晚站到了后面。他们站在人群里，眼观鼻鼻观心。众人说的话十分套路，开场先寒暄了几句。

不说儒、释、道三教三方阵营，都认为自己该是三教魁首，就是阵营内部，儒修同门、佛修同门、道修同门也都是一肚子心眼，个个都觉得自己门派该是教内执牛耳者。

三教之间，各教派是是非非、恩恩怨怨纠缠已久，这宾主客客气气的表面底下，实则暗潮汹涌，绝不像表面表现出来的这么平静。

至于大家现在还这么客气温和，不过是还没爆发出来！

果然，刚坐下来喝口茶的工夫，善道书院的长老卢德昌就状似关切地问了一句："怎么没看见妙法尊者？"

善道书院长老卢德昌，几十年前被人伤到了脸，成了个面瘫，脸色僵白，一直以来就有卢棺材之称。

听闻这话，光明心殿里的众弟子连同乔晚和岑清猷心中一凛。

来者不善！

妙法被心魔缠身、险些入魔这事，不仅在大光明殿是众人心领神会的秘密，传到修真界，也有点儿风言风语。

梵心寺、善道书院、太玄观在内的一众教派，整天就想着把妙法给逼出来，不过妙法不出来，大光明殿一口咬死了尊者只是闭关修炼，你能奈我何？

这善道书院的卢德昌，一来就直指妙法尊者，其心可诛！

空定大师显然也不是第一次处理这种状况了，稳如泰山，言语淡定："多谢卢仙友关心，但尊者如今正在闭关，不方便出来见客，失礼之处，还望诸位仙友多加海涵。"

哼！卢德昌在心里冷哼。

又是这一套说辞，骗谁呢？

男人眼神闪了闪，眼前突然掠过了一个青年大喜过望、气喘吁吁地跑来的画面。

前几天，他就听周嘉树和几个小弟子来报，说大光明殿里养了魔。

好啊！

卢德昌抬眼。

今天他非得把这个妙法给逼出来见人不可，一报当初善道书院之仇！

心里虽然冷哼，卢德昌面上却露出个恍然的表情，关切地继续问："尊者闭关也有数年了吧？修道之人最怕心魔，既然尊者不肯出来见人，那麻烦大师帮我带句话，请转告尊者，闭关修炼过程中千万要当心，切忌……走火入魔了！"

太玄观的宫长老也上前凑了一脚，捋须微笑："说起心魔，我劝尊者若没什么大事，还是出关一趟为妙，如今这整个修真界都在传尊者心魔缠身，人言可畏，一传十十传百，指不定哪天就传成真的了。"

梵心寺的弟子也没忘煽风点火："妙法尊者如果能在这次三教论法会中出关，站在众人眼前，这流言不就不攻自破了？"

一转眼的工夫，光明心殿内局势突变，善道书院打前锋，太玄观掠阵，梵心寺煽风点火。

这次三教论法会，三家明摆着是有备而来，一是为了报复，二是为了把大光明殿拉下马，自己上位。

三家一唱一和，话里话外就是非把妙法给逼出来不可！

大光明殿地位崇高的尊者，心魔缠身，险些入魔，这说出去怎么都是个笑话！

崇德古苑事不关己高高挂起，作壁上观，而沾云峰还是那么一副仙气飘飘、温和有礼的模样，一个个屁股十分坐得住。

光明心殿内，众弟子纷纷咬牙。

乔晚站在人群中，明显感觉到岑清猷身子一僵，身后传来了一点儿断断续续压抑着的议论声。

“都什么时候了，这善道书院怎么还是不肯放过我们？！”

“这也是人之常情，毕竟善道书院山长……唉，这毕竟也是我们大光明殿对不起善道书院在前，他们不肯放过我们，算来算去也不能全怪到他们身上。要我说，当初尊者就不该收岑师弟入门！”

“就算尊者收岑师弟入门，也不该这么大张旗鼓，弄得全天下尽人皆知。”

仇怨。

乔晚慢慢地握紧了剑。

看来她入魔那次，善道书院来挑事不是巧合。

问题在于岑清猷和善道书院有什么恩怨？善道书院的山长身上又发生了什么事？

“宫长老和卢长老说得都有道理。”梵心寺的人垂下眼，“这几日鸠月山下，有关妙法尊者心魔缠身之事甚嚣尘上，甚至……”

“甚至什么？”

“甚至……”梵心寺的人合掌，露出犹豫的神情，“甚至有传言说，大光明殿在山门中私养了一个魔！”

此言一出，善道书院、太玄观、崇德古苑几家齐齐变了脸色。

光明心殿的众人震惊！

魔！

是指乔晚？！

乔晚心里“咯噔”一声，定定地看向了殿内那一出大戏。

太玄观的人道：“妙法尊者德高望重，怎么会私养了一个魔？！这话可不能乱说。”

梵心寺的人装模作样地叹了口气：“这话本也不该由我说，想来还是因为妙法尊者久未现身，外面那些风言风语也就多了起来。佛门不可妄语，我今日说这话，也是为光明殿诸位着想。”

卢德昌“咦”了一声：“前几天，我门下有个小弟子也跑来和我说，说是在大光明殿似乎看到了一道魔影……外面这谣言已经传到这等地步，还望众友们多加留意啊。”

空定大师合掌：“多谢诸位仙友关心。”

“不过细究起来，这谣言也没说错什么。”卢德昌突然笑道，“我差点儿忘了，这光明心殿内不就有个现成的魔吗？！”

与此同时，他的目光分开人群，直直地落向了乔晚所在地！

作为在场唯一一个魔，乔晚紧抿着唇，心跳如擂鼓。

她的身份暴露了？！

面前这出大戏，明显冲着妙法尊者而来，她不能连累妙法尊者和大光明殿。

现在的问题就在于……她是跑还是硬着头皮待着？

她切了小号，善道书院没证据也拿她没办法。

令乔晚惊讶的是，卢德昌的目光没落到她身上，而是她身边的岑清猷！

卢德昌：“大师？还不快把岑清猷叫上来？”

空定大师低声道：“清猷你上前来。”

大殿里一瞬间仿佛安静了下来，乔晚愣愣地看着岑清猷默不作声地抬脚上前，顿时整个世界观都被刷新了，傻在了原地。

岑清猷什么时候变成魔了？

少年穿过人群，一路沉默不言地走到大殿上，腰杆挺直，白衣垂落，背影透着股孤独之意，就像是被世人给遗弃了。

在所有人的目光之下，岑清猷一路走到了大殿中央，朝着空定大师行了一礼。

这发展让乔晚立即觉得有点儿措手不及，要看向大殿中央的时候，不知道是不是错觉，那继承了岑夫人的性子、一向温柔没脾气的少年周身气度随之一变，非但脸上没了什么表情，甚至隐约露出了点儿无所适从的自卑。

“大师。”

卢德昌一见岑清猷走上来，目光落在岑清猷身上有点儿冷，硬是扯了扯僵硬的面皮，挤出了一个假笑：“岑清猷，许久未见了。”

岑清猷行礼：“卢长老。”

乔晚紧绷着肌肉，眼睛眨也不眨地看向前面的场景。

太玄观的人微笑：“我记得当初是尊者决心收你为徒，为你化解魔气。我见你修为和之前相比似乎又有了不少长进，果然还是尊者教导有方，只是不知道和修为相比，这魔气又化解了几分？”

卢德昌看向空定大师：“岑清猷是尊者的嫡传弟子，尊者如今正闭关修炼，不知道大师愿不愿意让座下弟子去我们善道书院做几天客？正好我善道书院也有些话想和他说一说。”

做几天客？！那岑清猷还有命回来吗？！

光明心殿的众人咬牙切齿！

空定大师默然无语。

目光从殿内一一掠过，卢德昌抬眼看着空定大师："大师不愿？是舍不得这小弟子，还是说，是怕出了光明心殿就压抑不住这小弟子的魔性！"

"清猷性情聪慧，得尊者亲自度化，自从拜入尊者门下后一直潜心修行，"空忍终于忍无可忍，上前一步怒道，"你这话是什么意思？！是质疑我大光明殿的能为吗？！"

"息怒，莫动嗔心。"梵心寺的人道，"我想卢长老也并非此意。"

大光明殿的众弟子更咬牙。

这善道书院、梵心寺和太玄观的人联合起来，步步紧逼，还不准他们动怒？！

太玄观的人脸上露出了点儿古怪的笑："这样吧，我最近新得了个法器，实在有趣，不如拿出来给诸位同修品鉴品鉴怎么样？"

在大光明殿众人的目光之下，男人从袖子里摸出个巴掌大的黑漆漆小铁板，往半空一抛，喊了声："去！"

小铁板落在地上，变成了长宽几丈大小的铁板，由一只满身锁链的三眼魔兽拖着。

魔兽身上新伤叠着旧伤，趴在地上奄奄一息。

铁板上铁钉密布。

眼见众人的目光落在自己身上，太玄观的人微微一笑，指着那块铁板道："这铁板叫正法道，倘若心存善念，正气盈胸，人走上去毫发无伤；倘若心存邪念，有一丝一毫魔气溢出，人走上去就会受铁钉穿身之痛。

"这几天外面都在传妙法尊者自甘堕落，大光明殿与魔为伍。既然岑清猷是魔，又是得妙法尊者亲身度化的嫡传弟子，不如就让他走上去试试。如果他走上去毫发无伤，那外面那些谣言不攻自破。"

铁板上铁钉密布，血迹斑斑，阴气森森，不知道上一个踩上这铁板的魔流了多少血。

要岑清猷踩上去？！

空忍霍然抬眼！

太玄观、善道书院和梵心寺的人你一言我一语，好话坏话全让对面的人给说了，三言两语之间就把大光明殿高高地架了起来，让大光明殿陷入左支右绌、前后为难的境地。崇德古苑和朝天岭、沾云峰的人又老神在在地在旁边看戏。

他不是不明白这三家的人在图谋些什么。

大光明殿和梵心寺一向不对付，一是因为梵心寺不甘心被大光明殿压一头，另一个重要的原因，就是这两派理念不同。

大光明殿的意思是，只要心存善念，心向正法，不论妖修魔修，都能被度化。

而梵心寺就霸道得多，理念是凡魔皆斩！

所以从一开始到现在，这三家就逮着“魔”这一点拼命炮轰！

想要证明大光明殿清白，想要证明大光明殿的理念没错，这铁板……

光明心殿内鸦雀无声，就算岑清猷不想踩上铁板也不得不踩上去！

平常和岑清猷交好的大小弟子们纷纷坐不住了。

空忍厉声道：“什么时候我大光明殿的弟子还需要贵派考校了？！”

“都说了莫动嗔心。”卢德昌脸不红气不喘地说，“这也是为了给全天下的弟子一个交代而已，尊者心魔缠身，大光明殿私养魔，这一项一项流言都直指贵派和魔勾结。贵派这么激动，是不愿，抑或是不敢，心虚？”

“说得这么大义凛然，”乔晚身后的小弟子咬牙说道，“还不是为了借此机会报他善道书院的私仇！一个要报他们书院的私仇，另一个想推翻大光明殿。”

乔晚终于憋不住了，打断了身后的小弟子的话，低声问：“私仇？什么私仇？”

小弟子一抬眼，看到个面容清俊的少年，顿时愣了愣，转念一想，这少年刚刚还和岑师兄站在一块儿，再说这事也不是什么秘密，低声道：“岑师兄其实是碧眼邪佛的肉身容器。”

碧眼邪佛……

乔晚眉心一跳：“说清楚。”

小弟子压低了嗓音，三言两语就交代了一干二净。

“碧眼邪佛，仙友肯定听说过吧？”

当初那个打伤了大师兄的碧眼邪佛，乔晚熟得不能再熟。

整个修真界就没人知道碧眼邪佛从哪儿来，只知道这人虽然是佛门弟子，但干的尽是魔修干的事，最爱做的就是屠人满门，后来听说在黑风道被人围剿而死，尸骨无存。

但碧眼邪佛临死前留了一手，给自己挑中了一个容器，往上面附了一丝残魂，这丝残魂与“容器”的魂魄相融合，合成了一个人。

这个容器就是岑清猷。

而碧眼邪佛曾经一掌打死了善道书院的山长，这笔账算来算去就落到了岑清猷的头上。

没等乔晚从震惊中回过神来，卢德昌又看向了岑清猷，眯起眼说：“当初是妙法尊者决心收你为徒，做师父的被天下人质疑，你这做弟子的难道不想为师父洗刷清白吗？还是说魔本来就自私？”

三教相争，被推上风口浪尖的岑清猷静静地站了一会儿，突然行了一礼，弯腰脱了鞋履。

光明心殿里，众弟子又惊又怒又急。

“岑师弟！”

“师兄不可！”

拖着铁板的魔兽抬起眼皮看了一眼面前的少年。

在众人的注目之下，少年脱了鞋履，眼睛眨也不眨地一脚踩了上去。

这个时候，远处传来了一阵悠远洪亮的钟声——“铛——”

乔晚和其他众人一起屏住了呼吸，看着那只脚落在一根根尖锐的铁刺上！

预料之中铁钉穿破血肉的声响没有响起。

空字辈大师们面色齐齐一变，看清眼前景象之后，又都松了一口气！

卢棺材的脸色有点儿难看！

但这只是第一只脚！

少年顿了顿，踏上了第二只脚。

岑清猷其实一直有个秘密。

五岁之前，他活得和其他人没什么不同。

岑夫人和岑清嘉温柔，他唯一的烦恼，大概就是没能获得父亲多看一眼。

父亲的眼里只有林氏。

岑夫人牵着他在花园里玩的时候，有时候会撞上岑向南和林黎、林清芝三人。

每当这个时候，岑夫人就牵着他躲起来。

他记得，那满园的春光好像都洒在了那一家三口身上。

年幼的岑清猷被岑夫人牵着躲在假山后面，看着岑向南抱起林清芝玩举高高，笑得合不拢嘴。

那个时候，他就特别羡慕，羡慕林清芝。

岑清猷垂下眼，提步往前又踩出了一只脚，踩在了铁钉上。

他和林清芝不一样，想要获得岑向南的余光那一瞥，他必须加倍努力。

于是，小少年每天都学啊学啊，学着念书识字，学着修炼，学着礼节和人情世故。

终于，岑向南施舍了一点儿余光在他身上。

谨小慎微、温和守礼的岑清猷，几乎欣喜若狂。

那个时候，他就觉得自己已经满足，别无所求，但后来就变了。

后来，有许许多多修士找到了岑府，说他是碧眼邪佛。

岑清猷蒙了。

碧眼邪佛，那个杀人无算，甚至以此为修炼方式、以此为乐的邪佛？！

那些修士说，他是一个被碧眼邪佛选中的容器，魂魄已经和碧眼邪佛的残魂融合，总有一天，邪佛会借着这个容器重回修真界。

从此之后，岑清猷的生活就变了，他不再是岑清猷，成了碧眼邪佛。
所有人都在说，早晚有一天碧眼邪佛会回来，还是杀了他最保险！
但有一个人力排众议，出现在了他面前，要收他为徒。
这个人就是妙法尊者。
岑夫人亲自求到妙法尊者面前，求他出面做主。
尊者看上去脾气不好，也不太好接近，却顶着所有人的压力，把他收入了自己门下。
在他最迷茫的时候，尊者没好气地厉喝，告诉他，他就是他，是岑清猷。
于是，他温和待人，与人为善，渐渐地，所有人都说岑家二少爷脾气好。
他善良得几乎刻意，硬生生地在善与恶、魔与佛之前划开了一条分界线。
他想证明给妙法看。
但一个人怎么可能没有恶念？
岑清猷继续往前走，这一次，铁钉齐根没入，脚掌被戳出了数个血洞，鲜血顺着铁板蜿蜒流下。
岑清猷抬头看了大殿一圈，垂下了眼。
少年抬起脚掌，拔出了脚掌上的铁钉，面不改色地继续向前走着，心里微不可闻地叹了一口气。
他还是太高估自己了，算错了。
或许他真的就是当初那个碧眼邪佛。
前段时间为了夺权，他甚至能算计到自己的亲爹头上而无动于衷。
他还有什么事是做不出来的？
他生下来就一身罪孽，如果不是因为他，妙法尊者也不会心魔深重。
人人都怕他、惧他，他什么都还没做，却已经满手血腥，整个修真界从北域到南部十三洲，没有他的容身之处。
鲜血从铁板上淌了下来，光明心殿的众人面面相觑，鸦雀无声。这个时候，满大殿的弟子也无暇顾及什么大光明殿的名声了，全都惊骇、怆然、不忍心地看着岑清猷。
过了一会儿，梵心寺的人的声音响起："看来，这么多年尊者的努力一直是徒劳的啊。"
卢棺材抬眼："既然岑清猷还是魔，那我们善道书院请他过去也不算强人所难，还请贵派放人！"
由妙法尊者亲自度化了这么多年的岑清猷都心存魔念，这简直就是把大光明殿的脸皮揭下来狠狠丢在地上踩！
将大光明殿的弟子们的反应尽收眼底，梵心寺的人露出一丝笑容，还是不肯轻易罢休，非但不罢休，反倒更加张扬！

“度化了这么多年，这魔还是心存恶念，依我看，魔就不能被度化，凡魔皆斩！你说是也不是？”

凡魔皆斩！

四个大字落地铿锵有声！

光明心殿内的众弟子怆然无声。

这不只是大光明殿和梵心寺的地位之争，也是理念之别！

“大师怎么不说话了？可是也认同了我们梵心寺的理念？”

梵心寺里走出个年轻和尚，将金刚伏魔杵一横，沾血的尖端直指岑清猷的眉心！

光明心殿内的弟子纷纷怒目而起！

“贵派这话是什么意思？！”

众魔皆斩，这就代表着，岑清猷可斩！

“我看诸位仙友脸色不对，是有异议？”年轻和尚不卑不亢地开口，“正巧三教论法会在即，若是有异议，不如在这光明心殿内先论一场法如何？！就论，究竟是凡魔皆斩，还是贵派所秉承的魔可被度化！”

说着，年轻和尚突然一抬手，抡起手里的金刚伏魔杵往那拉着铁板的魔兽身上狠狠一敲，金刚伏魔杵锋锐的尖端深深刺入了三眼魔兽的血肉，狠狠地转了转，魔兽仰头发出一声痛苦的怒吼，看得崇德古苑和沾云峰的弟子都忍不住皱了皱眉。

乔晚面无表情地看着。

“刚好这里有一头魔兽，不如就以它来论法怎么样？贵派要是能在一炷香的时间里度化这头魔，我们梵心寺就还能再认贵派的理念。”

被铁链拴着的三眼魔兽奄奄一息地抬起眼皮，看着面前这一堆人，睁着红通通的血眼，一开口，吐出的是沙哑疲惫的声音：“呸！我们魔为魔域而战，为魔主而死！你们这些道貌岸然的人有本事杀了我，论什么法！”

梅康平说得对，魔兽一边吐血，一边冷眼看着众人。

这整个修真界看似牢不可摧，实际上是一盘散沙，各自为政，钩心斗角，彼此倾轧。

只要魔域潜入这些教派间，煽把风添把火，挑起争端，想拿下他们易如反掌！

快了……

等这些教派自相残杀之时，就是他们魔主归来的日子！

要度魔，岂能在这一朝一夕之间完成？

大光明殿的弟子们心头一惊！

“烦恼魔、阴魔等魔，谁人不是魔念缠身？所谓修佛，斩的不就是这阴魔境？！”

“你们欺人太甚了！半天时间，怎么度魔？！”

“半天时间也无法度魔，贵派还想拖多久？！每拖一天，魔所造杀孽就多一桩！贵派难道想眼睁睁地看着魔兽肆虐，再不咸不淡地说上那么一句时间不够？”

这话一出，就连空定大师一时间也哑口无言。光明心殿内，众弟子神情黯淡，默然不语。

卢德昌伸手一指岑清猷：“倘若贵派做不到，不如就将这顽劣不堪的魔交给我们善道书院，这么多年来，我们善道书院也给足了贵派面子了。”

光明心殿内，众弟子们面色灰败。

要是尊者在的话，他们一定不会陷入这等境地。

但如今，整个大光明殿谁度得了这头凶兽？！

如果他们就此认输，传出去非但尊者名声有损，大光明殿的声望也要下落。

佛和魔……佛度魔……

他们不是佛，更不是魔，怎么知道魔心中所想？

可是，连尊者都心魔缠身！魔，当真无法度化吗？！

就在光明殿弟子们心中恨得咬牙切齿、神色惨淡之时，一道清朗的男声淡淡地传了过来。

只见人群中一个少年眼角生着龙鳞，面沉如水，缓缓走来。

岑清猷愣了愣。

为什么人总要为别人的目光而活，为毫不相干的陌路人的想法、目光而限定自己，改变自己？

少年的目光冷若冰霜，在整个光明心殿里扫了一圈，然后他冷笑道：“谁告诉你们魔不能被度化的？”

第二十三章　我度你

殿内吵得正厉害的时候，乔晚在试图和面前这只三眼魔兽沟通。

一缕神识悄悄地飘到了这只魔兽面前，然后停下，试探性地“敲了敲门”，至少得让这只魔兽觉得自己没有恶意。

不过对方没搭理她，也可能是没力气搭理她。

这只魔兽日日夜夜被太玄观的人折磨，识海防卫比她想象中还要单薄不设防。

几乎不费吹灰之力，乔晚就钻了进去。

进去之后，她看到的是一片灰蒙蒙的天，暗红色的星辰倒悬。

那只魔兽就趴在一地暗红色的星星中间。

乔晚一钻进对方的识海，这魔兽就瞬间奓毛，三眼齐睁，龇牙咧嘴地摆出了一副防御的姿态，声吼如雷霆！

“谁？！”

乔晚想了一下，走到它面前一屁股坐了下来，顺便放出了魔气。

魔气？！

怎么会有魔气？！

三眼魔兽蒙了，三只眼睛眨了眨，震惊地看着眼前的少年。

乔晚斟酌了一下措辞：“介意我跟你说两句话吗？”

三眼魔兽压根就没因为她周身的魔气放松警惕，狐疑地看着她，语气十分粗暴凶悍：“滚！”

乔晚想了一下，干脆放出了魔威。

漫天的魔威席卷而来，压得三眼魔兽打了一个哆嗦，血流得更多了。

乔晚内心默默地道了个歉：抱歉啊，这位魔兽大哥，我也不是故意的。

但外面的情况都已经这么糟糕了。

想到岑清猷踩上铁钉的那一幅画面，乔晚怒火中烧。

只能暂时委屈一下魔兽了。

三眼魔兽惊恐地抬起头："你……你是谁？"

乔晚不太确定地回答："你的上司算吗？"

三眼魔兽一脸蒙。

乔晚："梅康平……"

三眼魔兽："梅相？！"

魔兽那三只血红的眼里，闪烁着迷惑的光芒。

眼前这个人是梅康平？！

也对！除了梅康平谁会有这上魔威压？！

三眼魔兽眼睛"噌"地一亮，露出了点儿蠢萌姿态："大人，您来救我了？！"

后半句话彻底被乔晚给咽回了嗓子眼里。

梅康平就梅康平吧。

乔晚简单粗暴地进入了人设，一边回忆着梅康平的样子，一边变出了一把折扇，脸不红心不跳地露出个高深莫测的表情，摇了摇扇子："我想办法救你出去，你配合我演一场戏，如何？"

乔晚拿腔拿调，装得惟妙惟肖，这欠揍的感觉，还有这纯得不能再纯的上魔威压，让魔兽认为这的确是梅康平！

三眼魔兽精神奕奕地说道："谨遵大人吩咐！"

和这只三眼魔兽谈判完，乔晚抽出神识旋身离开！

她分开人群，走到殿中央，面无表情地抬眼在殿内扫了一圈："谁告诉你们魔不能被度化的？"

殿内所有人齐齐愣住。

卢德昌皱眉："你是什么人？！"

眼看事情已经成了大半，这厢竟杀出了一个不速之客，太玄观、梵心寺和善道书院的人脸色都不太好看。

乔晚往前走了一步，伸出手一指地上的魔兽："不是说只要在一炷香时间内度化了这只魔兽，就算你们错吗？"

卢德昌心里一紧！

但看清眼前这少年一身白衣，身上没一点儿别的教派的标志后，又松了一口气，义正词严道："这是三教论法之地，由不得你一个外教弟子过来撒野！"

乔晚面不改色地说："我也是妙法尊者的弟子。"

妙法尊者的弟子？妙法尊者什么时候收了这个弟子？！

卢德昌冷笑道："我怎么不知道妙法尊者什么时候又收了个弟子？"

乔晚面不改色地往自己的脑门上一戳，之前妙法留在她的识海里的金色的印从额头上飘了出来。乔晚撸起袖子，露出那莲花纹："这能证明吗？"

这……好像确实是妙法尊者的印。

乔晚抬眼扫了一圈，眼前这几家人是打定了主意要落大光明殿的面子，论嘴炮她还真不一定说得过他们。

那唯一的方法，就是她做给他们看！

"你说你能在一炷香的时间内，度化这只魔？"

梵心寺的人冷笑："小仙友，没这本事我劝你还是别夸下海口，免得到时候不好收场。"

乔晚："我没说我要一个人度化这只魔。我修为浅薄，一个人肯定做不到。我是指，由诸位师兄和我一道度化这只魔！"

乔晚转过身，伸手一指身后的光明心殿众人，声音十分铿锵，神情十分自信："刚刚不过是我们大光明殿弟子有意相让，不愿与贵派起争端！既然贵派步步紧逼、欺人太甚，我们大光明殿也没必要再忍让下去！"

光明心殿内的众人全都愣了愣！

我们不是！我们没有！

这人是来解围的还是来挑事的？！

一听这话，太玄观的人立即笑出了声。

本来他们还以为这少年是个什么角色，现在看来不过就是在胡搅蛮缠！这下正好，不用他们出手，大光明殿自己的人就把自己逼上了绝路！

乔晚这么一说，光明心殿的众人都崩溃了。

承认吧，他们拿头度化吗？

不承认吧，这不是自己打自己的脸？！

但面前这少年还是一副沉稳的表情，似乎完全没意识到自己的行为有多坑爹。

乔晚伸手随便指了指，点了几个人："请诸位师兄走上前来。"

被点到名的光明殿的师兄们你看看我，我看看你。

那厢，这几家人还双手抱胸等着看笑话。

伸头也是一刀，缩头也是一刀，算了算了，光明殿众师兄一咬牙，走了过去。

说不定这少年还真有解决的办法。

乔晚："先说好，到底什么才算度化成功？"

这几家的人胡搅蛮缠，要不先交代清楚，到时候说不定不认。

太玄观的人看了一眼地上趴着的三眼魔兽。

察觉对方的视线，魔兽扭过头怒吼了一声！

太玄观的人脸色一沉。

这三眼魔兽倒还有几分倔脾气，被锁了这么长时间也没被打服。

那正好。

想到这儿，太玄观的人露出胜券在握的笑容，一甩拂尘说道："这三眼魔兽难驯得很，要是仙友能在一炷香的时间内成功劝它一心向善，那就算度化成功。"

乔晚不假思索地一口答应了下来："好，但我也有个要求。"

梵心寺的人回答得畅快："你说！"

乔晚："我要先放了它。"

卢德昌忍无可忍地站起："放肆！放了这头魔兽，出了事你们担待得起吗？！"

乔晚不躲不避地看向卢德昌："想要度化这只魔兽，首先得让它知道我光明殿对它没有恶意！不过一头魔兽，难道整个光明心殿里七家的人联合起来还制服不了它？！"

答应得这么爽快？！难不成面前这人还真有什么办法？

那三家的人面面相觑，神情终于有那么点儿凝重了。

在光明心殿的众人还发蒙的状态之下，乔晚义正词严道："诸位师兄，事到如今，我们已经不能再藏拙了，就在这儿念出尊者当初教导的忏悔文吧！"

这话一说出口，原本还抱了点儿期待的光明心殿弟子一颗心如坠冰窖。

他们藏拙个鬼啊！

都到了这个地步，光明殿众师兄也只能咬牙露出个高深莫测的表情，坐了下来。

他们总不能揭自家人的短不是？！

虽然配合着乔晚脸上装得高深莫测，但每个光明殿弟子都在想：念忏悔文……真的有用吗？

念忏悔文有什么用！

空忍眉心一跳。

让他们这么胡闹下去，败坏光明殿的声誉，还不如就此打住，及时止损！

他刚迈出一步，空定大师突然微不可察地往前拦了一步。

且看看，他看看这少年能做出什么来。

整个光明心殿的人都在等着乔晚究竟能做出什么来。

随着忏悔文在大殿里响起，乔晚也一撩衣摆，坐在了三眼魔兽面前，顶着所有人的视线，淡淡地灌"鸡汤"："善良，是一种修养，是世界的一抹亮色，是人与人之间的一盏明灯……"

其他人还以为有什么别的能耐，没想到就是这个啊！

梵心寺的人没忍住，纷纷嗤笑出声，抬眼看向空定大师等人："原来这就是贵寺度化魔物的法子，照这么看来，我们梵心寺每天也能度化七个八个的。"

空忍脸色一黑，忍无可忍地正要上前理论，突然，人群中传来了一个梵心寺弟子惊恐的声音。

“执……执事……你看……”

卢德昌闻言怔了怔。

一切准备就绪，乔晚钻入魔兽的识海，一抬手道：“开始！”

在所有人的注目之中，那宁死不屈、一向不服管教的三眼魔兽竟然摇摇晃晃地站了起来！不仅如此，它还双膝一弯，直愣愣地朝着光明心殿众大小弟子的方向跪了下来。

“今日听诸位说法，使我豁然开朗！我愿意从此之后弃恶扬善！”

光明心殿里里外外都安静了下来。

梵心寺的人睁大了眼。

开……开什么玩笑？！

“一炷香的工夫，怎么可能度化一只魔？！”

空忍愣了愣，随即哈哈大笑了两声：“怎么不能了？！这魔刹那间邪念、妄念尽灭，难道不行？！”

终于出来了，三眼魔兽焦躁不安地舔了舔爪子，冷哼了一声，转向殿内面色灰败的三家人，露出一个森森的微笑，口涎四溢：“这大光明殿说法说得更好，说服了我。我一心向善，你们不服？！我现在就在这佛前立誓，从此之后愿意惩恶扬善，凡恶皆斩！”

话音刚落，它便挥爪，气势汹汹地朝三家人所在的方向杀了过去！

最前面的一个梵心寺弟子一时不察，惨叫一声，吓得屁滚尿流：“执……执……执事！”

随着黑影纵入，整个光明心殿霎时间陷入了一片人仰马翻之中！

“荒谬！”

太玄观、梵心寺、善道书院三家的人怒目圆睁！

眨眼间，各色宝器腾起，纷纷浮现在光明心殿内。

光明心殿的众弟子眼睛一亮，抄家伙怒吼：“这魔兽现在是我大光明殿的护山兽！怎么？！贵教难道要伤我派护山兽？！”

被压了这么久，光明心殿的众弟子早就忍无可忍！

打架，他们谁怕谁？！

混乱中，岑清猷一抬眼，正好对上了少年黑漆漆的眼。

殿里杀了个你死我活，一盏灯晃了两下，烛火在少年的眼里落了点儿暖光。

岑清猷白衣染血，双脚踩在血泊中，仰头看着少年。

少年一扯嘴角，露出个不太自在却明亮的笑容，在一片鸡飞狗跳中伸出手，沉声道：“二少爷，来！”

就算所有人都畏惧你、厌恶你，想要将你除之后快，又怎么样？！

还有我度你！

还有妙法尊者和这世上那么多人愿意度你！

你送了我蝴蝶结，我们就是朋友了！

岑清猷记得，很久以前也有人朝他伸出了手，把他从泥沼中拉了出来。

这人就是妙法。

虽然妙法看着凶残、不好相处，但岑清猷心里明白，他师父比谁都心软别扭。

在妙法的教导下，他想要找到点儿方向和依靠。

可惜他还是让妙法失望了，找了这么多年，也没找到自己的道。

只要他还活着，碧眼邪佛就像一把高悬在他头顶的剑，不知道什么时候就会落下来。

碧眼邪佛的亡魂与他死死纠缠，已经融为一体，这个世上没有人比他更了解碧眼邪佛，岑清猷甚至能感受到对方的存在。和其他人想象的暴虐嗜杀不太一样，岑清猷感受到的碧眼邪佛就没有人该有的感情，就是空荡荡一片、钻心彻骨的冷和漠然。

这股冷漠也顺理成章地影响到了他。

明明他也喜欢初春盛开的花、夏天的荷风、秋天红通通的枫叶、冬天柔软的雪花，也在尽力喜欢这个世界和这个世界上的人。

但凭什么他们还是不肯放过他？

岑清猷有时候感觉到自己就像踩在悬崖边缘，一不留神就会摔个粉身碎骨。

少年垂下长长的眼睫，心想：他们拿什么来评判正邪黑白？

佛前的烛火微摇。

慌乱中，不知道是谁伸手一抓，拎着岑清猷的衣领将他甩到了光明心殿众弟子身后，大声怒吼：“岑师弟！回来！”

隔着人群，在乔晚的注视下，岑清猷移开了视线，也避开了乔晚伸过来的手。

乔晚愣了愣，心里突然冒出了点儿不祥的预感。

就这么一瞬间的工夫，三眼魔兽也迅速被三家的人联合制伏。

善道书院、梵心寺、太玄观的人在前。

大光明殿的人在后。

双方人马隔着三眼魔兽怒目而视。

“荒谬！”卢德昌脸色铁青，指着三眼魔兽怒道，“这就是所谓的一心向善？！”

人群中走出个光明殿的师兄，客气地行了一礼：“长老息怒，这魔，不……这三眼师弟也是第一次皈依佛门，不通人情世故，相信诸位长老也不会和他计较是不是？”

三眼魔兽也十分给面子：“光明殿引导我向善，谁要是对大光明殿的人出手，谁就是恶！”

这逻辑简单粗暴到令人发指，气得卢德昌一个倒仰。

“三眼师弟初入门派，也算个孩子吧？还望诸位长老息怒，不与这顽劣的小辈计较。”

还是个孩子？！

卢德昌大怒：“既然贵派能在短短时间内就度化这魔，怎么花费了数年还度化不了这邪佛？！”

光明殿某师兄也冷笑：“这碧眼邪佛的能耐，我想没人比贵派有更深的体会，想要度化岑师弟身上的魔气残魂，岂是一朝一夕之间能完成？！”

所谓打蛇打七寸，这一刀捅得不偏不倚，快准狠，卢德昌几乎呕出一口血。

他再抬眼一看，禅杖、金刚伏魔杵、法棍，各色法器林立，众大小弟子怒目而视，将岑清猷牢牢地护在了自己身后。

眼前这局势已经明显对他们三家不利。兔子被逼急了还会咬人，更何况光明殿这帮弟子？

见势不妙，威逼不成，那他们就只能走怀柔路线了。

梵心寺的人心里默默盘算了一会儿，上前一步，抬眼扫了一圈：“诸位同修且消消火，莫动嗔心。”

“三教论法会在即，诸位同修过来也是想着要怎么办好这次论法会的，而不是彼此之间闹成这样。曹长老，你怎么看？”说着，梵心寺的人转头叫了沾云峰的人过来背书。

猝不及防地被点名，沾云峰的曹长老微微一笑，含糊地“嗯”了一声，完美地诠释了什么叫隔岸观火。

光明心殿的众弟子一听，纷纷冷笑。

能在三教当中取得一席之地的人，脸皮一个赛一个的厚，梵心寺的人丝毫没受这冷笑影响，袈裟被风吹得轻轻一晃，面不改色地笑道：“眼前这都是一场误会，如果说之前我等有什么失礼之处，在这儿向光明殿赔个不是。卢长老请岑小仙友到派中一谈想来也没有恶意。”

这还叫没恶意？！

“怎么样？岑仙友愿不愿意陪卢长老走上这么一趟？”梵心寺的人合掌，意味深长地冲着岑清猷笑了笑，“相信岑小仙友也绝不会叫诸位师长为难吧？”

“岑师弟，别听他的。”

“这怎么叫为难？！”

岑清猷默不作声，目光扫过去，只能看见挡在他面前的那一众身影。

今天这一场争端都是因他而起，从被选中成为碧眼邪佛的肉身容器到现在为止，他已经连累不知道多少人。

日复一日，年复一年，这样的生活，岑清猷也厌倦了。

少年缓缓地垂下了眼，在众人的注目之下往前走了一步，走到了人前，眼神沉静如水：“我同你们走。”

“岑师弟！”

“师兄！”

身后，光明殿弟子惊怒交加！

岑清猷转了个身，朝着惊讶的光明殿弟子们行了一礼，站到了善道书院面前。

他已经没退路。

没人度得了他，尊者不行，辛夷也不行。

能度他的，只有他自己。

梵心寺的人登时露出和蔼的微笑：“这不就没事了？那诸位仙友，这次小会还是照旧？”

一直作壁上观的崇德古苑的人兴许也看不下去了，主动出声：“若无其他要事，就继续吧。”

卢德昌冷哼一声，但心里也明白，不满归不满，岑清猷已经站过来了，再闹下去的确不好收场，便转头吩咐身边的两三个弟子：“去，带岑小仙友回书院。”

殿内出奇地安静了下来。

这是岑清猷自己的选择，就算空定大师站在这儿也不好出手去拦。

眼看着岑清猷跟着善道书院的弟子走出了光明心殿，乔晚一咬牙，拔腿追了上去！

岑清猷要是跟着善道书院的人去了，她不信他还能活着回来！

他到底想干什么？！

乔晚拔腿蹿出了光明心殿，一刻也没停，一路朝着山门的方向狂奔！

但她还没跑出两步，眼前却突然兜头落下了一个黑乎乎的东西。

一枚棋子？

反应过来的瞬间，乔晚迅速横剑一挡。

“锵！”

一阵令人牙酸的金属交击之声响起。

黑棋急速旋转间，陡然换了个方向！

乔晚瞳孔骤缩。

方向变了！

腹部！

随即，黑棋正中她的小腹！

乔晚像个虾米一样，瞬间被打飞出去几丈远，再一抬眼，看见一个手上托着小号棋盘的青年。

就是刚刚带走岑清猷的那三个弟子之中的一个。

“这位仙友，我劝你一句话，”青年居高临下地看着乔晚，“别再插手我们书院的事。”

金丹。

乔晚心里一紧。

青年修为浑厚，浑身上下防备得死死的，她找不出一丝一毫的疏漏。

面前这个人，有金丹中后期的修为？！

青年说完就转身离开了。

腰腹处传来一阵绞痛，乔晚抬手一抹，见红了。

她甩开手上的血，再次拔腿追了上去。

察觉身后的动静，青年脚步一顿。

乔晚目光死死地盯着眼前的人，哑声问："容我问一句，这位仙友打算带岑清猷去哪儿？"

"去哪儿？当然是回书院了。"青年看着乔晚，脸上随即露出一个奇怪的表情，这表情有点儿遗憾，好像在说：我说的话你为什么不听呢？

青年抬手，第二枚黑棋破空而来！

这一枚黑棋比刚刚那枚更快，几乎幻化成一道细细的黑影。

乔晚往后退了一步，眼睛一眨不眨地盯着眼前这枚黑棋。

在黑棋冲到自己面前的时候，她再度运起了剑光！

岑清猷！

她再晚一步，岑清猷就跟着善道书院的人跑了！

就算不为了蝴蝶结，乔晚闭了闭眼，眼前浮现女人瞬间白了的发丝和眼角的细纹。

为了岑夫人，她也必须拦住他！

躲过第二枚黑棋，第三枚黑棋紧随其后，朝着乔晚的右膝撞了过去。

膝上顿时一阵剧痛袭来，整个膝盖骨好像碎了。

乔晚膝盖一软，身子一歪，右腿直直地砸到了地上。

青年收回手：成了。

等等，不对！

青年的脸色猝然一变。

这是假动作！

青年一愣的工夫，一股凶悍的神识已经气势汹汹地杀到了他的额头前。

乔晚猛抬起眼，神识全神贯注地凝成了一枚钉子，将这枚钉子射了出去。

但就在神识戳入青年的识海的一刹那，像是撞上了一道屏障。

"砰！"

神识猛地弹回，神识钉狠狠地扎回了乔晚自己的识海！

面前这善道书院的弟子也修了神识！

青年露出个讥讽的笑容："神识偷袭？"

乔晚只感觉自己的脑门一阵"嗡嗡"地响，头痛欲裂，强忍着这脑袋崩裂之苦，运转灵力，化骨为盾，寸寸碎裂的膝盖骨一片接一片地重新又长了回去。

似乎终于不耐烦了，青年随手丢出了棋盘。

棋盘落地的刹那，地面同时浮现十九条纵横相交的直线。

一转眼的工夫，乔晚已经被牢牢地圈在了棋盘里，不论进还是退，基本就沾不上这青年的身。

神识是用不上了，乔晚喘了口粗气，心里沉甸甸的。

身上有莲花纹压着，魔气也用不上，这段时间以来，她基本上就靠着神识和魔气逆风翻盘，一旦这两样东西都被撸了下去，能用的只剩下炼体和动感光波球。

但这儒修根本没留给她一丝一毫的近身机会，她搓电球也赶不上这黑棋连发的速度。

汗水顺着眼睫落了下来，眼前成了模模糊糊的一片。

不远处，数子连发！

一想到岑清猷，乔晚心急如焚，狠了狠心，握紧了剑，默不作声地运动身形，打算一路靠着肉身硬扛，杀出棋盘！

但她每往前踏出一步，就有黑棋拦路！不过瞬息之间，乔晚就被拖进了棋盘，成了棋盘上的白棋，被黑棋牢牢困死。

青年叹了口气："这位仙友，在下都说过叫你离开了。"

黑棋飘浮在半空之中，透着一股凛然的杀意。

青年："去。"

话音刚落，整个棋盘似乎都安静了下来。

无数黑棋从四面八方赶来！

她不该这么依赖神识和魔气的，乔晚心想。

瞬间，少年纤瘦的身躯纷纷被黑棋戳了个洞穿，数道血箭从身体各部位喷射而出。

喷薄的热血，顿时染红了整个棋盘，少年手中的剑也"当啷"一声落地。

来参加三教论法会的弟子，没一个是浪得虚名之辈。

隐隐约约间，乔晚好像越过了面前的青年，看见了山门前一个善道弟子已经放出飞行法器，就见那足足有船那么大的竹简摊开，浮上了半空。

乔晚捂住身上不断喷血的血洞，怒吼："岑清猷！"

少年可能是听到了她的声音，也可能是没听到，沾血的鞋履一脚踩上了飞行法器。

就在左脚跟着踩上竹简前，岑清猷却突然有点儿犹疑，似有所感地抬头看向了远处。

或许，他心底还是想有个人能再拉他一把，不至于使他永堕无间地狱。

远处只有飞鸟掠过，但在更远的地方，乔晚弯腰捡起地上的剑，兔起鹘落般再一次冲杀了出去！

第二十四章　碧眼邪佛

她心里有种不祥的预感。

乔晚心跳如擂鼓。

这一次要是她没追上去，指不定岑清猷就在跑偏的路上一路狂奔不复返了！

他恨着这个世界。

乔晚指尖温热的血一滴滴地落了下来，被风一吹，一点点地凉了下来。

这有点儿像岑清猷，少年温热的血、心头那团温和却不灼热的火，正被加诸自己身上的命运一点点浇灭。

或许是因为之前也经历过这样的事，没有人比乔晚更了解岑清猷现在的感受。

不甘心就这样一直龟缩在人后，过着这种永远给别人添麻烦、永远低人一等、不见天日的日子，她也一样。

乔晚闭上眼。

她不甘心永远活在别人的阴影里，想要活出真正的自我。

于是岑清猷走了出来，去面对碧眼邪佛的曾经。

但刚刚她在大殿里看到的那一眼，岑清猷垂下眼睫之后，眼里闪动着暗绿色的冷光。

明摆着他就是要黑化了！

岑夫人就这两个儿子，结果小儿子在她的眼皮子底下要去混黑？！

乔晚握紧了湿黏的剑柄。

就算拽，她也得把岑清猷从混黑的邪路上给拽回来！

身上的血汩汩地流个不停，乔晚刚追出几步远，青年再一次拦住了她的去路！

对上那一身血但眼神清明又凶狠的少年，青年有点儿暴躁了："不是我说，我好心劝你你怎么不听呢？"

乔晚将剑一横，哑声道："只要阁下愿意让路，让我跟岑清猷说两句话，我就不再纠缠，这也是为了贵派好。"

他们真放出了碧眼邪佛，谁都讨不了好！

下山之后，乔晚就封上了神识，一直到岑府之困那天才解开，等到大光明殿的时候，又赶上入魔，虽然加班加点地修炼，神识总算突破了元婴期，但从没经过什么系统性训练。

拼神识，至少现在她还拼不过面前这个儒修。

少年横着剑，眼神凶狠，语气却很有礼貌，这让青年有种一拳打在了棉花上的挫败感。

这是大光明殿的地界，就算想杀人，他也得掂量掂量。

既然不能动手做掉面前这少年，那他就拦，就打，打到对方失去行动能力为止。

青年下了决定，五枚棋子再度被甩出，分了五个方向，同时朝着乔晚身上各处关节砸了过去！

但接下来发生的一切，让青年也蒙了。

被打碎了骨头，再拼起来就好。

膝盖骨粉碎，少年在地上滚了一圈，面不改色地拼好了站起来，连口气都没喘，眼睛只望着一个方向——岑清猷！

青年叶锡元活了这么多年，就没见过这么扛打的人！

他这么一愣神的工夫，乔晚风驰电掣一般再一次蹿了出去。

来不及了，等等她，一定要等她。

乔晚跑得肺里"呼呼"直响，等终于赶到山门前的时候，却只看到一卷竹简腾空而起！

竹简越飞越高，越飞越高。

岑清猷！

少年的身影，随着腾空而起的竹简消失在了云层之中。

乔晚站在山门前，足足愣了好半天。

她没将岑清猷拦下来。

岑清猷还是跑了，义无反顾地跟着善道书院的人跑了，在决心混黑的路上一去不复返。

看着赶来的青年，乔晚神情疲惫，还是哑着嗓子给了个忠告："这位仙友，我也劝你们一句话，别逼他逼太紧。”

叶锡元愣了愣，心头随即蹿出一阵怒火：“你这话是什么意思？！碧眼邪佛杀我们书院山长在前，我们书院难不成还不能找他讨回公道了？！”

那是他们的山长！凭什么就这么白死了？！

叶锡元一怒之下，乔晚脚下的地面上再一次浮现十九条纵横相交的直线，十几枚黑棋停在半空中。

叶锡元脸色全变，眼里烧着一团怒火：“去！”

就在同一时间内，两个人脚下的地面却好像被什么东西给高高地顶了起来。

“轰——”

地动山摇间，一条土龙突然从地底蹿出，甩出一圈泥渍，绞碎了这十几颗黑棋的攻势！

“哗啦——”

绞碎了黑棋的攻势的瞬间，土龙也落了个粉身碎骨的下场。

泥腥味儿瞬间在整片山门间蔓延。

漫天落下的泥土浇了乔晚和叶锡元一脸。

紧跟着突然传来了个懒懒的男声：“陆仙友？我找你找了这么长时间，结果你在这儿下棋？”

乔晚愣了愣。

一道身影轻飘飘地从山门前的树梢上落了下来，脚蹬草鞋，穿着打扮十分放荡不羁，一双眼却精神奕奕。

这是齐非道！

奇门遁甲！这是数部儒修！

“崇德古苑的人？”叶锡元手里的招式一顿。

男人朝着叶锡元笑了一下，往后退了一步，像拎只鸡崽一样一把揪起了乔晚的衣领：“这人我带走了，没问题吧？”

叶锡元深深地看了一眼齐非道，心知面前的男人招惹不起，面无表情地搁下了手，行了一礼，抄起棋盘转身就走。

齐非道将乔晚放下，淡淡地问：“你还想去？”

“陆仙友，不是我说，你现在的能力，找上去那就是送死。”齐非道的嗓音懒洋洋的，话里话外却透着镇静的冷意。

“我救你这一次是我看不过去。”男人眼神锐利，“但陆仙友你要再去送死，我可就没这么好心了。”

要不是嫌弃这次小会太无聊，躲出来偷闲的时候被打得地动山摇的两个人给吵醒，他也不会出手。

“陆仙友想参加三教论法会吧？你现在这能为，”齐非道打量了眼前的少年一眼，果断下了个毫不客气的结论，“十天之后，你想赢过方师弟都悬。”

被齐非道一拦，乔晚猛地醒悟了过来。

还不够，现在她的能力的确还不够。

不论是那善道书院的人，还是面前的齐非道，都比她强出太多，这就是三教论法会，各教派的精英弟子同台竞技。

“多谢仙友今日出手相救。”乔晚躬身行礼，捡了剑，也转身就走。

齐非道愣了愣，不太确定地想：他这是说得太过分了？

“陆仙友？”

乔晚加快了脚步。

她要去变强！

就算拦不住岑清猷这义无反顾混黑的心，她也要把他给绑回来，绑到妙法尊者和岑夫人面前！

定忍峰。

这几家的人一走，妙法尊者也得到了消息。

善道书院、太玄观和梵心寺的人一块儿来搞事了！

岑清猷跑了！

这么一堆烂摊子砸下来，妙法尊者刚压下的心魔差点儿又蹿出来！

妙法尊者闭眼沉默了片刻，沉声有力地给了个回复：“我知道了。”

还有就是，乔晚。

想到从山门回来后乔晚那句话，空定大师犹豫了一会儿说道：“陆仙友去了怯梨池。”

乔晚正蹲在怯梨池边上看火。

《炼体精要》里记载，所需要的材料都不算罕见，这毕竟还只是初期。

……

乔晚眼里映着这跃动的火，黑漆漆的眼被火苗映照得泛红。

说实话，看着这场面，乔晚心里也有点儿犹豫。

这修炼太具有挑战性了。

但齐非道说得对。

她之前剑走偏锋，确实赢了好几次，但基本上没一次是堂堂正正地靠自己真正的能力赢下来的！

一不做二不休，舍不得孩子套不着狼，乔晚将心一横……

善道书院。

刚结束了光明心殿的小会，卢德昌便马不停蹄地往善道书院下榻的客栈赶。

“岑清猷呢？”

“叶师兄和刘师兄正看着呢。”

“好。我待会儿就去找他。”卢德昌闭上眼，一头扎进了屋里，洗了把手。

手伸进盆里，十根像枯树皮一样粗糙的手指都有点儿发抖。

他给了大光明殿这么多年的时间，终于在今天，伙同太玄观和梵心寺的人，把岑清猷给要了过来！

卢德昌低头看了一眼。

男人脸部肌肉僵硬，动都不能动，活脱脱一张棺材脸，但这么一张脸，看着水盆，却突然流泪了。

眼泪砸在了盆里，却还是这么一副要命的棺材脸。

当初善道书院卢饮冰和卢德昌两个是多英俊潇洒、多招同门小师妹喜欢的男修，尤其是卢饮冰，风度翩翩，眼里带笑，老了也喜欢踩着剑躲在讲堂后面，逮哪个弟子没认真听课。

整个书院，没一个弟子不喜欢他们这位山长。

那时候，卢饮冰就跟他说，一定要把善道书院建设成儒门魁首，一晃眼的工夫，一个早就投了胎，另一个为了报仇，成了个连哭和笑这种表情都做不出来的棺材脸。

就在这时候，屋里的门突然又开了。

一个年纪不大的小姑娘走了进来。小姑娘生得俏生生的，衣着打扮都很华贵，明显是被人悉心照顾、捧在手里宠着的小公主。

“二叔，我听叶师兄说，当初杀了爹爹的那邪佛被你们抓来了？”

“青哥儿？”卢德昌赶紧抹了把眼泪，转过头，走上前将小姑娘抱起来，往自己膝盖上一放，摸了摸小姑娘的脸，青白僵硬的棺材脸上试图挤出一丝和蔼的笑，没成功，“对，二叔等了这么多年，总算把这邪佛给抓来了。”

“那二叔你怎么哭了呀？”

卢德昌：“青哥儿，我这是高兴啊。”

将小姑娘放下之后，卢德昌转身就去找到了叶锡元，下了命令：“鸠月山下人多眼杂，就算要对付这邪佛，也不好在这儿动手。我们毕竟是打着论法会的幌子来的，等我这几天将路上的事安排好之后，你就带着几个师弟和青哥儿从小路走，带他回书院，免得夜长梦多。我就在这儿，等论法会结束再赶回去。到时候将这邪佛血祭在山长墓前。”

等了这么多年，总算等到了点儿大仇得报的曙光，叶锡元心头百感交集，再一看神情疲倦、明显不知道苍老了多少岁的卢德昌，喉口哽塞，赶紧答应了下来。

看了一眼戴着手铐、脚镣，跪在阴影里的白衣少年之后，眼前又浮现山门前那一幕场景，叶锡元心里一沉。

虽然陆辞仙修为不过筑基，但不知道为什么，一想起陆辞仙，叶锡元心里就略感焦躁。

至多五天，就算长老没安排妥当，他也必须得带这邪佛走。如果他们不走，陆辞仙一追上来，他们想走说不定就没那么容易了。要不是大光明殿身居高位、顾虑太多，他们这次施压，也不会来得这么简单。

但陆辞仙就不一样了，妙法尊者的弟子说出去都是骗人的，这人就是个散修！

光脚的不怕穿鞋的，叶锡元完全合理地怀疑，这叫陆辞仙的散修还会再杀回来！

而在怯梨池边。

烫！

肌肤一接触这“咕咕嘟嘟”冒泡的药汁，乔晚顿时皱起了眉，被烫得倒吸了一口冷气。

不过进都进来了，她总不能再一脚跨出去。

强忍下这烫意，乔晚盘腿坐好，让锅里的药汁足以淹没全身之后，再闭上眼定定地打坐入静。

《炼体精要》里特别点明了，最重要的就是灵气对皮肉的反复炼化，所以首要的就是用灵力护住自己全身的五脏六腑、筋脉骨骼。经脉、脏腑一旦受损，灵力外泄，就会有生命危险。

这办法凶险，也不是没勇士真的一不小心把自己弄死的。

乔晚能感受水滚过肌肤，带来全身上下一阵无法言说的疼痛。

她用全身灵力护住自己的筋脉和脏腑之后，蕴含了灵力的药汁一遍一遍不断炼化自身。

但这还不够，这只是去芜存菁的第一步，后面还得继续坚持！

修炼就是个折腾的过程，生命不止，折腾不息。

从日升到月落，乔晚就把自己焖在药汁里。

这个修炼办法有一点比较折磨人，那就是乔晚不能昏过去。天雷锻骨的时候，乔晚好歹还能疼昏过去之后，擦干眼泪继续来。

乔晚疼得神志有点儿不清醒、灵力快要走岔告罄的时候，耳边似乎隐隐约约地响起一个熟悉的声音。

“静心，定神，我就在此地。”

好像有一道光慢慢地注入了她的体内，从头顶一直往下流，缓解了不少痛苦。

这声音十有八九是妙法前辈的。

听到这声音，乔晚突然就镇定了下来，疼得模模糊糊的意识也立即清醒了点儿。她不敢松懈，如饥似渴地吸收着这一缕缕光，转化为自己所用。

接下来这段时间，尊者一直守在她身边，亲力亲为地指导她怎么做，那光伴随着日升月落，就没停下来过。

乔晚在闭眼炼化自己的时候，妙法也在静静地看着乔晚。

他是眼看着当初因为男女情爱哭得一把鼻涕一把泪的后辈小姑娘，长成了一个礼貌沉稳的少女。

由于梦境本来就是个不稳定的东西，他受困于心魔，也一直在有意避免心魔幻境这种事。突然有一天，妙法和乔晚断了联系，他也没怎么放在心上，每个人都有每个人的际遇。

虽然和乔晚接触不多，但至少这后辈的秉性他还算放心。但他没想到的是，经过这么一番折腾，再恢复联系之后，乔晚会变成现在这样，称一句铁血硬汉也不过分。

她被炼化的过程中，加药这种事还是妙法做的。

加完药，乔晚炼化到极致的时候整个人如新生。

最后，也是尊者把乔晚给拎出来的。

抬眼对上尊者的眼，乔晚嘴角猛地一抽，突然觉得好像哪里不太对劲。

但尊者落在她脸上的目光，依旧和之前一样凌厉严肃，究竟是哪里不太对，乔晚一时半会儿也没琢磨出来。

这么长时间精神高度集中，刚被从锅里拎出来，紧绷的神经骤然一松，她也来不及去细究这诡异感究竟是从何而来，眼前一黑，下一秒就昏了过去。

徒留妙法看着手里拎着的乔晚，愣了一秒像是终于察觉了点儿什么，秀眉一皱，解下青色的衣衫盖在她身上，提溜着人旋身离开，带回了定忍峰下。

大号乔晚呆愣了一秒，终于察觉是哪里不对了。

她的小号没穿衣服啊！

意识到这一点之后，乔晚整颗心都跟着颤抖了。

没想到这一茬也不能怪她，主要是尊者太过庄严，又是个她一直以来很尊重的前辈。

可不论怎么说，在前辈面前衣衫不整都是一件很羞耻的事，就算是男号也很羞耻！更何况，目光落在自己身上这件青色衣衫上，乔晚内心无语默默地仰望苍天。

这件衣衫已经说明了问题，尊者后来明显察觉了诡异之处。

乔晚意识到这一点之后，感觉尴尬加一百倍。

看着妙法手里的“自己”，乔晚微不可察地呆了呆，一颗心猛地蹿到了喉咙口，默默涨红了脸，赶紧不好意思地伸出手。

“炼皮之后，你感觉如何？”

但没想到，尊者完完全全忽视了她微红的脸，瞥了她一眼，破天荒地皱眉问了一句。

乔晚愣了愣，下意识地回答了一句："挺好的。"

修士修炼，本来就是去芜存菁的过程，排出了杂质之后，皮肤就比普通人细腻。

但炼皮的修士修炼之后，皮肤又比普通修士更加细腻强韧。

透过那件青色衣衫，乔晚能看见自己小号白皙有光泽的肌肤、线条流畅的肌肉。

大光明殿坐落的鸠月山本来就灵气充沛，在昏过去之前，乔晚能清楚地感觉到肌肤和灵气的适配程度特别好，灵气就像涓涓细流，无时无刻不在滋养着毛孔。

每一寸皮肉好像都为了战斗而生，自己就是枪、就是盾。

不……

比起进度这种事，更重要的是她还在衣衫不整吧！

但尊者身上这凛然不可侵犯的气质太过浓厚，金光闪耀间，乔晚窘了，也不太好意思主动去提自己还在衣衫不整这件事，而且还是公主抱这么窘迫的姿势。

一直到尊者终于想到怀里还抱着个人，他这才顺手把她的小号放到了面前这一块大青石上。

薄薄的一层布料被水一浸，紧贴着胸膛，映出点儿隐约的肌肉轮廓。

乔晚心里一紧，迅速扯了扯自己身上的布料，把青色衣衫盖严实了点儿，往身后一塞，解决。

脊背绷得紧紧的，乔晚跪在尊者面前，摇了摇头，把衣衫不整这种事果断地甩到九霄云外，心思重新落回了岑清猷身上。

一想到岑清猷，乔晚脸上的热气渐渐散去，她重新冷静了下来。

这事发展到这个地步，也有她的原因。如果不是之前在地牢里帮她梳理魔气，反倒勾动了自己的心魔，妙法也不至于在善道书院这三家的人来挑事的时候，一个人耗费所有精力强压心魔。

想到这儿，乔晚看了一眼面前的尊者。

看着妙法，乔晚也忍不住猜测，前辈的心魔到底是什么？怎么会让整个大光明殿忌惮至此？

然后就是岑清猷了。

岑清猷不可能是碧眼邪佛。

那个会因为有姑娘接近自己而尴尬脸红、和她一样心里住着个粉色小蝴蝶的少年，怎么可能是碧眼邪佛呢？

乔晚想，不管怎么说，为了岑夫人的补脉之恩，她也一定会把他带回来。

这是她目前唯一能报答岑夫人的方式。

未完待续

图书在版编目（CIP）数据

御剑桃花昆山晚 / 黍宁著.—武汉：长江出版社，
2022.9
ISBN 978-7-5492-8426-9

Ⅰ.①御… Ⅱ.①黍… Ⅲ.①长篇小说—中国—当代 Ⅳ.①I247.5

中国版本图书馆CIP数据核字（2022）第136282号

御剑桃花昆山晚 / 黍宁 著

出　　版 长江出版社
（武汉市解放大道1863号）
选题策划 奔跑的小狐狸制作组
市场发行 长江出版社发行部
网　　址 http://www.cjpress.com.cn
责任编辑 李　恒
特约编辑 奔跑的小狐狸制作组
印　　刷 大厂回族自治县德诚印务有限公司
版　　次 2022年9月第1版
印　　次 2024年5月第2次印刷
开　　本 710mm × 1000mm　1/16
印　　张 38
字　　数 766 千字
书　　号 ISBN 978-7-5492-8426-9
定　　价 69.80元